# DER FLUCH DER HEBAMME

SABINE EBERT

# DER FLUCH DER HEBAMME

Roman

Weltbild

Besuchen Sie uns im Internet:
*www.weltbild.de*

Genehmigte Lizenzausgabe für Verlagsgruppe Weltbild GmbH,
Steinerne Furt, 86167 Augsburg

Ein Unternehmen der Droemerschen Verlagsanstalt
Th. Knaur Nachf. GmbH & Co. KG, München
Umschlaggestaltung: ZERO Webeagentur, München
Umschlagmotiv: Bridgeman Art Library / AKG Images, Berlin
Gesamtherstellung: GGP Media GmbH, Pößneck
Printed in the EU
ISBN 978-3-86800-525-7

2013 2012 2011 2010
Die letzte Jahreszahl gibt die aktuelle Lizenzausgabe an.

## Dramatis Personae

Aufstellung der wichtigsten handelnden Personen. Historische Persönlichkeiten sind mit einem * gekennzeichnet.

### Freiberg (ehemals Christiansdorf)

Marthe, eine Hebamme und Kräuterkundige
Lukas, ihr Mann, Ritter in Diensten des Markgrafen von Meißen
Thomas, Clara und Daniel, Marthes Kinder aus ihrer Ehe mit Christian
Paul, Lukas und Konrad, Söhne von Lukas
Johanna, ebenfalls heilkundige Stieftochter von Marthe
Kuno, Johannas Mann, und Bertram, Wachen auf der Burg
Heinrich*, Burgvogt
Ida, seine Frau
Reinhard, markgräflicher Ritter auf der Freiberger Burg
Jonas, ein Schmied und Ratsherr, und seine Frau Emma
Johann und Guntram, ihre ältesten Söhne
Karl, Schmied und Stiefsohn Marthes

Sebastian, Pfarrer
Anselm, Gewandschneider und Bürgermeister von Freiberg
Hans und Friedrich, ehemals Salzfuhrleute aus Halle
Peter, Großknecht in Marthes und Lukas' Haushalt und Anführer einer Bande junger Männer
Christian, Stallbursche, das erste in Christiansdorf geborene Kind
Anna, seine Frau, Peters Schwester
Elfrieda, Witwe aus dem Bergmannsviertel

## Meißen

Otto von Wettin*, Markgraf von Meißen
Hedwig*, Gemahlin von Otto
Albrecht*, erstgeborener Sohn von Otto und Hedwig
Sophia von Böhmen*, seine Gemahlin
Susanne, Magd im Dienste Hedwigs
Hartmut, Lehrmeister der Knappen an Ottos Hof
Elmar, Ritter und Vertrauter Albrechts
Rutger, Knappe und Ziehsohn Elmars
Giselbert, Ritter
Gerald, Ritter und Bruder von Lukas' verstorbener erster Frau
Lucardis, seine Frau
Dittrich von Kittlitz*, Dompropst und späterer Bischof von Meißen

## Hochadel und Geistlichkeit

Kaiser Friedrich von Staufen*, genannt Barbarossa
Heinrich*, König und Sohn Friedrichs
Friedrich von Schwaben*, weiterer Sohn Friedrichs

Dietrich von Weißenfels*, jüngerer Sohn des Meißner Markgrafen Otto von Wettin
Richard Löwenherz*, König von England
Philipp August II.*, König von Frankreich
Salah ad-Din Yusuf ibn Ayyub, genannt Saladin*, Herrscher über Ägypten und Syrien und Anführer der muslimischen Streitkräfte
Guido von Lusignan*, ehemals König von Jerusalem
Konrad von Montferrat*, Markgraf von Montferrat und Herr von Tyros
Bohemund IV.*, Graf von Tripolis und Fürst von Antiochia
Bela III.*, König von Ungarn
Isaak II. Angelos von Konstantinopel*, Kaiser von Byzanz
Kilidsch Arslan II.*, Sultan von Ikonium
Leopold V.*, Herzog von Österreich
Heinrich von Kalden*, kaiserlicher Marschall
Martin*, Bischof von Meißen
Ludwig der Fromme*, Landgraf von Thüringen
Hermann*, sein Bruder, Pfalzgraf von Sachsen
Bernhard von Aschersleben*, Herzog von Sachsen, Bruder der Meißner Markgräfin Hedwig
Dedo, Graf von Groitzsch*, Bruder des Meißner Markgrafen und Markgraf der Ostmark
Konrad*, sein ältester Sohn

## Sonstige handelnde Personen

Raimund, Ritter im Dienste Markgraf Ottos
Elisabeth, seine Frau
Roland, ihr Sohn
Ludmillus, ein Spielmann
Jakob, Ritter, Bruder von Lukas

Peter, Abt des Klosters Marienzell
Berthold*, Herr von Bertholdsdorf nahe Freiberg
Wiprecht von Starkau, Lanzenführer unter dem Kommando Dietrichs von Weißenfels
Humfried von Auenweiler, Ritter
Notker, ein junger Benediktinermönch
Rupert, Knappe

# Prolog

Auf der Suche nach Frieden und einem besseren Leben waren sie in ein fernes, kaum bewohntes Land gezogen. Doch bald wurde dort Silber gefunden, und ein großes Berggeschrei begann. Von überall strömten Glückssucher in den Weiler im Dunklen Wald. Blutiger Streit flammte auf, die Hoffnung auf Ruhe und Frieden erlosch.

Und als sei dies nicht schon Unheil genug, brachen plötzlich auch noch die Unruhen der großen Welt in die kleine Welt der Siedler und Bergleute. Prediger zogen durchs Land und verbreiteten Schreckensnachrichten vom Fall der Stadt Jerusalem. Priester riefen in den Kirchen zu einem Heiligen Krieg auf, um das Wahre Kreuz aus den Händen der Ungläubigen zu befreien.

Viel zu spät erst begriff mancher: Die wirklichen Feinde trifft man nicht in der Fremde. Und kein Krieg ist heilig.

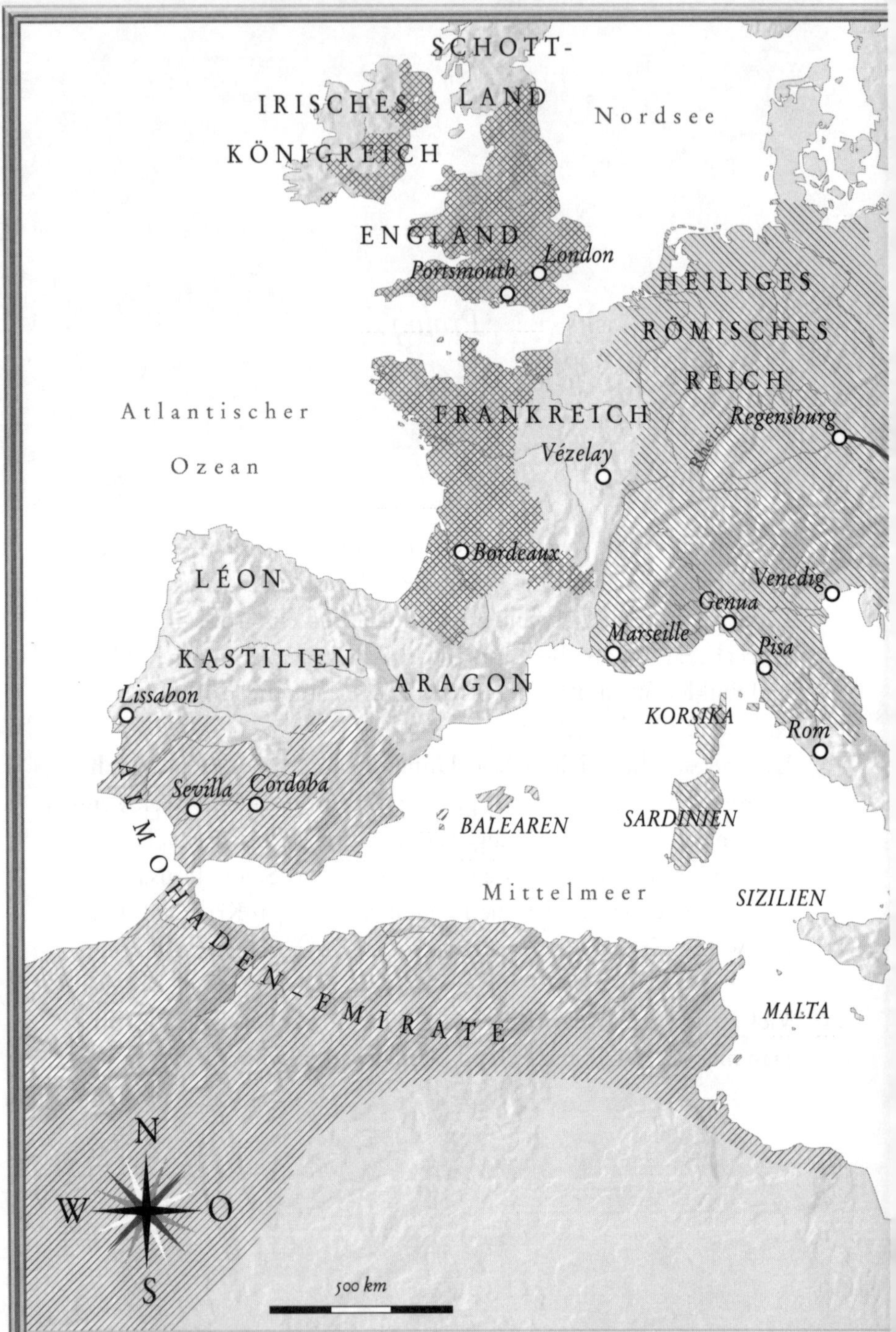
SCHOTT-
LAND
IRISCHES
KÖNIGREICH
Nordsee
ENGLAND
London
Portsmouth
HEILIGES
RÖMISCHES
REICH
FRANKREICH
Regensburg
Atlantischer
Ozean
Vézelay
Rhein
Bordeaux
LÉON
Venedig
Genua
Marseille
KASTILIEN
Pisa
ARAGON
Lissabon
KORSIKA
Rom
Sevilla
Cordoba
BALEAREN
SARDINIEN
Mittelmeer
SIZILIEN
ALMOHADEN-EMIRATE
MALTA
N
W
O
S
500 km

Europa um 1190 zur Zeit des Dritten Kreuzzuges
Englisches und Französisches Reich
Heiliges Römisches Reich
Byzantinisches Reich
Kreuzfahrerstaaten
Aijubiden-Emirate
Almohaden-Kalifat
Eroberungen Richards I. von den Byzantinern
Kreuzfahrerroute
Friedrich I. Barbarossa
Donau
Save
Donau
Schwarzes Meer
Nisch
Adria
Adrianopel
Konstantinopel
KÖNIG-REICH SIZILIEN
Philomelion
Edessa
Philadelphia
Tarsus
Iconium
Antiochia
Seleukeia
Limassol
Tripolis
Candia
Damaskus
KRETA
Tyrus
Mittelmeer
Akkon
Jerusalem
Damiette
Alexandria
Kairo

# ERSTER TEIL

## *Familienaffären*

# *Mai 1189 in Freiberg*

Reglos und mit halb geschlossenen Augen beobachtete Lukas, wie sich seine Frau aus dem Bett stahl, obwohl der Tag kaum angebrochen war. Ohne zu ihm zu sehen, zog sie sich ihr Kleid über, flocht das Haar, bedeckte es mit einer schlichten Bundhaube und ging leise hinaus.

Er wusste, was sie vorhatte, und er wusste auch, dass sie dabei allein sein wollte. Heute war der Namenstag ihres früheren Mannes, seines besten Freundes.

Obwohl Christians Opfertod schon fast fünf Jahre zurücklag, trauerten sie beide noch um ihn, wenn auch auf sehr verschiedene Weise.

Marthe würde nun in der Kapelle für ihn beten. Christian war die Liebe ihres Lebens gewesen, und es verging kein Tag seit ihrer aus der Not heraus geborenen Heirat, an dem sich Lukas nicht fragte, ob der Geist des toten Freundes nicht unsichtbar zwischen ihnen im Bett lag.

Dabei machte Christians Tod auch ihn immer noch so wütend und verzweifelt, dass es ihm die Kehle zuschnürte. Manchmal rechnete er sogar damit, den Freund bei den Ställen oder im Haus vorzufinden. Oder auf der Burg, wo Christian über die rasch gewachsene Bergmannssiedlung wachte, bis ihn seine Feinde auf Befehl des ältesten Sohnes des Meißner Markgrafen ermorden ließen.

Er, Lukas, hatte Marthe schon geliebt, lange bevor sie Christians Frau wurde. Doch ihre Hochzeit verlief unter Umständen, wie er sie sich nie gewünscht hätte. Ein alter und einflussreicher Feind – der Hauptmann der Leibwache des Meißner Markgrafen Otto von Wettin – hatte Marthe am Tag der Beerdigung von Christians Grab entführt und mit Gewalt zu seiner Frau gemacht. Als Lukas sie endlich fand, tötete er den anderen in maßlosem Zorn. Der einzige Weg, sich und seine Mitstreiter vor dem Todesurteil und Marthe vor dem Kloster zu retten, war die sofortige Heirat.

Als Marthes vorsichtige Schritte die Treppe hinab verklungen waren, stand Lukas auf, zog sich an und ging ebenfalls in das Erdgeschoss des Steinhauses, in dem sie wohnten. Fast alle schienen noch zu schlafen. Nur Anna, die junge Magd, war schon auf und schürte das Feuer. Sie grüßte ihn ehrfürchtig und bot ihm Bier und kalten Brei an.

»Wenn meine Frau zurückkommt, richte ihr aus, dass ich oben auf sie warte«, wies er sie an und stieg wieder in die Kammer. Dort setzte er sich an den Tisch und stützte die Stirn auf die verschränkten Hände, während dunkle Gedanken in ihm wühlten.

Christians Tod war bis heute nicht gerächt, sah man davon ab, dass Lukas dem künftigen Markgrafen unmittelbar nach der Bluttat den Kopf des Mannes vor die Füße geworfen hatte, der den todbringenden Pfeil geschossen hatte. Doch derjenige, der den Befehl zu dem Mord gegeben hatte, lebte weiter unbehelligt und würde in naher Zeit die Regentschaft über das Land übernehmen.

Und auf der Freiberger Burg herrschte nun ein launenhafter, unerbittlicher Mann.

Das war einer der Gründe, weshalb er und Marthe die junge

Stadt nicht längst verlassen hatten. Eigentlich sollte er sich jetzt auch besser auf den Weg zur Burg begeben, um seinen Dienst als Kommandant der Wachmannschaft anzutreten. Aber diesmal würde er die Strafe für sein Zuspätkommen hinnehmen. Es gab Dinge, die ihm heute wichtiger waren als die gute oder schlechte Laune des Burgvogtes.

Lukas hätte nicht sagen können, wie viel Zeit verstrichen war, als Marthe eintrat. Trauer umwehte ihre zierliche Gestalt wie flirrender Wind, auch wenn sie sich Mühe gegeben hatte, die Spuren ihrer Tränen zu beseitigen. Jetzt lächelte sie ihm sogar zu, etwas gequält.

»Müsstest du nicht längst auf der Burg sein?«

Er beantwortete die Frage nicht, streckte stattdessen eine Hand aus und sah ihr in die Augen.

»Komm her!«

Entgegen ihrer Art wich sie seinem Blick aus, während sie auf ihn zuging, leicht verwundert über sein Ansinnen und in Gedanken wohl immer noch bei Christian.

Lukas zog sie an sich und setzte eine gespielt strenge Miene auf. »Es wird Zeit, Weib, dass du deinem Gemahl wieder einmal deinen Gehorsam erweist.«

Zu anderer Zeit hätte sie wohl gelacht oder wenigstens gelächelt; Lukas war ein spöttischer Geist und scherzte oft. Aber diesmal, das spürte sie, lag Ernst hinter den ironisch vorgebrachten Worten.

Um keinen Zweifel an der Art des Gehorsams aufkommen zu lassen, den er erwartete, schob er ihr den Rock hoch und strich mit seinen Händen begehrlich über ihre schlanken Schenkel.

Lukas spürte, wie sie für einen Augenblick erstarrte. Doch er wollte ihr erst gar keine Zeit zum Nachdenken geben. Er musste es schaffen, Marthes Gedanken von Christians Grab loszureißen.

Seine Hände wanderten höher, umfassten ihre Hüften und zogen sie mit unnachgiebiger Kraft an sich, während er den Kopf senkte und jene Stelle mit Küssen bedeckte, wo Hals und Schulter ineinander übergingen – etwas, dem sie kaum widerstehen konnte, wie er wusste.

»Du musst auf die Burg, und jeden Moment kann jemand hereinkommen«, wandte sie halbherzig gegen sein für diese Tageszeit ungewöhnliches Vorhaben ein.

»Ich habe angewiesen, dass niemand uns stören soll«, murmelte er, zog ihr die Haube vom Kopf und strich durch ihr kastanienbraunes Haar.

Dann presste er mit der Linken ihren Leib gegen seinen, damit sie seine Erregung spüren konnte. Die Rechte legte er um ihren Nacken und küsste sie; nicht sanft und verspielt wie sonst meistens, sondern hart und fordernd.

Mittlerweile brachte ihn sein Begehren fast um den Verstand, und er spürte, dass auch sie vor Verlangen erschauderte.

Er zog sie zum Bett und nahm sich nicht erst die Zeit, ihr Untergewand und Bliaut auszuziehen; von seiner eigenen Kleidung löste er lediglich den Gürtel, der die Bruche hielt.

Sein aufgerichtetes Glied reckte sich ihr groß und begehrlich entgegen.

Marthe ließ Lukas nicht aus den Augen, während sie sich wortlos hinlegte, den Rock hochzog und die Beine leicht öffnete.

Er verharrte einen Moment, um das Bild in sich aufzunehmen. Dann kniete er sich über sie und glitt in sie hinein. Bereitwillig, wenngleich immer noch verwundert, nahm sie ihn in sich auf.

Sie hatten oft genug miteinander das Bett geteilt, um den anderen zu kennen; ihre Liebesnächte waren trotz der schrecklichen Umstände, die zu ihrer Ehe geführt hatten, voller Zärtlichkeit und Erfüllung gewesen. Doch diesmal war es anders.

Hart und besitzergreifend stieß Lukas in sie hinein, und bei je-

dem Stoß dachte er: Vergiss Christian! Vergiss ihn wenigstens, solange ich in dir bin! Du bist jetzt *meine* Frau!
Bald konnte er auch das nicht mehr denken, sondern nur noch fühlen, mit jedem winzigen Stück, das er tiefer in sie eindrang: Du ... bist ... mein ...
Er musste sie dazu bringen, aus der Vergangenheit zum Jetzt und Hier zurückzukehren, vom Tod ins Leben, von dem Toten zu ihm.
Immer schneller, kräftiger pflügte er sie, hörte mit grimmiger Befriedigung, dass nun auch sie ihre Lust herausschrie, spürte, wie sein Höhepunkt nahte, und holte noch einmal weit aus, bis er sich befreit aufstöhnend in sie ergoss.
Schweißnass ließ er sich auf sie sinken.
Flüchtig huschte ihm der Gedanke durch den Kopf, dass er sich vielleicht doch besser vorher hätte ausziehen sollen. Die Bruche und die daran festgenestelten Beinlinge hingen ihm irgendwo zwischen den Knöcheln, was unweigerlich ein lächerliches Bild abgeben würde, wenn er aufstand. Er streifte beides mit einer Fußbewegung ab.
Still lag er zwischen ihren Schenkeln, genoss es, noch in ihr zu verharren, während er langsam erschlaffte, und fühlte sich geborgen, zufrieden und müde. Am liebsten würde er für den Rest des Tages so liegen bleiben.
Marthe riss ihn aus der Trägheit. Sanft strich sie mit ihrer schmalen Hand über sein vertrautes Gesicht, bis er ihr in die Augen sah. Ihr Blick sagte ihm, dass sie verstanden hatte – und ihm verzieh.

Nur mit Mühe widerstand Marthe der Versuchung, sich der Müdigkeit hinzugeben. Sie wusste, wenn sie jetzt die Augen schließen würde, schliefe sie ein. Und dabei war so viel zu tun! Ein halbes Dutzend Kranke wartete auf sie; vor allem aber musste sie ihren Mann dazu bringen, sich schleunigst auf seinen Pos-

ten zu begeben. Burgvogt Heinrich, der jede Gelegenheit nutzte, ihm etwas anzukreiden, schnaubte gewiss schon vor Wut.
Doch das eben Erlebte hing immer noch unsichtbar zwischen ihnen und ließ sie zögern.

Er hat recht, dachte sie und sah mit wehmütigem Blick auf Lukas. Ich darf nicht länger in der Vergangenheit verweilen. Christian ist tot, unabwendbar, auch wenn ich ihn noch so sehr vermisse. Aber Lukas lebt, und er verdient meine Liebe.

Sie hob die Hand, die ihr bleiern vorkam, und strich damit erneut über Lukas' Wangen. Ein paar blonde Locken hingen ihm ins Gesicht, der sorgfältig gestutzte Bart, den er sich seit einiger Zeit stehenließ, fühlte sich weich unter ihren Händen an.

Abermals sah er sie an, und ein Blick in seine blauen Augen holte sie endlich in die Gegenwart zurück, in die Arme des Mannes, der sie liebte, ihr Schutz und Geborgenheit gab.

Sie lächelte, diesmal ganz ohne Wehmut.

Von draußen hörten sie Vogelgezwitscher, das Plappern der Mägde, weiter weg gackerten ein paar Hühner, ein Pferd wieherte.

Wenn man in ihre Augen blickt, ist es, als würde man versinken, dachte Lukas nicht zum ersten Mal. Ihre graugrünen Augen und das kastanienfarbene Haar hatten ihn von Anfang an betört. Und je öfter er in diese Augen sah, umso mehr entdeckte er darin: uraltes, verborgenes Wissen, weitergereicht über Generationen weiser Frauen.

Er gehörte zu den wenigen, die wussten, dass seine Frau nicht nur eine erfahrene Heilerin und Wehmutter war, sondern gelegentlich auch von Vorahnungen heimgesucht wurde, die man besser ernst nahm.

Doch jetzt verriet nichts in ihren Zügen etwas von einer schrecklichen Vision.

Was wohl heißt, dass es beim Burgvogt so schlimm nicht werden wird, dachte er mit neu erwachter Spottlust. Aber dafür sollte ich ihn nicht noch länger warten lassen.

Marthe schien das Gleiche zu denken, denn ihr Blick richtete sich gerade auf den Gambeson, der auf einer der Stangen in der Kammer hing.
»Lass mich dir helfen«, bot sie an und richtete sich auf. »Ist heute nicht das Treffen mit den Ratsherren?«
»Bei allen Heiligen!«, stöhnte Lukas auf. »Das hätte ich fast vergessen.«
Seinem Befehl unterstanden die Bogenschützen, die städtischen Wachen und alle sonstigen Kämpfer, die nicht dem Ritterstand angehörten. Auch weil er sich als einer der ersten Christiansdorfer und Vertrauter des Dorfgründers unter den Stadtbewohnern gut auskannte, rief ihn der Vogt oft hinzu, wenn Angelegenheiten mit dem Rat zu besprechen waren.
Schon war er aus dem Bett, lehnte sich aus der Fensterluke und pfiff gellend auf zwei Fingern.
»Peter soll mein Pferd satteln!«, rief er hinab, bekam eine kurze Bestätigung des Befehls und wandte sich grinsend wieder Marthe zu.
»Irgendwelche Schreckensvisionen? Wird Heinrich mir den Kopf abreißen? Ein Dämon auf dem Weg zur Burg auflauern?«, fragte er mit gespielter Leichtigkeit.
Lächelnd schüttelte sie den Kopf, während sie ihm in den Gambeson half.
»Ich bin sicher, diesen Tag überstehst du lebend«, antwortete sie ebenso leichthin, während er sein Wehrgehänge gürtete.

Nachdem Lukas mit raschen Schritten die Treppe heruntergelaufen war, ließ sich Marthe auf die Bettkante sinken. Müde strich sie sich mit den Händen über die Augen, dann sah sie zum Fenster. Ihr war zumute, als senkten sich die grauen Wolken wie Blei auf ihre Schultern.
Christian hätte die Düsternis verstanden, die sie erfüllte, denn auch er hatte finstere Zeiten durchleben müssen. Doch mit Lu-

kas darüber zu sprechen, scheute sie sich. Er war leichtlebiger, manchmal schon fast leichtsinnig. Vielleicht würde er ihr nur mit einer spöttischen Bemerkung antworten.
Man musste nicht über die Gabe des zweiten Gesichts verfügen oder den Wanderpredigern zugehört haben, um zu befürchten, dass Unheil nahte, schlechte Zeiten für alle, die einst treu zu Christian gestanden hatten. Es würde schwierig für sie werden, wenn der alte Markgraf starb, der nun schon fast siebzig Jahre zählte.
Ein nicht mehr zu bezwingendes Gefühl sagte Marthe, dass diese schlechten Zeiten in greifbare Nähe rückten, mit jedem Tag mehr.

## *Auf der Freiberger Burg*

»Das ist eine Unverschämtheit!«, tobte der Burgvogt. »Ich sollte euch alle mit Hunden vom Hof hetzen lassen!«
Vogt Heinrich – stiernackig, kahl und in der ganzen Stadt für seine Unerbittlichkeit gefürchtet – war vom Stuhl aufgesprungen und blickte wutentbrannt auf die drei Ratsherren. Er hatte sie auf deren Bitte hin empfangen, weil sie ein schwieriges Anliegen vorbringen wollten. Wie sich nun herausstellte, bestand dieses schwierige Anliegen darin, einen Ritter der Notzucht zu beschuldigen.
Die unverheiratete Tochter eines Häuers behauptete, dieser Mann habe ihr Gewalt angetan, als sie zwischen den Halden nach einer entlaufenen Ziege gesucht hatte.
»Das Mädchen wagte es nicht, darüber zu reden, bis die Schwangerschaft offensichtlich war«, erklärte der aufsässigste unter den Ratsherren, ein Schmied namens Jonas, beherrscht. »Es ist natür-

lich zu spät, um Klage zu erheben. Aber vielleicht könnt Ihr dafür sorgen, dass ihr Vater ein Wergeld bekommt. Und mäßigend auf Eure Ritter einwirken. Es häufen sich Beschwerden über ein paar unschöne Zwischenfälle an den Brotbänken, und zwei Eurer Männer haben eine Bademagd grün und blau geschlagen.«

Am liebsten wäre der Vogt dem dreisten Schwarzschmied für diese Worte an die Kehle gegangen. Noch lieber hätte er ihm mit einem einzigen Streich den Kopf von den Schultern geschlagen. Er konnte förmlich spüren, wie seine Galle überlief. Mühsam rang er nach Luft, während ihm das Blut in den müden Venen pochte. Wenn er sich nicht schnellstens beruhigte, traf ihn noch der Schlag. In Gedanken hörte er schon seine Frau, zu deren Tugenden nicht gerade Schweigsamkeit zählte, wie sie ihm wortreich die üblichen Vorhaltungen machte, er solle mehr auf seine Gesundheit und die Ausgeglichenheit seiner Säfte achten. Im schlimmsten Fall würde sie den Bader kommen lassen. Oder noch übler: das Weib seines Vorgängers, damit sie ihn kurierte, diese Marthe. Die war ihm erst recht nicht geheuer.

Schwitzend strich sich Heinrich über den kahlen Schädel und ließ die Hand kurz im fleischigen Nacken ruhen. Dann stützte er die Fingerknöchel auf die Tischplatte und beugte sich vor, um dem Schmied drohend in die Augen zu sehen.

»Die Bademägde sind Huren, die sich für derlei Dienste gut bezahlen lassen!«, fuhr er ihn an. »Und was diese Häuerstochter angeht: Suchte sie gleich nach der angeblichen Missetat einen Richter auf und erhob Klage mit zerzaustem Haar und zerrissenem Kleid, wie es das Gesetz vorschreibt? Anscheinend nicht, sonst wüsste ich davon. Also hat sie das Balg von wer weiß wem und erdreistet sich jetzt, herumzuschreien, um ihre Unzucht nicht eingestehen zu müssen.«

Immer noch kochend vor Wut, ließ er sich wieder auf seinen Platz sinken. War denn die ganze Welt aus den Fugen?

Vor kaum mehr als zwanzig Jahren waren die hier noch Knechte gewesen, Siedlergesindel, das auf allen vieren durch den Wald gekrochen kam, um nicht vor Hunger zu verrecken. Die hatten zu roden und zu säen und das Maul zu halten und höchstens von weitem und auf Knien einen ehrfürchtigen Blick auf Männer von Stand zu werfen!

Aber weil hier durch Zufall Silbererz gefunden worden war, wuchs das entlegene Rodungsdorf mitten im Dunklen Wald geradezu unheimlich schnell. Und wenn auch der alte Markgraf von Meißen ein entschlossener und weitsichtiger Mann war, der die Erzförderung mit kühnen Befehlen schnell vorantrieb – in einem hatte sich der sonst so unnachgiebige Otto von Wettin Heinrichs Meinung nach beschwatzen lassen: als er den Christiansdorfern vor vier Jahren das Stadtrecht gewährte.

Mit den Folgen musste er, Heinrich, sich nun als Vogt auf der Freiberger Burg herumschlagen. Statt vor ihm im Staub zu kriechen, wählten die Ortsansässigen neuerdings Ratsherren, die glaubten, ihm in seine Angelegenheiten hineinreden zu können. Er hatte es schlichtweg abgelehnt, ins Dinghaus zu gehen und sich dort mit dem gesamten Rat zu treffen. So weit kam es noch! Also hatten die drei vor seiner Tür gewartet und um Einlass gebeten, als Bittsteller, wie es sich gehörte.

Der Tucher und der Gewandschneider hatten schon wieder den Schwanz eingezogen wie räudige Hunde. Doch da war noch dieser aufsässige Schwarzschmied, der schlimmste von allen! Seit wann waren Schmiede eigentlich ratswürdig, ausgenommen Gold- und Silberschmiede natürlich und vielleicht noch Waffenschmiede? Aber in diesem Rat versammelte sich wirklich das merkwürdigste Volk: Fassmacher, Wagener … sogar ein Fuhrmann!

Da, schon wieder setzte dieser Jonas zu einer Entgegnung an. Heinrich konnte sich bereits denken, was als Nächstes kommen würde.

»Der Vater des Mädchens ist arm. Er kann es sich nicht leisten, die Ziege zu töten, die bei der Untat zugegen war, wie es das Gesetz vorschreibt.«

Ja, dazu ist das Gesetz da!, dachte Heinrich. Damit nicht jeder Knecht es wagt, einen Herrn vor Gericht zu beschuldigen.

»Arm, ja? Erzählt man sich nicht im ganzen Land die unglaublichsten Geschichten vom Reichtum der jungen Silberstadt Freiberg und ihrer Bewohner?«, höhnte er. »Gesetz ist Gesetz. Wenn ihr wirklich widerfahren wäre, was hier Ungeheuerliches behauptet wird, hätte sie sich an den Richter wenden sollen, wie es sich gehört. An den Vogt. An mich. Sie sollte froh und dankbar sein, wenn ich ihr nicht wegen Verleumdung die lügnerische Zunge herausreißen und sie aus der Stadt jagen lasse!«

Jonas sah hilfesuchend zu Lukas, der ebenso wie der hochfahrend blickende, reich gekleidete Ritter neben ihm bisher kein Wort zu dieser Unterredung beigetragen hatte.

Doch der sonst nicht gerade für Schweigsamkeit und Zurückhaltung bekannte Lukas zuckte nur bedauernd mit den Schultern.

Da das Mädchen nicht auf der Stelle Anklage erhoben hatte, konnte sie es nun auch nicht mehr tun. Ihr war wohl klar gewesen, dass sie kaum recht bekommen würde gegen einen Ritter, der bloß ein paar Eideshelfer brauchte, die beteuerten, dass er dergleichen niemals tun würde. Um das Seelenheil nicht zu gefährden, würden sie für den Meineid jemanden mit einer Wallfahrt an ihrer statt beauftragen.

Sie hatte wohl einfach – und leider vergeblich – gehofft, dass ihr eine Schwangerschaft erspart bliebe.

»Wir werden die Ritter ermahnen, sich gegenüber den Frauen zu verhalten, wie es sich geziemt«, meinte Lukas nur und fing sich dafür einen wütenden Blick des Vogtes ein.

Das kümmerte ihn wenig. Er musste mit Marthe darüber reden. Sie würden das Mädchen als Magd in ihre Dienste nehmen, falls ihr Vater sie verstieß. Mehr konnte er nicht tun.

Dennoch betraf ihn die Sache sehr persönlich. Es ging gegen seine Ehre als Ritter, wenn sich Männer seines Standes dermaßen schändlich benahmen. Vor allem aber, weil Marthe einst selbst Opfer eines solchen Überfalls geworden war. Damals, als sie noch ein blutjunges Ding in zerlumpten Kleidern gewesen war, das mit den Siedlern vor einem grausamen Burgherrn hatte fliehen müssen. Auch sie konnte nicht Klage erheben gegen denjenigen, der ihr das angetan hatte.
Lukas hatte Marthe bis heute in dem Glauben gelassen, er wisse nichts davon. Genau wusste er es auch nicht, hatte es sich aber aus verschiedenen Beobachtungen zusammengereimt. Und später, kurz nach Christians Tod, hatte er ihren zerschundenen Körper gesehen, als er sie aus den Klauen Ekkeharts befreit hatte. Ein Anblick, der in ihm tief eingebrannt war und der ihn auch jetzt noch mit hilflosem Zorn erfüllte, obwohl er den Übeltäter auf der Stelle getötet hatte.
Warnend sah er zu dem Schmied, den er kannte, seit er vor mehr als zwanzig Jahren zusammen mit Christian die ersten Siedler aus Franken in die Mark Meißen geführt hatte. Ratsherr hin oder her, Jonas sollte jetzt lieber den Mund halten. Jedes weitere Wort würde nur noch mehr den Zorn des Burgvogtes heraufbeschwören. Der sah ohnehin schon aus, als platzte er im nächsten Augenblick vor Wut.
Mit Mühe unterdrückte Lukas ein Grinsen.
Das hier war kein Spaß, und er selbst würde wohl auch noch seinen Teil von der Wut des Vogtes abbekommen, wenn die drei Ratsherren erst gegangen waren. So gern Heinrich herumbrüllte – er achtete streng darauf, seine Ritter niemals vor Niederrangigen zurechtzuweisen.
Es machte Lukas wenig aus, sich für eine Weile das Toben des Burgvogtes anzuhören. Und dass er in nächster Zeit ein paar unbeliebte Botendienste übernehmen musste – hauptsächlich an Regentagen und in Gegenden, in die es niemanden zog –, damit

hatte er sich bereits abgefunden, als er vorhin seinen Dienst zu spät antrat. Aber wenn Jonas jetzt nicht schwieg, würde sich Heinrich noch ein paar Boshaftigkeiten ausdenken, unter denen die halbe Stadt zu leiden hatte.

Wie sich herausstellte, hatte er das bereits.

»Da ihr nun eure Beschwerden vorgetragen habt«, begann der Vogt und beugte sich leicht vor, während seine Augen triumphierend aufleuchteten, »will ich dem Rat auch meine mitteilen. Es häufen sich Klagen unter meinen Männern, dass immer mehr Beutelschneider in der Stadt umgehen. Da der Rat offensichtlich nicht in der Lage ist, des Diebesgesindels Herr zu werden, werde ich mich dieser Sache selbst annehmen. Noch ein solcher Zwischenfall, und ich verhänge verschärftes Recht über Freiberg.«

Lukas sah, wie die drei Ratsherren erbleichten. Der Tucher, der bis eben geschwiegen hatte, schnappte nach Luft und zerrte am Halsausschnitt seines mit gewebten Borten verzierten Bliauts. Der Gewandschneider, vor einem halben Jahr zum Bürgermeister gewählt, begann zu stammeln.

»Das ... Herr, der Fürst hat uns Stadtrecht nach Magdeburger Recht zugebilligt ... Seid versichert, wir werden alles tun ...«

Doch der Vogt ließ ihn nicht ausreden.

»*Ich* sorge hier für Recht und Gesetz, da ihr offensichtlich nicht fähig dazu seid«, sagte er so schroff, dass der Bürgermeister jäh verstummte.

Lukas entschied, dass es Zeit war, einzugreifen. »Wenn Ihr erlaubt, werde ich der Sache mit den Beutelschneidern nachgehen. Gebt mir zwei Wochen, und wenn ich bis dahin nichts herausfinde, können wir zusammen beraten, was zu tun ist.«

Es erschien ihm mehr als fragwürdig, dass sich Diebe an die Ritter heranwagen sollten. Bürger, Handwerker, ihre Frauen und Mägde an den Brot- oder Fleischbänken oder bei anderen Besorgungen zu bestehlen, war nicht nur viel weniger gefährlich,

sondern auch aussichtsreicher. Ritter waren es nicht gewohnt, zu bezahlen, und führten oft kein Geld bei sich, höchstens ein paar Hälflinge im Almosenbeutel für den Kirchgang.
Er würde Peter auf die Sache ansetzen, seinen Großknecht. Peter hatte als Kind unter Dieben aufwachsen müssen, bis sich Christian seiner annahm. Niemand war besser geeignet als er, andere Diebe zu erkennen und zu überführen. Außerdem war er der Anführer einer ganzen Gruppe junger Männer, allen voran die Söhne des Schmiedes Jonas, die mit ihrem mutigen und listenreichen Einsatz in Christiansdorfs schlimmsten Zeiten schon mehrfach Menschenleben gerettet hatten.
Dem Vogt schien dieser Vorschlag wenig zu gefallen. Doch unübersehbar war Heinrichs Geduld erschöpft.
»Damit wäre wohl alles gesagt«, verkündete er und wedelte mit der Hand zum Zeichen dafür, dass die Unterredung beendet war.
Stumm erhoben sich die drei Ratsherren, verneigten sich tief und verließen den Raum. Das Gespräch hatte nichts von den gewünschten Ergebnissen gebracht; im Gegenteil, nun hatten sie noch mehr Schwierigkeiten am Hals.

Kaum waren die drei zur Tür hinaus, wandte sich Heinrich Lukas zu, erneut vor Wut schnaubend.
»Euch habe ich nicht hinzugerufen, damit Ihr Euch für dieses Gesindel einsetzt!«, schnauzte er ihn an. »Überlegt nächstes Mal besser, auf wessen Seite Ihr steht und welchem Stand Eure Ergebenheit gehört!«
Darauf hätte Lukas eine Menge erwidern können, doch er verbiss sich jedes Widerwort. Damit hätte er jenen nur geschadet, die er schützen wollte.
»Ich dachte, es sei in Eurem Sinne, die Diebe aufzuspüren«, entgegnete er und setzte die harmloseste Miene auf, zu der er fähig war.

Der Vogt kniff die Augen zusammen und sah ihn grimmig an.
»Denkt ja nicht, ich falle auf Eure Spiele herein!«, fauchte er. »Ihr werdet mir binnen zehn Tagen die Diebe ausliefern, damit ich sie hängen kann! Oder ich lasse mir etwas Besonderes einfallen, das weder Euch noch Euren dahergelaufenen Freunden gefallen wird.«
»Gewiss«, meinte Lukas vieldeutig mit einem kühlen, höflichen Lächeln.
Vielleicht sollte er sich zusammen mit Peter, diesem gerissenen Schelm, und seiner Bande auch etwas Besonderes für den Burgvogt einfallen lassen. Allmählich wurde der ihm mit seiner Großmäuligkeit und schlechten Laune lästig.
»Ich frage mich, wie sich jemand aus einem so ehrwürdigen und alteingesessenen Geschlecht mit diesem Gesindel verbünden kann«, meinte Heinrich abfällig. »Jetzt verstehe ich, warum Euer Vater Euch enterbt hat.«
Mit diesen Worten hatte der Vogt bei Lukas eine Grenze überschritten. Weshalb er kein Land besaß, sondern seinem jüngeren Bruder Jakob das Familienerbe zugesprochen wurde, ging Heinrich nun wirklich nichts an.
»Ihr wirkt angegriffen, Herr. Soll ich meine Gemahlin auf die Burg schicken, damit sie Euch einen heilenden Trank zubereitet?«, fragte er mit kaum verborgener Häme.
»Danke, das wird nicht nötig sein«, wehrte der Vogt erwartungsgemäß ab, plötzlich aus der Fassung gebracht.
Er schickte Lukas und den reich gekleideten, dunkelhaarigen Ritter hinaus, der die ganze Zeit kein einziges Wort von sich gegeben hatte, dessen Haltung und Miene aber unmissverständlich die herablassende Überlegenheit seines Standes ausdrückten.
Kaum waren die beiden außer Hörweite, rief Heinrich einen Diener zu sich. »Hol den Bader, er soll mich zur Ader lassen«, befahl er schroff.

Ihm war, als könnte er schon spüren, wie die schlechten Säfte seinen Körper vergifteten. Aber um nichts in der Welt würde er sich in die Hände dieser Kräuterhexe begeben, diesem unheimlichen Weib seines Vorgängers, das seiner Meinung nach unter Edelfreien nichts zu suchen hatte.
Rasch schlug er ein Kreuz und ließ sich am Tisch nieder, um auf den Bader zu warten.

## *Zur gleichen Zeit auf dem Burgberg in Meißen*

»Du und du, tretet vor!«
Der Waffenmeister, ein grauhaariger Ritter namens Hartmut, deutete auf diejenigen unter den ältesten Knappen, die am weitesten voneinander entfernt standen, und tat so, als würde er das jäh einsetzende Raunen unter den anderen nicht bemerken.
»Holt euch jeder einen Buckler und zeigt den jungen Dachsen, was ihr gelernt habt! Und ich muss euch nicht erst daran erinnern: Sollte einer von euch vergessen, dass dies ein Übungskampf ist, wird er sich zurück in den Mutterschoß wünschen, noch bevor ich mit ihm fertig bin.«
Die beiden Neunzehnjährigen, an die diese Ansprache gerichtet war – einer mit schwarzen Haaren, der andere mit flammend roten –, traten mit eisigen Mienen aufeinander zu. Keiner von ihnen ließ auch nur durch einen Blick aus dem Augenwinkel erkennen, dass er die Drohung des Waffenmeisters verstanden hatte.
»Wollen wir wetten?«, flüsterte einer der jüngeren Knappen in der hinteren Reihe zu seinem Nebenmann, der dem Dunkelhaarigen unter den aufgerufenen Kämpfern unverkennbar ähnlich sah. »Du musst natürlich auf Thomas setzen, weil er dein Bruder ist, oder? Familienehre und so …«

»Ich würde auch auf ihn setzen, wenn er nicht mein Bruder wäre«, meinte Daniel und gab sich gelassen. »Behalte dein Geld.«
»Sie sind beide gut. Obwohl: Rutger ist größer, das verschafft ihm einen Vorteil«, wisperte sein Freund Johannes. »Aber keinesfalls würde ich darauf wetten, dass beide lebend vom Platz gehen ...«
Daniel wagte nicht mehr zu antworten, denn der Waffenmeister blickte schon warnend zu ihnen. Dem Alten schien auch nichts zu entgehen. Hartmut war unter den Knappen ebenso verhasst wie gefürchtet, weil er sie gnadenlos schliff, damit sie später in Kämpfen einmal eine Aussicht zu überleben hatten. Doch Thomas und Daniel hatten einen zusätzlichen Grund, den alten Waffenmeister zu hassen: Er war einst mit Fürst Albrecht nach Christiansdorf gekommen und hatte ihren Vater im Kerker bewacht, bevor er ermordet wurde.
Und jetzt hetzte er diesen Bastard Rutger auf Thomas!
Daniel gestand es sich ungern ein, aber Rutger war seinem Bruder von allen hier noch am ehesten ebenbürtig. Beide galten mit Abstand als die besten Schwertkämpfer unter den Knappen auf dem Meißner Burgberg. Und sie würden einander nichts schenken, denn sie waren bereits seit dem Tag verfeindet, als Rutger von seinem Ziehvater Elmar, dem Anführer der Leibwache des Markgrafen, als Knappe auf den Burgberg gebracht worden war.
Dass sie mit Schwert und Buckler statt mit den großen lederbespannten Holzschilden gegeneinander antreten sollten, erhöhte die Spannung noch, denn um sich mit dem kleinen runden Metallschild zu behaupten, musste man schnell und erfahren sein.
Noch umkreisten sich die Gegner, die Schwerter fest in der Rechten, in der Linken den Buckler, ohne den Blick vom anderen zu lassen.
Beide waren schlank und geschmeidig, voll kaum zu zügelnder Kraft. Rutgers vor Hass verzerrtes Gesicht war inzwischen fast so rot wie sein Haar. Thomas dagegen wirkte beim Anblick seines Kontrahenten völlig gelangweilt, sogar etwas belustigt.

Doch Daniel wusste, dass das gespielt war. Sein Bruder – wie er selbst auch – hasste den Widersacher nicht nur, weil ihre Väter Todfeinde gewesen waren, sondern er verachtete ihn auch wegen seiner Heimtücke.
Und er würde sich vor ihm in Acht nehmen.
Zumindest hoffte das Daniel. Sonst kann ich gleich mein Bündel schnüren, dachte er entmutigt. Eigentlich hätte er erst in einem halben Jahr vom Pagen zum Knappen ernannt werden dürfen. Nur wegen des Rufes seines Vaters und seines Bruders war er schon eher in den Kreis der künftigen Ritter aufgenommen worden. Doch der Jüngste unter lauter angehenden Kämpfern zu sein, war kein leichtes Los. Zum Glück hatten Thomas und dessen Freunde ihm heimlich dies und jenes beigebracht, sonst wäre er noch öfter von den Älteren verprügelt worden.

Ein lautes Klirren eröffnete den Zweikampf. Rutger hatte als Erster zugeschlagen. Sein Gegner riss den kleinen Metallschild hoch und fing den Oberhau damit ab. Dann ließ er ihn durch ein leichtes Kippen des Bucklers abgleiten, während er rasch einen halben Schritt zur Seite trat und seinerseits den Gegner mit einem Mittelhau attackierte, der im letzten Moment abgewehrt wurde.
Über fünf oder sechs blitzschnelle Angriffe und Abwehrparaden wogte der Kampf hin und her, bis sich schließlich Rutger mit einem Wutschrei auf den Gegner stürzte. Daniels Freund Johannes bedauerte schon, nicht auf den Rothaarigen gewettet zu haben. Doch Thomas schien vorausgesehen zu haben, was kam, und wich zur Seite. Er umfing die Arme des Gegners mit seinen Händen, die Schwert und Buckler hielten, und umklammerte sie. Nun blieb Rutger nur noch eine einzige Möglichkeit, sich zu befreien: Schild und Schwert zu Boden fallen zu lassen und die Arme herauszuziehen.
Damit war er entwaffnet, der Kampf für ihn verloren.

Die Zuschauer hatten allesamt den Atem angehalten – nicht nur wegen der Schnelligkeit und des Geschicks der Kämpfer, sondern auch, weil sie wussten, dass dies keiner der normalen Übungskämpfe war, nach dem sich die Beteiligten lachend auf die Schulter klopften und den anderen zum Sieg beglückwünschten. Es war nicht zu übersehen, dass jeder der beiden den anderen am liebsten getötet hätte.

Rutger schoss das Blut ins Gesicht vor Hass und Zorn.

Der Waffenmeister schien das nicht zu bemerken – und wenn er es doch tat, so gab er sich blind. Schließlich hatte er klargestellt, welches Verhalten er von seinen Schülern erwartete. Sie waren alt genug, um zu wissen, dass ernsthafte Raufereien untereinander streng geahndet wurden.

»Gut!«, lobte er die Vorführung, als wüsste er nicht, dass hier eine seit Jahren gehegte Feindschaft ausgetragen wurde, die ihren Ursprung in der Blutfehde ihrer Väter hatte.

Natürlich wusste er es wie jeder auf dem Meißner Burgberg. Aber er weigerte sich, darauf Rücksicht zu nehmen. Die beiden Burschen hatten zu gehorchen und zu lernen, was er ihnen befahl, solange sie noch keine Ritter waren. Danach sollte sich gefälligst der Markgraf um die Streitereien unter seinen Männern kümmern.

Deshalb gab der Waffenmeister auch ungerührt den nächsten Befehl, wenngleich er wusste, dass er damit weiter Öl ins Feuer dieser Feindschaft gießen würde.

»Das letzte Vorgehen noch einmal langsam, so dass jeder es mitbekommt. Und dann übt ihr das paarweise«, wandte er sich erst an die Kämpfer, dann an die Jüngeren.

Es schien Rutger alle Beherrschung zu kosten, seine Niederlage noch einmal in aller Ausführlichkeit vorzuführen.

»Ich töte dich, ich schwör's! Dann ist mein Vater gerächt!«, zischte er seinem Gegner ins Ohr, während er sich – wie befohlen – erneut von Thomas in die Zwangslage bringen ließ, aus der

ihm nur der Verzicht auf seine Waffen wieder Bewegungsfreiheit schenkte.
»Dein liebster Traum, ich weiß«, gab Thomas leise zurück, und sein spöttisches Lächeln brachte den anderen noch mehr auf.
Die Verbeugung, mit der sie den Kampf auf Weisung ihres Lehrmeisters beendeten, hätte knapper nicht ausfallen können. Rutger voll unverhohlener Wut, Thomas mit nur mäßig verborgener Belustigung, gingen nun daran, mit den Jüngeren den genauen Ablauf des Abwehrmanövers einzustudieren, das den Kampf unblutig entschieden hatte.
Erst als die Dämmerung einsetzte und die Zeit für die Abendmahlzeit nahte, wies der Waffenmeister an, die Übungen zu beenden, was vor allem den Jüngeren unter den Knappen ein verstohlenes Aufatmen entlockte.

Während die Knappen die Waffen einsammelten, trat ein junger Ritter mit lockigem, braunem Haar zu Thomas.
»Wenn ihr nicht schon seit Jahren Todfeinde wärt – spätestens heute hättest du dir einen gemacht«, bemerkte er treffend. Roland war ein Jahr älter als Thomas, hatte seine Schwertleite bereits hinter sich und stand nun als Ritter in Diensten des Meißner Markgrafen, ebenso wie sein Vater Raimund.
Normalerweise hatte Roland bei den Waffenübungen der Knappen nichts mehr zu suchen. Doch Thomas ahnte, dass sein Freund nicht nur gekommen war, um ihn im Zweikampf mit Rutger zu beobachten.
»Das Leben wäre langweilig ohne Feinde«, antwortete er grinsend.
Roland blickte sich kurz um, bevor er mit gedämpfter Stimme warnte: »Ich sage dir das nicht zum ersten Mal: Irgendwann wird er dich mit seiner Heimtücke überrumpeln! Mit seinen Lügen und Ränken hat er dich schon viel zu oft in Schwierigkeiten gebracht.«

»Ja, aber jetzt wird mich niemand mehr verprügeln, nur weil Rutger mich verpfiffen oder verleumdet hat. Jetzt muss er mich schon selbst besiegen, und dazu ist er einfach zu langsam und zu dumm. Muskeln wie ein Bär, Hirn wie ein Spatz.«
»Darf ich dich daran erinnern, dass mehr Leute von Bären gefressen wurden als von Spatzen?«
Missbilligend schüttelte Roland den Kopf. »Es wird noch ein schlimmes Ende mit dir nehmen bei so viel Leichtfertigkeit.«
Thomas hielt mitten im Laufen inne und sah den Freund aufgebracht an. »Mein Vater hat seinen Vater im ehrlichen Zweikampf besiegt und getötet – in einem Gottesurteil. Randolf hatte also den Tod verdient! Und genau so werde ich mit Gottes Hilfe diesen rothaarigen Bastard töten, wenn der Tag gekommen ist.«
Roland verdrehte die Augen. Sie waren befreundet wie einst ihre Väter, seit ihrer Pagenzeit auf dem Burgberg gemeinsam aufgewachsen, und sie führten dieses Gespräch nicht zum ersten Mal. Deshalb verzichtete er darauf, seine Warnung zu vertiefen. Außerdem hatte er etwas Besonderes auf dem Herzen, das er keinen Tag länger aufschieben wollte.
»Reiten wir noch ein Stück?«, fragte er, nachdem die Schilde und Übungsschwerter in die Waffenkammer geräumt waren.
Der Jüngere begriff, dass der Freund etwas mit ihm bereden wollte, das keine Zuhörer duldete, und nickte zustimmend. So versäumten sie zwar das Mahl in der Halle, aber sicher würde er den Küchenmägden noch etwas abschwatzen können.
Roland übernahm es, den Waffenmeister um die Erlaubnis zu einem Ausritt zu bitten. Mürrisch musterte Hartmut die beiden.
»Ich verbürge mich für ihn«, versuchte der junge Ritter, den Älteren höflich zu überzeugen.
»Das ist, als erkläre sich die Ziege bereit, auf den Kohlkopf aufzupassen«, murrte der Waffenmeister. »Ich hoffe, du findest ein paar eindringliche Worte, um deinem jungen Freund klarzuma-

chen, dass alle, die ich hier ausbilde, ihrem Ungeschick und ihrer Faulheit zum Trotz, einmal auf *einer* Seite kämpfen werden – für Otto und später für seinen Erben!«

Hartmut sah Thomas scharf an. Der murmelte zwar »Ja, Herr!«, aber die widerspenstigen Gedanken schienen ihm auf die Stirn geschrieben.

»Ich war dabei, Bursche, als dein Vater starb, und du warst es auch!«, blaffte er den angehenden Ritter an. »Also solltest du dich daran erinnern, dass es *nicht* Rutger war und dein Stiefvater die Mörder gefasst und getötet hat. Lass die alten Geschichten endlich ruhen und Gott für Gerechtigkeit sorgen, wenn du meinst, sie sei noch nicht gewährt. Der Markgraf kennt keine Gnade, wenn er erfährt, dass sich seine eigenen Ritter untereinander bekriegen.«

»Ja, Herr«, wiederholte Thomas und gab sich alle Mühe, seine Ungeduld zu verbergen. Diese Predigt hatte er schon oft zu hören bekommen und hätte einiges dagegenzuhalten. Zum Beispiel, dass sein Vater erst gerächt war, wenn der Mann starb, der den Befehl zu seiner Ermordung gegeben hatte. Dass der Hass und die Durchtriebenheit, mit der ihm Rutger vom ersten Tag an begegnet war, jegliche Freundschaft oder wenigstens eine Zusammengehörigkeit als Waffengefährten unmöglich machten. Und dass die vielen Feindseligkeiten unter Ottos Rittern ihn anwiderten und seine Achtung vor dem Stand, dem er bald angehören würde, ernsthaft auf die Probe stellten.

Doch das behielt er klugerweise für sich.

Hartmut warf ihm einen letzten mahnenden Blick zu, dann wandte er sich wieder Roland zu und ordnete an: »Keine Dummheiten, keine Streiche, keine Raufereien! Vor Einbruch der Nacht seid ihr zurück, um die Pferde kümmert ihr euch selbst.«

Erleichtert bedankten sich die beiden jungen Männer für die gnädig gewährte Erlaubnis. Noch vor ein paar Jahren hätte ihnen allein die Frage eine schallende Ohrfeige und zusätzliche

Arbeit eingebracht. Aber nun, da Roland seine Schwertleite schon hinter sich hatte und die von Thomas wohl noch dieses Jahr stattfinden würde, wurden ihnen ein paar mehr Freiheiten zugestanden. Vermutlich dachte Hartmut, sie wollten ins Hurenhaus in der Stadt gehen.
»Morgen bei Sonnenaufgang sehe ich euch voll gerüstet im Sattel«, knurrte Hartmut, bevor er sie entließ. »Ihr gehört zur Geleitmannschaft, wenn der Markgraf nach Döben reitet, um den Burggrafen aufzusuchen.«

Kurz darauf gingen die beiden jungen Männer zu den Ställen, versorgt mit einem halben Laib Brot und einem Stück Schinken, wofür Roland eine der Mägde mit einem Lächeln und einem Hälfling bezahlt hatte. Er überlegte, immer noch in sich hineingrinsend, was wohl den Ausschlag gegeben hatte.
Mit tausendfach geübten Griffen sattelten sie ihre Pferde; beides Hengste aus dem Gestüt von Rolands Vater Raimund, der auf seinem Landgut im Muldental Pferde und Schafe züchtete.
Thomas ritt einen schnellen, aber äußerlich unauffälligen Braunen, weil es ihm als Knappen nicht zustand, edlere Pferde als die Ritter zu besitzen. Roland hatte zu seiner Schwertleite von seinem Vater einen kostbaren Rappen geschenkt bekommen – ein Nachfahre des Tieres, das Thomas' Vater Christian einst geritten hatte.
Von neugierigen Blicken verfolgt, passierten die jungen Männer das Tor und lenkten ihre Pferde die engen, gewundenen Gassen Meißens hinab, bis sie Stadt und Burgberg ein Stück hinter sich gelassen hatten.
Über das Ziel für ihren Ausritt mussten sie sich nicht lange verständigen: ein Stück an der Elbe entlang und dann einen Hügel hinauf, von dem aus sich ein atemberaubender Blick auf den Fluss, die Stadt und den Burgberg bot. Thomas kannte die Stelle schon aus der Zeit, als sein Vater noch lebte. Dies war einer seiner Lieblingsplätze gewesen, wenn er hier in Meißen war.

Sie saßen ab und ließen die Pferde grasen. Es war ein warmer Frühlingstag. Nach dem langen Winter schien es, als sei die Natur in den letzten paar Tagen mit aller Macht wiedererwacht. Die schon tiefstehende Sonne brachte frisches Grün und gelbe Blüten auf den Wiesen zum Leuchten und wärmte die Gesichter der beiden jungen Reiter.

Ungeduldig wartete Thomas, dass sein sonst so gesprächiger Freund endlich mit dem Grund für diesen Ausritt herausrücken würde. Um das Schweigen zu überbrücken, holte er das Brot aus dem Beutel und brach es in zwei Hälften.

Roland – ungewohnt verlegen – nahm dankend eine entgegen und holte tief Luft.

»Was meinst du … was wohl dein Stiefvater sagen würde, wenn ich ihn um die Hand deiner Schwester bitte?«

Thomas starrte den Freund für einen Moment verblüfft an, doch dieser Gesichtsausdruck wich rasch einem freudigen Strahlen.

»Du und Clara? Ich kann mir zwar nicht vorstellen, dass du es irgendwie schaffst, mein Schwesterherz dazu zu bringen, dir zu gehorchen … Aber eigentlich hatte ich schon immer darauf gehofft, dass du mich das fragst.«

Lachend hieb er dem anderen auf die Schulter. »Wir werden Schwäger!«

»Beschrei es nicht, das bringt Unglück!«, wehrte Roland ab. »Ich habe schon mit meinem Vater darüber geredet. Doch er meint, ich sei noch zu jung, um zu heiraten und einen Hausstand zu gründen. Aber Lukas – ich meine, dein Stiefvater – wird wohl nicht mehr lange warten wollen, bis er deine Schwester unter die Haube bringt. Sie wird bald siebzehn, nicht wahr? Ich habe Glück, dass mir nicht längst jemand zuvorgekommen ist. Oder weißt du etwas von ernstzunehmenden Bewerbern?«

Thomas grinste frech. »Ich glaube nicht, dass mein Stiefvater in dieser Angelegenheit das letzte Wort hat.«

Roland wusste, worauf der Freund anspielte. In dessen Familie

liefen die Dinge in vielerlei Hinsicht etwas anders als üblich. Und das aus gutem Grund.
»Aber ich denke nicht, dass er dir das abschlagen wird«, fuhr Thomas fort. »Dein Vater, mein Vater und Lukas waren doch immer die besten Freunde.«
»Und deine Mutter hat meiner beigestanden, als ich geboren wurde, sie hat mich auf die Welt geholt«, sprach sich Roland selbst Mut zu. Er atmete tief durch und sagte, verlegen nach Worten suchend: »Weißt du, ich kenne deine Schwester, seit sie ganz klein war. Ich mochte sie immer. Aber irgendwann, als ich sie letztens sah, war mir, als sähe ich sie zum ersten Mal – als Frau, verstehst du? Als hätte mich der Blitz getroffen …«
»Also …«
Betont langsam ließ Thomas das letzte Stückchen Brot sinken, statt es sich in den Mund zu stecken. »Wenn du willst, dass ich ein gutes Wort für dich einlege, solltest du jetzt vielleicht besser nicht weiterreden. Wenn ich mir vorstelle, dass du und meine Schwester … Andererseits: Was soll's, besser du als irgendwer sonst!«
Er zuckte mit den Schultern, aß sein Brot auf und schob sich ein Stück Schinken zwischen die Zähne.
»Ich würde sogar mit ihr durchbrennen, wenn mein Vater mir nicht erlaubt, jetzt schon zu heiraten«, gestand Roland mit vagem Lächeln. »Aber natürlich nicht ohne den Segen deiner Eltern«, fügte er rasch an.
Thomas grinste erneut. »Ich fürchte, du wirst sie selbst fragen müssen, ob *sie* mit *dir* durchbrennen würde«, bremste er den Überschwang seines Freundes. »Bisher hat sie wenig Begeisterung gezeigt angesichts der Vorstellung, verheiratet zu werden. Aber vielleicht wartet sie insgeheim darauf, dass du um sie anhältst. Lange kann sie es sowieso nicht mehr hinauszögern, ohne als alte Jungfer zu gelten.«
Er wischte sich die Hände im Gras ab und stand auf.

»Bald wird es stockfinster sein. Wir müssen zurück, wenn wir nicht gewaltigen Ärger bekommen wollen.«
»Und du legst ja größten Wert darauf, Ärger zu vermeiden«, spottete sein Freund.
»Im Rahmen meiner Möglichkeiten«, gab Thomas im gleichen Tonfall zurück. »Und die sind begrenzt.«
»Weißt du, ob dein Stiefvater demnächst nach Meißen kommt?«, fragte der Ältere, während er zu seinem Rappen ging. »Vielleicht sogar mit Clara und deiner Mutter? Sonst muss ich um Erlaubnis bitten, mich vom Dienst entfernen zu dürfen, und in aller Form bei euch in Freiberg um ihre Hand anhalten. Gütiger Gott, mein Vater schlägt mich tot, wenn er davon hört! Und natürlich wird Lukas ihm das sofort erzählen …«
Er strich seine braunen Locken zurück, die ihm der Wind ins Gesicht wehte. »Früher dachte ich immer, Heiraten sei eine leichte Sache, wenn erst einmal die Brautgabe ausgehandelt ist. Jetzt ist mir die Brautgabe völlig gleichgültig, ich würde deine Schwester auch ohne nehmen, aber ich sehe Hindernisse über Hindernisse …«
Thomas stieg in den Sattel und wog in Gedanken ab, was dafür und dagegen sprach, dass Lukas bald auf den Burgberg käme. »Sofern unser gnädigster Fürst nicht wieder meine Mutter anfordert, damit sie einen seiner Gichtanfälle behandelt, wird mein Stiefvater Clara wohl kaum an den Hof mitbringen. Du weißt ja, er hält sie fern von hier, so lange es geht …«
Dafür gab es gute Gründe. Niemand von ihnen wollte, dass Clara durch ihr Heilwissen einmal in ähnliche Gefahr geriet wie ihre Mutter, der Feinde heidnischen Aberglauben und Schadenszauber vorgeworfen hatten.
»Du wirst wohl nach Freiberg reiten müssen, wenn wir aus Döben zurück sind.«
»Willst du dir nicht endlich einmal ein ehrbares Mädchen suchen, dem du dein Herz schenkst und um das du freist?«, wollte

Roland wissen, bevor er aufsaß. »Ewig kann das doch nicht gutgehen …«
Roland wusste als Einziger, dass Thomas ein Verhältnis mit der neuen, jungen und gelangweilten Frau des alten Haushofmeisters hatte. Als sie mit dem Hofstaat des Markgrafen unterwegs waren, hatte sie ihn eines Abends zu seiner eigenen Überraschung verführt. Seitdem trafen sie sich heimlich bei jeder sich bietenden Gelegenheit, und jeder halbherzige Versuch von Thomas, die sündige Liebschaft zu beenden, war von ihr mit Küssen und sehr überzeugenden Vertraulichkeiten abgewehrt worden.
Thomas zuckte mit den Schultern, dann klopfte er seinem Braunen aufmunternd auf den Hals. »Du hast recht, ich sollte die Finger von ihr lassen. Aber ich kann hier keine Familie gründen. Wenn erst Albrecht Markgraf wird – und das kann jeden Tag geschehen angesichts von Ottos Alter –, muss ich schleunigst von hier verschwinden. Wahrscheinlich mein Stiefvater und meine Mutter auch … Insofern wäre es doppelt gut zu wissen, dass Clara bei dir in Sicherheit ist …«
Sie saßen beide schon in den Sätteln, als Thomas mit gespielter Beiläufigkeit sagte: »Ich hoffe nur, dass ich meine Schwertleite schon hinter mir habe, wenn es so weit ist. Dann kann ich in Graf Dietrichs Dienste treten. Er würde mich bestimmt aufnehmen.«
Roland stieß vor Überraschung einen leisen Pfiff aus. Über diesen Plan hatte sein Freund noch nie mit ihm gesprochen. Dietrich von Weißenfels war Markgraf Ottos jüngerer Sohn und lebte auf wettinischem Besitz an der Saale. Während seiner Knappenzeit war Thomas' Vater Christian sein Lehrmeister gewesen.
»Klingt vernünftig«, meinte Roland bedächtig. »Aber Dietrich hat das Kreuz genommen, er will den Kaiser auf den Kriegszug ins Heilige Land begleiten. Wahrscheinlich ist er schon unterwegs dahin. Dann wirst du ihm folgen müssen … bis zum Mittelpunkt der Welt!«

Rolands Stimme klang nun schwärmerisch, beinahe neidisch. »Ruhm und Ehre und ewiges Seelenheil! Vergebung aller Sünden!«

Thomas gab sich alle Mühe, gelassen zu wirken. So neugierig er auch auf fremde Länder war, von denen die Leute die unglaublichsten Dinge erzählten – er wusste auch, dass man bis ins Heilige Land durch unwirtliches Gebiet ziehen musste, über unberechenbare Gewässer, einem Feind entgegen, von dem es hieß, er sei ihnen an Waffen und Zahl überlegen und könne auch in sengender Hitze überleben.

»Mein Vater meint, der letzte Kriegszug ins Heilige Land sei eine vollkommene Niederlage gewesen«, sprach Roland weiter, aufgewühlt von der Vorstellung, sein jüngerer Freund könnte sich auf dieses Abenteuer einlassen. »Die meisten Kämpfer sind gar nicht erst angekommen, sondern unterwegs verdurstet, an Krankheiten gestorben oder wurden bei Angriffen während des Marsches getötet. Aber diesmal soll alles anders sein: nur im Kampf ausgebildete Männer von Stand, die ihre Truppen auch verpflegen können, kein Lumpenpack und keine Huren. Es heißt, unser Kaiser habe das größte christliche Heer aufgestellt, das je unter Führung eines Königs oder Kaisers aufgebrochen ist. Wenn es einer schafft, Jerusalem zurückzuerobern, dann er!«

Thomas lachte auf. »Fünfzehntausend bewaffnete Männer und keine Huren? Das kann ich mir beim besten Willen nicht vorstellen.«

Doch dann wurde er ernst. »So wie deine Eltern nicht wollen, dass du schon heiratest, halten meine nichts davon, auf diesen Kriegszug zu gehen. Als ich einmal die Rede darauf brachte, fragten sie nur, ob es hier nicht genug für mich zu kämpfen gebe. Aber weißt du, was mich dorthin lockt – abgesehen von dem Gedanken, dass mir so vielleicht auch mein sündiges Verhältnis mit einer verheirateten Frau vergeben wird? Die Vorstellung, dass all diese Männer eine verschworene Gemeinschaft bilden für ihr heiliges Ziel! Dass sie wirklich zusammenstehen, statt sich wie Ottos Ritter hier zu streiten und gegenseitig zu bekriegen!«

Jetzt war es Roland, der lachte. »Fünfzehntausend Männer und keine Streitigkeiten um Ansehen, Rang und Beute? *Das* kann *ich* mir beim besten Willen nicht vorstellen!«

Thomas zog verächtlich die Augenbrauen hoch, bevor er seinem Hengst die Sporen gab. »Ganz gleich, was die Wallfahrer erwartet – schlimmer als hier kann es nirgendwo sein, wenn erst Albrecht Herr der Mark Meißen ist.«

## *Der alte Markgraf*

»Lasst uns allein!«, befahl der Markgraf von Meißen barsch.

Sofort erstarrten sämtliche Bediensteten mitten in der Bewegung, um sich dann hastig vor dem Fürsten und seiner Gemahlin zu verneigen und so geräuschlos wie möglich aus der prachtvollsten Kammer des markgräflichen Palas zu huschen.

Otto von Wettin war noch nie ein geduldiger Mann gewesen. Und je älter er wurde und je stärker ihn die Gicht plagte, umso weniger ratsam war es, sich sein Missfallen zuzuziehen.

Hedwig, die Markgräfin, die auf einer der Fensterbänke saß, blickte von dem prachtvoll illuminierten Psalter auf, den sie in den Händen hielt. Trotz ihrer fast fünfzig Jahre war sie immer noch eine schöne Frau. Durch nichts ließ sie erkennen, dass der Befehl ihres Mannes sie verwunderte. Noch weniger ließ sie sich etwas von der Anspannung anmerken, die sie überkam, wenn sie über die Gründe für diesen Befehl nachsann. Es gab genug Angelegenheiten, die unter vier Augen zu bereden wären, und keine davon war erfreulich.

Sie zog sich den pelzverbrämten Umhang enger um die Schultern, der sie gegen die Kühle des Gemäuers schützte, und wartete.
In all den langen, endlos scheinenden Jahren ihrer Ehe hatte sie vor allem eines gelernt: ihren Gemahl behutsam zu lenken. Anfangs, indem sie seine Lust schürte, später allein durch ihren scharfen Verstand. Doch dabei musste sie bedacht vorgehen. Otto zu bedrängen, würde nur dazu führen, dass er in seinen schnell aufflammenden Wutausbrüchen das Gegenteil von dem tat, was gut für ihn und die Mark Meißen war.
Der Markgraf schwieg immer noch. Der Satz, das Eingeständnis, mit dem er dieses Gespräch würde eröffnen müssen, fiel ihm unendlich schwer. Doch er konnte es nicht länger hinauszögern.
Sein einst dunkles Haar war schlohweiß geworden, im Winter hatte er den letzten Zahn eingebüßt, die Gicht ließ jede Bewegung zur Qual werden. In jüngster Zeit verspürte er häufig übergroße Müdigkeit. War dies das Zeichen, dass der Herr ihn bald zu sich rufen würde?
Natürlich durfte er sich nichts davon anmerken lassen. Noch immer zitterte jedermann, wenn er nur die buschigen Augenbrauen zusammenzog und finster dreinblickte.
Er, Otto von Wettin, Markgraf von Meißen, einer der reichsten Fürsten landauf, landab!
Und den größten Teil seines Reichtums und seiner Macht hatte er nicht ererbt oder vom Kaiser zugesprochen bekommen wie die meisten anderen Herrscher, sondern durch kluges Handeln errungen.
Lediglich einen Teil des wettinischen Besitzes hatte ihm sein Vater hinterlassen, kaum bewohnt und überwiegend von Urwald bedeckt, in dem wilde Tiere und wer weiß welche unheimlichen Wesen sonst noch hausten.
Er, Otto, hatte es geschafft, aus dieser Einöde ein blühendes Land zu machen! Er hatte Siedler in die Mark geholt, die mit

ihren Axtschlägen der Wildnis Stück um Stück abrangen, die rodeten und säten, die aus dem Urwald fruchtbare Äcker machten und Dörfer errichteten.

Aus Wohlgefallen über dieses mühselige Werk hatte der Allmächtige Herrscher im Himmel ihn und seine Mark Meißen auf besondere Art gesegnet: Er hatte Silber unter der Erde wachsen lassen, reich und rein, wie man zuvor noch keines gesehen hatte.

So dankbar Otto für diesen göttlichen Gunstbeweis war, so überzeugt war er auch, es sich als sein eigenes Verdienst anzurechnen, etwas daraus gemacht zu haben.

Selbstzufrieden ließ er die müden Augen über das Kleid seiner Frau streichen, das unter dem pelzverbrämten Umhang hervorblitzte: kostbare Seide aus dem Morgenland, mit farbenprächtigen Stickereien geschmückt. Das Schapel war aus getriebenem Silber, mit eingelegtem Gold und Granatsteinen verziert, einer Königin würdig. Mit solchem Prunk konnte er sie nun überhäufen und dafür entschädigen, dass sie, die Tochter eines mächtigen Fürsten, einem damals vergleichsweise unbedeutenden Markgrafensohn als Frau zugesprochen wurde. Doch das war lange her. Inzwischen war er dank seiner Klugheit – und auch ihrer, wie er in diesem Moment durchaus einzugestehen bereit war – zu einem der reichsten Fürsten aufgestiegen.

Ja, er hatte dafür gesorgt, dass aus dem rohen, unscheinbaren Erz Unmengen von Silber wurden, das seine Truhen füllte. *Er* hatte aus dem unscheinbaren Weiler Christiansdorf mitten im Dunklen Wald eine erblühende Stadt gemacht – mit einer Burg, vier Kirchen, einem Handwerkerviertel, der Bergmannssiedlung, dem bekanntermaßen besten Hurenhaus der Mark und sogar einer Judensiedlung, von der aus Handel bis ins Morgenland getrieben wurde.

Das alles war *sein* Verdienst.

Und jene, die einst geringschätzig auf ihn herabgesehen hatten, weil er nur über ein kleines, kaum erschlossenes Gebiet weitab

im Osten herrschte, die platzten fast vor Neid, wenn sie sahen, in welch prachtvolle Gewänder er seine Frau und seine Ritter zu den Hoftagen des Kaisers hüllen konnte und wie gut befestigt er die markgräfliche Burg von Meißen inzwischen hatte.
Nur eines schmälerte seinen Triumph, abgesehen von der Gicht, die ihn so plagte …
Kaum vorstellbar, dass der Kaiser, der auch schon fast siebzig Jahre zählte, tatsächlich noch zu einem Kriegszug bis nach Jerusalem reiten wollte, um die Heilige Stadt zurückzuerobern, die vor zwei Jahren den Ungläubigen in die Hände gefallen war. Allein die Vorstellung, solch eine weite Strecke im Sattel zurückzulegen, ließ Otto erschauern. Ganz zu schweigen von den Entbehrungen, die die Wallfahrer erwarteten: sengende Hitze, gefährliche Überfahrten, Seuchen, Überfälle von Sarazenen … alles schon, bevor der eigentliche Kampf begann. Entweder hatte Friedrich von Staufen den Verstand verloren, oder er musste bei beneidenswerter Gesundheit sein.
Andererseits – er war der Kaiser. Von Gott gesalbt. Vielleicht quälte einen von Gott Berührten nicht so etwas Alltägliches wie die Gicht.
Ich schweife schon wieder ab, rief sich Otto zur Ordnung.
Wenn ihn auch sein Körper immer öfter schmählich im Stich ließ, sein Verstand war glasklar, sofern nicht blanke Wut ihn packte. Und so gestand er sich ein, dass all das, was ihm bisher durch den Kopf gegangen war, nur als Vorwand diente, um das Unvermeidliche aufzuschieben.
Glücklicherweise ließ sich seine Gemahlin trotz seines andauernden Schweigens keinerlei Neugier anmerken.
Wie er sie kannte, wusste sie wohl längst, worum es in diesem Gespräch gehen würde. Schließlich hatte sie in dieser betrüblichen Angelegenheit jahrelang auf ihn einzuwirken versucht, bis er mit unendlichem Entsetzen begriff, dass sie recht hatte und ihre Warnungen nicht nur weiblichen Grillen entsprangen.

Trotz der vielen hässlichen Streitereien in all den Ehejahren sollte er Gott wohl danken, ihm ein so kluges und taktvolles Weib an die Seite gestellt zu haben – Eigenschaften, die er jetzt erst zu schätzen gelernt hatte.
Ich kann es nicht länger hinauszögern, dachte der alte Markgraf und räusperte sich. Auch wenn es ihm unendlich schwerfiel, gestand er leise: »Ich brauche deinen Rat und deine Hilfe.«

Hedwig sah auf und musterte ihren Mann wortlos. Als Otto erneut zögerte, war sie gänzlich sicher, worum es nun gehen würde.
Am liebsten wäre sie aufgestanden, um nachzusehen, ob niemand vor der Tür stand und lauschte. Doch dies wäre ein zu beschämendes Verhalten gewesen – auf solche Art den Verdacht einzugestehen, dass sie in ihrer eigenen Kammer, auf ihrer Burg belauscht wurden.
Selbstverständlich waren sie von unzähligen heimlichen Kundschaftern umgeben: Handlanger des Bischofs und des kaiserlichen Burggrafen, die ebenfalls ihren Sitz auf dem Meißner Burgberg hatten, des Landgrafen von Thüringen, mit dem sie seit dessen Herrschaftsantritt in Streit lagen, des Kaisers, der wissen wollte, was in seinem Reich vor sich ging, während er zum Kriegszug rüstete, des böhmischen Königs, der ein Auge auf die Mark Meißen geworfen hatte, und von wer weiß wem noch. Es wäre einfältig, *nicht* davon auszugehen, dass womöglich die Hälfte ihrer Bediensteten Auskünfte über das Geschehen im Palas des Markgrafen von Meißen an jeden erdenklichen Interessenten verkaufte.
Nicht nur Ottos Reichtum lockte, sondern auch der Gedanke, dass der Wettinerfürst alt war und jeden Tag zu Gott gerufen werden konnte. Dann würde ein Hauen und Stechen um die Markgrafschaft einsetzen, wie es seinesgleichen suchen musste.
Das war eben der Alltag eines Herrschers. Nichts davon könnte sie beide überraschen oder gar erschrecken. Wenn man es wuss-

te und in seine Überlegungen einbezog, ließen sich nützliche falsche Hinweise an den richtigen Stellen verbreiten.
Doch Hedwigs Befürchtungen drehten sich in diesem Moment um andere Lauscher: die Gewährsmänner ihres ältesten Sohnes Albrecht, der mit schlecht verhohlener Ungeduld auf den Tag wartete, an dem er die Herrschaft über die Mark Meißen übertragen bekam. Es war schon erstaunlich, dass der mittlerweile Dreißigjährige dem Schicksal noch nicht nachgeholfen hatte. Albrecht wähnte den Tag wohl nicht mehr fern, an dem sein Vater einsehen musste, dass ihm die Kraft zum Regieren fehlte, oder die Augen für immer schloss.
Beklommen ließ Hedwig noch einmal den Blick durch den Raum schweifen. Die Tür war weit genug entfernt von Ottos Stuhl, die Wände über und über mit prachtvollen Wandbehängen geschmückt, die vom Reichtum des Fürstenpaares kündeten. Zugleich dämpften sie die Geräusche und Stimmen innerhalb der steinernen Kammer.
Die Markgräfin erhob sich von ihrem Fensterplatz, legte den Psalter beiseite und schenkte sich und ihrem Mann Wein ein – eine großzügige Geste nicht nur angesichts des Dienstes, sondern vor allem, weil sie normalerweise wegen seiner Gichtanfälle darauf achtete, dass er wenig Wein trank.
Dann setzte sie sich wieder, nun an Ottos Seite. Sonst vermied sie körperliche Nähe zu ihrem Mann, weil sie die schon seit langem nicht mehr ertragen konnte. Diesmal jedoch überwand sie ihre Abneigung.
Niemand, aber auch wirklich niemand durfte sie belauschen. Hier ging es jetzt nicht nur um die Zukunft ihres Fürstenreichs, sondern womöglich auch um ihr Leben.

Dankbar trank Otto einen Schluck, dann sah er seiner Frau in die Augen und beugte sich ihr leicht entgegen. »Wir müssen verhindern, dass Albrecht das Land an sich reißt.«

Der Markgraf von Meißen flüsterte – etwas völlig Ungewohntes für einen Mann, der zeitlebens nur Befehle gebrüllt hatte, die umgehend befolgt worden waren.

»Ich wundere mich, dass er es nicht schon längst getan hat – mit ein paar Getreuen den Burgberg hinaufgeritten ist und mich gefangen gesetzt hat … oder Schlimmeres«, gestand Otto, als seine Gemahlin ihn mit einem Blick aufforderte, weiterzusprechen. »Zwar tut er so, als würde er sich damit zufriedengeben, zu regieren, wenn ich auf Reisen bin, und als habe er seit seiner Heirat keine dringlichere Sorge, als endlich einen Sohn zu bekommen. Aber neuerdings hat sein Blick so etwas Lauerndes … Er plant irgendetwas. Wir müssen ihm zuvorkommen!«

»Du kannst ihn heute noch in deinem Testament enterben und Dietrich die Markgrafschaft übertragen«, schlug Hedwig leise vor. »Tu es, bevor es zu spät ist! Deinen Letzten Willen darf er nicht missachten.«

Sie hätte Triumph fühlen müssen, Befriedigung oder zumindest Erleichterung. Seit Jahren hatte sie auf diesen Moment gewartet. Viel zu lange hatte Otto ihre Warnungen überhört und seinem Erstgeborenen alles nachgesehen – bis zu einem blutigen Zwischenfall in Christiansdorf, der ihm endlich die Augen öffnete. Albrecht schien das bemerkt zu haben, denn seitdem hatte er seine Boshaftigkeit gezügelt.

Doch weder Triumph noch Befriedigung wollte sich in diesem Augenblick bei Hedwig einstellen – nur Besorgnis, wie sie es schaffen sollten, sich gegen das Ungeheuer zu behaupten, das sie da herangezogen hatten.

»Das hieße, dir den Kampf zu überlassen, nachdem ich begraben bin«, meinte Otto mit einem fast vergessenen Gefühl der Fürsorglichkeit für seine Frau. »Das werde ich nicht tun. Er würde dich auf der Stelle ins nächstgelegene Kloster bringen lassen.«

Es war ein offenes Geheimnis auf dem Meißner Burgberg, dass

der erstgeborene Sohn des alten Markgrafen seine Mutter hasste, weil sie seinen Bruder bevorzugte.
Otto ließ die Hand kraftlos auf den Tisch sinken und atmete rasselnd aus. »Nein, ich muss es noch zu Lebzeiten austragen. Lieber heute als morgen. Aber wie?«
Ratlos sah er seine Frau an und rieb sich das faltenzerfurchte Gesicht. »Soll ich zugunsten Dietrichs abdanken, mich in ein Kloster zurückziehen wie mein Vater? Ich verspüre kein Bedürfnis danach, die Kutte anzulegen und meine alten Tage im Gebet zu verbringen. Aber vielleicht ist das der einzige Weg. Wenn Albrecht noch lange warten muss, wird er früher oder später mich und seinen Bruder aus dem Weg räumen.«
Hedwig drehte nachdenklich an einem Ring, den ihr Otto geschenkt hatte, während sie nach Worten suchte. Seit so vielen Jahren hatte sie immer wieder überlegt, wie sie das schlimmste Unheil für das Land vermeiden konnte, wenn ihr Mann starb. Und das schlimmste Unheil für das Land war Albrecht: skrupellos, jähzornig und unberechenbar, obgleich er noch den gehorsamen Sohn spielte.
Skrupellos, jähzornig und unberechenbar war Otto auch. Doch er hatte sich behutsam lenken lassen und sich klugen Einwänden nie verschlossen, wenn es um das Wohl des Landes ging.
»So weit ist es gekommen, dass wir uns vor unserem eigen Fleisch und Blut fürchten müssen«, meinte der alte Markgraf bitter.
»Ja, so weit ist es gekommen«, stimmte Hedwig ihm zu, und die feinen Falten um ihre Mundwinkel vertieften sich.
Einen Augenblick lang herrschte Schweigen zwischen ihnen beiden.
»Rechne damit, dass ein Teil deiner Leibwachen längst insgeheim in Albrechts Diensten steht«, sprach Hedwig dann leise weiter. »Du weißt, ich traue ihrem Anführer nicht. Aber du kannst ihn nicht einfach so ablösen.«

Elmar, der Anführer von Ottos Leibwache, wirkte auf den ersten Blick wie ein Pfau. Er war immer aufs vornehmste gekleidet, und seit sein stets sorgfältig gekämmtes rötliches Haar spärlich geworden war, hatte er es sich zur Angewohnheit gemacht, die Spitzen seines Schnurrbartes hochzuzwirbeln. Eine lächerliche Gepflogenheit, wie Hedwig fand. Doch wer sich vom Äußeren des Ritters täuschen ließ, beging einen großen Fehler. Nicht umsonst galt er als unbesiegbar im Schachspiel. Er durchdachte auch seine Ränke auf etliche Züge voraus, davon war die Markgräfin überzeugt.

»Du musst die Wache mit vertrauenswürdigen Männern verstärken. Einen Vorwand können wir ersinnen, meinetwegen das Gerücht, jemand plane einen Überfall auf dich …«

»Es wäre ja nicht der erste«, brummte Otto.

»Schare Männer um dich, denen du bedingungslos vertrauen kannst«, flüsterte Hedwig.

»Und wer soll das sein?« Ottos Misstrauen war mittlerweile so allumfassend wie seine schlechte Laune.

»Lukas von Freiberg. Raimund von Muldental. Und ein paar von ihren Getreuen«, zählte Hedwig sofort auf. »Wir könnten Raimunds Sohn als Boten schicken. Niemand wird Verdacht schöpfen.«

»Mir fällt auf, dass du immer noch Christians Freunden anhängst, obwohl der längst tot ist«, knurrte Otto.

»Dann halte dir vor Augen, dass er in den Tod gegangen ist, um dir die Augen über das wahre Wesen deines Erstgeborenen zu öffnen!«, mahnte Hedwig streng.

Sie zögerte einen Augenblick, bevor sie die nächsten Worte aussprach, die noch jemanden mit ins Verderben reißen konnten.

»Wir sollten auch Lukas' Frau kommen lassen, Christians Witwe. Erinnerst du dich noch daran, was geschah, als sie das erste Mal hier auf dem Burgberg war?«

Otto wusste sofort, was seine Frau meinte.

»Die Sache mit dem vergifteten Wein?«
»Ja. Sie hat es damals erkannt. Hätte ich getrunken, wäre ich gestorben. Wir sollten sie ab sofort in unserer Nähe haben.«
»So weit ist es also gekommen …«, wiederholte Otto und lehnte sich müde zurück.
Auch wenn es das Eingeständnis einer Niederlage war – er würde nach den Genannten schicken lassen, wenn er aus Döben zurückkam.
»Ja, mein Gemahl«, sagte Hedwig bitter. »So weit ist es gekommen.«
Sie streckte ihm die Hände entgegen, um nach seinen zu greifen. Zum ersten Mal seit Jahren berührte sie ihren Mann freiwillig.
»Wir sollten uns auf das Schlimmste gefasst machen.«

## *Brautwerbung*

Lukas und Marthe wohnten in jenem Teil der Stadt, in dem vor mehr als zwanzig Jahren die ersten Gehöfte von Christiansdorf entstanden waren.
Die Ursprünge des Dorfes ließen sich kaum mehr erkennen. Anstelle der Felder waren längst Gruben angelegt, das Handwerkerviertel und das Burglehen waren entstanden, Wall und Graben umschlossen Stadt und Burg.
In dem Steinhaus, das Christian hatte errichten lassen, lebten mit ihnen Clara und Lukas' Söhne: sein Erstgeborener, der achtjährige Paul, den er mit einer Magd gezeugt hatte, der siebenjährige Lukas, der bald sein Zuhause verlassen würde, um als Page und später als Knappe ausgebildet zu werden, und der vierjährige Konrad, sein gemeinsames Kind mit Marthe. Zu ihrem Hausstand gehörte außer dem Kaplan Hilbert und dem Gesinde noch

Lukas' Knappe, der älteste Sohn seines Bruders Jakob. Doch der Junge war zu seiner kranken Mutter gerufen worden.
Als Lukas nach Ende seines Dienstes auf der Burg nach Hause kam, stand Marthe am Fenster ihrer Kammer. Sie drehte sich zu ihm um, als er eintrat, sein Schwert losgürtete und an die Wand lehnte.
Entgegen aller Gewohnheit waren ihre Hände nicht mit einer Flickerei, dem Zerpflücken von Kräutern oder einer anderen Arbeit beschäftigt. Obwohl es gerade erst dämmerte und Kerzen teuer waren – die meisten Menschen benutzten Kienspäne oder rußende Talglichter –, brannte eine Kerze auf dem Tisch. Vom Luftzug der Tür flackerte die Flamme auf und erlosch.
Wortlos nahm Lukas die Kerze vom Tisch und entzündete sie neu. Er wusste, dass seine Frau in düsteren Momenten Trost im warmen Licht suchte.
»Wie verlief das Gespräch mit den Ratsherren?«, fragte sie.
»Wie zu erwarten«, antwortete Lukas und verzog das Gesicht leicht verächtlich. »Sie haben allen Mut zusammengerafft, wie immer Jonas vorgeschoben, damit der seinen Hals riskiert, der Vogt hat sie angebrüllt, bis ihn beinahe der Schlag traf … Und jetzt muss ich mir mit Peters Leuten wieder einmal etwas ausdenken, damit die aufgeschreckten Stadtbürger ihren Kopf aus der Schlinge ziehen können.«
»Erwartest du nicht ein bisschen viel von ihnen?«, fragte Marthe zweifelnd. »Wie sollen sich einfache Leute gegen jemanden behaupten, den Gott über sie gestellt hat?«
»Es sind Ratsherren, die für die Bürger ihrer Stadt eintreten sollen!«, berichtigte Lukas sie scharf. »Und wir beide haben erlebt, wie Knechte und Bauern mehr Rückgrat bewiesen als dieser Feigling von einem Gewandschneider. Erinnere dich an die ersten Jahre von Christiansdorf!«
»Das waren besondere Zeiten«, widersprach sie. »Zeiten, in denen Gottes Ordnung der Welt aus den Fugen schien. Viele von

denen, die damals etwas gewagt haben, sind längst tot und begraben …«

Lukas trat neben sie und legte eine Hand an ihre Wange. »Sag, was dich bedrückt«, forderte er sie auf.

Marthe lächelte zurück, zaghaft und müde, dann wies sie hinaus aus dem Fenster.

»Es braut sich etwas zusammen. Nicht nur am Himmel. Jedermann wartet darauf … auf das Unheil, das uns droht, wenn Otto stirbt.«

Lukas zog seine Frau an sich, die immer noch schmal und zerbrechlich war wie damals, als er sie zum ersten Mal gesehen hatte. Nichts Begehrendes hatte seine Geste in diesem Moment an sich, nur Trost. Sanft umklammerte er sie, strich mit seinen Händen über ihren Rücken, legte die Rechte in ihren Nacken und gab ihr von seiner Wärme ab.

Er schwieg und wartete, weil er spürte, dass sie noch mit sich rang, ob sie aussprechen sollte, was sie bewegte. Schließlich überwand sie sich und sagte, den Blick an ihm vorbei in die Ferne gerichtet: »All die Jahre hatten wir so viel zu kämpfen … Immer wieder und wieder … Ich bin müde … Ich will nicht mehr kämpfen. Ich kann es einfach nicht mehr.«

Nun sah sie ihn geradeheraus an. »Sollten wir nicht besser fortgehen von hier? Um unseretwillen und für unsere Kinder?«

Diese Frage hatte sie schon einmal Christian gestellt, und er hatte abgelehnt – mit tödlichen Folgen.

Sie hat ja recht, dachte Lukas beklommen. Sie hat wirklich genug gelitten. Jede Nacht sehe ich die Narben auf ihrem Körper, jeden Tag spüre ich die Narben auf ihrer Seele. Und dennoch …

»Liebste!«, flüsterte er. »Du weißt, dass ich bis ans Ende der Welt mit dir ziehen würde, wenn es sein muss. Ein Wort, und ich lasse mich von meinem Dienst befreien …«

Dann fasste er sie bei den Schultern und zwang sie, ihm ins Gesicht zu sehen. »Doch du weißt, warum wir hier sind. Warum

wir nicht geflohen sind. Du nicht, ich nicht … und damals auch Christian nicht.«
»Und was hat es uns gebracht?«, erwiderte sie bitter. »Nur Tod und Verderben!«
Verzweifelt versuchte sie, die Tränen zurückzuhalten, während sich ihre Hände zusammenkrampften. »Ist es nicht schlimm genug, dass Christian sterben musste? Er wollte, dass dies ein friedlicher, gerechter Ort wird. Friedlich wird es hier wohl nie mehr werden. Doch was uns jetzt bevorsteht, wird schlimmer als alles, das uns und diesem Dorf je widerfahren ist. Wie soll ich unsere Kinder schützen? Was ist das für ein Leben, immer in Angst vor dem nächsten Tag?«
»Marthe, du bist nicht allein!«, beschwor er sie. »Wir sind nicht allein. Du sagst, du bist müde. Der Müde soll ruhen, nicht fortziehen. Leg dich jetzt schlafen!«
Mühsam erwiderte sie sein Lächeln. »Verzeih meine Launen. Ich weiß auch nicht, was über mich gekommen ist.«
Sie wollte sich mit gespielter Geschäftigkeit seinem Griff entziehen.
Doch Lukas hielt sie weiter fest. »Liebste!«, flüsterte er. »Ich weiß, dass es nicht nur Launen sind. Du hast allen Grund, dich zu fürchten. Und wer ohne Angst und Zweifel ist, bevor er in den Kampf zieht, der muss ein Narr sein. Aber noch ist Albrecht nicht Markgraf. Vielleicht erfüllt sich mit Gottes Hilfe sogar Christians Hoffnung, dass Dietrich einmal über die Mark herrscht. *Noch* ist es nicht so weit, dass wir fliehen müssen. Und wir können dank unseres Standes die Menschen in der Stadt schützen. Hast du vorhin nicht selbst gesagt, dass sie Hilfe brauchen? Ich habe es geschworen. Und du selbst würdest dir doch Feigheit nie vergeben …«

Es klopfte, bevor Marthe etwas entgegnen konnte.
Unwillig sah Lukas zur Tür. Aber ohne triftigen Grund würde niemand es wagen, sie zu stören. Er wartete einen Moment, da-

mit Marthe sich sammeln konnte, dann löste er sich von ihr und rief: »Herein!«

Die Tür wurde geöffnet, und zu ihrer beider Überraschung trat jener hochfahrend blickende Ritter ein, der bei der Beratung des Burgvogtes dabei gewesen war und kein Wort gesprochen hatte. Er war nur wenig jünger als Lukas, Anfang dreißig, breitschultrig und groß gewachsen. Glattes, beinahe schwarzes Haar reichte ihm bis auf die Schultern, doch im Gegensatz zu Lukas trug er keinen Bart. Seine Haltung, seine kostbare Kleidung und seine Waffen zeigten unverkennbar an, dass er aus einem alteingesessenen und wohlhabenden Geschlecht stammte. Sein Gesicht war verschlossen, ohne den geringsten Anflug eines Lächelns.

»Ein dienstlicher Besuch?«, erkundigte sich Lukas mit hochgezogenen Augenbrauen angesichts des unerwarteten Gastes. »Gibt es schlechte Nachricht?«

»Nein«, entgegnete der andere, ohne seinen Gesichtsausdruck zu ändern. »Allerdings ist die Angelegenheit durchaus ernst …«

Er holte tief Luft und sank vor Lukas und Marthe auf ein Knie. »Ich möchte dich um die Hand deiner Stieftochter bitten. Und Euch, Marthe, um Euren Segen. Ich würde Clara … Eure Tochter … gern zur Frau nehmen …«

Verblüfft starrte Lukas auf den abendlichen Besucher.

Reinhard hatte seit dem frühen Tod seiner ersten Frau keine andere mehr angesehen.

Also hatte er insgeheim ein Auge auf Clara geworfen?

Lukas war so erleichtert über diese Wendung der Dinge, dass er am liebsten sofort zugesagt hätte. Es wurde höchste Zeit, das Mädchen zu verheiraten; seit längerem schon zergrübelte er sich den Kopf darüber, wem er Marthes Tochter anvertrauen konnte.

Einen Haken hatte die Sache allerdings. Genau genommen zwei.

Er stand auf und schenkte sich, der auffallend still gebliebenen Marthe und dem Gast Wein ein.
»Damit wirst du deine Rolle auf der Burg aufgeben müssen«, brachte Lukas eine seiner beiden Sorgen auf den Punkt.
»Nicht unbedingt«, warf Reinhard ein und nahm dankend den Becher entgegen. »Das böte ihr sogar zusätzlichen Schutz für den Fall, dass der Wind in der Mark Meißen dreht. Die Frage ist nur ...«
Er wandte sich zu Marthe. »Die Frage ist, ob Clara mich nicht deshalb hasst ...«
Nun blickte auch Lukas leicht angespannt zu seiner Frau. Wenngleich er als Claras Stiefvater und Vormund sofort über die Hochzeit entscheiden und die Brautgabe aushandeln könnte – er würde es nicht ohne das Einverständnis ihrer Mutter tun. Und dies war seine zweite Sorge.
Dass Marthe immer noch schwieg, war kein gutes Zeichen.

Schon als Reinhard mit feierlicher Miene vor ihnen niederkniete, erkannte Marthe, was nun kommen würde. Sie hatte Mühe, sich nichts von dem anmerken zu lassen, was ihr durch den Kopf wirbelte: Gedanken und Bilder, schreckliche Erinnerungen ... Wie einst, als sie kaum vierzehn war, Randolf und seine Kumpane über sie hergefallen waren ... wie sie wenig später zur Hochzeit mit einem alten Witwer gezwungen worden war ... all die schlimmen Erfahrungen, die sie mit Männern durchleben musste, bis Christian ihr seine Liebe schenkte und das Grauen von ihr nahm.
Kein Mädchen sollte so etwas durchleiden müssen, schon gar nicht ihre Tochter. Sie wollte, dass Clara einem Mann zur Frau gegeben wurde, den sie liebte. Doch bisher hatte das Mädchen durch nichts zu erkennen gegeben, dass sie einen Mann begehrte. Wie lange konnten sie noch warten? Eine Frau zählte nichts ohne einen Mann, der sie beschützte.

Lukas und Reinhard tauschten einen Blick, dann ergriff Lukas als Oberhaupt des Hauses das Wort.

»Wir *müssen* sie verheiraten! Wir hätten es längst tun sollen. Jeden Tag kann eintreten, was wir befürchten. Was, wenn ich dann mit meinen Männern abkommandiert werde und im Kampf oder durch einen Hinterhalt sterbe? Wer wird sie behüten? Ich will nach meinem Tod nicht Christian im Jenseits gegenübertreten und mir vorwerfen lassen müssen, dass ich nicht gut für seine Kinder gesorgt habe.«

Unentschlossen sah Marthe von einem zum anderen.

»Habt Ihr schon mit Clara darüber gesprochen?«, fragte sie Reinhard.

»Nein. Erst wollte ich euer Ja und euren Segen.«

»Empfindet sie etwas für Euch?«

»Sie wird es lernen«, mischte sich Lukas ein. »Ich kann mir keinen besseren Mann für sie vorstellen. Er wird sie schützen und für sie sorgen …«

»… und ich liebe sie von ganzem Herzen«, fügte Reinhard an.

»Es … kommt sehr … plötzlich«, wand sich Marthe um eine Antwort.

Nun widersprach Lukas. »Ich wäre ihr ein schlechter Vater, wenn ich sie nicht bald ordentlich verheiratete. Du weißt so gut wie ich, weshalb wir sie keinem Mann geben können, dem wir nicht vollständig vertrauen.«

Jedem im Raum war klar, was er meinte: Wie Marthe hatte auch Clara manchmal Träume, die sich bewahrheiteten. Wer davon erfuhr und sie der Kirche verriet, würde Clara einen grausamen Tod bescheren.

Aber durfte sie Reinhard vertrauen? In den ersten Jahren nach seiner Schwertleite hatte er in Randolfs Diensten gestanden. Deshalb brachte sie es nicht über sich, Reinhard so zu vertrauen, wie Lukas es tat. Marthe konnte ein Schaudern nicht unterdrücken, als sie darüber nachsann, ob wohl Randolf vor seinen Rittern damit geprahlt hatte, die Frau seines Feindes geschändet zu haben, als sie noch ein blutjunges Mädchen war.

»Es gibt keinen anderen Weg«, entschied Lukas. »Sie ist vernünftig und wird es einsehen.«

»Meine Tochter soll nicht nur aus Vernunft heiraten!«, widersprach Marthe leidenschaftlich.

»Du weißt genau, dass es nur den wenigsten Menschen vergönnt ist, die Liebe ihres Lebens zu treffen und auch noch zu heiraten«, hielt Lukas ihr mit ungewohnter Strenge vor. »Reinhard ist ein guter Mann, zuverlässig und von Ehre. Die Leute zerreißen sich doch so schon die Mäuler darüber, dass sie mit sechzehn immer noch nicht unter der Haube ist!«

Marthe sah die beiden Männer an und fühlte sich überrumpelt. Wie es aussah, war diese Hochzeit für Lukas bereits beschlossene Sache.

»Lasst mich zuerst allein mit ihr reden«, bat sie schließlich, als niemand etwas sagte.

»Gut«, gestand Lukas zu. »Aber nicht mehr heute.«

Besorgt sah er zu Marthe, die müde den Kopf an die Wand gelehnt hatte. Vielleicht sollte er sich heimlich mit Johanna verbünden, ihrer Stieftochter, die von Marthe eine Menge über das Zubereiten von Heiltränken gelernt hatte. Es musste doch irgendein Kräutlein geben, das den Mutlosen neue Hoffnung gab. Er könnte auch Clara fragen, doch das Mädchen würde möglicherweise in nächster Zeit nicht so gut auf ihn zu sprechen sein.

»Also darf ich morgen um sie werben?«, fragte Reinhard.

Nach dem zustimmenden Nicken von Lukas bedankte er sich und ging mit festen Schritten hinaus.

# *In der Falle*

Marthe kam am nächsten Morgen nicht gleich dazu, mit Clara über die geplante Hochzeit zu sprechen. Schon bei Sonnenaufgang rissen besorgte Rufe sie aus dem Schlaf. Lukas saß bereits aufrecht im Bett, den Dolch in der Hand, als sie benommen hochfuhr. Doch dann ließ er sich erleichtert wieder sinken und legte die Waffe beiseite. Es war Peter, der von draußen durch die Tür rief, dass eine Gebärende Hilfe brauche.

Marthe fühlte sich so müde, als hätte sie keinen einzigen Augenblick geschlafen. Sie erfrischte sich rasch mit Wasser aus dem Krug, schlüpfte in ihr Kleid, drehte das Haar zusammen und setzte die Haube auf. Dann griff sie nach dem Korb mit allem, was sie für eine Entbindung brauchte. Lukas war inzwischen vor die Tür gegangen und redete mit dem Großknecht.

Als Marthe hinaustrat, sah sie, dass eine alte Frau in ärmlichem Kleid bei den Männern stand, die nun sofort auf die Knie sank.

»Herrin, bitte habt Erbarmen und helft! Ich weiß sonst weder ein noch aus …«

Marthe kannte die Frau. Elfrieda war die Witwe eines Häuers, deren Verwandte sie aufgenommen hatten und die an den Scheidebänken arbeitete. Sie musste schon vor Sonnenaufgang gewartet haben, bis das Stadttor geöffnet wurde, denn die Siedlung der Bergleute lag vor den Toren der Stadt. Und beim Anblick der verzweifelten Alten erriet Marthe sofort, wer ihre Hilfe benötigte: Elfriedas Nichte Bertha, die Häuerstochter, die geschändet worden war und deren Vater vergeblich um ein Wergeld gebeten hatte.

Ungeduldig half Marthe der Witwe hoch und bedrängte sie mit Fragen. Das Kind kam nicht nur früher als erwartet. Wie Marthe nun bestürzt hörte, lag Bertha schon den dritten Tag in den Wehen.

»Warum habt ihr mich nicht eher geholt?«, fragte sie fassungslos. Wenn das Kind immer noch nicht auf der Welt war, stimmte etwas nicht bei dieser Geburt. Doch nach drei Tagen voller Schmerzen war die Kreißende wahrscheinlich so schwach, dass es fraglich war, ob überhaupt noch jemand etwas für sie tun konnte.

»Wir haben es nicht gewagt, Euch damit zu behelligen, Herrin«, antwortete die Alte und wischte sich mit dem schmutzigen Ärmel Tränen vom verschmierten Gesicht. »Unsere Kate ist zu armselig … Und in der Nacht hätte keiner jemanden wie mich in die Stadt eingelassen …«

Am liebsten hätte Marthe aufgeschrien. »Habe ich jemals einen Kranken oder eine Gebärende im Stich gelassen?«, fuhr sie die Frau an.

Selbst wer die frühen Tage von Christiansdorf nicht miterlebt hatte, musste wissen, dass sie einst zu den Ärmsten gehörte und ihre Arbeit als Wehmutter und Heilerin auch tat, wenn die Hilfesuchenden sie nicht bezahlen konnten.

»Der Vater hat's verboten«, gestand Elfrieda unter Marthes strengem Blick und bekreuzigte sich. »Weil sie eine Sünderin ist … Aber ich hab es nicht mehr ausgehalten, zuzusehen, wie das Mädchen verreckt, und hab so lange gebettelt, bis ich Euch holen durfte. Schlimm genug, was meiner Nichte widerfahren ist.«

Das dachte auch Marthe, während sie die Hände zu Fäusten ballte. Nun wurde Bertha noch einmal bestraft, zusätzlich zu der Gewalttat, und würde am Ende vielleicht sterben.

Mit einem Blick verabschiedete sich Marthe von Lukas, der die Witwe immer noch misstrauisch anschaute, als könnte seiner Frau von ihr Gefahr drohen.

Unter Peters Führung hasteten sie in der Kühle des Maimorgens durch die fast menschenleeren Gassen, passierten das Stadttor und betraten die Siedlung der Bergleute.

Die »Sächsstadt« lag vor den Toren Freibergs auf einer Anhöhe, die von Gruben durchzogen war. Zwischen Huthäusern, Haspeln und Scheidebänken standen die Katen der Häuer, meist schief und niedrig, mit einem winzigen Gärtchen und da und dort einer Ziege vor dem Haus.
Aus der kleinen hölzernen Kirche kam ihnen eine Gruppe Bergleute entgegen, die vor dem Einfahren um Gottes Beistand bei ihrer gefährlichen Arbeit gebetet hatten.
An den Scheidebänken waren Frauen und Kinder schon dabei, das Erz zu zertrümmern, damit es in den Schmelzhütten verarbeitet werden konnte. Müde und frierend hämmerten sie und schauten kaum hoch, als die kleine Gruppe an ihnen vorbeilief.
Die Alte führte sie in eine windschiefe Hütte ganz am Rande der Siedlung. Zwar waren einige Bergleute in Freiberg zu Reichtum gekommen, aber diese Familie litt Not, weil der Hausvater in einer Grube arbeitete, die kaum das Nötigste zum Leben abwarf, nachdem die ersten, ergiebigen Gänge abgebaut worden waren.
Vor dem löchrigen Zaun aus Weidengeflecht, der das Haus umgab, hockten zwei Kinder, die noch zu klein waren, um an den Scheidebänken oder in den Gruben zu arbeiten.
Das ältere von ihnen – vielleicht fünf – sah auf und wischte sich die triefende Nase am Ärmel ab. »Unsere Schwester ist tot«, schniefte er. »Pater Sebastian ist bei ihr, aber er sagt, sie muss in die Hölle …«
Marthe zuckte zusammen. Kam sie zu spät?
Und hatte etwa nicht Berthas Vater, sondern der Pater verboten, sie zu Hilfe zu rufen? Bertha zum Tode *und* zu ewiger Verdammnis verurteilt? Dann war er noch grausamer, als sie je gedacht hatte.
Am liebsten wäre sie sofort umgekehrt. Doch zuerst musste sie nachsehen, ob sie hier wirklich nichts mehr ausrichten konnte.
Trotz ihrer zierlichen Gestalt musste sie sich ducken, um durch

die niedrige Tür zu treten. Noch bevor sich ihre Augen an die Dunkelheit im Innern gewöhnt hatten, sagte ihr ein allzu bekannter säuerlicher Geruch, wer sie hier am Lager der Kreißenden erwartete.
Pater Sebastian hatte es sich seit ihrer ersten Begegnung zum Ziel gemacht, der Christiansdorfer Wehmutter heidnischen Zauber und Aberglauben nachzuweisen. Später hatte der Meißner Bischof angewiesen, dass Marthe ihrer Arbeit nur unter Pater Sebastians Aufsicht weiter nachgehen durfte. Und beide warteten sie begierig darauf, ihr etwas anlasten zu können. Deshalb hatte Christian eine kleine Kapelle in seinem Haus errichten lassen und einen Kaplan aufgenommen, bei dem Marthe die Beichte ablegen konnte.
Jetzt stand der dürre Pater auf, um ihr den Weg zum Bett zu versperren. Der Gestank seiner Kleider nahm ihr beinahe den Atem. Ein Blick zur Seite sagte Marthe, dass das Kind noch in Berthas Leib steckte, der in ein Leichentuch gehüllt war.
»Die Sünderin ist tot und schmort im Höllenfeuer. Hol das Balg aus ihr raus, damit es getauft und seine Seele gerettet werden kann!«, befahl Sebastian harsch.
Marthe senkte die Lider, um ihm nicht in die Augen sehen zu müssen und ihr Entsetzen und ihren Widerwillen zu verbergen. Wie konnte der Pater Bertha nur die Schuld an dem geben, was ihr geschehen war, und ihr die Sterbesakramente verweigern!?
Sie trat zum Kopfende der Schlafstatt, stellte den Korb ab und hockte sich auf den schmutzigen Boden. Dann schlug sie das Tuch etwas zurück und legte ihre Hand an den Hals des Mädchens.
»Sie lebt noch!«, rief sie mit aufflackernder Hoffnung, als sie einen ganz schwachen Pulsschlag spürte.
»Das spielt keine Rolle mehr«, fauchte der Pater zurück. »Ob der Herr sie nun auf der Stelle oder bei ihrem nächsten Atemzug zu sich beruft – sie ist eine Sünderin und ewige Verdammnis ihre

gerechte Strafe. Für *solche* Missetaten straft Gott uns mit dem Verlust Jerusalems! Wir alle müssen Buße tun. Also hol sofort das Kind aus ihr! Sonst lasse ich den Schlachter holen, der es herausschneidet. Oder willst du die unschuldige Seele den Mächten des Bösen überlassen?«

Marthe begriff, dass sie nun endgültig in der Falle saß.

Die kirchliche Lehre besagte, dass das Leben des Säuglings Vorrang vor dem der Mutter hatte, weil dessen Seele unweigerlich der Verdammnis anheimfallen würde, wenn er ungetauft blieb.

Doch sie konnte Bertha nicht einfach sterben lassen, ohne wenigstens zu versuchen, ihr zu helfen. Wenn allerdings bei dem, was sie vorhatte, die Gebärende überlebte und das Kind starb – vielleicht war es bereits tot nach solch langen Wehen –, hätte Sebastian endlich einen Grund, sie vor das Kirchengericht zu bringen. Diesmal wäre ihr als rückfälliger Sünderin der Scheiterhaufen sicher.

Doch in einem hatte der Pater recht: Das Kind musste schnell auf die Welt.

»Wie Ihr wünscht«, sagte sie, sprach ein Gebet und griff nach dem unteren Zipfel des Tuches, das den reglosen Frauenkörper bedeckte, als wollte sie den schwangeren Leib entblößen. Dann hielt sie mitten in der Bewegung inne.

»Ihr werdet doch nicht dabei sein und diesen anstößigen Anblick ertragen wollen?«, fragte sie mit gespielter Verwunderung.

Wie erwartet hastete der Pater hinaus.

Prüfend sah Marthe zu den beiden Frauen, die an der Wand kauerten – offensichtlich Gevatterinnen aus der Nachbarschaft, die entweder bei der Geburt zugegen sein oder Bertha schon ins Leichentuch einnähen sollten.

»Geht zusammen mit dem Pater in die Kirche und betet für die Seelen beider«, wies sie die Frauen an, die keinen Widerspruch erhoben und sofort den dunklen, stickigen Raum verließen.

Marthe wartete, bis sie die windschiefe Tür hinter sich zugezogen hatten, dann winkte sie Elfrieda heran.
»Nimm die Hände deiner Nichte und reibe sie, bis sie warm werden!«
Während die Alte sofort gehorchte, tastete Marthe den Leib der Schwangeren ab. Das Kind lag falsch herum, mit dem Steiß nach vorn. Gewiss war die Geburt deshalb nicht mehr vorangeschritten.
Aber in der jetzigen Notlage war dies noch die bessere der möglichen Erklärungen. Wenn das Kind feststeckte, weil der Kopf zu groß war, wie es vor ein paar Jahren ihrer Stieftochter Marie ergangen war, konnte sie gar nichts tun. Dann würden sie die Mutter und ihr ungeborenes Kind zusammen begraben müssen, und sie selbst musste sich vor dem Bischof verantworten.
Unter anderen Umständen hätte Marthe versucht, das Kind durch vorsichtigen Druck von außen in die richtige Lage zu bringen. Aber dazu blieb keine Zeit; dafür war die Kreißende dem Tode schon zu nahe. Ganz abgesehen von der grausigen Drohung Sebastians, das Kind mit dem Schlachtermesser aus Berthas Leib herausschneiden zu lassen.
Also blieb nur eine Möglichkeit.
Sie warf die schmutzigen und blutigen Leinenknäuel beiseite, die jemand Bertha zwischen die Beine gepresst hatte, schöpfte sich mit einer Kelle Wasser aus dem Bottich am Herd und goss es sich über die Hände.
»Stütz ihr den Rücken«, rief sie der Alten zu, die sofort begriff, was zu tun war. Sie hockte sich hinter ihre Nichte, hob ihren Oberkörper leicht an, griff ihr unter die Arme und drückte ihr ein Knie ins Kreuz.
Marthe sprach ein kurzes Gebet, spreizte der Sterbenden die Schenkel und griff vorsichtig in den Leib, um das Kind zu drehen.

Bertha stöhnte auf, ihre Lider flackerten, dann schrie sie vor Schmerz. Nun kam wieder Bewegung in die Geburt.

Marthe wartete, bis die Wehe verebbte, tastete mit geschlossenen Augen nach einem Arm des Ungeborenen und zog behutsam daran, bis es aus dem geschundenen Leib glitt. Rasch fing sie das Neugeborene auf und durchtrennte die Nabelschnur.

»Es ist ein Junge! Schnell, kümmere dich um deine Nichte, gib ihr zu trinken und wärme sie!«

Marthe hatte dafür jetzt keine Zeit. Das Kind sah sehr klein und schwach aus, noch winziger als ein normales Neugeborenes, und es gab keinen Laut von sich. Rasch säuberte sie Mund und Nase von Schleim und blies dem Säugling etwas von ihrem Atem ein, bis sich der winzige Brustkorb leicht senkte und hob. Endlich war der erste zittrige Schrei zu hören.

Sie warf einen Blick auf die junge Mutter, die nun erst sie, dann das Kind anstarrte. »Du kommst nicht ins Fegefeuer. Du lebst!«, versicherte sie ihr mit aufmunterndem Lächeln.

»Ich will das Balg nicht!«, sagte Bertha mit letzter Kraft, ließ sich niedersinken und drehte das Gesicht zur Wand.

Ohne etwas darauf zu entgegnen, wickelte Marthe den Jungen in das zerschlissene Leinen. Als Leichentuch würde es nun nicht gebraucht; zumindest nicht gleich.

Mit dem Kind auf dem Arm trat sie vor die Tür. »Deine Schwester lebt, und ihr Kind auch«, sagte sie zu dem verheulten Jungen, der dort immer noch hockte. »Lauf rasch und hol den Pater!«

Ob das Neugeborene überleben würde, wusste sie nicht. Aber es konnte getauft werden.

Augenblicke später war der Pater zur Stelle, musterte sie mit zusammengekniffenen Lippen, nahm ihr das Bündel ab und hastete Richtung Kirche.

Marthe ging wieder in die Kate, um die Nachgeburt zu entbinden. Als auch das überstanden war, wusch sie die Wöchnerin mit Elfriedas Hilfe, kühlte ihr die Stirn und gab ihr zu trinken.

»Ich will mit der Schande nicht weiterleben«, murmelte Bertha mit Tränen in den Augen. »Wenn nur das Höllenfeuer nicht wäre … Der Pater will mir meine Sünden nicht vergeben.«

Marthe griff nach ihrer Hand, fühlte den Pulsschlag und betrachtete die Wöchnerin voller Mitgefühl. Ihre Haut war eiskalt und nahm schon jenen merkwürdigen Ton an, der den nahenden Tod verriet. Sie wäre bei Bertha geblieben, um ihr beizustehen. Aber die größte Hilfe wäre es wohl für die Sterbende, die Letzten Sakramente gewährt zu bekommen, damit ihr das Höllenfeuer erspart blieb.

»Halte noch ein bisschen durch«, flüsterte Marthe und strich ihr über die Wange. »Ich schicke dir Pater Hilbert.«

Dann huschte sie hinaus. Draußen erwartete sie eine der Nachbarinnen, mit verlegener Miene und einem Krüglein in der Hand. »Gute Ziegenmilch, nehmt das als Bezahlung, Herrin«, bat sie.

»Gib das den Kindern«, sagte Marthe. Sie hatte es eilig, von hier fortzukommen. Sie musste Pater Hilbert finden. Und dann musste sie endlich mit Clara reden.

Sie schaffte es gerade noch, Richtung Donatstor abzubiegen, als sie von weitem erneut Sebastians keifende Stimme vernahm. Um ihn würde sich Elfrieda schon kümmern.

## Enthüllungen

Marthe rechnete damit, Clara in der Kräuterkammer vorzufinden, als sie aus der Siedlung der Bergleute nach Hause zurückkehrte. Doch stattdessen war dort ihre verheiratete Stieftochter Johanna dabei, getrocknete Blätter im Mörser zu zerstoßen.

»Clara sitzt mit Peter, Christian und den Schmiedesöhnen in der Scheune. Sie planen irgendetwas, wohl im Auftrag des Herrn Lukas«, sagte Johanna leise.
Sie wussten beide, dass nach allgemeinem Ermessen vier junge Männer, deren abenteuerliche Unterfangen in der ganzen Stadt Legende waren, keine geeignete Gesellschaft für die unverheiratete Tochter eines Ritters und einstigen Burgvogtes waren. Doch Clara hatte schon von Kindesbeinen an zu den Mitverschwörern gezählt.
»Sei so gut, schicke sie hierher. Ich muss mit ihr reden. Und dann geh in die Sächsstadt und sieh nach Bertha«, bat Marthe ihre Stieftochter und berichtete kurz von den schlimmen Umständen dieser Entbindung.
Wenig später kam Clara.
Äußerlich sah sie ihrer Mutter unverkennbar ähnlich mit dem kastanienbraunen Haar und den graugrünen Augen, auch wenn sie eine Handbreit größer als die zierliche Marthe war. Doch vom Wesen her war sie anders: weniger bedrückt, beinahe unbekümmert. Allerdings war Clara klug genug zu wissen, dass sie viele ihrer Gedanken außerhalb des Hauses vor anderen besser verbarg und sich so benahm, wie man es von ihr erwartete: sittsam, fromm und still.
Sie musterte das Gesicht ihrer Mutter, und ihre Züge verfinsterten sich. »Es geht wohl ums Heiraten«, stellte das Mädchen beklommen fest.
Sie fragt nicht einmal, wer der Bräutigam sein soll, dachte Marthe beunruhigt.
»Dein Stiefvater hat bereits entschieden, dass diese Hochzeit stattfinden wird«, sagte sie, um ihrer Tochter den Ernst der Lage zu verdeutlichen.
Clara fragte immer noch nicht nach dem Namen. Also sprach Marthe weiter. »Ich wünschte mir von Herzen, dass du einen Mann heiratest, den du liebst. Doch anscheinend gibt es nieman-

den, der dein Herz erobern konnte. Wir dürfen nicht länger warten.«

»Ist es wenigstens jemand von hier, damit ich in Freiberg bleiben kann?«, fragte das Mädchen, nun doch mit ungeduldigem Zittern in der Stimme.

»Ja«, antwortete Marthe, und Claras Erleichterung rief in ihr ernsthafte Sorge hervor.

Insgeheim hatte sie befürchtet, ihre Tochter könnte sich in einen der Burschen verliebt haben, mit denen sie von Kindheit an verbündet war, etwa in einen der Schmiedesöhne oder gar Peter, den einstigen Dieb. Sie durften sie nicht unter ihrem Stand verheiraten, das konnte ihr Todesurteil bedeuten.

»Ich wusste ja immer, dass es früher oder später so kommen wird«, erklärte Clara gefasst. »Aber ich will nicht fort von hier, auf irgendein Rittergut oder – noch schlimmer – an den Meißner Hof, diese Schlangengrube. Ich will bleiben und Leute heilen.«

Sie senkte den Kopf und verknotete die Hände. »Du ... sollst wissen, dass ich einen Mann liebe, aus ganzem Herzen. Aber es ist eine Liebe ohne Hoffnung. Deshalb werde ich dem Gemahl, den ihr für mich ausgesucht habt, im besten Falle Achtung und Freundschaft entgegenbringen können, nicht mehr.«

Dieses Eingeständnis brachte Marthe vollends aus der Fassung. Erschrocken sah sie zu ihrer Tochter.

Bitte, lass diesen Mann keinen von Peters Bande sein; niemanden, der nicht von Stand ist!, flehte sie in Gedanken. Wenn sie sich in einen Ritter verliebt hat, in einen von Thomas' Freunden, dann lässt sich diese ganze Angelegenheit vielleicht noch irgendwie richten ...

»Ich weiß, dass ich diesen Mann wegen seines Standes nie werde heiraten können«, sagte Clara.

Nun machte sich Marthe auf das Schlimmste gefasst.

»Ich liebe Dietrich von Weißenfels ... Und er liebt mich ...«

»Allmächtiger!«, stöhnte Marthe, ließ sich auf die Bank sinken und legte die Hand über die Augen. Der jüngere Sohn des Markgrafen! Wieso hatte sie davon nie etwas geahnt?

»Ist ... zwischen euch etwas vorgefallen?«, fragte sie besorgt.

»Wir haben uns unsere Gefühle gestanden. Mehr nicht. Ich bin noch ... unberührt«, entgegnete Clara leise, während ihr das Blut in die Wangen schoss.

Hin- und hergerissen zwischen Fassungslosigkeit und Mitgefühl, betrachtete Marthe ihre Tochter.

Sie hatte bereits bei ihrem ersten Besuch auf dem Meißner Burgberg erlebt, wie gegensätzlich und zerstritten Ottos Söhne seit frühester Kindheit waren: Albrecht, ganz von der Gewissheit erfüllt, einmal die Markgrafschaft zu erben, jähzornig und hinterhältig; der damals noch durch Krankheit geschwächte Dietrich eher nachdenklich und zurückhaltend.

Inzwischen war aus Dietrich ein gestandener junger Mann geworden, für viele der Inbegriff wahrer Ritterlichkeit, nicht zuletzt auch dank Christians Vorbild in den Jahren, als er Dietrich in seinen Haushalt aufgenommen, ausgebildet und damit vor dem Kloster bewahrt hatte. Etwas, das ihm und Marthe den inbrünstigen Hass seines Bruders Albrecht eingebracht hatte.

Doch war es ohnehin schon undenkbar, dass ein Graf die Tochter eines einfachen Ritters heiratete, so konnte sich Dietrich solche Unüberlegtheiten gleich gar nicht leisten. Wenn er den Besitz, den ihm sein Vater zugedacht hatte, gegen Albrechts Angriffe wahren wollte, brauchte er einen mächtigen Schwiegervater als Verbündeten für die unausweichlich bevorstehenden Kämpfe. Sonst würde sein Bruder ihn vernichten.

Außerdem hatte Dietrich das Kreuz genommen und war längst unterwegs, um sich dem Heer des Kaisers anzuschließen. Nur Gott allein konnte wissen, wann und ob er überhaupt wiederkommen würde.

»Ich weiß, dass es aussichtslos ist, auf ihn zu hoffen«, sagte Cla-

ra mit gesenktem Kopf. »Aber muss es denn so schnell sein, dass ihr mich mit einem anderen verheiratet?«
»Es ist der einzige Weg, wenn du hierbleiben willst«, antwortete Marthe bedrückt. »Albrecht hat deinem Vater und mir schon vor Jahren gedroht, wir sollten lieber das Land verlassen, wenn er erst hier herrscht. Spätestens bei seinem Machtantritt wird er zusehen oder sogar veranlassen, dass dich einer seiner Kumpane entführt, wenn Lukas und unsere Getreuen einmal nicht hier sind. Oder er befiehlt dir, einen seiner Vasallen zu heiraten.« Sie lachte bitter auf. »Und glaube mir, er würde dir den schlimmsten seiner Kerle aussuchen. Albrecht vergisst nie, alte Rechnungen mit doppeltem Zins zurückzuzahlen.«
»Aber ich habe ihm auch eine Rechnung aufzumachen! Er ließ Vater ermorden, vor meinen Augen«, entgegnete Clara so heftig, dass Marthe erschrak.
Sie beugte sich vor und umklammerte die Hände ihrer Tochter. »Vergiss nie: Ein einziger Blick, ein falsches Wort ihm gegenüber kann den Tod für uns alle bedeuten!«
»Ich weiß«, erwiderte Clara ruhig.
Auch wenn ein Teil von Marthe zu anderer Zeit stolz gewesen wäre auf Claras Mut; jetzt spürte sie einfach nur eine riesige Angst in sich aufsteigen, ihre Tochter – geprägt und womöglich leichtsinnig geworden durch den jahrelangen Umgang mit dieser Verschwörerbande um Peter – mochte sich zu etwas hinreißen lassen, das ihr zum Verhängnis werden könnte.
»Es ist nicht *deine* Aufgabe, Vater zu rächen«, sagte sie streng. »Und du solltest nicht nur Albrecht und seine Gefolgsleute als Bedrohung ernst nehmen.«
Clara lehnte sich zurück, zog die Augenbrauen hoch und sah ihre Mutter fragend an.
Ich muss es ihr sagen, dachte Marthe, damit sie begreift, wie ernst die Dinge wirklich stehen. Die morgendliche Begegnung mit Pater Sebastian hatte sie deutlich daran erinnert, in welcher

Gefahr sie beide schwebten. Also holte sie tief Luft und nahm alle Kraft zusammen, um ihrer Tochter etwas zu berichten, wovon sie nicht einmal Christian Einzelheiten verraten hatte.

»Du warst noch ganz klein«, begann sie zögernd, und jedes neue Wort schien ihr schwerer zu fallen. »Das war damals die schlimmste Zeit für unser Dorf. Ständig drohten neue Überfälle, Randolf richtete sich hier als künftiger Burgherr ein …«

Marthe sah, dass Clara das Gesicht verzog, als sie den Namen hörte.

»Und dann waren noch ganz neu im Ort Pater Sebastian, der gleich am ersten Tag mit deinem Vater aneinandergeriet, weil er meine Heilmittel verunglimpfte, und ein missgünstiger Medicus, der sich an mir rächen wollte, weil Hedwig ihn wegen seiner Stümperei vom Burgberg vertrieben hatte. Genau zu dieser Zeit – und das war sicher kein Zufall – bekam dein Vater den Befehl, Otto zu einem Hoftag zu begleiten. Er beschloss, mich bei Raimund und Elisabeth in Sicherheit zu bringen. Doch ich wurde verraten. Als ein Geistlicher hier auftauchte, um mich vor ein Kirchengericht zu bringen, trug ihm jemand zu, wo ich zu finden war. Sie legten mir gleich in Elisabeths Halle Fesseln an. Damit war das Urteil über mich bereits gefällt.«

Marthe hatte die Arme um sich gepresst und starrte auf die Tischplatte, als gäbe es in der Holzmaserung etwas Interessantes zu lesen, während sie leise weitersprach.

»Sie schafften mich ins Verlies des Meißner Bischofspalas. Fremde Männer rissen mir die Kleider vom Leib. Ich wurde ausgepeitscht, bis ich blutüberströmt zusammenbrach. Nach drei Tagen ohne Wasser und Essen wurde ich vor das Kirchengericht gezerrt. Und der Mann, der von Anfang an meinen Tod gefordert hatte, setzte durch, dass meine Schuld oder Unschuld mit der Probe auf dem kalten Wasser festgestellt werden sollte.«

Clara zuckte zusammen und blickte ihre Mutter fassungslos an. Sie wusste wie jedermann, dass niemand die Probe auf dem kalten Wasser überlebte. Wer nicht unterging, galt als schuldig, weil das reine Wasser eine Hexe nicht aufnahm, und wurde verbrannt. Wer unterging, hatte zwar damit seine Unschuld bewiesen, war jedoch ertrunken, weil sich die Büttel zumeist weigerten, das Opfer herauszuziehen, solange noch Blasen aus dem Wasser aufstiegen.

»Also konnte dich Vater durch seinen Stand davor bewahren?«, fragte sie vorsichtig, da Marthe schwieg.

»Nein.«

Clara lief ein Schauer über den Rücken. Tränen stiegen in ihr auf, während ihre Mutter mühsam fortfuhr.

»Dein Vater und auch Lukas erfuhren erst Tage später davon. Man hat mich halbnackt und blutig geschlagen zum Elbufer geführt, mir Hände und Füße zusammengebunden und mich von der Fähre in den Fluss geworfen …«

Marthe stockte erneut, weil die Erinnerungen zu quälend waren: wie sich ihr gefesselter Leib in Todesangst aufbäumen wollte, während sich ihre Lungen mit Wasser füllten, bis Schwärze ihr Bewusstsein auslosch.

»Ich war schon so gut wie tot, als mich jemand herauszog und zurück ins Leben holte«, sagte sie leise. »Das Erste, was ich hörte, als ich wieder zu mir kam, war, dass sie mich erneut foltern würden. Ich hätte das nicht noch einmal überlebt. Bevor es dazu kam, hat mich dieser Mann heimlich aus dem Kerker befreit. Aber dafür musste ich später teuer bezahlen.«

Ihre Stimme war immer bitterer geworden. »Es war Ekkehart. Nach dem Tod deines Vaters betrachtete er diese Geschichte als Rechtfertigung dafür, mich vom frischen Grab zu entführen und zur Ehe zu zwingen.«

Deshalb also!, dachte Clara erschüttert, während Tränen über ihr Gesicht rannen. Und deshalb hat Lukas Ekkehart getötet!

»Lukas tut sein Bestes, dich zu schützen, aber er kann nicht immer zur Stelle sein. Unsere ganze Familie und besonders wir beide sind etlichen Leuten ein Dorn im Auge. Deshalb müssen wir dich mit jemandem verheiraten, der angesehen ist und auch in Albrechts Augen als unverdächtig gilt.«

»Du machst mir wirklich Angst mit dieser Ankündigung, Mutter«, gestand Clara mit zittriger Stimme und wischte sich die Tränen ab. Jegliche Gelassenheit war von ihr gewichen. »Wen hat Stiefvater für mich ausgesucht?«

»Reinhard.«

Entsetzt fuhr Clara zurück.

»Randolfs Gefolgsmann? Diesen Widerling, der noch vor Vaters Tod zu Albrecht übergelaufen ist? Und der vermutlich nur zur Totenwache kam, um sich zu überzeugen, dass Vater wirklich tot war? Er ... ist ein Kumpan von diesem Elmar und späht für ihn aus, wer die Aufrührer unter den Stadtbewohnern sind.«

Der Abscheu auf dem Gesicht des Mädchens verwandelte sich in Bestürzung und Verachtung zugleich. »Und ich dachte, Lukas läge mein Wohlergehen am Herzen. Hatte er das nicht Vater geschworen?«

Clara sprang auf und wollte hinausstürmen. Doch als sie die Tür aufriss, stand niemand anders als ihr Stiefvater davor. Kreidebleich fuhr sie zurück, als er mit seinen breiten Schultern den Ausgang versperrte.

»Er hat uns belauscht ...«, sagte sie voller Abscheu zu ihrer Mutter. »Und du machst mit ihm gemeinsame Sache ...«

Wütend fuhr sie ihren Stiefvater an: »Habt Ihr den Bräutigam vielleicht schon mitgebracht? Und den Priester dazu? Sollen wir gleich jetzt und hier das Ehegelübde ablegen, damit Ihr mich los seid und Euch keine Sorgen mehr um mich machen müsst?«

Hilflos, wie noch niemand sie erlebt hatte, wich sie zurück an die hintere Wand der Kräuterkammer und lehnte sich dagegen. Selbst ihre Mutter hatte sie verraten! Das hätte sie nie für mög-

lich gehalten. Sie musste fliehen, fort von hier. Sich nach Meißen durchschlagen, damit Thomas ihr beistand. Er oder sein Freund Roland, der bereits ein Ritter war. Die jungen Schmiede oder Peter würden ihr schon helfen, dorthin zu gelangen.
Lukas warf einen um Verständnis heischenden Blick zu Marthe, dann ging er langsam auf Clara zu, die ihn nicht aus den Augen ließ. Drei Schritte vor ihr blieb er stehen. Ihm war nicht entgangen, dass sie zusammenzuckte, als rechne sie damit, dass er sie mit seiner Körperkraft aufhalten oder zu etwas zwingen würde.
»Der Bräutigam wartet draußen, bis wir ihn hereinbitten, damit er dir seine Aufwartung machen kann, wie es sich gehört«, erklärte er ruhig. Er ließ sich nicht anmerken, wie tief ihn die Verachtung traf, mit der ihn seine Stieftochter anstarrte, weil er Clara wirklich mochte. »Doch belauscht hat euch niemand. Und bevor du mir oder ihm die Augen auskratzt, setz dich hin und hör mir zu. Es gibt etwas, das du dringend über Reinhard erfahren musst.«

Zögernd und voller Misstrauen, kam Clara der Aufforderung nach und vermied dabei bewusst den Blick zu ihrer Mutter.
»Es stimmt, Reinhard hat als junger Ritter Randolf Gefolgschaft geschworen. Wie du weißt, stammt er aus einer wohlhabenden, alteingesessenen Familie, und Randolf holte sich seine Leute bevorzugt aus diesen Kreisen. Doch nachdem dein Vater Randolf beim Gottesurteil getötet hatte, trat Reinhard in Christians Dienste über. Und du hast mein Wort: Dein Vater musste das nie bereuen. Er hat ihm sogar mehrfach die Befehlsgewalt über die Burg anvertraut, wenn ihn Ottos Befehle weg von Freiberg beorderten.«
Clara wollte etwas entgegnen, aber Lukas gebot ihr mit einer Handbewegung, zu schweigen.
»Reinhard und ebenso mein Bruder Jakob hatten die Aufgabe, nach außen hin ihre Verbundenheit mit uns zu verbergen. So

konnte uns Jakob damals warnen, als Albrecht einen Anschlag auf deinen Vater plante. Und so konnte Reinhard seine Braut retten. Albrecht hatte ihn damit erpresst, dem Mädchen etwas anzutun, wenn er nicht die Seiten wechsele und für ihn Christians Dorf ausspähte. Im Auftrag deines Vaters ging Reinhard zum Schein darauf ein. Aber er belieferte *uns* mit wichtigen Neuigkeiten. Als er bei dem Überfall auf das Dorf der Weisung deines Vaters folgte und entgegen Elmars Befehl das Burgtor für die Hilfesuchenden öffnete, setzte er nicht nur sein Leben aufs Spiel, sondern auch das seiner Braut.«

Lukas legte eine winzige Pause ein, damit seine Stieftochter das Gesagte verarbeiten konnte.

»Es gelang uns, das Mädchen in Sicherheit zu bringen. Wenig später heirateten sie, und als sie im Kindbett starb, hat er sehr um sie getrauert. Aber das ist eine andere Geschichte.

Nach dem Begräbnis deines Vaters und allem, was darauf folgte, beschlossen wir, dass Reinhard sich weiter verstellen sollte. Er wollte das nicht. Doch als klar war, wer hier als neuer Vogt eingesetzt wird, erklärte er sich dazu bereit. Reinhard setzt sein Leben und seine Ehre aufs Spiel, damit wir für den Tag gewappnet sind, an dem Albrecht Markgraf wird.«

Als Lukas verstummte, sagte Marthe: »Lieber würde er sich offen zu erkennen geben, um seiner Selbstachtung willen und um deine Achtung zu gewinnen. Aber er nimmt es auf sich, die Täuschung aufrechtzuerhalten, unter deren Schutz du als seine Frau sicher leben könntest.«

Und er macht das so gut, dass ich selbst manchmal Zweifel habe, dachte sie, ohne es auszusprechen.

Für einen Moment herrschte Schweigen in der Kammer.

Dann erklärte Lukas: »Der Bräutigam wartet draußen immer noch auf eine Gelegenheit, dir seine Brautwerbung selbst vorzutragen. Eingedenk der … besonderen Umstände eurer Vermählung halte ich es für angemessen, dass ihr allein miteinander reden könnt, auch wenn es Sitte und Anstand widerspricht. So sehr vertraue ich ihm – und dir. Wenn du also bereit bist, hier mit ihm zu sprechen, werden wir gehen, ihn zu dir schicken und draußen warten.«

Fragend sah er zu Clara, die sichtlich Mühe hatte, die Enthüllungen dieses Morgens zu verkraften.

»Gib ihm eine Gelegenheit, dein Herz zu gewinnen«, bat Marthe, die sich ein aufmunterndes Lächeln ins Gesicht zwang.

Clara zögerte einen Moment, sah zu ihrer Mutter und dann zu ihrem Stiefvater, den sie all die Jahre bewundert und geachtet hatte, weil er stets zu ihrem Vater gehalten hatte und weil er ihre Mutter beschützte.

»Es hat wohl keinen Sinn, es hinauszuzögern«, sagte sie.

Marthe zog ihre Tochter an sich.

»Bitte, vertrau uns«, flüsterte sie, während sie Clara übers Haar strich. »Es ist die beste Lösung.«

Clara schluckte. Dann stand sie auf, nickte knapp, sah zu, wie Marthe und Lukas die Kräuterkammer verließen, und wartete darauf, dass ihr künftiger Gemahl eintrat.

Eine halbe Ewigkeit schien zu vergehen, bis es endlich klopfte.

»Herein«, rief Clara und versuchte, das Zittern ihrer Stimme zu verbergen.

Reinhard schloss die Tür hinter sich, verneigte sich und grüßte höflich. Seine Stimme war dunkel und klangvoll; Clara fragte sich, warum ihr das erst jetzt auffiel. Wahrscheinlich, weil sie ihn nur selten hatte reden hören.

Mit einem Blick erfasste sie sein ernstes Gesicht; das glatte, dunkle Haar, die braunen Augen, die auf sie gerichtet waren, die schmale Narbe über seiner linken Augenbraue, die seiner Erscheinung noch zusätzlich etwas Düsteres verlieh. Sie sah auch, dass er – wohl um der Brautwerbung willen – einen Bliaut übergezogen hatte, der mit fein gewirkten Borten abgesetzt war.

Nach einem kurzen Moment beklommenen Schweigens kniete Reinhard vor ihr nieder, streckte ihr die rechte Faust entgegen und öffnete sie, um ein reichverziertes silbernes Kästchen sichtbar werden zu lassen. Vorsichtig klappte er den Deckel hoch und blickte sie erwartungsvoll an.
Sicher ein Ring als Verlobungsgeschenk, dachte Clara beklommen. Wie ihre Mutter hielt sie nicht viel von Geschmeide und trug nur in höfischer Gesellschaft welches, um ihren Stand anzuzeigen.
Doch als sie einen halben Schritt näher trat, um das Geschenk entgegenzunehmen, erkannte sie, dass sie falsch vermutet hatte. Das Kästchen war mit dunkelblauen Körnern gefüllt.
Neugierig trat sie noch einen halben Schritt näher, um im Halbdunkel der Kammer zu erkennen, worum genau es sich dabei handelte.
»Mohnsamen aus dem Morgenland!« rief sie, grenzenlos verblüfft.
»Ich dachte mir, dass ich Euch damit eher eine Freude bereiten kann als mit Geschmeide«, antwortete Reinhard. »Und hoffe, Ihr fühlt Euch nicht gekränkt, dass es keine silberne Fibel oder ein Ring ist. Ich habe sämtliche jüdischen Händler in der Mark Meißen aufgesucht, bis ich endlich diese Seltenheit für Euch ausfindig machen konnte.«
»Ihr ahnt nicht, welche Freude Ihr mir damit bereitet!«, sagte Clara aus vollem Herzen. »Schon lange wollten Mutter und ich welchen heranziehen, aber es ist uns nie gelungen. Man kann damit Schmerzen lindern, sogar Menschen in tiefen Schlaf versetzen, während ihnen Gliedmaße abgetrennt werden müssen.«
Jetzt erst wurde ihr bewusst, dass ihr Bräutigam demnach schon länger den Plan gefasst haben musste, um sie anzuhalten und ihr dabei dieses Geschenk zu machen.
»So steht doch auf!«, bat sie verlegen, während ihre Gedanken durcheinanderpurzelten.

Reinhard schloss das Kästchen, das in seinen kräftigen Händen recht zerbrechlich wirkte, und stellte es vorsichtig auf den Tisch.

Wieder sah er sie an, wobei er noch ernster als gewöhnlich wirkte.

»Clara, ich bitte Euch, meine Gemahlin zu werden. Ich weiß, dass Ihr mir gegenüber Vorbehalte hegt … scheinbar berechtigte … Aber Euer Stiefvater versprach mir, Euch einzuweihen. Seid versichert, dass ich Euch liebe und alles tun werde, um Euch zu beschützen.«

»Nun steht schon auf und nehmt Platz«, wiederholte Clara und zwang sich zu einem knappen Lächeln. »Nachdem wir den förmlichen Teil der Brautwerbung hinter uns gebracht haben, sollten wir wohl gleich zum verschwörerischen übergehen.«

Nun lächelte Reinhard verhalten – ein unvertrauter Anblick bei diesem Ritter. »Ich wusste, dass Ihr ein ungewöhnliches Mädchen seid …«

Claras Gesicht verdüsterte sich. »Mir bleibt doch gar keine Wahl! Ich will Euch gegenüber ehrlich sein. Ich möchte nicht heiraten. Doch ich achte den Mut, mit dem Ihr versucht, das Vermächtnis meines Vaters fortzusetzen. Das will ich auch. Wenn wir uns dafür zusammenschließen, wäre es ein Anfang …«

Ich hoffe, sie schlägt mir nicht nur eine Ehe zum Schein vor, dachte Reinhard beunruhigt. Aber das sagte er nicht laut. Nach den verächtlichen Blicken, mit denen ihn Clara noch vor ein paar Tagen betrachtet hatte, ließ sich seine Werbung überraschend erfreulich an. Lukas musste wirklich ein gutes Wort für ihn eingelegt haben.

Ehe sie aussprechen konnte, was er befürchtete, zog er sich besser zurück. Außerdem musste er nun schleunigst aufbrechen, wollte er Elmars Befehl befolgen. Der Anführer der markgräflichen Leibwache hatte ihn nach Marienzelle beordert, damit er sich dort dem Gefolge anschloss, das Otto nach Döben begleitete.

Also erhob er sich von der Bank, kaum dass er Platz genommen hatte, verneigte sich erneut und sagte: »Ich danke Euch, dass Ihr meine Werbung erhört habt.«

Er bekam ein höfliches Lächeln zur Antwort und verabschiedete sich.

Clara ließ sich auf die Bank sinken, nachdem die Tür wieder geschlossen war, klappte unentschlossen den Deckel des Kästchens auf und zu und dachte nach, ohne zu einem Ergebnis zu kommen.

Normalerweise hatte sie wie ihre Mutter ein feines Gespür für andere Menschen. Sollte sie sich wirklich so getäuscht haben? Oder täuschte Reinhard sie alle?

## *Familienbande*

Burg Döben war auf einem Felssporn an der Mulde errichtet, genau an der Biegung des Flusses.

Markgraf Otto erreichte den Ort nach einem dreitägigen Ritt erschöpft, zermürbt und noch schlechter gelaunt als sonst. Jeder Knochen tat ihm weh, und drei Tage im Sattel bei nasskaltem Wetter waren nun wirklich nichts, das seine Laune bessern konnte, selbst wenn der Reiterzug ihm zuliebe einen gemächlichen Trab eingeschlagen hatte.

Außerdem ging ihm das Gespräch mit Hedwig nicht mehr aus dem Kopf.

Er hatte Elmar, dem Anführer seiner Leibwache, Befehl gegeben, den Begleitschutz zu verdoppeln. Die erste Nacht verbrachten sie im Kloster Marienzelle, dessen Vogt er war, und der

Infirmarius hatte sein Bestes getan, um Ottos schmerzenden Gliedern Linderung zu verschaffen.
Von Freiberg aus waren am nächsten Morgen noch einige Männer als Verstärkung zu ihnen gestoßen.
Doch die Reise verlief ereignislos, sah man davon ab, dass Hartmut, sein Waffenmeister, über zwei der älteren Knappen eine harte Strafe verhängen musste, weil sie irgendwelche unrühmlichen Rangeleien angefangen hatten.
Es waren – wer sonst? – wieder einmal Christians und Randolfs Sohn.
Wird es denn nie Ruhe geben unter meinen Gefolgsleuten?, dachte Otto unwirsch. Die erbitterten Streitigkeiten zwischen ihren Vätern, die ein blutiges Ende genommen hatten, waren ihm noch in unguter Erinnerung.
Als sie am Abend endlich Burg Döben erreichten, war der kaiserliche Burggraf, der ihn eigens hierher eingeladen hatte, um einige Angelegenheiten zu besprechen, unauffindbar. Es habe einen Zwischenfall gegeben, der seine Anwesenheit dringend erforderlich mache, ließ er entschuldigend ausrichten. Gleich am Morgen würde er dem Markgrafen zur Verfügung stehen.
So befahl Otto nur, ihm gefälligst umgehend ein warmes Bad zu richten, eine kräftige Mahlzeit sowie einen Krug Wein zu bringen.
Die Mägde knicksten und hasteten los, um den Zuber mit heißem Wasser zu füllen, der Küchenmeister lief in die Küche, um alles Nötige zu veranlassen, und der Kellermeister verkniff sich jede Bemerkung, als Otto ihn aufforderte, den Wein vorzukosten.
Man konnte ja nie wissen.
Wenig später ließ sich Otto genüsslich in das warme Wasser sinken und streckte vorsichtig seine schmerzenden Glieder aus. Das Wasser verbreitete einen etwas eigentümlichen Duft, der ihn an die Kräutermixturen erinnerte, mit denen Christians Weib seine Gicht zu behandeln pflegte.

Lukas' Weib, verbesserte er sich in Gedanken. Christians Witwe.

Quer über den Zuber hatten die Mägde ein Brett gelegt, auf dem eine Schüssel mit einem kräftig nach Majoran und Zwiebeln duftendes Fleischgericht stand. Es war eher Brei als Braten, stundenlang weichgekocht, aber so konnte er wenigstens davon essen.

Wehmütig dachte Otto an die Zeiten zurück, da er noch alle Zähne hatte, ihm dreißig Meilen im Sattel an einem Tag nichts ausmachten und er vor Kraft nur so strotzte – ob es nun darum ging, seine Männer in die Schlacht zu führen, oder die Freuden auszukosten, die eine erfahrene Gespielin im Bett zu bereiten wusste.

Was ist mir noch vom Leben geblieben?, dachte er bekümmert. Die Macht!, rief er sich in Gedanken zur Ordnung. Ich herrsche immer noch über das Land, das ich zum Erblühen brachte. Und ich werde dafür sorgen, dass mein Werk nach meinem Tode fortgeführt und der Reichtum des Hauses Wettin vermehrt wird, sollte der Herr in Seiner Weisheit beschließen, mich zu sich zu rufen.

Ihn fröstelte. Trotz der Größe des Zubers hatte sich das Wasser in der zugigen Burg rasch abgekühlt. Er griff nach dem Glöckchen auf dem Holzbrett und läutete ungeduldig.

Sofort kamen zwei kräftige Mägde herein, halfen ihm auf, stützten ihn, als er aus dem Bottich stieg, rieben ihn trocken und kleideten ihn in ein frisches Untergewand.

Wohlig durchgewärmt, satt und müde, beschloss Otto, gleich zu Bett zu gehen.

Mit dem Burggrafen würde er morgen reden, sofern sich der Kerl jemals blicken ließ, und alles andere kümmerte ihn im Moment nicht im Geringsten.

Das Bett im vornehmsten Gästezimmer war breit und bequem und hatte schwere dunkle Vorhänge, um die Kälte abzuhalten.

Ächzend ließ sich der Markgraf auf das Laken sinken, hörte gerade noch, wie Elmar draußen seine Leibwache Posten beziehen ließ, und war schon im nächsten Augenblick in tiefen Schlaf gesunken.

Als Otto wieder aufwachte, hatte er keine Ahnung, wie lange er geschlafen hatte. Doch der Druck seiner Blase riss ihn unerbittlich aus dem Schlaf.
Vor der Tür erklangen leise Stimmen; er hörte, wie sich eilige Schritte entfernten und wieder näherten.
Angesichts solcher Geschäftigkeit musste es wohl schon Tag sein. Das Hungergefühl in seinem Magen bekräftigte diese Vermutung.
Er tastete nach dem Glöckchen, um einen Diener herbeizurufen, doch nichts rührte sich.
Also beschloss er, statt des hellen Glockentons seine immer noch donnernde Stimme zu nutzen, um jemanden zu sich zu befehlen. Doch auch daraufhin kam niemand.
Otto spürte, wie die Zornesader an seiner Schläfe pochte und anschwoll.
Was für eine Frechheit – erst nicht zu seiner Begrüßung zu erscheinen und ihn dann am frühen Morgen hungern zu lassen! Die Entrüstung darüber brachte sein Blut so sehr in Wallung, dass er die wärmenden Decken von sich warf, die Kälte innerhalb der Mauern nicht beachtete, zur Tür stapfte und sie aufriss.
Doch als sein Blick auf die beiden Männer fiel, die dort Wache hielten, stutzte er für einen Augenblick.
Er kannte keinen von beiden.
»Schafft sofort diesen ungehobelten Kerl von einem Burggrafen herbei und sorgt dafür, dass mir ein Morgenmahl gebracht wird!«, schnauzte Otto. »Außerdem will ich umgehend den Hauptmann meiner Leibwache hier sehen.«

Die beiden Wachen wechselten einen Blick, dann rief einer von ihnen einen Diener herbei, der in der Nähe gestanden hatte.
»Du hast gehört, was Seine Hoheit befiehlt! Spute dich!«
Nach einer hastigen Verbeugung huschte der Diener davon.
Der Markgraf, der trotz seines Wutanfalls erneut zu frösteln begann, beschloss, zurück ins Bett zu flüchten und unter die Decken zu kriechen, nachdem er das Nachtgeschirr benutzt hatte. Er fühlte sich müde und schwach, und während des Wartens fielen ihm langsam wieder die Augen zu. Deshalb zuckte er zusammen, als die Tür kraftvoll aufgerissen wurde.
Otto fuhr hoch und wollte schon den Diener wegen seiner Langsamkeit und seines ungehörigen Verhaltens schelten. Doch ehe er etwas sagen konnte, klappte er den Mund wieder zu.
Durch die Tür kam nicht etwa ein Diener, sondern Albrecht – sein ältester Sohn, der eigentlich gerade in Meißen sein sollte. In voller Rüstung und begleitet von vier Bewaffneten, darunter Elmar, der Anführer seiner Leibwache, und Randolfs Sohn Rutger, der ein Schwert trug, obwohl er nur Knappe war.
»Einen gesegneten Morgen, verehrter Vater«, sagte Albrecht höflich, doch seine Stimme triefte vor Hohn, und sein Gesicht trug den hochmütigen Ausdruck, den er in den letzten Jahren seinem Vater gegenüber vermieden hatte. »Ich hoffe, Ihr habt gut geruht und findet Gefallen an dieser Gästekammer. Denn Ihr werdet hier womöglich länger verweilen.«
»Was soll das heißen?«, schnauzte Otto ihn an.
»Das heißt, Ihr werdet diesen Raum nicht verlassen, bevor Ihr mich als rechtmäßigen Erben eingesetzt habt und mir die Herrschaft über die Markgrafschaft abtretet. Mit sofortiger Wirkung. Ich bin es leid, noch länger warten zu müssen. Danach dürft Ihr Euch an einen Ort Eurer Wahl zurückziehen. Ob ins Kloster nach Marienzelle oder auf irgendein entlegenes Landgut, ist mir vollkommen gleichgültig.«
»Du wagst es, dich gegen deinen Vater aufzulehnen?!«, brüllte

Otto seinen Sohn an. »Gegen Gottes Gebot? Ich werde mich beim Kaiser über dich beschweren! Ich werde höchstselbst dafür sorgen, dass du nicht das geringste Stückchen Land erbst!«
Albrecht zuckte gleichgültig mit den Schultern und lächelte kalt.
»Und wie willst du dem Kaiser Nachricht zukommen lassen, alter Mann? All deine vermeintlich Getreuen haben sich mir angeschlossen; wer sich weigerte, den fressen schon die Würmer. Es ist niemand mehr da, der für dich eine Nachricht überbringen könnte. Außerdem ist der Kaiser ins Heilige Land aufgebrochen. Er hat mit seinem Heer Regensburg längst verlassen und dürfte bald die Grenze nach Ungarn passieren. Ganz abgesehen davon würde er es kaum gutheißen, dass du deinem Erstgeborenen das Erbe verweigern willst.«
Unversehens war der Jüngere zur plump-vertraulichen Anrede übergegangen, was Otto zeigte, dass Albrecht sich seiner Sache sehr sicher sein musste.
Seine Gedanken rasten auf der Suche nach einem Ausweg. Dafür versuchte er sogar, seinen aufbrausenden Zorn zu bezwingen.
Sollte Albrecht tatsächlich alle getötet haben, die nicht bereit waren, auf seine Seite überzuwechseln? Bestimmt, gestand sich Otto ein, und ihn fröstelte erneut, während er sich vorstellte, wer ihm wohl die Treue hatte halten wollen und dafür mit dem Leben bezahlen musste.
Albrecht war skrupellos und schlau genug, um seinen Gewaltstreich sorgsam vorbereitet zu haben und alle auszuschalten, die ihn dabei stören könnten. Und auch der Zeitpunkt war klug gewählt. Kaiser und König befanden sich außer Landes.
Elmar, Reinhard ... die haben bestimmt die Seiten gewechselt, ohne mit der Wimper zu zucken. Wahrscheinlich waren sie sogar von Anfang an Mitverschworene.
Hartmut? Ob der alte Waffenmeister wohl noch so viel Ehrge-

fühl im Leib besaß, dass er zu seinem Herrn stand und dem Thronräuber Widerstand leistete?

Otto hatte keine Ahnung, wie viele Bewaffnete Albrecht mitgebracht hatte, aber es waren sicher mehr als genug, um seine Wache zu überwältigen.

Und wenn dieser Rutger sich so dreist an Albrechts Seite hier hereinwagte, um ihm, dem Markgrafen, die Stirn zu bieten, dann würden vermutlich Christians Sohn und Raimunds Sohn unter den Toten sein.

Seine Augen waren nicht mehr so tüchtig wie früher, aber falls ihn nicht alles täuschte, war da ein dunkler Fleck vor der Tür – eine kaum getrocknete Blutlache.

Hastig schlug er ein Kreuz.

Sein Bedauern war ehrlich. Er hatte schon so viele hoffnungsvolle junge Männer sterben sehen. Jetzt erst, am Ende seines langen Lebens, überkam ihn der Kummer darüber.

Doch noch dringender galt es herauszufinden, wer ihm helfen konnte … und Zeit zu gewinnen. Gott würde nicht dulden, dass ein Sohn sich gegen den Vater erhob.

»Was antwortest du, Vater? Unterschreibst du gleich?«, unterbrach Albrecht seine Gedanken. »Oder möchtest du dich zuerst stärken? Heißt es nicht, dass Essen und Trinken die einzigen Vergnügungen sind, die alten Männern noch bleiben? Nun, ich will nicht undankbar sein; diese letzten Freuden seien dir vergönnt.«

Albrecht drehte sich um und flüsterte Rutger etwas zu. Der verneigte sich, ging kurz hinaus und kehrte dann in Begleitung eines kostbar gekleideten und ebenfalls gerüsteten Mannes wieder, dessen Anblick Otto erneut erstarren ließ.

»Dein geliebter Neffe Konrad wird mir helfen, über dein Wohlergehen zu wachen, Vater«, sagte Albrecht hämisch, während der Neuankömmling an seine Seite trat.

Der Sohn des Grafen von Groitzsch war stämmiger als der

schlanke Albrecht, aber die Ähnlichkeit zwischen ihnen war nicht zu übersehen.
»Um bei dir, lieber Vater, keinen Zweifel am Ausmaß der Familienzwistigkeit zu wecken: Sein Vater, *dein Bruder* Dedo, der Markgraf der Ostmark, unterstützt mein Vorhaben aus vollem Herzen. Ebenso dein Schwager Bernhard von Anhalt, der Herzog von Sachsen. Beide finden es untragbar, dass du mir mein Erbe vorenthalten wolltest. Sie rieten mir sogar zu diesem Schritt.«
Albrecht verzog herablassend die Mundwinkel. »Auf Dietrich, Mutters Liebling, hoffst du vergeblich. Unser junger Held hat ja das Kreuz genommen und ist schon auf dem Weg zu den Ungläubigen. Den siehst du nie wieder. Vielleicht modern seine Knochen schon irgendwo am Wegesrand.«
Albrecht lachte ein hässliches Lachen und deutete auf das Pult am Fenster, auf dem Otto jetzt erst Pergament, Federkiel, ein Tintenfass und Siegelwachs wahrnahm.
»Also, alter Mann: Mach es dir und mir leichter und unterschreib gleich. Vielleicht lass ich dann auch einen Pfaffen zu dir, damit du Gott um Vergebung dafür bitten kannst, dass du dich von einem Weib beschwatzen ließest und deinen Erstgeborenen um sein Erbe betrügen wolltest.«
Es kostete Otto alle Beherrschung, sich nicht anmerken zu lassen, wie sehr ihn das Ausmaß dieser Verschwörung erschütterte.
Albrecht hatte recht; die Lage schien ausweglos.
Doch er hatte Ottos Sturheit unterschätzt. Dem alten, in Kämpfen und Ränken erprobten Markgrafen fiel es im Leben nicht ein, mit seinem Sohn zu streiten oder gar zu verhandeln – solange dieser in Waffen vor ihm stand, während er beinahe nackt im Bett lag. Das war würdelos.
Also musste er die Kerle hier erst einmal aus der Kammer hinausbekommen. Und dann würde er weitersehen. Zeit zu gewin-

nen war alles. Vielleicht konnte er doch jemanden mit Silber oder einem Aufruf an sein Ehrgefühl wieder auf seine Seite ziehen. Vermutlich war mancher auch nur zum Schein zu Albrecht übergewechselt.

Er würde sein Erbe nie freiwillig an den Undankbaren abtreten. Und einen Vatermord würde Albrecht wohl doch nicht begehen. Oder?

»Ich wünsche zu speisen!«, fauchte Otto seinen abtrünnigen Sohn an. »Und dabei erspare mir gefälligst deine fragwürdige Gesellschaft und die deiner Kumpane!«

Überaus zufrieden mit sich, machte Albrecht kehrt und wollte gehen.

Doch bevor er zur Tür hinaus war, rief Otto ihm etwas nach.

»Es ist wirklich jammerschade, dass dein Weib dir nach fast vier Jahren Ehe immer noch keinen Sohn geboren hat. Die Vorstellung wäre zu schön für mich, wie er *dir* einmal an die Kehle geht, wenn er erst alt genug ist.«

Wütend schlug Albrecht die Tür zu, während Otto sich in sein Kissen zurücklehnte.

Wenigstens diesen gehässigen kleinen Sieg hatte er errungen.

Nun würde sich zeigen, wer von ihnen beiden der größere Starrkopf war.

Er, Otto, hatte einen langen Atem. Irgendwer würde ihm schon zu Hilfe kommen. Dafür musste er einfach nur auf Gott vertrauen.

Doch schon bald nach Albrechts Weggang begannen Ottos Gedanken immer heftiger um zwei beunruhigende Fragen zu kreisen. Steckte hinter Albrechts Worten über Dietrich eine Anspielung, ein Eingeständnis? Hatte er einen Brudermord geplant oder sogar schon begangen?

Und was war mit Hedwig? Befand sie sich in Meißen auch in Gewahrsam? Hätte er doch nur eher auf seine Frau gehört! Sein verräterischer Sohn war ihnen ein paar Tage zuvorgekommen.

# *Im Dunkeln*

Thomas und drei weiteren Knappen, die den Markgrafen und seine Ritter nach Döben begleitet hatten, war für die Nacht eine kleine Kammer zugewiesen worden. Nur Rutger erhielt Befehl, in Elmars Unterkunft zu gehen, was Thomas erleichterte. So konnte er wenigstens beruhigt schlafen, ohne auf eine Boshaftigkeit oder gar einen hinterhältigen Angriff gefasst sein zu müssen.

In den beiden letzten Nächten hatte er nur wenig Ruhe gefunden, nicht zuletzt auch wegen der Aussicht, dass sein Freund vielleicht bald schon seine Schwester zur Frau nehmen würde. Wohl auch deshalb fiel er sofort in tiefen Schlaf.

Doch es war immer noch stockfinster, als ihn jemand am Arm rüttelte. Erschrocken fuhr er hoch und griff nach seinem Dolch.

»Pst … Ich bin's!«

Thomas erkannte die Stimme; sie gehörte Johannes, einem der jüngsten Knappen an Ottos Hof und Freund seines Bruders Daniel.

»Wir können nicht raus«, wisperte der Vierzehnjährige. Immer noch nicht richtig wach, ließ sich Thomas wieder auf sein Strohlager sinken. Vermutlich hatte der Kleine schlecht geträumt.

»Musst du pinkeln und hältst es nicht mehr bis zum Morgen aus?«, fragte er benommen; er fühlte sich wie betäubt.

»Nein, wir sind eingeschlossen! Da ist ein Riegel vorgeschoben. Und die anderen beiden bekomme ich nicht wach. Das Bier gestern war bestimmt vergiftet …«

Die Stimme des Jüngeren war dermaßen angsterfüllt und seine Auskunft so verdächtig, dass Thomas schlagartig wach wurde.

»Sei leise!«, versuchte er Johannes zu beschwichtigen, setzte sich auf und kramte das Feuereisen aus dem Almosenbeutel. Er ließ ein paar Funken sprühen, um Einzelheiten des Raumes zu erkennen, den er vor dem Einschlafen in seiner Müdigkeit kaum wahrgenommen hatte.

Im schwachen Mondlicht, das durch die schmale Fensterluke fiel, tastete er sich vorsichtig bis zur Tür, um nicht auf die beiden Schlafenden zu treten oder in der Enge über etwas zu stolpern.

»Vorhin hörte ich Lärm wie von einem richtigen Kampf, das hat mich geweckt«, flüsterte Johannes ängstlich. »Von euch hat sich keiner gerührt. Wahrscheinlich bin ich als Einziger wach geworden, weil ich gestern das Abendessen erbrochen habe.«

Thomas konnte sich ein Grinsen nicht verkneifen, als er sich an die Lästereien erinnerte, die das plötzliche Würgen des jüngsten mitreisenden Knappen hervorgerufen hatte.

Doch schlagartig wurde er ernst.

Die Tür ließ sich tatsächlich nicht öffnen. Als Thomas seinen Dolch in die Ritze zwischen Tür und Wand steckte und vorsichtig nach oben bewegte, stieß er bald auf ein Hindernis: ein Riegel, der so schwer war, dass er sich nicht durch die Klinge hochdrücken ließ.

Das stank gewaltig.

Besorgt wandte er sich den beiden anderen Knappen zu, die reglos im Stroh lagen. Einer von ihnen röchelte leise, was zwar davon zeugte, dass er lebte, aber nicht gerade beruhigend klang. Beim zweiten spürte Thomas nur mit Mühe noch einen Pulsschlag.

Das stank sogar ganz gewaltig.

An Zufall glaubte Thomas keinen Wimpernschlag lang. Jemand wollte sie aus dem Weg haben – und bestimmt die Wachmannschaft dazu.

Es würde ihn nicht im Geringsten verwundern, wenn hier irgendwann Albrecht auftauchte und erklärte, die Herrschaft über die Mark Meißen übernommen zu haben. Dem Burggrafen

traute Thomas ein so handfestes Vorgehen nicht zu; der hatte das auch gar nicht nötig. Der konnte sich bei Bedarf auf Befehle des Kaisers berufen, und der Kaiser war weit weg.
Fieberhaft überlegte er, wie er vorgehen sollte. Er war unter den Knappen hier der Älteste, also erwarteten sie wohl von ihm, dass er sich etwas einfallen ließ, um sie rauszuhauen.
Thomas beschloss, zuerst die beiden Schlafenden aufzuwecken. Notfalls musste er sie dazu bringen, den Mageninhalt wieder herauszuwürgen, so wie Johannes, was wohl ihrer aller Rettung war. Jedenfalls vorerst.
Es dauerte einige Zeit, bis alle wach waren und begriffen, was Christians Sohn ihnen zu ihrer derzeitigen Lage erklärte.
»Und nun?«, fragte Johannes verzweifelt.
Thomas versuchte, so zuversichtlich wie möglich zu wirken. Dabei dankte er Gott in einem stummen Gebet, dass sein Bruder Daniel nicht mit zu dieser Reise befohlen worden war.
»Sie werden uns hier bestimmt nicht auf alle Zeit vermodern lassen, sonst hätten sie uns gleich umgebracht«, meinte er, wobei ihm nachträglich Zweifel kamen, ob diese Worte geeignet waren, die anderen zu beruhigen. »Wir bleiben still und warten. Sollen sie denken, wir schlafen. Nehmt eure Dolche und haltet euch bereit. Vielleicht konnten die Wachen den Angriff abwehren und holen uns am Morgen hier raus. Ansonsten überraschen wir die Gegner und stürmen los, wenn sie die Tür öffnen.«
Er ließ seine Blicke über die drei Jungen schweifen, spürte deren Furcht und fügte streng hinzu: »Aber erst auf mein Zeichen! Sollten es zu viele sein, hören wir uns zunächst einmal an, was sie vorzuschlagen haben.«

Thomas setzte sich an die Tür und lehnte den Kopf dagegen, damit er so zeitig wie möglich hören konnte, wann und wie viele Männer den Gang entlangliefen und was sie sagten. Vielleicht waren es ja auch Verbündete, die er um Hilfe rufen konnte.

Durch die Fensterluke sah er, wie der Nachthimmel allmählich verblasste und die Dämmerung einsetzte.
Morgenrot – Gemetzel droht, dachte er düster in Abwandlung der alten Redensart, als die Sonne blutrot durch die Wolken brach und den Himmel in Flammen zu versetzen schien.
Plötzlich hörte er Schritte und sprang auf, den Dolch in der Hand. Die drei jüngeren Knappen wies er mit einer nachdrücklichen Bewegung hinter sich. Doch die Schritte entfernten sich wieder.
Thomas sah kurz zu seinen Gefährten und bedeutete ihnen, sich still zu verhalten. Es war nur eine Frage der Zeit, bis jemand zu ihnen kam. Hätte dieser Tag einen ganz normalen Lauf, würde Hartmut oder sonst einer der Ritter schon längst nach ihnen gebrüllt haben. Irgendetwas Entscheidendes musste da draußen geschehen sein. Und wer das in die Wege geleitet hatte, sollte besser glauben, dass sie noch schliefen.
Erneut bezog Thomas seinen Lauschposten an der Tür, diesmal stehend. Bald näherten sich abermals Schritte. Er hörte die Stiefeltritte und das Klirren von Eisen. Das sind zu viele, entschied Thomas, mindestens fünf Mann in Waffen. Die können wir nicht überrennen.
Zurück!, bedeutete er den drei Jungen und schob sie an die hintere Wand. Johannes' Gesicht hatte die letzte Farbe verloren, die beiden anderen wirkten kaum weniger verängstigt.
Wieder trat Thomas vor die Jüngeren und zog seinen Dolch. Er stand jetzt drei Schritte von der Tür entfernt. Den Weg dorthin hatten sie freigeräumt von Gepäck, Stroh und was sonst noch in der Kammer lag, damit sie schnell hinausstürmen konnten, falls sich die Gelegenheit dazu bot.
Er hielt den Atem an, als die Schritte näher kamen und verharrten, statt sich wieder zu entfernen.
Dann wurde die Tür aufgerissen.
Elmar stand da in voller Rüstung und staunte für einen Augen-

blick, als er die Knappen nicht schlafend vorfand, sondern kampfbereit. Dann lächelte er abfällig und trat ein, dicht gefolgt von zwei fremden Rittern, dem alten Waffenmeister Hartmut und Reinhard, der sich vor zwei Tagen Ottos Reisegesellschaft angeschlossen hatte. Hinter ihnen sah Thomas den roten Haarschopf Rutgers hervorleuchten.

»Gut geruht?«, fragte Elmar kalt.

»Steck den Dolch weg, Junge!«, befahl Hartmut laut von hinten.

Als Thomas nicht sofort gehorchte, kamen die beiden unbekannten Ritter auf ihn zu. Einer hieb ihm die Faust mit voller Wucht in den Magen, so dass er zusammensackte, der andere trat ihm die Klinge aus der Hand.

Zufrieden sah Elmar, wie Thomas, der gar keinen Versuch unternommen hatte, die Waffe einzusetzen, um die anderen nicht noch mehr in Schwierigkeiten zu bringen, sich mühsam wieder hochstemmte.

»Nachdem die Verhältnisse nun geklärt sind«, meinte der Anführer der Leibwache mit abfälligem Blick auf Christians Sohn, »Folgendes zur Kenntnis: Albrecht ist der neue Markgraf von Meißen. Ihr untersteht ab sofort seinen Befehlen. Wer von euch seine Schwertleite erleben will, tut gut daran, dies nicht in Frage zu stellen.«

Was ist mit dem alten Markgrafen?, dachte Thomas. Lebt er noch? Und seine Leibwachen? Sie können doch nicht alle zu Albrecht übergelaufen sein?

Dass Rutger sich bei dem neuen Herrn gleich andient, überrascht mich nicht. Aber Reinhard, du Verräterseele! Der Boden müsste vor dir aufreißen und dich verschlingen!

Doch nichts dergleichen geschah. Stattdessen sah Reinhard völlig ungerührt auf die vier Knappen, die gerade aufgefordert worden waren, ihren Fürsten zu verleugnen.

Hartmut räusperte sich. Erst jetzt fiel Thomas auf, dass der alte

Kämpe ziemlich grau im Gesicht aussah. Entweder ist auch ihm das Bier nicht bekommen, oder ihm ist hier irgendetwas sehr zuwider, dachte er.

Der Waffenmeister zwängte sich einen Schritt vor. Nun konnten die Knappen erkennen, dass sein rechter Arm mit Blut befleckt und der Kettenschutz aufgesprengt war.

»Ich habe versucht, euch Burschen etwas über ritterliche Ehre beizubringen«, sagte er ungewohnt milde. »Aber es ist nicht ehrenrührig, den Tatsachen ins Auge zu sehen und sie anzuerkennen. Albrecht ist kraft seiner Geburt der rechtmäßige Erbe der Mark Meißen. Wer dies nicht anerkennen wollte, hat heute Nacht mit Blut bezahlt. Ich bin vor euren Vätern für euer Leben verantwortlich. Also begeht keinen Fehler und tut, was Elmar euch befiehlt.«

Eine vollkommene Kapitulation, dachte Thomas bitter, um seine Besorgnis zu überspielen, unter denjenigen, die diese Nacht Blutzoll gezahlt hatten, könnte auch sein Freund Roland sein. Die halten sich ziemlich lange mit Erklärungen gegenüber ein paar Knappen auf. Ist wohl diese Nacht nicht alles so verlaufen wie geplant. Jetzt muss ich also doch von hier verschwinden, bevor ich zum Ritter ernannt werde.

Er vermied es, zu den drei Jungen hinter sich zu blicken – aus Furcht, sie könnten das missverstehen und sich zu irgendeiner Dummheit hinreißen lassen. Vielleicht wollte er auch einfach nicht ihre ratlosen Gesichter sehen. Er hatte keinen Rat für sie. Er wusste nur eines: Zu einem Treueeid gegenüber Albrecht würde er sich niemals zwingen lassen. Albrecht war der Mörder seines Vaters.

»Verzieht euch und lasst euch von Hartmut Aufträge erteilen!«, schnauzte Elmar.

Thomas drehte sich kurz um und gab den Jüngeren das Zeichen, dem Waffenmeister zu folgen. Als er selbst als Letzter gehen wollte, streckte Elmar einen Arm aus, um ihn aufzuhalten.

»Du nicht!«
Zu den beiden fremden Rittern gewandt, erklärte er: »Der da ist zu aufsässig, wie sich eben schon wieder gezeigt hat. Für den habe ich besondere Verwendung.«
Der größere der beiden Männer trat hinter Thomas, packte ihn an den Armen und stieß ihn vorwärts durch den Flur.
Aus dem Augenwinkel fing Thomas den entsetzten Blick von Johannes auf und versuchte, so gelassen wie möglich zu wirken. Doch bald hatte er Mühe, unter dem groben Griff des anderen nicht zu stolpern.
Die Gänge, durch die er geführt wurde, waren leer. Da und dort sah er Blutlachen auf dem Boden oder Schlieren an den Wänden. Es musste also gekämpft worden sein – und er hatte nichts davon mitbekommen! Gott allein wusste, wer alles in dieser Nacht sein Leben gelassen hatte.
Die fremden Ritter brachten ihn nicht wie befürchtet zum Bergfried, der bestimmt unter der Wachstube ein Verlies hatte. Am Ende eines Ganges weitab der Halle öffnete einer seiner Bewacher eine durch einen schweren Riegel verschlossene Tür. Thomas wurde in einen winzigen, fensterlosen und völlig leeren Raum gestoßen. Als ihn der größere der Ritter loslassen wollte, meldete sich Rutger zu Wort.
»Ich finde, die Dreistigkeit, den Rittern des Markgrafen mit der Waffe entgegenzutreten, sollte nicht ungestraft bleiben. Meint Ihr nicht auch?«
Die beiden Älteren grinsten; einer packte Christians Sohn sofort an den Armen und zog sie nach hinten.
»Damit du es weißt, Bastard: Ich bin für meine Tapferkeit und Entschlossenheit als Ritter in Markgraf Albrechts Dienste aufgenommen worden«, verkündete Rutger selbstgefällig. »Nun wirst *du* erleben, wie es ist, aus einer geächteten Familie zu kommen. Jetzt wird deine Sippe davongejagt. Aber vorher noch mache ich deine Schwester zu meiner Hure!«

Denn nichts anderes war sie, genau wie ihre Mutter. Sein Ziehvater hatte ihm erzählt, wie er und auch sein eigener Vater und ihre Freunde sich mit dieser Marthe vergnügt hatten. Huren – und dieser Christian war ein Bastard, ein Habenichts gewesen! Durch dessen Schuld wäre er als Waise und Sohn eines Geächteten verreckt, hätte sich nicht Elmar seiner angenommen. Doch jetzt war der Tag der Rache gekommen.
Triumphierend sah Rutger, wie sich sein Widersacher hasserfüllt aufbäumte. Er nahm genau Maß für den ersten Schlag, dann wuchtete er dem Wehrlosen die Faust in den Leib, beobachtete zufrieden, wie Thomas zu Boden ging, und trat auf ihn ein.
Das Letzte, was Thomas mitbekam, war das merkwürdige Geräusch, mit dem seine Nase brach.

## *Unerwarteter Besuch*

Als Thomas erwachte, herrschte um ihn völlige Finsternis. Jede Faser seines Körpers schmerzte. Atmen konnte er nur durch den Mund. Vorsichtig tastete er sein Gesicht ab und spürte überall verkrustetes Blut; seine Nase musste bis zur Unkenntlichkeit geschwollen sein.
Da er ohnehin nichts sah, schloss er die Augen wieder und versuchte, seine Lage zu überdenken, ohne sich allzu sehr von Mutlosigkeit erfassen zu lassen.
Das war nicht so einfach.
Am meisten wühlte Rutgers Drohung in ihm, über Clara herzufallen. Ob er das wahr machen konnte?
Aber so einfach durfte sich niemand an einer Edelfreien vergreifen; das könnte ihn den Kopf kosten. Sicher war das nur geprahlt, um ihn zu verhöhnen.

Er musste einfach darauf vertrauen, dass sein Stiefvater und dessen Freunde für Claras Schutz sorgten.
Derzeit vermochte er ohnehin nichts zu tun, als abzuwarten und zu hoffen, dass man ihn nicht bei lebendigem Leib verfaulen ließ. Oder verdursten, was wesentlich schneller ginge.
Johannes und die beiden anderen Knappen waren vorerst vermutlich außer Gefahr. Ob Roland noch lebte? Elmar hasste Rolands Vater Raimund ebenso, wie er Thomas' Vater gehasst hatte.
Es schien Thomas eine Ewigkeit her, dass sie auf dem Hügel vor Meißen Pläne für die Zukunft geschmiedet und über Rolands Heiratsabsichten mit Clara gesprochen hatten.
Lukas war schlau und mutig, er würde sicher Vorsorge getroffen haben für die Lage, die nun eingetreten war. Und bestimmt hatte seine Mutter die Sache schon irgendwie vorhergesehen.
Aber was war mit Daniel auf dem Burgberg? Wer schützte ihn? Und Lukas' Söhne? Der Jüngste, sein Halbbruder Konrad, war gerade einmal vier Jahre alt.
Thomas kannte seine Familiengeschichte gut genug, um zu wissen, dass sowohl sein Vater als auch sein Stiefvater und seine Mutter zu den Ersten gehörten, die Albrecht aus dem Weg räumen wollten. Bei Christian war ihm das bereits gelungen.
Es sah nicht gerade nach Zufall aus, dass man ihn gleich ins Verlies geworfen hatte.
Er war ein Narr, dass er nicht längst das Land verlassen und in Graf Dietrichs Dienste getreten war! Seine ganze Familie hätte fortziehen sollen! Wer weiß, wie es den anderen inzwischen erging. Ob sie überhaupt noch lebten. Er musste hier raus, sie warnen …
Doch er schaffte es kaum, aufzustehen, geschweige denn, sich auf den Beinen zu halten.
Während er so mit sich haderte, hörte er, wie das Schloss rasselte und der Riegel scharrte. Die Tür wurde aufgerissen, zwei Män-

ner mit gezogenen Schwertern stellten sich an den Seiten auf, ein dritter stieß Roland herein, dessen Hände auf dem Rücken gefesselt waren.
Thomas, geblendet von dem schwachen Licht, das aus dem Gang in sein winziges Verlies fiel, hörte Elmars verhasste Stimme von draußen.
»Diese beiden werden uns als Geiseln nützlich sein, als Unterpfand für das Wohlverhalten ihrer Väter.«
Dann wurde die Tür wieder zugeschlagen und versperrt.

»Du lebst!«, stöhnte Thomas auf.
Auch wenn er den Freund bedauern sollte, weil er ebenfalls gefangen war, fühlte er sich eher erleichtert über dessen Gegenwart. »Weißt du, was geschehen ist?« Seine Stimme klang durch die geschwollene Nase dumpf, als sei er furchtbar erkältet.
»Versuche, den Knoten zu lösen«, sagte Roland anstelle einer Antwort.
Thomas spürte in der Dunkelheit, wie der Freund mit dem Rücken zu ihm rutschte und die gefesselten Arme durchdrückte. Mühsam versuchte er, den Knoten zu ertasten, zu lockern und zu lösen. Endlich gelang es.
Erleichtert lehnte sich Roland an die Wand und rieb sich die Handgelenke.
»Was hast du angestellt, um so zugerichtet zu werden, wie ich gesehen habe, als sie mich reingestoßen haben?«, fragte er den jüngeren Freund.
Der gab sich alle Mühe, gelassen zu wirken. »Nichts. Nur das Übliche: Aufsässigkeit. Ein Andenken von Rutger, der damit prahlte, dass er nun Ritter in Markgraf Albrechts Diensten sei.«
Einen Moment lang überlegte er, ob er von Rutgers Bemerkung über Clara erzählen sollte, unterließ es jedoch. Der Freund würde dann vermutlich etwas sehr Unüberlegtes tun, das ihre Möglichkeiten eher verringern könnte, hier herauszukommen.

»Überrascht dich das?«, fragte Roland verächtlich. »Diese Ratte gehörte zu den Ersten, die mit wehenden Fahnen zu Albrecht überliefen.«
»Was ist eigentlich passiert? Am Morgen kam Elmar in unsere Kammer, verkündete großspurig, wir hätten nun Albrecht zu gehorchen, Hartmut forderte uns auf, keine Dummheiten zu begehen, und dann haben sie die anderen rausgelassen. Nur ich bekam diese … besondere Behandlung.«
Was er versucht hatte, um die anderen außer Gefahr zu bringen, ließ Thomas unerwähnt. Es hatte ja doch nichts genützt.
»Wie es aussieht, war die Einladung des Burggrafen nur ein Vorwand«, berichtete Roland. »Albrecht und sein Vetter Konrad, der junge Graf von Groitzsch, haben sich heimlich verbündet, Ottos Leibwachen außer Gefecht gesetzt, sofern sie nicht übergelaufen sind oder an der Verschwörung beteiligt waren, und den alten Markgrafen gefangen gesetzt.«
»Gab es Tote?«, fragte Thomas mit einem dumpfen Gefühl im Magen.
»Drei«, berichtete Roland und nannte die Namen. »Die meisten von Elmars Leuten waren eingeweiht und haben sofort die Seiten gewechselt. Die Übrigen taten es, nachdem der alte Hartmut verwundet wurde und aufgab. Wer in der Nacht schlief, der musste heute Morgen feststellen, dass sich die Verhältnisse geändert haben. Mich haben sie gleich in Fesseln gelegt. Es rechnete wohl niemand ernsthaft damit, dass ich Albrecht einen Treueschwur leiste. Aber wie du gehört hast, haben sie noch Verwendung für mich, sonst hätten sie mir auch die Kehle durchgeschnitten.«
»Und Otto?«
»Wird von seinem Groitzscher Neffen bewacht und soll unterschreiben, dass er die Mark Meißen an Albrecht abtritt. Es geht doch nichts über verwandtschaftliche Bande.«
Einen Moment lang herrschte Schweigen zwischen den beiden Freunden.

Dann fragte Thomas: »Was denkst du, was sie mit unseren Familien machen?«
»Die zwingt Albrecht mit uns als Geiseln zu Gehorsam. Das ist sozusagen unser Glück.«
»Weil sie uns deshalb am Leben lassen?«
»Nicht zwingend«, gestand Roland ein, doch seine weiteren Worte klangen recht gelassen. »Wir müssen nur die nächsten paar Tage überleben. Unsere Väter werden sich schon etwas einfallen lassen, um uns hier rauszuholen.«

»Dein alter Herr tut sich ja mächtig schwer, sich mit dem Unvermeidlichen abzufinden«, meinte Konrad von Groitzsch zu seinem Vetter Albrecht, bevor er seine Zähne in einer Fasanenkeule versenkte und ein großes Stück abbiss.
Die beiden Markgrafensöhne saßen im prächtigsten Raum der Burg, um ihren Sieg zu feiern. Die Diener und Knappen hatten sie hinausgeschickt, nachdem ein üppiges Mahl aus Wild und reichlich Wein aufgetafelt waren. Nur Elmar leistete ihnen Gesellschaft. Vor ihm hatte Albrecht keine Geheimnisse, schließlich war dieser ihm all die Jahre ein kluger Ratgeber gewesen und hatte auch diesen Handstreich geplant.
»Er war schon immer ein unverbesserlicher Starrkopf«, antwortete Ottos Erstgeborener verächtlich. »Hätte er eher nachgegeben und eingesehen, dass es längst Zeit war, mir die Regentschaft zu überlassen, wäre ihm diese Schande erspart geblieben. Vor allem, wenn ich nicht hätte fürchten müssen, dass er mir mein Erstgeborenenrecht streitig macht.«
Er prostete dem Sohn des Markgrafen der Ostmark zu. »Auf die neuen Zeiten!«
Konrad nahm die Keule in die Linke, wischte die fettige Rechte kurz am Tischtuch ab und trank ihm grinsend zu.
»Ich danke dir für deine Unterstützung«, sagte Albrecht feierlich. Dann blickte er misstrauisch um sich und senkte die Stim-

me. »Und solltest du irgendwann einmal jemanden brauchen, der *deinen* alten Herrn bewacht – du kannst auf mich zählen!« Konrad dachte nicht daran, leise zu sprechen.
»Pah, die Mühe können wir uns sparen. Mein Vater ist so fett, dass er kaum noch auf ein Pferd kommt. Wie will der noch das Land regieren? Es ist nur eine Frage der Zeit. So lange kann ich warten und mir die Tage getrost bei der Jagd und den Weibern vertreiben. Reite du nur morgen nach Meißen und verkünde die frohe Botschaft. Ich passe derweil auf meinen geliebten Onkel auf und bringe ihn dazu, die Urkunde zu unterschreiben.«
Bei seiner Völlerei ist es ein Wunder, dass er nicht genauso fett ist wie sein Vater, dachte Albrecht leicht angewidert angesichts des gierig schlingenden Cousins.
Er selbst hatte das Fleisch kaum angerührt; ihm war jetzt eher nach Wein als nach Braten zumute. Auch wenn er sich gelassen gab – sein Magen schien immer noch wie zugeknotet nach der Anspannung. Sich gegen den Vater zu erheben, war eine schwere Sünde. Zu viel hätte bei diesem Handstreich misslingen können – und ganz ausgefochten war die Sache noch nicht. Doch bisher war alles bestens verlaufen. Zufrieden lehnte sich Albrecht zurück, schloss die Augen bis auf einen Spalt und lächelte vor sich hin.
»Es wird eine herbe Enttäuschung für meine Mutter. Aber ich glaube nicht, dass sie ihn vermissen wird.« Seine Stimme triefte vor Verachtung bei diesen Worten.
Dann tauchten Bilder vor seinem inneren Auge auf, von denen er seit vielen Jahren geträumt hatte – all die Pracht und Unterwürfigkeit, wie er sie erlebt hatte, während er als junger Ritter in Diensten König Heinrichs stand, dem Sohn des Stauferkaisers.
»Ich werde ein paar neue Gepflogenheiten auf dem Burgberg einführen«, verkündete er. »Schluss mit den alten, bäuerlichen Sitten; dem neuen Markgrafen soll man huldigen wie einem König. Ich will sie alle auf Knien sehen!«

»Dazu musst du dir schleunigst das Freiberger Silber sichern«, riet Konrad. Er spießte ein großes Stück vom Wildschweinbraten auf sein Essmesser und gab einen kräftigen Rülpser von sich. »Eine königliche Hofhaltung kostet eine Menge Geld.«

Albrecht nickte gelassen. »Daran habe ich längst gedacht. Morgen früh reite ich nach Meißen, regele dort sämtliche Angelegenheiten, und dann übernehme ich Freiberg. Im Handumdrehen, du wirst sehen.«

Schroff wandte er sich Elmar zu. »Schickt nach Reinhard!«

Der einstige Anführer von Ottos Leibwache verbarg sorgfältig seinen Verdruss darüber, dass der nunmehrige Markgraf, der zwanzig Jahre jünger war als er und an seinem Benehmen dringend arbeiten sollte, ihn wie einen Laufburschen behandelte. Schließlich verdankte Albrecht seinen Sieg und seine neue Macht zu beträchtlichen Teilen ihm. Er ging vor die Tür und gab den Auftrag weiter an einen der übergelaufenen Männer Ottos.

Wenig später erschien Reinhard und kniete vor Albrecht nieder.

»Durchlaucht!«

Nach Albrechts hoheitsvollem Nicken deutete er Konrad gegenüber eine Verneigung an.

»Graf von Groitzsch!«

Reinhard wusste die Blicke der beiden Markgrafensöhne auf sich, von denen einer nun die Macht an sich gerissen hatte.

Er ließ sich nichts von seiner Unruhe darüber anmerken, dass er immer noch nicht aufgefordert wurde, sich zu erheben.

»Gleich morgen früh werdet Ihr nach Freiberg reiten und dafür sorgen, dass dort alle Vorbereitungen getroffen werden, um mich in drei Tagen als neuen Herrscher der Mark Meißen in aller Pracht und Feierlichkeit zu empfangen«, befahl Albrecht.

Reinhard, immer noch kniend, neigte zustimmend den Kopf.

»Der Bergmeister und der Münzmeister sollen sich bereithalten und mir über den Ertrag der Erzgruben und der Münze Bericht erstatten.«

»Wie Ihr befehlt, Hoheit.«

»Ich erwarte, dass jeder Mann und jedes Weib mir huldigt und die Ritter und Ratsleute mir die Treue schwören.«

»Es wird geschehen, was Ihr wünscht«, versicherte Reinhard mit unbewegter Miene.

Albrecht kniff die Lider leicht zusammen und beobachtete den vor ihm knienden Ritter scharf, während er weitersprach. »Der Burgvogt wird mich als neuen Herrn anerkennen, sonst lasse ich ihn ersetzen. Ihr kennt Euch bestens aus in Freiberg – muss ich damit rechnen, dass er Schwierigkeiten bereitet?«

»Vogt Heinrich hängt sehr an seinem Amt«, antwortete Reinhard ruhig. »Er wird stets demjenigen zuverlässigen Gehorsam erweisen, der über das Land herrscht – und das seid nun Ihr, Durchlaucht.«

»Gut«, stellte Albrecht zufrieden fest. »Die Handvoll aufsässiger Ritter um diesen Lukas und die Kräuterhexe werden gehorchen, solange sich ihre Söhne meiner … besonderen Gastlichkeit erfreuen. Notfalls lasse ich ein paar von ihnen vor aller Augen den Kopf abschlagen.«

Nun trat ein schwärmerischer Glanz in seine Augen. »Ich könnte meinen Machtantritt mit einer Hinrichtung auf dem Freiberger Marktplatz feiern …«

Elmar räusperte sich, bevor er sich in das Gespräch einmischte. »Ihr solltet Euch zunächst noch etwas zurückhalten, was Todesurteile für Edelgeborene betrifft, mein Fürst. Zumindest, bis Euer Vater die Abtretungsurkunde unterschrieben und der Kaiser Euch in aller Form mit der Mark Meißen belehnt hat. So lange ist Eure Regentschaft …« – er legte eine Pause ein und sah Albrecht mahnend ins Gesicht – »noch nicht vollkommen.«

»Ich weiß, ich weiß, vorerst muss ich mich noch zügeln«, fiel ihm Albrecht ungehalten ins Wort und verdrehte die Augen.

»Damit liegt Ihr mir seit Jahren in den Ohren! Aber ich muss mir Freibergs sicher sein, und das kann ich nicht, solange dieser Lukas dort sein Unwesen treibt. Wenn ich ihn töten lasse, gibt auch der Rest des Gesindels Ruhe.«

»Ihr könnt ihn nicht einfach umbringen, das würde Euch die Stadt zum Feind machen«, mahnte Elmar mit gerunzelter Stirn. »Die Freiberger sehen in ihm den würdigen Nachfolger Christians, der wie ein Held verehrt wird. Und er hat nicht nur die Wachmannschaft hinter sich, sondern seine heimlichen Helfer überall. Außerdem ist er ein wirklich ausgezeichneter Schwertkämpfer. So leicht tritt ihm keiner freiwillig entgegen.«

»Es muss doch einen Weg geben, diesen Bastard und sein Weib loszuwerden oder wenigstens in die Knie zu zwingen!«, fauchte Albrecht und wandte sich wieder Reinhard zu.

»Habt Ihr irgendwelche Vorschläge, um in Freiberg jeglichen Widerstand zu ersticken?«

Reinhard nickte und zeigte den Anflug eines kalten Lächelns. »In der Tat, Hoheit. Ich hätte da ein paar Einfälle ...«

Keiner der beiden jungen Gefangenen vermochte einzuschätzen, wie viel Zeit vergangen war, bis das Schloss erneut rasselte und der schwere Riegel scharrte.

»Ob wir noch mehr Gesellschaft kriegen?«, fragte Thomas leise und unterdrückte sein Schaudern angesichts der Vorstellung, man könnte sie holen, um sie zu foltern oder aufzuhängen.

Der Gedanke war keineswegs abwegig. Ein Wunder, dass sie überhaupt noch lebten. Wenn Lukas Albrecht nicht den Treueeid leistete – und das würde sein Stiefvater niemals tun, dessen war sich Thomas sicher –, gab es für ihn als Geisel keine Verwendung mehr.

Doch diesmal wurde die Tür nur einen Spaltbreit geöffnet. Jemand zwängte sich in die Kammer, der etwas in der Hand trug, das leise klirrte.

Warum schicken sie nur einen, um uns in Ketten zu legen?, dachte Thomas. Oder soll er uns töten? So schnell es trotz der Schmerzen ging, richtete er sich auf. Was jetzt auch kam, er wollte es aufrecht erdulden. In Gedanken bat er Gott um Vergebung für seine Sünden.

Doch als er die Stimme des Besuchers erkannte, verflog jeder fromme Gedanke. Abfällig verzog er das Gesicht – allerdings nicht so ausdrucksstark wie gewollt, weil das den kaum verebbten Schmerz rund um die gebrochene Nase jäh wieder wachrief.

»Hoch mit euch, rasch!«, flüsterte Reinhard. »Ihr müsst von hier verschwinden und eure Väter warnen.«

»Gern, und wie?«, fuhr Thomas ihn verächtlich mit seiner verschnupft klingenden Stimme an.

»Also ehrlich – der Großmäuligkeit nach kommst du eher nach deinem Stiefvater als nach deinem Vater«, knurrte Reinhard.

»Welche Tageszeit ist es?«, fragte Roland leise, ohne sich um das Gezänk der beiden anderen zu kümmern.

»Kurz vor der Morgendämmerung.«

»Und das Burgtor noch verschlossen. Welch wunderbare Gelegenheit, abzuhauen!«, höhnte Thomas weiter.

Doch Roland wies ihn ungewohnt schroff an, zu schweigen. Aus irgendeinem Grund schien er Reinhard zu vertrauen. Oder er wartete einfach ab, was sich ergab. Beschämt gestand Thomas dem Freund zu, nicht nur ein Jahr älter und schon ein Ritter, sondern wohl auch ein bisschen weiser zu sein.

»Sie schlafen alle nach der Siegesfeier«, fuhr Reinhard fort, als hätte er Thomas' verächtliche Bemerkung nicht gehört. »Hier, setzt euch die auf!«

Jetzt begriff Thomas, was da geklirrt hatte: zwei Kettenhauben, die Reinhard ihnen nun gab.

»Ich führe euch zu den Ställen und bringe gleich noch Kettenpanzer und eure Waffen. Versteckt euch dort, bis das Tor geöff-

net wird. Dann reitet los. Wenn ihr Glück habt und Gott euch beisteht, kennt euch niemand von den Stallburschen, und sie halten euch für Boten. Reitet zuerst zu Rolands Vater. Das liegt auf dem Weg, und dort bekommt ihr frische Pferde. Raimund soll entscheiden, ob ihr besser sofort die Mark verlasst. In diesem Fall muss er selbst nach Freiberg, um Lukas und Marthe zu warnen. Ich habe Befehl, ebenfalls nach Freiberg zu reiten. Aber er muss vor mir dort sein, denn Albrecht wird mir ein paar Aufpasser mitschicken. Ganz scheint er mir nicht zu trauen.«
Reinhard öffnete die Tür, um hinauszuspähen, ob der Gang verlassen war. Dann warf er noch einmal einen Blick zurück auf Thomas und knurrte: »Großmaul, du solltest zuvor noch deinen leichtsinnigen Schädel in die Tränke stecken und dir das Blut abspülen. Sonst merkt selbst der dümmste Pferdeknecht, dass etwas mit dir nicht stimmt.«

## *Siegesfeier*

Thomas und Roland hatten Glück: Sie wurden von den Döbener Stalljungen tatsächlich für Boten gehalten. Niemand hinderte sie daran, die Burg zu verlassen, sobald der Morgen graute und das Tor geöffnet wurde.
Ihr Entkommen bescherte Albrecht einen Wutanfall, als er wenig später sein Gefolge auf dem Burghof versammelte, um nach Meißen aufzubrechen. Er wollte schnell wieder dort sein, um seinen Machtantritt bekanntzugeben. In Döben sollten nur ein paar Männer bleiben, die unter dem Befehl seines Vetters den alten Markgrafen bewachten. Den alten Mann, berichtigte er sich hämisch in Gedanken. Markgraf bin jetzt ich.
Seine Hochstimmung verflog jäh, als ein furchtsam blickender

Reisiger quer über den Burghof zu ihm humpelte, auf die Knie sank und stammelnd von der Flucht der beiden jungen Männer berichtete, die er mit nach Meißen nehmen wollte, um sie dort sicher verwahrt zu wissen.

»Wie konnte das geschehen?«, brüllte der selbsternannte Markgraf seine Männer an, die bereits in den Sätteln saßen. »Sollte ich bemerken, dass hier irgendwer von euch ein falsches Spiel treibt, werde ich ihm eigenhändig den Kopf von den Schultern schlagen!«

Elmar – kaum minder wütend – winkte seine vier schnellsten Reiter heran und erteilte Befehle.

»Gebt euren Gäulen die Sporen und spürt die Burschen auf, sonst werdet ihr euch wünschen, nie geboren zu sein! Durchsucht zunächst das Anwesen von Raimund von Muldental. Wenn sie dort nicht sind, reitet nach Freiberg. Findet sie, bevor sie jemandem erzählen können, was hier heute Nacht geschehen ist!«

»Sie sollen hängen!«, schrie Albrecht. »Eine Mark Silber für den, der sie ergreift!«

Elmar neigte sich zu ihm und raunte: »Ich rate Euch, sie lieber unauffällig aus dem Weg räumen zu lassen. Es könnte sonst die Ritterschaft gegen Euch aufbringen.«

Als Albrecht nach kurzem Zögern zustimmend nickte, wiederholte Elmar den Befehl laut an die Verfolger: »Findet sie und tötet sie, aber ohne unliebsame Zeugen! Und lasst die Leichname verschwinden. Eine Mark Silber als Belohnung für jeden!«

Als Ottos Sohn und sein Gefolge wieder auf dem Meißner Burgberg eintrafen, ließ Elmar die markgräfliche Burgmannschaft und die Dienerschaft antreten und verkündete, dass Albrecht nun der Herrscher über die Mark war. Zufrieden sah Ottos Erstgeborener auf die vor ihm Knienden herab, von denen es keiner wagte, Fragen zu stellen – schon gar nicht nach Verbleib und Befinden des alten Markgrafen.

Letztlich war es niemandem neu, in ihm den Herrscher zu sehen: Wenn sein Vater auf Reisen war, hatte er in den letzten Jahren stets ihm die Befehlsgewalt über die Mark Meißen übertragen.
Alles läuft wie geplant, dachte Albrecht selbstgefällig.
Er hatte viel gewagt. Wäre irgendetwas fehlgeschlagen, hätte er zum Beispiel seinen Vater töten müssen, war es fraglich, ob ihm der Kaiser oder der König als Belohnung für einen Vatermord die Markgrafschaft als Lehen übertragen würden.
Aber so saß der alte Mann in aller Bequemlichkeit in der vornehmsten Döbener Gästekammer, wurde mit Braten und Wein verköstigt und konnte es sich gutgehen lassen.
Die beiden Entflohenen, die seine Pläne noch hätten stören können, würden inzwischen sicher schon beseitigt sein.
Wie ein Rausch überkam Albrecht das Gefühl des Sieges und der Macht.
Nur um zwei Dinge hatte er sich hier auf dem Burgberg noch zu kümmern, dann konnte er nach Freiberg, sich das Silber holen.
Genauer gesagt: nicht zwei Dinge, sondern zwei Weiber. Aber so groß war der Unterschied nicht.
Er gab Elmar ein Zeichen. Der wusste, was nun bevorstand, und winkte zwei zuverlässige Männer zu sich. Zu viert stapften sie die Treppe hoch zur Kemenate.
»Euer Gemahl entsendet Euch ergebene Grüße, verehrte Mutter«, sagte Albrecht mit gespielter Liebenswürdigkeit, nachdem er die Tür zu Hedwigs Kammer aufgestoßen hatte.
Die Markgräfin hatte die Zeremonie auf dem Burghof vom Fenster aus beobachtet.
»Und wann kehrt er zurück?«, fragte sie, ihre Besorgnis hinter jahrzehntelang geübter Herablassung verbergend.
»Die Reise nach Döben hat ihn derart erschöpft, dass ihm das Regieren zu anstrengend wurde. Er erholt sich dort bei bester Pflege. Ich bin sicher, er wird uns bald wieder mit seiner Anwesenheit erfreuen.«

Dann schlug Albrecht einen schärferen Ton an.
»Aus Sorge um Euer Wohlergehen muss ich Euch bitten, diese Kammer vorerst nicht zu verlassen, Teuerste, bis Ihr Euch entschieden habt, wo Ihr Eure letzten Tage künftig verbringt – ob auf einem entlegenen Landsitz oder in einem Kloster. Zwei Hofdamen und drei Mägde seien Euch gewährt. Ihr« – er wandte sich um und winkte die beiden Wachen heran, die sich vor der entmachteten Markgräfin verneigten – »werdet sie nicht aus den Augen lassen. Ihr begleitet jedes dieser Weiber, ganz gleich, ob sie in die Küche gehen, zum Brunnen oder auf die Heimlichkeit. Ihr haftet mit eurem Kopf dafür, dass sie niemandem eine Botschaft zustecken oder zuflüstern.«
Mit einer Handbewegung wollte er Hedwig am Sprechen hindern. Doch seine Mutter hatte nicht die Absicht, jetzt etwas zu sagen. Albrecht würde ihr ohnehin nicht antworten.
Also wollte sie sich gar nicht erst vor ihm selbst demütigen. Ein paar Getreue würden schon einen Weg finden, Verbindung mit ihr aufzunehmen. Oder *sie* würde einen Weg finden, mit ihnen in Verbindung zu treten. Als Albrecht sich schroff umdrehte, um zu gehen, tauschte sie einen Blick mit Susanne, der Magd, die ihr schon am längsten diente, und wusste, dass diese ebenfalls bereits Pläne schmiedete.
»Aber den Weg in die Kapelle wirst du mir doch nicht verwehren, Sohn!«, rief sie Albrecht kühl hinterher.
Der wandte sich noch einmal um, unverkennbar wütend. Das listige Weib hatte wieder einmal ein Schlupfloch gefunden! Nein, ein Gebet in der Kapelle konnte er ihr wirklich nicht verbieten, ohne schlecht dazustehen.
»In Begleitung meiner Männer«, entschied er und wollte gehen, tat dann jedoch so, als sei ihm noch etwas eingefallen.
»Bevor ich es vergesse, Mutter: Ihr solltet mich von nun an nicht mehr so formlos mit ›Sohn‹ ansprechen. Sagt doch ganz einfach ›Fürst‹ oder ›Markgraf von Meißen‹ zu mir. Durch-

laucht … Hoheit und dergleichen. Ihr kennt Euch ja aus mit derlei Dingen.«
Sehr zufrieden mit sich, ihr so gewandt seine Verachtung gezeigt zu haben, ging er endgültig hinaus.
Nun wollte er sehen, was seine eigene Frau zu den Neuigkeiten sagen würde. Bis das Festmahl zu seinen Ehren zubereitet war – er hatte am Morgen einen Boten vorausreiten lassen, um dem Küchenmeister genaue Anweisungen zu erteilen –, blieb noch ein wenig Zeit. Und die gedachte er für etwas ganz Besonderes zu nutzen.

Mit einem rüden »Verschwindet!«, scheuchte Albrecht die Mägde und Hofdamen seiner Frau hinaus, nachdem er die Tür zu deren Kammer aufgestoßen hatte.
Sophia, die Tochter des Herzogs Friedrich von Böhmen, rotblond, schlank, wirklich eine Schönheit, aber mit einer gewissen Neigung zu Hochnäsigkeit, die er ihr gleich zu Beginn ihrer Ehe ausgetrieben hatte, saß über einer Stickerei. Vorsichtig erforschte sie das Gesicht ihres Gemahls. Seine Zornesausbrüche waren gefürchtet; auch sie hatte schon manchen erdulden müssen. Doch diesmal schien ihn nicht Zorn zu treiben, sondern etwas anderes …
Was er in den Tagen seiner Abwesenheit unternommen hatte, schien gut verlaufen zu sein, denn nun stand er da mit so viel eitlem Stolz und strotzend vor Kraft, dass sie nur mit Mühe ein Schaudern unterdrückte.
Anfangs war sie glücklich gewesen, als ihr Vater ihr seinen Beschluss mitteilte, sie mit dem künftigen Markgrafen von Meißen zu vermählen. Der Bräutigam sah gut aus und war noch jung, nicht dreißig Jahre älter wie die anderen Bewerber. Doch in der Hochzeitsnacht, als er sie roh und rücksichtslos entjungferte, erkannte sie: Sie war mit dem Teufel vermählt.
Entgegen den Versicherungen ihrer Mutter konnte sie sich nicht

an seine brutalen Besitznahmen gewöhnen und war mehr erleichtert als gekränkt, dass er seine Wollust lieber mit Hofdamen, Mägden und Huren auslebte. Halt gab ihr jetzt nur noch der Gedanke, dass sie als Tochter eines Herzogs von Böhmen von höherem Rang war als der Sohn eines Markgrafen.

Doch sie wusste, was meistens folgte, wenn ihr Gemahl so gelaunt war, und das Grauen davor begann sie schon wieder zu überwältigen. Hastig senkte sie die Lider.

»Ihr dürft mir Eure Glückwünsche aussprechen«, verkündete Albrecht herablassend. »Im ehrlichen Kampf ist es mir gelungen, meinem Vater die Mark abzutrotzen. Freut Euch, meine Liebe. Ich bin nun Markgraf – und Ihr seid die Markgräfin von Meißen.« Er trat zu ihr, nahm ihre Hand, die sie ihm nur zögernd überließ, und küsste sie.

»Meinen Glückwunsch, Gemahl«, antwortete sie weisungsgemäß und schenkte ihm einen Becher unverdünnten Weines ein.

Mit seinem üblichen verächtlichen Lächeln nahm er den Becher entgegen, trank ihn in einem Zug aus und wischte sich mit dem Handrücken den Mund ab.

Dann löste er das Schwert, ließ es achtlos fallen und ging auf Sophia zu.

»Uns bleibt noch etwas Zeit, bis das Festmahl zubereitet ist. Die werden wir nutzen zur Feier meines Sieges. Ich erwarte von Euch, Gemahlin, dass Ihr mir in neun Monaten endlich einen Sohn gebärt.«

Dann solltest du endlich einen Sohn zeugen!, dachte Sophia wütend.

Sie gab sich alle Mühe, sich nichts von ihren Gedanken anmerken zu lassen. Doch Albrecht, dem die letzte höhnische Bemerkung seines Vaters wie ein Stachel im Fleische saß, kannte sie und hatte sie nicht aus den Augen gelassen.

Er wusste, wie sehr seine Frau es verabscheute, im Bett ihre Pflicht erfüllen zu müssen.

Er könnte nicht einmal sagen, dass es ihm gleichgültig war. Gehorsame und geschickte Gespielinnen konnte er sich aus jedem Hurenhaus kommen lassen, die waren auf ein Fingerschnippen bereit, ihm zu dienen. Ganz zu schweigen von den Mädchen und jungen Frauen bei Hofe, die ihm zu Willen waren – ob nun Mägde, Ministerialentöchter oder verheiratete Edeldamen. Aber eine Fürstentochter, die allein ihm zu gehorchen hatte und ihm jeden seiner Wünsche von den Lippen ablesen musste, ganz gleich, ob es ihr passte oder nicht?

Wenn er ehrlich war, erregte ihn der Gedanke, wie sehr sie es hasste, ihn im Bett erdulden zu müssen. Schließlich blieb ihr keine Wahl. Und der Umstand, dass sie ihm zwar schon eine Tochter geboren hatte, aber von einer erneuten Schwangerschaft, geschweige denn von einem Sohn, nichts zu sehen war, zwang sie, den Stolz auf ihre Herkunft zu vergessen und mehr Demut zu zeigen.

»Worauf wartet Ihr? Euer Gemahl verlangt danach, Euch in Eurer ganzen Schönheit zu sehen«, blaffte er sie an, während er schon den Gürtel löste, der seine Bruche hielt.

Sophia schluckte und gehorchte.

Auf eine ungeduldige Handbewegung von ihm nahm sie Schleier und Schapel ab und entflocht ihr rotblondes Haar. Mit gesenktem Kopf löste sie die Verschnürungen ihres Kleides, streifte Bliaut und Unterkleid ab. Sofort bildete sich Gänsehaut auf ihrer bloßen Haut, und das nicht nur vor Kälte. Dennoch ließ sie sich mit geschlossenen Augen auf das Bett sinken und spreizte gehorsam die Beine.

Sie muss aufpassen, dass sie nicht fett wird, dachte Albrecht. Und sie ist wirklich fade, wie sie da herumliegt. Leider bewies sie im Bett nicht so viel Lebhaftigkeit wie mit Worten, als sie noch am Anfang ihrer Ehe versucht hatte, sich ihm gegenüber zu behaupten.

Dennoch war er erregt; das Hochgefühl nach seinem mühelos errungenen Sieg verlieh ihm Stärke. Er kniete sich aufs Bett und

drückte ihre Schenkel weiter auseinander, dann legte er sich auf sie und stieß in sie hinein.
Sie war trocken, natürlich, wie immer. Ruckartig drang er tiefer in sie vor, mit aller Kraft ausholend. Er sah, dass sie die Lippen zusammenkniff, um das qualvolle Stöhnen zu unterdrücken. Also griff er nach einer ihrer Brustwarzen und quetschte sie, dass Sophia vor Schmerz aufschrie und ihr Tränen aus den geschlossenen Augen rannen.
So wird es doch richtig nett, dachte Albrecht.
Am liebsten hätte er sie an den Haaren gepackt und von hinten genommen, bis sie nur noch ein heulendes, winselndes Etwas war.
Doch dann würde sie wohl zu ihrem Beichtvater laufen oder ihrem Vater schreiben und sich über sein unfrommes Gebaren beschweren. Und vorerst durfte er es sich weder mit dem Herzog von Böhmen noch mit dem Bischof von Meißen verderben, auch wenn der unterwegs ins Heilige Land war. Vorerst konnte er froh sein, wenn der Dompropst und der Burggraf der Einladung zu seinem heutigen Festmahl folgten und seine neue Stellung ohne Einwände anerkannten.
Mit aller Kraft stieß Albrecht in den Leib seiner Frau, bis er sich endlich mit einem triumphierenden Laut in sie ergoss.
»Gnade dir Gott, wenn es diesmal kein Sohn wird!«, drohte er keuchend, während er sich aus ihr zurückzog.
Etwas tropfte von seinem Glied auf ihren Schenkel – für Sophia die nächste, letzte Erniedrigung dieser Stunde.
Nein, noch nicht die letzte.
»Gebt Euch nachher gefälligst Mühe, ein glückliches Gesicht aufzusetzen, wenn Ihr mich zum Festmahl begleitet, meine Liebe!«, befahl Albrecht. »Lasst Euch von Euern Kammerfrauen herrichten, wie es sich für eine Markgräfin geziemt. Ich wünsche – nein, ich verlange –, eine strahlende Fürstin an meiner Seite zu sehen.«

Angesichts ihrer reglosen Miene, hinter der sie ihren Widerwillen mehr schlecht als recht verbarg, beschloss er sofort, sich für die Nacht die beste Hure von Meißen kommen zu lassen. Oder die junge Witwe aus dem Gefolge seiner Frau? Die war nicht so zimperlich wie seine spröde Gattin und lag auch nicht nur stumm und reglos auf dem Bett. Und sie hatte auch keine Bedenken, das Beilager auf andere Art zu vollziehen als von der Kirche vorgeschrieben.

Vielleicht ergab sich sogar die Gelegenheit zu seiner nächsten Eroberung. In Gedanken bereits damit befasst, gürtete er sein Schwert und schritt hinaus.

Sophia starrte ihm hinterher, als könne sie durch die Tür hindurchsehen.

Ich hasse dich, Albrecht von Wettin!, dachte sie, wischte sich die Tränen ab und ballte die Hände zu Fäusten.

## *Die Hütte des Wilden Mannes*

Meile um Meile trieben Thomas und Roland ihre Pferde an der Mulde entlang Richtung Süden und blickten immer wieder hinter sich. Doch niemand schien sie zu verfolgen.

Kurz bevor sie ihr Ziel erreichten, entschied Roland, nicht geradewegs zum Gehöft seines Vaters zu reiten.

»Entweder sie warten schon auf uns, oder sie schicken ein paar Mann auf Verdacht hin, weil sie glauben, dass wir uns dort verstecken.«

Also traut er Reinhard auch nicht, dachte Thomas mit einer gewissen Befriedigung. Er fand keine Erklärung für das Verhalten des zumeist schweigsamen Ritters, der ihnen zur Flucht verholfen hatte, obwohl er ein Getreuer Elmars war. Doch zum Nachdenken kam er auch kaum auf diesem scharfen Ritt. Seine Rippen und sein rechtes Handgelenk schmerzten mörderisch, seine Nase schien ein großer, pochender Klumpen zu sein, und Luft bekam er nur durch den Mund.

Während sie die Umgebung genau im Auge behielten, stets bereit, auszubrechen und loszupreschen, sollte sich ein Verfolger blicken lassen, näherten sich die beiden Reiter einer Wiese, auf der ein paar Jungen eine Herde Schafe hüteten. Der älteste der Burschen bemerkte sie zuerst, sprang auf, rief einen großen, zottigen Hütehund zu sich und sah ihnen misstrauisch entgegen, bis er den Sohn seines Herrn erkannte.

Sofort kniete er nieder. »Junger Herr, willkommen daheim!«, rief er mit ausgebreiteten Armen und musterte Rolands Begleiter neugierig.

»Du hast uns nicht gesehen, Wilhelm, klar? Ganz gleich, wer nach uns fragt!«, schärfte Roland ihm ein. Der Hütejunge nickte beflissen. Die beiden hatten unverkennbar einen harten Ritt hinter sich, und der Begleiter des jungen Herrn sah mit der gebrochenen und geschwollenen Nase nach einer deftigen Prügelei aus. Sie steckten also bestimmt in Schwierigkeiten.

»Sind deine Herrschaften zu Hause?«, fragte Roland.

Der Junge nickte erneut.

»Dann renn los und richte meinem Vater aus, in der Hütte des Wilden Mannes spukt es neuerdings wieder.«

Wilhelm japste erschrocken und sah sich hastig um. Würde das Ungetüm, von dem die schrecklichsten Geschichten kreisten, auch hier auftauchen? Ängstlich bekreuzigte er sich.

»Und meiner Mutter sagst du, ich spreche ein Gebet, damit sie sich rasch von den Masern erholt!«

Verblüfft starrte der Hütejunge ihn an. »Heute Morgen noch wirkte die Herrin ganz gesund …«, rutschte es ihm heraus.

»Ich weiß es ganz sicher. Und du, sei nicht so vorlaut!«

Der Bursche war nicht dumm und begriff, dass offenbar gewal-

tiger Ärger drohte. Wenn er half, den zu vermeiden, war das auch gut für ihn.
»Verlasst Euch nur auf mich, junger Herr!«
Er grinste verwegen, dann rief er seine Brüder herbei. »Ich muss eine Nachricht überbringen. Ihr haltet derweil die Herde zusammen. Hier, Benno, pass auf, dass keines davonrennt!« Er pfiff laut auf zwei Fingern und streckte den Arm aus. Schon jagte der zottige Hund los, um die Schafe zusammenzutreiben.

»Es spukt in der Hütte des Wilden Mannes?«, fragte Thomas den Freund, als der Hütejunge losgerannt war und sie ihre Pferde wieder in Bewegung setzten. »Und wir reiten jetzt dorthin? Soll ich das Ungeheuer mit meiner blutigen Nase verjagen?«
Zum ersten Mal an diesem Tag lachte Roland. »Das könnte klappen! Du müsstest dich mal sehen!«
Sie hielten nun auf einen Wald zu. »Ich glaube, es war mein Großvater oder sogar mein Urgroßvater, der das Gerücht in die Welt gesetzt hat, da spuke es. Das macht die Hütte zu einem guten Versteck in Notlagen. Dein Vater hat sich auch einmal dort verborgen, nachdem meiner und Lukas ihn aus Randolfs Kerker befreit hatten. Er war wohl mehr tot als lebendig. Deine Mutter pflegte ihn damals gesund.«
Davon hatte ich keine Ahnung, dachte Thomas bestürzt und fragte sich, wie viel er noch nicht von seinem Vater wusste. Warum hatte er ihm nicht mehr erzählt, als er noch lebte?
Doch die Antwort lag auf der Hand: Wie jeder Junge von Stand hatte Thomas mit sieben Jahren das Haus verlassen, um als Page und später Knappe zum Ritter ausgebildet zu werden. Er wünschte, er hätte mehr Zeit mit seinem Vater verbringen können.
In seinem Magen breitete sich ein Kribbeln aus, als sie tiefer in den Wald eindrangen. Bald mussten sie von den Pferden absteigen und führten sie am Zügel.

»Hier irgendwo muss es sein ... Ich bin ewig nicht mehr hier gewesen. Das Unterholz ist viel dichter geworden ... Da, links!« Erleichtert schob Roland ein paar stachlige Zweige beiseite.
Neugierig sah Thomas auf die halb zerfallene Hütte, deren Bretter mit einer dünnen Schicht Moos überzogen waren. Eine brüchige Tür hing schief in den Angeln und schwang leicht hin und her, obwohl hier kein Wind ging. Vielleicht hatten sie irgendein Tier aufgeschreckt. Dichte Spinnweben hingen in den Winkeln, und eine Krähe äugte misstrauisch vom Dach zu ihnen herunter, ehe sie laut krächzend davonflog.
Wirklich unheimlich, dachte Thomas. Doch stärker als die geisterhafte Umgebung beschäftigte ihn der Gedanke, hier womöglich auf eine Spur seines Vaters zu stoßen.
»Grüß Gott, tritt ein, bring Glück herein!«, spottete er leicht gezwungen, zog die brüchige Tür vorsichtig auf und spähte hinein.
Die Einrichtung bestand lediglich aus einer Kochstelle aus runden Steinen in der Mitte des schummrigen Raumes.
»Geb's Gott, dass wir hier nicht für länger unterkriechen müssen«, sagte er und trat wieder hinaus.
Ein paar Schritte abseits lag eine winzige Lichtung, auf die ein paar Sonnenstrahlen durchdrangen. Moos in sattem Grün und kleine weiße Blüten verliehen ihr etwas Anheimelndes. Thomas fragte sich, ob hier vielleicht einmal sein Vater und seine Mutter beieinandergesessen haben mochten. Dann schalt er sich einen Narren für diesen Gedanken. Das alles musste zwanzig Jahre oder länger zurückliegen. Wer weiß, wie es damals hier ausgesehen hatte und ob seine Eltern zu jener Zeit überhaupt schon verheiratet gewesen waren. Dennoch stand ihm das Bild lebendig vor Augen, wie sein Vater seine Mutter zärtlich an sich zog und sie küsste.
Er drehte sich zu Roland, um das Phantasiegespinst abzuschütteln. Wortlos setzten sie sich zu den Pferden, die dicht neben der Hütte standen, und warteten.

Raimund besprach gerade etwas mit dem Dorfschmied, als der Schäfersohn aufgeregt zu ihm gerannt kam.
Sofort lief er zum Herrenhaus, das nur einen Steinwurf entfernt stand. Während er den Hof mit großen Schritten überquerte, befahl er einer Magd, ein Huhn zu schlachten und dabei das Blut aufzufangen. Verwundert starrte sie ihn an, bevor sie ging und ein Beil holte.
Elisabeth, seine Frau, saß am Fenster und nähte, neben sich einen Stapel mit frisch gewaschenen Beinlingen, die ausgebessert werden mussten.
»Roland und noch jemand – vermutlich Thomas – sind in der Nähe, sie wollen mich in der Hütte des Wilden Mannes treffen«, berichtete er.
Elisabeth sah auf und zog die Stirn besorgt in Falten. »Die üblichen Schwierigkeiten? Oder das, was wir seit langem befürchten?«
»Rolands Begleiter sah arg zusammengeschlagen aus, erzählte mir der junge Wilhelm. Sie haben ihn bei den Schafen getroffen und zu mir geschickt. Und die Sache mit den Masern war etwas, das wir abgesprochen hatten für den Fall, dass jemandem unmittelbar Gefahr droht.«
Ein roter Ausschlag von den hoch ansteckenden und gefährlichen Masern – im Notfall mit Hilfe von verdünntem Hühnerblut vorgetäuscht – würde vermutlich auch den unerschrockensten Mann von einer Verhaftung abhalten.
Elisabeth legte das Nähzeug beiseite und begann ohne ein weiteres Wort, aus der Truhe Kleidungsstücke und Leinenstreifen herauszuholen; dann lief sie in die Küche und die Vorratskammer, um Brot, Käse und kaltes Fleisch in einen Korb zu packen.
Raimund suchte derweil zusammen, was seinem Sohn und dessen Begleiter wohl sonst noch nutzen konnte. Wenn Roland ihn zur Hütte des Wilden Mannes rief, mussten sie sich entweder für länger dort verstecken oder fliehen. Also brauchten sie Waf-

fen, Wassersäcke zum Füllen, ein großes Stück Leinen, um bei Bedarf ein Zelt zu errichten, Felle …

Mit alldem belud er zwei Packpferde. Nach kurzem Überlegen sattelte er für sich nicht den Fuchshengst, sondern einen jungen Rappen, ähnlich dem, den er seinem Sohn zur Schwertleite geschenkt hatte.

Elisabeth trat zu ihm, während er die Gurte festzog. Sie führte schon ihr eigenes Pferd.

»Lass mich mit dir reiten!«, bat sie. »Wenn sie verletzt sind oder fliehen müssen … Er ist mein einziger Sohn, und es kann sein, dass ich ihn auf lange Zeit nicht wiedersehe. Ich will mich wenigstens von ihm verabschieden.«

Statt einer Antwort half Raimund ihr in den Sattel. Für Uneingeweihte mochte es so aussehen, als ob Herr und Herrin einen Ausritt machten. Dass sie dabei auch zwei Packpferde mit sich führten, bekamen nur die Stallburschen mit, und die hatten zu viel zu tun, um sich darüber Gedanken zu machen.

Thomas und Roland mussten nicht lange warten, bis knackende Zweige verrieten, dass sich jemand näherte. Vorsichtshalber zogen sie ihre Waffen.

Als sie erkannten, dass es Raimund war, der sich durch das Unterholz zwängte, steckten sie erleichtert Dolch und Schwert wieder in die Scheiden. Raimund half seiner Frau durch das Gestrüpp und schloss seinen Sohn in die Arme.

»Gut, dass du Mutter mitgebracht hast. Ich war schon in Furcht, sie könnten sie als Geisel nehmen!«, brachte Roland hervor.

Jetzt erst wurde Thomas bewusst, welche Sorgen sich der Freund um seine Eltern gemacht hatte. Dagegen kam er sich beinahe leichtsinnig vor, weil er einfach darauf vertraut hatte, dass seinem kampferprobten und mit allen Wassern gewaschenen Stiefvater schon etwas einfallen würde, um sie aus dieser schwierigen Lage herauszuhauen.

Auch Rolands Eltern wirkten erschütterter, als Thomas erwartet hatte. Oder lag es daran, dass sie alt wurden? Raimund muss schon um die fünfzig sein, überlegte er, deutlich älter als Lukas und Mutter. Vater wäre jetzt in seinem Alter. Ich hoffe, du bist zufrieden mit mir, wenn du vom Himmel auf mich herabsiehst, dachte er mit einem merkwürdigen Gefühl im Bauch.
»Was ist geschehen?«, fragte Elisabeth drängend, nachdem sie auch Thomas begrüßt hatte, ohne ihr Erschrecken über dessen Aussehen zu verbergen.
Während sie vom mitgebrachten Proviant ein paar gute Bissen an die ausgehungerten jungen Männer verteilte, berichteten diese abwechselnd von Albrechts Handstreich in Döben und seinen nächsten Plänen.
»Wir müssen sofort nach Freiberg«, entschied Raimund. »Normalerweise würde ich sagen, ihr zwei müsst verschwinden oder euch hier verstecken, bis sich die Lage wieder etwas beruhigt hat. Doch diese Sache ist von größerer Tragweite, als ihr ahnt.«
Zu Thomas gewandt, sagte er: »Es steht mir nicht zu, über dein Schicksal zu entscheiden; das muss dein Stiefvater tun.«
Dann drehte sich Raimund wieder zu seiner Frau.
»Elisabeth, komm besser mit. Roland hat recht, es wäre zu gefährlich, dich hier allein zu lassen. Obwohl« – er strich sich schmunzelnd über den Bart und sah anerkennend zu seinem Sohn – »die alte List mit den Masern nicht schlecht war.«

Wie von Hunden gehetzt, ritten Raimund, Elisabeth, Thomas und Roland, um Freiberg vor Einbruch der Nacht zu erreichen. Als sie bereits die Umrisse der Stadt erkennen konnten, wies Raimund die anderen an, zu warten.
»Ich reite allein vor, um erst einmal zu hören, was die Wachmannschaft am westlichen Tor zu berichten hat. Solltet ihr hier schon gesucht werden, schicke ich einen von Lukas' Getreuen. Dann flieht ins Kloster Marienzelle und bittet um Kirchenasyl.«

Prüfend musterte er Christians Sohn. »Dich wird keiner erkennen, so wie du derzeit aussiehst. Ihr anderen verhüllt eure Gesichter, so gut es geht, ohne aufzufallen, wenn ihr in die Stadt reitet.«

Doch vor dem Peterstor wurde Raimund zu seiner Überraschung bereits von einem der rotblonden Schmiedesöhne erwartet.

»Ritter Lukas hoffte, dass Ihr kommt, Herr! An jedes Stadttor hat er einen von uns geschickt. Ich soll Euch sicher und unauffällig zu ihm geleiten.«

Guntram, der junge Schmied, sah sich nach allen Seiten um und senkte die Stimme. »Aber wenn Ihr in Begleitung seid, nehmen wir besser das Meißner Tor. Von den Männern dort wird Euch niemand verraten.«

## *Große Pläne*

»Wo ist Clara?«, waren Thomas' erste Worte, als er das Haus seiner Eltern betrat. In der Hoffnung, dass niemand sonst es hören konnte, sagte er leise zu Lukas: »Randolfs Sohn hat gedroht, ihr etwas anzutun.«

Die Gelassenheit seines Stiefvaters und dessen Versicherung, seine Schwester sei in guter Obhut und dieser Rutger habe das Maul zu voll genommen, ließen ihn aufatmen. Doch wirklich erleichtert war er erst, als Lukas den Schmied Guntram beauftragte, zusammen mit zwei vertrauenswürdigen Männern aus der Wachmannschaft nach Clara zu suchen und ihr nicht von der Seite zu weichen.

Zum Glück hatte Marthe davon nichts mitbekommen angesichts der Aufregung, die das Erscheinen der nächtlichen Besucher mit sich brachte. Ihre Aufmerksamkeit war durch Thomas' blutverkrustetes und angeschwollenes Gesicht abgelenkt.

»Bevor ihr beginnt, Pläne zu schmieden, muss ich seine Nase richten!«, sagte sie so bestimmt, dass niemand ihr zu widersprechen wagte.

Sie bestand darauf, dass die Besucher in die Kammer gingen, und füllte einen Eimer mit kaltem Wasser.

Zu sechst setzten sie sich um den großen Tisch in der Kammer: Lukas, Marthe, Raimund, Elisabeth und die beiden entflohenen jungen Männer. Lukas übernahm es selbst, Bier an die Gäste auszuschenken, denn seine Frau würde nun erst einmal beide Hände voll zu tun haben.

Wortlos drückte Marthe ihrem verletzten Sohn eine Schüssel in die Hand, der das Tongefäß verwundert entgegennahm. Bald sollte er begreifen, wozu es gedacht war.

Marthe betrachtete erst im Schein einer Kerze die gebrochene Nase; dann stellte sie das Licht wieder auf den Tisch. Sie schloss die Augen, um sich zu sammeln, tastete mit den Fingerspitzen vorsichtig die Verletzung ab, stand auf, atmete tief durch und zog mit einem kräftigen Ruck.

Jäh schossen Thomas Tränen in die Augen, vor ihm schienen Sterne zu tanzen, er spürte gewaltige Übelkeit in sich aufsteigen und drückte die Schüssel fest an sich. Mit Mühe schaffte er es, hier nicht vor aller Augen seine letzte Mahlzeit zu erbrechen.

»Allmächtiger, womit habe ich das verdient?«, stöhnte er, als er wieder einigermaßen Luft holen konnte.

Seine Mutter wrang ein Tuch aus, das sie in den Eimer getaucht hatte, und drückte es ihm in die Hand. »Leg das drüber, zum Kühlen!«

In der Hoffnung auf Linderung gehorchte er sofort.

»Bist du sonst noch irgendwo verletzt?«, forschte sie nach.

»Nur ein paar blaue Flecke. Und vielleicht eine angeschlagene Rippe«, verharmloste er seinen Zustand.

Marthe sah ihn zweifelnd an, aber darum würde sie sich später kümmern. Jetzt hatten die besorgniserregenden Neuigkeiten Vorrang.

»Vorhin waren hier vier von Elmars Männern und haben alles nach euch abgesucht«, erklärte Lukas den Besuchern, wieso er sie bereits erwartet hatte.

Reinhard hatte ihm eine Warnung zukommen lassen. So konnte sich Lukas bei Ankunft des Verfolgungstrupps lautstark über die Unverschämtheit empören, sein Anwesen durchsuchen zu wollen. Ein paar gebrüllte Befehle von Höhergestellten waren immer noch das beste Mittel, sich zu behaupten. Dann hatte er den verunsicherten Wachen mit gespielter Großzügigkeit erlaubt, einen Blick in Haus und Stall zu werfen, weil sie schließlich nur ihre Pflicht täten, und ihnen ein paar Pfennige in die Hand gedrückt, damit sie sich im Wirtshaus nach dem langen Ritt stärken konnten. Dort würde jemand von seinen Leuten darauf achten, dass sie blieben und ihre Becher nie leer wurden. Rund um das Haus waren unauffällig mehrere Männer postiert, um sie zu warnen, falls Albrechts Suchtrupp doch zurückkehren würde.

Deshalb hatte Lukas auch gegen Marthes Bedenken entschieden, Thomas und Roland ins Haus bringen zu lassen statt in ein Versteck, sollten sie in Freiberg auftauchen. Es war derzeit nirgendwo sicherer als in diesen Wänden, fand er, wo sie unter sich waren und genügend zuverlässige Kämpfer in der Nähe wussten.

»Reinhard schickte uns heimlich durch eine Magd Nachricht, Albrecht habe die Macht über die Mark Meißen ergriffen und unsere Söhne als Geiseln genommen«, erklärte er. »Mehr wissen wir nicht. Was ist geschehen?«

Erneut erzählten Thomas und Roland abwechselnd.

Nachdem sie geendet hatten, richteten sich alle Blicke auf Lukas. Jeder schien zu erwarten, dass er einen Ausweg wusste und eine Entscheidung traf.

»Der Kaiser muss unbedingt erfahren, dass einer seiner Fürsten durch einen Gewaltstreich entmachtet wurde«, beschloss er sofort. »Er wird – nein, er *muss* eingreifen. Es könnte sonst Schule machen, dass sich die Söhne gegen die Väter erheben und damit auch noch durchkommen. Das würde Gottes Ordnung der Welt in Frage stellen.«

Lukas blickte erst zu Marthe, dann zu Raimund und Elisabeth, und Thomas hatte das sichere Gefühl, dass sie sich wortlos verständigten und jeder von den vieren das Gleiche dachte. Er sah, dass seine Mutter noch blasser wurde und sich auf die Lippe biss, seinem Stiefvater aber kaum sichtbar zunickte. Sie sind wirklich Verschworene seit vielen Jahren, dachte er und fragte sich, was seine und Rolands Eltern soeben entschieden hatten. Doch das würde er wohl gleich erfahren.

»Da unsere Söhne ohnehin so schnell wie möglich von hier verschwinden müssen, sollten wir ihnen diese wichtige Aufgabe anvertrauen«, sagte Lukas.

Dann sah er zu Thomas und Roland. »Vorausgesetzt, ihr wollt das wagen. Reitet nach Ungarn und sucht Graf Dietrich! Er ist nicht von Regensburg aus mit dem kaiserlichen Heer aufgebrochen, sondern will sich ihm erst in Pressburg anschließen. Dort wird der Kaiser das Pfingstfest feiern und einen Hoftag halten. Wenn ihr Dietrich verfehlt, reitet weiter.«

Bis ins Heilige Land … Diese Worte schwebten im Raum, ohne dass jemand sie aussprach.

»Thomas ist verletzt, er kann unmöglich morgen schon wieder in den Sattel, auf solch eine weite Reise«, wandte Elisabeth ein.

»Hier darf er nicht bleiben, genauso wenig wie Roland. Sie werden gesucht. Raimund und ich können jetzt nicht fort. Wir müssen Zeit gewinnen für unsere Söhne. Raimund muss auf seinem Gut den Ahnungslosen spielen, und ich muss morgen auf der Burg vor Albrecht antreten, so tun, als wüsste ich nichts von

ihrer Gefangennahme und gelungenen Flucht, und ihm den Treueeid schwören.«
Thomas, bis eben noch vollauf mit dem pochenden Schmerz in seinem Gesicht und der Aussicht auf eine Reise zum Kaiser beschäftigt, starrte seinen Stiefvater entgeistert an.
»Das würdet Ihr tun?!« Die Wut in seiner Stimme war nicht zu überhören.
Lukas verzichtete darauf, Christians Sohn für diesen Ausbruch zurechtzuweisen. Der Junge hatte sich bisher wacker geschlagen, und seine Entrüstung war verständlich – jedenfalls, wenn man jung und die Welt noch leicht in Gut und Böse einzuteilen war.
»Ich fürchte, mir bleibt keine Wahl, Junge, sollte er das fordern. Wenn es nur um mich ginge, ließe ich es darauf ankommen. Aber dann würde sich Albrecht an deiner Mutter, deiner Schwester und deinen Brüdern schadlos halten. Er kann mich auch hinrichten lassen, wenn ich ihm den Eid verweigere.«
Thomas stieß die Luft aus, die er angehalten hatte.
»Denkt Ihr, das würde er wagen?«, fragte er beinahe kleinlaut, abwechselnd zu Lukas und Raimund blickend.
»Hast du etwa Zweifel daran nach dem, was du gerade erlebt hast?«, hielt ihm sein Stiefvater entgegen.
»Von euch hängt jetzt alles ab. Ihr *müsst* den Kaiser erreichen und mit Dietrichs Hilfe bei ihm vorsprechen, bevor er in Pressburg die Regentschaft an seinen Sohn Heinrich überträgt«, sagte Raimund beschwörend. »Womöglich schließt er Albrecht zur Strafe für sein Handeln von der Erbfolge aus. Dann wird Dietrich Markgraf von Meißen.«
Thomas riss die Augen auf. So weit also reichten die Pläne, Verwicklungen und Hoffnungen in dieser Angelegenheit!
Er sollte sich wohl doch lieber von seiner Mutter die schmerzenden Rippen untersuchen lassen, ehe er wieder in den Sattel stieg.

Verstohlen sah er zu Roland, der sich weit weniger überrascht zeigte als er selbst. Hatte der kluge Freund diese Wendung der Dinge vorausgesehen?

»Bevor wir aufbrechen, muss ich etwas Wichtiges mit Euch besprechen«, sagte Roland mit sehr ernster Miene.

Die Brautwerbung!, dachte Thomas. Meine Schwester. Das hätte ich fast vergessen über alldem …

Doch bevor Roland weiterreden konnte, klopfte es heftig an der Tür.

Marthe fuhr zusammen. Elisabeth stieß vor Schreck ihren Becher um, so dass der Inhalt über die Tischplatte spritzte.

Roland sprang auf und zog sein Schwert, ebenso Raimund; Thomas griff nach seinem Dolch.

Lukas bedeutete ihnen wortlos, sich wieder hinzusetzen, ohne die Waffen aus den Händen zu legen. Auch er zog seinen Dolch, ging zur Tür, öffnete sie erst eine Handbreit und dann ganz, nachdem er gesehen hatte, wer draußen stand.

Reinhard trat ein und ließ seinen Blick über die versammelte Runde schweifen.

»Ihr habt es geschafft, der Herr sei gepriesen!«, rief er verhalten beim Anblick der jungen Männer, denen er zur Flucht verholfen hatte.

»Danke, dass du unsere Söhne gerettet hast«, sagte Raimund, steckte sein Schwert wieder in die Scheide und ging auf Reinhard zu, um ihn zu umarmen.

Thomas ließ das Tuch sinken, das seine Nase längst nicht mehr kühlte, und starrte den unerwarteten Gast wütend an. Was war das für ein Spiel? Auch wenn er sie aus dem Verlies befreit hatte – was hatte Elmars Kumpan in dieser geheimen Runde zu suchen?

»Wie lange kannst du bleiben?«, fragte Lukas, als gehöre Reinhard ganz selbstverständlich zu ihrem Kreis.

»Jetzt habe ich etwas Zeit; sie denken, ich bin im Hurenhaus«, erklärte der dunkelhaarige Ritter ruhig.

»Was ist mit Daniel? Sind Marthe, Clara, Elisabeth und die Jungen in Gefahr?«

»Vorerst nicht«, antwortete Reinhard, während Lukas und Raimund auf der Bank zusammenrückten, um ihm Platz zu machen. »Natürlich schäumt Albrecht vor Wut. Er hat ein Kopfgeld auf Roland und Thomas ausgesetzt. Wer sie findet, soll sie sofort töten, damit sich keine Einzelheiten darüber herumsprechen, was auf Döben geschehen ist. Aber er muss sich noch etwas zurückhalten, solange er nicht vom Kaiser belehnt ist. Elmar weiß das und wird kühlen Kopf behalten. Das hoffe ich zumindest. Albrecht will sein weiteres Vorgehen gegen eure Familien davon abhängig machen, ob ihr ihm morgen Gefolgschaft schwört.«

Lukas blickte zu seinem Stiefsohn, der Reinhard mittlerweile anstarrte wie ein rätselhaftes Wesen aus einem fernen Land.

»Er braucht gute Leute, die Freiberg verteidigen. Er will, dass ungestört Erz gefördert und Silber erschmolzen wird. Er hat große, ehrgeizige Pläne, der neue Herr der Mark. Und dafür braucht er volle Truhen. Wenn ihr schwört, das Silber zu schützen, wird er euch vielleicht in Ruhe lassen. Allerdings …«

Reinhard zögerte und sah zu Lukas. »Er will ein Faustpfand. Clara.«

Für einen Moment herrschte Totenstille in der Kammer.

»Deine Söhne sind ihm noch zu klein und der älteste ein Bastard, die nimmt er nicht ernst. Er wird von dir Clara als Geisel fordern. Und so, wie wir ihn kennen, wird er nicht ausdrücklich anweisen, sie auf dem Meißner Burgberg in allen Ehren zu halten.«

Nach einer kurzen Pause räusperte sich Reinhard und erklärte: »Ich sehe nur einen Ausweg.«

Lukas sah kurz zu Marthe und dann wieder zu Reinhard.

Dann nickte er, rieb sich mit der Hand über den Bart und sagte: »Ja. Diese Ehe muss sofort geschlossen werden.«

Thomas war wie vom Donner gerührt; Roland wollte aufspringen, doch dann ließ er sich wieder sinken und sah seinem Freund fassungslos ins Gesicht.

»Welche Ehe?«, platzte Thomas schließlich heraus. Langsam hatte er für einen Tag genug Überraschungen erlebt.

»Reinhard hat um Claras Hand angehalten.«

»Aber …«

Verzweifelt sah Thomas zu seinem Freund, doch der sank in sich zusammen und schüttelte leicht den Kopf. Was er hätte sagen müssen, aber nicht aussprechen konnte, lag auf der Hand: Roland kam als Bräutigam nicht mehr in Frage. Er war ein entflohener Gefangener und schon so gut wie auf dem Weg, um vor dem Kaiser Klage gegen den neuen Herrscher der Mark Meißen zu erheben. Er konnte Clara nicht mitnehmen, weder auf den Ritt nach Pressburg, für den ihnen verschwindend wenig Zeit blieb, wenn sie bis Pfingsten dort sein wollten, und schon gar nicht, sollte er dann aufgefordert werden, das Wallfahrergelübde abzulegen.

»Seid ihr wahnsinnig? Seit wann traut ihr *dem da*?«, schrie Thomas, sprang auf und wies mit dem Kopf zu Reinhard. »Er hat sich bei euch angedient und uns laufenlassen, nur um meine Schwester zu kriegen! Und wenn er sie hat, wird er sie vermutlich reihum an seine Kumpane weiterreichen!«

»Setz dich und sei still!«, donnerte sein Stiefvater ungewohnt laut zurück. »*Der da* … ist ein verdienter Ritter und war viele Jahre ein treuer Freund deines Vaters.«

»Das hat er bisher gut zu verbergen gewusst!«, erwiderte Thomas hasserfüllt. Der Gedanke, dass seine Schwester nicht seinem besten Freund zur Frau gegeben werden sollte, sondern diesem undurchsichtigen Kerl, verursachte ihm Übelkeit.

»Das war unser gemeinsamer Plan«, sagte Lukas streng und eindringlich zu Thomas. »Reinhard sollte den Eindruck erwecken, auf Elmars Seite zu stehen – als Vorsichtsmaßnahme für die

Lage, die nun eingetreten ist. Wir können Clara weder ins Kloster schicken, das wäre ihr Tod, noch auf Dauer irgendwo verstecken. Wenn jemand für Claras Sicherheit sorgen kann, dann er.«

»Ich habe Albrecht eingeredet, es mache einen besseren Eindruck, wenn er sie vermählt«, erklärte Reinhard mit seiner dunklen Stimme. »Die Tochter eines angesehenen Ritters in eigenen Diensten als Geisel festzuhalten, lässt ihn nicht gut dastehen. Schließlich hat er schon die Gefangennahme seines Vaters auf dem Kerbholz.«

Dann strich er die dunklen Haare zurück und sagte mit hochgezogenen Schultern zu Marthe: »Verzeiht mir! Aber ich musste ihm gegenüber den Eindruck erwecken, dass ich an Clara keinerlei Interesse habe, ihm jedoch aus Ergebenheit diesen Dienst erweise.«

Er trank einen Schluck und starrte ins Leere.

Marthe hatte die ganze Zeit geschwiegen; sogar als ihr Mann und ihr Sohn aneinandergeraten waren. Nun richtete sie sich mit einem Ruck auf. Alle sahen zu ihr und warteten, was sie sagen würde. Lukas erkannte die Not in ihren Augen und verspürte das dringende Bedürfnis, sie in die Arme zu ziehen. Er wusste, dass sie sich nur schwer mit der geplanten Hochzeit anfreundete, und nun sollte auch noch ihr Sohn auf eine solch ungewisse Reise gehen. Dies war ein schwerer Tag für sie.

»Und wenn sie von dir fordern, ihnen meine Tochter auszuliefern?«, fragte sie Reinhard aufgewühlt. »Das können wir nicht wagen!«

Als sie alle Augen auf sich gerichtet sah, senkte sie die Lider.

»Damals, als Christian für tot erklärt wurde und Otto mir befahl, Ekkehart zu heiraten …«, sagte sie leise und suchte Lukas' Blick mit der Bitte um Verständnis, »forderten Randolf, Giselbert und Elmar von Ekkehart, mich ihnen zu überlassen, nachdem ... Zum Glück kamen Christian und Lukas gerade noch rechtzeitig zurück, um zu verhindern, dass die Ehe vollzogen wurde und das geschah.«

Damals, dachte Lukas bitter. Beim zweiten Mal, als Ekkehart Marthe entführt hatte, war er zu spät gekommen. Das konnte er sich bis heute nicht verzeihen.

»Ich kann von ihnen verlangen, dass sie meine Gemahlin in Ruhe lassen«, beschwichtigte Reinhard. »Sie werden sich daran halten. Erst recht, wenn sie glauben, dass Clara mich verabscheut. Lukas muss morgen nur sein Missfallen zeigen, damit die Sache glaubhaft wird. Wir werden der Welt etwas vorgaukeln.«

Nun griff Reinhard nach dem Kreuz, das er um den Hals trug, und sah zu Marthe. »Ihr habt mein Wort, bei allem, was mir heilig ist: Ich werde meinen letzten Tropfen Blut geben, wenn es sein muss, um sie zu verteidigen.«

»Wo steckt Clara überhaupt?«, fragte Thomas in die Runde.

Die Männer hier verhandelten über das Schicksal seiner Schwester, als ginge es Clara nichts an. Er war gespannt, was sie zu alldem meinen würde.

»Sie ist bei einer Wöchnerin. Ich gehe sie holen«, erklärte Marthe.

»Ich komme mit«, bot Thomas sofort an. Es war längst Nacht, und wer jetzt noch auf den Straßen unterwegs war, sollte einen Begleiter, ein Licht und einen triftigen Grund haben, wenn er die Nachtruhe störte.

Sein Stiefvater verdrehte die Augen. »Du und Roland, ihr seid genau diejenigen, die unbedingt in der Stadt herumspazieren sollten!«, wies er ihn zurecht, insgeheim gerührt von Thomas' Sorge um seine Schwester und seine Mutter. »Ich kümmere mich darum.«

Er stand auf und ging kurz hinaus, um einen der Wachposten loszuschicken.

Ich muss Clara unbedingt unter vier Augen sprechen, dachte Thomas. Wenn sie diesen Kerl nicht will, wenn sie bei seinem Namen nicht sofort in gewaltigen Jubel ausbricht angesichts der Aussicht, seine Frau zu werden, helfe ich ihr, von hier wegzukommen. Dann kann sie Roland heiraten.

Als Lukas zurückkehrte, ging er zur größten Truhe, die in der Kammer stand, und klappte den Deckel hoch. Ohne suchen zu müssen, holte er einen länglichen Gegenstand heraus, der in Leder eingeschlagen war.
Thomas musste schlucken, denn er erkannte sofort, was es war.
Lukas wickelte das Leder ab und hielt die Waffe seinem Stiefsohn entgegen. »Das Schwert deines Vaters. Du hast es dir verdient. Und du wirst es wohl brauchen, fürchte ich.«
Erinnerungen stiegen in Thomas auf, wie sein Vater ihn einst im Schwertkampf unterrichtet hatte, wenn sie Zeit miteinander verbringen konnten.
Marthe kämpfte mit den Tränen. Ihr Sohn konnte nicht wissen, wie ähnlich er seinem Vater sah, als dieser noch ein junger Mann war.
Ehrfürchtig nahm Thomas die Waffe mit beiden Händen entgegen und zog die Klinge aus der Scheide. Es war ein hervorragendes Schwert. Sein Vater hatte es von den Kölner Waffenschmieden anfertigen lassen, die als die besten weithin galten. Das Geld dafür – ein ziemliches Vermögen – hatte ihm Ottos Bruder Dietrich von Landsberg geschenkt, der vor ein paar Jahren verstorbene Markgraf der Ostmark.
Die Waffe war ausgezeichnet gepflegt; die Klinge blank und scharf. Es kam Thomas vor, als sei der sorgfältig mit Leder umkleidete Griff noch warm von der Hand seines Vaters.
Bemüht, sich nichts von seinen aufgewühlten Gefühlen anmerken zu lassen, steckte er das Schwert wieder in die Scheide.
Das nächste Päckchen, das Lukas hervorkramte, war viel klei-

ner. Verblüfft erkannte Christians Sohn, dass es Münzen und schmale Silberbarren enthielt.

»Wir können nicht wissen, ob euch der Kaiser mit Botschaften zurücksendet«, sagte Lukas zu den beiden jungen Männern. »Möglicherweise schickt euch Graf Dietrich auf seinen Besitz in Weißenfels. Aber es kann ebenso sein, dass der Kaiser euch auffordert, euch seinem Wallfahrerheer anzuschließen. Ich weiß, das Kreuz zu nehmen, ist eine schwerwiegende Entscheidung. Aber ...« – Lukas zögerte und verzog einen Mundwinkel – »der Kaiser hat eine sehr überzeugende Art, wie ihr feststellen werdet. Ihr müsst drei Mark Silber vorweisen, wenn ihr euch seinem Heer anschließen wollt, weil diesmal nur Kämpfer von Stand mitziehen sollen, die sich und ihre Männer auch verpflegen können. Das hier ist mehr, alles, was wir haben.«

Zögernd schloss er seinen Stiefsohn in die Arme.

»Ich bete zum Allmächtigen, dass wir euch nicht in den Tod schicken«, sagte er leise und ungewohnt ernst. »Doch hier wäre euch der Tod sicher. Nimm meinen Segen, Sohn. Gott schütze euch!«

Eine Weile herrschte Schweigen in der Kammer.

Dann zerriss Raimund die beklemmende Stille.

»Unter Friedrich besteht gute Aussicht, Jerusalem und das Wahre Kreuz zurückzuerobern«, versicherte er, um vor allem Elisabeth und Marthe zu beruhigen. »Noch nie hat ein König oder Kaiser ein größeres Heer ins Heilige Land geführt. Außerdem kennt er den Weg und hat sich gründlich vorbereitet. Er schickte Gesandtschaften zu allen Herrschern, deren Gebiete seine Streitmacht durchqueren wird, damit sie ihm friedlichen Durchzug und Verpflegung gewähren. Er könnte nicht nur Jerusalem erobern, sondern auch König von Jerusalem werden!«

»König von Jerusalem?«, fragte Thomas verblüfft.

Seit ihrem Aufbruch aus der Hütte des Wilden Mannes nahm dieses Unterfangen immer größere Ausmaße an – von der möglichen Änderung der Erbfolge für die Mark Meißen bis zur Eroberung des erhabensten Titels der christlichen Welt!

»Wer, wenn nicht Friedrich von Staufen? Der frühere König von Jerusalem, Guido von Lusignan, hat den Anspruch auf die Krone verwirkt, als er sein Heer in die vernichtende Niederlage bei Hattin führte. Durch sein Versagen fiel die Heilige Stadt in die Hände der Ungläubigen. Und als ihn Saladin aus der Gefangenschaft entließ, musste er schwören, das Heilige Land zu verlassen«, fuhr Raimund unbeirrt fort. »Wer sonst hätte das Zeug dazu, seinen Platz einzunehmen? Weder der neue englische König Richard, der sich Löwenherz nennen lässt, noch der französische Philipp. Deren Heere sind viel kleiner als das Friedrichs. Er ist Kaiser, der Kaiser des Heiligen Römischen Reiches und König von Burgund. Die Krone von Jerusalem würde sein Lebenswerk vollenden.«

»Ihr verschwendet eure Zeit, Kronen zu verteilen, die noch nicht einmal erobert sind!«, unterbrach Marthe ungehalten seine Rede. »Morgen früh müssen wir hellwach sein, wenn wir unsere Söhne lebend aus der Stadt schaffen wollen. Und bis dahin ist noch viel zu tun.«

Mit einem Ruck stand sie auf, tauchte das Tuch in kaltes Wasser, das sich Thomas auf die geschundene Nase legen sollte, wrang es aus und drückte es ihm wortlos in die Hand.

»Jetzt will ich sehen, was mit deinen Rippen ist.«

Reinhard verstand das sofort als Aufforderung, zu gehen, und erhob sich.

»Für die Wache morgen früh am Peterstor habe ich Leute eingeteilt, denen wir vertrauen können«, sagte er, bevor er die Runde verließ.

»Habt ihr weißes Leinen im Haus?«, fragte Elisabeth Marthe. »Sie werden jeder einen Burnus brauchen … falls sie wirklich ins Heilige Land ziehen.« Sie fuhr sich mit dem Ärmel übers Gesicht und schniefte leise.

»Ich helfe dir dabei«, erwiderte Marthe. Mit zusammengepressten Lippen begutachtete sie die Blutergüsse auf dem Oberkörper ihres Sohnes und strich Beinwellsalbe auf die dunklen Flecken. »Es ist wohl nichts gebrochen«, sagte sie. »Ihr solltet euch jetzt von Pater Hilbert die Beichte abnehmen lassen.«
Wortlos zog Thomas sich wieder an und ging mit Roland hinaus, um den Kaplan zu suchen.
Lukas sah zu Raimund. »Schauen wir noch einmal nach den Pferden«, schlug er beiläufig vor. Wie er die Frauen kannte, wollten sie jetzt für eine Zeit allein miteinander sein, um ihren Kummer darüber zu teilen, dass ihre Söhne auf solch eine gefährliche Reise gingen – bis Clara kam und sie wieder Zuversicht ausstrahlen mussten.

## *Unterwegs*

Gleich bei Anbruch des nächsten Tages führten Thomas und Roland ihre Pferde leise zum Torhaus, um sofort die Stadt verlassen zu können, sobald das Tor geöffnet wurde.
Wenig später würden Raimund und Elisabeth ihnen folgen und nach Hause reiten, gemeinsam mit Lukas' ältestem Sohn, dem achtjährigen Paul. Seine Mutter war eine Magd gewesen und vor drei Jahren gestorben. Auch wenn der Junge ein Bastard war, wollte Lukas ihn lieber außer Reichweite Albrechts wissen. Raimund würde ihn von nun an bei sich aufziehen, das hatten sie noch in der Nacht vereinbart.
Seinen legitimen Erstgeborenen würde Lukas vorübergehend im Kloster Marienzelle unterbringen, wenn es zu gefährlich wurde. Und seinen Jüngsten, sein gemeinsames Kind mit Marthe, konnte er notfalls bei Vertrauten in Freiberg verste-

cken. Niemand würde einem Vierjährigen Beachtung schenken.
Es regnete ziemlich heftig an diesem Morgen, was den beiden entflohenen Geiseln zugutekam. Kein Bewohner der Stadt hielt sich so früh bei diesem Wetter schon in den Gassen auf, die von Pfützen und Unrat überschwemmt waren. Mit tief ins Gesicht gezogenen Gugeln gelangten sie zum Peterstor, ohne von irgendwem beachtet zu werden, und passierten es unbehelligt.
Zusätzlich zu den Reittieren führte jeder von ihnen ein Packpferd, beladen mit Rüstung, Waffen, Wegzehrung und anderen nützlichen Dingen. Der Kopf schwirrte ihnen von all den guten Ratschlägen, die hauptsächlich Marthe ihnen gegeben hatte, wie sie Verletzungen, Seuchen und Hitze überleben konnten, sollte ihre Reise nicht schon in Pressburg ein Ende finden.
Auch Thomas ritt nun einen kostbaren Rappen – jenes Tier, mit dem Raimund zur Hütte des Wilden Mannes gekommen war, ein Nachfahre des schwarzen Hengstes, der einst Christian gehört hatte und dem Thomas sofort dessen Namen gegeben hatte: Radomir.
»Nimm es als vorgezogenes Geschenk für deine Schwertleite«, hatte Raimund gesagt. »Euer beider Leben kann davon abhängen, dass ihr schnelle und zuverlässige Pferde habt.«
Trotz dieser großzügigen Geste und der Tatsache, dass sie es als dringend gesuchte Flüchtige ohne Zwischenfälle in die Stadt hinein und auch wieder heraus geschafft hatten, wirkte Thomas ausgesprochen schlecht gelaunt.
Den ganzen Vormittag lang sprach er kein Wort, während sie durch den Regen ritten, bis Roland eine Rast vorschlug. Sie hatten einen scharfen Galopp eingelegt und Freiberg mittlerweile weit hinter sich gelassen.
Roland beschloss, die finstere Miene seines Freundes nicht zu beachten, warf ihm einen Kanten Brot zu und begann zu essen, nachdem er sich auf einen Stein gesetzt hatte. Das Brot war

durchweicht, von den Kleidern und Haaren der jungen Männer tropfte Regenwasser.
Weit und breit war kein Mensch zu sehen. Die Hengste soffen in dem Bach, der neben der Wiese kräftig strudelte. Der Himmel war wolkenverhangen und erweckte nicht den Eindruck, als ob es heute überhaupt noch aufhören würde zu regnen.
Wortlos betrachtete Roland die versteinerte Miene seines Freundes. Seine eigene Stimmung war kaum besser, und er verspürte nicht die geringste Lust, auf die unausgesprochenen Vorwürfe des anderen einzugehen.
Doch Thomas suchte Streit.
»Lässt du es dir schmecken?«, fragte der Jüngere scharfzüngig. »Genießt du dein Leben in Freiheit? Während meine Schwester diesen Mistkerl heiraten muss?«
»Hör auf!«, wies ihn Roland schroff zurecht.
»Ich würde ja damit aufhören«, erwiderte Thomas und ging wütend auf den Freund zu. »Ich hätte ja gar nicht erst damit angefangen. Aber wer hat denn gesäuselt: Oh, ich liebe deine Schwester, ich will sie heiraten … Ich würde sogar mit ihr fortlaufen … Warum hast du gestern Abend kein einziges Wort darüber verloren? Hast du Angst gehabt, dass sie nein sagt? Oder dir dein Vater eine Ohrfeige verpasst, weil er dir seine Meinung schon mitgeteilt hat, dass du noch zu jung zum Heiraten bist?«
Er stand nun ganz dicht vor Roland. Der legte sein Brot beiseite und stand betont langsam auf.
»Nenn mich nicht einen Feigling«, sagte er mit leiser, mahnender Stimme.
»Doch, das tue ich!«, brüllte Thomas. »Du hast sie kampflos diesem Bastard überlassen, der wer weiß was mit ihr vorhat!«
In blinder Wut ging er mit Fäusten auf den Freund los.
Mühelos fing Roland den Angriff ab. Doch Thomas war so voller Zorn, dass er seine Schmerzen vergaß und im nächsten Augenblick eine handfeste Prügelei zwischen beiden begann.

Raimunds Sohn beendete sie rasch, indem er Thomas den Arm um den Hals legte und ihm die Faust vor die gebrochene Nase hielt. »Komm zur Vernunft, Kerl, oder deine Mutter hat sie umsonst gerichtet!«

Ächzend fiel Thomas auf die Knie und sank in sich zusammen. Das unerträgliche Stechen in seinem Körper bewies, dass er noch nicht einmal zu einer ordentlichen Schlägerei in der Lage war. Er griff mit der Hand nach den erbärmlich schmerzenden Rippen und japste nach Luft. Beschämt ließ er den Kopf sinken, die nassen Haare hingen ihm ins Gesicht.

Roland warf ihm wütend seinen Anteil Brot zu, das nun völlig durchgeweicht war.

»Wohin hätte ich denn mit ihr fortreiten sollen, du Tölpel?«, brüllte er, nun selbst ohne jegliche Beherrschung. »Hast du vergessen, dass wir im Moment wahrscheinlich die am meisten gesuchten Männer in der Mark sind? Was, wenn man sie bei uns findet und zusammen mit uns gefangen nimmt? Wir sollen gehenkt werden, schon vergessen? Was werden sie wohl mit ihr tun, wenn wir erst am Ast baumeln? Oder was, wenn wir den Kaiser treffen und er uns auffordert, das Kreuz zu nehmen? Hast du es nicht selbst gesagt: Diesmal sind keine Weiber im Tross zugelassen. Willst du sie zur Hure machen?! Wäre dir das lieber, ja?«

Wütend und hilflos zugleich zerdrückte Thomas den Kanten Brot, ohne davon zu essen.

»Ich kann es einfach nicht ertragen ...«, sagte er leise, ein Schluchzen unterdrückend. »Wenn ich mir vorstelle, was er ihr vielleicht antut ...«

»Das geht mir nicht anders«, sagte Roland bitter. »Am liebsten würde ich auf der Stelle umkehren und zurück nach Freiberg reiten, um sie zu holen.«

Er strich sich die nassen Haare aus dem Gesicht und schätzte mit prüfendem Blick ab, ob der Freund wohl in der Lage sein würde, sich mit seinen straff verbundenen und nun vermutlich noch mehr in Mitleidenschaft gezogenen Rippen allein in den Sattel zu ziehen. Sie mussten weiter.

Doch Thomas unternahm keine Anstalten aufzustehen, als Roland zu den Pferden ging.

»Ich habe heute Nacht heimlich mit ihr gesprochen«, sagte er leise, immer noch im nassen Gras hockend.

Beklommen fuhr Roland herum. »Hast du ihr von meinen Heiratsabsichten erzählt?«

»Natürlich nicht«, fauchte Thomas zurück. »Das musst du schon selbst tun, wenn du sie wirklich willst!«

Gemäßigter fuhr er nach kurzem Zögern fort: »Ich habe sie gefragt, ob wir sie mitnehmen und irgendwo verstecken sollen. Oder ob sie vielleicht mit den Schmiedesöhnen schon etwas ausgeheckt hat, um dieser Hochzeit zu entgehen und allem, was ihr von Albrecht noch drohen kann.«

»Was hat sie gesagt?«, drängte Roland. Er wollte es nicht zugeben, aber auch ihn beherrschte die heimliche Hoffnung, dass Lukas oder Peters Bande noch irgendeinen geheimen Plan hatten, um Clara in Sicherheit zu bringen.

»Dass sie bleiben wird. Dass sie bleiben muss. Sie sagt, wenn sie bleibt, wird vielleicht niemand mehr nach uns suchen. Und dann seien auch Daniel und meine Stiefbrüder sicher.«

»Sie ist ein tapferes Mädchen«, sagte Roland, ohne die Bitterkeit in sich niederkämpfen zu können.

»Clara stellt sich das so einfach vor«, widersprach Thomas verzweifelt. »Vielleicht findet sie sogar diesen Kerl nicht mal so schlimm, unerfahren, wie sie ist. Und das böse Erwachen gibt es erst, wenn sie vermählt sind. Ich darf gar nicht daran denken …«

»Glaubst du, mir gefällt es, mir auszumalen, wie sie einem anderen ins Bett gelegt wird?«

Roland schrie diese Worte beinahe heraus. »Aber sie ist klug, sie weiß, was sie tut. Wenn du etwas für sie und die anderen tun willst, dann steig endlich wieder in den Sattel, statt hier herumzujammern! Wir müssen zum Kaiser. Nur er kann Albrecht aufhalten. Je schneller wir dort sind, umso besser stehen die Aussichten auch für Clara.«

## Vorbereitungen

Auch in Meißen goss es ohne Unterlass, als Albrecht mit großem Gefolge von dort aufbrach, um sich in Freiberg huldigen zu lassen. Das versetzte ihn in ziemliche Missstimmung. Mit einem Triumphzug wollte er in die Silberstadt einreiten – in freudiger Erwartung randvoll gefüllter Truhen in der markgräflichen Münze und natürlich auch, um gar nicht erst Zweifel an der Rechtmäßigkeit seines Anspruchs aufkommen zu lassen.

Stattdessen würden sie nun als triefend nasser Haufen dort eintreffen; und es würden vermutlich bei diesem Wetter auch kaum Leute in den Gassen sein, die ihm zujubelten, nicht einmal Bauern auf den Äckern, die ergebenst vor ihm niederknieten. Doch dann fiel ihm wieder ein, dass es rund um Freiberg ja kaum Äcker gab, sondern nur Gruben, Halden und Huthäuser.

Was scherte ihn das Pack unter Tage, solange es reichlich Erz förderte!

Wenn er ehrlich zu sich selbst war, rührte der größte Teil seiner Verstimmung auch nicht vom Wetter, sondern von Elmars vorsichtigen Ermahnungen, sich mit harten Bestrafungen zurückzuhalten, bis er in aller Form vom Kaiser mit der Mark Meißen belehnt sei. Leider hatte Elmar recht – wie meistens. Der gewiefte Ränkeschmied war ihm all die Jahre ein zuverlässiger Ratgeber gewesen. Außerdem hatten Elmar und Reinhard ein paar

Vorschläge unterbreitet, die ihm wirklich ausnehmend gut gefielen und ihn versöhnlich stimmten. *So* würde er seinen Machtantritt in Freiberg unvergesslich machen.
Ein hämisches Grinsen zog über das Gesicht des Grafen, als er sich erinnerte, welch schöne Zeiten er vor zehn Jahren in Freiberg erlebt hatte. Sein Vater hatte ihm die Befehlsgewalt über die Burg erteilt, während Christian, der damalige Burgvogt, zusammen mit allen seinen Rittern in den Krieg gegen Heinrich den Löwen ziehen musste. Und wie er später vor aller Augen Christian umbringen ließ, ohne dass ihm jemand einen Vorwurf machen konnte.
Als sie sich der Stadt auf fünf Meilen genähert hatten, riss der Himmel endlich auf. Die Sonne brach durch die Wolken und ließ die abperlenden Regentropfen an Gras und Blättern funkeln.
Na also!, dachte Albrecht selbstzufrieden. Wenn das kein gutes Zeichen ist.

Während der Fürst mit seinen Männern unterwegs nach Freiberg war, trieb auf der dortigen Burg Vogt Heinrich seine Bewaffneten und die Dienerschaft mit lautem Gebrüll an, um alles für die Ankunft des jungen Markgrafen vorzubereiten. Ausführliche Befehle hatte Reinhard aus Döben mitgebracht, und Heinrich war entschlossen, alles zur Zufriedenheit des neuen Herrschers auszurichten.
Zur gleichen Zeit saßen die Ratsherren in der Ratstrinkstube nahe dem Oberen Markt in der Weingasse zusammen, einer üppig verzierten Kammer im ersten Stock, mit feinem Schnitzwerk an den Balkendecken und farbig bemalten Wänden, um ihr Vorgehen angesichts der neuen Machtverhältnisse zu erörtern.
»Wir sollten … nein, wir müssen dem jungen Fürsten zur Feier seines Herrschaftsantritts ein Geschenk überreichen«, sagte gerade Anselm, der dürr gewordene Gewandschneider und Bür-

germeister. Lauernd sah er von einem zum anderen in der Hoffnung, sie würden etwas aus ihren Werkstätten oder Lagern beisteuern: der Silberschmied einen Ring, der Weinhändler ein Fass Roten oder der Kürschner eine Kappe aus kostbarem Pelz.

»Was ist mit dem alten Markgrafen?«, fragte Jonas in gespielter Ahnungslosigkeit in die Runde.

»Was soll mit ihm sein? Wollt Ihr dem etwa auch ein Geschenk machen, Meister Schwarzschmied?«, erkundigte sich der Tuchhändler Josef höhnisch. »Etwa eine Pflugschar? Oder eine Schere?« Er brach in ein unechtes Lachen aus. »Feine Damaszenerklingen, wie sie einem Fürsten gebühren, könnt Ihr gar nicht herstellen.«

Es war nichts Neues, dass ein Teil der Ratsherren verächtlich auf den Schwarzschmied Jonas und den Bergschmied Karl in dieser Runde herabsahen. Schmiede waren angesehene Männer, aber als ratswürdige Geschlechter in den Städten wurden reiche Tuch- und Weinhändler, Gewandschneider, Kürschner, Gold- und Silberschmiede bevorzugt. Allerdings war Freiberg noch sehr jung und besaß erst seit vier Jahren Stadtrecht. Jonas und Karl waren jedoch schon vor mehr als zwanzig Jahren mit den ersten Siedlern hier angekommen, um dem Urwald ein Dorf abzuringen, und hatten sich durch ihren Mut die Hochachtung der Einwohnerschaft erworben.

»Ich frage nicht nach Markgraf Ottos Wünschen, sondern nach seinem Befinden«, antwortete Jonas deshalb völlig unbeeindruckt auf die hämische Frage.

»Nun, er ist krank und hat seinem Erstgeborenen die Mark Meißen übertragen, das solltet Ihr inzwischen mitbekommen haben«, wies ihn der Bürgermeister ungeduldig zurecht.

»Wissen wir das genau?«, fragte Jonas mit bedeutungsschwerem Unterton. »Es geht das Gerücht, Albrecht habe seinen Vater gefangen gesetzt, und der weigere sich, die Abtretungsurkunde zu unterschreiben.«

Seine Worte lösten ein Getöse unter den Ratsherren aus. Erschrockene und entrüstete Ausrufe schwirrten durch die Ratsstube, bis der Gewandschneider seinen zinnernen Becher mehrmals hintereinander auf die Tischplatte krachen ließ.
»Ruhe!«, brüllte er, wobei sich seine ohnehin schon hohe Stimme überschlug. »Wie könnt Ihr hier solche Ungeheuerlichkeiten vortragen, Meister Jonas?«
Der Schmied dachte nicht daran, preiszugeben, woher er das wusste. »Ein paar von den Knappen haben sich darüber unterhalten, als sie Kettenhemden zum Ausbessern brachten«, log er ungerührt. Für diese Sünde würde er später Buße tun.
»Haben wir eine Möglichkeit, festzustellen, was daran ist?«, fragte bedacht der Älteste in der Runde, ein kahlköpfiger, weißbärtiger Fuhrmann namens Friedrich, der schon über sechzig Jahre zählte.
»Wir können ja Graf Albrecht fragen«, schlug der Bergschmied Karl – Marthes Stiefsohn aus ihrer ersten, erzwungenen Ehe – innerlich grinsend vor und setzte die harmloseste Miene auf, zu der er in diesem Augenblick fähig war.
»Seid Ihr wahnsinnig geworden?«, kiekste der Gewandschneider und schnappte nach Luft. »Womöglich lässt er uns dafür hängen!« Er zerrte am Halsausschnitt seines Bliauts, als würde ihm schon jetzt die Luft knapp.
»Falls Meister Jonas recht hat«, meinte der Fuhrmann bedächtig, »und noch gar nicht feststeht, ob Albrecht der rechtmäßige Herrscher ist, dann sollten wir den Tag nicht aus den Augen verlieren, an dem Otto zurückkehrt und sich an denen rächt, die einfach übergelaufen sind.«
»Albrecht *ist* nun der Herrscher, ganz gleich, ob rechtmäßig oder nicht. Denn er ist auf dem Weg hierher, wird jede Menge Bewaffneter mitbringen und erwartet unsere Huldigung«, wies ihn der Tucher – ein Vorgänger und guter Freund des Bürgermeisters – schroff zurecht. »Selbst wenn Fürst Otto noch einmal

wiederkehren sollte, dann bestimmt nicht für lange. Er ist fast siebzig Jahre alt und wird bald vor seinen Schöpfer treten. Wir sollten uns weniger vor Otto fürchten als vor dem Tag, an dem *Albrecht* nach dem Tod seines Vaters mit jenen abrechnet, die ihm nicht von Anfang an treu ergeben waren!«

Karl und Jonas tauschten einen düsteren Blick. Sosehr es ihnen widerstrebte – das war nicht völlig von der Hand zu weisen. Sie mussten überlegt handeln, um Unheil von der Stadt abzuwenden.

»Ich wünschte, Ihr hättet dieses ungeheuerliche Gerücht nie hier ausgebreitet, Meister Jonas«, rügte der Bürgermeister den Schwarzschmied. »Besser, wir tun so, als wäre es uns nie zu Ohren gekommen. Graf Albrecht ist der rechtmäßige Erbe des Hauses Wettin. Wenn er verkündet, er sei nun der Fürst von Meißen, haben wir keinerlei Anlass, das zu bezweifeln. Damit können wir uns auch herauswinden, sollte Otto zurückkehren; Gott steh ihm bei.«

Er blickte die beiden Schmiede scharf an: »Falls es stimmt und Vater und Sohn in Fehde miteinander liegen – das geht uns nichts an!«

»Wirklich? Glaubt Ihr?«, fragte der alte Fuhrmann zweifelnd und kratzte sich am kahlen Kopf. Doch niemand antwortete ihm.

Der Bürgermeister sah in die Runde. »Wir halten uns also da raus. Sind wir uns darin einig?«

Es war ungewöhnlich still an diesem Tag in Marthes und Lukas' Haus. Das lag nicht nur an den Sorgen, die sich seine Bewohner machten. Am Vormittag war überraschend Lukas' Bruder Jakob aufgetaucht und hatte erklärt, er würde seinen Sohn nicht zurück nach Freiberg schicken. »Unter den neuen Verhältnissen ist mir das zu gefährlich. Ich will mich aus allem heraushalten. Aber du kannst mir deinen Sohn mitgeben. Bei mir ist er in Sicherheit.«

Lukas hatte nicht lange gezögert und den Siebenjährigen, der seinen Namen trug, mit Jakob fortgeschickt. So waren auf einen Schlag zwei seiner Söhne aus dem Haus – und hoffentlich außer Gefahr. Den kleinen Konrad hatte Marthe vorsichtshalber zu Emma gebracht, der Frau des Schmiedes Jonas. Das Lachen und Lärmen der Jungen vermisste sie umso mehr, als dass es sie vielleicht etwas von den Ängsten hätte ablenken können, die sie um Thomas, Daniel und Clara hatte.

Am frühen Nachmittag, als Albrecht mit seinem Gefolge schon nah sein musste, wies Marthe ihre Tochter an, ihr bestes Kleid anzuziehen und das Geschmeide anzulegen.

Clara fühlte sich, als ob sie herausgeputzt werden solle, um auf dem Markt verschachert zu werden.

Marthe selbst streifte sich das schlichte Leinenkleid ab, das sie während der Arbeit trug, und zog das schönste Gewand an, das sie besaß: krapprot, mit üppigen Stickereien verziert und Ärmeln, deren Spitzen fast zum Boden reichten. Otto und Hedwig hatten es ihr vor fünf Jahren geschenkt, als sie zusammen zur Schwertleite von Kaiser Friedrichs Söhnen nach Mainz gereist waren und der Markgraf sein ganzes Gefolge großartig ausstaffiert hatte, um Eindruck zu hinterlassen.

»Ich möchte dich sehen, wenn du in diesem Kleid nach Wurzeln gräbst oder Salben kochst«, meinte Clara mit gezwungenem Lächeln.

Obwohl ihr ein Stein im Magen zu liegen schien angesichts ihrer Sorge um Thomas und dessen, was sie an diesem Tag noch erwarten mochte, musste Marthe auflachen. »Dazu sind solche Kleider nicht gedacht, die eignen sich wirklich nur zum Beten und zum Sticken«, meinte sie.

»Es könnte missverstanden werden, wenn wir uns zu Albrechts Siegesfeier so schmücken«, wandte Clara ein.

»Nein!«, widersprach Marthe entschieden. »Dein Vater hat darauf bestanden, dass ich edle Kleider trage. Nicht aus Eitelkeit, sondern weil er sagte: Kostbare Kleider schützen mich wie ihn ein Kettenhemd. Sie zeigen deinen Stand an. Du bist die Tochter eines edelfreien Ritters und Burgvogtes.«

Sie zögerte, ehe sie weitersprach: »Das wird zumindest Albrechts Gefolge daran hindern, Hand an dich zu legen …«

»Aber ich werde mein Haar nicht offen zeigen«, beharrte Clara.

»Nein, das solltest du nicht.«

Schon suchte Marthe Schapel und Schleier aus der Truhe. Sie half Clara, das Haar zum Zopf zu flechten und den Kopfschmuck anzulegen. Es waren gewohnte Bewegungen, doch diesmal zitterten ihre Hände dabei.

Als Clara fertig hergerichtet war, trat Marthe einen Schritt zurück und umklammerte die Schultern ihrer Tochter.

»Willst du dich nicht doch lieber in Sicherheit bringen lassen und dich verstecken, bis es vorbei ist?«, fragte sie leise.

»Hast du Zweifel?«, erwiderte Clara beklommen.

»Ich habe Angst, Angst um dich! Zieh etwas Unauffälliges an und flieh, lass dich von Peters Leuten verstecken!«, brachte Marthe verzweifelt heraus, und es war ihr mit einem Mal gleichgültig, was Lukas dazu sagen würde. »Ich werde sie schon irgendwie hinhalten, wenn sie kommen. Ganz gleich, wie sie mich bestrafen, wenn nur du in Sicherheit bist!«

Sie können mir nichts antun, das ich nicht schon durchlitten habe, dachte Marthe. Und ich nähme den Tod freiwillig in Kauf, wenn ich dadurch meine Tochter retten kann.

Clara schüttelte entschieden den Kopf. »Sie haben Daniel! Und ich kann mich nicht ewig verstecken. Lukas' Plan ist gut.« Dabei hoffte sie, dass ihre Mutter nicht spürte, wie sehr ihr die Knie zitterten. Sie entzog sich der Umklammerung und bestand darauf, dass Marthe sich setzte.

»Ich weiß, dass du auch einmal bereit warst, ein solches Opfer zu bringen, um andere zu retten«, sagte sie leise. »Und Reinhard ist bestimmt ein besserer Mann als Ekkehart.«

Dann setzte auch sie sich. Wortlos warteten die beiden Frauen, in den Schein der flackernden Kerze blickend. Früher oder später würde jemand kommen und sie holen. Gott allein wusste, was dann geschehen mochte.

Während der Schwarzschmied Jonas in der Weingasse versuchte, die Ratsherren zu klugem Handeln zu bewegen, fand auf dem Heuboden seines Stalls eine weitere, jedoch höchst geheime Zusammenkunft statt. Ein Dutzend junger Männer und Burschen hatte sich dort im dämmrigen Licht zwischen Strohballen und allerlei Gerätschaften eingefunden.

»Ich sagte doch: Wir müssen uns zurückhalten! Das ist Lukas' ausdrücklicher Befehl«, erklärte Peter. »Vorerst sollen wir ruhig bleiben und Zeit gewinnen. Er scheint auf irgendetwas zu warten, das vielleicht das Blatt wieder wendet …«

Ein junger Mann mit breiten Schultern und strohblondem Haar schüttelte missbilligend den Kopf. »Ihr kennt doch Albrecht. Es wird nicht lange dauern, bis er etwas befiehlt, das uns zum Eingreifen zwingt. Wir sollten lieber ein paar von unseren Leuten zusätzlich in der Nähe des Burghofes postieren.«

»Du auf keinen Fall, Christian!«, entschied Johann sofort, der älteste Sohn des Schmiedes. »Er könnte dich erkennen. Solange er hier ist, solltest du besser ganz verschwinden.«

Jeder von den jungen Leuten wusste, worauf Johann anspielte. Vor knapp zehn Jahren hatte Albrecht den jungen Christian grundlos auspeitschen lassen. Als Marthe ihm zu Hilfe kam, befahl er aus Rache unter falscher Anklage, ihm die Hand abzuschlagen. Nur durch eine blitzschnelle Ablenkung von Peter – er hatte ein quiekendes Ferkel über den Burghof gejagt, auf den Richtklotz zu – konnte Christian damals mit heilen Gliedern entkommen.

»Ich denke nicht daran, mich zu verstecken wie ein Dieb oder Mörder«, sagte Christian schroff. »Ich habe nichts verbrochen.«

»Außer, das erste in Christiansdorf geborene Kind zu sein und auch noch den Namen des Dorfgründers zu tragen, zu dessen Ehren«, erinnerte ihn Guntram, der zweitälteste der Schmiedesöhne.
Peter grinste. »Ein ziemlich übles Verbrechen in Elmars Augen, schätze ich.«
»Du bist ein Symbol – und du trägst Christians Namen. Das musst du dem selbsternannten Markgrafen nicht noch unter die Nase reiben. Also bleib vorerst in Deckung!«, sagte Johann scharf. »Das bist du auch deinem kleinen Sohn schuldig.«
»Und meiner Schwester«, ergänzte Peter. »Sonst hätte ich nicht zugelassen, dass du sie heiratest.«
»Und wie hättest du das verhindern wollen?«, fragte Christian herausfordernd. »Hättest du sie mir aus dem Brautbett gestohlen, Meisterdieb?«
Peter verdrehte die Augen. »Warum habe ich das eigentlich nicht?«
»Hört auf damit! Jetzt ist keine Zeit, um Possen zu reißen«, wies Johann sie streng zurecht. Er stand auf, um kurz aus der Luke nach draußen zu sehen.
»Also – ihr haltet euch zurück! Und Christian lässt sich vorerst nicht auf der Burg blicken. Marthe wird dem Stallmeister Nachricht schicken, dass du krank bist.«
»Ich übernehme seinen Dienst«, erbot sich Peter. »Ich will lieber auf der Burg sein, wenn es losgeht.« Missmutig verzog er das Gesicht. »Wir sind hier ein Dutzend junger Kerle, zu allem entschlossen; die Hälfte von uns hat sich in der Kindheit als Beutelschneider durchschlagen müssen. Es passt mir überhaupt nicht, dass wir gar nichts tun sollen!«
»Peter hat recht. Wir sollten etwas unternehmen!«, sagte Guntram ungeduldig.
»Und was? Erinnere dich, nach wem *du* benannt bist: nach dem ersten Mann, der in Christiansdorf gehängt wurde, zu Unrecht

und auf Befehl Randolfs!«, wies der junge Christian ihn zurecht. »Wir müssen Lukas vertrauen. Er weiß, was er tut, und wird die Leute hier nicht im Stich lassen. Er will nur unnötiges Blutvergießen vermeiden. Also halten wir uns zurück und stehen bereit, bis er uns braucht.«
Johann unterbrach ihn mit erhobenem Arm und wies mit dem Kopf zur Luke. Nun hörten sie es auch von draußen: Hornsignale und gebieterische Rufe: »Macht Platz für den Markgrafen von Meißen!«
Peter und Christian tauschten einen Blick, dann sagte Peter: »Es geht los.«

## Albrechts Ankunft

Ottos Erstgeborener befahl, Schritt zu reiten, nachdem sie das Stadttor passiert hatten. Die kurze Strecke bis zur Freiberger Burg wollte er langsam zurücklegen – weniger, um genau zu beobachten, sondern damit die Hufe der Pferde ihm nicht den Unrat von den regenüberfluteten Gassen auf seinen prachtvollen Bliaut spritzten.
Bewusst hatte er die Stadt nicht durch das Meißner Tor betreten, sondern den kleinen Umweg nach Süden zum Erlwinschen Tor in Kauf genommen. Das ersparte ihm den Weg vorbei an den stinkenden Gerberhäusern, doch sein Hauptgrund war ein anderer: Von dort aus ritt man geradewegs auf die Burg zu.
Sein Schutzgeleit umfasste mehr als fünfzig Reiter, voran sein neu ernannter Marschall mit dem schwarz-gelben Löwenbanner, gefolgt von einem Dutzend Ritter seiner Leibwache.
Albrecht glaubte zu spüren, wie sie heimlich aus den Fachwerkhäusern mit dem überstehenden oberen Stockwerk beobachtet

wurden, die links und rechts den Weg säumten. In den schlammübersäten Gassen ließen sich nur wenige Menschen blicken; Neugierige, die sich tief vor ihm verneigten und dem prachtvollen Reitertrupp nachgafften. Ein paar Krüppel streckten bittend die Hände aus und bekamen auf Elmars Anweisung Hälflinge zugeworfen, Kinder starrten sie mit offenem Mund an, ein Halbwüchsiger rief ihnen etwas zu und erhielt dafür von einem Älteren eine Kopfnuss, ein paar Hühner stoben laut gackernd auseinander.

Im Burglehen, das sich an die Erlwinsche Gasse anschloss, waren die Häuser größer und solider gebaut. Hier hatte sich – bestimmt auf Befehl der Ritter – das Gesinde vor den Türen versammelt, um den neuen Fürsten zu begrüßen.

Am Burgtor erwartete sie eine Ehrenwache, die einen Hochruf auf Markgraf Albrecht ausbrachte. Weisungsgemäß waren auf dem Hof die gesamte Wachmannschaft und die Freiberger Ritterschaft versammelt. Einige wohlhabend gekleidete, unbewaffnete Männer standen in der Nähe des Brunnens, vermutlich die Ratsherren.

Zufrieden nahm Albrecht den Willkommenspokal entgegen, den ihm der schwitzende Vogt Heinrich mit schwülstigen Worten reichte, nachdem er sich tief verneigt hatte. Neben dem Burgvogt stand eine rundliche Frau in safrangelbem Kleid, die den neuen Dienstherrn ihres Mannes ehrfürchtig anstarrte; Heinrichs Gemahlin Ida.

Albrecht trank in kräftigen Zügen, nachdem er einen feisten Ritter in Elmars Alter hatte vorkosten lassen, und beobachtete dabei aus dem Augenwinkel den verhassten Befehlshaber der Wachmannschaft. Da stand dieser Lukas vor seinen Männern mit undurchschaubarer Miene. Doch mit Elmars und Reinhards Hilfe würden sie den schlauen Fuchs schon in die Falle treiben.

Als ein paar Stallknechte angerannt kamen, um dem Fürsten das Pferd abzunehmen und zu versorgen, hob Albrecht Einhalt gebietend die Hand. Den Kniefall der hier Versammelten wollte er vom Sattel aus erleben. Das war viel eindrucksvoller. Außerdem stand der Hof voller Wasser, was ihm gleich einen vergnüglichen Anblick bescheren würde.

»Kniet nieder vor Albrecht von Wettin, dem Herrn der Mark Meißen«, rief Elmar als neu ernannter Truchsess des nunmehrigen Markgrafen.

Albrecht erkannte genau, dass einige der Männer auf dem Burghof zögerten. Vor allem die Ratsherren schienen besorgt über den Schaden, den ihre teuren Gewänder nehmen würden. Doch ihnen blieb nichts anderes übrig, als sich inmitten der Pfützen und des Schlamms niederzulassen.

Und schon habe ich euch da, wo ich euch haben will: im Dreck, dachte er triumphierend.

Elmar hatte recht. Er musste es gar nicht auf eine Kraftprobe um den Treueeid ankommen lassen, die ihn womöglich in eine unangenehme Lage bringen könnte. So, wie sie hier alle vor ihm knieten und sich die Kleider schmutzig machten, während er vom Sattel aus auf sie herabblickte und das Sonnenlicht seine kostbaren Waffen zum Funkeln brachte, war bereits alles geklärt.

Freiberg war sein.

»Ich danke euch für eure Treuebekundung«, rief er scheinbar großzügig – ebenfalls ein Rat des listigen Elmar. Mit diesem einen Satz hatte er einer Geste der Ehrerbietung und Demut mehr Gewicht verliehen, als ihr zukam.

Er zögerte den Moment noch etwas hinaus, bis er das Zeichen gab, dass sich die Männer erheben durften, und sah belustigt zu, wie dieser oder jener beim Aufstehen versuchte, Regenwasser und Schlamm abzuschütteln.

Dann endlich winkte er einen Stallknecht heran und stieg aus dem Sattel.

»Meine Männer und ich erwarten eine kräftige Mahlzeit, danach will ich die hiesige Ritterschaft vollzählig in der Halle versam-

melt sehen«, wies er an, während er mit langen Schritten den Burghof überquerte.
»Natürlich, Durchlaucht, alles ist nach Euren Wünschen vorbereitet«, versicherte der kahlköpfige Vogt, der ihm hinterherstapfte.
Als er am Brunnen vorbeikam, sah Albrecht, wie sich ein dürrer, älterer Mann aus der Gruppe der Ratsleute löste und ihm entgegenging. In der Hand trug er etwas Längliches.
Elmar wechselte sofort die Seite, um seinen Herrn gegen einen möglichen Angriff schützen zu können, und legte die Hand ans Schwert.
»Nicht doch, das sind nur die braven Ratsmänner, die sich mit einem Geschenk andienen wollen«, sagte Albrecht leise und unterdrückte ein Grinsen.
Das ließ sich ja noch besser an als erwartet! Doch zu leutselig wollte er sich auch nicht geben.
»Später«, wies er im Vorbeigehen den Dürren an, der tatsächlich einen mit Fehwerk verbrämten Umhang trug. Unglaublich, was sich das Pack hier leisten konnte! Nun, in Freiberg hatte er schon immer seinen Geldbeutel gut auffüllen können.

Wenn er das öfter macht, sollten wir den Burghof mit Steinen pflastern, damit das Niederknien bei Regen nicht so eine Sauerei wird, dachte Lukas, während er Ottos Sohn nachstarrte. In der Stadt waren schon mehrere Gassen um den Oberen Markt mit Holzbohlen belegt; doch das kam für den Burghof wegen der Feuergefahr im Falle einer Belagerung nicht in Frage.
Dann hielt er Ausschau nach Kuno und Bertram, zwei zuverlässige Männer der Wachmannschaft, die Marthes Stieftöchter aus ihrer ersten Ehe geheiratet hatten, auch wenn Bertram jetzt Witwer war. Kuno nickte kaum erkennbar zurück. Beide würden nun unauffällig in seinem Haus Posten beziehen, damit Marthe und Clara nicht schutzlos blieben.

Lukas war nicht entgangen, wie großzügig der neue Markgraf die Demutsgeste zu seiner Begrüßung ausgelegt hatte. Vielleicht fordert Albrecht keinen Eid, solange er noch nicht vom Kaiser belehnt ist, überlegte er. Danach aber kann ich es ihm nicht verweigern – es sei denn, ich verlasse die Mark. Falls mir überhaupt noch Gelegenheit dazu bleibt.

Albrecht konnte die Halle kaum betreten haben, als auch schon einer seiner Ritter zurückkam, geradewegs auf Lukas zu, etwa im gleichen Alter wie dieser und ebenfalls blond, aber ohne Bart.

Lukas erkannte ihn schon von weitem. Es war Gerald, der Bruder seiner ersten Frau Adela, die nach kurzer, wenig erfreulicher Ehe im Kindbett gestorben war. Und er wirkte nicht, als beabsichtige er eine schwägerliche Plauderei.

Sie beide mochten sich nicht besonders und hielten normalerweise Abstand voneinander.

»Du sollst zum Fürsten kommen, sofort!«, beschied Gerald ihm ohne große Vorrede. »Und wenn du einen Rat von mir willst: Sprich ihn mit ›Durchlaucht‹ an, darauf legt er großen Wert.«

Lukas dankte seinem Schwager mit einem knappen Nicken und folgte ihm. Jetzt wird sich zeigen, ob wir auf alle Boshaftigkeiten vorbereitet sind, dachte er, während er durch die Pfützen über den Burghof lief. Sein Stiefsohn Daniel war nicht in Begleitung des neuen Markgrafen gekommen, und vorerst konnte er nur auch Reinhards Zusicherung vertrauen, dass er bei Hartmut, dem alten Waffenmeister, in guter Obhut war.

»Dein Schwert!«, sagte Gerald auffordernd, als Lukas hinter ihm die Halle betrat. »Niemand außer den Leibwachen darf in Waffen vor den neuen Fürsten.«

»Übernimmst du jetzt Marschallsdienste?«, fragte Lukas seinen Schwager.

»Ich *bin* der neue Marschall«, belehrte ihn Gerald.

Erstaunt zog Lukas die Augenbrauen hoch. »Meinen Glück-

wunsch! Sind die anderen bedeutenden Ämter auch schon neu vergeben?«
»Elmar ist Truchsess und zugleich Anführer der Leibwache, Giselbert Mundschenk.« Gerald wies mit dem Kinn auf den fetten Ritter, der neben dem Kellermeister vor der hohen Tafel stand und gerade den Wein vorkostete.
Lukas verbarg seine Verwunderung darüber, dass der neue Marschall nicht die Leibwache anführte, wie es üblich und auch sinnvoll war. Anscheinend traute Albrecht wirklich nur Elmar vollkommen und hatte ihn belohnt, indem er ihm das höchste Amt bei Hofe zuteilte. Doch nicht die Befehlsgewalt über die Leibwache zu haben, stellte eine offenkundige Beleidigung des neuen Marschalls dar.
Ohne sich seinen Unwillen anmerken zu lassen, übergab Lukas dem Schwager das Schwert, der es auf dem Waffenständer neben der Tür ablegte. Dann wollte er durch die Halle schreiten, wurde aber von Gerald zurückgehalten.
»Du sollst hier warten, bis du gerufen wirst!«
Offensichtlich hatte Ottos Erstgeborener zunächst Dringenderes zu klären, wollte aber unterdessen den möglichen Anführer der widerspenstigen Freiberger von seinen Leuten gut bewacht wissen. Und Geralds auffordernde Geste ließ keinen Zweifel daran, dass Lukas hier nicht im Stehen zu warten hatte. Also sank er auf ein Knie, wappnete sich mit Geduld und nutzte die Zeit, um zu beobachten, was vor sich ging.
Die Halle war prächtig geschmückt mit allen Bannern, die sich hatten auftreiben lassen. Fackeln erleuchteten den Saal, und die hohe Tafel war mit einem Tischtuch bedeckt, dessen goldene Stickereien Lukas selbst von seinem Platz aus funkeln sah. Ich wusste gar nicht, dass wir so etwas Prachtvolles hier haben, dachte er. Doch letztlich interessierte ihn nicht das Tischtuch, sondern das Geschehen an der Tafel.
Albrecht saß dort, neben sich Elmar, Vogt Heinrich, den Burg-

kaplan und Pater Sebastian. Vor ihm standen bereits mehrere Platten mit Braten, während an den langen Tischen quer durch die Halle für sein Gefolge – darunter auch Elmars Ziehsohn Rutger – und die Freiberger Ritterschaft noch das Essen aufgetragen wurde.

Nach einer zeitraubenden Vorkostzeremonie und dem Tischgebet des Kaplans eröffnete er das Mahl, ließ aber bald darauf den Bergmeister und den Münzmeister zu sich rufen. Wie es aussah, erteilte der neue Markgraf strikte Befehle, während er aß und trank. Eine Entgegnung der beiden Gerufenen würgte er mit gebieterischer Geste ab.

Er hat es ja sehr eilig, an das Silber zu kommen, dachte Lukas von seinem Posten aus.

Wenig später schickte Albrecht den Bergmeister und den Münzmeister fort, sah sich in der Halle um und flüsterte Elmar etwas ins Ohr. Dieser winkte einen der Leibwächter heran und erteilte ihm einen Befehl.

Der Mann nickte, umrundete die Tafel und ging mit entschlossenen Schritten auf den Eingang der Halle zu, wobei er den dort knienden Ritter nicht aus den Augen ließ.

Es geht los, dachte Lukas. Gott und alle Heiligen, steht uns bei!

Während Lukas in Begleitung der bewaffneten Leibwache durch die Halle schritt, konnte er einen bemerkenswerten Vorgang beobachten, der sich an der hohen Tafel abspielte.

Albrecht griff nach einer Hühnerkeule, biss einmal kräftig ab und warf den Rest seinen Hunden zu, die sich sofort darum balgten.

Ein Knappe reichte ihm eine Schale, doch bevor Ottos Sohn seine Finger in das Wasser tauchte, um sie zu waschen, hielt er inne und erteilte Giselbert, dem neuen Mundschenk, einen Befehl. Der fette Ritter wirkte für einen Augenblick verwundert, dann tat er, was ihm angewiesen worden war: Er ließ sich einen Becher reichen und tauchte ihn in die Schüssel, kniete nieder, trank und drehte den Becher um zum Beweis, dass er ihn vollkommen geleert hatte.

Er lässt sogar das Handwaschwasser vorkosten!, dachte Lukas verblüfft. Wenn das kein Zeichen von Vertrauen in seine Gesellschaft ist. Angesichts solcher Pflichten wird der feiste Giselbert wohl bald an Gewicht verlieren.

Bei anderer Gelegenheit hätte Lukas gelacht, aber das verkniff er sich jetzt wohl besser.

Mit ausdrucksloser Miene trat er vor die Tafel, sank auf ein Knie und neigte den Kopf, wie es von ihm erwartet wurde. In der Halle wurde es mit einem Mal auffallend still. Alle Blicke richteten sich nach vorn.

Albrecht schien ganz damit beschäftigt, sich die Hände mit einem Tuch abtrocknen zu lassen. Dann lehnte er sich zurück und runzelte die Stirn.

»Ach, Ihr seid es!«, sagte er gedehnt, als hätte er ihn nicht gerade zu sich befohlen. »Ich habe lange überlegt, was ich mit Euch anstelle. Ich weiß, wem Eure Ergebenheit gehört.«

Enttäuscht sah er auf den vor ihm Knienden. »Ihr widersprecht nicht einmal?«

»Es gibt hierbei nichts, worin ich Euch widersprechen könnte, Hoheit«, erwiderte Lukas ruhig.

»Nun, so soll es auch bleiben«, entgegnete Albrecht huldvoll. Dann blickte er lauernd auf den blonden Ritter vor sich. »Ich muss Euch mitteilen, dass sich Euer ältester Stiefsohn überaus schändlich betragen hat.«

Ich weiß nichts von Thomas' Gefangennahme und Flucht, ermahnte sich Lukas und setzte eine erstaunte Miene auf. Ich weiß nicht einmal etwas von Ottos Gefangenschaft.

»Das bedaure ich sehr, Hoheit. Die Männer, die gestern in Euerm Auftrag so eifrig nach ihm suchten, waren nicht bereit, zu

sagen, womit er sich Euren Unwillen zugezogen hat. Ich hoffe, Ihr gebt ihm Gelegenheit, seinen Fehler wieder gutzumachen.«
»Solltet Ihr wirklich nichts darüber gehört haben?«, fragte Albrecht mit hochgezogenen Augenbrauen. »Euer Stiefsohn hat sich seinen Pflichten entzogen und ist unter Mitnahme eines Pferdes und mehrerer Waffen aus dem Dienst entflohen. Er ist also ein Dieb.«
Merkwürdiger Dienst, zusammengeschlagen als Geisel im Verlies zu hocken, war Lukas' erster, zynischer Gedanke. Doch bei Albrechts letzten Worten durchfuhr es ihn eiskalt. Was für ein teuflischer Plan – Thomas als Pferdedieb hinzustellen! Jeder, der ihn fand, konnte ihn nun einfach aufknüpfen. Wenn Albrecht diese Anschuldigung nicht aufhob, würde Thomas nie in die Mark Meißen zurückkehren können.
Nicht ganz unzutreffend entgegnete Lukas: »Ihr seht mich völlig fassungslos.«
»Nun ja, ich weiß, er ist nur Euer Stiefsohn. Bei seiner Herkunft kann man eigentlich nichts anderes erwarten«, meinte Albrecht abfällig. »Sofern Ihr mir den entstandenen Schaden ersetzt, will ich mich anlässlich meines Machtantritts großmütig zeigen und Euch die Sache nicht weiter nachtragen.«
»Selbstverständlich werde ich für den Verlust aufkommen«, erklärte Lukas sofort und fragte sich insgeheim, wie hoch Albrecht wohl die Kosten für Thomas' eigenes Pferd ansetzte. Jetzt würde er nicht nur für Claras Brautgabe Geld leihen müssen, denn seine gesamte Barschaft hatte er Thomas mitgegeben. Da er auf sein Erbe verzichtet hatte und über kein eigenes Land verfügte, war er für einen Mann seines Standes nicht gerade wohlhabend.
»Vielleicht liegt ein Irrtum vor, Hoheit? Vielleicht ist mein Stiefsohn unterwegs erkrankt oder überfallen worden, ohne dass es jemand mitbekommen hat?«
»Das halte ich für ausgeschlossen angesichts der Umstände sei-

nes Verschwindens«, entgegnete der neue Markgraf hart. »Doch wie gesagt, ich will Euch nicht das Fehlverhalten dieses Burschen vorhalten, der anscheinend ganz nach seinem Vater kommt.«

Lukas hielt sich gerade noch davon ab, die Fäuste zu ballen, um nicht zu widersprechen. Er wusste, dass Albrecht ihn genau beobachtete und nur auf solch ein Zeichen wartete.

Christian, vergib mir im Himmel!, betete er stumm, dass ich zulassen muss, wie dein Name und der deines Sohnes hier beschmutzt werden. Ich tue es, um ihn, deine Tochter und Marthe zu retten.

»Im Gegenteil, ich weiß, dass Ihr als Ritter in bestem Rufe steht«, fuhr Albrecht unterdessen fort. »Ich brauche solche Männer. Ihr behaltet also vorerst die Befehlsgewalt über die hiesige Wachmannschaft. Und als Zeichen meiner Wertschätzung werde ich …« Er tat, als komme ihm plötzlich ein Einfall. »Ihr habt doch eine Tochter in heiratsfähigem Alter, nicht wahr? Ich werde sie mit einem meiner Ritter vermählen.«

Zufrieden sah er auf Lukas herab.

Dessen Einspruch war nun nicht mehr gespielt; ihn überfiel so jähe Sorge um Clara, dass ihm die Folgen seiner nächsten Worte gleichgültig waren.

»Ich danke ergebenst für solch große Güte, Hoheit. Aber es ist noch zu früh, das Mädchen zu vermählen.«

»Zu früh? Unsinn, sie ist sechzehn, wie ich gehört habe, und sollte froh sein, wenn ein Mann von Stand sie noch nimmt angesichts der jüngsten Vorkommnisse«, wies Albrecht ihn scharf zurecht. »Und damit wir einander ganz verstehen: Betrachtet dies nicht nur als Zeichen meiner Großzügigkeit. Diese Heirat soll mich Eurer *vollkommenen Ergebenheit* versichern.«

»Dann gebt mir bitte Gelegenheit, das Mädchen auf dieses große … Glück vorzubereiten, Hoheit«, erwiderte Lukas besorgt.

Wo, um alles in der Welt, blieb Reinhard?

»Wozu erst lange reden? Sie wird sich fügen!«, meinte der neue Markgraf schroff und winkte zwei der Ritter seiner Leibwache zu sich.
»Ihr habt die Wahl: Entweder Ihr stimmt dieser Heirat unverzüglich zu, oder ich lasse das Mädchen von meinen Männern hierherzerren. Und Ihr müsst keinerlei Rücksichten nehmen«, sagte er, zu den beiden Wachen gewandt.
Gütiger Gott, was habe ich getan?!, dachte Lukas bestürzt. Ich glaubte, ich kann diesen Teufel in Menschengestalt überlisten. Aber jetzt, da der Plan wahr werden soll, ist mir angst und bange. Ich muss sofort von hier weg und Clara in Sicherheit bringen.
»Bitte erlaubt mir, mitzugehen, Hoheit«, sagte er, so ruhig er konnte. »Es wird für die Braut sehr überraschend kommen. Als Vater möchte ich ihr ins Gewissen reden, damit sie diese hohe Ehre auch zu schätzen weiß.«
»Nichts da!«, entgegnete Albrecht ruppig. »Am Ende ist sie auch noch verschwunden wie ihr Bruder, und Ihr dazu. Entweder Ihr wartet hier vor meinen Augen in der Halle, bei meinen Männern, oder ich lasse Euch ins Verlies werfen, bis die Ehe vollzogen ist.«
Mit steifen Knien stand Lukas auf, während sein Verstand raste. Alles in ihm drängte danach, sich den Weg frei zu kämpfen und Clara in Sicherheit zu bringen. Doch er würde nicht weiter als zwei Schritte kommen.
»Ihr solltet sein Weib gleich mitbringen lassen«, schlug Giselbert grinsend vor, der sich offenbar von den Überraschungen seines neuen Amtes erholt hatte.
Albrecht wandte sich mit schmallippigem Lächeln zu ihm um. »Welch hervorragender Gedanke! Ja, die Brautmutter darf natürlich nicht fehlen. Eine bemerkenswerte Frau; ich erinnere mich! Giselbert, Ihr schließt Euch dem Ehrengeleit an, um beide hierherzuführen. Der Kellermeister mag so lange das Schenkenamt übernehmen.«

Das kann ich nicht zulassen, entschied Lukas und warf einen Blick durch den Saal, um abzuschätzen, wie er sich am besten durchschlagen konnte und wer ihm vielleicht zu Hilfe kommen würde.
Er hatte bereits alle Muskeln angespannt, als eine dunkle Stimme vom Eingang erklang.
»Wenn Ihr erlaubt, Durchlaucht, gehe ich mit.«
Gelassen schritt Reinhard durch die Halle.
Lukas stieß erleichtert den angehaltenen Atem aus und trat zur Seite, um wie befohlen zu warten.
Während er betete, dass Reinhard die anderen drei von Grobheiten abhalten konnte, ging er in Gedanken jeden Schritt mit ihnen. Jetzt sind sie am Oberen Markt … jetzt biegen sie ab in die Weingasse … jetzt betreten sie das Haus …
Allmächtiger Gott, warum sind sie noch nicht wieder hier? Gab es ein Handgemenge? Kuno und Bertram, die er zu Marthe und Clara geschickt hatte, waren tapfere Kämpfer. Konnten sie im Notfall zusammen mit Reinhard die anderen drei überwältigen?
Am liebsten wäre er losgestürmt. Doch im Moment blieb ihm nichts anderes, als hier zu stehen und zu warten.

## *Herausforderung*

Die wieder aufgeflammten Gespräche und das Gelächter in der dicht gefüllten Halle verebbten schlagartig, als Marthe und Clara in Begleitung von vier Rittern den Saal durchquerten.
Sie wurden vor Albrecht geführt und knieten dort nieder, in zehn Schritt Abstand, mit geneigtem Haupt und gesenkten Lidern, wie es von ihnen erwartet wurde.

Lukas fühlte sich erleichtert und besorgt zugleich.
»Willkommen in Freiberg, Durchlaucht«, sagte Marthe mit vollendeter Höflichkeit.
Auch wenn sie Albrecht schon aus der Zeit kannte, als er noch ein Kind war, würde sie ihn nie unterschätzen. Er hatte die Macht und die Bosheit, mit einem Satz ihrer aller Leben zu vernichten.
Sie wusste, dass sie Albrecht mit ihren Worten jenen Tag in Erinnerung rief, als sie ihn vor zehn Jahren hier schon einmal willkommen geheißen hatte – und sie eines seiner bestgehüteten Geheimnisse entdeckt hatte, seine Schwachstelle und vielleicht größte Furcht. Und an ebendieser Stelle hatte er sie unmittelbar nach Christians Tod vor sich niederknien lassen, um ihr zu verkünden, dass sie mitsamt dem Leichnam ihres Gemahls binnen drei Tagen die Burg zu verlassen habe. Marthe war noch am gleichen Tag ausgezogen, zurück in das Steinhaus, in dem sie nun mit Lukas lebte.
Seitdem schien sich Albrecht kaum verändert zu haben: immer noch einigermaßen schlank, mit ebenmäßigen Zügen und dunklen Haaren, hartem Blick und verächtlichem Lächeln. Doch sein unmäßiger Lebenswandel hatte Spuren hinterlassen. Staubig vom Ritt, unrasiert und mit aufgedunsenem Gesicht wirkte er gefährlicher denn je.
Albrecht starrte sie lange an, ohne ein Wort zu sagen.
»Tretet doch näher!«, befahl er dann und ließ sie nicht aus den Augen. »Ihr seid eine schöne Frau. Merkwürdig, Ihr müsst fünf Jahre älter sein als ich und seht doch jünger aus.«
Weil ich nicht saufe, herumhure und übermäßig esse, dachte Marthe grimmig, während sie den Blick gesenkt hielt. Sie roch den Schweiß und die Ausdünstungen eines Mannes mit schlechter Verdauung und aufflackernder Begierde.
»Seid Ihr eine Fee, dass Ihr nicht altert?«, fragte er lauernd.
»Natürlich nicht, Durchlaucht. Ich bin eine fromme Christin«,

antwortete Marthe fest und verneigte sich. »Aber ich danke Euch für Eure Freundlichkeit, auch wenn sie unverdient ist. Es gibt viel jüngere und schönere Damen in Eurem Hofstaat.«
»So bescheiden!«, höhnte Albrecht und lehnte sich ein Stück zurück. »Das soll belohnt werden. Ich weiß, dass Ihr und Euer Gemahl das besondere Vertrauen der Freiberger genießt. Deshalb werde ich als Zeichen der Verbundenheit zwischen der jungen Stadt Freiberg und mir, dem Markgrafen von Meißen, Eure Tochter einem meiner Ritter zum Weib geben.«
Marthes Erblassen war echt. Sie sah Albrecht offen in die Augen, aber mit einer Handbewegung schnitt er ihr jedes Wort ab. »Dankt mir für die große Gnade! Diese Ehe soll als Friedensbündnis gelten, als Zeichen meines Wohlwollens gegenüber dieser Stadt. Sie wird morgen geschlossen, und ganz Freiberg soll mitfeiern.«
Jubelnd nahmen die Männer in der Halle diese Ankündigung auf – zumindest die aus Albrechts Gefolge. Lediglich Rutger verzog verächtlich das Gesicht. Die Burgbesatzung dagegen wartete gespannt darauf, mit wem der neue Markgraf Marthes und Christians Tochter verheiraten wollte. Mancher von ihnen betrachtete das Mädchen eher mitleidig. Albrechts Ritter standen nicht gerade in bestem Ruf, was Rücksichtnahme gegenüber Frauen anging.
»Nun, ihr Ratsherren, die Handwerker und Krämer werden doch sicher ihren Teil dazu beitragen, dass es ein unvergessliches Fest wird?«
Auffordernd sah Albrecht zu den zwölf Männern, die auf seinen Befehl im hinteren Teil der Halle standen. Dem dürren Bürgermeister blieb nichts weiter übrig, als sich tief zu verbeugen und mit geheuchelter Begeisterung zuzustimmen.
»Also geht hinaus und verkündet die frohe Botschaft an meine braven Freiberger! Und vergesst nicht, heute noch meinem Truchsess mitzuteilen, was jeder von euch beisteuern wird. Wir

wollen doch sichergehen, dass es bei diesem Fest an nichts fehlt.«

Nun richtete er seinen Blick auf Clara, die mit hämmerndem Herzen und gesenktem Blick immer noch vor ihm kniete.

»Es wird Zeit, die glückliche Braut in Augenschein zu nehmen. Steh auf und tritt vor, Kind. Und fürchte dich nicht.«

Albrecht musterte Clara mit einem Blick von Kopf bis Fuß, den Marthe nur zu gut kannte.

»Wirklich eine Schönheit«, sagte er. »Doch warum zeigt Ihr uns nicht mehr davon? Enthüllt Euer Haar, wie es sich einer Jungfrau geziemt, damit Euer Bräutigam sieht, was er bekommt.«

Clara wusste, dass es nun auf jedes Wort und jede noch so kleine Geste ankam. Sie stand allein vor dem neuen Markgrafen, und alle Blicke in der Halle waren auf sie gerichtet. Weder ihre Mutter noch Lukas konnten ihr jetzt helfen. All die höfischen Redensarten und Minnelieder, die ein Ritter zu kennen hatte, konnten sie nicht darüber hinwegtäuschen, dass jeder der Männer auf den Bänken eine Macht und Kraft verkörperte, der sie nichts entgegenzusetzen hatte außer dem kostbaren Kleid, das ihren Stand anzeigte.

»Geziemt es nicht einer Jungfrau, sich züchtig zu kleiden, um keine unkeuschen Blicke auf sich zu ziehen?«, fragte sie vorsichtig mit gesenkten Lidern zurück.

»Brav geantwortet! Aber interessiert dich denn gar nicht, wen von meinen Männern ich dir als Bräutigam ausgewählt habe?«

Clara ließ den Blick zögernd über die Männer in Albrechts unmittelbarer Umgebung schweifen und sah ihr höhnisches Grinsen. Noch war der Name des Bräutigams nicht genannt. Was, wenn Albrecht sie einem ganz anderen geben würde, zum Beispiel diesem widerlichen Giselbert?

»Ich bin sicher, Ihr werdet gut gewählt haben, Durchlaucht«, sagte sie, und das Zittern in ihrer Stimme war nicht gespielt.

»Oh, das habe ich«, versprach Albrecht. Die offenkundige Angst

des Mädchens zerstreute seinen Argwohn angesichts der geringen Einwände der Brauteltern.
»Du wirst morgen mit meinem bewährten Ritter von Reinhardsberg vermählt. Über die Brautgabe wird er sich noch heute Abend mit deinem Stiefvater einigen. Und nun gehorche und löse dein Haar!«
Mit klammen Fingern kam Clara dem Befehl nach.
»Meistens sind es doch gerade diejenigen, die besonders keusch tun, auf die an jeder Ecke ein anderer Liebhaber wartet«, rief ein stämmiger Kerl mit dichtem schwarzen Bart aus der Mitte der Halle und brachte damit seine Tischnachbarn zum Lachen.
Er hatte kaum zu Ende gesprochen, als Lukas schon bei ihm war und ihn von der Bank riss. Noch bevor jemand eingreifen konnte, zwang er den Rufer auf die Knie und drückte ihm den Arm um die Kehle. Den Dolch durfte er nicht ziehen in Anwesenheit des Markgrafen – das hätte seinen Tod bedeutet.
»Du nimmst das sofort zurück und entschuldigst dich bei mir und meiner Stieftochter!«, brüllte er. »Oder wir tragen die Sache auf dem Burghof mit dem Schwert aus!«
Albrechts Leibwachen hatten die Waffen gezogen, doch der Markgraf hielt sie mit einer Geste davon ab, einzugreifen.
»Hört sofort auf damit!«, befahl er Lukas streng und schüttelte in vorgetäuschter Missbilligung den Kopf. »Ich dulde es genauso wenig wie mein Vater – Gott schenke ihm Gesundheit –, dass sich meine Ritter streiten. Und ich will nicht, dass dieses Fest, mit dem mich morgen ganz Freiberg als neuen Herrn der Mark willkommen heißt, durch einen Zweikampf auf Leben und Tod getrübt wird. Es soll doch niemand sagen, dass meine Herrschaft mit einem Blutvergießen beginnt.«
Auffordernd sah Albrecht in die Halle, aber außer einem dünnen »Natürlich nicht!« von einer der hinteren Bänke fiel kein Wort.
»Andererseits wurde gerade die Ehre einer Jungfrau in Frage gestellt …«

Reinhard trat einen Schritt vor und verneigte sich.
»Wenn Ihr erlaubt, Durchlaucht – da Ihr mir das Mädchen vor all diesen Zeugen zugesprochen habt, ist es wohl auch an mir, für ihre Ehre einzutreten und zu kämpfen.«
Albrecht legte die Fingerspitzen seiner Hände aneinander und tat so, als würde er nachdenken.
»Hört meine Entscheidung!«, rief er schließlich. »Reinhard, solltet Eure Erwartungen enttäuscht werden, könnt Ihr sie natürlich in der Hochzeitsnacht zurückschicken. Doch so lange gilt sie durch mein Wort als keusch und unberührt. Dem Brautvater gestehe ich das Recht auf einen Zweikampf zu, um diese ... Meinungsverschiedenheit auszutragen. Aber es wird kein blutiges Gefecht und schon gar kein Gottesurteil geben. Wir werden den Feierlichkeiten anlässlich meines Machtantritts zusätzlichen Glanz verleihen durch ein Turnier auf dem Oberen Markt vor dem gesamten Volk von Freiberg. Ihr, Lukas, tretet im Tjost gegen diesen Kerl da an. Und jetzt lasst ihn endlich los, bevor Ihr ihn noch erwürgt! Man würde Euch sonst nachsagen, dass Ihr Euch vor dem Tjosten drücken wollt.«
Vereinzeltes Gelächter kam aus den Reihen der Ritter.
Widerstrebend befolgte Lukas den Befehl.
Reinhard, der in Lukas' Nähe getreten war, wartete, bis der Rufer wieder stand, dann holte er mit der Faust aus und traf den anderen so heftig am Kinn, dass er zu Boden stürzte. Er packte ihn am Halsausschnitt und zerrte ihn wieder hoch.
»Ihr werdet Euch entschuldigen, oder Ihr tretet morgen auch gegen mich an!«, sagte er so gelassen, als würde er sich mit ihm auf einen Becher Wein verabreden.
»Hatte ich mich in dieser Angelegenheit nicht klar und deutlich geäußert?«, rief Albrecht ungehalten. »Reinhard, beherrscht Euch gefälligst! Wir sind hier nicht bei den wilden Wendenstämmen, wo jedes Mahl in einer Prügelei ausartet!«
Dann wies er auf Clara.

»Die Braut wird die Nacht vor ihrer Vermählung auf der Burg zubringen. Vogt, Eure Frau soll sie in ihrer Kammer aufnehmen und dafür sorgen, dass die Sittsamkeit der Jungfrau gewahrt wird. Morgen vor dem Frühmahl will ich sie in einem angemessenen Kleid vor der Kapelle sehen. Ein Bote soll sofort nach Meißen reiten und von meiner Gemahlin ein Hochzeitsgewand erbitten. Am besten, sie kommt gleich mit. Soll das Volk die Schönheit seiner Fürstin feiern. Und nach der Heirat wird turniert!«

Mit zwiespältigen Gefühlen sah Lukas zu Clara. Lieber hätte er sie bei sich gehabt. Aber unter der Aufsicht der ebenso strengen wie wortgewaltigen Ida war das Mädchen wohl in Sicherheit.

Clara suchte Marthes Blick, und sie dachten beide dasselbe.

Der Plan war aufgegangen. Aber mit einem Mal wussten sie nicht, ob sie nun gewonnen oder verloren hatten.

Auf einen Wink Albrechts nahm die rundliche Frau des Vogtes Clara beim Arm und führte sie hinaus. Das Mädchen ging, ohne sich noch einmal umzusehen.

Lukas und Reinhard wurden angewiesen, umgehend die Brautgabe auszuhandeln.

Es fiel Lukas nicht besonders schwer, eine grimmige Miene aufzusetzen, als sie die Halle verließen.

»Ihr dürft Euch ebenfalls entfernen«, wies Albrecht Marthe an, die immer noch vor ihm kniete. So beherrscht sie konnte, stand sie auf. Weil sie wusste, dass Albrecht höchsten Wert auf höfische Umgangsformen legte, ging sie zunächst zehn Schritte rückwärts, immer mit dem Gesicht zu ihm, verneigte sich erneut und kehrte ihm erst nach dessen zustimmender Geste den Rücken zu, um den Saal zu verlassen.

Draußen fand sie Reinhard und Lukas beieinanderstehend. Doch keiner von ihnen sah glücklich aus. Im Gegenteil: Reinhard, der eigentlich diesen Plan ersonnen hatte, wirkte noch besorgter als Lukas.

»Suchen wir uns einen ruhigen Platz«, schlug er vor. Lukas und Marthe folgten ihm in einen Gang, wo niemand sie belauschen konnte.

»Ich hatte keine Möglichkeit, dich zu warnen«, sagte er leise mit seiner dunklen Stimme. »Diese Sache mit der Herausforderung war geplant.«

»Wer ist dieser Kerl?«, erkundigte sich Lukas.

»Edwin, ein ziemlich übler Typ aus der Groitzscher Mannschaft. Hat zwei der drei Leute abgestochen, die in Döben mit dem Leben bezahlen mussten. Dass er dich zum Streit herausfordert, war Elmars Einfall. Es würde ihm nur zu gut gefallen, wenn du bei diesem Turnier ums Leben kämst. Deshalb das Ganze. Weil keiner von seinen Leuten es wagt, gegen dich mit dem Schwert anzutreten, dachten sie sich etwas anderes aus. Dieser Kerl wird morgen mit einer Kriegslanze aus Eibenholz gegen dich reiten.«

Lukas sah zu Marthe, aber er musste ihr nicht erst erklären, was das bedeutete. Eibenholz brach nicht so leicht wie Esche oder Buche, woraus üblicherweise Lanzen für den Tjost hergestellt wurden. Es splitterte auf eine so heftige Weise, dass der Getroffene oft schlimm verletzt wurde. Doch es drohte nicht nur Gefahr, dass sein Hals oder sein Auge durchbohrt wurde oder er eine andere lebensgefährliche Verletzung davontrug – Eibenholz war giftig.

Beruhigend umfasste Lukas Marthes Schultern. Er schaffte es sogar, ein Grinsen aufzusetzen, auch wenn er Zweifel hatte, dass er seine Frau damit täuschen konnte.

»Wenn das so ist, werde ich mir wohl morgen etwas Mühe geben müssen.«

Dann wandte er sich seinem zukünftigen Schwiegersohn zu. »Hab ein Auge auf Rutger! Er hat vor Thomas eine hässliche Andeutung über seine Absichten bezüglich Clara fallenlassen.«

Doch Reinhard zog nur verächtlich die Augenbrauen hoch. »Er wird es wohl kaum wagen, sich mit mir anzulegen«, meinte er kalt.

## *Hochzeitsvorbereitungen*

Die Nachricht, dass ein Turnier zu Ehren des neuen Markgrafen gefeiert werden sollte, zu dem sämtliche Stadtbewohner eingeladen waren, machte im Nu die Runde durch Freiberg. Nicht nur, weil es in der jungen Stadt noch nie ein Turnier gegeben hatte und folglich die meisten ihrer Bewohner auch noch nie eines erlebt hatten. Die Aussicht auf das glanzvolle Schauspiel schürte bei manchem die Hoffnung, dass die schrecklichen Dinge gar nicht zutrafen, die da über den jungen Fürsten gemunkelt wurden. Es war schon schwierig genug mit seinem ständig schlechtgelaunten Vater gewesen.
Dass an diesem Morgen sogar noch eine Hochzeit auf der Burg stattfinden sollte, bot den Frauen an den Brotbänken zusätzlichen Anlass für ausgiebiges Gerede.
»Es ist auch höchste Zeit, dass Christians Tochter endlich vermählt wird«, behauptete eine dicke Krämerin lautstark, die für ihr Mundwerk bekannt war. Nach Zustimmung heischend, blickte sie um sich. Mehr als ein Dutzend Frauen drängten sich um den Stand, und die meisten schienen es heute nicht besonders eilig zu haben, mit ihren Besorgungen nach Hause zu gehen.
»Richtig, das Mädchen muss unter die Haube! Ihre Mutter ist da bisher zu wählerisch gewesen«, meinte eine ältere Frau, deren Kleid mit silbernen Schuppen übersät war und durchdringend nach Fisch roch, während sie sich zwei runde Brote in den Korb

legen ließ. »Ach, pack noch eines dazu, meine Jungs fressen mir sonst die Haare vom Kopf …«
»Der Bräutigam, dieser Reinhard, ist immerhin aus vornehmster Familie, obwohl ziemlich streng«, fuhr die Krämerin fort und schubste ihre Nachbarin unsanft beiseite, um im Mittelpunkt der Menschentraube zu bleiben. »Aber wahrscheinlich braucht das Mädchen eine harte Hand.«
»Mir tut sie leid, wenn sie ausgerechnet diesen Finsterling zum Mann nehmen muss«, wandte eine junge Magd ein, bevor sie der Bäckerin einen Hälfling in die ausgestreckte Hand drückte.
»Ihr Stiefvater wird schon dafür sorgen, dass ihr Zukünftiger seine Braut nicht über Gebühr züchtigt«, rief jemand von der Seite.
Die Bäckersfrau grinste breit und beugte sich über die Brote, um den anderen genüsslich mitzuteilen: »Wie ich gehört habe, soll er ja schon gestern Abend vor der versammelten Burgmannschaft einen Fremden niedergeschlagen haben, der mit ihm streiten wollte …«
»Ja, Ritter Lukas redet nicht lange«, stimmte die dicke Krämerin gutgelaunt zu. »Wer sich mit ihm anlegt, kann froh sein, wenn er es danach noch auf eigenen Füßen aus der Halle schafft.«
Mehrere Frauen lachten, eine aber zischte: »Gebt acht, da ist seine Magd …«
Alle Blicke richteten sich nach links, woher Anna Richtung Brotbank kam, die Schwester vom Großknecht Peter, die unverkennbar bedrückt wirkte.
Während die anderen mit einem Anflug schlechten Gewissens verstummten, reckte sich die Krämerin empor.
»Sei es drum – wenn diese Hochzeit den Frieden zwischen Freiberg und dem neuen Markgrafen sichert, ist sie eine gute Sache«, verkündete sie, und mit einem Blick in die Runde holte sie sich die Zustimmung der Nachbarinnen. »Wer weiß, was uns sonst von dem neuen Herrn blüht …«

»Scht!«, wurde sie niedergezischt, und mehrere Frauen bekreuzigten sich erschrocken. »Der muss vor ein paar Jahren hier schrecklich gewütet haben, wie die Alteingesessenen erzählen …«

Die Frauen standen immer noch beieinander und redeten, als mehr als ein Dutzend Zimmerleute mit einem Karren voller Holz und Werkzeug auf den Oberen Markt kam. Sie trieben Pfosten in den Marktplatz und verbanden sie mit langen Stangen, während sich einer der meißnischen Pferdeknechte herabließ und den Gaffenden erklärte, wozu diese beim Turnier dienen sollten.

Wer von den Freibergern bei der Hochzeitsfeier auf der Burg nicht dabei sein durfte – eingeladen waren nur besonders angesehene Bürger – und sich irgendwie vor seiner Arbeit drücken konnte, versuchte nun, sich beizeiten einen guten Platz auf dem Obermarkt zu sichern, um auch wirklich alles mitzubekommen. Die Gassenjungen fanden sich auf dem Markt ein und trieben wilde Streiche.

Wer meinte, etwas über den Ablauf eines Turniers zu wissen, fand aufmerksame Zuhörer, und die Redner überschlugen sich dabei, die Phantasie der Zuhörer mit den erstaunlichsten Geschichten anzustacheln – von wunderschönen Damen, prachtvollen Gewändern, Recken in blitzender Rüstung und blutrünstigen Einzelheiten über verletzte oder gar zu Tode gekommene Kämpfer.

Auf den Burghof wurde bereits seit Sonnenaufgang ein Karren nach dem anderen angefahren, beladen mit Holz, Fässern mit Bier und Säcken mit Hirse.

Friedrich, der alte Kärrner und Ratsmann, winkte flugs ein paar der Umherstehenden heran, damit sie beim Abladen halfen.

»Bist du zu schlaff für dieses winzige Säckchen, Bursche? Dann geh nach Hause und lass dich von den Weibern auslachen. Und du da, ja, der mit den Ohren wie Topfdeckeln, was stehst du nutzlos im Weg herum? Komm schon, roll das Fass mit dem gesalzenen Fisch in die Küche! Sonst haut dir der Zimmerer noch den Nagel in den dummen Kopf statt in das Holz, weil das eine schlecht vom anderen zu unterscheiden ist.«

Wer Friedrichs lautstark vorgetragenen Aufforderungen und denen seines nicht minder spottlustigen Bruders Hans entgehen wollte, verzog sich schleunigst.

Eine Abordnung der Fleischhauer kam schwerbeladen mit Schweinehälften, gefolgt von ein paar Frauen mit lärmenden Hühnern, Gänsen und Tauben in Käfigen aus Weidengeflecht.

Im Backhaus der Burg herrschte ein Gewimmel wie selten. Ein halbes Dutzend Frauen halfen den Backmägden beim Kneten des Teiges oder beim Befeuern des Backofens. Andere setzten in riesigen Kesseln Hirsebrei auf.

Bald wurden die ersten geschlachteten Tiere auf den großen Spieß gesteckt. Jede Menge Qualm und die verschiedensten Gerüche zogen über den Burghof – von abgesengten Borsten, frischem Brot, gebratenem Fleisch und gedünsteten Zwiebeln.

Zufrieden sah Albrecht an diesem Morgen aus dem Fenster der vornehmsten Gästekammer. Seine Frau hatte zwar darüber gejammert, dass sie eines ihrer Kleider herausgeben sollte, doch er konnte sie auf ein neues, viel schöneres vertrösten, wenn er erst den Freiberger Münzschatz in Händen hielt. Außerdem hatte er gestern Abend noch erfolgreich mit dem Oberhaupt der Freiberger Juden verhandelt und für seinen Schutz der Gemeinde einen stolzen Preis in Seide verlangt. Das würde Sophia schon zufriedenstellen, wenn sie bald mit ihrem Gefolge hier eintraf. Sollte sich der Pöbel sattgaffen an ihrer Schönheit und ihrem kostbaren Geschmeide. Niemand außer ihm wusste, wie kalt sie im Bett war.

Albrecht hatte genaue Anweisungen erteilt, bevor er nach Freiberg geritten war. Seine Frau war nicht erst heute Morgen aus Meißen aufgebrochen, wie die meisten hier glaubten angesichts seines vermeintlich plötzlichen Einfalls, einen Wettstreit zu veranstalten, sondern bereits gestern kurz nach ihm. Übernachtet hatte sie mitsamt ihrem Hofstaat wenige Meilen vor der Stadt auf dem Gut eines zuverlässigen Gefolgsmanns, des Ritters von Conradsdorf. So würde sie am Vormittag eintreffen; nach der Hochzeit und vor dem Turnier.

Christians jüngster Sohn, der Knappe Daniel, sollte zu Sophias Gefolge gehören, das ausreichend bewaffnete Reisige zählte, um ein Entkommen des Burschen zu verhindern. Albrecht wollte ihn erst hier wissen, wenn die Hochzeit geschlossen war. Er argwöhnte, dass Lukas und seine Kumpane irgendetwas ausheckten, das seine Pläne stören könnte.

Allerdings war dieser Lukas kein Dummkopf. Er würde erkennen, wann eine Sache verloren war und man besser nachgab. Vielleicht lag ihm nicht einmal an dem Mädchen. Sie war immerhin nur seine Stieftochter. Und der Mutter hatte er – wie es schien – endlich die Aufsässigkeit ausgetrieben. Sie musste schweigen und mitspielen, wenn sie nicht wollte, dass ihr Erstgeborener als Pferdedieb am nächsten Ast aufgeknüpft wurde.

Wieder sah er hinab auf den Hof, auf dem es vor geschäftigen Menschen nur so wimmelte. Lautes Geschrei und die ersten köstlichen Düfte drangen zu ihm herauf.

Es würde ein prachtvolles Fest werden.

»Und es kostet Euch keinen Pfennig«, sagte Elmar grinsend, der wie meistens wusste, was gerade hinter der Stirn seines Herrn vor sich ging.

»Klug eingefädelt, das muss ich Euch lassen«, lobte Albrecht den Truchsess. »Sie werden mich lobpreisen und darüber vergessen, dass sie ihr eigenes Korn fressen. Aber ich denke, ein bisschen Geld sollte ich doch einsetzen.«

Er deutete zum Tisch, wo einige Pfennigschalen standen. »Ein paar funkelnde Münzen, im geeigneten Moment unter den Pöbel geworfen, haben noch nie ihre Wirkung verfehlt.«
Elmar grinste und zwirbelte die Spitzen seines Schnurrbarts hoch. »Sie werden Euch lieben, Durchlaucht! Und in Freiberg wird kein Hahn mehr nach Euerm Vater krähen.«

Während Albrecht und Elmar bereits in Vorfreude schwelgten, dass ihr Plan in Erfüllung gehen würde, stand Clara in der Kammer der Vögtin nackt in einem Bottich und fror. Die Mägde sollten sie unter Aufsicht der erneut in Safrangelb gewandeten Ida für die Hochzeit waschen, kleiden und ihr das Haar schmücken. Das allerdings zog sich in die Länge, weil zum einen der Bote mit dem Hochzeitskleid noch nicht eingetroffen war und zum anderen Ida ständig neue Belehrungen und Ermahnungen für die Braut fand.
Gleich beim ersten Hahnenschrei hatte die Frau des Vogtes ihr Getöse begonnen. »Auf, auf, meine Liebe! Du wirst heute verheiratet! Und du bekommst nicht nur einen stattlichen Mann – unser durchlauchtigster Fürst höchstselbst richtet die Feier aus. Welch große Ehre! Also komm, lass dich schmücken! Oder soll ich mir nachsagen lassen, ich hätte meine Pflichten vernachlässigt?«
Clara wusste, dass Ida es bei weitem nicht so gut mit ihr meinte, wie sie tat: Sie platzte bald vor Neid, dass nicht ihre eigene Tochter mit solchem Gepränge verheiratet wurde. Also peinigte sie Clara mit Worten, gegen die sie sich nicht wehren durfte.
Marthe war am gestrigen Abend trotz ihres Beharrens nicht mehr zu ihrer Tochter vorgelassen worden. Doch eine junge Magd, die am Morgen das Nachtgeschirr leerte, hatte Clara in einem unbeobachteten Moment einen wortlosen Gruß zugesteckt: das silberne Kreuz, das ihre Mutter sonst stets um den Hals trug, ein Geschenk von ihrem Vater.

Dass sich ihre Mutter von diesem Erinnerungsstück getrennt hatte, um ihr Mut zu machen, rührte Clara. Mögen Gott und alle Heiligen Thomas und Roland beistehen!, dachte sie, während sie Idas Wortschwall über sich ergehen ließ.
Schließlich hatte Clara es satt, zähneklappernd in dem Bottich zu stehen, nahm einer der Mägde das Handtuch ab, wickelte es sich um den Leib und stieg aus dem erkalteten Wasser.
»Sonst erfriere ich noch, ehe ich vor die Kirchentür trete«, bat sie die Frau des Vogtes um Verzeihung für ihre Eigenmächtigkeit. Immerhin war es erst Mai, und durch die dicken Mauern der Burg drang kein wärmender Sonnenstrahl.
Ida erstarrte für einen Moment und kniff kurz die Lippen zusammen.
»Genau das wird in deiner Ehe Schwierigkeiten bringen, meine Liebe!«, fauchte sie. »Gehorche und gib keine Widerworte, dann wird dein Mann dich auch nicht prügeln. Aber dir wird er erst Benehmen beibringen müssen. Deine Eltern haben dir viel zu viel durchgehen lassen! Und ich schätze, er hat eine feste Hand, dieser Reinhard!«
Clara setzte die von ihr erwartete betroffene Miene auf, während sie sich – immer noch ins Handtuch gewickelt – auf die Bettkante hockte und von der Magd die Füße abtrocknen ließ. Dabei überlegte sie, ob Reinhard sie tatsächlich schlagen würde. Sie konnte es nicht wissen, dafür kannte sie ihn viel zu wenig. Es galt als das gute Recht eines Mannes, seine Frau zu züchtigen, wenn ihm danach zumute war.
»Hat dich deine Mutter belehrt, was die Hochzeitsnacht betrifft?«, fragte Ida mit lauernder Stimme, als Marthes Tochter endlich Unterkleid, Beinlinge und Schuhe trug.
Aha, gleich zahlt sie mir heim, dass nicht ihre Tochter die Braut ist, dachte Clara, während sie scheinbar verlegen die Lider senkte. »Sie wollte es wohl gestern Abend tun. Aber man ließ sie ja nicht zu mir.«

Auch wenn sie noch unberührt war – eine Vorstellung davon, was im Brautbett geschehen würde, besaß sie schon. Immerhin hatte sie mehr als ein Dutzend Kinder auf die Welt geholt. Allein die Verwünschungen der Kreißenden mit allerlei deftigen Einzelheiten und ihr Geschrei, für diesen Bock von einem Kerl nie wieder die Beine breit zu machen – um dann ein Jahr später erneut in die Wehen zu kommen, sofern sie nicht am Kindbettfieber starben –, sagten genug. Aber das behielt Clara lieber für sich.

»Dann liegt es also an mir, dich zu unterweisen«, erklärte Ida mit unüberhörbarer Genugtuung. Sie klatschte in die Hände und scheuchte alle hinaus.

Mindestens doppelt so dick wie Marthes Tochter, die immer noch auf dem Bett saß und zu ihr aufsah, baute sie sich vor ihr auf und hob den pummligen Zeigefinger.

»Also, meine Liebe! Wie absonderlich es dir auch vorkommen mag, du wirst tun, was dir dein Mann heute Nacht befiehlt. Der Schmerz … das Blut … die Scham … nichts davon darf dich abhalten, ihm zu gehorchen. Es ist nach Gottes Willen das Los der Frauen, dies alles in Demut zu erdulden und sich auf diese Weise ihrem Herrn und Gebieter zu unterwerfen. Ihre Strafe für Evas Sünde. Hast du verstanden?«

»Ja«, hauchte Clara scheinbar verängstigt.

Sie würde sich nicht Bange machen lassen von dieser giftigen Alten mit ihrem gelben Kleid. Den Schmerz würde sie ertragen. Es war ihre Entscheidung, und irgendwann musste es ja geschehen. Außerdem wusste sie, dass es nichts so Schlimmes sein konnte, wenn das Paar einander zugeneigt war wie ihr Vater und ihre Mutter oder nun auch ihre Mutter und Lukas. Allerdings fühlten sich nur wenige Eheleute so innig verbunden. Liebe und Ehe galten gemeinhin als zwei grundverschiedene Dinge, die nichts miteinander zu tun hatten.

Ob ich Reinhard auch einmal so lieben werde wie meine Mutter einst meinen Vater?, überlegte sie wehmütig.

Wie von selbst flogen ihre Gedanken zu Dietrich von Weißenfels, an das Gefühl, das sie erfüllte, wenn sie ihn nur sah, seine Stimme hörte, seinen Blick auf sich wusste.
In ihren Augen stand er für alles, was ihren Vater ausgemacht hatte: Tapferkeit, Gerechtigkeitssinn und Ehrgefühl. Deshalb liebte sie ihn, schon seit sie ein Kind war. Er war klug, unempfänglich für die Schmeicheleien, mit denen Menschen seines Ranges überhäuft wurden, und mit verborgenem Humor, den er nur im Kreis seiner engsten Vertrauten aufblitzen ließ. Und er war die Hoffnung für die Mark Meißen.
Doch vielleicht war diese Hochzeit nicht nur gut, um ihre Brüder zu schützen, sondern auch, um sich Dietrich endgültig aus dem Kopf zu schlagen. Dass sie nie würden heiraten können, war ihnen beiden stets klar gewesen.
Wenn Dietrich lebend aus dem Heiligen Land wiederkam, würde er jemanden von Einfluss und Rang heiraten müssen; eine Braut, deren Vater ihm Truppen bereitstellen konnte, um sich gegen seinen älteren Bruder zu behaupten.

Ein lautes Pochen riss Clara aus ihren Gedanken.
»Das Kleid für die Braut!«, rief jemand von draußen.
»Der Herr sei gepriesen. Herein damit!«, schrillte Ida, raffte mit ihrer fleischigen Hand die Röcke und stieg über eine Fußbank hinweg, um auf kürzestem Weg zur Tür zu gelangen.
Sie öffnete die Pforte nur einen winzigen Spalt, riss dem Boten das Bündel aus der Hand, knallte ihm die Tür vor der Nase wieder zu und wickelte das Kleid aus dem Leinentuch, in das es eingeschlagen war.
Clara hielt den Atem an, als sie den kostbaren Stoff und die üppigen Stickereien sah. Wenn auch vieles an dieser Hochzeit ungewiss war – eines jedenfalls stand fest: Sie würde ein wunderschönes Brautkleid tragen.
»Nun ja«, meinte die Frau des Vogtes naserümpfend, als sie das

Gewand begutachtete. »Diese Farbe passt überhaupt nicht zu dir. Wir werden dein Haar bedecken müssen.«
Das Kleid war von sattem Grün und passte wunderbar zu Claras Haarfarbe. Aber sie hütete sich, zu widersprechen, auch wenn es ihr schwerfiel. Wer so dick ist wie Ida und dann in leuchtendem Gelb herumrennt als menschengroßes Gänseküken, mit dem streitet man lieber nicht über Farben, dachte Clara und verkniff sich ein Grinsen.
Neidvoll breitete die Frau des Vogtes das Kleid aus, das am Saum durch vier keilförmige Einsätze wohl zehn Ellen Umfang maß und dadurch wunderbar fiel.
»Außerdem ist es viel zu lang. Wir müssen es kürzen, sonst stolperst du am Ende noch darüber und brichst dir das Genick, bevor du vermählt bist.«
Ida ließ Clara auf einen Schemel steigen. Zwei Mägde streiften ihr das Hochzeitsgewand über, und Ida zog die Verschnürungen an den Seiten zusammen, so dass Clara kaum noch Luft bekam. Während die Mägde ihr zu Füßen den Saum eine Handbreit umschlugen und anhefteten, versuchte Clara, den verschlungenen Linien der gestickten Blütenranken auf den weiten Ärmeln zu folgen, um sich von ihrer Unruhe abzulenken.
Eine Magd flocht ihr grüne Bänder ins Haar, eine andere befestigte eine rautenförmige silberne Fibel am Halsausschnitt des Kleides.
Dann ließ Ida den Schleier holen, der am Rand ebenfalls mit Stickereien verziert war, und drückte Clara ein fein gearbeitetes silbernes Schapel auf die Stirn – ein Geschenk des Bräutigams, wie sie nicht zu erwähnen vergaß.
»So, nun geh, gehorche und erfülle deine Pflicht«, befahl die Frau des Vogtes, gab Clara einen Stoß in den Rücken und folgte ihr schnaufend hinaus.

Der Morgen war klar und sonnig, die Pfützen waren vom Burghof verschwunden. Clara fühlte sich wie von tausend Blicken durchbohrt, als sie nach draußen trat.
Der ganze Hof war voller Schaulustiger, die sie anstarrten und sofort das Kleid der Braut und ihren wenig glücklichen Gesichtsausdruck zu erörtern begannen.
Vor der Kapelle warteten ihr Bräutigam, mehrere Ritter Albrechts und Pater Sebastian.
Erleichtert sah Clara, dass sich ihr Stiefvater sofort von Marthes Seite löste und ihr entgegenging, um ihr seinen Arm zu reichen. Seine Gegenwart und sein aufmunterndes Lächeln machten ihr das Herz etwas leichter.
»Nur Mut!«, raunte Lukas ihr zu. »Er ist ein guter Mann.«
Dennoch glaubte sie, von fremden Blicken aufgespießt zu werden, als sie an der Seite ihres Stiefvaters die wenigen Schritte von der Halle bis zur Tür der Kapelle ging. Ihre Mutter wirkte müde und besorgt, obwohl sie ihr zulächelte.
Statt Clara ihrem künftigen Gemahl zu übergeben, verharrte Lukas, als sie vor der Gruppe der besonders hohen Gäste angekommen waren.
Ach ja, Seine Durchlaucht fehlt noch, ging es Clara durch den Kopf.
Verstohlen musterte sie ihren Bräutigam, der einen dunkelblauen, mit rot-blauen Borten abgesetzten Bliaut trug. Das Schwert hielt er dem feierlichen Anlass angemessen mit sorgfältig um die Scheide gewundenem Gurt in der Armbeuge. Während der Messe würde er es vor der Kirche ablegen. Seine Gewandschließe wies die gleiche Form auf wie ihre und war mit Steinen in den Farben der gewebten Borte besetzt.
Höher zu schauen, wagte Clara nicht. Fürchtete sie, etwas zu sehen, das sie zögern lassen würde, sich bis ans Lebensende an diesen Mann zu binden?
Ein Hornstoß kündigte das Kommen des neuen Markgrafen an.

Zielstrebig schritt er auf die Wartenden zu. Jeder Mann und jede Frau sank vor ihm nieder.
Mit kaltem Lächeln hob Albrecht Clara auf, ergriff ihre Hand und legte sie in die Hand von Reinhard. Auf sein Zeichen begann Pater Sebastian mit der Zeremonie.

## Geheime Begegnungen

Nach der Vermählung und der sich anschließenden Frühmesse hatte sich die Hochzeitsgesellschaft, zu der auf Albrechts Geheiß auch die angesehenen Freiberger Bürger zählten, zum Festmahl an langen Tafeln auf dem Burghof niedergelassen.
An einem Quertisch vor dem Palas saßen der neue Markgraf, seine ranghöchsten Begleiter, Pater Sebastian, das Brautpaar und die Eltern der Braut. Der größte Teil der Burgmannschaft feierte lautstark in der Halle, und wer von den Städtern nicht Platz auf den Bänken gefunden hatte, die im Burghof aufgereiht waren, versuchte, im Vorbeigehen etwas vom Bier oder von den Speisen zu erhaschen.
Mit wachsender Ungeduld sah Albrecht in immer kürzeren Abständen zum Burgtor. Er war es längst leid, hier unter dem Pöbel zu sitzen, als hätte er nichts Wichtigeres zu tun. Wo blieb nur seine Gemahlin? Wenn sie nicht wieder einmal absichtlich herumtrödelte, um ihn zu ärgern, müsste sie jeden Augenblick eintreffen. Dann könnte er endlich aufhören, hier seine kostbare Zeit zu verschwenden.
Ich sollte sie züchtigen, wenn sie nicht bald kommt, dachte er mit wachsendem Zorn. Er hatte noch viel vor heute, nicht bloß das Turnier, dessen bedauerlichen Ausgang mit dem Tod des Brautvaters er gar nicht schnell genug herbeisehnen konnte.

Wenn alles lief wie geplant, dann würde er heute Abend nicht nur Freiberg erobert haben …

Rufe aus der Gästeschar nach einem Kuss des Brautpaares rissen ihn aus den Gedanken.

Mit einer gebieterischen Geste forderte er seinen frisch vermählten Gefolgsmann auf, dem Wunsch der Menge nachzukommen. Ein bisschen mehr Begeisterung sollte der Reinhardsberger schon an den Tag legen. Schließlich hatte er sich mit der Brautgabe zufrieden gezeigt, und hässlich war das Mädchen auch nicht.

Obwohl sie für Albrechts Geschmack ihrer Mutter zu ähnlich sah. Und der traute er unter der Hand Hexenkräfte zu. Er hatte es selbst erlebt, als sie vor Jahren sein Geheimnis erriet. Es hieß auch, keiner ihrer Männer habe sich je eine Hure kommen lassen, nicht einmal auf dem Feldzug. Also musste sie die auf geheimnisvolle Weise an sich binden. Und wer das konnte, vermochte auch jemandes Manneskraft zum Versiegen zu bringen.

»Ein Hoch auf das Brautpaar!«, rief der dürre Bürgermeister. »Möge sein Glück für das segensreiche Miteinander von Freiberg und Meißen stehen.«

»So richtig glücklich sehen sie aber nicht aus«, erklang von hinten die argwöhnische Stimme einer älteren Frau mit einer überaus spitzen Nase.

»Ein Hoch auf Markgraf Albrecht!«, befahl Elmar und erstickte damit das aufkommende Kichern.

Die Gäste standen auf und tranken dem neuen Fürsten mit dem Bier zu, das jener den Freiberger Brauern für dieses Fest abgepresst hatte. Im nächsten Augenblick erklang erneut ein Hornsignal, diesmal vom Tor her.

»Begrüßt die Fürstin von Meißen, Sophia von Böhmen, Gemahlin des Markgrafen Albrecht von Wettin!«, rief der Anführer ihrer Leibwache. Erleichtert lehnte sich Albrecht zurück.

Ohne sich erst setzen zu können, ließen sich die Freiberger auf die Knie nieder, um die Fürstin zu begrüßen.

Dabei hatten sie tatsächlich viel zu bestaunen: Sophias herrlichen Schimmel, ihr mit Perlen geschmücktes Kleid in leuchtendem Himmelblau und den pelzverbrämten Umhang, nicht zu vergessen die farbenprächtig gekleideten Damen ihres Gefolges und die furchteinflößenden Bewaffneten, die sie begleiteten.
Albrecht wusste, was ein großer Auftritt war, und ging seiner Frau mit ausgestreckten Armen entgegen. »Teuerste Gemahlin, willkommen in Freiberg, das uns seine Ergebenheit versichert hat.«
Die Frau des Vogtes zwängte sich durch das Gewühl, so gut es bei ihrer Leibesfülle ging, und reichte Sophia einen Willkommenspokal, den diese ohne sichtbare Regung in ihrem hübschen Gesicht entgegennahm. Nicht genug, dass ihr Gemahl sie hierher gezwungen hatte, den ganzen langen Weg von Meißen und vorbei an diesen grässlichen Gruben, jetzt bekam sie wahrscheinlich auch noch verdünnten Essig vorgesetzt. Besseres würde es hier wohl kaum geben.
Doch Albrecht hatte nicht mit sich feilschen lassen, und die Aussicht auf die Seidenstoffe der jüdischen Händler hatte etwas Verlockendes. Sie konnte es kaum erwarten, sie zu sehen.
»Unsere Fürstin wird – zusammen mit den edelsten Damen vom Meißner Hofe – dem Turnier Glanz verleihen, das heute auf dem Oberen Markt stattfindet«, rief Elmar. »Jeder Mann und jede Frau, Mägde und Knechte eingeschlossen, sind eingeladen, sich den Wettstreit anzusehen und zu erleben, wie die tapfersten Recken des Landes ihr Können im ritterlichen Kampf unter Beweis stellen.«
»Erfrischt Euch ein wenig, meine Teure, bevor Ihr Euch zu uns gesellt«, schlug Albrecht vor und geleitete seine Frau Richtung Halle.
Vor aller Augen nickte sie ihm mit huldvollem Lächeln zu und legte ihre Hand auf den dargebotenen Arm. Doch im Gehen zischelte sie in sein Ohr: »Ich werde mich nicht unter dieses Pack mischen, bevor ich die Stoffe von den jüdischen Händlern gesehen habe!«

Missgelaunt gab Albrecht dem Vogt einen Wink, die Händler vom Judenberg kommen zu lassen, die bereits in der Nähe warteten.

»Veranlasst das Rüsten der Männer für das Turnier«, befahl er seinem Marschall. Gerald nickte und ging, um seine Ritter zu sammeln und die Pferde satteln zu lassen.

Als das Markgrafenpaar die Halle betrat, erhoben sich auch dort alle Anwesenden und knieten nieder, bis Fürst und Fürstin den Saal durchquert hatten.

Während des dabei entstehenden Lärms vom Scharren der Bänke drehte sich Albrecht zu Elmar um und sagte leise: »Richtet unauffällig der Frau des Marschalls aus, dass ich sie umgehend zu sprechen wünsche. In Eurer Kammer. Meine Gemahlin wird sie wohl nicht vermissen, während sie mit Seidenstoffen und Bändern beschäftigt ist.«

Er hatte seine Pläne kurzfristig geändert und beschlossen, sich sofort und nicht erst heute Abend für die Aufsässigkeit seiner Frau zu rächen. Die Gelegenheit dazu hatte sie ihm selbst mit ihrer Gier verschafft.

Elmar zog vielversprechend die Augenbrauen hoch und sah zu der hübschen jungen Frau in Sophias Gefolge hinüber.

Lucardis, die Frau seines Marschalls Gerald, war unbestritten die Schönste am Hof – und mit allen Wassern gewaschen, darauf würde Albrecht wetten, auch wenn sie sich noch so sittsam gab. Bisher hatte sie so getan, als ob sie sein Werben nicht verstünde. Nun, bisher war er auch nur der Sohn des Markgrafen gewesen. Jetzt war er Markgraf, und einen Markgrafen würde sie wohl nicht abweisen, so wie er sie einschätzte und wie er den Blick deutete, den sie ihm soeben zugeworfen hatte.

Voller Ungeduld wartete Albrecht in Elmars Kammer.

Er grinste genüsslich, als es klopfte, bevor er ein strenges Gesicht aufsetzte und die Besucherin hereinrief.

»Durchlaucht!« Mit einem ergebenen Knicks sank Lucardis vor ihm nieder, die Lider sittsam gesenkt.

Albrecht wusste, das war nur gespielt. Er kannte sich aus mit dieser Sorte Weibern. Sie hatte ihn bisher nur abgewiesen, um seine Begierde zu schüren und eines Tages die Erste in seiner Gunst zu sein.

Also beschloss er, gleich zur Sache zu kommen. Bis zum Turnier blieb nicht viel Zeit, und er brauchte jetzt Zerstreuung nach dem öden Vormittag. Diese Schönheit zu erobern, würde seinen Herrschaftsantritt vollkommen machen.

»Wollt Ihr mir nicht danken für die Ernennung Eures Gemahls zum Marschall?«, fragte er, ein Bein über das andere schlagend.

»Selbstverständlich, Durchlaucht«, erwiderte sie gehorsam. »Es ist eine hohe Ehre für meinen Gemahl, und sie erfüllt mich mit großer Dankbarkeit.«

»Wie groß ist sie genau, Eure Dankbarkeit?«, fragte er und beugte sich ein Stück vor, um sie besser zu beobachten.

»Fordert jeden Beweis dafür von mir, den Ihr wünscht, Durchlaucht«, antwortete sie mit einem verhaltenen Lächeln und sah zu ihm auf.

Albrecht triumphierte. Also hatte er richtig vermutet. Er gab ihr mit einer Handbewegung die Erlaubnis, sich zu erheben, und ließ sie dabei nicht aus den Augen.

Wortlos erwiderte sie seinen Blick, und als er nichts sagte, hob sie langsam, Stück um Stück, ihren Rock.

Ohne sich zu rühren, kostete er den Anblick aus. Sie trug Beinlinge aus feiner Wolle, die über dem Knie mit einem roten Band befestigt waren. Dann sah er das nackte Fleisch ihrer Oberschenkel und die Haare, die sich in ihrer Mitte kräuselten.

Mit zwei Schritten war er bei ihr und presste seine Hände auf ihre üppigen Brüste. Er drückte sie an die Wand und glaubte ihr triumphierendes Lächeln zu sehen, nur einen winzigen Moment lang, während sie ihm mit geschickten Fingern half, sein hartes

Glied aus der Bruche zu holen. Gierig erkundete er ihr Geschlecht. Wahrhaftig, sie war feucht!

Er hob sie hoch, und bereitwillig umklammerte sie seinen Rücken mit den Schenkeln, um Halt zu finden. Heftig ergriff er Besitz von ihr, während sie vor Lust schrie – so laut, dass er sie hart küsste, um ihre Schreie zu ersticken.

Elmar würde zwar zuverlässig dafür sorgen, dass niemand die Kammer betrat. Aber irgendwer mochte sich fragen, mit wem er sich da gerade vergnügte. Diese blonde Schönheit wollte er nicht nur heute. Aber auf seinen Marschall mochte er nicht verzichten, der leistete ihm gute Dienste.

Die rauhe Wand musste ihr den Rücken unter dem Kleid wund scheuern, so heftig stieß er immer wieder in sie hinein, doch das schien sie gar nicht wahrzunehmen. Stattdessen griff sie mit einer Hand geschickt zu, um seine Lust noch zu schüren, während sie ihn mit der anderen umklammerte.

Besser als eine Hure ... Ich könnte sie den ganzen Tag lang pflügen, dachte Albrecht voller Überschwang. Dann spürte er seinen Höhepunkt nahen und ächzte erleichtert auf.

Als sein Glied erschlaffte und aus ihr glitt, ließ er sie wieder auf den Boden herab und ordnete seine Kleider.

»Wahrhaft ... fürstlich!«, hauchte Lucardis. Gelassen strich sie ihren Rock glatt und befestigte den heruntergerutschten Schleier mit dem Schapel neu.

Dann sah sie ihn mit geneigtem Kopf fragend an.

»Ihr dürft Euch entfernen«, wies Albrecht sie in gespielter Gleichgültigkeit an.

Erneut verbeugte sie sich vor ihm. Doch sie konnte den Triumph in ihren Gesichtszügen nicht verbergen.

»Bis bald, meine Liebe«, rief er ihr nach, bevor sie die Tür erreichte. Lucardis drehte sich noch einmal zu ihm um und lächelte.

An der Festtafel drückte Reinhard verstohlen Claras Hand. »Auch wenn ich es nicht zeigen darf – ich bin heute ein glücklicher Mann«, raunte er ihr zu.
Laut sagte er: »Ich muss mich rüsten für den Buhurt«, küsste flüchtig ihre Wange und ging.
So unsicher sich Clara auch an seiner Seite gefühlt hatte – ohne ihn war es noch schlimmer; zumal nun auch ihr Stiefvater aufbrechen musste, um sich für das Turnier vorzubereiten.
Sie kannte jeden von den Menschen, die hier auf dem Hof als Hochzeitsgäste saßen und sie anstarrten. Vielen von ihnen hatte sie geholfen, oft zusammen mit ihrer Mutter, manchmal auch allein – ob sie nun ein Mittel gegen Fieber brauchten oder Beistand bei der Niederkunft.
Manche starrten sie mitleidig an, denn sie glaubten, sie verabscheue den Ehemann, der als streng und hartherzig galt. Andere auffordernd, weil sie nun gefälligst dafür zu sorgen hatte, dass der neue Markgraf die Stadt in Frieden ließ.
Auf etlichen Gesichtern sah sie kaum verhüllten Neid darüber, so im Mittelpunkt zu stehen und eine Hochzeit vom Markgrafen ausgerichtet zu bekommen. Wenn ihr wüsstet!, dachte sie und fühlte sich hilflos wie seit langem nicht mehr.
Doch die Mehrzahl derer, die nun erwarteten, dass sie ihre Pflicht erfüllte und die Ehe mit einem allseits gefürchteten Gefolgsmann des neuen Markgrafen einging, taten dies aus Angst. Die Freiberger fürchteten sich vor dem, was Albrechts Regentschaft bringen mochte.
Marthe erkannte, wie es um ihre Tochter bestellt war, und beschloss, einzugreifen.
»Wir müssen der Markgräfin unsere Aufwartung machen«, sagte sie, nahm Clara bei den Schultern und führte sie über den Hof zum Palas. Im Gehen flüsterte sie der kleinen Magd etwas zu, die Clara am Morgen das silberne Kreuz zugesteckt hatte. Das Mädchen nickte und huschte davon.

Allerdings dachte Marthe gar nicht daran, zu Albrechts Gemahlin zu gehen, solange sie nicht dorthin gerufen wurde. Stattdessen wollte sie ihrer Tochter einen Moment der Ruhe verschaffen, weg von all den hämischen, mitleidigen oder bohrenden Blicken. Schließlich hatte sie fast zehn Jahre auf dieser Burg gewohnt und wusste, wo man hier einen Platz fand, an dem einen niemand störte. Sie führte sie in eine winzige Kammer, die als Lager für irgendetwas diente, und ein schmales Fenster aufwies.

Beruhigend nahm sie Clara in den Arm.

»Habt ihr schlechte Nachrichten bekommen? Ist etwas mit meinen Brüdern?«, bedrängte Clara die Mutter. Doch die schüttelte nur den Kopf. Sie wollte ihre Tochter jetzt nicht auch noch mit dem geplanten Anschlag auf Lukas verunsichern. Sie musste einfach hoffen, dass es ihr Mann mit seiner Kampferfahrung schaffte, gegen diesen Groitzscher zu bestehen.

Jemand öffnete die Tür und trat ein, ohne hereingebeten zu werden. Verblüfft sah Clara, dass es ihr frisch angetrauter Mann war. Fragend blickte sie zu ihrer Mutter, die ganz und gar nicht überrascht wirkte.

»Ich dachte, ihr solltet eine Gelegenheit haben, unter vier Augen miteinander sprechen zu können, bevor ihr heute Abend vor allen Hochzeitsgästen ins Brautbett gelegt werdet«, sagte Marthe schlicht und ging.

Clara hätte ihrer klugen Mutter dankbar sein müssen für diese Möglichkeit, etwas Vertrautheit zwischen sich und ihrem ihr fremden Gemahl aufzubauen. Sie und Reinhard hatten schließlich nur eine einzige kurze Unterredung führen können und waren dann viel schneller als geplant verheiratet worden. Seitdem mussten sie vor aller Augen mit furchtsamer oder gelangweilter Miene nebeneinanderhocken, damit Elmar seinen Plan für aufgegangen hielt. Und als Nächstes würde man sie vor der halben Hochzeitsgesellschaft nackt nebeneinander ins Bett legen – auch nicht gerade der Moment für klärende Worte.

Doch statt Dankbarkeit fühlte sie Beklommenheit, die jäh in Angst umschlug angesichts dessen, dass sie allein war mit dem Mann, dem sie nun gehörte.

Reinhard ging auf Clara zu, griff nach ihren eiskalten Händen und küsste sie.

»Ihr sollt wissen, dass mich unsere Heirat sehr glücklich macht«, sagte er verhalten lächelnd und blickte ihr ins Gesicht.

Dann legte er seine rechte Hand um ihren Hinterkopf und zog sie an sich, um sie zu küssen – diesmal nicht flüchtig und gleichgültig wie vorhin an der Tafel, sondern innig und zunehmend fordernder.

Clara zuckte zusammen, als seine Fingerkuppen ihre Brust durch den Stoff des Kleides streichelten. Er ist jetzt mein Gemahl, rief sie sich zur Ordnung. Ihm gehört jetzt mein Leib.

Die sanfte Berührung an einer Stelle, wo noch nie die Hand eines Mannes gewesen war, ließ sie frösteln. Sie konnte Reinhards aufsteigendes Begehren spüren und fragte sich erschrocken, ob er die Ehe gleich hier vollziehen würde, in dieser dunklen Kammer statt im Brautbett. Wenn sie morgen früh keine blutigen Laken vorweisen konnten, würde nicht nur sie mit Schimpf und Schande davongejagt, sondern wäre auch ihr Stiefvater entehrt.

Als hätte Reinhard ihre Gedanken gelesen, löste er sich von ihr. Er nahm ihre Hände und sah ihr in die Augen, diesmal sehr ernst.

»Vielleicht wirst du mich eines Tages auch so lieben, wie ich dich liebe. Das ist mein größter Wunsch«, sagte er leise mit seiner dunklen Stimme und küsste erneut ihre Hände. »Und meine größte Angst ist, dass uns auffrisst, was wir der Welt vorspielen müssen.«

»Ihr vergesst, wie ich aufgewachsen bin«, entgegnete sie mit gezwungenem Lächeln. »Das Schicksal meiner Mutter und meines Vaters hat mich gelehrt, meine wahren Gedanken vor Feinden zu verbergen.«

Reinhard schüttelte kaum erkennbar den Kopf.

»Clara, ich kenne Euch besser, als Ihr ahnt. Ich habe Euch heranwachsen sehen, seit ich in die Dienste Eures Vaters trat. Ihr seid klug und habt ein tapferes Herz. Aber werdet Ihr das ertragen? Oder wird der Hass für mich, den Ihr tagsüber der Welt vorspielen müsst, Euch auch nachts vergiften?«
Das Signal für den Aufbruch der Turnierteilnehmer ersparte Clara eine Antwort. Reinhard musste gehen. Doch zuvor küsste er sie noch einmal.

## *Kraftprobe*

Die Schaulustigen drängten sich zu Hunderten auf dem Oberen Markt von Freiberg, um ja nichts zu verpassen. Selbst Knechte und Mägde hatten von ihren Herrschaften die Erlaubnis dazu bekommen; schließlich hatte der neue Markgraf befohlen, dass jeder Mann und jede Frau aus dieser Stadt dem Turnier zusehen sollten.
Der geschäftstüchtige Wirt des »Schwarzen Rosses«, einer Garküche in der Petersgasse nahe dem Markt, schenkte bereits seit dem frühen Morgen Bier aus einem Fass aus, das er auf einen Karren geladen hatte. Doch abgesehen von ein paar ganz Durstigen verließ nun kaum noch jemand seinen mühsam erkämpften Platz. Die meisten vertrieben sich stattdessen die Wartezeit bei einem Schwatz mit den Nachbarn. Zu besprechen gab es genug: von Mutmaßungen, wie sich wohl die Regentschaft des neuen Fürsten auf die Stadtbewohner auswirken würde, über den besorgniserregende Geschichten die Runde machten, bis zu bewundernden Beschreibungen des Kleides der Fürstin, das einige schon bei Sophias Ankunft in der Stadt oder bei dem Fest auf der Burg gesehen hatten.

Ein paar Halbwüchsige kletterten auf den Balken herum, die für das Turnier auf dem Marktplatz zusammengenagelt worden waren. Zur Belustigung der Umherstehenden jagte eine Fleischerfrau kreischend und schimpfend einen Gassenjungen über den Platz, der ihr ein Stück Speck gestohlen hatte. Doch er war viel zu flink, als dass sie ihn einholen konnte, und verschwand Richtung Erlwinsche Gasse, um seine Beute unbehelligt zu verzehren.

Ein paar Fuhrknechte riefen lautstark nach dem alten Willem, der eine Rede halten solle – einem im Kopf etwas wirren Bettler, auf dessen Kosten die halbe Stadt gern Späße trieb. Er lebte von den Almosen, die ihm Kirchgänger spendeten, und von den Hälflingen, die ihm belustigte Zuschauer zuwarfen, wenn er eine seiner närrischen Ansprachen auf dem Marktplatz hielt, die jedes Mal viel Volk zusammenriefen.

Der Alte musste sich wohl schon auf einen solchen Auftritt vorbereitet haben, denn andächtig grinsend trat er vor, blickte sich beifallheischend um und kletterte mit verblüffender Geschicklichkeit auf einen der am Morgen aufgestellten Pfosten. So stand er wie auf einer Säule, streckte die Brust raus, kratzte sich ein Stück Grind vom Schädel und reckte das Kinn vor.

Doch bevor er etwas sagen konnte, ertönten Hornsignale aus Richtung Burggasse, die das Nahen des fürstlichen Zuges ankündigten. Sofort setzte ein großes Schubsen und Drängen ein; der alte Willem war vergessen und starrte verwirrt von seiner Säule herab auf die Stadtbewohner, die ihm plötzlich den Rücken zuwandten.

Das Gedränge löste sich sofort auf, als die ersten Reiter aus der Burggasse zum Marktplatz einschwenkten: zwei Dutzend Männer in Kettenpanzern, deren Aufgabe es war, für die Nachfolgenden Platz zu schaffen. Erschrocken wichen die Menschen vor den dicht nebeneinander trabenden Pferden und waffenstarrenden Reitern zurück. Einen Wimpernschlag später rannte die eben noch schiebende und drängelnde Menge wild auseinander. Auch Willem kletterte hastig von seiner Säule und verschwand im Gewühl.

Im Nu hatten die Berittenen Platz geschaffen. Ihnen folgten vier Dutzend Bewaffnete zu Fuß, die sich rund um den Oberen Markt aufreihten.

Nachdem auf diese Weise das Turnierfeld abgegrenzt war, legte sich erwartungsvolle Stille über die Zuschauer. Mancher verrenkte sich beinahe den Hals, um zur Einmündung der Burggasse sehen zu können. Von dort würden der junge Markgraf, seine Gemahlin und die Ritter, die das Turnier bestritten, kommen.

Endlich ertönten erneut Hornsignale, und nun konnten die Wartenden das Klappern der Hufe von unzähligen Pferden hören.

»Macht den Weg frei für den Herrscher der Mark Meißen!«, rief der erste Reiter, der um die Ecke bog, ein Ritter in kostbarer Rüstung mit dem schwarz-gelben meißnischen Löwenbanner in der Hand.

Ihm folgte eine so große Schar auf den Platz, dass den meisten der Zuschauer der Atem stockte: nach Vorhut und Leibwache Fürst und Fürstin und ihr Gefolge, dazu die Mitstreiter am Buhurt, um die hundert Berittene, allesamt in Kettenpanzern und voll bewaffnet. In vorderster Reihe ritten die Herren der Nachbardörfer, die ebenfalls gekommen waren: Berthold, Konrad, Tuto und Heinrich.

Albrecht und sein Gefolge lenkten ihre Pferde in die Mitte der Westfront des Marktes.

»Kniet nieder vor dem Herrscher der Mark Meißen, Albrecht von Wettin, und seiner Gemahlin Sophia von Böhmen!«, rief der Truchsess mit donnernder Stimme über den Platz, und die Freiberger gehorchten. Ihnen war dabei mehr Glück beschieden als der Burgbesatzung am Vortag. An diesem warmen Frühlingstag hatte die Sonne längst alle Pfützen getrocknet.

Zufrieden sah Ottos Sohn auf die knienden Stadtbewohner her-

ab. Endlich gab er Elmar ein Zeichen, und dieser erlaubte den Zuschauern mit einem gebrüllten Befehl, sich zu erheben.
Die hohen Gäste ließen sich aus den Sätteln helfen und nahmen auf den Bänken unter dem Baldachin Platz.
Die fünf Dutzend voll gerüsteter Ritter, die das Turnier austragen würden, reihten sich zu Pferde vor der kleinen Tribüne auf und senkten die Lanzen zum Gruß. Dann formierten sie sich in mehreren Linien hintereinander an der Südseite des Platzes.
»Ich steh doch nicht hier schon den halben Tag, nur um ein paar fette Pferdeärsche zu sehen!«, maulte dort lautstark die wortgewaltige Krämerin.
»Was sollen wir da erst sagen?«, rief ein Mann mit einem waidblauen Kittel voller Späne und deutete auf ihr ausladendes Hinterteil, womit er die Umstehenden zum Lachen brachte.
Der Ritter auf dem unruhig tänzelnden Pferd vor ihnen warf einen drohenden Blick auf die lachende Menge, doch es war eher das stampfende und schnaubende Tier als der Bewaffnete, das die Zuschauer dazu brachte, noch ein paar Schritte zurückzuweichen.

In Hörweite der Krämerin, aber näher an der Einmündung zur Kesselmachergasse, stand eine Gruppe etwas abseits von den anderen: der Schmied Jonas mit seiner Frau Emma, die wie alle ihre Kinder rotblond war, ihre Söhne Johann und Guntram sowie der junge Stallknecht Christian. Er hatte sein blondes Haar mit einer Bundhaube bedeckt und hoffte ansonsten darauf, in der Menge nicht aufzufallen. Seine Frau Anna, Peters Schwester, lehnte an ihm. Seinen vierjährigen Sohn, der ebenfalls Christian hieß, hatte er sich auf die Schultern gesetzt. Peter war mit ihnen gekommen, inzwischen aber wieder im Gewühl verschwunden.
Bald gesellte sich noch der Bergschmied Karl zu ihnen, gefolgt von seiner Schwester Johanna, Marthes Stieftochter.
»Stehen dein Mann und Bertram Herrn Lukas nachher beim Tjost bei?«, fragte Christian.

Johanna bejahte.
»Gut«, sagte Christian erleichtert. Lukas' Knappe war nicht vom Gut seiner Eltern zurückgekehrt, aber auf Kuno und Bertram war Verlass.
»Clara sieht nicht gerade glücklich aus«, murmelte Guntram und wies nach vorn, wo im Gefolge Albrechts auch die Jungvermählten saßen. Er hätte sich das Herz aus dem Leib gerissen, um Clara Unglück zu ersparen. Es tat ihm weh, sich auszumalen, dass sie nun ihr Leben mit diesem Schurken Reinhard zubringen musste. Wie konnte Lukas das zulassen?
Christians Antwort ging im Lärm unter, denn auf ein Signal galoppierten plötzlich alle Ritter los. Hufe wirbelten Erdklumpen auf, die Tauben, die auf den Dächern der umliegenden Häuser saßen, stoben flatternd davon, ein paar kleine Kinder fingen ängstlich an zu kreischen.
Als die Reiterschar geradewegs auf die Menschen an der Nordseite zupreschte, rannten die dort Wartenden schreiend auseinander. Einige sprangen sogar über die Zäune, mit denen die am Markt liegenden Grundstücke der wohlhabenden Händler und Handwerker umgeben waren. Doch bevor es zum Zusammenstoß kam, schwenkten die Reiter ab und trabten in ihrer respekteinflößenden Formation dreimal um den Platz.
Ein weiteres Signal, und die Ritter teilten sich im Bogen in zwei Gruppen auf, die sich gegenüber aufstellten.
Anfeuernde oder erschrockene Schreie erklangen aus der Zuschauermenge, als die Trupps beim nächsten Hornstoß aufeinander zugaloppierten. Aber unmittelbar vor dem erwarteten Aufprall rissen die Kämpfer ihre Lanzen hoch und ritten aneinander vorbei.
Erneut wichen die Menschen zurück, als sie die Bewaffneten zu Pferde auf sich zustürmen sahen. Auch Jonas und seine Freunde, obwohl schon etwas abseits, traten hastig ein paar Schritte nach hinten.

Doch bevor es ein Unglück geben konnte, hatten die Reiter ihre Pferde an den Zügeln herumgerissen und stellten sich auf, um erneut gegeneinander loszustürmen.
Nun jubelte die Menge den Kämpfern zu.
»Sie sind wirklich schnell zu begeistern«, meinte Christian finster.
»Und begreifen nicht, dass das nicht nur zu unserer Zerstreuung gedacht ist«, erwiderte Jonas der Ältere. »Wie könnte Albrecht eindrucksvoller seine Macht zeigen als mit so vielen gerüsteten Kämpfern, die er hier in vollem Galopp aufreiten lässt?«
»Na ja, er könnte auch jemanden hängen lassen«, mischte sich Peter zynisch grinsend in das Gespräch ein, der sich vorübergehend wieder bei der Gruppe eingefunden hatte. »Aber dafür würden sie ihm vielleicht nicht so zujubeln.«
»Das kommt auf den Gehenkten an«, entgegnete der Schwarzschmied bissig.
Der Buhurt war vorbei. Nun rannten ein paar Knechte zu den halbmannshohen Pfosten in der Mitte des Platzes, um auf jeden zwei dicke Holzscheiben zu legen: eine von kleinem Umfang und darüber eine größere.
»Ah, das Hälseschlagen«, erklärte Christian, der als rechte Hand des Stallmeisters oft bei diesen Übungen der Ritter dabei war. »Wenn das keine Botschaft an uns Freiberger ist …«
Während die Knechte noch beschäftigt waren, trat ein ziemlich dicker Mann mit gelb-schwarzer Kleidung in Mi-Parti neben das Podest mit den hohen Gästen. Gebieterisch erhob er die rechte Hand, und das Lärmen der erwartungsvoll gestimmten Zuschauer verebbte.
»Edler Fürst, schönste Fürstin, ehrenwerte Gäste«, rief er mit bemerkenswert lauter Stimme und verneigte sich vor Albrecht und Sophia. »Volk von Freiberg! Der wohledle Markgraf von Meißen, Albrecht von Wettin, hat in seiner großen Gnade und Güte beschlossen, anlässlich seines Machtantritts ein Turnier zu veranstal-

ten – zur Unterhaltung der hohen Gäste und des Volkes. Außerdem hat er verfügt, Silber unter den Freibergern zu verteilen.«
Die letzte Ankündigung löste tosendes Freudengeschrei aus. Als auf ein Zeichen des Fürsten vier Berittene ausschwärmten und Pfennige in die Menge warfen, setzte unter den Zuschauern sofort wildes Gerangel ein. Kinder schlängelten sich zwischen den Erwachsenen hindurch, um aus ihrer kleinen Gestalt und ihrer Flinkheit einen Vorteil zu schlagen. An mehreren Stellen begannen Raufereien. Die meisten derjenigen, die einen Pfennig oder Hälfling erhascht hatten, rannten sofort davon, um ihre Beute in Sicherheit zu bringen.
Einzig die Gruppe um Jonas und Christian blieb ungerührt an ihrem Beobachtungsposten stehen.
Wieder hob der Ausrufer Einhalt gebietend die Hand.
»Da der Vater unseres Markgrafen, Otto von Wettin – Gott segne ihn und schenke ihm Gesundheit! – dem ehrwürdigen Erzbischof Wichmann von Magdeburg vor Jahren einen Eid geschworen hat, dass weder er noch seine Ritter jemals wieder zu einem Turnier antreten werden, weil die Heilige Mutter Kirche derlei bekanntermaßen unter Bann gestellt hat, wird es heute keine blutigen Zweikämpfe geben. Markgraf Albrecht achtet den Willen und den Eid seines Vaters. Deshalb werden seine Ritter und die der Freiberger Burgmannschaft ihr Können in einem unblutigen Wettstreit unter Beweis stellen. Zum Abschluss und Höhepunkt treten zwei bewährte Ritter um die Ehre der heute vermählten Jungfrau Clara gegeneinander an: Lukas von Freiberg und Edwin von Groitzschtal. Lang lebe Markgraf Albrecht!«
Durch die Münzen und die Aussicht auf ein spannendes Turnier begeistert, stimmte die Mehrzahl der Zuschauer in den dreifachen Ruf ein: »Lang lebe Markgraf Albrecht!«
Nur weit hinten an der Südseite des Marktes fiepte jemand nachträglich mit dünner Stimme: »Lang lebe Markgraf Otto!«

Die dort Stehenden blickten zu dem mageren Bettler, der das gerufen hatte.
»He, Willem, du bist ja heute noch närrischer als sonst!«, rief einer der Burschen in seiner Nähe. »Hast du Dummkopf es nicht mitbekommen: Der junge Fürst Albrecht ist nun Markgraf!«
Der alte Willem kicherte verunsichert und zog die Schultern hoch. Schon wandten sich die Zuschauer wieder dem Geschehen auf dem Platz zu.
Anna aber, Christians Frau, umklammerte krampfhaft den Arm ihres Mannes und deutete auf den Alten.
Zwei fremde, kräftig wirkende Männer traten zu dem Bettler, packten ihn an den Armen und zogen ihn fort Richtung Petersgasse, ohne dass es sonst jemand zu bemerken schien. Damit der Alte keinen Lärm veranstalten konnte, presste ihm einer der Fremden die Hand auf den Mund.
Christian hob rasch seinen Sohn von den Schultern. Eine kurze, wortlose Verständigung mit Peter, Guntram und Jonas, und die vier liefen los.
»Seid vorsichtig!«, wisperte Anna ängstlich, während sie ihren Sohn an sich zog. Aber sie wusste, dass ihre Warnung die jungen Männer nicht mehr erreichte.
Es dauerte nicht lange, bis die vier zurückkehrten; mit langsamen Schritten und finsteren Mienen.
»Willem liegt mit zerschmettertem Schädel in der Fischergasse«, berichtete Christian.
Entsetzt bekreuzigten sich die Frauen und die beiden älteren Schmiede.

Das Schweigen der Gruppe nahe der Kesselmachergasse bildete einen auffallenden Gegensatz zu dem Lärm, den die Zuschauer rund um den Marktplatz veranstalteten.
Die Geharnischten hatten sich in zwei Gruppen an den gegenüberliegenden Seiten des Oberen Marktes aufgestellt und ritten

nacheinander an den Pfosten vorbei. Dabei versuchten sie, im Galopp die kleineren Holzscheiben mit dem Schwert zu treffen. Wem das nicht gelang, der schied sofort aus, die anderen traten erneut an. Pfiffe und Buhrufe erklangen, wenn jemand versagte, mit Beifall und Hochrufen wurden diejenigen belohnt, die gleich mehrmals bei einem Ritt trafen.
Doch allmählich erlahmte die Aufmerksamkeit, vor allem bei den Zuschauern in den hinteren Reihen, die nicht viel sahen. Immer mehr von ihnen verließen den Platz, um nach Hause zu gehen oder herumzuschlendern und sich etwas zu essen und zu trinken zu holen. Inzwischen machten die geschäftstüchtigen Händler guten Handel, die am Rand des Marktplatzes kleine Brote verkauften und Bier ausschenkten.
»Soll das bis in die Nacht hinein gehen?«, murrte Guntram nach einiger Zeit.
»Ich ahne schon, warum sie das so in die Länge ziehen«, antwortete Christian grimmig und wies auf die Sonne, die inzwischen nur noch halbhoch am Himmel stand. »Wenn der Zweikampf beginnt, wird einer gegen die Sonne reiten müssen. Wollen wir raten, wen das wohl treffen wird?«
Wenig später waren in diesem Wettstreit nur noch drei einander ebenbürtige Ritter übrig: Lukas, der Befehlshaber der Freiberger Burgwache, sein Schwager Gerald, der Marschall des neuen Markgrafen, und ein stämmiger Fremder mit schwarzem Bart, den der Ausrufer als Edwin von Groitzschtal angekündigt hatte.
Statt einen Sieger zu küren, erklärte der Ausrufer unter dem Jubel der Menge alle drei zu den Gewinnern des Wettkampfes. Sie ritten vor das Markgrafenpaar und senkten ihre Lanzen, dann wendeten sie die Pferde und nahmen den Beifall der Zuschauer entgegen.
»Und nun«, kündigte der Ausrufer an, nachdem er die Menge durch eine herrische Geste zum Schweigen gebracht hatte, »der

Höhepunkt des Wettstreites: Im Lanzenstechen treten gegeneinander an Lukas von Freiberg und Edwin von Groitzschtal!«
»Wenn sie Lukas schaden können, spielt Ottos Eid keine Rolle mehr«, sagte Jonas leise.
»Gott steh Ritter Lukas bei!«, flüsterte Emma und schlug ein Kreuz. Sie rückte noch einen halben Schritt näher zu ihrem Mann und blickte besorgt nach vorn.
»Lang lebe Markgraf Albrecht!«, ertönte ein einzelner Ruf, der sofort aufgegriffen und wiederholt wurde.
Anna sah den verächtlichen Ausdruck auf dem Gesicht ihres Mannes.
»Sei bloß still!«, ermahnte sie Christian und sah hastig um sich. »Willst du auch um die Ecke gezerrt und erschlagen werden? Du weißt nicht, wer hier alles die Ohren spitzt, um sich bei dem neuen Herrn beliebt zu machen.«

Bevor die beiden Widersacher gegeneinander antraten, ritten sie erneut vor den Baldachin mit dem jungen Markgrafenpaar. Edwin kam Lukas zuvor. Er senkte seine Lanze vor Sophia und rief: »Edle Fürstin, erlaubt mir, in diesem Wettstreit Euch zu Ehren zu reiten!«
Sophia bat mit einem Blick ihren Gemahl um Erlaubnis, dann nickte sie hoheitsvoll. Edwin verneigte sich und lenkte seinen Hengst ein paar Schritte zur Seite, um Platz für Lukas zu machen.
»Ritter Lukas von Freiberg reitet für die Ehre der neuvermählten Gemahlin des Edlen von Reinhardsberg«, verkündete der dicke Ausrufer.
Auch Lukas senkte seine Lanze und lächelte Marthe und Clara aufmunternd zu. So schnell hob ihn schon keiner aus dem Sattel!
Die Gegner lenkten ihre Pferde um und ritten jeder zu einem anderen Ende des Platzes. Dort wurden sie bereits von ihren

Helfern erwartet. Edwin von zwei Knappen, und dem Freiberger standen Kuno und Bertram zur Seite, die Christian selbst als Wachen ausgebildet hatte, nachdem sie mit den Siedlern aus Franken hierhergekommen waren.
Lukas hatte vor, das Pferd zu wechseln. Zum Buhurt war er auf seinem Braunen geritten, aber für den Tjost hatte er sich sein neues Schlachtpferd bringen lassen, einen feurigen jungen Fuchshengst aus Raimunds Gut. Der war nicht nur ausgeruht, sondern sein Gegner hatte ihn auch noch nicht gesehen und würde nicht vorher abschätzen können, wie sich das Tier verhielt.
Kuno hielt den unruhig stampfenden Fuchs am Zügel. Er und Bertram sattelten den Braunen ab, den Bertram – das Bein nachziehend wegen einer Kriegsverletzung – zur Seite führte.
Lukas vergewisserte sich, dass der Sattel festgegurtet war, dann saß er auf und ließ sich von Kuno den Schild am linken Arm anbringen. Mit leichtem Schenkeldruck lenkte er das Pferd ein paar Schritte Richtung Stechbahn, nahm die Lanze entgegen und bat in Gedanken den heiligen Georg um Beistand, den Schutzpatron der Ritter.
Die Freiberger jubelten dem Befehlshaber ihrer Burgwache zu. Ob sie ihn leiden mochten oder nicht – auf jeden Fall sollte *er* siegen und nicht der Fremde, Freiberg zum Ruhme.
Wie von Christian vorausgesagt, musste Lukas gegen die untergehende Sonne reiten. Sein Gegner hatte die Sonne im Rücken und würde alles darauf setzen, ihn bereits beim ersten Anritt aus dem Sattel zu heben. Dabei würde Edwin wahrscheinlich mit der Lanze auf seine rechte Brust zielen und nicht auf den Schild. Lukas konnte sich zwar kurz vor der Begegnung hinter den Schild ducken, aber das sah feige aus und würde ihn daran hindern, selbst einen Treffer anzubringen. Also hatte er sich etwas anderes ausgedacht.
Auf das Signal hin setzten beide ihre Pferde in Bewegung. Edwins stämmiger Brauner ging sofort zum Galopp über, doch

Lukas' junger Fuchshengst schien seinem Herrn nicht zu gehorchen und lief nur zögernd und immer wieder scheuend dem anderen entgegen.

Mit erschrockenen Rufen reagierten die Zuschauer darauf, dass Ritter Lukas offensichtlich sein neues Pferd nicht beherrschte. Das war ungewohnt; sie alle kannten ihn als hervorragenden Reiter, schließlich war er Christians Schüler gewesen.
»Er wird doch nicht gegen den Groitzschtaler verlieren!«, stöhnte der Mann mit den Sägespänen auf dem Kittel hinter der rundlichen Krämerin.
»Sei froh, dass du nicht gewettet hast«, meinte die. Es gehörte sich ihrer Ansicht nach für einen Freiberger nicht, gegen einen Hiesigen zugunsten eines Fremden zu wetten.
Der massige Groitzscher galoppierte auf Lukas zu, dessen Pferd sich immer noch kaum vom Fleck rührte. So gab der Freiberger ein hervorragendes Ziel ab und würde außerdem nicht genug Wucht in den eigenen Stoß legen können.
Doch als sein Gegner schon nah war, wechselte Lukas' Pferd plötzlich aus dem Stand in den Galopp, und ehe es sich der verwunderte Groitzscher versah, war sein Gegner an ihm vorbei und hatte einen Treffer erzielt; Lukas' Lanze war gebrochen.
Lautstark bejubelten die Freiberger den Erfolg ihres Hauptmanns. Lukas verkniff sich ein Grinsen darüber, dass seine List aufgegangen war, und klopfte seinem Fuchs lobend auf den Hals. Kuno rannte ihm erleichtert entgegen und reichte ihm eine neue Lanze.
Erneut brachten die Widersacher ihre Pferde in Stellung. Lukas überlegte kurz, ob sich dieser Edwin noch einmal überrumpeln ließ, und beschloss, es darauf ankommen zu lassen. Dann war für ihn die Überraschung beim dritten Gang größer – sofern es einen gab und er nicht zu schwer verwundet wurde.
Als das Hornsignal ertönte, ließ er sein Pferd abermals tänzeln.

Doch diesmal wartete er nicht, bis der andere schon fast heran war, sondern ging bereits auf halber Strecke zu vollem Galopp über.
Das war ein Fehler. Dem Groitzscher gelang ein Treffer, und Lukas musste den Schild hochreißen, um sich vor fliegenden Splittern zu schützen, so dass er den Gegner mit der Lanze verfehlte.
Ein Aufschrei ging durch die Zuschauer. Doch als sie sahen, dass Lukas – anscheinend sogar unverletzt – im Sattel geblieben war, setzte ein allgemeines Aufatmen ein.
»Unentschieden«, gab der Ausrufer bekannt. »So Gott will, bringt der nächste Gang die Entscheidung.«
Erneut musste Lukas gegen die Sonne reiten. Jetzt verzichtete er auf jegliche Täuschungsmanöver. Kaum ertönte das Signal für den dritten Anritt, gab er seinem Pferd das Zeichen zum scharfen Galopp, und der junge Hengst lief los, als wolle er aller Welt beweisen, dass er schneller war als jedes andere Pferd auf diesem Platz.
Noch ehe sichs der Groitzscher versah, war Lukas heran und stieß seine Lanze mit aller Wucht gegen den Schild des Gegners.
Edwin stürzte nach hinten und verlor das Gleichgewicht, sein Hengst stieg und versuchte, die wankende Last abzuwerfen. Im nächsten Moment lag der Groitzscher im Staub, während Lukas unter dem Jubel der Menge seine zersplitterte Lanze hob und auf die Tribüne zuritt.
»Sieger im Wettstreit ist Lukas von Freiberg«, verkündete der Ausrufer.
Kuno und Bertram rannten herbei und nahmen Lukas Schild und Lanze ab, damit dieser die Hände frei hatte, um den Helm abzusetzen, wie es sich gehörte, wenn er nach dem Kampf vor den Fürsten ritt.
Er sah die Erleichterung in Marthes Gesicht, das Leuchten in Claras Augen und Elmars verkniffene Miene.

Albrecht nickte ihm mit gespielter Gleichgültigkeit zu und ließ ihm vor der Menge einen silbernen Becher als Preis überbringen.
Die Anzahlung für Thomas' Pferd, dachte Lukas, während er wendete und die Hochrufe der Zuschauer entgegennahm. Aus dem Augenwinkel sah er, dass Edwin sich endlich von seinem Knappen hatte aufhelfen lassen und davonhumpelte, ohne den Gegner zum Sieg zu beglückwünschen.
Für heute war es gut geendet. Vorerst.

## Böse Überraschungen

»Euer Plan ist nicht aufgegangen!«, zischte der Markgraf wütend seinem Truchsess zu.
»Aber nur, was diesen Kerl betrifft«, antwortete Elmar gelassen, ja, beinahe zufrieden. »Es wird sich schon eine Gelegenheit finden, ihn loszuwerden. Und was will er nun noch ausrichten? Seht Euch doch um, Durchlaucht – Freiberg feiert Euch!«
Mit dem Arm wies er auf die jubelnde Menschenmenge, die den Marktplatz füllte.
»Das Überleben dieses Bastards zwingt mich, meine Pläne geringfügig zu ändern«, erwiderte Albrecht und befahl mit einer knappen Geste den Ausrufer zu sich.
Der rannte so schnell herbei, wie es seine Körperfülle erlaubte, nahm den fürstlichen Befehl entgegen und hob erneut die Hand, um die Freiberger zur Ruhe zu bringen.
»Anlässlich des Sieges von Ritter Lukas zu Ehren der heute mit dem Ritter von Reinhardsberg vermählten Jungfrau Clara hat sich der hochedle Herrscher der Mark Meißen, Albrecht von Wettin, zu einer weiteren Gunstbezeugung entschlossen. Das

neuvermählte Paar wird ab sofort zum Zeichen der Verbundenheit zwischen Freiberg und Meißen in das Gefolge der Markgräfin Sophia von Böhmen aufgenommen.«

Während die Zuschauer erneut in Hochrufe auf Albrecht ausbrachen, erstarrte Clara vor Schreck. Eben noch erleichtert über den Sieg ihres Stiefvaters, wandte sie nun kreidebleich den Kopf zu Reinhard.

»Habt Ihr davon gewusst?«

»Nein, ich schwör es!«, antwortete dieser, ohne dass sein Gesicht irgendeine Regung erkennen ließ. »Kommt, rasch, wir müssen uns für die Ehre bedanken …«

Er zog seine fassungslose junge Frau vom Platz, damit sie vor dem Fürstenpaar niederknien konnten.

Reinhards Arm bot Clara Halt, während sie der höfischen Sitte folgten. Dabei wirbelten ihre Gedanken durcheinander.

Auf den Burgberg nach Meißen, in dieses Schlangennest! Wie sollte sie dort überleben? Bis eben hatte sie noch geglaubt, sie würde in Freiberg bleiben und in Reinhards Haus im Burglehen ziehen. Ihre Kleider und ihr Hausrat waren bereits dorthin gebracht worden.

Würde sie gleich nach der Hochzeitsnacht mit ihrem Mann nach Meißen müssen? Sicher. Und vermutlich bekam sie nicht einmal Gelegenheit, sich richtig von ihren Eltern und Freunden zu verabschieden.

Marthe, kaum weniger getroffen von dieser Wendung, umarmte ihre Tochter, als diese auf ihren Platz zurückkehrte. »Wir schicken dir Hilfe auf den Burgberg«, flüsterte sie dabei. »Und so kannst du Hedwig eine Nachricht zukommen lassen. Halte dich an Susanne, ihre Magd!«

Clara nickte zustimmend und suchte den Blick ihres Stiefvaters. Lukas wirkte eindeutig besorgt.

Elmar gab den Zuschauern Befehl, abermals niederzuknien, da Fürst und Fürstin nun zurück zur Burg reiten würden.

Um die Tribüne herum setzte reges Gedränge ein; die Pferde der hohen Gäste wurden herangeführt. Das Festmahl in der Halle würde bald beginnen, und der Gedanke an die anschließende Brautlegung stimmte sowohl Albrecht als auch Elmar erwartungsfroh. Der offensichtliche Widerwillen von Lukas' Stieftochter und ihre Furcht würden sie beide wenigstens etwas für den Ausgang des Tjostes entschädigen.

»Ich will dieses Weib nicht ständig in meiner Nähe haben«, zischte Sophia ihrem Mann zu. »Sie ist mir unheimlich!«

Albrecht war nicht bereit, das mit seiner Gattin zu erörtern. »Ihr werdet meine Entscheidungen nicht in Frage stellen!«, blaffte er sie an und fügte mit forderndem Blick hinzu: »Holt lieber ihren Rat ein, damit ich endlich zu einem Sohn komme!«

Diese Bemerkung brachte Sophia zum Verstummen. Doch Albrecht war noch nicht fertig. Ohne zu beachten, dass sie vor ihm zurückwich, neigte er sich noch näher zu ihr und sagte leise: »Wenn sie Euch unheimlich ist, so ist das ein Grund mehr, sie genau im Auge zu behalten.«

Die Menschenmenge auf dem Oberen Markt verlief sich auch nach dem Aufbruch des Hofstaates nicht so schnell. Die meisten wollten das Erlebte ausgiebig bereden und in Eindrücken schwelgen. Schließlich würde man so etwas nicht bald wieder zu sehen bekommen.

»Was für ein großartiges Fest!«

»Und er ist doch gar nicht so schrecklich, der neue Fürst, wie die Leute erzählt haben!«

»Habt ihr gesehen, wie schön seine Gemahlin ist?«

Solche Meinungen schwirrten von allen Seiten auf die kleine Gruppe an der Kesselmachergasse zu.

»Sie haben sich kaufen lassen für ein paar Silberlinge. Und wer zahlt den Preis dafür? Clara, die diesen Kerl heiraten musste!«,

stellte Guntram bitter fest. »Lasst uns beten, dass Lukas weiß, was er tut. Und dass es das wert ist ...«
»Seid doch leise!«, mahnte Anna erneut und drückte ihren Sohn an sich.
»Und ihr solltet auch ein bisschen weniger finster dreinblicken«, fügte Emma besorgt hinzu. »Wir können jetzt keinem mehr trauen als uns selbst.«
»Wenigstens eine gute Nachricht gibt es«, meldete sich Peter zu Wort, der urplötzlich wieder aufgetaucht war.
Verwundert blickten die anderen in sein grinsendes Gesicht.
»Wir haben die Beutelschneider geschnappt und dem Vogt übergeben. Dachte ich mir doch, dass ich sie bei solchem Gedränge am ehesten auf frischer Tat erwische. Damit hat Herr Lukas seinen Auftrag erfüllt, und die Ratsherren müssen nicht mehr die Einmischung des Vogtes fürchten.«
»Fürs Erste«, meinte Jonas, der Schmied und Ratsmann, missmutig und rieb sich den Nacken mit der schwieligen Hand. »Ich hoffe, Lukas hat wirklich einen guten Plan.«
Seine Freunde nahmen diese Worte verwundert auf. In all den Jahren war Jonas derjenige gewesen, der nie Zweifel daran hatte, dass Lukas sie selbst noch aus der schwierigsten Lage herausholen konnte.

Bei jeder Hochzeit, auf der sie bisher als Gast war, hatte sich Clara gefragt, wie es wohl mit dem Gebot der Keuschheit und Züchtigkeit zu vereinbaren sei, dass Braut und Bräutigam unter aller Augen splitterfasernackt ins Brautbett gelegt wurden.
Das jetzt als Jungvermählte selbst zu erleben, übertraf ihre schlimmsten Erwartungen. Zumal sie wusste, dass ein beträchtlicher Teil der Zeugen voller Häme darauf wartete, wie ihr Ehemann ihr im Bett Gehorsam beibrachte. Deshalb war ihr Aufbruch von der Tafel auch in beinahe unschicklicher Hast befohlen worden.

Durch ein Bestechungsgeld – bereits dafür beiseitegelegt, bevor er Thomas den Rest seiner Barschaft mitgab – hatte Lukas bewirken können, dass die Kammerdame, die seine Stieftochter entkleidete, ihr das lange kastanienbraune Haar nach vorn strich, damit wenigstens ihre Brüste halbwegs bedeckt waren.

So standen sie sich nun ohne Kleider gegenüber, sie und ihr Bräutigam, jeder an einer Seite des Ehebettes, und an die drei Dutzend Menschen drängten in die Kammer, um sich ja nichts entgehen zu lassen.

»Könnt Ihr beim Anblick Eurer Gemahlin etwas erkennen, das dem Vollzug der Ehe entgegenspricht?«, fragte der Kaplan. Niemand außer Lukas, der dafür gesorgt hatte, wusste, wieso er und nicht Pater Sebastian das Brautbett segnete.

Als Reinhard mit seiner dunklen Stimme verneinte, rief ein Witzbold von hinten, seine Reaktion spräche wohl eher für einen Vollzug der Ehe, und zwar schleunigst. Die Hochzeitsgäste lachten, viele hämisch, manche gutgelaunt oder auch schon angetrunken. Es waren die üblichen Späße bei solch einem Anlass.

»Könnt Ihr beim Anblick Eures Gemahls etwas sehen, das dem Vollzug der Ehe entgegenspricht?«, wurde nun auch Clara gefragt.

»Nein«, antwortete sie leise, während sie unter gesenkten Lidern Reinhards Glied betrachtete, das sich aufgerichtet hatte und ihr beängstigend groß vorkam. Wie soll das je in mich hineinpassen?, fragte sie sich.

Der Kaplan murmelte ein paar lateinische Worte und besprenkelte das Laken mit geweihtem Wasser.

Clara, die mittlerweile überall am Körper Gänsehaut hatte, und Reinhard wurden aufgefordert, das Bett zu besteigen.

Feierlich zog die Kammerfrau die zurückgeschlagene Decke über das Brautpaar.

Reinhard sagte kein Wort, sondern schaute nur zu Elmar.
Der seinerseits gab sich ungewohnt leutselig. »An der Bereitschaft des Bräutigams besteht kein Zweifel«, sagte er unter dem Gelächter der Anwesenden. »Lassen wir ihn seine Pflicht erfüllen, während der Brautvater auf der Burg mit uns darauf anstößt, dass er in neun Monaten einen Enkel bekommt.«
Elmar zwirbelte seine Bartspitzen hoch, schob mit herablassender Geste die Beobachter hinaus und schloss die Tür.
Fragend sah Clara zu ihrem frisch angetrauten Gemahl. Der bedeutete ihr, still zu sein, und rührte sich selbst kein bisschen. Nach einer Weile klatschte er in die Hände – so laut, dass Clara zusammenschrak.
»Ihr solltet jetzt laut schreien und jammern«, raunte er ihr zu.
Seine Braut starrte ihn an, als hätte er den Verstand verloren.
»Sie haben verabredet, Lukas in die Halle zu führen, weil er nicht dulden würde, dass ich Euch schlage. Aber ein paar von ihnen werden zurückkommen. Sie wollen als Lauscher an der Tür miterleben, wie ich Euch züchtige. Das ist ihre späte Rache an Euerm Vater.«
Geistesgegenwärtig begann Clara zu schreien und zu wimmern, während Reinhard wieder und wieder in die Hände klatschte.
»Nein, Herr, nein, bitte hört auf … Ich werde auch gehorchen …«, wehklagte sie.
Reinhard antwortete mit ein paar gebrüllten Drohungen, bis Claras Wimmern leiser wurde und verstummte.
Wieder schwiegen sie beide, immer noch starr nebeneinander im Bett sitzend, die Decke über die Leiber gezogen.
Sie hörten ein leises Kichern und dann ein Schlurfen vor der Tür; anscheinend gingen die Lauscher davon.
Nun verstand Clara Reinhards Sorge.
Sie war verstört von dieser Vorstellung mit den vorgetäuschten Prügeln. Jetzt von einem Moment zum anderen zu Vertraulichkeiten überzugehen, erschien ihr völlig unmöglich.

Er weiß viel über die Pläne unserer Feinde, überlegte sie mit wachsendem Misstrauen. Beunruhigend viel.

Ihr Mann stand auf und füllte Wein in einen Becher. Sie konnte sehen, dass sich sein inzwischen erschlafftes Geschlecht wieder aufzurichten begann.

Ohne die geringste Verlegenheit über seine Nacktheit hielt er ihr den Becher hin. Es war ein Zinngefäß, das die Wärme hielt, und der heiße Würzwein, den sie schneller trank, als gut sein konnte, vertrieb wenigstens die innere Kälte.

»Und nun?«, fragte sie verunsichert, als er wieder ins Bett stieg.

Reinhard nahm ihr den Becher aus der Hand und stellte ihn ab.

»Jetzt werden wir die Ehe vollziehen – ohne Lauscher.«

Mühelos zog er sie an sich und legte ihr eine Hand um den Nacken, um sie zu küssen. Mit der anderen umfasste er ihre Brust besitzergreifend.

# ZWEITER TEIL

## *In der Fremde*

## Ende Mai 1189 in Pressburg

Sprachlos starrten Thomas und Roland von einem Hügel hinab auf das kaiserliche Heerlager an der Donau. Obwohl sie sich bereits innerlich auf eine riesige Menschenansammlung vorbereitet hatten, übertraf das Bild, das sich ihnen darbot, ihre blühendsten Phantasien.

Die ganze südöstliche Ebene vor Pressburg war mit Menschen gefüllt, die aus der Ferne winzig wirkten. Die Marktsiedlung am Flussufer verschwand beinahe hinter der Vielzahl der Zelte und Feuerstellen, an denen das Wallfahrerheer lagerte. Tausende Pferde grasten auf den Koppeln. Am Ufer hatte eine ganze Flotte angelegt. Banner in leuchtenden Farben flatterten im Wind. Auf einem Hügel hoch über dem Fluss erhob sich die größte Burg, die Thomas je gesehen hatte.

»Was schätzt du, wie viele Leute das sind?«, fragte er überwältigt und wies auf die gewaltige Zeltstadt.

»Es heißt, der Kaiser soll von Regensburg aus mit fünfzehntausend oder sogar zwanzigtausend Mann aufgebrochen sein«, meinte Roland und konnte selbst sein Staunen kaum verbergen. »Das hier scheinen mir noch mehr zu sein. Aber wer kann das schon sagen?«

»Es wird Wochen dauern, bis wir Graf Dietrich in dieser Menge gefunden haben!«, stöhnte Thomas.
»Ein Grund mehr, mit der Suche zu beginnen«, erwiderte Roland und verzog das Gesicht. Ein Windstoß hatte gerade den Gestank der Latrinengräben, die um das Lager gezogen waren, zu ihnen getragen.
Beide setzten ihre Pferde vorsichtig wieder in Bewegung, um sich den Weg durch die ungeheure Menschenmenge zu bahnen. Mit einem unbehaglichen Gefühl sah Thomas an sich herab. Sie würden jetzt der Blüte der deutschen Ritterschaft begegnen, den tapfersten und edelsten Männern des Kaiserreiches. Und er – noch nicht einmal ein Ritter, mit staubigen Stiefeln, zerzausten Haaren und einem Umhang, der unterwegs ziemlich gelitten hatte – ritt nun auf einem Hengst ins Lager, der Männern von höchstem Stand vorbehalten sein sollte. Er führte nicht einmal ein Wappen, war einfach ein namenloser Knappe, während Roland immerhin die Farben des Hauses Wettin trug. Und dass sie im Gegensatz zu allen anderen nicht die zwei gekreuzten roten Streifen auf dem Umhang trugen, machte sie zu Außenstehenden in dieser großen, beeindruckenden Gesellschaft.
Ein Glück, dass Reinhard mich nicht sieht – das Großmaul ist ganz kleinlaut geworden, dachte Thomas.
Je näher sie den ersten Zelten kamen, umso mulmiger wurde ihm zumute. Zum Glück ritt Roland voran.
»Wo lagert der Graf von Weißenfels?«, fragte er den Ersten, der ihnen entgegenlief.
»Graf wer? Hier gibt es fast drei Dutzend Grafen!«, antwortete der Mann achselzuckend.
Roland ließ sich von der Antwort nicht entmutigen und hielt Ausschau nach einem gelb-schwarzen Banner.
Thomas sah eines ein ganzes Stück links voraus im Wind flattern, doch dann erkannte er, dass darauf kein Löwe, sondern ein

Huhn abgebildet war. Das nächste gelb-schwarze Wappen, das er entdeckte, trug auf einer Seite dicke Balken, auf der anderen etwas Längliches, das sich auf die Entfernung nicht erkennen ließ, das übernächste gekreuzte Streifen.

Bald kam es ihm so vor, als würden sie schon den halben Tag durch das Heerlager reiten. Zum Glück wurde Thomas selbst kaum beachtet. Wenn überhaupt jemand sie zur Kenntnis nahm, richtete er das Augenmerk auf Roland, der voranritt.

Hier sind nur Ritter und niedere Gefolgsleute, überlegte Thomas, während er das Treiben um sich herum aufmerksam beobachtete. Ihre Anführer werden vermutlich beim Kaiser sein, vielleicht bei einem Gottesdienst oder Mahl.

Es waren tatsächlich keine Frauen im Lager, zumindest nicht in diesem Teil. Entgegen seinen früheren Zweifeln schienen eiserne Zucht und Ordnung zu herrschen. Er sah keine Betrunkenen, keine Raufereien. Die einzigen Schmerzensschreie kamen von einem Mann linker Hand, dem ein Bader mit viel Kraftaufwand einen Zahn zu ziehen versuchte, wobei die zahlreich versammelten Zuschauer nicht mit Bemerkungen geizten.

Allmählich gab Thomas den Gedanken auf, Graf Dietrich heute noch zu finden. Bald würde es dunkel werden, und sie konnten nicht mehr durch das Lager reiten, ohne über Zeltschnüre zu stolpern. Dann mussten sie sich zum Quartiermeister durchfragen. Aber der würde vermutlich Dringenderes zu tun haben, als zwei Unbekannten, die nicht einmal dem kaiserlichen Heer angehörten, Auskünfte zu erteilen.

»Dietrich von Weißenfels? Der Wettiner?«

Diese Antwort eines vollständig gerüsteten Mannes, an den sich Roland gerade gewandt hatte, lenkte Thomas' Aufmerksamkeit jäh nach vorn.

»Haltet Euch links, noch etwa eine Viertelmeile, genau in Richtung des Kirchturms. Reitet vorbei an den Männern des Grafen

von Holstein und denen des Herzogs von Meran. Dann stoßt Ihr auf sein Lager. Gleich gegenüber steht das des Bischofs von Meißen.«
Roland bedankte sich für die Auskunft und lenkte seinen Rappen in die angewiesene Richtung.
Endlich erreichten sie eine Gruppe von Zelten, die mit Lanzenwimpeln in den wettinischen Farben geschmückt waren. Neben dem größten war das meißnische Löwenbanner aufgepflanzt. Erleichtert saßen beide jungen Männer ab.
»Gott schütze Euch! Wir kommen aus der Mark Meißen mit wichtiger Nachricht für Graf Dietrich«, wandte sich Roland an einen kräftigen älteren Ritter, der gerade ein paar Knappen und Reitknechte anwies, Feuerholz heranzuschaffen.
Der Graubart drehte sich zu ihm um und musterte ihn kurz. »Der Graf ist beim Kaiser. Seine Majestät gibt zusammen mit seinen Söhnen, König Heinrich und dem Herzog von Schwaben, ein Festmahl für die Gesandten des Königs von Ungarn. Ihr werdet hier warten müssen, bis er zurückkommt. Vielleicht bis morgen früh.«
»Das können wir nicht!«, platzte Thomas heraus. »Es ist wirklich dringend!«
Missbilligend sah der Ältere zu Roland – wahrscheinlich, damit der seinen vorlauten Knappen zurechtwies.
»Diese hitzköpfigen jungen Burschen!«, knurrte er und funkelte dann Thomas an. »Hast du nicht gehört: Der Graf ist beim Kaiser! Es gibt keine Nachricht, die wichtig genug sein könnte, um ihn da herauszuholen – ausgenommen, die himmlischen Heerscharen steigen herab, oder Saladin höchstselbst taucht hier auf, um ihm Jerusalem zu schenken. Wenn dir deine Lehrmeister auch nur einen Funken höfischen Benehmens beigebracht hätten, wüsstest du, dass der Graf die Tafel nicht verlassen darf, bevor unser Herr Kaiser sie aufhebt.«
»Können wir ihm eine Nachricht zukommen lassen?«, erkun-

digte sich Roland, wobei er sich alle Mühe gab, nicht ungeduldig zu wirken. So lange waren sie unterwegs gewesen, hatten ihre Pferde über das Gebirge, quer durch Böhmen bis hierher gehetzt – und nun wurden sie ihre Botschaft nicht los, weil Ottos Sohn an der Tafel des Kaisers festsaß. Dabei konnten sie es gar nicht erwarten, mit der Ungeheuerlichkeit herauszuplatzen und zu sehen, was dann geschah.

»Das ist unmöglich!«, erklärte der graubärtige Ritter. »Niemand darf den Kaiser stören, wenn er mit den königlichen Gesandten speist.« Mit gedämpfter, aber bedeutungsschwerer Stimme fuhr er fort: »Es geht um eine mögliche Verlobung des Herzogs von Schwaben mit der jüngsten Tochter König Belas. Dafür ist vieles zu bereden. Also rechnet nicht vor dem Morgengrauen mit dem Grafen!«

Er musterte die beiden jungen Männer gründlicher, sah ihre gute Ausrüstung, die edlen, aber verschwitzten Pferde, die Anspannung in ihren Gesichtern. Etwas an Thomas ließ ihn stutzen; doch vor allem schien es der Rappe zu sein, der seine Aufmerksamkeit auf sich zog.

»Wie es aussieht, seid ihr lange und schnell unterwegs gewesen«, stellte er fest und stemmte die Arme in die Hüften. »Wollt ihr euch nicht endlich vorstellen, damit ich weiß, wen ich ankündige, wenn der Graf inzwischen hier auftauchen sollte?«

»Roland von Muldental und Thomas von Christiansdorf.«

»Christiansdorf? Dachte ich mir's doch!«, rief der Alte. Ein Lächeln zog über sein faltenzerfurchtes Gesicht. »Du bist Christians Sohn, nicht wahr? Im ersten Augenblick dachte ich, er sei aus dem Grab auferstanden und stünde leibhaftig vor mir – mitsamt seinem Pferd.«

»Ihr kanntet meinen Vater?«, fragte Thomas und hielt den Atem an.

»Ja. Guter Mann. Wirklich schade um ihn.« Der Alte bekreuzigte sich.

Am liebsten hätte Thomas ihn sofort mit Fragen über seinen Vater überhäuft. Doch er hielt sich zurück, um nicht unverschämt oder eitel zu erscheinen.
Der Graubart stellte sich ihnen als Wiprecht von Starkau vor, einer der Lanzenführer in Dietrichs Kontingent.
»Stellt eure Pferde auf die Koppel dort«, wies er die Neuankömmlinge an und deutete nach vorn.
Roland bedankte sich. Sie sattelten ihre Hengste ab, entluden die Packpferde und führten die Tiere zur Koppel.
»Ist das nicht zum Haare raufen?«, stöhnte Thomas leise, als sie weit genug gegangen waren, um von den anderen nicht gehört zu werden. »Da finden wir endlich Graf Dietrichs Lager, und nun müssen wir warten, bis er vom Festmahl kommt. Das kann morgen früh sein, und sicher ist er sturzbetrunken, weil er zu oft auf die geplante Vermählung anstoßen musste.«
Roland stöhnte auf und stieß ihm zwischen die Schulterblätter. »Hast du denn gar nichts gelernt über Benehmen bei Hofe?«, ermahnte er den Freund mit gequältem Gesichtsausdruck.
»Wie denn?«, gab Thomas sofort zurück. »Elmar hat mich doch jedes Mal auf dem Burgberg gelassen, wenn ihr Otto zu Hoftagen begleitet habt. Als Strafe für … na, da ist ihm jedes Mal etwas Neues eingefallen.«
»Und ich schätze, jedes zweite Mal war es verdient«, meinte Roland grinsend. »Also hör zu und lerne von einem erfahrenen Mann, Knappe: Es wäre äußerst unklug, sich in Gegenwart des Kaisers zu betrinken. Zum einen, weil dies das Auge des Erhabenen beleidigen könnte und der ritterlichen Tugend des Maßhaltens widerspricht. Vor allem aber, weil es jemandes *Ohr* beleidigen könnte. Solche Gesellschaft ist keine fröhliche Runde unter Freunden, sondern eine durch und durch heikle Angelegenheit. Ein einziges unbedachtes Wort, einmal entschlüpft, kann verhängnisvolle Folgen haben.«
»Hätte ich mir denken sollen«, brummte Thomas und winkte

einen Knecht herbei, ihnen etwas Stroh zu besorgen, damit sie die Pferde trockenreiben konnten. »Und ehrlich gesagt, kann ich mir Dietrich als Trunkenbold auch nicht vorstellen. Er wirkt ziemlich besonnen und edel, nicht wahr? Ein Vorbild für jeden tugendhaften Ritter.«

»Er *ist* edel, allein durch seine Geburt«, berichtigte ihn Roland.

»Das ist Albrecht auch«, fiel ihm Thomas ins Wort. »Was ihn nicht daran hindert, ein ehrloser, hinterhältiger ...«

»Behalte das lieber für dich, wir sind hier nicht allein!«, ermahnte ihn Roland harsch. »Und was Dietrich als Vorbild betrifft – ich schätze, das ist auch der Einfluss deines Vaters, nicht wahr?«

Nachdem die Pferde versorgt waren, gingen Thomas und Roland zurück ins wettinische Lager. Dort wurde inzwischen Essen ausgeteilt. Sie beeilten sich, um das Tischgebet nicht zu versäumen, dann bekamen auch sie eine Ration und aßen gemeinsam mit den anderen unter einem aufgespannten Leinentuch.

Wiprechts Vorschlag, sich nach dem Essen schlafen zu legen, lehnten sie einmütig ab. Sie mussten ihre Botschaft unbedingt noch diese Nacht loswerden. Also setzten sie sich zu dem Lanzenführer ans Feuer und ließen sich von der feierlichen Zeremonie berichten, mit der hier vor Pressburg der Kaiser seinem älteren Sohn, König Heinrich, die Regentschaft für die Zeit seiner Abwesenheit übertragen hatte. Über die Neuigkeiten aus der Mark Meißen verloren sie kein Wort, so schwer es auch fiel. Dietrich sollte als Erster erfahren, was geschehen war, und entscheiden, was zu unternehmen war.

Wie sich herausstellte, kannte der alte Ritter auch Rolands Vater Raimund und Lukas.

»War mit ihnen dabei, als wir im Krieg gegen den Welfenherzog Haldensleben belagerten ... Die fürchterlichste Belagerung, die ich je erlebt habe. Ein nasskalter Oktober, wir stecken in einem Torfmoor, starren auf die uneinnehmbare Burg, und dann brennen uns diese Bastarde das Moor unter den Füßen ab. Zu allem Überfluss führt einer unserer Verbündeten, der Erzbischof von Köln, auch noch das übelste Söldnerheer der christlichen Welt zu uns. Christian hat sich mit deren Anführer angelegt, sehr mutig. Graf Dietrich war damals noch Knappe deines Vaters. Im Lager des Magdeburger Burggrafen wirst du einen finden, der mit ihnen zu einem gefährlichen Auftrag ausgeschickt wurde. Wir können ihn morgen suchen, wenn ihr nicht gleich weitermüsst, Gerolf ist sein Name …«

Warum hat mir Lukas nie davon erzählt?, dachte Thomas bei sich und hörte nur mit halbem Ohr zu, als Wiprecht erklärte, der Kaiser habe vor seinem Aufbruch Heinrich den Löwen vor die Wahl gestellt, ihn entweder auf seiner Wallfahrt zu begleiten, auf einen Teil seines Besitzes zu verzichten oder erneut ins Exil zu gehen.

Mit Lukas war Thomas in gutem Einvernehmen, aber er scheute sich aus irgendeinem Grund, ihn nach seinem Vater zu fragen. Und seine Mutter würde solch ein Gespräch nur zum Weinen bringen, selbst wenn sie versuchte, diese Tränen in seiner Gegenwart zu verbergen.

Die Erinnerung war noch so frisch, als sei es gerade erst geschehen: wie er und sein Bruder Daniel vom Fenster der Freiberger Burgkapelle aus hilflos zusehen mussten, wie ihr Vater starb. Und wie sie später neben seinem aufgebahrten Leichnam standen und Lukas ihnen ins Gewissen redete, sich Albrecht gegenüber nicht anmerken zu lassen, dass sie *ihn* für den wahren Mörder hielten.

Der Gedanke, hier im Heerlager auf Männer zu treffen, die ihm etwas über seinen Vater erzählen konnten, die sogar gemeinsam mit ihm gekämpft hatten, hielt Thomas hellwach. Vermutlich kannte Graf Dietrich, der die letzten vier Jahre seiner Knappenzeit bei Christian verbracht hatte, ihn von allen hier am besten. Doch er konnte ihn nicht danach fragen, sofern er nicht selbst davon begann.

»Also ging der Löwe wieder nach England. Im Kaiserreich durfte er nicht bleiben, da hätte er nur neue Unruhe gestiftet«, verkündete Wiprecht gerade und riss Thomas damit aus seinen Überlegungen.

Mittlerweile war es tiefe Nacht. Im Lager waren nur noch verhaltene Stimmen zu hören, dazu das Knistern der Flammen, kräftiges Schnarchen von mehreren Seiten und gelegentlich ein Schnauben oder Stampfen von der Koppel.

Thomas unterdrückte ein Gähnen, als er sah, dass sich ein paar Männer im Fackellicht näherten. Er reckte sich empor, um Ausschau zu halten, und hieb seinem Freund in die Rippen. Sofort standen sie und Wiprecht auf.

Dietrich wirkte nicht, als ob er von einem glanzvollen Festmahl käme. Er schien eher ernst als gelöst und alles andere als betrunken.

Der Graf von Weißenfels, Ottos jüngerer Sohn, war siebenundzwanzig Jahre alt, schlank, er hatte dunkles Haar wie einst sein Vater, und die Ähnlichkeit mit seinem knapp drei Jahre älteren Bruder war unverkennbar. Doch seine Züge wirkten beherrscht, nicht arrogant wie Albrechts.

Die beiden jungen Männer knieten vor ihm nieder.

»Graf, Roland von Muldental und Thomas von Christiansdorf mit dringender Nachricht aus Meißen«, kündigte Wiprecht an.

Thomas sah, wie schlagartig alle Müdigkeit aus dem Gesicht von Ottos Sohn wich. Dietrich war wohl klar, dass sie keine gute Botschaft überbrachten. Mit einer Geste forderte er Roland und Thomas auf, sich zu erheben und ihn in sein Zelt zu begleiten.

Clara! Ist ihr etwas geschehen? Das war Dietrichs erster bestürzter Gedanke, als er erkannte, wer dort auf ihn wartete. Doch schnell verdrängte er seine Besorgnis. Niemand sonst wusste von ihrer heimlichen, unerfüllten Liebe.

Waren die beiden Hitzköpfe von zu Hause ausgerissen, um sich dem Heerzug ins Heilige Land anzuschließen? Zuzutrauen wäre es ihnen. Doch dafür blickten sie zu düster drein. Also musste er sich wohl eher Sorgen um seinen Vater und seine Mutter machen.

Schon die ersten Worte von Raimunds Sohn bestätigten diese Vermutung.

Schweigend hörte sich Dietrich an, was auf Burg Döben geschehen war, während er in Gedanken bereits abwog, wie er auf den Handstreich seines Bruders reagieren konnte.

»Ich beschaffe euch beiden morgen eine Audienz beim Kaiser«, entschied er. »Ihr werdet ihm die Bitte meiner Mutter um Beistand übermitteln.«

Als Thomas ihn verwundert ansah – schließlich hatte ihnen die Markgräfin nichts dergleichen ausgerichtet –, erklärte Dietrich: »Ich selbst kann und will mich in diese Auseinandersetzung nicht mit Waffen einmischen. Ich muss mein Wallfahrergelübde erfüllen und darf nicht einfach umkehren. Außerdem ist mir mein Bruder an Truppenstärke deutlich überlegen – erst recht, wenn unser Oheim Dedo auf seiner Seite steht. Ihr kommt gerade noch rechtzeitig, um dem Kaiser den Fall vortragen zu können. Übermorgen bricht Friedrich von hier auf, und fortan wäre der König zuständig. Von Heinrich dürfen wir keine Hilfe erhoffen; er hält große Stücke auf meinen Bruder. Aber der Kaiser wird nicht dulden, dass ein Sohn die Hand gegen den Vater erhebt, um sich ein kaiserliches Lehen zu erpressen.«

Ohne sich etwas von seinen Gedanken ansehen zu lassen, sagte er: »Lasst euch einen Schlafplatz zuweisen und ruht aus. Es ist spät. Und ihr habt viel gewagt.«

Als die zwei sich erhoben und gehen wollten, hielt er sie noch einen Moment zurück.
»Weißt du, Thomas, dass du deinem Vater immer ähnlicher siehst?«
Der junge Mann lächelte flüchtig. »Ja, Graf. So sagt man.«
Und deine Schwester ist das jüngere Abbild deiner Mutter, hätte Dietrich am liebsten hinzugefügt.
»Wie geht es deiner Mutter und deiner Schwester?«
»Sie sind wohlauf. Jedenfalls waren sie es, als wir aufbrachen.«
Thomas wog kurz ab, ob er von der Hochzeit erzählen sollte, die inzwischen stattgefunden haben musste. Doch vermutlich war Graf Dietrich an solchen Einzelheiten nicht interessiert.
Er wollte nicht noch Salz in Rolands blutende Wunde streuen. Vielleicht hatten sie zu Hause doch einen Ausweg gefunden, um die Hochzeit aufzuschieben.
Dietrich erkannte, dass Christians Sohn etwas sagen wollte, sich dann aber anders entschied. Ein unbestimmtes Gefühl hielt ihn davon ab, nachzufragen. So dachte er nur: Was du auch gerade tust, Clara, Gott möge dich beschützen!
Wohl zum tausendsten Mal fragte er sich, ob es richtig war, das Kreuz zu nehmen, statt zu bleiben und Clara zu seiner Geliebten zu machen, bis er irgendwann eine Ehe aus Vernunft eingehen musste. Doch sosehr er sie auch in den Armen halten wollte – es wäre ehrlos, sie in sein Bett zu holen, ohne sie zu heiraten. Dann würde er auch Christian im Jenseits nicht in die Augen sehen können.
Aufgewühlt von Erinnerungen und um Künftiges kreisenden Gedanken, ging er zu Bett. In dieser Nacht würde er wohl nicht so bald Schlaf finden.

## *König und Kaiser*

Eine Audienz beim Kaiser zu bekommen, war keine einfache Sache, selbst wenn ein Sohn des mächtigen Hauses Wettin darum bat. Diese Erfahrung mussten Thomas und Roland am nächsten Tag machen.

Zwar herrschte trotz des Festmahls am Vorabend bereits seit dem frühen Morgen reges Treiben vor dem farbenprächtigen Prunkzelt Friedrichs von Staufen, dennoch hieß es für sie und Graf Dietrich den halben Tag zunächst: warten.

»Soll der Kaiser erst alle drängenden Angelegenheiten regeln, damit er sich geduldig anhört, was ihr zu berichten habt«, erklärte Dietrich den beiden jungen Männern, der selbst keine Eile zu haben schien – und falls doch, ließ er es sich nicht anmerken. Stattdessen nutzte er die Zeit des Wartens dazu, sich weitere Einzelheiten über das jüngste Geschehen in der Mark Meißen berichten zu lassen.

Als er dabei von Claras geplanter Hochzeit hörte, war ihm zumute, als würde ein glühendes Eisen in sein Herz gebohrt. Ich habe sie im Stich gelassen, dachte er bestürzt. *Ich* hätte sie heiraten sollen – ganz gleich, ob es gegen alle Sitten und jegliche Vernunft verstößt!

Doch Clara selbst war es gewesen, die ihm diesen Gedanken ausgeredet hatte. Ihr werdet einmal Krieg gegen Euren Bruder führen müssen, hatte sie mit der ihr eigenen, besonderen Voraussicht gesagt. Dazu braucht Ihr einen mächtigen Schwiegervater als Verbündeten, sonst seid nicht nur Ihr verloren, sondern auch die Menschen in Eurem Land!

Claras bedrückende Vision, wie das Land um Weißenfels in einem blutigen Krieg in Flammen aufging, war letztlich der Grund, weshalb er auf sie gehört und verzichtet hatte. Um sie sich aus dem Herzen zu reißen, war er auf Pilgerfahrt gegangen – und um hier im Kampf Verbündete für kommende Zeiten zu finden.

Als Trost blieb ihm nur, dass Lukas und Marthe sicher gut ausgewählt hatten, wem sie ihre Tochter anvertrauten. Ich hoffe, du wirst glücklich, Clara!, dachte er voller Schmerz und Wehmut.

Da Dietrich eine ganze Weile nichts mehr gefragt hatte und in Gedanken versunken wirkte, schien Thomas die Gelegenheit günstig, selbst eine Frage loszuwerden, die ihn seit dem Abend beschäftigte.

»Ist es wahr, was man sich erzählt: dass der König von Ungarn verlangt, alle Angelegenheiten *schriftlich* einzureichen, mit denen er sich befassen soll?«

Wiprecht hatte das behauptet, aber dies erschien ihm schlichtweg unglaublich. Bei solchem Bedarf an Pergament dürfte es in Ungarn weder Zicklein noch Lämmer geben!

Graf Dietrich lächelte verhalten. »Ja, das ist so eine Eigenart Seiner Majestät. Es fällt mir zwar schwer, vorzustellen, dass sich das auch anderswo durchsetzt. Aber vermutlich will er damit erreichen, dass jedermann wirklich gründlich überlegt, ob er den König mit seinem Anliegen behelligt.«

Die Sonne stand schon hoch am Himmel, als ein Mann in kostbarer Rüstung aus dem Prunkzelt kam und die drei aufforderte, vor dem Kaiser zu erscheinen. Sie gaben die Waffen vor dem Eingang ab und betraten das farbenprächtige, mit Goldfäden durchwirkte Zelt, das innen in mehrere Kammern unterteilt war.

Zum ersten Mal seit vielen Jahren sah Thomas nun den Kaiser Friedrich von Staufen, und noch nie war er ihm so nah gewesen. Zu den meisten Hoftagen hatte er Otto nicht begleiten dürfen – auf ausdrückliche Weisung Elmars, der die Wachen und Begleitmannschaften einteilte und schon dafür sorgte, dass Christians Sohn keine Gelegenheit bekam, sich zu bewähren oder gar irgendwelche Lorbeeren zu verdienen.

Herr im Himmel, sag, dass ich nicht träume!, dachte Thomas, während er niederkniete und den Kopf senkte. Ich bin nur zehn Schritte vom Kaiser entfernt, dem größten Herrscher der christlichen Welt!

Zum ersten Mal war er froh, dass er Knappe war, während sein Freund schon zum Ritter ernannt worden war. So würde nun Roland sprechen. Aber auch diesem – viel reifer geworden in dem Jahr seit seiner Schwertleite – schien auf einmal ein Kloß im Hals zu sitzen.

Friedrich von Staufen war ein beeindruckender Mann, und das lag nicht nur an den prachtvollen Gewändern und dem Prunk um ihn herum: den golddurchwirkten Wandbehängen, dem reichverzierten Thronsessel, dem mit Edelsteinen besetzten Pokal, den ihm der Mundschenk reichte, den würdevoll blickenden Männern seines engsten Gefolges. Trotz der weißen Haare und seiner fast siebzig Jahre wirkte nichts an Friedrich von Staufen schwach. Ihm schienen weder die Nächte im Zelt noch die Tage im Sattel etwas auszumachen.

Vielleicht ist es ja der Gedanke, für die Sache Gottes seinen Lebenskreis zu schließen, dachte Thomas ungewohnt grüblerisch. Er wusste, dass Friedrich von Staufen als Fünfundzwanzigjähriger unter König Konrad bereits an einem Kriegszug ins Heilige Land teilgenommen hatte und dabei schnell zum eigentlichen Befehlshaber geworden war, auch wenn natürlich der König den deutschen Heerbann anführte. Allerdings wurde dieser Heerbann schon unterwegs fast völlig aufgerieben, schaffte es unter großen Verlusten bis Antiochia, musste die Belagerung von Damaskus abbrechen und letztlich unverrichteter Dinge abziehen, ohne Jerusalem je gesehen zu haben.

War es der Traum von der Heiligen Stadt und dem Grab Jesu, der den Kaiser nun noch einmal mit solcher Kraft erfüllte? Oder der Traum von der Krone? Er wäre ein wahrhafter König von Jerusalem.

Oder lag es in seiner Natur, allen Mächten zu trotzen, sogar dem Alter? Dietrichs Stimme riss Thomas aus seinen verschlungenen Gedanken.

»Majestät, meine Mutter, die Fürstin von Meißen, sandte mir Boten mit beunruhigender Nachricht aus der Mark. Sie ist in einer verzweifelten Lage und wusste sich keinen anderen Rat, als Euch um Eingreifen zu bitten, bevor Ihr weiterzieht, um Jerusalem zurückzuerobern.«

Verstohlen wagte Thomas einen Blick auf den Kaiser, der die Augenbrauen hochzog angesichts dieser Einleitung, und dann auf dessen Söhne, die neben ihrem Vater standen.

König Heinrich, der ältere von beiden, wirkte gelangweilt, der junge Herzog von Schwaben dagegen, der kaum zwei Jahre älter war als Thomas, angespannt und in Gedanken weit weg.

Friedrich von Schwaben hatte wie sein Vater das Kreuz genommen. Sein älterer Bruder jedoch war nur hierhergekommen, um den Vater zu verabschieden und sich die Regentschaft übertragen zu lassen. Wenn morgen das Heer weiterzog, würde er über das Kaiserreich herrschen, bis sein Vater zurückkam. Falls sein Vater zurückkam.

Unter gesenkten Lidern musterte Thomas den vierundzwanzigjährigen König, der nichts von der würdevollen Ausstrahlung seines Vaters besaß, sondern grausam und gefährlich wirkte und sich nicht die geringste Mühe gab, das zu verbergen.

Der Allmächtige behüte uns, dachte Thomas, wenn Albrecht die Mark Meißen regiert und Heinrich das Kaiserreich.

Auf der anderen Seite des Thrones standen der kaiserliche Marschall Heinrich von Kalden und sein Truchsess Markward von Annweiler.

In Gedanken bedauerte Thomas den Freund angesichts der Aufgabe, vor all diesen bedeutenden Männern das ungeheuerliche Geschehen auf Burg Döben irgendwie in schmückende Worte zu fassen, um in der höfischen Gesellschaft kein Missfallen zu erregen.

Aber entweder fand Roland keine schmückenden Worte, oder er war der Meinung, die Sache sollte nicht verharmlost werden. Jedenfalls brachte er die Angelegenheit geradeheraus und mit einem einzigen Satz zur Sprache.

»Fürst Otto, Euch treu ergebener Markgraf von Meißen, wird auf Burg Döben von seinem erstgeborenen Sohn Albrecht gefangen gehalten, der so die Herrschaft über die Mark erzwingen will.«

Im ersten Moment schien es, als reagiere niemand auf diese Worte. Alle Anwesenden wirkten wie erstarrt. Dann sah Thomas, wie das Gesicht des Kaisers zuckte.

»Der Sohn lehnt sich gegen den Vater auf? Gegen Gottes Gebot?!«

Für einen beinahe Siebzigjährigen hatte der Kaiser eine bemerkenswert kraftvolle Stimme – und der Zorn darin war unverkennbar.

Es wird nicht der erste machthungrige Sohn sein, der nicht abwarten kann, bis sein Vater ihm das Erbe übergibt, dachte Thomas mit jäh aufflackerndem Zynismus. Aber es sollte ihm nur recht sein, wenn Albrechts Handeln den Kaiser so aufbrachte. Vielleicht schickte er ihn in die Verbannung und schloss ihn von der Erbfolge aus. Das wäre ihrer aller Rettung.

Verstohlen ließ er seine Blicke zwischen dem Kaiser und dem König hin- und herschweifen.

»Das ist … ungeheuerlich!«

Friedrich von Staufen, der als Vorbild an Beherrschung und höfischem Benehmen galt, schlug den Pokal mit der Hand beiseite, den der Schenk ihm reichen wollte, und umklammerte die verzierten Armstützen des Sitzes, bis seine Fingerknöchel weiß wurden.

»Auflehnung! Gegen Gottes Ordnung! Gegen *meine* Befehle!«, rief er und stemmte sich halb hoch. »Ich sollte ihn als Landfriedensbrecher hinrichten lassen! Kaum bin ich aus dem Land, glaubt er, ungestraft nach den Lehen greifen zu können, die *ich* zu vergeben habe.«

Niemand sagte ein Wort. Wahrscheinlich – so zumindest erschien es Thomas – waren auch die engsten Vertrauten des Kaisers erschrocken über diesen Zornesausbruch.

Nach schier endlos wirkendem Schweigen räusperte sich der König und fragte mit merkwürdig schleppender Stimme in die Stille hinein: »Hatte denn Euer Bruder Anlass zu … solchem Benehmen, Graf Dietrich? Wie ich hörte, bedrängt Eure Mutter ihren Gemahl schon seit langem, Euch gegenüber seinem Erstgeborenen vorzuziehen. Nun steht Ihr hier und führt Klage gegen Euren Bruder. Es käme Euch doch sehr gelegen, wenn Seine Majestät, der Kaiser, ihn bestrafte … zu Euren Gunsten. Nicht wahr?«

Nun wurde Thomas erst zur Gänze bewusst, in welch heikler Lage sich Dietrich befand. Er durfte seinen Vater nicht im Stich lassen, doch er konnte ihm auch nicht zu Hilfe eilen. Seine einzige Möglichkeit bestand darin, den Kaiser zum Eingreifen zu veranlassen. Wenn aber Dietrich selbst von den Ereignissen in der Mark Meißen berichtete, sah es so aus, als wolle er seinen Bruder in Verruf bringen. Deshalb also Hedwigs erfundene Bitte um Hilfe!

»Ihr seht mich *hier*, mein König, im Pilgerheer unseres Kaisers, Eures Vaters, und nicht auf dem Burgberg in Meißen, um dort die Herrschaft an mich zu reißen«, sagte Dietrich, immer noch kniend, zu Heinrich gewandt. Er lächelte höflich und breitete die Arme aus – eine entwaffnende Geste, fand Thomas, und sehr klug überlegt.

Der Kaiser hielt die Lehnen des Thrones immer noch umklammert, seine Kiefer malmten.

»Wir können das nicht dulden! Für Unsere Wallfahrt müssen Wir wissen, dass die Verhältnisse im Land geordnet sind – und nicht, dass es Beute von Räubern wird!«, rief er und winkte den

Schenken heran, der ihm eiligst den zuvor verschmähten Pokal reichte. Friedrich trank einen Schluck, um sich zu beruhigen.
Erst bei seinen letzten Worten war Thomas aufgefallen, dass der Kaiser anfangs auf den Pluralis Majestatis verzichtet hatte – so sehr muss ihn die Nachricht aufgebracht haben.
»Wir wünschen Einzelheiten zu hören!«
Auf einen Wink hin begann Roland, ausführlich zu berichten – davon, was sich auf Burg Döben zugetragen hatte, von Hedwigs Lage und dass Tote zu beklagen waren.
Mit regloser Miene hörte der Kaiser zu.
»Diese Angelegenheit verlangt nach Klärung, darin stimme ich Euch selbstverständlich zu«, sagte der König zu seinem Vater, als Roland geendet hatte. »Überlasst das ruhigen Herzens mir, während Ihr nach Jerusalem zieht. Ich werde mich nach meiner Rückkehr dieser Sache umgehend annehmen.«
»Dem Ruchlosen soll Botschaft gesandt werden, dass er seinen Vater unverzüglich freizulassen hat. Und seine Mutter!«
Immer noch atmete der Kaiser schwer.
»Ich kümmere mich darum, Majestät. Ich werde Boten nach Meißen schicken«, versicherte Heinrich.
»Albrecht von Wettin verdient strengste Strafe!«, verlangte der Kaiser, schon etwas ruhiger.
»Natürlich, Majestät.«
Keiner der anderen Anwesenden sagte ein Wort.
Thomas blickte fragend zu Dietrich, dessen Miene nichts von seinen Gedanken verriet. Waren sie jetzt entlassen? Niemand durfte sich aus der Gegenwart des Kaisers entfernen, ohne ausdrücklich dazu aufgefordert zu sein.
So trafen ihn die nächsten Worte Friedrichs von Staufen völlig überraschend.
»Was ist mit den jungen Boten? Sie haben großen Mut bewiesen, um den Frevel zu enthüllen, der während Unserer Abwesenheit begangen wurde.«

Der Tonfall und der auffordernde Blick ließen Roland keine Wahl. Oder nutzte er nur die Gelegenheit, von der sie beide heimlich geträumt hatten?

»Wenn Ihr erlaubt, Majestät, schließe ich mich Eurem Pilgerzug ins Heilige Land an.«

»Und ich ebenso«, sagte Thomas, ohne zu zögern.

»Sie nehmen das Kreuz, für Gott!«

Zufrieden lehnte sich Friedrich zurück und betrachtete die beiden jungen Männer. »So seid Uns willkommen!«

Ein Bischof in kostbarer Robe erhob sich und trat zwei Schritte vor. Nach allem, was Thomas von Dietrich erfahren hatte, musste dies Gottfried von Würzburg sein, der nicht nur zu den geistlichen, sondern auch zu den militärischen Anführern des Heerzuges gehörte. Er selbst hatte dem Kaiser auf dem Hoftag in Mainz das Kreuz angeheftet. Nun öffnete er ein mit Gold beschlagenes Kästchen und entnahm ihm vier schmale rote Streifen.

»Allerdings …«, rutschte es Thomas heraus, bevor er sich besinnen konnte, dass er vor dem Kaiser nicht sprechen durfte, ohne aufgefordert zu sein.

Missbilligend sah Friedrich von Staufen ihn an. »Bereut Ihr so schnell, Euer Wallfahrtsversprechen abgelegt zu haben, junger Ritter?«

»Das ist es, was ich sagen wollte … Majestät … ich bin noch kein Ritter.«

»Also ein Knappe. Wer ist dein Vater?«

»Christian von Christiansdorf«, gab Thomas Auskunft.

»Christiansdorf?«, fragte der Kaiser stirnrunzelnd zurück. »Das Silberdorf, dem Dunklen Wald abgerungen? Wie es scheint, kommt der Sohn ganz nach dem Vater. Wer war dein Großvater?«

Thomas durchfuhr es siedend heiß. Aus der Traum vom Rittertum!, dachte er bitter.

Der Kaiser hatte vor Jahren ein Gesetz erlassen, nach dem nur Ritter werden durfte, wessen Vater und Großvater schon diesem Stand angehörten. Doch Christians Vater – Thomas' Großvater, den er nie kennengelernt hatte – war einer der Niedrigsten unter den Niedrigen gewesen, ein Spielmann. Unter diesem Deckmantel hatte er für Ottos Vater Feinde ausgekundschaftet, was ihm einen grausamen Tod einbrachte. Das war neben Marthes besonderen Fähigkeiten das am besten gehütete Geheimnis der Familie. Nur der alte Markgraf Otto wusste davon durch seinen Vater Konrad, der Christian auf den Burgberg holen und ausbilden ließ, nachdem ihn die Nachricht vom Tod seines besten Spions erreichte.

Würde jemand zu Christians Lebzeiten von seiner Herkunft erfahren haben, hätte dieser nie und nimmer Ritter oder gar Vogt werden können.

Gleich werde ich mit Schimpf und Schande davongejagt, dachte Thomas bestürzt. Und meine Schwester ist Freiwild für jedermann.

Noch einmal griff unerwartet Graf Dietrich ein, bevor das Schweigen des jungen Freibergers als Unhöflichkeit ausgelegt werden konnte.

»Sein Großvater ließ sein Leben in Diensten meines Großvaters, Majestät. Markgraf Konrad, den man den Großen nannte, hat ihn für seinen außergewöhnlichen Mut und seine Ergebenheit hochgeehrt.«

Das war sehr weise formuliert – es gab annähernd die Wahrheit wieder, ohne jene anrüchigen Einzelheiten zu erwähnen, die Thomas und seiner Familie zum Verhängnis werden könnten.

»So. Eine Linie besonders tapferer Männer, wie es scheint«, entgegnete der Kaiser und schien mit dieser Erläuterung zufrieden zu sein. »Geht zur Beichte und verbringt die Nacht im Gebet, dann werdet Ihr morgen in den Ritterstand erhoben«, verkündete Friedrich von Staufen.

Sprachlos vor Überraschung, verneigte sich Thomas.
Der Kaiser selbst lässt mich zum Ritter ernennen!, dachte er überglücklich, als er wieder unter freiem Himmel stand. Und morgen ziehe ich mit seinem Heer ins Heilige Land, nach Jerusalem!

## *Freund und Feind*

Von durcheinanderwirbelnden Gefühlen überwältigt, folgte Thomas dem Grafen von Weißenfels zurück ins wettinische Lager. Auch Roland schien tief in Grübeleien versunken und sagte kein Wort. Vielleicht war er in Gedanken schon in Jerusalem.
Nichts an Dietrichs Miene verriet, was er von dem Ausgang der Audienz beim Kaiser hielt. Als er vor seinem Zelt stand, wandte er sich zu Roland. »Ihr habt an Ausrüstung, was ihr benötigt? Sonst kauft bei den Pressburger Händlern, was ihr noch braucht.«
»Unsere Väter haben uns gut ausgestattet, bevor sie uns zu Euch schickten«, versicherte Roland. »Aber wenn Ihr es erlaubt, frische ich unsere Vorräte an Proviant und Hafer auf.«
Dietrich nickte zustimmend und erteilte Wiprecht den Befehl, dem Ritter von Muldental zwei Knappen zuzuweisen.
Als Thomas Roland folgen wollte, hielt ihn der Graf zurück.
»Wir haben zu reden!«, sagte er knapp und wies ihn mit einer Geste an, ihm ins Zelt zu folgen.
Sofort verspürte Thomas ein schlechtes Gewissen, auch wenn er nicht einmal genau hätte sagen können, weshalb. Aber das würde er wohl gleich erfahren.
Es hatte schon vor einiger Zeit zu regnen begonnen, inzwischen

tropfte ihnen das Wasser von den schulterlangen Haaren. Doch sicher beorderte ihn der Graf nicht wegen des Wetters ins Zelt.
Thomas wusste, dass Dietrich trotz seiner Jugend einen hervorragenden Ruf als zäher und gewandter Kämpfer hatte, schnell und ausdauernd mit dem Schwert. Mit einem Anflug von Stolz dachte er, dass dies auch Verdienst seines Vaters war. Umso mehr bedrückte ihn die Vorstellung, den Mann zu enttäuschen, der für ihn das Ideal eines vollkommenen Ritters verkörperte und in dessen Dienste er treten wollte.
Würde Dietrich ihn zurückschicken? Seine Miene jedenfalls ließ das befürchten.
Thomas hatte die Leinwand kaum hinter sich geschlossen, als der Graf von Weißenfels ihn auch schon streng zurechtwies.
»Roland von Muldental ist volljährig und ein Ritter. Wenn er das Kreuz nimmt, ist das eine Entscheidung, die zu treffen ihm zusteht. Dir als Knappe jedoch nicht!«, sagte er schroff. »Was werden deine Eltern sagen, wenn sie erfahren, was du gerade getan hast? Sie haben dich zu mir geschickt und vertrauen darauf, dass ich für deine wohlbehaltene Rückkehr sorge. Ich wollte dich nach Weißenfels schicken, bis sich die Lage in Meißen geklärt hat. Das kann ich nun nicht mehr tun nach deinem vorlauten Entschluss und der Entscheidung des Kaisers. Wie soll ich deiner Mutter gegenübertreten, falls dir etwas zustößt? Wie soll ich mich vor deinem Vater rechtfertigen, wenn ich ihm im Jenseits begegne?«
So hart hatte Thomas den jungen Grafen noch nie reden hören. Er hatte sich wohl davon täuschen lassen, dass Dietrich recht vertraut mit Lukas und Marthe umging, weil er mehrere Jahre in Christians Haushalt zugebracht hatte.
Doch er war nicht nur Ottos Sohn, sondern auch Albrechts Bruder – und vermutlich ebenso zu Zornesausbrüchen fähig wie diese beiden.
Beklommen suchte Thomas nach den richtigen Worten. »Mein

Stiefvater und meine Mutter ahnten schon, dass es so kommen könnte, und gaben mir ihren Segen.«
Aufatmend lehnte sich Dietrich zurück. »Ja, das hätte ich mir denken sollen. Lukas hat es vorausgerechnet, und deine Mutter hat es vorausgesehen. Trotzdem muss ich dich fragen: Hast du dir deinen Entschluss wirklich gut überlegt? Wir werden monatelang durch Wüsten ziehen, einem übermächtigen Feind entgegen. Du wirst töten müssen, oder du wirst getötet. Bist du dir dessen bewusst?«
»Ja, Herr«, antwortete Thomas.
»Weshalb hast du das Kreuz genommen?«
»Um die Heilige Stadt und das Wahre Kreuz zurückzuerobern«, antwortete Thomas verwundert. Waren nicht alle hier deshalb zu dieser beschwerlichen Reise aufgebrochen?
Da Dietrich nichts sagte, sondern ihn nur prüfend ansah, fügte er hinzu: »Um meine Familie zu schützen. Ich gelte nun zu Hause als Verfemter und würde sie in Gefahr bringen. Als Wallfahrer stehe ich unter dem Schutz des Papstes, und das Urteil Eures Bruders ist ausgesetzt.«
Als Dietrich sich nach wie vor nicht äußerte, wusste er, dass er auch seinen geheimsten Grund preisgeben musste. »Um einer Gemeinschaft von Rittern anzugehören, einer wahrhaft verschworenen Gemeinschaft, die für ein Ziel zusammensteht …«
Dietrich sagte nichts dazu, sondern lenkte das Gespräch unversehens in eine andere Richtung. »Was denkst du über den Ausgang der Audienz beim Kaiser?«
»Dass Euer Bruder Fürst Otto freilassen muss, ist gut«, sagte Thomas, einigermaßen überrumpelt. »Aber niemand weiß, wie der König nun entscheiden wird. Es ist so etwas … wie ein halber Sieg, schätze ich …«
»Es gibt keine halben Siege«, erwiderte Dietrich mit sarkastischem Lächeln. »Auch wenn Albrecht meinen Vater freilassen muss, wird der König ihn nicht zur Rechenschaft ziehen. Au-

ßerdem wird Heinrich bald Männer brauchen, die ihm Truppen stellen. Mag sein, er benötigt sie in Sizilien. Oder gegen den Welfen, falls der Löwe aus dem Exil zurückkehren sollte, um die Herrschaft an sich zu reißen. Irgendwo wird bald wieder Krieg im Kaiserreich geführt, und zu viele kaisertreue Kämpfer sind nun unterwegs nach Jerusalem. Deshalb kann es sogar von Vorteil sein, wenn du außer Reichweite meines Bruders bist. Aber du musst dir vor Augen halten, dass du vielleicht nie wieder in die Mark Meißen zurückkehren kannst, solange mein Bruder dort regiert, wenn du dich unter meinen Befehl begibst.«

»Dessen bin ich mir bewusst«, sagte Thomas, ohne zu zögern.

Dietrich aß etwas von dem kalten Fleisch, das auf dem Tisch lag, und bot auch Thomas davon an. Doch dieser lehnte höflich ab. Bis zu seiner Schwertleite am nächsten Morgen würde er fasten, wie es die Regeln geboten.

»Du isst jetzt, und dein Fasten beginnt, nachdem du dein Inneres erforscht hast und bereit bist, die Beichte abzulegen«, wies Dietrich an.

Gehorsam nahm sich Thomas etwas von dem Huhn. Er dachte erst, keinen Bissen hinunterzubekommen. Doch dann merkte er, wie hungrig er war. Seine letzte Mahlzeit war fast einen Tag her, und die nächste würde er wohl erst morgen zu sich nehmen können, nachdem er in die Gemeinschaft der Ritter aufgenommen war. Sofern er überhaupt als würdig dafür angesehen wurde – denn daran kamen ihm mittlerweile Zweifel.

Da Dietrich nichts sagte, sondern ihn nur nachdenklich beobachtete, schwieg auch Thomas. Der Regen trommelte immer heftiger auf das Zeltdach, und kleine Rinnsale verwandelten den Boden allmählich in Morast.

»Was weißt du darüber, was im Heiligen Land geschehen ist?«

Der angehende Ritter zuckte mit den Schultern. »Nicht mehr, als jeder weiß … Die Unsrigen wurden bei dem Berg Hattin vernichtend geschlagen, das Wahre Kreuz fiel in die Hände der Ungläubigen, König Guido und die Großmeister der Templer und Hospitaliter wurden gefangen genommen und fast alle Ordensritter hingerichtet. Dann eroberten die Sarazenen Jerusalem, Askalon, Akkon und fast alle anderen Städte und Burgen, die bis dahin den Christen gehörten. Es heißt, ihr Anführer Saladin sei unbesiegbar … Der Bischof sagt, Gott strafe uns mit diesen Niederlagen und diesem furchtbaren Feind für unsere Sünden.«

»Saladin ist ein kluger und entschlossener Gegner, der es geschafft hat, die sich bekriegenden Völker unter seiner Führerschaft zu einen. Nun gebietet er über zweihunderttausend Mann in Waffen, die ihm bedingungslos folgen«, erwiderte Dietrich. »Doch vielleicht ist der Verlust Jerusalems nicht nur die Strafe für unser sündiges Verhalten, sondern auch für unsere Torheiten. Statt zusammenzustehen, zerfleischen sich die Christen untereinander. Templer liegen im Streit mit den Hospitalitern, der englische König mit dem französischen, so dass keiner von ihnen es wagt, sein Land zu verlassen, während der andere zurückbleibt. Und der Streit zwischen Staufern und Welfen wird uns bis ins Heilige Land verfolgen, wenn nicht ein Wunder geschieht!«

Überrascht sah Thomas zu dem Grafen von Weißenfels. Das waren nicht die Worte, die er von jemandem erwartet hatte, der dreißig Ritter auf diesen Kriegszug führte. Wenngleich Dietrich angespannt wirkte und in diesem Moment älter, als er war – es schien offensichtlich, dass sein hartes Urteil gründlich durchdacht war.

Wie zur Bestätigung fuhr er fort: »Der einstige König von Jerusalem, Guido von Lusignan, ist auf dem Thron ebenso unfähig wie auf dem Schlachtfeld. Der Anführer der Tempelritter, Gerhard von Ridefort, starrsinnig und ohne Vernunft. Ihre unglückseligen Entscheidungen führten zur vernichtenden Niederlage des christlichen Heeres vor fast zwei Jahren bei den Hörnern von Hattin. Damals wurde die größte christliche Streitmacht im Heiligen Land vollständig aufgerieben; von dreißigtausend

Mann überlebten kaum zweihundert. Das besiegelte den Fall Jerusalems. Der Rat erfahrener Männer wie Raimund von Tripolis und der Barone von Ibelin wurde zurückgewiesen. Und der Einzige, der es noch schafft, den letzten wichtigen Ort für die Christenheit zu verteidigen, die Hafenstadt Tyros, der sogar eine Seeschlacht gegen Saladin gewann – Konrad von Montferrat, ein Vetter des Kaisers –, kämpft dort allein. Weil er auf Seiten der Staufer steht, wollen ihn weder die Ordensritter noch die Anhänger des englischen Königs unterstützen.«

Fassungslos blickte Thomas auf den Mann, dem er in den Krieg folgen wollte. Beinahe schämte er sich dafür, so wenig darüber gewusst zu haben, was im Heiligen Land vor sich ging. Aber Jerusalem war viel zu weit weg von Meißen, als dass solche Nachrichten zu einem einfachen Ritter oder Knappen hätten durchdringen können. Und kein Prediger, der die Menschen aufforderte, das Kreuz zu nehmen, würde etwas dermaßen Haarsträubendes eingestehen.

»Willst du nun immer noch mit dem Kaiser ins Heilige Land ziehen?«, fragte Dietrich.

Thomas begriff, dass er mit dieser ernüchternden Einschätzung der Lage, die gewiss nicht für jedermanns Ohr bestimmt war, geprüft wurde.

»Ja«, antwortete er nach leichtem Zögern. Auch wenn er selbst viele Dinge in Frage stellte und Graf Dietrich durch seinen Rang Dinge erfuhr, die ihm verwehrt blieben – es durfte einfach nicht so hoffnungslos sein, wie es sich eben angehört hatte! Warum sonst sollte Dietrich das Kreuz genommen haben? Nur, weil er als zweitgeborener Sohn keine andere Aussicht hatte, Ruhm zu erlangen? Oder um als Pilgerfahrer geschützt vor den Angriffen seines Bruders zu sein?

»Dann lass uns beten, dass der Kaiser Jerusalem bei guter Gesundheit erreicht«, meinte Dietrich eindringlich. »Vielleicht schafft *er* es ja, ein geeintes fränkisches Heer zum Sieg zu führen.«

Mit Dietrichs Erlaubnis und guten Wünschen ging Thomas in die Kirche der Marktsiedlung unterhalb der Burg und kniete vor dem Bildnis der Jungfrau Maria nieder. Sein Schwert – das seines Vaters – hatte er Roland zur Aufbewahrung gegeben.
Es gab eine Menge nachzudenken, bevor er reinen Herzens die Beichte ablegen konnte.
Ohne Augen für die Umgebung zu haben, starrte Thomas vor sich auf den Fußboden, als könnte er dort die Antworten auf seine vielen Fragen lesen. Dabei versuchte er, alle Zweifel zu verbannen, die Dietrichs schonungslose Worte in ihm geweckt hatten. Welche Hoffnung gab es noch, wenn nicht die auf Erlösung am Grab Jesu?
Er hatte auch so schon genug nachzudenken, um mit Gott und sich ins Reine zu kommen, damit er befreit von allen Sünden in den Ritterstand erhoben werden konnte. Nur mit ein paar Ave-Marias würde es diesmal wohl nicht getan sein, bei all dem, was er zu beichten hatte: unkeusche Gedanken bei der Erinnerung an die hübsche Schankmagd in der letzten Herberge, in der sie übernachtet hatten … eigentlich mittlerweile beim Anblick fast jeder halbwegs ansehnlichen Frau, den Hass, den er einen halben Tag lang gegenüber seinem besten Freund empfunden hatte … nicht zu vergessen die Lüge, dass er sich als Bote ausgegeben hatte, um von Döben fliehen zu können.
Am meisten Kopfzerbrechen bereitete ihm jedoch der angebliche Hilferuf Hedwigs, den Dietrich als Vorwand genommen hatte, um dem Kaiser von den Ereignissen in der Mark Meißen zu berichten.
Wer einer Lüge nicht widersprach, war selbst ein Lügner. Doch abgesehen davon, dass sich seine Familie Ottos jüngerem Sohn besonders verbunden fühlte – konnte er dem Weißenfelser so vergelten, dass dieser durch seine klug formulierte Antwort über Thomas' Herkunft erst ermöglicht hatte, dass er in die Ritterschaft aufgenommen wurde?

Sollte er besser morgen vor aller Augen auf seine Schwertleite verzichten, weil er der Ehre nicht würdig war?
Man würde ihn für einen Feigling halten und mit Schimpf und Schande davonjagen. Welche Folgen das für seine Eltern und seine Geschwister haben würde, wollte er sich gar nicht ausmalen. Ganz zu schweigen davon, dass damit vermutlich auch Lukas' Versuch scheitern würde, die Folgen von Albrechts Herrschaft zu mildern, bis Otto wieder die Regentschaft übernahm.
Durch die hohen Fensteröffnungen fiel bereits Sternenlicht, als jemand hinter Thomas mehrfach hüstelte. Unwillig über die Störung, fuhr Thomas herum. Als er einen jungen, müde wirkenden Benediktinermönch vor sich sah, dessen Tonsur nicht genau in der Mitte des Kopfes saß, senkte er entschuldigend den Kopf und rutschte ein Stück zur Seite, damit der junge Bruder neben ihm niederknien konnte.
Doch der Neuankömmling blieb stehen und sah verunsichert zu ihm herab.
»Seid Ihr der Freiberger, dem morgen das Schwert umgegürtet werden soll?«, fragte er leise, um die Betenden nicht zu stören, die in einiger Entfernung von ihnen knieten.
Thomas blickte ihn verwundert an und nickte.
»Dann findet Euch bei Tagesanbruch im Zelt des Bischofs von Meißen ein. Hochwürden selbst erweist Euch die Ehre, Euer Beichtvater zu sein.«
Noch ehe Thomas eine Frage stellen konnte, hatte sich der junge Mönch abgewandt und schlurfte mit hängenden Schultern davon.
Jetzt aufzuspringen und ihm nachzurennen, würde sich wohl nicht geziemen. Abgesehen davon waren seine Beine schon steif vom langen Knien. Also versuchte Thomas, sich einen Reim auf diese Angelegenheit zu machen.
Weshalb erwies Bischof Martin ihm diese Ehre, obwohl er doch nur der unbedeutende Stiefsohn eines Ritters ohne Land war?

Weil sich im Lager herumgesprochen hatte, der Kaiser selbst habe entschieden, einen Meißner in den Ritterstand zu erheben?
Martin herrschte über das Bistum seit beinahe zwanzig Jahren – Thomas' ganzes bisheriges Leben.
Während seiner gesamten Ausbildung auf dem Meißner Burgberg hatte er den Kirchenfürsten stets nur von weitem zu sehen bekommen, wenn dieser an besonders hohen Festtagen die Messe im Dom feierte. Er schien sich in all dieser Zeit kaum verändert zu haben: ein hochgewachsener Mann mit wachem, ja durchdringendem Blick, dessen Miene nichts von seinen Gedanken preisgab, seinem Gegenüber jedoch das Gefühl vermittelte, ihn vollkommen zu durchschauen.
Auch jetzt, im Feldlager der Kaisers, war Martin stets von einflussreichen Männern umgeben, die einem Außenstehenden kaum mehr als einen Blick aus der Ferne auf ihn erlaubten. Ganz zu schweigen von seiner zwei Dutzend Mann starken Leibwache.
Mit der Entscheidung, den Kaiser ins Heilige Land zu begleiten, hatte Bischof Martin viele überrascht. Es war kein Geheimnis, dass er trotz seines würdevollen Auftretens verbissen darum kämpfte, seine Macht zu vergrößern und sich gegenüber dem Markgrafen durchzusetzen. Jahrelang hatten die beiden um den Schockzehnten einiger markgräflicher Dörfer gestritten. Martin hatte den Streit gewonnen und durfte nun diese Abgaben erheben.
Was will Bischof Martin?, überlegte Thomas. Darf ich ihm trauen?
Etwas bei der Beichte zu verschweigen – noch dazu vor einem Bischof –, war eine schwere Sünde. Doch er kannte nun schon so viele gefährliche Geheimnisse, dass es für etliche ihm nahestehende Menschen den Tod bedeuten konnte, wenn die falschen Leute davon erfuhren.

Allmählich schmerzten Thomas die Knie, und das Durcheinander in seinem Kopf lichtete sich nicht im Geringsten. Also legte er sich mit ausgebreiteten Armen vor den Altar, die Stirn auf den kalten Boden setzend.

Heilige Mutter Gottes, segensreiche Jungfrau Maria, ich flehe dich an, zeige mir einen Weg, damit ich mich würdig erweise, ohne jemanden in Gefahr zu bringen!

Doch die Nacht verstrich, ohne dass sich die Heilige offenbarte.

Und auch Gott, den er inständig um Rat bat, schien zu beschäftigt, um einem jungen angehenden Ritter zu antworten oder ihm wenigstens einen Fingerzeig zu geben.

Während der ersten Nachthälfte waren ab und an Besucher in die Kirche gekommen. Doch mittlerweile war es so still, dass Thomas zusammenzuckte, als er einen hellen Vogelruf hörte, der das Nahen des Tages ankündigte.

Mühsam versuchte er, sich mit seinen erstarrten Gliedern einigermaßen würdevoll aufzurichten, denn er hörte den jungen Benediktiner wiederkommen. Thomas erkannte ihn schon an dem schlurfenden Geräusch seiner Holzpantinen.

Da er wusste, dass Mönche möglichst wenig Worte verschwenden sollten, ausgenommen Gebete natürlich, drehte er sich zu ihm um und begrüßte ihn höflich.

Der junge Geistliche, der nun noch müder wirkte und die Schultern hochgezogen hatte, weil er wohl trotz der übergestülpten Kukulle fror, führte ihn durch das erwachende Heerlager zu dem großen Zelt mit dem Banner des Bistums Meißen. Dann bedeutete er Thomas, zu warten, und ging hinein.

Verstohlen sah Christians Sohn um sich und zog dabei Kleider und Gürtel zurecht. Er hatte keine Ahnung, was ihm heute alles noch bevorstehen konnte, welche Prüfungen er zu bestehen hatte und wer ihm Schwert und Sporen reichen würde. Üblicherweise tat dies der Vater oder ein Onkel. Doch sein Vater war tot, sein Stiefvater vielleicht auch oder gefangen in Albrechts Kerkern, wenn er sich nicht irgendwie herauswinden konnte. Und Oheim hatte er keinen.

Der Mönch mit der schiefen Tonsur kam aus dem Zelt wieder heraus und bedeutete Thomas, einzutreten. Der Wind rüttelte an den Leinwänden, und der Benediktiner umklammerte die Stoffbahn am Eingang mit beiden Händen, damit sie nicht davonflatterte.

Das Zelt war in der Mitte durch einen Vorhang geteilt, der vordere Teil leer. Der Mönch zeigte dorthin, ging ohne ein weiteres Wort und befestigte von draußen die lose Zeltbahn.

Nun erkannte Thomas, dass sich hinter dem Vorhang die Umrisse eines sitzenden Mannes abzeichneten.

Also kniete er davor nieder und sagte die gewohnten Worte: »Vergebt mir, Vater, denn ich habe gesündigt …«

Ungewollt zuckte er zusammen, als er ganz dicht an seinem Ohr die wohlklingende Stimme Bischof Martins hörte.

Doch dann entspannte er sich, so gut es eben während einer Beichte ging. Die Zeremonie war ihm vertraut, und sein Eingeständnis der Unkeuschheit schien den Bischof nicht übermäßig zu erschüttern. Wahrscheinlich bekam er im Feldlager, wo Tausende Männer ohne einen einzigen Weiberrock lebten, so etwas andauernd zu hören.

Dennoch – Wallfahrer hatten Keuschheit zu geloben, und deshalb nahm Thomas die Ermahnungen des Beichtvaters schuldbewusst entgegen.

Als Nächstes musste er den Ungehorsam gegenüber seinem Stiefvater bekennen. Immerhin hatte er Lukas in der Nacht vor seiner Flucht aus Freiberg angeschrien und wäre beinahe auf ihn losgegangen.

»Ich misstraute seinem Urteil und machte mich der Sünde der Überheblichkeit schuldig«, erklärte Thomas etwas verschwommen den Grund dieses Streites.

Der Zwischenfall schien den Bischof lebhaft zu interessieren. So sehr, dass er sich vorbeugte und dadurch den Vorhang bewegte. Vielleicht hatte es nichts zu bedeuten, vielleicht hatte Martin nur die Haltung verändert, um bequemer sitzen zu können. Aber für den ohnehin schon misstrauischen Thomas war dieses leichte Schwingen des Vorhangs, als würde jemand mit aller Kraft eine Flagge schwenken, die höchste Gefahr signalisierte.
Ich darf den Plan nicht verraten, den sich Lukas und Reinhard ausgedacht haben, um meine Schwester zu retten!, dachte Thomas, während sich etwas in seinem Inneren verkrampfte. Nicht einmal während der Beichte! Auch wenn ich Reinhard nicht traue.
»Ich glaubte in meiner Eitelkeit, meinen Stiefvater im Zweikampf mit dem Schwert besiegen zu können«, log er und hoffte, Martin würde ihm diese Erklärung abnehmen. Lukas hatte einen ausgezeichneten Ruf als Schwertkämpfer, das dürfte auch der Bischof wissen – und ebenso, dass jeder junge Bursche auf dem Burgberg davon träumte, ihn einmal besiegen zu können und dadurch Ruhm zu erlangen.
Christians Sohn fühlte sich beschmutzt durch diese Lüge.
Doch mit Martins nächsten, bohrenden Fragen schwand jegliches schlechte Gewissen in ihm, denn sie hatten nicht das Geringste mit ihm und seiner bevorstehenden Schwertleite zu tun.
»Besucht deine Mutter regelmäßig die Messe? Spricht sie Gebete, bevor sie jemandem einen Trank mischt? Verfügt sie über besondere Kräfte? Zum Beispiel, sich unsichtbar zu machen oder ungesehen von einem Raum in einen anderen verschwinden zu können?«
Er will meine Mutter vernichten!, dachte Thomas, während ihm eiskalt wurde. Dies hier war jetzt keine Beichte mehr, sondern ein Kampf – ein Kampf mit einem übermächtigen Gegner.
Und deshalb fühlte sich Thomas auch nicht mehr schlecht, als er ehrlich verwundert antwortete, dass seine Mutter selbstver-

ständlich regelmäßig zur Messe ginge, vor jeder Behandlung Gott um Heilung für die Kranken bat und über keinerlei widernatürliche Kräfte verfüge.
Das ist die Wahrheit!, dachte er trotzig in das unheilvolle Schweigen des Bischofs hinein. Deshalb ist es keine Sünde, was ich hier tue.

Bischof Martin – ehrgeizig, klug und für seine Unnachgiebigkeit ebenso geschätzt wie gefürchtet – hatte Mühe, sich seine Unzufriedenheit angesichts dieser Antwort nicht anmerken zu lassen.
Es gab wenig, das ihm in seiner Diözese entging. Doch ein rätselhafter Zwischenfall, der sich gleich zu Beginn seiner Amtszeit in den tiefsten Gründen des Meißner Bischofspalastes zugetragen hatte, war bis heute nicht aufgeklärt. Dabei ging es um nichts Geringeres als darum, entweder eine Unschuldige zu retten oder eine Teufelsbuhlerin zu entlarven und zu vernichten, damit sie nicht noch mehr Schaden verursachen konnte.
Weder Nachforschungen noch Bestechung hatten die Sache erhellen können, die ihm selbst nach all den Jahren nicht aus dem Kopf gehen wollte. Und so willfährig ihm auch der Freiberger Pater dabei zur Hand ging, ließ sich dieser Marthe nichts nachweisen – die nach wie vor behauptete, sich nicht erinnern zu können, wie sie damals aus dem Verlies entkommen war. Das war ganz gewiss eine Lüge.
Vor Jahren schon war er zu der Einsicht gelangt, es wäre für alle das Beste gewesen, wenn das Weib damals bei der Probe auf dem kalten Wasser ertrunken wäre, wie es sich für eine fromme Christin gehört. Das hätte jeglichen Zweifel getilgt. Doch leider war sie auf wundersame Art wieder zu Leben erwacht, nachdem man sie vermeintlich tot aus dem Wasser gezogen hatte. Und wenig später verschwand sie auf ungeklärte Weise aus dem Kerker.

Seitdem hatten ihre Ehemänner – erst Christian, dann Lukas – listig dafür gesorgt, dass sie unerreichbar für ihn blieb. Nun hatte der Allmächtige ihm ihren Sohn in die Hände gespielt. Das war Gottes Dank dafür, dass er diese mühselige Pilgerfahrt auf sich genommen hatte! Der Herr würde ihm den Weg weisen, die Sünderin zu überführen.
Lärm von draußen unterbrach die triumphierenden Gedanken des Bischofs. Man erwartete, dass er die Frühmesse feierte, damit das Heerlager aufbrechen konnte. Er musste das hier vorerst beenden.
Aber dieser Bursche würde ihm nicht mehr entkommen.
Vielleicht sollte er einen seiner Gewährsleute beauftragen, heute Abend mit Christians Sohn die Erhebung in den Ritterstand bei einem Umtrunk zu feiern. Im Rausch waren schon viele Geheimnisse ausgeplaudert worden.
Dafür musste er ihn nur in Sicherheit wiegen.
Großzügig sprach er also Thomas von seinen Sünden frei und schickte ihn hinaus. Für die ungerechtfertigt gewährte Absolution würde er schon keinen Zwist mit seinem obersten Lehnsherrn im Himmel bekommen, da sie einem höheren Zweck diente. Schließlich gab es Sündenablass für jeden Wallfahrer, und von denen hatten sich etliche wahrlich schlimmerer Vergehen schuldig gemacht.

## *Schwertleite*

In der Kühle des Morgens versammelten sich die Gefolgsleute des Grafen von Weißenfels zum morgendlichen Gebet. Thomas war im Zweifel, ob er mit ihnen gehen sollte, nachdem er das Zelt des Bischofs verlassen hatte. Vielleicht erwartete man ihn bereits bei den Knappen des Kaisers, damit ihm dort einer der Lehrmeister das Schwert gürtete?

Doch Dietrich sah auffordernd zu ihm, und ein leichter Stoß von Roland schickte ihn in die richtige Richtung. Vielleicht würde ihm Wiprecht die Sporen überreichen.

Nachdem die Gebete gesprochen waren, befahl ihm Dietrich, vor ihm niederzuknien. Beklommen gehorchte Thomas und blinzelte in die noch niedrig stehende Sonne.

»Jetzt und hier soll ein junger Mann in die Gemeinschaft der Ritter aufgenommen werden, der sich bereits als Knappe besondere Verdienste um das Haus Wettin erworben hat«, rief der Sohn des Markgrafen. Er sah die Frage in den Gesichtern seiner Männer, doch er hatte nicht vor, genauer auf diese Verdienste einzugehen. Was gerade in der Mark Meißen geschah, sollte die mit ihm Ziehenden nicht verunsichern. Er konnte nur beten, dass sein Bruder den Befehl des Kaisers befolgte und Gott seinem Vater noch ein langes Leben schenkte.

Versonnen betrachtete Dietrich den jungen Mann, der vor ihm kniete und mit den dunklen Haaren und den scharf geschnittenen Gesichtszügen wie ein jüngeres Ebenbild Christians wirkte.

»Seinem Vater, der mich zum Ritter ausbildete und erzog, verdanke ich mein Können im Umgang mit Schwert und Lanze. Die Kampfeskünste Christians von Christiansdorf sind in der Mark Meißen noch heute berühmt. Ebenso sein ritterliches Handeln. Er nahm den Tod in Kauf, um das Leben derer zu bewahren, die er zu schützen geschworen hatte.«

Dietrich gab Wiprecht, der an seiner Seite stand, ein Zeichen. Der Graubart hielt Christians Schwert auf beiden Handflächen, das Thomas Roland zur Aufbewahrung gegeben hatte, bevor er in die Kirche ging.

Bischof Martin segnete die Waffe, dann griff Dietrich danach und verkündete: »Thomas von Christiansdorf, nehmt das

Schwert aus meinen Händen, das einst Eurem Vater gehörte. Haltet es in Ehren, beschützt damit die Schwachen und Hilfsbedürftigen und den wahren Glauben! Und nun steht auf! Ihr seid jetzt ein Ritter.«
Thomas glaubte sich in einem Traum, als ihm Dietrich einen Wappenrock mit dem meißnischen Löwen überstreifte, Schwert und Sporen anlegte. Seine Kehle war wie zugeschnürt; er musste blinzeln, um zu verbergen, wie sehr ihn dieser Augenblick bewegte.
Dietrich von Weißenfels umarmte ihn unter dem Jubel seiner Männer. »Dein Vater wäre stolz auf dich!«, sagte er, packte den jungen Ritter bei den Armen und sah ihm in die Augen.
»Ich werde ihm keine Schande bereiten«, antwortete Thomas heiser, der sich wunderte, in diesem Augenblick überhaupt einen Ton herausbringen zu können.

Den Umständen entsprechend wurde das schlichte Frühmahl im wettinischen Lager zum symbolischen Festessen anlässlich einer Schwertleite, auch wenn es dabei statt Wein und Braten nur Bier und mit Fleischbrocken schmackhaft gemachten Brei gab. Thomas durfte nun bei den Rittern sitzen, während die Knappen und Reisigen bereits damit beschäftigt waren, die Zelte abzubrechen und alles für den Abmarsch vorzubereiten.
Er war viel zu aufgewühlt, um die Fragen der Männer links und rechts neben sich zu beantworten. Zu seiner Erleichterung übernahm Roland das, auch wenn sie sich beide einige Spötteleien darüber anhören mussten, ob der Neue wohl mit dem Schwert ebenso zaghaft sei wie mit dem Maul.
Noch bevor Thomas seine Schüssel zur Hälfte ausgelöffelt hatte, lief das Wortgeplänkel unter den Weißenfelsern darauf hinaus, dass er eine Probe seines Könnens abliefern solle.
Dietrichs Ritter tauschten sich kurz darüber aus, wer wohl sein Gegner sein müsse, und entschieden sich für einen Mann schät-

zungsweise Ende dreißig, der beinahe doppelt so viel Körpermasse aufwies wie Thomas, ohne jedoch fett zu wirken.
»Mit dem Jungsporn bin ich schnell fertig«, versicherte der Kerl großspurig. »Den Hänfling schubse ich um, dazu brauche ich nicht einmal eine Waffe.«
Roland lachte belustigt, doch das blinde Vertrauen seines Freundes verunsicherte Thomas eher, als ihn zu ermutigen.
Es war alles andere als wahrscheinlich, dass er diesen Kraftprotz im Handumdrehen besiegen könnte. Lieber wäre ihm eine gründliche Prüfung statt eines kurzen Zweikampfes. Aber es blieb nicht viel Zeit bis zum Aufbruch des Heeres.
»Nicht so voreilig!«, rief Wiprecht dem Herausforderer zu. »Ich kannte seinen Vater, und der hätte Euch zu Boden geworfen, noch bevor Ihr blinzeln könnt.«
»Aber viel kann dieses Jüngelchen nicht von ihm gelernt haben«, antwortete der herablassend. »Soweit ich weiß, starb sein Vater, noch bevor der da ein Schwert in der Hand halten konnte.«
Mit erzwungener Selbstbeherrschung legte Thomas seinen Hornlöffel neben die Schüssel und blickte den Rufer an.
»Ich kenne Euren Namen nicht. Doch Ihr solltet keine Scherze mit dem Tod meines Vaters treiben!«, sagte er härter, als er gewollt hatte und als es ihm gegenüber einem Älteren zustand, auch wenn er jetzt ein Ritter war.
Dann stand er auf, stieg über die Bank und ging zu dem Waffenständer, auf dem die Schwerter abgelegt waren.
Schlagartig herrschte Stille an der Tafel.
»Wenn es Euch beliebt, Jungsporn: Mein Name ist Humfried von Auenweiler. Und ich scherze, wie es mir gefällt.«
Der Auenweiler erhob sich ebenfalls und holte sein Schwert.
Da Graf Dietrich nicht eingriff, folgten seine Ritter den beiden, um sich den bevorstehenden Zweikampf anzuschauen.
Humfried ging voran. Ein paar Schritte weiter war bereits Platz frei geworden. Ein paar niedergedrückte Grasbüschel auf kar-

gem Boden kündeten davon, dass hier kurz zuvor noch zwei Zelte gestanden hatten.

Im Gehen versuchte Thomas, seinen Gegner zu betrachten und sich eine Vorgehensweise zurechtzulegen. Das Manöver, mit dem er vor einiger Zeit Rutger besiegt hatte, konnte er hier nicht anwenden; dafür war Humfried zu groß, und seine Schultern waren zu breit.

Wenn er sich nicht blamieren wollte, musste er noch während des ersten Angriffs erkennen, was der andere plante.

Die beiden stellten sich gegenüber auf, umringt von den anderen wettinischen Rittern. Ein paar Knappen, die ebenfalls zuschauen wollten, wurden zurück an ihre Arbeit gescheucht. Wiprecht, der graubärtige Lanzenführer, trat einen halben Schritt vor und eröffnete den Kampf durch ein Handzeichen.

Sofort griff der Auenweiler mit einem Oberhau an, aber Thomas wich mit einem schnellen Schritt zur Seite aus, ohne selbst zurückzuschlagen. Auch dem zweiten Angriff wich er aus, ebenso dem dritten.

»Jetzt verstehe ich Eure Stärken: Ihr seid ein Meister im Davonlaufen«, höhnte Humfried. »Das ist natürlich nur angemessen, wenn man mit dem Schwert nichts anzufangen weiß.«

»Ihr seid zu langsam für mich«, reizte ihn Thomas – ziemlich unklug nach Auffassung der Ritter um ihn herum, wie er deren zurechtweisenden oder bedenklichen Rufen entnahm. Nur einige lachten. Doch Thomas hatte keinen Blick für die Zuschauer, sondern ließ seinen Gegner nicht aus den Augen.

Der trat nun einen halben Schritt näher und betrachtete den Widersacher mit leicht zusammengekniffenen Augen. Dann nahm er das Schwert in beide Hände und holte aus – doch nicht gerade auf ihn zustürzend, sondern mit einem Halbschritt zur Seite, um Thomas den Weg abzuschneiden. Der erahnte die Bewegung des anderen bereits, bevor er sie sah, wich blitzschnell aus und ließ ihn erneut ins Leere laufen. Dann drehte er sein Schwert um und hieb dem anderen den Knauf so schwungvoll ins Kreuz, dass er zu Boden stürzte.

Mit Lachen und anerkennenden Rufen nahmen Dietrichs Ritter den unerwarteten Ausgang des Kampfes auf.

Thomas ging auf den Besiegten zu und reichte ihm eine Hand, um ihm aufzuhelfen.

Humfried schlug die Hilfe aus und rappelte sich allein hoch.

»Hinterlist!«, brüllte er. »Der Kampf ist noch nicht beendet!«

»Doch, das ist er«, widersprach Wiprecht mit der Autorität seines Alters. »Er hat Euch mit dem Schwert bezwungen – auch wenn es der Knauf und nicht die Klinge war.«

Verächtlich blickte Humfried zu Thomas. »Ihr habt ein Mal Glück gehabt, Jungsporn. Und ein zweites Mal, weil wir keine Zeit haben, die Sache zu Ende zu bringen. Aber tut mir den Gefallen und haltet Euch von mir fern, wenn wir gegen die Sarazenen kämpfen! Ich will keinen Mann in meinen Reihen wissen, der sein Heil in der Flucht sucht.«

Bevor Thomas etwas erwidern konnte, mischte sich Dietrich von Weißenfels ein.

»Humfried, Ihr seid ein schlechter Verlierer. Eines Ritters würdig wäre es, ihn zu seinem Sieg zu beglückwünschen, statt ihm Feigheit vorzuwerfen.«

Der Gerügte verneigte sich knapp vor dem jungen Grafen, der sich damit wohl zufriedengab. Denn nun erteilte Dietrich den Befehl, dass sich seine Ritter zum Aufbruch vorbereiten sollten. Die nächsten Wochen würden sie entlang der Donau durch Ungarn ziehen; der Kaiser und sein engstes Gefolge auf Schiffen, der Rest des Heeres zu Pferde und zu Fuß.

# Der Befehl des Königs

Der Sommer war heiß in der Mark Meißen. Doch nicht nur deshalb schwitzte der Vogt der Freiberger Burg, als er an diesem späten Juninachmittag vor Markgraf Albrecht stand. Er hatte soeben mit seinen Männern eine Lieferung Silber nach Meißen gebracht. Und eigentlich sollte Albrecht zufrieden sein – sowohl mit der Ausbeute aus den Freiberger Gruben als auch darüber, dass der Vogt und seine Mannschaft unterwegs einen bewaffneten Angriff auf die kostbare Ladung erfolgreich und ohne eigene Verluste abgewehrt hatten. Inzwischen war das Silber sicher in der markgräflichen Schatzkammer auf dem Meißner Burgberg verwahrt, und die Geleitmannschaft ließ sich in der Halle beköstigen oder die Wunden verbinden.

Nun wartete Heinrich auf die Erlaubnis, sich entfernen zu dürfen. Die Gesellschaft des neuen Markgrafen und seiner Vertrauten war ihm unheimlich. Nur mit Mühe unterdrückte er den Drang, sich mit der Hand den Schweiß vom juckenden Nacken zu wischen, wo der Halsbund seines Gambesons scheuerte.

Aber statt ihn fortzuschicken, fauchte Albrecht: »Und lasst Euch endlich etwas einfallen, um diesen Lukas loszuwerden; am besten gleich auf dem Heimweg!«

Zwar war er äußerst angetan von der Lieferung aus der Freiberger Münze. Doch das würde er nicht zu erkennen geben. Den Überfall auf den Silbertransport betrachtete er als Beleidigung und Missachtung seiner Ansprüche.

Außerdem lag ihm eine üppige Mahlzeit aus Wildschwein und Neunaugen wie ein Stein im Magen und hinderte ihn am Denken. Schon den dritten Tag waren seine Gedärme wie zugestopft, und wenn er sich nicht bald entleeren konnte, würde er ernsthaft in Betracht ziehen müssen, bei Reinhards Weib Rat einzuholen. Das war zwar völlig unter seiner Würde, doch der Aderlass hatte nicht die erhoffte Wirkung gezeigt. Selbstverständlich würde er einen Diener vorschicken, ein passendes Mittel zu holen, statt sein Problem ausgerechnet vor Marthes Tochter einzugestehen. Schlimm genug, dass er einst die Hilfe ihrer Mutter gebraucht hatte – damals, als ihn Nacht für Nacht Dämonen im Schlaf heimgesucht hatten …

Mit einem Wink bedeutete Albrecht seinem feisten Mundschenk, ihm den Becher zu füllen. Der Wein war kräftig gewürzt; vielleicht brachte ja das endlich seine Verdauung in Gang. Neiderfüllt sah er zu seinem Truchsess und seinem Marschall, die ihm hier kurz vor der Nacht im prächtigsten Raum der Meißner Burg Gesellschaft leisteten. Die beiden aßen kaum weniger als er. Wie schafften sie es bloß, dass sie kein Fett ansetzten?

Der stiernackige Heinrich wand sich unterdessen unbehaglich angesichts der unverhüllten Aufforderung, den Befehlshaber seiner Burgwache aus dem Weg zu räumen. War sie ernst gemeint? Schließlich stand Lukas' Schwager Gerald dabei und verzog keine Miene. Oder war das bloß Ausdruck von Albrechts schlechter Laune?

»Das ist nicht so einfach, wie es klingt, Durchlaucht«, gab er vorsichtig zu bedenken. »Er erfüllt seine Pflichten tadellos und scheint neun Leben zu haben wie eine Katze. Wenn wir heute die Angreifer zurückschlagen konnten, ist das vor allem sein Verdienst. Die Männer vertrauen ihm blindlings, auch im Kampf. Und seine Spione und heimlichen Verbündeten sind überall …«

Albrecht zog die Augenbrauen zusammen und beugte sich vor. »Wollt Ihr mir damit etwa zu verstehen geben«, sagte er drohend, »dass Ihr nicht in der Lage seid, eine Geleitmannschaft zusammenzustellen, die ausschließlich aus Leuten besteht, denen Ihr vollkommen vertrauen könnt?«

Unruhe an der Tür enthob den schwitzenden Burgvogt der Antwort.

Jemand trat ein, flüsterte dem am nächsten stehenden Lakai etwas zu und verschwand wieder. Der Diener trat heran, verneigte sich, bat mit einem Blick auf den Truchsess um die Erlaubnis zu sprechen und meldete: »Ein Bote des Königs mit Nachrichten für Seine Durchlaucht, Markgraf Albrecht.«

Sofort scheuchte Albrecht mit einer Handbewegung den Vogt und die Diener hinaus und befahl, den Boten einzulassen. Nur Elmar, Giselbert und Gerald durften bleiben.

Die Freiberger sollten sofort aufbrechen, rief er Heinrich noch nach. Es war zwar eine grobe Unhöflichkeit, die Männer, die sein Silber auf dem Weg hierher beschützt hatten und sich unterwegs auch noch mit einem Haufen Angreifer hatten schlagen müssen, wieder zurückzuschicken, statt ihnen wenigstens ein Lager für die Nacht zu bieten. Aber er wollte sie fort von hier haben, ganz besonders diesen Lukas. Der sollte keine Möglichkeit finden, insgeheim seine Stieftochter zu treffen. Dementsprechende Anweisungen hatte auch Fürstin Sophia erhalten.

Als der Bote eintrat, bezwang Albrecht nur mit Mühe seine Unruhe. Was würde der König von ihm wollen?

Plötzlich – und das im ungünstigsten Moment – schien Bewegung in seinem Gedärm aufzukommen.

Zwar hatte er sich das Wohlwollen des Königs bereits erworben, als dieser noch ein Jüngling war, *und* er hatte das Recht auf seiner Seite. Sein Vater durfte ihm das Erbe nicht vorenthalten. Doch König Heinrich war unberechenbar in seinen Launen und von maßloser Grausamkeit in seinem Zorn.

Der Bote – ein älterer Mann mit einem zerfetzten Augenlid – trat näher und verneigte sich.

»Ich bringe Botschaften für Fürst Albrecht von Wettin, die nur für ihn bestimmt sind«, verkündete er und richtete einen auffordernden Blick auf die drei Männer, die neben beziehungsweise hinter Ottos Erstgeborenem standen.

»Das sind mein Truchsess, mein Schenk und mein Marschall«,

entgegnete Albrecht unwirsch. Von einem Ministerialen – und der Bote war trotz seiner kostbaren Kleidung ganz sicher ein unfreier Dienstmann des Königs – ließ er sich keine Anweisungen erteilen!

Der Bote nahm die Zurechtweisung mit unbewegter Miene entgegen, räusperte sich und holte tief Luft. »Im Namen der heiligen und unteilbaren Dreifaltigkeit! Heinrich, durch Gottes Gnade erhabener König der Römer …«

Schroff unterbrach Albrecht den Mann dabei, alle Titel und Ämter des Königs aufzuzählen.

»Kommt gleich zur Sache!«

Der Bote warf einen tadelnden Blick auf den ungeduldigen Wettiner und reichte ihm ein Pergament mit dem königlichen Siegel.

»Der König übermittelt Euch den Willen und Befehl Seiner Kaiserlichen Majestät, unverzüglich Euren Vater Otto von Wettin sowie Eure Mutter auf freien Fuß zu setzen. Sonst entzieht er Euch seine kaiserliche Gnade. Gleichzeitig ergeht der Befehl des Königs an Fürst Otto von Meißen, Euch als alleinigen Erben der Markgrafschaft einzusetzen und Euch die Regentschaft nach seinem Tode zu übertragen.«

Da der Bote offenkundig von sich aus vorerst nichts mehr sagen würde, erbrach Albrecht hastig das Siegel und überflog das Schreiben, wobei er die Begrüßungsformeln übersprang, die den größten Teil des Blattes einnahmen. Es stand darin nur das, was er soeben zu hören bekommen hatte.

Er tauschte einen Blick mit Elmar, hinter dessen scheinbar gelassener Miene er Triumph erkennen konnte.

Die Mark Meißen war sein! Ihm durch königlichen Entschluss zugesprochen. Doch der erste Teil der Order schlug ihm gründlich auf den Magen. Musste er seinen Vater tatsächlich wieder auf den Meißner Burgberg lassen? Wenn er sich dessen bevorstehenden Wutausbruch ausmalte, wünschte er sich weit fort von hier. Bis der Alte starb, würde nun kein Platz mehr für sie beide auf dem Burgberg sein …

Gab es einen Weg, die Sache zu umgehen? Sollte er dafür sorgen, dass dem alten Mann, der immerhin fast siebzig Jahre zählte, auf dem Weg hierher durch bedauerliche Umstände etwas zustieß? Er hätte es gleich tun sollen, statt ihn erst in Döben festzusetzen!

»Hat Seine Majestät weitere Botschaften für mich?«, erkundigte er sich in der verzweifelten Hoffnung auf einen Ausweg. So, wie er den König kannte, war da noch etwas, das dieser dem Pergament nicht anvertrauen würde. Nur um ein Schreiben zu überbringen, ohne vertraulichen Zusatz, hätte er sicher nicht einen so erfahrenen und den teuren Kleidern nach bewährten Mann geschickt. Albrecht glaubte zu wissen, wer da vor ihm stand, auch wenn er ihn noch nicht gesehen hatte. Die Verletzung des Augenlids war zu auffällig.

Er hoffte inständig, dass sich der König der guten Dienste erinnerte, die er ihm geleistet hatte, und ihn nun nicht fallenließ.

»Seine königliche Hoheit ermahnt Euch, sich in Geduld zu üben, bis Euer Tag kommt. Einen Verstoß gegen den kaiserlichen Befehl wird er nicht dulden. Ist eine Versöhnung aus freien Stücken nicht möglich, wird er sie auf einem der nächsten Hoftage befehlen.«

Der Bote räusperte sich erneut und sagte etwas leiser: »Womöglich meidet Ihr besser so lange eine Begegnung mit Eurem Vater.«

Einen Augenblick lang herrschte Stille im Saal.

Dann antwortete Albrecht mühsam beherrscht: »Dankt Seiner Majestät für diesen Rat. Man soll Euch angemessen entlohnen und bewirten.«

Er gab Giselbert ein Zeichen. Dieser begleitete den königlichen Boten zur Tür hinaus, erteilte den draußen wartenden Bediensteten Anweisungen und kehrte kurz darauf zurück. Dann be-

sann sich der zum Mundschenk ernannte behäbige Ritter auf sein Amt und goss Albrecht, Elmar, Gerald und sich Wein ein.
»Auf Euern Sieg! Die Mark Meißen ist Euch gewiss!«, rief Elmar und prostete Albrecht zu.
»Aber wann?«, schrie dieser und hieb mit der flachen Hand auf den Tisch. »Soll ich mich jetzt wirklich verkriechen, bis der Alte endlich ein Einsehen hat und das Zeitliche segnet?«
Allein die Vorstellung verursachte ihm Übelkeit. Und welche Häme würde seine Frau über ihn ausbreiten!
Aber noch weniger mochte er sich vorstellen, seinem Vater gegenüberzutreten und dessen Wutausbrüche über sich ergehen zu lassen. Der Gedanke bereitete ihm trotz seiner dreißig Jahre regelrecht Furcht. Er fühlte sich wie ein Kind, das bei etwas Unrechtem ertappt worden war und nun auf die Bestrafung wartete.
Früher, ja, da hatte er in Vaters Gunst gestanden und durfte tun, was er wollte. Aber in den letzten Jahren musste er auf der Hut sein. Der Alte traute ihm nicht mehr. Das war offenkundig nach den Blicken, mit denen er seinen Erstgeborenen beäugte, und nach den vielen demütigenden Ermahnungen.
»Eher brenne ich die Mark Meißen nieder, als vor dem alten Mann zu Kreuze zu kriechen und sie ihm herauszugeben!«, wütete er, trank mit einem Zug seinen Becher leer und stellte ihn krachend ab. »Ich sollte alles niederbrennen! Nichts soll ihm bleiben, nur rauchende Trümmer …«
Wieder einmal war es Elmar, der seine Gedanken in die richtige Richtung lenkte. »Bedenkt, Hoheit: Damit würdet Ihr nur Euer eigenes Land zerstören – und womöglich die Gunst des Königs verspielen. Habt nur etwas Geduld, dann gehört es wieder Euch. Vertreiben wir uns die Zeit mit der Jagd, oder bieten wir dem König unsere Dienste an. Er braucht zum Kampf entschlossene Männer. Der Friede, den der alte Kaiser geschlossen hat, wird nicht ewig dauern. Dann werdet *Ihr* dem König Truppen in den

Krieg führen, nicht Euer greiser Vater. Ist es nicht das, was zählt?«

»Seine Majestät gab Euch doch einen ausgezeichneten Rat«, hieb der Marschall nun in die gleiche Kerbe. »Tretet Euerm Vater erst im Beisein des Königs wieder vor Augen. Dem Befehl zur Versöhnung muss der alte Mann folgen. Der König baut Euch goldene Brücken. Ihr steht also nach wie vor in seiner Gunst.«

Unstet ließ Albrecht den Blick zwischen seinen drei Ratgebern hin und her wandern und versuchte, seiner brodelnden Gefühle Herr zu werden.

Das königliche Schlichtungsangebot erleichterte ihm die Sache tatsächlich. Doch er hatte Mühe, sich vorzustellen, wie sein Vater ihm vor dem gesamten Hofstaat den Friedenskuss gab. Genauso wenig konnte er sich vorstellen, ihn zum Zeichen dafür zu umarmen, dass der Streit begraben war. Sie waren beide unversöhnlich in ihrem Stolz und hatten sich in Döben Dinge an den Kopf geworfen, die keiner von ihnen dem anderen je vergessen würde.

Doch wohin sollte er so lange gehen? Und wer würde ihm folgen?

»Ihr werdet mit mir reisen müssen. Oder glaubt Ihr etwa, mein Vater würde Euch nachsehen, dass Ihr die Seiten gewechselt habt?«, sagte er schroff zu seinen Beratern und lauerte gespannt, was sie wohl darauf sagen würden.

Elmar war keinerlei Überraschung anzusehen. Der alte Ränkeschmied wirkte gleichmütig, als habe er das vorausgesehen. Am Ende hatte er das sogar.

Auch Giselbert zuckte mit den Schultern und antwortete sofort: »Natürlich begleite ich Euch, Durchlaucht. Wir könnten uns auf eines meiner Güter zurückziehen. Es wird ja nicht für lange sein.«

Gerald wirkte sogar ziemlich erleichtert darüber, eine direkte Auseinandersetzung mit dem alten Markgrafen vermeiden zu

können. »Wir sollten das Ziel unserer Reise geheim halten«, schlug der Marschall vor. »Niemand außer uns kennt die Botschaft des Königs. Verkündet, dass Ihr Euch auf einen Umritt durch die Mark Meißen begebt, und niemand wird Euch etwas nachsagen können.«
Dieser Vorschlag gefiel Albrecht. So würde er wenigstens halbwegs das Gesicht wahren können. Und niemand würde sich etwas dabei denken, wenn die Frau des Marschalls mit ihnen ritt. Wenn er schon Meißen verlassen musste – auf Lucardis wollte er nicht verzichten.
Doch Elmars nächste Worte brachten seine aufflackernde Zuversicht wieder zum Schwinden. Nachdenklich verschränkte der Truchsess die Arme vor der Brust und fragte: »Wie hat der Kaiser eigentlich davon erfahren, dass es keine Unpässlichkeit ist, die Euern Vater in Döben festhält?«
»Da gibt es nun wirklich hundert Möglichkeiten!«, brauste Albrecht auf. »Ein Reisender, ein plappernder Diener, die Tauben auf dem Dach …«
»Die so schnell bis nach Ungarn flatterten? Oder sogar noch weiter?«, wandte nun auch Gerald zweifelnd ein.
»Vielleicht hat Euer Vater, dessen Klugheit man nicht unterschätzen sollte, einen Weg gefunden, Euch beim Kaiser anzuschwärzen«, meinte Elmar mit gerunzelter Stirn. »Oder Eure Mutter. Ich habe da einen Verdacht … Wenn Ihr mir freie Hand gewähren wollt, Durchlaucht, um dieser Sache nachzugehen …«
»Tut, was Ihr müsst, um herauszufinden, wer hier ein falsches Spiel treibt, und tötet den Verräter!«, entschied Albrecht sofort.
»Und wen schicken wir nach Döben, um Euren Vater freizulassen und hierherzugeleiten?«, fragte Gerald.
Wer diesen unliebsamen Auftrag übernahm, den würde nicht nur Ottos unverhüllter Zorn als Ersten treffen. Es musste unbe-

dingt jemand sein, der die Dinge so darstellen konnte, dass Albrecht in nicht allzu schlechtem Licht dastand.
»Wenn Ihr mir erlauben wollt, auch diese leidige Angelegenheit in die Hand zu nehmen«, erbot sich der Truchsess, als die anderen schwiegen. Dem anzüglichen Lächeln auf seinem Gesicht zufolge hatte er bereits einen Plan.
Als Albrecht mit einer Handbewegung zustimmte, erteilte Elmar draußen einem der Diener einen Befehl.
»Vielleicht gelingt es uns so, gleich mehrere Vöglein in einer Falle zu fangen«, meinte er gutgelaunt, nachdem der Diener gegangen war.

Kurz darauf betrat Reinhard den Saal und kniete nieder.
»Durchlaucht!«
Albrecht erlaubte ihm, aufzustehen, während er den dunkelhaarigen Ritter musterte.
»Eure Ratschläge, Freiberg betreffend, haben sich als nützlich erwiesen«, erklärte er und zog eine Augenbraue hoch. »Ich hoffe, Ihr seid mit Eurem Teil des Handels zufrieden.«
»Wenn ich Euch damit dienen konnte, Hoheit, bin ich es«, antwortete Reinhard, ohne zu zögern.
»Euer Weib!«, meinte Elmar und verdrehte die Augen angesichts dessen, dass der andere das Ziel von Albrechts Nachfrage wohl verkannt hatte. Er grinste und fragte: »Gehorcht sie inzwischen? Oder müsste Ihr sie immer noch jeden Abend verprügeln, mein Freund?«
Die anderen lachten.
Reinhard verzog verächtlich das Gesicht. »Seit ich mein erstes Weib begraben musste, sind mir alle anderen gleich. Gibt es Anlass zur Klage über sie? Seid versichert, dass ich sie hart bestrafe, sollte sie Euern Unwillen erregt haben.«
»Ich will mich nur vergewissern, dass es Euch wohl ergeht«, tat Albrecht beschwichtigend. Dabei war er wirklich gespannt,

welchen Plan sein Truchsess ersonnen hatte. Mit einer auffordernden Geste überließ er dem Älteren das Reden.

In knappen Worten wiederholte Elmar die Befehle des Königs. »Können wir in dieser Lage ganz auf dich zählen, mein Freund?«, fragte er und deutete mit der vertraulichen Anrede an, dass das nun folgende Gespräch ausschließlich für ihre Ohren bestimmt war.

Sie waren nur zu fünft in diesem Raum: Albrecht, seine drei höchsten Hofbeamten und Reinhard, der zu ihrem engeren Freundeskreis zählte.

Reinhard blickte dem Fürsten offen ins Gesicht. »Selbstverständlich, Durchlaucht. Wie kann ich Euch zu Diensten sein?«

»Indem Ihr nach Döben reitet und dem alten Markgrafen die Neuigkeiten mitteilt. Besänftigt ihn und bleibt an seiner Seite – als unser Spion und Fürsprecher.«

Reinhard nickte zustimmend, doch er wirkte nachdenklich.

»Sehe ich da ein Zögern?«, fragte Albrecht scharf.

»Ganz und gar nicht, Durchlaucht! Ich überlege nur ... Wenn ich vortäusche, ich würde auf die Seite Eures Vaters überwechseln ... Vielleicht sollte ich nicht als derjenige kommen, der die offizielle Kunde von seiner Freilassung bringt, sondern behaupten, ich hätte vom Befehl des Königs erfahren und sei sofort auf eigene Faust losgeritten, um ihm von der Aussicht auf Freiheit zu berichten. Das wird ihn für mich einnehmen. Der Bote mit dem königlichen Befehl könnte dann einen Tag nach mir in Döben eintreffen.«

»Sehr gut!«, lobte Elmar. »Mein Freund, ich muss zugeben, als Ränkeschmied stehst du mir kaum nach.«

Er gab Giselbert ein Zeichen, ihnen allen Wein einzuschenken. Dann drehte der Truchsess seine Bartspitzen nach oben und sah triumphierend zu Albrecht. »Ein guter Einfall, nicht wahr, Durchlaucht? Kein Mensch kann erwarten, dass Ihr noch mitten in der Nacht einen Boten nach Döben hetzt. Morgen früh ist völlig ausreichend, um dem kaiserlichen Befehl gemäß zu handeln.

Dann sieht der königliche Ministeriale ihn sogar aufbrechen und kann berichten, dass Ihr den Befehl umgehend ausgeführt habt.«

»Soll ich also jetzt gleich losreiten?«, fragte Reinhard.

»Ja«, entschied Albrecht ohne Zögern. Jedes Mittel schien ihm recht, um den unausweichlichen Zorn seines Vaters zu dämpfen. »Macht Euch zunutze, dass der alte Mann und sein Weib Euren Schwiegereltern wohlgesinnt sind.«

Er zog den Mundwinkel verächtlich herab. »Dies sollte Euren Seitenwechsel einigermaßen glaubwürdig erscheinen lassen.«

»Wünscht Ihr, dass ich meiner Gemahlin befehle, hier inzwischen bei Fürstin Hedwig ein gutes Wort einzulegen?«, bot Reinhard an.

»*Das* dürfte wohl ganz und gar vergeblich sein«, warf Albrecht hasserfüllt ein. »Eher ließe sich ein Stein erweichen, als dass meine Mutter ein gutes Haar an mir findet. *Sie* trägt die Schuld an allem! Hätte sie nicht ständig meinem Vater eingeflüstert, Dietrich die Mark zu vererben …«

Wütend trank er seinen Becher in einem Zug leer und starrte an die hölzerne Decke.

»Zu niemandem ein Wort, bevor du aufbrichst, nicht einmal zu deinem Weib!«, befahl Elmar Reinhard. »Vergiss nie: Du gibst dich als heimlichen Verbündeten Ottos aus und darfst keinen Verdacht erregen, solange wir noch hier sind. Verschwiegenheit macht dich glaubwürdiger.«

»Natürlich.« Reinhard nickte zustimmend.

Elmar löste nun die vor der Brust verschränkten Arme und lächelte vieldeutig. »Übrigens: Du musst zwar unverzüglich aufbrechen, damit der Plan gelingt. Doch du solltest dein Pferd nicht über Gebühr zur Eile treiben. Das Tier ist kostbar und verdient Schonung. Und das des Boten auch. Legt öfter eine Rast ein. Es ist schon ein Dreitagesritt nach Döben.«

»Ich verstehe.« Reinhard verzog keine Miene, während die anderen grinsten.

»Das verschafft uns sechs Tage, bis Euer Vater hier eintrifft«, fuhr Elmar fort, zu Albrecht gewandt. »Zeit genug, zu verschwinden, ohne dass uns jemand so bald finden kann. Sollte Euer Vater auf den Einfall kommen, uns bei Giselbert zu suchen, wird Reinhard uns warnen. Darauf können wir uns doch verlassen, mein Freund?«

»Selbstverständlich«, erwiderte Reinhard.

»Und findet heraus, wer heimlich noch zu meinem Vater steht – für die Zeit meiner Rückkehr!«, befahl Albrecht bissig.

»Wenn Ihr erlaubt, breche ich jetzt also auf, Durchlaucht.«

Gnädig nickte der junge Markgraf und entließ ihn mit einer Handbewegung.

Kam war Reinhard hinaus, befahl Elmar einem Diener, ihm unauffällig zu folgen und zu beobachten, ob der Mann wirklich zu den Ställen ging und ob er dort mit jemandem redete.

»Könnte sein Weib uns denn nützlich sein?«, fragte Albrecht, nachdem der Truchsess zurückgekehrt war. »Wenn sie nach ihrer Mutter kommt, darf man ihr nicht trauen …«

»Das werden wir gleich herausfinden«, entgegnete Elmar mit siegessicherem Lächeln. »Lassen wir sie holen, sobald Reinhard den Burgberg verlassen hat. Die Damen sind bestimmt noch auf und lauschen in der Kemenate diesem Spielmann, der heute eingetroffen ist.«

## Die Drohung

Clara fühlte sich in ihrem neuen Leben auf dem Meißner Burgberg so fremd und verloren, wie sie es zuvor nie für möglich gehalten hatte.

Ihr fehlten nicht nur ihre Eltern, Brüder, Freunde und ihre Arbeit, das ganze vertraute Leben in Freiberg. Dies hier war eine vollkommen andere Welt: bedrückend und gefährlich. Eine Welt, in der sie kein gelittener Gast war, sondern als unerwünscht und minderwertig angesehen wurde. Das ließ man sie spüren, und es machte ihr Angst. Jetzt erst wurde ihr bewusst, wie sehr ihre Eltern sie behütet hatten und wie unbekümmert sie dort trotz ihrer Herkunft leben konnte.

Hier schützte sie nur noch der Stand ihres Mannes. Bald fühlte sie sich so von Gefahr bedroht, dass sie auf dem Burgberg nie auch nur einen Schritt ohne Begleitung ging. Falls jemand ihr auflauerte, wenn sie allein war, würde sie sich nicht wehren können, und niemand würde ihr Glauben schenken. Und manches – zum Beispiel die Art, wie Rutger sie ansah – ließ sie genau das fürchten. Daran änderte sich auch nichts, nachdem Reinhard den jungen Ritter vor aller Augen und Ohren aufgefordert hatte, seiner Gemahlin gefälligst mehr Höflichkeit entgegenzubringen. Das hatte nur zur Folge, dass Rutger noch mehr Hass und Verachtung für sie empfand, auch wenn er das nun sorgfältig vor Reinhard verbarg.

Fürstin Sophia, deren Gefolge Clara durch Albrechts Befehl zugewiesen worden war, machte kein Hehl aus ihrer Verachtung für sie und tat so, als ob sie Luft sei. Nur ein einziges Mal hatte sie Clara gezwungenermaßen zur Kenntnis nehmen müssen, und die Umstände waren für alle Beteiligten erniedrigend.

Als Albrecht erfuhr, dass seine Gemahlin nach wie vor nicht schwanger war, befahl er Sophia und deren neue Hofdame zu sich. Er zwang Clara mit Verweis auf das Heilwissen ihrer Mutter, vor aller Ohren zu erörtern, was sein Weib tun könne, um endlich ihre dringlichste Pflicht zu erfüllen und einen männlichen Erben auszutragen.

Clara teilte die Scham und Verzweiflung der jungen Frau darüber, dermaßen bloßgestellt zu werden. In diesem Augenblick tat die Fürstin ihr leid. Als sie sprachlos über so viel Taktlosig-

keit schwieg, drohte der Fürst, sie vor aller Augen auf dem Burghof auspeitschen zu lassen, falls sie nicht gehorche.
Also antwortete sie so behutsam, wie es nur möglich war. Einige Möglichkeiten wollte sie mit Sophia lieber unter vier Augen beraten. Doch als Clara die Fürstin später leise darauf ansprach, wurde sie von ihr mit solch unverhülltem Hass zurückgewiesen, dass sie mitten im Satz verstummte.
Die anderen Hofdamen wussten natürlich, dass ihre Herrin die junge Heilkundige nicht leiden konnte, und hüteten sich, Wohlwollen für sie zu entwickeln oder gar zu zeigen. Soviel heimliche Eifersüchteleien sie auch untereinander hegten – darin waren sie sich einig.
Sie ließen Clara spüren, dass sie nicht aus einem alteingesessenen Geschlecht stammte, sondern ihre Eltern einfacher Herkunft waren, bis Otto sie für ihre Verdienste zu Edelfreien erhob. Dass Albrecht sie auch noch einem angesehenen, reichen Ritter zur Frau gegeben hatte, wurde ihr zusätzlich angekreidet. Reinhard hätte nach Meinung der Hofdamen etwas Besseres verdient.
Sprechen durfte Clara nur, wenn sie dazu aufgefordert wurde, und mehr als ein »Ja, sofort!« wurde ihr kaum zugestanden. Die strengen oder herablassenden Blicke erstickten zumeist jede Erwiderung in ihr.
Nicht einmal mit ihrem Bruder Daniel konnte sie ein Wort wechseln. Im Grunde genommen durfte sie mit überhaupt niemandem reden, außer nachts mit ihrem Mann.
Doch auch Reinhard schien hier wieder ein Fremder zu sein. Abgesehen von den Nächten, blieb ihnen kaum Zeit, in der sie ungestört miteinander sein konnten. Und oft kam Reinhard erst spät, weil er an Albrechts Tafel befohlen worden war oder mit dem neuen Fürsten und dessen engsten Vertrauten trank, Schach spielte oder zur Jagd ritt.
Wenn Clara aus der Gesellschaft der Fürstin entlassen war und er endlich in ihre Kammer kam, lag sie längst grübelnd im Bett;

bemüht, all den Hass zu vergessen, der ihr am Hof entgegenschlug.
Reinhard versuchte, ihr Wärme zu schenken. Seine leidenschaftlichen Umarmungen, von denen er kaum genug zu bekommen schien, bedeuteten ihr nicht das unermessliche Glücksgefühl, von dem die Minnesänger schwärmten. Sie suchte darin eher Trost als Erfüllung – wenigstens ein Mensch, der sie hier nicht verachtete, sondern begehrte.
Manchmal in ihrer Angst und Einsamkeit sehnte sie sich nach ihm.
Begann sie, ihn zu mögen? Ihn vielleicht sogar zu lieben?
Aber die stumme Verachtung, der sie tagsüber ausgesetzt war, zerriss sie innerlich so sehr, dass sie erneut an ihm zu zweifeln begann. Jedes Mal, wenn sie sah, wie er mit Albrecht im besten Einvernehmen ausritt, wie er mit den Männern lachte, die sie hasste, kam er ihr vor wie ein Fremder – oder schlimmer noch: ein Feind.
Trieb ihn nur männliche Wollust in ihr Bett? Prahlte er vielleicht vor den anderen, wie er sie bezwungen hatte?
Wenn Reinhard – müde von der Jagd, den Waffenübungen und vom Liebesspiel – neben ihr einschlief, starrte Clara ruhelos ins Dunkel und suchte nach einer Antwort, ohne sie finden zu können.

Marthe hatte Wort gehalten; schon einen Tag nach Claras Ankunft bekam der Schmied auf dem Meißner Burgberg einen neuen Gehilfen. Es war kein anderer als Guntram. Der mochte zwar in Freiberg unentbehrlich sein. Aber ihrem Stiefvater und auch Jonas schien offenbar wichtiger, dass sie hier ein vertrautes Gesicht in der Nähe wusste; jemanden, der im Notfall auch eine List zur Hand haben würde, um ihr zu helfen.
Es war nur so, dass sie keinen Vorwand hatte, mit einem Schmiedegehilfen zu reden. Doch wenn sie mit der Fürstin auszureiten

hatte und auf dem Hof wartete, dass man ihr das Pferd brachte, konnten sie wenigstens heimlich einen Blick tauschen. Allein sein aufmunterndes Lächeln wärmte ihr das Herz für eine Weile.

Zwei Lichtblicke gab es während der bedrückenden Wochen in Meißen seit ihrer Hochzeit. Gleich in den ersten Tagen nach ihrer Ankunft hatte sie einer jungen Hofdame geholfen, ein Kind zur Welt zu bringen, einen gesunden Jungen. Sophia hatte ihr zunächst verboten, sich als Wehmutter zu betätigen, weil dies unter ihrem Stand sei. Doch als die Geburt unerwartet rasch voranschritt und keine andere Wehmutter aufzutreiben war, ließ man Clara gewähren. Ein Glücksgefühl durchströmte sie, als sie das Neugeborene in den Händen hielt und der Wöchnerin zeigen konnte. Doch Sophias Hass und Eifersucht wuchsen noch, weil eine andere einen Sohn geboren hatte.

Den zweiten glücklichen Moment musste Clara tief in sich verbergen. Sie hatte es bisher nicht erreicht, Hedwig zu sehen. Zu genau wurde sie belauert. Aber Guntram richtete es schon kurz nach seiner Ankunft ein, dass er ihr ein frisch beschlagenes Pferd zum Ausritt bringen durfte. Und dabei wisperte er ihr zu, dass er es geschafft hatte, nach Lukas' und Marthes Anweisungen heimlich Hedwigs Magd Susanne zu treffen. So konnte er der Fürstin ausrichten lassen, dass Boten mit der Nachricht von Albrechts Missetat unterwegs zu ihrem jüngeren Sohn und dem Kaiser waren. Susanne habe zufrieden gelächelt, berichtete er; Hedwig und auch sie hätten nichts anderes erwartet und seien überzeugt, dass sich ihr Schicksal bald zum Guten wenden würde.

Heute hingegen schien ein Tag zu sein, an dem sich Glück und Unglück überschlugen.

Als der Lärm auf dem Burghof von der Ankunft des Silbers aus Freiberg kündete, war Clara wie alle Hofdamen zu einem der schmalen Fenster gelaufen, um hinauszuspähen. Ihr Herz jubelte, als sie Lukas heil und lebendig dort mit den anderen Männern sah. Sie wog ab, ob sie die Fürstin um Erlaubnis bitten sollte, ihren Stiefvater begrüßen zu dürfen. Wahrscheinlich würde Sophia das sofort verbieten, wenn es nur den geringsten Anschein dafür gab, dass Clara sich darüber freuen könnte. Aber Lukas ließ bestimmt nach ihr fragen. Vielleicht hatte er ja Nachricht von Thomas und Roland, vielleicht sogar von der bevorstehenden Rückkehr des alten Markgrafen!

Deshalb richtete sich Clara hoffnungsvoll auf, als wenig später ein Page anklopfte und eintrat.

»Ritter Lukas von Freiberg ersucht darum, seine Stieftochter zu sprechen, die Herrin von Reinhardsberg.«

Clara, die sich immer noch nicht so recht an diesen Titel gewöhnt hatte, blickte fragend zu Sophia. Doch sie wusste deren Antwort bereits, noch bevor diese ein Wort gesprochen hatte.

»Die Herrin von Reinhardsberg ist unabkömmlich.«

Clara gab sich alle Mühe, zu verbergen, wie tief sie das traf. Gehorsam senkte sie den Blick und widmete sich wieder wie befohlen der Stickarbeit. Ihr Stiefvater würde schon etwas unternehmen. Er wusste bestimmt, dass sie hier keinen Schritt unbeobachtet blieb. Ob er Abhilfe schaffen konnte? Doch solange Reinhard bei Albrecht unentbehrlich war, bestand für sie keine Aussicht auf Rückkehr nach Freiberg.

Das Stickmuster verschwamm ihr vor Augen; sie kämpfte, um sich ihre Tränen und damit ihre Schwäche nicht anmerken zu lassen.

Die Erlösung kam im nächsten Moment mit der Neuigkeit, ein Spielmann sei auf dem Burgberg eingetroffen und wolle die Damen mit seinem Gesang erfreuen.

Das lenkte die Frauen in der Kemenate von Claras Verzweiflung ab. Sophia klatschte in die Hände und befahl, ihn unverzüglich hierherkommen zu lassen.

Als der Spielmann eintrat, glaubte Clara, ihr Herz müsse vor lauter Freude einen Sprung machen. Es war ein alter Bekannter, ein guter Freund ihrer Eltern: Ludmillus.
Immer noch rank und schlank, wie stets in Kleidern in Mi-Parti, rot und grün, verneigte er sich schwungvoll und begrüßte die Fürstin. Dann nahm er die Laute und begann zu spielen.
Seine Stimme war wohlklingend und erinnerte Clara an die Zeit, als ihr Vater noch lebte. Und als er von einem Ritter sang, der mutig in den Tod gegangen war, um andere zu retten, da begriff sie: Es war kein Zufall, dass Ludmillus nach Meißen gekommen war. Lukas hatte ihn aufgespürt und zu ihr geschickt. Dieses Lied hatte Ludmillus gesungen, als ihr Vater zu Grabe getragen wurde.
Von der Fürsorge ihres Stiefvaters gleichermaßen aufgewühlt wie von den Versen, musste sie nun doch weinen.
Keine der Hofdamen wunderte sich, dass der Herrin von Reinhardsberg die Tränen liefen. Die meisten von ihnen waren vom Gesang ergriffen, obwohl sie die besondere Bedeutung dieses Liedes nicht kannten. Ludmillus wurde nicht umsonst gerühmt als der Spielmann, der die Lachenden zum Weinen und die Weinenden zum Lachen brachte.
»Aber nun etwas Fröhliches, sonst lasse ich dich auf der Stelle fortjagen!«, befahl Sophia angesichts ihrer schluchzenden Gesellschaft. »Du sollst uns hier vergnügen und nicht in Trübsinn versetzen.«
»Wie Ihr wünscht, schönste Fürstin«, entgegnete Ludmillus lächelnd und verneigte sich erneut tief. Er entlockte seiner Laute eine harmonische Tonfolge und schien dabei zu überlegen, was er als Nächstes darbieten sollte. Dann begann er einen Lobgesang auf die Schönheit der Frauen, wobei sein gepriesenes Bild unübersehbar Ähnlichkeit mit Sophia aufwies.
Clara kannte auch dieses Lied und wusste, dass sich Ludmillus einen Spaß daraus machte, den Text jedes Mal passend auf die

Frau des Gastgebers umzudichten. Sie erinnerte sich, dass er einmal erzählt hatte, ihre Mutter sei eine der wenigen gewesen, die das bemerkt und verlegen unterbunden hatten.
Kaum war der letzte Ton verhallt, klopfte es laut.
Clara fuhr zusammen. Das Klopfen riss sie zurück aus ihren Träumen in diese kalte, bedrohliche Welt. Die Worte des Dieners an der Tür bestätigten ihr ungutes Gefühl.
»Die Herrin von Reinhardsberg hat umgehend vor Fürst Albrecht zu erscheinen.«
Claras Magen schien sich vor Grauen in einen Steinklumpen zu verwandeln.
Wieso wurde sie zu Ottos Sohn befohlen? Und wieso sollte sie allein kommen? Das widersprach allen Regeln!
Selbst der hasserfüllte Blick Sophias und das neugierige Wispern der anderen Hofdamen waren bedeutungslos angesichts der Angst, die sie beherrschte, während sie dem Diener folgte. Ihre einzige Hoffnung bestand jetzt darin, dass ihr Mann in Albrechts Gesellschaft weilen würde. Aber konnte Reinhard ihr beistehen? Oder war er am Ende selbst in Gefahr?
Innerlich aufs Schlimmste gefasst, betrat sie den Rittersaal und kniete in großem Abstand vor Albrecht nieder.
Bereits ein erster Blick hatte ihr gesagt, dass Reinhard nicht da war. Steckte er womöglich schon im Verlies? Unten auf dem Burghof war er nicht; sie hatte am Fenster gesessen und immer wieder hinausgespäht in der Hoffnung, ihren Stiefvater zu sehen.
Ottos Sohn betrachtete sie kalt.
»Ihr werdet eine Woche lang allein sein, meine Teure. Euer Gemahl musste sich auf eine dringende Reise begeben«, verkündete er. »Ich hoffe, Ihr werdet ihn nicht allzu sehr vermissen, frisch vermählt, wie Ihr seid.«
Es waren weniger die Worte als der Unterton, der Clara das Gefühl von höchster Gefahr vermittelte – und das anzügliche Grin-

sen von Elmar und Giselbert. Hilfesuchend sah sie zu Gerald, dem Marschall. Immerhin war er Lukas' Schwager. Doch in seinem Gesicht ließ sich kein Mitgefühl entdecken. Er hatte ihre Familie noch nie leiden können, und Lucardis, seine Frau, war die schlimmste und gehässigste unter den Hofdamen.

Als Marthes Tochter nicht antwortete, meinte Albrecht streng: »Ich entdecke kein Bedauern auf Eurem Gesicht. Seid Ihr am Ende froh, ihn für eine Weile los zu sein?«

Allen Mut zusammennehmend, blickte Clara auf. »Wenn er Euch zu Diensten sein kann, Durchlaucht, füge ich mich gern in mein Schicksal und warte geduldig, bis Gott ihm eine glückliche Heimkehr schenkt.«

»Dafür beten wir alle«, entgegnete Albrecht zynisch.

Unvermittelt trat Elmar einen Schritt näher.

»Vielleicht … wollt Ihr nun Eure Gemahlin selbst von der bevorstehenden Abreise unterrichten?«, schlug der Truchsess dem Markgrafen vor.

Clara begriff sofort, dass die unverhohlene Aufforderung eines Untergebenen an den Fürsten in diesem Fall nicht als Verstoß gegen höfisches Benehmen zu werten war. Sonst würde Albrecht ihn kurzerhand in den Kerker werfen lassen. Elmar hatte etwas vor, bei dem sein Dienstherr besser nicht zugegen war. So konnte dieser später ohne Meineid behaupten, von nichts gewusst zu haben.

Clara, die immer noch kniete, hatte Mühe, nicht zusammenzuzucken, als Albrecht kalt lächelnd auf sie zuschritt.

»So schreckhaft, meine Liebe? Euer Gemahl hat womöglich eine allzu strenge Hand mit Euch.«

Als die anderen lachten, blieb Albrecht vor ihr stehen und sah auf sie herab. Dann drehte er sich zu Elmar um. »Verfahrt nach Belieben!«, rief er und verließ mit langen Schritten den Raum.

Als die Tür hinter ihm zufiel, war Clara, als triebe das Geräusch einen Dolch in ihr Herz.

Sie war jetzt allein mit Elmar, Giselbert und Gerald. Am liebsten wäre sie aufgesprungen und hinausgerannt.
Reglos blieb sie knien, bemüht, sich nichts von ihrer Furcht ansehen zu lassen. Aber diese Männer wollten, dass sie sich fürchtete. Sollte sie ihre Angst zeigen, um sie zufrieden zu stimmen?
»Steh auf!«, befahl Elmar.
Wankend kam sie hoch und hielt die Lider gesenkt. Dass der Truchsess – bester Freund des Todfeindes ihres Vaters – sie nun mit einem verächtlichen »Du« anredete, war ein unheilvolles Zeichen.
Mit verschränkten Armen stellte er sich unmittelbar vor ihr auf. »Wir wissen, dass du entgegen den Befehlen des Markgrafen – des *neuen* Markgrafen – heimlich in Verbindung mit der alten Fürstin stehst.«
Rasch wog Clara ab, ob er tatsächlich etwas wissen konnte oder nur geraten hatte. Doch sie kam gar nicht dazu, den Vorwurf abzustreiten. Elmar umfasste mit hartem Griff ihr Kinn, hob es an und starrte ihr in die Augen. »Hast du geglaubt, schlauer zu sein als wir? Hast du geglaubt, irgendetwas hier könnte dich schützen? Deinen Mann kümmert es nicht, ob du verreckst. Der findet leicht etwas Besseres. Und bilde dir ja nichts auf deinen Stand ein. Dein Vater war ein Niemand, deine Mutter eine Hure!«
Er hielt sie immer noch am Kinn; sein Griff schmerzte, und sein Gesicht war ihrem jetzt so nah, dass sie jedes einzelne Barthaar sehen konnte und den Leberfleck über seiner Lippe.
»Vergiss niemals: Auch wenn wir jetzt für eine Weile fort sind, wir kommen wieder! Nach Ottos Tod ist Albrecht auf königlichen Entschluss unwiderruflich Herr der Mark Meißen. Gibt es auch nur das geringste Anzeichen dafür, dass du Hedwig etwas eingeflüstert hast, das ein schlechtes Licht auf ihren Erstgeborenen wirft, wirst du dir wünschen, du seist tot. Ist das klar?«
Er löste seinen Griff und stieß sie zurück, so dass sie beinahe stürzte.

Clara nickte, ohne jemanden anzublicken.
»Wir sollten ihr die Angelegenheit etwas eindringlicher vermitteln«, sagte Giselbert und trat nun ebenfalls näher.
Sie wich zurück, aber Elmar griff erneut zu. Er legte seine Rechte um ihren Hals und schob sie an die Wand. Röchelnd rang Clara nach Luft.
»Ich überlege gerade, ob ich dich erwürgen oder schänden werde«, sagte der Truchsess und drückte noch fester zu. »Aber eines von beiden werde ich tun, sollten wir nach unserer Rückkehr nicht zufrieden mit dir sein. Und kein Hahn wird in Meißen nach dir krähen.«
In Claras Ohren rauschte es, ihr wurde schwarz vor Augen. Unvermittelt ließ Elmar sie los. Sie fiel auf die Knie, legte sich die Hände um den schmerzenden Hals und holte keuchend Luft.
Der Truchsess musterte sie mit eiskaltem Blick. »In sechs Tagen sollten die Male verschwunden sein. Und wenn nicht – Reinhard sollte unsere Freundschaft wichtiger sein als du. Sofern er wiederkommt.«
Nun trat Gerald zu ihr und hob sie mit hartem Griff auf. »Erzähle deinem Mann besser nichts hiervon!«, riet er. »Wir würden dafür sorgen, dass er dich verstößt und mit Schimpf und Schande davonjagt. Dann kannst du auch nicht nach Freiberg zurück.«

Gerald führte Clara in ihre Kammer. Auf dem Weg sagte sie kein Wort zu dem Schwager ihres Stiefvaters. Wozu auch? Er würde ihr nicht helfen. Vor der Tür packte er sie erneut am Arm. »Vergiss nicht: ein Wort, und wir machen dich zur Hure!«
Sie versuchte, seinem Griff zu entkommen, aber er hielt sie fest und starrte ihr unnachgiebig in die Augen, bis er endlich losließ. In Todesangst stürzte sie in ihre Kammer und lehnte sich mit dem Rücken gegen die Tür. Nur langsam beruhigte sich ihr hämmerndes Herz.
Zittrig griff sie nach dem kupfernen Spiegel und begutachtete

die Würgemale, die Elmars unnachgiebige Hand hinterlassen hatte. Die würde sie in den nächsten Tagen mit einem Gebende verbergen müssen.
Clara tränkte einen Leinenstreifen mit kaltem Wasser aus einem Krug und wand ihn sich um den geschundenen Hals, um die Schwellung und die Blutergüsse zu mindern.
Muss Albrecht für länger fort, weil der alte Markgraf wiederkommt?, überlegte sie, als sie endlich wieder einen klaren Gedanken fassen konnte. Also hatten Thomas und Roland Erfolg mit ihrem Auftrag! Dann hatten sie es auch geschafft, lebend aus Albrechts Herrschaftsgebiet zu entkommen. Ob sie nun bei Graf Dietrich waren? Zogen sie vielleicht sogar gemeinsam mit ihm ins Heilige Land?
Vor ihr flackerte ein Bild auf: ihr Bruder und Raimunds Sohn zusammen mit Dietrich von Weißenfels in einer unüberschaubaren Schar berittener Kämpfer. Es berührte sie zutiefst, die so lange Vermissten in diesem Phantasiegespinst zu sehen. Doch gleichzeitig verspürte sie Angst – Angst um diese drei und auch um Reinhard.
Welchen Befehl hatte Albrecht ihrem Mann erteilt? Früher oder später würde sein doppeltes Spiel auffliegen, und dann war ihm der Tod sicher.
Als Clara endlich einschlief, suchten grauenvolle Träume sie heim: voller Kampflärm, Schreien und Blut.

## *Ottos Rückkehr*

Fünf Tage nach dem überraschenden Eintreffen des königlichen Boten ließ Albrecht Vorkehrungen für seinen eigenen Aufbruch treffen. Zunächst brachte niemand von Dienerschaft und Besat-

zung auf dem Meißner Burgberg beide Ereignisse miteinander in Verbindung. Ein Herrscher war eben die meiste Zeit auf Reisen, und ganz besonders jemand, der gerade erst die Macht übernommen hatte.
Einzig Clara ahnte seit Elmars Drohung, dass es mit der bevorstehenden Abreise Albrechts eine außergewöhnliche Bewandtnis haben könnte. Die Bestätigung für ihre heimliche Hoffnung kam fast sofort: Guntram schickte ihr durch eine Magd in einem unbeobachteten Moment die Nachricht, dass die Rückkehr des alten Markgrafen unmittelbar bevorstehe.
Durch nichts ließ sie sich etwas von diesem Wissen anmerken; sie schaffte es sogar, sich betrübt statt erleichtert zu geben, als Sophia verkündete, die Herrin von Reinhardsberg gehöre nicht zu den Damen, die sie begleiten sollten.
Der Markgraf würde mit sorgfältig ausgesuchter Gesellschaft reisen: sein Truchsess, sein Mundschenk, der Marschall und zwei Dutzend zuverlässiger Kämpfer, dazu natürlich noch Knappen, Reisige und Diener. Und da Damen mitreisten, war es selbstverständlich, dass auch mit Truhen beladene Karren zum Tross gehörten. Lucardis, die Frau des Marschalls, bei der Clara erste Anzeichen einer Schwangerschaft zu erkennen glaubte, und noch ein paar Kammerfrauen und Mägde sollten die Fürstin begleiten.
Doch dann erließ der neue Markgraf Befehle, die in der Dienerschaft für erschrockenes Zögern sorgten.
»Habe ich mich nicht klar und deutlich ausgedrückt?!«, brüllte Albrecht über den Hof.
Als niemand zu antworten wagte, ließ er den alten Haushofmeister seines Vaters rufen, einen hageren Mann mit inzwischen kahlem Kopf, der wegen seiner hochfahrenden Art recht unbeliebt unter dem Gesinde war.
»Wieso werden meine Befehle nicht befolgt?«, fuhr er ihn an.
Der dürre Haushofmeister wand sich unter dem strengen Blick

des neuen Herrn. Schließlich hatte er während Ottos Regentschaft die Aufsicht über das kostbare Tafelgeschirr, die Wandbehänge und die anderen wertvollen Gegenstände in der Halle gehabt – all die Dinge, die gemäß Albrechts Befehlen in Truhen gepackt und auf die Karren geladen werden sollten.

»Gehört das nicht alles mir?«, fragte Albrecht drohend.

Als er nicht schnell genug Antwort bekam, befahl er: »Sechzig Hiebe dafür, dass er mir den Gehorsam verweigert!«

Der Haushofmeister schrie vor Entsetzen auf, sackte in die Knie und bat jammernd um Gnade. Mit unverkennbarer Genugtuung gab Albrecht einem der Reitknechte das Zeichen, die Bestrafung vorzunehmen.

Das gesamte Gesinde wurde auf dem Hof zusammengerufen, um mit anzusehen, wie Ungehorsam geahndet wurde.

Der Knecht zerrte dem Haushofmeister Bliaut und Untergewand über den Kopf und warf sie achtlos auf den schlammbedeckten Boden, dann band er den Kahlen an den Schandpfahl und ließ die Gerte auf den entblößten Rücken niedersausen.

Mancher unter den Dienern empfand anfangs noch Schadenfreude, dass es den Hochnäsigen auch einmal erwischte, der sich vor Schmerz und Angst die Seele aus dem Leib schrie. Sie alle hatten schon Schläge hinnehmen müssen. Doch niemand von ihnen vermochte sich vorzustellen, wie der Alte sechzig Hiebe von solcher Wucht überleben könnte.

»Sie schlagen ihn tot«, flüsterte die jüngste Backmagd und bekreuzigte sich.

Einige von Albrechts Männern machten sich inzwischen einen Spaß daraus, mitzuzählen. Längst hatte der Alte aufgehört zu schreien; niemand wusste, ob er nur ohnmächtig oder schon tot war.

»Er bleibt hier hängen bis morgen früh!«, befahl Albrecht, nachdem sein Knecht den letzten Hieb ausgeteilt hatte. »War das anschaulich genug, damit meine Befehle künftig befolgt werden?«

Ohne jegliches Wort und mit gesenkten Lidern füllten die Diener die Truhen und hievten sie auf die bereitstehenden Ochsenkarren. Auch als acht Männer eine schwere Kiste aus der Silberkammer herbeitrugen und auf dem Gefährt festzurrten, wagte es niemand, ein Wort oder gar einen Einwand zu erheben.
Nun schien der Tross abreisebereit. Mit angehaltenem Atem warteten die Diener darauf, dass der Fürst mit seinen Begleitern durch das Tor ritt und sie wenigstens vorübergehend von ihm befreit waren. Die meisten hatten inzwischen begriffen, dass dies eher nach einer sorgfältig vorbereiteten Flucht als nach einem der üblichen Umritte aussah. Aber niemand wagte es, das auszusprechen.
Ob der alte Markgraf wiederkam? Dann stand der nächste Ärger bevor, wenn er seinen geplünderten Palas betrat.
Doch bevor Albrecht seinem Pferd die Sporen gab, tat er etwas, womit niemand gerechnet hatte – niemand außer Clara. Er ließ die Wachen rufen, die er vor der Kammer seiner Mutter aufgestellt hatte. Als sie vor ihm antraten, befahl er ihnen ohne weitere Erklärung, sich seinem Gefolge anzuschließen.
Reglos beobachteten die Burgbewohner, wie Albrecht und seine Begleiter durch das Tor und den Burgberg hinunterritten. Ihnen folgten die Ochsengespanne mit den schwerbeladenen Karren. Zwei Fuhrknechte mussten immer wieder Hemmschuhe unter die rollenden Scheibenräder packen, damit die Wagen nicht zu schnell wurden und den abschüssigen Weg hinabstürzten.
Endlich war der Letzte durch das Tor.
Fürst Albrecht hatte den Burgberg verlassen.
Und immer noch wagte es niemand auf dem Hof, sich zu rühren.

Vom Fenster aus hatte Clara Albrechts Strafgericht und seinen Aufbruch mitverfolgt. Kaum war das Gefolge außer Sichtweite, sprang sie auf und lief hinaus, ohne sich um die anderen zurückgelassenen Hofdamen zu kümmern.

Ihre Hoffnung bestätigte sich: Die Tür zu Hedwigs Kammer war nun wirklich unbewacht, zum ersten Mal seit Wochen.
Mit jubelndem Herzen klopfte sie an und trat ein, als sie hereingebeten wurde.
»Ihr seid frei, auf kaiserlichen Befehl!«, rief sie.
Hedwig stand auf und schloss sie in die Arme. Die Markgräfin schien nur auf diesen Moment gewartet zu haben. Nichts an ihr erweckte den Eindruck, die Gefangenschaft – wenn auch unter behaglichen Bedingungen – habe ihr etwas ausgemacht. Selbst das Gebende saß tadellos.
»Dann wollen wir keine Zeit vergeuden!«, sagte Hedwig und schritt hinaus.
Mit ihrer Erlaubnis lief Clara vor, um sich um den Haushofmeister zu kümmern. Der hing blutüberströmt am Pfahl, umgeben von einer Menschentraube, doch niemand wagte sich näher als drei Schritte an ihn heran, nicht einmal seine junge Frau.
»Lasst mich zu ihm«, rief Clara und drängte sich durch die Menge. »Schneidet ihn los und legt ihn vorsichtig auf den Boden!«
»Der Markgraf hat befohlen, ihn bis morgen früh ...«, wandte einer der Knechte unbehaglich ein.
Doch in diesem Augenblick zog Hedwigs Erscheinen alle Aufmerksamkeit auf sich.
»Was ist hier los?«, fragte sie laut. »Bindet sofort diesen Mann los, und dann zurück an die Arbeit! Morgen wird *Markgraf* Otto zurückkehren, und es gibt viel vorzubereiten, um ihn würdig zu empfangen!«
Auffordernd klatschte sie in die Hände, sich der Wirkung ihres unerwarteten Auftritts und ihrer Worte voll bewusst.
»Tragt den Haushofmeister in die Kammer, damit die Herrin von Reinhardsberg seine Wunden versorgen kann. Seinen Gehilfen, den Küchenmeister und den Waffenmeister will ich umgehend in der Halle sprechen.«
Ohne sich um den Aufruhr zu kümmern, den ihre Ankündi-

gung unter der Burgbesatzung verursachte, schritt Hedwig erhobenen Hauptes zum Palas.
Guntram und einer der Stallknechte hatten inzwischen den gepeinigten Mann auf den Boden gelegt. Besorgt kniete Clara nieder und suchte an seinem Hals nach einem Pulsschlag. Dann ließ sie den Bewusstlosen in die Kammer tragen, beauftragte eine Magd, ihr einen Eimer Wasser aus dem Brunnen und sauberes Leinen zu bringen, und wies eine andere an, in der Küche Schafgarbe auskochen zu lassen.
Guntram begleitete sie ein paar Schritte und strahlte über das ganze Gesicht. »Morgen kommt Fürst Otto zurück. Das wird ein Fest!«

Mit der ihr eigenen Tatkraft übernahm Hedwig die Zügel im markgräflichen Palas, um alles für die Rückkehr ihres Gatten vorzubereiten. Durch nichts ließ sie erkennen, dass es einen dermaßen unerhörten Vorfall in ihrer Familie gegeben hatte, bei dem sogar der Kaiser noch während seiner Reise ins Heilige Land einschreiten musste. Und schon gar nicht ließ sich Hedwigs Auftreten entnehmen, ob nun mit Ottos Rückkehr ein Strafgericht über die Abtrünnigen hereinbrechen würde.
Längst nicht alle auf dem Burgberg teilten Guntrams Begeisterung über die bevorstehende Ankunft des alten Markgrafen. Den größten Teil der Besatzung und der Dienerschaft versetzte sie sogar in äußerste Unruhe. Der von der Gicht geplagte, fast siebzigjährige Fürst war schon in ruhigen Zeiten wegen seiner Strenge und Mürrischkeit gefürchtet. Wie würde er nun diejenigen büßen lassen, die übereifrig seinen aufsässigen Sohn als neuen Herrscher anerkannt hatten?
Am nächsten Morgen – einen Tag nach Albrechts Abreise – befahl Hedwig zur allgemeinen Verwunderung, ihr Pferd zu satteln, und ließ Hartmut eine Begleitmannschaft zusammenstellen, weil sie ihrem Gemahl entgegenreiten wolle.

Das setzte eine nicht enden wollende Kette von Vermutungen in Gang, die zwischen Furcht und Hoffnung hin- und herwogten. Würde Hedwig Otto berichten, wer ihr während seiner Abwesenheit zur Seite gestanden hatte und wer ohne Zögern übergelaufen war? Oder wollte sie – wie jedermann hoffte – unter vier Augen mit ihrem Gemahl sprechen, um mäßigend auf ihn einzuwirken?
Die Markgräfin hatte mit ihren Begleitern das Burgtor kaum durchquert, als alle, die nur irgendwie von ihrer Arbeit abkömmlich waren, in die Kapelle huschten, schlurften oder schlichen, um die Heilige Mutter Gottes zu bitten, sie vor dem drohenden Zorn des Fürsten zu bewahren.

Ottos Rückkehr auf den Meißner Burgberg wurde ein wahrhaft denkwürdiges Ereignis.
Die Sonne stand an diesem heißen Sommertag schon weit über dem Zenit, als ein Hornsignal das Nahen des alten Markgrafen und seiner Gemahlin ankündigte. Sofort stellten sich Burgbesatzung und Gesinde auf, um sie zu begrüßen – mit furchtsamen Blicken, gesenkten Köpfen und Gebete flüsternd.
Dass der betagte Waffenmeister Hartmut dem Fürstenpaar voranritt, ließ manchen aufatmen. Otto hatte ihn also nicht enthaupten lassen. Zumindest nicht bis jetzt.
Weit mehr Erstaunen herrschte allerdings darüber, dass auch der Ritter von Reinhardsberg mit Otto zurückgekehrt war, und dies nicht einmal in Ketten. Dabei zählte der eindeutig zu Albrechts und Elmars engsten Vertrauten! Der wie üblich finsteren Miene Reinhards ließ sich nicht entnehmen, ob er heute noch hingerichtet werden sollte oder seinen Hals irgendwie retten konnte.
Dagegen verwunderte es kaum jemanden, dass auch der Anführer der Freiberger Burgwache zu Ottos Begleitung zählte. Nur ein paar besonders Spitzfindige fragten sich, weshalb dieser Lukas nicht in der Silberstadt war und wie er eigentlich von Ottos

Rückkehr erfahren haben konnte. Aber vermutlich hatte er bei der ganzen Sache sogar seine Hände im Spiel gehabt.
Mit düsterer Miene ließ der alte Markgraf den Blick über die vor ihm Knienden schweifen. Aus dem Willkommenspokal trank er nur einen winzigen Schluck – vielleicht aus Furcht vor Gift – und gab ihn wortlos an den Kellermeister zurück.
Er ließ sich aus dem Sattel helfen, reichte seiner Frau den Arm und stapfte entschlossen Richtung Palas.
Hartmut, Lukas und Reinhard folgten ihm auf seinen Befehl.
Sofort rannten die Männer und Frauen, die eben noch auf dem Hof gekniet hatten, zu ihren Plätzen. Ein Dutzend Stallburschen führten die Pferde fort, andere liefen in die Küche, einige gingen auf Zehenspitzen in den Palas, um dort bereitzustehen, sollten der Markgraf oder seine Gemahlin Befehle erteilen.

Immer noch mit eisiger Miene, die buschigen Augenbrauen zusammengezogen, starrte Otto auf die Wände des Saales.
Die Veränderungen seit seiner verhängnisvollen Abreise nach Döben waren nicht zu übersehen. Der prachtvoll bestickte Wandbehang mit dem meißnischen Löwenbanner in der Mitte fehlte, ebenso die silbernen Kerzenständer und Pokale, die bronzenen Aquamanilen sowie zwei üppig verzierte Truhen.
So stand er scheinbar eine halbe Ewigkeit, bis er sich schroff umdrehte und sich auf seinen Stuhl fallen ließ. Mit einer knappen Handbewegung lud er Hedwig ein, an seiner Seite Platz zu nehmen.
»Und er hat auch das Silber aus der Münze mitgenommen?«
Die ersten Worte, die Otto seit seiner Rückkehr auf den Burgberg aussprach, hallten durch den ungewohnt leer wirkenden Saal.
Hedwig nickte mit zusammengekniffenen Lippen.
Otto schwieg eine Weile, dann befahl er einem angstvoll dreinblickenden Diener, sofort sämtliche Ritter und sonstigen Herren von Stand in die Halle zu beordern.

Der Raum füllte sich rasch mit Männern, die vor ihm niederknieten.
Lange Zeit herrschte eisiges Schweigen. Als einer der Ritter etwas sagen wollte, schnitt ihm Otto mit einer Handbewegung das Wort ab.
»Ich erkläre hiermit sämtliche Edlen für geächtet, die meinem abtrünnigen Sohn gefolgt sind und ihren wahren Lehnsherrn verraten haben«, rief er in die dröhnende Stille hinein. »Wer sie findet, kann sie gefangen nehmen und töten, ohne dafür Strafe fürchten zu müssen. Sie dürfen auf Lebenszeit die Mark Meißen nicht mehr betreten. Ihre Felder werden niedergebrannt, ihr Vieh abgestochen, und jedes Dorf, das es wagt, ihnen Zuflucht zu gewähren, wird erbarmungslos verwüstet.«
Dies waren sehr harte Befehle. Dass niemand im Saal Einspruch dagegen erhob, zeigte, wie die Anwesenden derzeit ihre eigene Lage einschätzten.
Wie stets in solchen Momenten richteten sich sämtliche Blicke auf Hedwig. Würde sie es heute schaffen, beschwichtigend auf ihren Gemahl einzuwirken?
Sachte legte Hedwig ihre Hand auf Ottos Arm.
»Es ist Euer Land, mein Gemahl!«, sagte sie vorsichtig. »Ihr solltet es vielleicht besser einziehen und damit diejenigen belohnen, die treu zu Euch stehen, statt Saat und Vieh zu vernichten.«
Otto schüttelte ihre schmale Hand ab, als wäre sie eine lästige Fliege. Dann kniff er die Augen bis auf einen Schlitz zusammen und verzog grimmig den Mund. »Ja, so wird sich zeigen, wer wirklich zu mir steht. Reinhard, tretet vor!«
Der dunkelhaarige Ritter erhob sich und näherte sich befehlsgemäß bis auf zehn Schritte dem markgräflichen Paar.
»Habt Ihr den Mut, den Besitz Eures einstigen Freundes Elmar aus meiner Hand als Lehen entgegenzunehmen?«, fragte Otto herausfordernd. »Obwohl Ihr wisst, dass der Tag vielleicht bald

kommt, da ich zu Grabe getragen werde und mein ruchloser Sohn endgültig die Herrschaft über mein Land antritt?«
»Was ich tun kann, um Euch meine Ergebenheit zu beweisen, Hoheit, werde ich tun«, erklärte Reinhard und neigte den Kopf.
»Dann reitet los! Findet die Verräter und bringt sie in Ketten hierher. Oder tötet sie auf der Stelle!«
Otto warf einen prüfenden Blick Richtung Fenster, wo sich die Dämmerung bereits abzuzeichnen begann. »Meldet Euch nach dem Mahl bei mir, und zwar in Begleitung von Lukas. Ihr werdet noch heute Nacht aufbrechen.«
»Wie Ihr wünscht, mein Fürst.«
Reinhard verneigte sich und trat zurück in die Reihe der Ritter, die nach wie vor nicht wussten, ob der Fürst sie bestrafen oder belohnen würde.
Allerdings wäre eine Belohnung ein zweischneidiges Schwert, denn wen der alte Markgraf jetzt mit dem Besitz der Abtrünnigen belehnte, der würde unweigerlich in große Schwierigkeiten geraten, wenn Albrecht zurückkehrte.
»Ich erwarte, dass mir hier und jetzt jeder Einzelne von Euch erneut einen Treueschwur leistet!«, rief Otto mit lauter, befehlsgewohnter Stimme. »Wer nicht dazu bereit ist, der soll auf der Stelle diese Halle verlassen und den Verfemten in die Verbannung folgen, bevor ich es mir anders überlege und ihm den Kopf abschlage.«
Hedwig beobachtete aufmerksam, wie die Ritter nacheinander ihrem Gemahl erneut Lehnstreue schworen. Sie wusste genau, wen von diesen Männern sie besser nicht aus den Augen lassen sollte. Um die Wankelmütigen einzuschüchtern, hatte das kleine Schauspiel gedient, das sie und ihr Gemahl eben aufgeführt hatten.
Trotz seines überschäumenden Zornes hatte Otto nicht einen einzigen Moment daran gedacht, seine eigenen Ländereien nie-

derbrennen zu lassen, wenn er nicht dazu gezwungen würde. Dafür war er viel zu berechnend. Und falls er so etwas erwogen hätte, würde Hedwig ihn diesmal auch nicht davon abhalten können, so groß war sein Groll. Sollten alle glauben, er sei bereit, einzulenken, um seiner milde gestimmten Frau Entgegenkommen zu zeigen.

Hedwig war bewusst, in welche Gefahr sich diejenigen begaben, die zu ihrem Gemahl standen. Wenn Otto starb, würde Albrecht zurückkehren und die Markgrafschaft endgültig übernehmen. Dann mussten sie alle um Gottes Beistand bitten.

Das wird eine schlimme Zeit für das Land, dachte sie beklommen. Und ich werde daran kaum etwas ändern können. Das vermag nur Dietrich, falls er lebend aus dem Heiligen Land zurückkehrt. An Besitz und Leben eines Wallfahrers darf sich niemand vergreifen, das kann nicht einmal Albrecht wagen. Aber Gott allein weiß, ob mein Jüngster noch lebt …

## *Wiedersehen*

Als die Männer nach dem Treueschwur die Halle verlassen durften, drängte sich Lukas zu seinem Schwiegersohn durch. »Auch wenn ich verstehe, dass du jetzt schnell zu deiner Frau willst – du erlaubst doch, dass ich meine Tochter wenigstens begrüße!«

Reinhard nickte und bedeutete ihm, voranzugehen. Er selbst nahm mit jedem Schritt gleich zwei Treppenstufen auf einmal. In den letzten sechs Tagen war er mehr in Sorge um seine Frau als um sich selbst gewesen. Er hatte kein gutes Gefühl dabei gehabt, Clara auf dem Burgberg allein zu lassen, während Albrecht und seine Vertrauten noch hier waren. In sechs Tagen konnte viel geschehen.

»Sie ist doch glücklich?«, fragte Lukas ungewohnt ernst in Reinhards Grübeleien hinein. »Ich muss es doch nicht bereuen, sie dir zur Frau gegeben zu haben?«

Reinhard zögerte. Lukas war sein Vorbild, sein Waffengefährte, sein Mitverschwörer. Sie setzten gemeinsam ihren Kopf aufs Spiel, und er wollte und konnte ihn nicht belügen. Aber gab es eine einfache Antwort auf diese einfache Frage?

»Ich hoffe es«, sagte er schließlich.

Als er vorhin auf dem Burghof Clara entdeckt hatte, war ein freudiges Aufleuchten über ihr Gesicht gegangen. So hatte sie ihn bisher noch nie angesehen.

Hatte sie ihn vermisst? Sich um ihn Sorgen gemacht?

Er und Clara hatten sich sechs Tage nicht gesehen; er konnte es kaum erwarten, sie in die Arme zu nehmen und zum Bett zu tragen. Auf einmal verspürte er keinen sehnlicheren Wunsch, als dass sie ihm dabei so zulächelte wie vorhin in diesem einen, flüchtigen Moment auf dem Burghof.

Clara war allein in der Kammer. Sie zuckte zusammen, als die Tür aufgerissen wurde, doch als sie ihren Stiefvater erkannte, sprang sie erleichtert auf.

Ihre Freude ließ Lukas einen Stein vom Herzen fallen. Sie verübelte ihm also nicht mehr, auf dieser Hochzeit bestanden zu haben. Vielleicht hatte sie sich inzwischen sogar in Reinhard verliebt? Rasch schob er das Bild beiseite, das sich ihm aufdrängen wollte – sein Vertrauter im Bett mit Marthes Tochter. Das wollte er lieber nicht sehen.

»Ich will mich nur vergewissern, dass es dir gutgeht«, sagte er, während er Clara in die Arme schloss. »Deine Mutter sendet dir Grüße. Wir haben für dich gebetet. Jetzt, da Albrecht fort ist, atmen wir alle erst einmal auf.«

»Dürfen wir nun wieder nach Freiberg?«, fragte sie. »Und wie habt Ihr erfahren, dass Otto zurückkehrt?«

Sie trat einen halben Schritt zurück, überlegte kurz und lächelte, als sie begriff. »Ludmillus! Nicht wahr? Ihr habt ihn meinetwegen hergeschickt, und dann brachte er die Nachricht nach Freiberg!«
»Ja, dein Mann hat ihm die lang ersehnten Neuigkeiten zukommen lassen, bevor er nach Döben ritt, um reumütig von Otto wieder in Gnaden aufgenommen zu werden.«
Lukas trat einen Schritt beiseite, um Platz für Reinhard zu machen. »Und hier ist er. Heiße ihn willkommen! Ich will euch nicht länger stören. Wir sehen uns beim Mahl.«
Nach einem aufmunternden Blick ging er hinaus, und Clara und Reinhard blieben allein in der Kammer zurück.

Nun erst konnte Clara ihren Mann genauer betrachten. Er sah müde aus, Bartstoppeln ließen seine Wangen dunkel schimmern, doch er wirkte so glücklich, dass sie unwillkürlich zwei Schritte auf ihn zuging.
»Ist der Plan aufgegangen? Haben sie dir geglaubt?«, fragte sie erleichtert.
Die vertrauliche Anrede ging ihr immer noch schwer über die Lippen, vor allem, nachdem sie ein paar Tage voneinander getrennt waren. Doch Reinhard bestand darauf, wenn niemand sonst sie hören konnte.
»Ja. Vorerst sind wir in Sicherheit.«
Er griff nach den Händen, die sie ihm entgegenstreckte, und küsste sie, dann zog er sie an sich und hielt sie mit seinen Armen umschlossen.
»Ich war in Sorge um dich! Ich durfte mich nicht von dir verabschieden. Elmar ließ mich nicht aus den Augen, bis ich vom Hof geritten war«, raunte er entschuldigend, während seine Hände über ihren Nacken strichen. »Zum Glück hatte Guntram jemanden an der Brücke postiert …«
Sehnsüchtig küsste er ihre Halsbeuge. Doch bei Claras nächsten Worten erstarrte er mitten in der Bewegung.

»Albrecht selbst hat es mir gesagt. Er wollte prüfen, ob er mir damit Angst machen kann oder ob ich froh bin, ein paar Tage ohne dich zu sein.«

»Aber dir ist nichts geschehen?«, fragte Reinhard bestürzt.

»Nein«, log sie. Sie hatte die Würgemale sorgfältig verborgen, und inzwischen waren sie verschwunden, wie es Elmar hohnlachend prophezeit hatte. Dass sie Reinhard nichts von diesem Zwischenfall erzählen würde, hatte sie sofort beschlossen, auch wenn sie sich über die Beweggründe dafür nicht genau im Klaren war.

»Dem Herrn sei Dank!«, stieß Reinhard erleichtert aus. »Jetzt kommen bessere Zeiten …«

Er küsste seine Frau leidenschaftlich und war überglücklich, als sie seinen Kuss erwiderte. Entschlossen schob er sie Richtung Bett.

»Wirst du nicht zum Mahl erwartet?«, wandte Clara zaghaft ein.

»Dort kommen sie ohne mich aus. Otto wird schon nach mir rufen lassen, wenn er mich braucht …«

Als Clara sich auf das Bett sinken ließ und das Kleid am Saum leicht hochzog, schüttelte er den Kopf.

»Heute will ich mir Zeit nehmen«, sagte er mit rauher Stimme, während er ihr wieder aufhalf und nach den Schnüren griff, die ihr Obergewand an den Seiten zusammenhielten.

»Komm, hilf mir …«

Ohne ein Wort entknotete Clara die Bänder, erst links, dann rechts, während ihr Mann ihr das Schapel vom Kopf nahm und die zum Zopf geflochtenen Haare löste.

»Sechs Nächte war ich ohne dich … und auch davor hatten wir viel zu wenig Zeit füreinander … Jetzt will ich jeden Quadratzoll von dir genießen.«

Mit einem Griff zog er ihr Bliaut und Untergewand über den Kopf, wobei Clara bereitwillig die Arme hob. Dann löste er die

Bänder, die ihre Beinlinge über dem Knie hielten, zog ihr die Strümpfe aus und ließ sie achtlos sinken.
Nun lag seine Frau vollkommen nackt vor ihm, und obwohl ihn sein Körper zur Eile drängte, konnte er sich an dem Anblick kaum sattsehen.
Immer noch vollständig bekleidet, legte er sich zu ihr und küsste sie, während seine Hände begehrlich ihre Brüste umfassten.
Dann löste er seine Lippen von ihren, saugte sanft an den Spitzen ihrer Brüste und ließ seine Hände über ihre Schenkel gleiten.
Clara hatte die Augen geschlossen und erschauderte unter seinen Liebkosungen. Sein Glied war längst hart und aufgerichtet. Sie spürte durch seine Kleider, wie es sich gegen sie drückte. Reinhard schien sich nicht entscheiden zu können, die Hände von ihrem Leib zu lösen, um es aus der Bruche zu befreien. Schließlich versuchte er es mit der Rechten, während seine Linke weiter ihre Brust streichelte.
»Warte!«, flüsterte Clara. Und zu Reinhards Erstaunen, das sich jäh in Freude verwandelte, richtete sie sich auf, um ihm aus den Kleidern zu helfen, bis auch er vollkommen nackt war.
Dann ließ sie sich wieder auf das Laken sinken, lächelte und schloss die Augen. Vorsichtig legte er sich auf sie, küsste sie erneut und schob sein Knie zwischen ihre Schenkel. Er strich mit den Lippen über ihren Hals, senkte den Kopf, um Brüste und Bauch zu liebkosen, während seine rechte Hand ihre empfindsamste Stelle streichelte.
»Dreh dich um«, bat er, und zu seiner Überraschung hatte sie keine Einwände gegen seinen Wunsch, obwohl sie erstaunt darüber sein mochte und gewiss auch vier Wochen Fasten als Buße auferlegt bekommen würde, falls sie das beichtete.
Kraftvoll schob er sein Glied in ihren Leib, verharrte einen Moment, um den Augenblick auszukosten, und freute sich erneut, als sie sich ihm entgegenreckte.

Nun wusste er, dass er sich nicht länger zurückhalten musste. Bald wurden aus ihrem gedämpften Stöhnen verblüffte, spitze kleine Schreie, und dann ritt er sie, wie er es noch nie getan hatte: ohne Furcht, er könne ihr weh tun, ohne Bedenken, sie könne ihn dafür verabscheuen, ohne den Zweifel, sie träume von einem anderen Mann, während er mit ihr schlief.
Ohne sich zurückzuhalten und angespornt dadurch, dass sie den letzten Rest Schüchternheit abgelegt hatte. Ihm war zumute, als würde seine Kraft nie versiegen. Als er seinen Höhepunkt nahen merkte, zog er sich ein Stück aus ihr zurück, ohne ihre Verwunderung zu beachten, kreiste in ihr ... bis er nicht mehr länger warten konnte und tief in sie hineinstieß, wieder und wieder und wieder.

»Wenn das der Frieden ist, stehen uns himmlische Zeiten bevor«, seufzte Reinhard, die Hände unter dem Kopf verschränkt und auf die Deckenbalken der Kammer starrend. Inzwischen musste das Mahl in der Halle wohl vorbei sein, doch er und Clara lagen immer noch nebeneinander im Bett, schweißgebadet vom Liebesspiel, zum Schutz gegen die Kälte in den Burgmauern mit Fellen zugedeckt.
Clara hatte bis eben noch den Eindruck erweckt, als sei sie eingeschlafen. Nur an dem feinen Lächeln um ihren Mund erkannte er, dass sie wach war. Nun schlug sie langsam die Augen auf. Ihr Lächeln verschwand, sie drehte sich vom Rücken auf die Seite und stützte den Kopf auf einen Arm.
»Frieden? Es ist nur eine Gnadenfrist«, sagte sie leise, und ihr Gesicht war auf einmal von Kummer überschattet. »Wie kannst du von Frieden reden, wenn du heute noch gegen Albrechts mächtigste Spießgesellen ziehen musst? Du kannst sie nicht töten. Aber mit vier Dutzend Mann Begleitung kannst du sie auch nicht laufenlassen! Wie willst du lebend aus dieser Klemme entkommen?«

Ihre letzten Worte klangen beinahe verzweifelt.
Claras Sorge um ihn freute Reinhard mehr, als dass sie seine eigenen Bedenken verstärkte. »Gott wird mir schon einen Ausweg weisen«, versuchte er, sie zu beruhigen.
Er stützte sich ebenfalls auf einen Arm, beugte sich über sie und legte eine Hand auf ihre Wange. »Solange ich nur weiß, dass du mich liebst …«
Prüfend sah er sie an, und statt etwas zu sagen, erwiderte sie seinen Blick. Mit einem Mal fühlte er sich als derjenige, der geprüft wurde. Die Stille zwischen ihnen schien sich in ein Dröhnen zu verwandeln. Die Worte, die er hatte hören wollen, blieben ungesagt.
Reinhard wurde wütend auf sich selbst, weil er dieses enttäuschende Schweigen durch seine unausgesprochene Frage selbst herausgefordert hatte.
Der Augenblick verstrich, die neu gefundene Innigkeit war verflogen.
Clara erschrak, als sich sein Gesicht so jäh verfinsterte.
»Hast du einen Plan?«, fragte sie beklommen. »Kannst du jemanden mit einer Nachricht zu Giselbert schicken, damit sie verschwinden, bevor ihr dort eintrefft?«
Wenn es zum Kampf kam, würde Reinhard sterben, dessen war sie sich sicher. Sobald er sich offen gegen Albrecht stellte, würde dieser aus Rachsucht befehlen, ihn als Ersten zu töten. Wenn er dagegen Albrecht glauben machen wollte, dass er immer noch auf dessen Seite stand, würden ihn Ottos Männer als Verräter hinrichten, die bestimmt Befehl hatten, ihn nicht aus den Augen zu lassen.
»Wie ich schon sagte: Gott wird mir einen Ausweg weisen«, wiederholte Reinhard kühl, drehte sich mit dem Rücken zu Clara und langte nach seinen Kleidern. Als sie aufstehen wollte, um ihm beim Ankleiden zu helfen, bestand er darauf, dass sie unter der wärmenden Decke blieb. Es sei ohnehin gleich Nacht, er müsse los, und er würde eine Magd mit etwas zu essen zu ihr schicken.

Das Letzte, was er jetzt wollte, war, ihren schönen, unbekleideten Körper zu sehen und den Verlust noch einmal vorgeführt zu bekommen.
Er setzte sich auf die Bettkante, um die Stiefel anzuziehen. Dann wandte er sich halb zu ihr um und fragte beiläufig, als erkundige er sich nach dem Wetter: »Wer ist der Mann, an den du denkst, wenn ich bei dir liege?«
Zufrieden und enttäuscht zugleich sah er, dass seine Worte sie getroffen hatten wie ein Schwert.
»Ich war eben ganz bei Euch«, antwortete Clara fest, ohne die Kränkung verbergen zu können.
Mit einem Ruck stand er auf, griff nach seinem Schwert und ging, ohne sich noch einmal umzusehen.
»Gott schütze dich, Reinhard von Reinhardsberg«, flüsterte Clara, als er die Tür hinter sich geschlossen hatte.
Nun hatte er selbst dafür gesorgt, dass ihre Gedanken wieder zu Dietrich flogen … und dass von neuem die Zweifel in ihr wucherten wie Unkraut, auf wessen Seite ihr Mann wirklich stand. Sie würde die Heilige Mutter Gottes bitten, dass er lebend von diesem Auftrag zurückkam. Und falls er zurückkam, würde sie wohl beten müssen, dass jeder von ihnen dem anderen die Geheimnisse vergab, die sie voreinander hatten.

## *Begegnungen*

Lukas und Reinhard führten ihren Reitertrupp durch das Dunkel der Nacht zum Kloster Marienzelle, das auf halbem Weg nach Freiberg lag. Sooft der Weg es erlaubte, ritten sie zu zweit nebeneinander und erörterten in kurzen, leisen Worten den Plan, den Lukas sich zurechtgelegt hatte.

»Das ist viel zu gefährlich!«, sagte Reinhard sofort, der noch wortkarger als üblich wirkte. »Sie würden dich auf der Stelle töten, und ich könnte nichts tun, um sie daran zu hindern.«
Lukas drehte sich halb zu ihm um und zuckte mit den Schultern. »Wir müssen ihnen schon einen Köder bieten. Und nenn mich nicht eitel, aber ich denke, mich würden sie am liebsten schlucken.«
Er grinste verwegen, auch wenn er sich bewusst war, dass sein Plan ziemliche Lücken und Unwägbarkeiten aufwies. Aber ihm fiel kein besserer ein, um einen blutigen Krieg in der Mark zu verhindern.
Der Zisterzienser an der Klosterpforte war zunächst erschrocken über die große Zahl bewaffneter Männer, die mitten in der Nacht Einlass begehrten. Dann erkannte er einige von ihnen und wollte losschlurfen, um den Bruder zu holen, der für die Gästequartiere zuständig war, und ein paar Konversen wecken, damit sie die Pferde der Ritter versorgten.
»Wir suchen nur einen Platz für etwas Schlaf bis zum Morgen. Meine Männer werden sich selbst um ihre Pferde kümmern«, versicherte Lukas ihm und gab seinen Leuten das Zeichen, abzusitzen. Er wollte nicht noch mehr die nächtliche Ruhe stören. Die Zisterzienser arbeiteten hart, und ihre Nachtruhe war durch die vorgeschriebenen Gebetsstunden unterbrochen.
»Doch den Abt muss ich noch vor der Laudes sprechen. Ist er schon auf?«

Der Abt stand an einem Pult und schrieb im schwachen Schein einer Kerze, als Lukas seine Kammer betrat, und der Ritter fragte sich, ob er wohl noch oder schon wieder bei der Arbeit sei.
Abt Peter, ein schmaler, aber zäher und kluger Mann, war vor fast dreißig Jahren als junger Mönch mit elf Mitbrüdern aus dem Kloster Pforta an der Saale aufgebrochen, um mitten im Dunklen Wald zu roden und eine neue Abtei zu errichten. Im Jahr des

Herrn 1175 konnte das neue Kloster der Gottesmutter geweiht werden und Peter als Abt mit dem Konvent einziehen.
Ungeachtet der kurzen Dauer seines Bestehens war Marienzelle bereits ein gedeihlicher Ort. Kräuter aus dem Klostergarten, Holz von der Sägemühle und vor allem die schön illuminierten Handschriften der Mönche waren weithin begehrt.
Doch immer noch wurde hier kräftig gebaut, wie Lukas selbst im Dunkel der Nacht an den halbfertigen Gebäuden des künftigen Klausurbereiches hatte sehen können. Dafür war das vielstufige Rundportal am Eingang nun vollendet; schlicht und trotzdem von erhabener Schönheit.
»Jedes Mal, wenn ich hierherkomme, sehe ich Neues entstanden. Kaum vorzustellen, dass dieser Ort vor dreißig Jahren noch von dichtem Wald bedeckt war«, sagte Lukas, nachdem er den Abt ehrerbietig begrüßt hatte.
Ein Lächeln zog über das schmale Gesicht des Geistlichen, das die vielen Falten um seine Augen vertiefte.
»Gilt das nicht ebenso für Christiansdorf, für Freiberg?«, antwortete er. »Der Segen des Herrn scheint auf unserem Vorhaben zu ruhen, Land zu roden und urbar zu machen.«
Er nahm die Kerze vom Pult, um mit dem flackernden Licht Lukas' Gesichtszüge erforschen zu können, und seufzte, nachdem er darin gelesen hatte. »Aber es scheint neues Unheil in der Mark zu geben, das Euch um diese Zeit hierhertreibt, mein Sohn. Setzen wir uns, und reden wir über die Dinge, die nicht einmal vor der Klosterpforte haltmachen.«
Die Zwistigkeiten zwischen dem alten und dem jungen Markgrafen betrafen auch die Zisterzienser in hohem Maße. Otto hatte das Kloster gestiftet und war dessen Vogt, Albrecht würde dieses Amt einmal zusammen mit der Mark übernehmen.
Lukas wehrte höflich ab, als der Abt ihm etwas von dem stärkeren Bier bringen lassen wollte, das für besondere Gäste bestimmt war.

»Wenn Ihr Dünnbier trinkt, dann werde ich nichts Besseres annehmen«, erklärte er. Am Lächeln des Abtes sah er, dass Peter mit dieser Antwort sehr zufrieden war.
Obwohl das Bier recht wässrig war, schmeckte es besser als das meiste, das in Meißen oder Freiberg ausgeschenkt wurde. Es war nicht so bitter, weil es mit Hopfen und nicht mit Eichenrinde gebraut wurde, und die vielerlei Zutaten, die die Stadtbewohner je nach Verfügbarkeit in den Sud warfen – von Waldbeeren bis Beifuß, Kümmel oder Wacholder –, verbesserten nur in den seltensten Fällen den Geschmack.
Lukas berichtete ausführlich. Einiges davon wusste der Abt schon durch die Bewohner des nahen Dorfes Nuzzin und von den Leuten aus der Umgebung, mit denen das Kloster Handel trieb. Doch Lukas hatte noch eine geheime Botschaft des alten Markgrafen für ihn.
»Sobald der Fürst kann, wird er eine größere Menge Silber diesem Kloster anvertrauen, damit Ihr und Eure Brüder nach seinem Tod für sein Seelenheil betet. Verwahrt es gut und nehmt Euch in Acht vor Albrecht! Ich glaube zwar nicht, dass er bei Euch um Kirchenasyl nachsucht, aber sollte er hier auftauchen, sendet uns umgehend Nachricht.«
»Gott schütze Markgraf Otto!«, seufzte der Abt bekümmert. »Der Allmächtige allein weiß, warum er diesen schlechten Menschen Albrecht über uns schickt. Straft er uns so für unsere Sündhaftigkeit?«
Welch schreckliche Sünden muss man begehen, damit der Allmächtige einem solch einen Herrscher aufbürdet?, dachte Lukas. Doch das sprach er nicht aus.
»Habt Ihr Nachricht von den Wallfahrern, die mit dem Kaiser ins Heilige Land gezogen sind?«, fragte er, bevor er seinen Becher austrank. Die Sonne ging auf, und gleich würde er mit seinen Männern aufbrechen müssen.
»Einer der Schreiber des Bischofs – Gott möge ihm beistehen! –

schickt von unterwegs Berichte, solange das noch möglich ist«, berichtete der Abt. »Das Pilgerheer müsste mittlerweile Ungarn hinter sich gelassen haben. Größere Zwischenfälle meldete er nicht. Im Gegenteil: In Gran hat König Bela unseren Kaiser prachtvoll empfangen und reich beschenkt. Der Herzog von Schwaben verlobte sich mit Belas Tochter Konstanze. Und zuvor in Pressburg sollen sich dem Heer zwei junge Männer aus Meißen angeschlossen haben, von denen einer erst noch in den Ritterstand erhoben wurde.«

Ein Leuchten zog über Lukas' Gesicht, der keinen Zweifel daran hatte, wer diese beiden jungen Männer waren. »Mein Stiefsohn und der Sohn Raimunds von Muldental! Bitte, schließt sie in Eure Gebete ein, Pater.«

»Das werde ich«, versicherte Peter und sah Lukas eindringlich an. »Aber wie mir scheint, braucht Ihr den Beistand des Herrn heute noch dringender. Ihr und Eure Männer solltet die Morgenmesse besuchen, bevor Ihr aufbrecht. Mag sein, es fließt heute noch Blut ...«

Der Abt, der die Priesterweihen empfangen hatte, bot Lukas an, ihm die Beichte abzunehmen. Dankbar und erleichtert nahm dieser das Angebot an. Wenn heute tatsächlich Blut floss, dann mit Sicherheit seines zuallererst.

Nachdem Lukas Absolution gewährt worden war, weckte er die Kämpfer, die diese Nacht nur wenig Schlaf bekommen hatten. Zusammen mit den Brüdern von Marienzelle gingen sie zur Laudes, bevor sie Richtung Freiberg ritten, um Albrecht und seine Gefolgsleute zu stellen.

Die Ankunft von mehr als vier Dutzend bewaffneten und voll gerüsteten Reitern sorgte für Angst und Schrecken bei den Stadtbewohnern, die sie kommen sahen.

»Reite mit den anderen zu Vogt Heinrich und sag ihm, dass Otto seinen erneuten Treueeid erwartet«, rief Lukas Reinhard zu, als sie das erste Stück Weg vom Meißner Tor zur Burg zurückgelegt hatten. »Ich muss zum Schmied.« Er deutete auf die linke Vorderhand seines Fuchshengstes, als gebe es dort ein Problem mit dem Hufeisen.

Reinhard nickte und gab den Leuten das Zeichen, ihm zur Burg zu folgen, während Lukas die Männer an sich vorbeiließ und dann sein Pferd Richtung Mühlgraben zu Jonas' Schmiede lenkte.

Er bedauerte es zwar außerordentlich, nicht miterleben zu dürfen, wie Heinrich erfuhr, dass er vorschnell den Herrn gewechselt hatte. Allerdings war Otto durchaus klar, dass der Mann kaum anders hätte handeln können. So jedenfalls konnte der Markgraf sicher sein, dass der Freiberger Vogt nun noch beflissener jeden seiner Befehle befolgte.

Außerdem, ermahnte sich Lukas, ist Schadenfreude keine christliche Tugend. Er hatte jetzt Wichtigeres vor und sollte besser alle Aufmerksamkeit darauf richten.

Die Schmiede befand sich in der Nähe des Baches, der durch die junge Stadt floss. Wegen der Brandgefahr bestand sie nur aus leicht überdachtem Ständerwerk, und so sahen ihn Jonas und sein ältester Sohn schon aus einiger Entfernung kommen. Der junge und der ältere Schmied arbeiteten mit halbnackten, schweißüberströmten Oberkörpern an einem rotglühenden Eisen, dessen künftige Bestimmung sich noch nicht erraten ließ. Lange Lederschürzen schützten ihre Leiber vor den sprühenden Funken. In ihren Haaren hingen graue Flocken, und der nächste Windstoß trieb Asche vom Kohlebecken auch in Lukas' Richtung.

Der Ratsmann Jonas gab dem Schmiedegehilfen einen Wink, der daraufhin zu dem Gast rannte, um sein Pferd am Zügel zu nehmen. Lukas saß ab und befahl dem Jungen, den Hengst anzubinden und die Hufe auszukratzen.

Ohne sich weiter darum zu kümmern, ging er geradewegs zu

Vater und Sohn, die nun das glühende Eisen mit Zangen packten und in einen Bottich voll Wasser senkten. Es zischte laut und brodelte, aufwallender Wasserdampf umhüllte für einen Moment die Schmiede und ihren Besucher.

»Er ist bei Berthold im Nachbardorf, mit seinem ganzen Gefolge«, sagte Meister Jonas leise, dem klar war, was Lukas von ihm erfahren wollte. »Dieser war zwar wenig erfreut über die Ehre, so viele Leute beköstigen zu dürfen, aber er nutzt die Gelegenheit weidlich, sich bei seinem künftigen Herrn beliebt zu machen.«

»Sind sie durch Freiberg geritten?«

»Nein.«

»Das ist gut«, brachte Lukas ehrlich erleichtert hervor. Wenn jeder Freiberger wüsste, dass Albrecht in der Nähe war, wäre sein Plan hinfällig.

»Bitte meine Frau, dass sie kurz hierherkommt«, wandte er sich zu dem jungen Schmied. »Aber vorher muss Reinhard auf der Burg unauffällig diese Nachricht erhalten.«

Er ließ ihn die Nachricht zweimal wiederholen, damit die Worte auch genau wiedergegeben wurden, dann schickte er Johann los.

Der Schmiedemeister bot dem Ritter Brot und einen Krug Bier an, den Lukas dankbar annahm. Es war ein glühend heißer Sommertag, und da sie von Marienzelle aus ohne Pause und in voller Rüstung durchgeritten waren, hätte er jetzt einen ganzen Eimer leer trinken können.

Wie von allein flogen seine Gedanken zu den beiden jungen Männern, die er auf eine so weite, gefährliche Reise geschickt hatte und die nun sicher in noch heißeren Gegenden waren. Ob es ihnen gutging? Ob ihnen seine und Marthes Ratschläge helfen würden, zu überleben?

Dem kurzen Bericht des Abtes zufolge schien der Plan des Kaisers aufzugehen, sich bereits vor dem Abmarsch von den Herrschern der betreffenden Länder freien Durchzug und Verpflegung der Truppen zu festen Preisen zusichern zu lassen. Zumindest bisher. Was geschah, wenn sie byzantinisches Gebiet betraten, blieb ungewiss. Der Kaiser von Byzanz lag mit Friedrich von Staufen in jahrelangem erbittertem Streit, wer von ihnen beiden der wahre römische Kaiser sei.

»Wir haben das Mädchen endlich in geweihter Erde begraben können, neben dem Kind«, begann Jonas zu berichten, was sich seit Lukas' Abreise zugetragen hatte. Bertha, die Häuerstochter, war zwei Tage nach der Entbindung gestorben, das hatte auch Marthe nicht verhindern können. Obwohl ihr Vater Hilbert die Sterbesakramente gewährt hatte, verweigerte Pater Sebastian ihr ein christliches Begräbnis. Marthe hatte den Kaplan gebeten, sich für die Tote einzusetzen, und so lief das Ganze auf einen sehr lebhaft geführten geistlichen Disput zwischen dem versöhnlichen Hilbert und dem übereifrigen Sebastian hinaus, den der Kaplan schließlich mit schlau ins Feld geführten Argumenten gewann.

»Gut«, meinte Lukas doppelt erleichtert. Eine schlimme Geschichte, die dem Mädchen widerfahren war. Wenigstens lag sie nun in geweihter Erde. Aber wenn Marthe sich deshalb noch weiter mit Sebastian angelegt hätte, würde die Tote sie womöglich mit ins Grab ziehen.

»Ansonsten ...«, setzte Jonas an und blickte fragend zu Lukas.

»Ansonsten gilt weiter: Bewahrt Ruhe!«, sagte dieser scharf. »Die Stadtbürger und Dörfler dürfen nicht hineingezogen werden, solange sich das vermeiden lässt. Sprich mit den anderen Ratsherren. Sie sollen Otto begrüßen, als sei er nie fort gewesen, wenn er in die Stadt kommt. Alles andere müssen nun wir Ritter ausfechten. Das ist unsere Aufgabe, die der ausgebildeten Kämpfer.«

»Was hast du denn vor?«, fragte Marthe misstrauisch, die wie aus dem Nichts auftauchte. Lukas hatte sie nicht kommen sehen, und es wäre ihm lieb gewesen, sie hätte seine letzte Bemerkung nicht gehört.

Er stand von dem Holzklotz auf, der ihm als Sitzplatz diente, drückte Jonas den leeren Becher in die Hand und zog sie ein Stück mit sich, Richtung Stall, wo niemand sie beobachten konnte.
»Es geht Clara gut, ich habe sie gesehen«, sagte er und zwang sich zu einem Lächeln. Als sie erleichtert aufatmete, berichtete er ihr, was der Abt erzählt hatte.
»Ich weiß nicht, ob ich froh sein soll, dass sie den Kaiser heil erreicht haben, oder mir Sorgen machen, weil sie nun auf dieser gefährlichen Reise sind. Ich könnte sterben vor Angst!«, gestand Marthe.
»Mir wäre es lieber, du bliebst am Leben«, sagte er leichthin und strich ihr über die Wange. Dann wurde er ernst. »Es gibt keinen ungefährlichen Ort. Sie hätten schon hier gefasst und aufgehängt werden können. Seien wir froh, dass sie entkommen sind, und beten wir für ihre glückliche Rückkehr. Wenn ihnen etwas zugestoßen wäre – hättest du es dann nicht schon irgendwie gespürt?«
Marthe nickte zögernd. »Wenigstens geht es Clara gut …«
Einen Augenblick lang schwiegen beide und hingen ihren Gedanken nach. Lukas hoffte, dass seine Frau ihn nun nicht noch einmal fragte, was er vorhatte, denn sie würde berechtigte Einwände gegen seinen Plan haben.
Unter ihrem prüfenden Blick wurde ihm mulmig zumute.
Doch da hatte sie seine Gedanken schon erraten. Sie wurde blass und schlang sich die Arme um den Körper.
»Du wirst doch nicht allein gegen Albrecht und Elmar reiten?«, fragte sie fassungslos.
Er versuchte, ihre Sorge mit einem betont sorglosen Lächeln zu entkräften. »Wir sind vier Dutzend Mann, das sollte wohl reichen. Und vielleicht treffen wir gar nicht auf sie. Reinhard lässt ihnen gerade über einen für sie glaubwürdigen Mittelsmann eine Nachricht zukommen, die sie dazu bringen könnte, von hier zu verschwinden.«

Marthe sah ihn finster an. »Du heckst doch wieder irgendetwas Tollkühnes aus, und enden wird es wahrscheinlich damit, dass mir heute noch jemand deinen Kopf vor die Füße wirft!«
Lukas grinste erneut. »Wollen das nicht die Weibsbilder – dass wir Männer ihretwegen den Kopf verlieren?«
»Hör auf, damit Späße zu treiben!«, rief Marthe wütend. »Musst du auch noch den Helden spielen? Soll ich dich auch noch begraben müssen?«
Einen Moment lang herrschte beklommenes Schweigen zwischen ihnen. Dann sprach Lukas unerwartet schroff aus, was mit einem Mal zwischen ihnen schwebte.
»Ich bin nicht Christian!«
Es hatte etwas Endgültiges, als er die Kettenhaube wieder aufsetzte, die er bei der Unterredung mit dem Schmied zurückgestreift hatte.
»Ich bin nicht Christian. Aber ich habe genau wie er geschworen, die Menschen zu verteidigen, die sich nicht selbst schützen können.«
»Doch nicht, indem du leichtsinnig dein Leben wagst!«, brachte Marthe verzweifelt heraus. »Jetzt redest du schon wie er! Kannst du es nicht über dich bringen, dich im Sturm ein ganz klein wenig zu beugen wie die Weide im Wind, um zu überleben?«
Im Gegensatz zu Christian war Lukas bisher immer bereit gewesen, auch einmal die Regeln zu brechen, einen winzigen Umweg zu gehen, um sein Ziel zu erreichen, mit einer List einen Ausweg aus scheinbar hoffnungsloser Lage zu finden.
»Das Wagnis ist wohl abgewogen«, sagte er hart und wandte sich von ihr ab, um zu seinem Hengst zu gehen und in den Sattel zu steigen. »Würdest du mit einem Feigling leben wollen?«
Mit zusammengeballten Händen sah Marthe ihm nach, und sie fühlte sich dabei so allein wie lange nicht mehr. Ich will keinen Toten zum Mann haben, dachte sie voller Kummer.

Die vier Dutzend Kämpfer unter Lukas' Kommando hatten auf der Burg eine Mahlzeit bekommen und waren nun bereit und begierig, aufzubrechen.
Reinhard nickte Lukas unauffällig zu zum Zeichen, dass der heimliche Bote seine Nachricht überbracht hatte.
»Wir reiten Richtung Süden!«, befahl Lukas, und die Männer folgten ihm durch das Erlwinsche Tor hinaus aus der Stadt.
Vorbei an Gruben und Halden galoppierten sie ein paar Meilen bis zu dem Waldstreifen vor Bertholdsdorf. Das war alles, was an dieser Stelle noch übrig geblieben war von dem dichten Urwald, der vor zwanzig Jahren hier noch das Land bedeckte. Siedler hatten gerodet, Bergleute Gruben angelegt, und für die Häuser, die Wehranlagen um die Stadt und die Schmelzhütten waren gewaltige Mengen Holz verbraucht worden.
»Wartet hier!«, wies Lukas die Männer an und teilte einige von ihnen ein, um die Pfade Richtung Osten und Westen nach Albrecht und seinen Gefolgsleuten auszukundschaften. Das war als Ablenkung gedacht, damit sich niemand darüber wunderte, dass er allein mit Reinhard ins Dorf ritt.
»Jetzt sollten wir wirklich darauf vertrauen, dass uns der heilige Georg nicht im Stich lässt«, sagte er zu seinem Schwiegersohn.
Wenn Lukas ehrlich war, erschien ihm sein Plan mittlerweile mehr als gewagt, und die Auseinandersetzung mit Marthe machte die Sache nicht leichter.
Wenn das jetzt misslingt und ich nicht zurückkomme, wird ihre letzte Erinnerung an mich ein Streit sein, dachte er mit schlechtem Gewissen. Doch dann zwang er sich, alle Gedanken auf die bevorstehende Begegnung zu richten.

Auch in Bertholdsdorf und einigen Nachbardörfern wurde mittlerweile nach Silbererz geschürft. Aber hier gab es – im Gegensatz zu Freiberg – rings um die Siedlung noch Felder, auf denen das Korn reifte. Ein paar Schnitter waren dabei, in der

Mittagsglut die Ernte einzuholen, und verneigten sich demütig und erschrocken zugleich, als sich zwei voll gerüstete Reiter im Galopp näherten.

Lukas und Reinhard hielten auf das Gehöft zu, das einem Ritter namens Berthold gehörte, dem Herrn des Dorfes, der einst wie Christian Siedler aus Franken geworben und in die Mark Meißen geführt hatte. Erleichtert sah Lukas, dass sich hier niemand außer dem Gesinde aufzuhalten schien, das Anwesen aber deutliche Anzeichen dafür aufwies, dass gerade eine größere Menschenmenge in ziemlicher Hast aufgebrochen war.

»Zum südlichen Dorfausgang«, meinte Reinhard.

Lukas nickte und gab seinem Hengst die Sporen.

Bis hier ist mein Plan aufgegangen, dachte er sarkastisch, als er am Dorfende den Weg durch mindestens zwei Dutzend Ritter versperrt sah, die sofort ihre Schwerter zogen. Allmächtiger Vater im Himmel, bitte sorg dafür, dass mein Glück noch ein bisschen anhält!

In mäßigem Abstand brachten Lukas und Reinhard ihre Hengste zum Stehen und ließen die Zügel sinken, ohne zu den Waffen zu greifen.

Auf Elmars Befehl löste sich ein Teil der Bewaffneten aus dem Haufen. Augenblicke später waren Lukas und Reinhard von zwölf Männern umzingelt, die allesamt die blanken Klingen auf sie richteten.

Nun drängten sich Albrecht und Elmar mit ihren Pferden nach vorn.

»Sieh an, sieh an! Welch wunderbares Geschenk!«, sagte Albrecht zu Reinhard, der sich ehrerbietig verneigte.

»Ich bin beeindruckt. Ihr habt uns nicht nur rechtzeitig gewarnt, damit wir die Weiber und den Tross in Sicherheit schaffen konnten, Ihr liefert mir auch noch wie versprochen diesen unliebsamen Freiberger aus, der mir schon lange ein Dorn im Auge ist!«

Lukas blieb äußerlich gelassen. »Ich glaube zwar sofort, Hoheit, dass mein ungeliebter Schwiegersohn mich Euch gern zum Geschenk machen würde«, sagte er mit einer Verbeugung. »Doch er hat mich nicht überlistet. Ich komme aus freien Stücken.«
»Und wozu das?«, fragte Albrecht höhnisch. »Damit ich Euch köpfen lasse? Habt Ihr endlich eingesehen, dass ich mich bedeutend wohler fühlen würde ohne Eure lästige Gegenwart?«
»Das steht Euch natürlich frei, Hoheit«, erwiderte Lukas. »Doch was würdet Ihr damit erreichen? Ich will nicht so vermessen sein zu glauben, dass Euer Vater über meinen Tod erzürnt sein würde. Doch er hat uns fünfzig Ritter mitgegeben, die nur eine halbe Meile entfernt von hier warten. Bin ich nicht bald zurück, werdet Ihr Euch mit ihnen allen schlagen müssen, und das könnte Euch auf Eurer Reise … etwas aufhalten.«
»Und weshalb kommst du dann ohne sie?«, warf Gerald ein. Es war nicht zu übersehen, dass der Marschall seinem Schwager kein Wort glaubte.
Nun verschwand jeder Spott aus Lukas' Gesichtszügen.
Geralds Einwurf übergehend, wandte er sich erneut an Albrecht: »Ich wollte Euch – in ausdrücklicher Zuwiderhandlung gegen die Befehle Eures Vaters – die Möglichkeit einräumen, das Dorf zu verlassen, bevor es zum Kampf kommt. Ihr habt mein Wort: Niemand wird Euch verfolgen. Ich führe die Männer in eine andere Richtung, weil ich Euch angeblich dort vermute.«
Albrecht zog überrascht die Augenbrauen hoch. »Wollt Ihr Euch etwa andienen? Ihr enttäuscht mich. Andererseits seid Ihr wohl schlau genug, um zu erkennen, wann das Wetter umschlägt …«
»Ich will vermeiden, dass dieses Dorf niedergebrannt wird. Das müsste ich nach den Befehlen Eures Vaters tun, wenn bekannt wird, dass Ihr hier Aufnahme gefunden habt.«
»Wie rührend! Und woher wisst Ihr, dass wir hier sind? Habt Ihr uns etwa verraten, Reinhard?«

Lukas schüttelte den Kopf und antwortete selbst. »Mein Schwiegersohn verhält sich in letzter Zeit etwas undurchschaubar; genauer gesagt, seit der Rückkehr Eures Vaters. Aber verbünden wird er sich ganz sicher nicht mit mir. Ich möchte nicht prahlen, Hoheit, doch Ihr wisst vermutlich, dass es nicht viel im Umkreis von zehn Meilen um Freiberg gibt, das mir entgeht.«

Reinhard lenkte seinen Hengst ein paar Schritte vor an Elmars Seite.

»Otto hat mich mit deinen Ländereien belehnt«, sagte er leise und sah dem anderen dabei in die Augen. »Ich werde sie für dich hüten – bis zu deiner Rückkehr.«

Der Truchsess hörte ihm zu, schien zu überlegen und raunte Albrecht etwas zu.

»Wir reiten und verschonen diesen Bastard«, entschied Ottos Sohn. »Ich möchte mir nicht entgehen lassen, wie er erst zu Kreuze kriecht, wenn ich auf den Burgberg zurückkehre – als Markgraf von Gottes Gnaden.«

Er lachte und wendete sein Pferd. Doch mitten in der Bewegung hielt er inne. »Dann hat uns also jemand aus diesem Dorf verraten?«, rief er zu seinen Männern. »Das darf nicht ungestraft bleiben. Brennt die Felder nieder!«

Er lehnte sich im Sattel zurück und sah zu, wie einige seiner Ritter ausschwärmten, um Strohbündel von den Dächern der nächsten Katen zu reißen, und sie an einer offenen Kochstelle auf dem Hof entzündeten.

Berthold, der Eigentümer des Dorfes, wollte etwas einwenden, doch ein scharfer Blick Albrechts brachte ihn zum Verstummen.

»Hier, als Entschädigung für deinen Verlust«, meinte Elmar verächtlich und warf Berthold eine in Leinen geknotete Pfennigschale hinüber.

Dann gaben er und Albrecht ihren Pferden die Sporen und folg-

ten den Männern, die das Feld und die aufgestellten Garben am Ortsausgang in Brand setzten.
Schnell griffen die prasselnden Flammen um sich. Die reifen Körner zerplatzten laut knallend, dichter Rauch und Funken stiegen auf, Menschen rannten jammernd herbei, die sich bis eben noch in den Häusern oder im Gesträuch vor den Bewaffneten versteckt hatten.
Reinhard wollte Albrecht nachreiten, doch Lukas rief ihn zurück.
»Wir können nichts tun. Rufen wir die restlichen Dorfbewohner zusammen, damit sie dafür sorgen, dass die Funken nicht noch den nächsten Ackerstreifen entzünden. So bitter es ist – besser ein einzelnes Feld niedergebrannt als die ganze Mark Meißen.«
Er hielt Ausschau nach Berthold, der anscheinend zu seinem Haus wollte, preschte ihm nach und packte dessen Pferd am Zügel, als er ihn eingeholt hatte. »Gib das Geld dem Kätner, dessen Ernte niedergebrannt wurde!«
Berthold funkelte ihn hasserfüllt an und wollte ihn abwehren. Doch er hatte keine Hand frei, also versuchte er, das Leinensäckchen mit der Pfennigschale in seinen Gürtel zu klemmen. »Wenn er keine Ernte einfährt, kann er an mich keine Abgaben zahlen.«
Lukas beugte sich vor und riss ihm das kleine Bündel aus der Hand. »Wenn er keine Ernte einfährt, werden er und seine Familie verhungern!«, schrie er wütend, lenkte seinen Hengst um und suchte den Bauern, über dessen Feld nun dicke schwarze Rauchwolken quollen.
Berthold verzichtete auf den Versuch, ihm das Silber wieder abnehmen zu wollen. Er hatte schon vor vielen Jahren feststellen müssen, dass er in einem Kampf Mann gegen Mann weder gegen Christian noch gegen Lukas eine Aussicht zu siegen hatte.

## Berechtigte Ängste

Als Rauchwolken südlich von Freiberg aufstiegen, befahl der Burgvogt, die Stadttore zu schließen und deren Wachmannschaften mit sämtlichen verfügbaren Männern zu verstärken. Die meisten seiner Bewaffneten schickte er zum Erlwinschen Tor.

Es mochte durchaus sein, dass zufälliger Funkenflug in der Glut des Sommers ein Feld entzündet hatte. Doch angesichts dessen, dass kurz zuvor Lukas mit vier Dutzend ausgewählten Kämpfern in diese Richtung geritten war, um den aufsässigen Sohn des Markgrafen zu stellen, stand eher zu befürchten, der Kampf könnte in die Stadt hineingetragen werden. Und dann würden die Angreifer zuerst versuchen, durch das Erlwinsche Tor einzudringen.

Das Schlagen des Eisens und das Ausrücken der halben Burgbesatzung schreckten die Stadtbewohner aus ihrer alltäglichen Arbeit.

Schreiende Menschen hetzten durch die Gassen, um die Nachbarn zu warnen und in Erfahrung zu bringen, welche Gefahr drohte. Angesichts der Rauchsäulen im Süden versammelten sich immer mehr verängstigte Stadtbewohner in der Nähe des Erlwinschen Tores.

Marthe gehörte zu den Ersten, die dorthin gelaufen waren, nachdem sie ihren jüngsten Sohn in Annas Obhut gegeben hatte. Von allen hier hatte sie am ehesten eine Ahnung, was passiert sein konnte, und die Phantasie gaukelte ihr schon die schrecklichsten Bilder vor.

Heilige Mutter Gottes, lass meinen Mann am Leben sein, betete sie. Und erspare uns einen Krieg in der Mark!

Lukas hätte sich nicht auf irgendein gewagtes Abenteuer eingelassen, wenn nicht Gefahr bestünde, dass Albrecht und seine

Männer das Gebiet mit Krieg überzogen. So weit vertraute sie ihm trotz ihres Streites vorhin.
»Ein Reitertrupp nähert sich!«, rief jemand vom Torhaus herab.
»Wisst Ihr, was geschehen ist, Herrin?«, wurde Marthe von mehreren Seiten mit verzweifelten Rufen bedrängt.
Die Erlwinsche Gasse war nun voller Menschen. Die Frau des Fischers, noch mit dem Schuppenmesser in der Hand, die mit Mehl überstäubte Frau des Bäckers und die älteste Schankmagd aus dem »Schwarzen Ross« hatten sich nach vorn zu ihr durchgedrängelt und redeten gleichzeitig auf sie ein.
»Werden wir angegriffen? Gibt es Krieg?«
Es war wie ein Lauffeuer durch die Stadt gegangen, dass der Anführer der Wachmannschaft am Vormittag mit seinem Schwiegersohn und etlichen weiteren schwerbewaffneten Männern eingetroffen und gleich wieder ausgerückt war. Doch warum sollten die Tore vor den eigenen Leuten geschlossen werden? Wer ritt da gegen Freiberg?
»Bleibt ruhig und geht nach Hause!«, versuchte Marthe, die Frauen zu beschwichtigen und die aufkommende Kopflosigkeit der Menge aufzulösen. »Das ist eine Vorsichtsmaßnahme. Falls das nicht die Unsrigen sind, überlasst die Verteidigung der Stadt den Wachen! Bringt die Kinder in eure Häuser und holt so viel Wasser aus den Brunnen, wie ihr könnt!«
Ottos Erstgeborener führte gewiss nicht genug Leute mit sich, um in die Stadt einzufallen, solange die Tore geschlossen blieben und verteidigt wurden. Falls Albrecht allerdings Einlass erzwang, zeigte sich besser keiner der Bewohner in den Gassen.
Doch sollte sich das Feuer bis hierher durchfressen, drohte die gesamte Stadt in Flammen aufzugehen.
Marthe hielt Ausschau nach einem der Ratsherren oder sonst jemandem, der ihr helfen konnte, die aufgebrachte Menschenmenge zu beruhigen. Fast gleichzeitig entdeckte sie Jonas und

Anselm, den Bürgermeister. Marthe riss sich zusammen, um ruhig und entschlossen zu wirken, und arbeitete sich zu den beiden durch das Gewühl vor.

»Was geht hier vor sich?«, plusterte sich der Gewandschneider gerade auf. »Wieso sagt mir niemand Bescheid?«

Ganz offensichtlich wusste er nicht, was er tun sollte, und war hin- und hergerissen zwischen Neugierde und dem Wunsch, sich schleunigst in Sicherheit zu bringen.

Marthe tauschte einen kurzen Blick mit Jonas, den sie auf diese Weise bat, bei ihr zu bleiben, und drehte sich zu dem dürren Bürgermeister um.

»Meister Anselm, bitte sorgt dafür, dass die Menschen in ihre Häuser gehen, sonst treten sie sich hier in dem Gewühl noch zu Tode«, sagte sie höflich, aber entschieden. »Und es müssen Brandwachen aufgestellt werden.«

Der Gewandschneider griff diesen Vorschlag erleichtert auf und wandte sich mit ausgebreiteten Armen der rasch anwachsenden Menge zu. Inzwischen waren auch etliche Männer gekommen: Knechte mit Äxten oder anderem Werkzeug, Stadtbürger, die zwar zu nächtlichen Wachen verpflichtet, aber im Umgang mit Waffen mehr oder weniger ungeübt waren.

Marthe begriff, dass Anselm umgerannt werden würde, wenn nicht ganz schnell Hilfe kam. Jonas erkannte ebenso, dass die Lage hier vor dem Erlwinschen Tor gefährlich wurde, zwängte sich neben den dürren Schneider und rief mit lauter Stimme, was zu tun war. Die Stadtbewohner aus den vorderen Reihen wollten ihm gehorchen, doch von hinten drückten und schoben immer mehr Menschen, so dass es unmöglich schien, die Menge aufzulösen.

Jonas pfiff durchdringend auf zwei Fingern. Für einen Augenblick verharrte die Menge, und der Schmied nutzte den Moment der Stille, um seine Anweisungen zu wiederholen, die er als die des Bürgermeisters ausgab.

Augenblicke später zwängten sich Jonas' Söhne durch den Auflauf, um ihren Vater zu unterstützen. Auch Friedrich, der alte Ratsherr und Fuhrmann, tauchte auf und half.
Marthe ihrerseits redete beruhigend auf die Frauen ein, die in ihrer Nähe schrien und drängelten. Hatte nicht Lukas selbst gesagt, dies hier sei eine Sache, die die bewaffneten Kämpfer ausfechten mussten?
Dabei wäre sie am liebsten den Turm hochgelaufen, um zu sehen, ob die nahende Reiterschar von Lukas angeführt wurde. Doch dort oben hatte sie als Frau nichts verloren und würde nur im Wege sein.
Erst langsam, dann zunehmend schneller löste sich die Menschenmenge auf. Vor allem die Furcht vor einem Stadtbrand trieb die Leute in ihre Häuser, um Eimer und alle verfügbaren sonstigen Gefäße mit Löschwasser zu füllen, die Kinder und ihre wichtigste Habe an sich zu nehmen.
Bald standen die Ratsherren und Marthe fast allein auf dem Platz vor dem Tor. Jonas sah, dass Marthe plötzlich wankte und kreidebleich wurde. Besorgt fragte er sie, ob es ihr nicht gutginge.
Doch seine Worte erreichten sie nicht. Mit einem Mal hatte sie ein Schreckensbild vor Augen, das sich einfach nicht verjagen lassen wollte: Albrecht an der Spitze der Reiterschar, und in der Rechten hielt er Lukas' abgeschlagenen Kopf an den Haaren gepackt.
Qualvoll schrie sie auf. Dass ihr die Tränen liefen vor Angst und Entsetzen, bemerkte sie nicht einmal.
Sie wankte, jemand stützte sie behutsam am Arm: Jonas, der befürchtete, sie könnte umfallen.
Dann endlich drang sein erleichterter Ruf zu ihr durch. »Es sind die Unsrigen! Sie öffnen das Tor.«
Zusammen mit den letzten Gaffern, die immer noch in der Erlwinschen Gasse standen, wich sie zurück, um Platz für die Reiterschar zu machen.

Die Tränen, der Staub und die gleißende Sonne bewirkten, dass sie keines der Gesichter unter den Kettenhauben erkennen konnte. Nur an der vertrauten Haltung im Sattel machte sie Lukas auf seinem Fuchshengst aus.
Hastig sprach sie ein Dankgebet und rannte den Reitern Richtung Burg hinterher. Dabei kümmerte sie nicht, dass es sich für die Frau eines Ritters nicht schickte, in solcher Eile durch die Gassen zu hetzen, dass ihr der Rocksaum um die Beine flatterte.
Niemand wagte es, sie am Burgtor aufzuhalten, und so schaffte sie es noch, Lukas gegenüberzutreten, bevor er in den Palas ging, um dem Vogt zu berichten.
Er hatte seinen Hengst an Christian, den blonden Stallburschen, übergeben und trank durstig aus einem hölzernen Becher. Die Kettenhaube hatte er zurückgestreift, sein Haar war schweißnass, eine Wange von Ruß geschwärzt. Aber er schien unverletzt.
Verdutzt starrte er Marthe an, die er auf dem Burghof nicht erwartet hatte.
Er sah die Spuren der Angst auf ihrem Gesicht und ebenso, dass sie ihm am liebsten vor Erleichterung um den Hals gefallen wäre und sich nur mit Mühe davon abhielt, um nicht noch mehr Aufsehen zu erregen.
»Ein Feld ist niedergebrannt. Aber es gab keinen Kampf und keine Toten«, sagte er und sah ihr in die Augen. »Und es wird keinen Krieg geben. Jedenfalls noch nicht jetzt und hier.«
Für diesen Preis hatte er sein Leben aufs Spiel gesetzt, verstand Marthe. Alles in ihr wirbelte durcheinander: Entsetzen und Erleichterung, Angst vor der Zukunft, Schuldgefühle und Scham wegen ihrer Zweifel an ihm.
»Verzeih mir!«
Diese leise Bitte war alles, was sie jetzt sagen konnte, inmitten der kreuz und quer laufenden Männer und Pferde auf dem Burghof.

Lukas musste nicht fragen, was sie meinte. Und wenn er ehrlich war, hatte sie vorhin mit ihren Vorwürfen nicht unrecht gehabt. Es *war* mehr als leichtsinnig gewesen, was er getan hatte. Aber der Preis war ihm das Wagnis wert gewesen.

Am liebsten hätte er sie an sich gerissen und geküsst – schon vor lauter Freude darüber, noch am Leben zu sein.

Doch das gehörte sich nun wirklich nicht für einen Ritter, und erst recht nicht vor den Männern, die er befehligte. Also lächelte er sie nur an, ganz und gar nicht ironisch, und sagte ebenso leise: »Hab nächstes Mal mehr Vertrauen in mich!«

Er strich ihr über die Wange und wandte sich dann wieder seinen Männern zu, damit endlich Ordnung auf dem Burghof einkehrte und er dem Vogt Bericht erstatten konnte.

Nun verspürte Lukas einen Anflug schlechten Gewissens. Denn das Gefährlichste stand ihm womöglich erst noch bevor – wenn er dem alten Markgrafen gestehen musste, was er getan hatte.

»Mein Fürst, ich bitte Euch um Vergebung.«

Lukas senkte den Kopf tief, als er in Meißen vor Otto niederkniete. Er hatte Reinhard ausdrücklich angewiesen, ihn bei dieser Audienz nicht zu begleiten. Besser, Otto reißt nur einem den Kopf ab statt uns beiden, dachte er sarkastisch. Er war staubbedeckt, müde und wie ausgedörrt nach zwei heißen Sommertagen im Sattel und mit nur wenig Schlaf, denn sofort nach dem kurzen Gespräch mit Burgvogt Heinrich hatte er wieder nach Meißen aufbrechen müssen. Doch er wollte das jetzt hinter sich bringen.

»Lasst hören, wofür!«, knurrte Otto. Der Fürst schien begierig auf Neuigkeiten, doch diese würde er bestimmt nicht gnädig aufnehmen. Und Hedwig, seit jeher für so manchen Überbringer schlechter Nachrichten Retterin in der Not, war unglücklicherweise nicht zugegen.

»Ich traf Euren Sohn und die Männer, die zu ihm übergetreten sind«, gestand Lukas. »Doch statt gegen sie zu kämpfen, ließ ich sie ziehen. Mit Hintergedanken, das will ich zugeben … Und ich ließ auch nicht das Dorf zerstören, in dem sie Unterschlupf gefunden hatten.«

Otto zog die Augenbrauen zusammen. »Ihr seid kein Feigling«, sagte er grollend, aber zu Lukas' Erstaunen vorerst ohne Anzeichen eines größeren Wutausbruches. »Was also hat Euch dazu veranlasst, meine Befehle zu missachten?«

»Durch Reinhard wusste ich, dass Euer Sohn die Ländereien seines Schenken bald wieder verlassen wollte. Er hat den jungen König um Erlaubnis gebeten, sich seinem Hofstaat anzuschließen, und nur auf dessen Zusage gewartet. Es hätte Euch möglicherweise in Missruf gebracht, wenn Ihr jemanden angreifen lasst, der unterwegs ist, um in die Dienste Seiner Majestät zu treten.«

»Ist mir dieser Undankbare wieder einen Schritt voraus!«

Es war eher ein Seufzer statt ein Brüllen, das Otto von sich gab.

»Ja, er hat das Beste aus seiner Lage gemacht«, gab Lukas ihm bedauernd recht. »Der König wird Euch und Eurem Sohn die Aussöhnung auf dem nächsten Hoftag befehlen, und bis dahin wird sich Euer Erstgeborener bei Hofe bereits unentbehrlich gemacht haben.«

»Soll ich ihn etwa vor aller Augen in meine Arme schließen, als sei nichts geschehen? Als hätte er mich nicht Wochen eingesperrt? Als hätte er nicht meine Silberkammer und meine Halle geplündert?«

Wütend wies Otto mit ausgestrecktem Arm durch den Raum, in dem immer noch die farbenprächtigen Behänge und die größten Truhen fehlten.

»Fordert als Bedingung für eine Versöhnung, dass Euer Sohn Euch umgehend zurückgibt, was er unrechtmäßig mit sich genommen hat«, schlug Lukas ruhig vor. »Bedenkt: Weder Freiberg noch die Bergwerke und Dörfer in der Umgebung sind zu Schaden gekommen. Das heißt, Eure Truhen werden sich rasch wieder füllen, noch bevor Ihr das Gestohlene zurückbekommt. Ihr könnt Euch prachtvolle neue Kleider für den Hoftag fertigen lassen und den Brüdern in Marienzelle Silber stiften, damit sie für Euer Seelenheil beten.«

»Manchmal seid Ihr mir wirklich unheimlich«, gestand Otto nach einem Moment des Schweigens. »Ich hätte gern gewusst, was Euer Weib dazu sagt, dass Ihr solch ein gewagtes Spiel treibt.«

Lukas verzog etwas gequält das Gesicht. »Ich fürchte, wenn Ihr mir den Kopf nicht abreißt, wird sie es wohl tun.«

Wider Erwarten gab Otto einen Laut von sich, der beinahe wie ein Lachen klang. Sollte der Wettinerfürst auf seine alten Tage noch so etwas wie Galgenhumor entwickeln? Die Ereignisse der letzten Wochen hatten ihn verändert, zweifellos. Noch verbitterter war er geworden, entschlossener denn je, jedem Feind gegenüberzutreten. Aber er hatte wohl eingesehen, dass mancher Streit mit feinerer Klinge auszufechten war. Zum ersten Mal keimte in ihm so etwas wie Dankbarkeit für diejenigen, die trotz aller Gefahr zu ihm hielten.

»Euer Weib ist klug. Ich sollte mich mit ihr verbünden«, meinte der alte Markgraf. Dabei erinnerte er sich an einen Ratschlag Hedwigs kurz vor seiner Gefangennahme.

»Wenn sich mein missratener Sohn hinter dem Rücken des Königs versteckt und ihm Dinge einflüstert, erschwert das die Dinge für mich«, gestand er ein. »Ich weiß nicht, wie lang Albrechts Arm dann sein wird. Lasst nach Euerm Weib schicken und bleibt mit ihr in meiner Nähe. Reinhard soll derweil die Freiberger Wachmannschaft übernehmen und ein Auge auf den Vogt haben.«

Er befürchtet einen Giftanschlag, begriff Lukas. Und diese Furcht mochte nicht unberechtigt sein.

Lukas fühlte sich erleichtert und besorgt zugleich, nachdem Otto ihn entlassen hatte.
Es war vielleicht ganz gut, Marthe für eine Weile aus der Reichweite Pater Sebastians zu entfernen, nachdem sie diesen Streit um Berthas Begräbnis gehabt hatten. Sie würde keinen Augenblick zögern, hierherzukommen, wenn sie hörte, was in Meißen auf dem Spiel stand. Und Clara würde sich freuen, nach Freiberg zurückkehren zu dürfen. Dann konnte sie endlich in Reinhards Haus im Burglehen einziehen, wie es längst hätte geschehen sollen, wäre nicht Albrechts überraschender Befehl nach dem Turnier dazwischengekommen.
Während Lukas hinunter in die Halle ging, überlegte er, wie es wohl zwischen seiner Stieftochter und Reinhard stand. Der Freund war meistens ziemlich wortkarg, doch seit ihrem nächtlichen Ritt von Meißen wirkte er noch finsterer als sonst. Lukas war nicht entgangen, dass Reinhard vor dem Aufbruch beim Mahl in der Halle gefehlt hatte. Damals hatte er noch in sich hineingegrinst und vermutet, die Jungvermählten hätten ihr Wiedersehen im Bett gefeiert. Jedenfalls würde er mit Sicherheit aus diesem Grund eine Mahlzeit verpasst haben, wenn er Marthe eine Woche lang nicht gesehen hatte.
Doch inzwischen sah es für ihn eher danach aus, als habe es Streit zwischen Clara und Reinhard gegeben.
Das Mädchen muss wieder nach Freiberg, dort wird sie sich glücklicher fühlen, dachte er. Am besten, ich bringe ihr gleich die Nachricht von Ottos Entschluss.
Er fragte einen Diener, wo die Herrin von Reinhardsberg zu finden sei, und erfuhr zu seiner Verwunderung, dass sie nicht bei den Damen der Fürstin in der Kemenate sei, sondern in ihrer Kammer.
Also feiern sie wohl doch Wiedersehen, schlussfolgerte er erleichtert grinsend. Trotzdem wollte Reinhard bestimmt erfahren, ob Otto ihn und Lukas bestrafen ließ, bevor er zu seiner Frau ins Bett stieg.

Sicherheitshalber schickte er einen Diener vor, der anfragte, ob der Ritter von Reinhardsberg und seine Frau ihn empfangen würden. Er wurde sofort eingelassen und fand einen Anblick vor, der ihm das Herz öffnete: sein Freund lächelnd vor Clara, die eine Näharbeit auf dem Schoß hatte.
Und als er erkannte, was seine Stieftochter da nähte, war auch Lukas für einen Moment sprachlos vor Überraschung, die sich rasch in Freude verwandelte. Clara hielt ein halbfertiges Kinderhemdchen in den Händen.

## *Juli 1189 hinter der Nordgrenze des Byzantinischen Reiches*

»Ob sie heute Nacht wieder angreifen?«, fragte Thomas, während er sich für die Wache rüstete.
Roland zuckte mit den Schultern und gürtete ebenfalls sein Schwert. »Sie haben doch bisher jede Nacht angegriffen.«
Die beiden jungen meißnischen Ritter hatten sich freiwillig für die nächtliche Wache bei den Pferdekoppeln gemeldet. Die Pferde und die Trosskarren waren das bevorzugte Angriffsziel der Banden, die der Streitmacht des Kaisers zu schaffen machten, seit sie die byzantinische Grenze überschritten hatte. Roland hatte erklärt, er könne das Gemetzel unter den Pferden nicht länger ansehen. Und Thomas war es leid, immer nur von den Ruhmestaten seines Vaters zu hören. Er wollte aus dessen Schatten heraustreten und nicht länger nur Christians Sohn sein. Also musste er jede Gelegenheit nutzen, sich zu beweisen.
Von Pressburg aus war das gewaltige kaiserliche Heer, inzwischen noch verstärkt durch böhmische und ungarische Truppen, fünfunddreißig Tage lang durch Ungarn gezogen, ohne dass es

größere Zwischenfälle gegeben hatte. Wie mit König Bela verabredet, durften die Pilger auf den Märkten zu festen Preisen Nahrung, Futter und was sie sonst noch brauchten kaufen. Zu dieser Bereitwilligkeit beigetragen hatte wohl auch, dass der Heerzug gleich in den ersten Tagen seines Marsches durch Ungarn ein Dorf niedergebrannt hatte, weil dessen Bewohner Wegezoll von den Pilgern verlangt hatten.

Selbst das Wetter schien ihnen gutgesinnt. Es war warm, aber es herrschte nicht die sengende Hitze, die sonst in diesem Landstrich im Sommer auf alles Lebende herabbrannte.

Obwohl die Tage auf dem Marsch durch Ungarn recht eintönig waren, gab es für Thomas immer wieder Momente, in denen er aus dem Staunen nicht mehr herauskam – zum Beispiel beim Anblick der drei Kamele, die der ungarische König dem Kaiser geschenkt hatte und die nun mitgeführt wurden. Thomas hatte noch nie zuvor eines gesehen und konnte angesichts ihrer sonderbaren Gestalt kaum aufhören, sich zu wundern, welch merkwürdiges Getier Gott da erschaffen hatte. Und wie sollte man auf denen reiten, was ja angeblich die Sarazenen taten, wenn doch ein riesiger Höcker an der Stelle war, wo er den Sattel aufgelegt hätte?

Kaum weniger verwunderte ihn anfangs, dass sogar ein Minnesänger den Kaiser begleitete, noch dazu ein ausnehmend guter: ein Ministerialer vom Rhein namens Friedrich von Hausen. Aber Roland hatte ihn wieder einmal wegen seiner unhöfischen Denkweise ausgelacht. Natürlich reise ein Kaiser vom Range Friedrichs von Staufen und König von Burgund nicht ohne Troubadoure.

»Wieso?«, hielt ihm Thomas erstaunt entgegen. »Da es doch keine einzige Frau hier gibt? Und ich schwöre dir: Wenn ich mir noch einmal anhören muss, wie er in allen Einzelheiten von der Schönheit seiner Liebsten schmachtet, die er verlassen hat, um auf Wallfahrt nach Jerusalem zu gehen, dann müssen sie mich auch nackt in den nächsten Fluss werfen!«

Roland grinste. »Ich glaube, aus ähnlichen Gründen haben ihm schon ein paar Leute nahegelegt, lieber etwas über unsere bevorstehenden Ruhmestaten zu dichten.«

Frauen waren im Lager nicht zugelassen. Und in dieser wie in jeder anderen Hinsicht sorgte der Kaiser mit seiner unerschütterlichen Autorität dafür, dass eiserne Disziplin eingehalten wurde. Wer sich am Eigentum eines Kreuzfahrers vergriff, verlor die Hand, wer den Marktfrieden brach oder Unruhe stiftete, wurde geköpft, und wer mit einer Dirne erwischt wurde, der wurde zusammen mit ihr nackt und mit einem Strick um sein Glied durch das Lager geführt und anschließend ein paar Mal in den Fluss getaucht. Wer das überstanden hatte, für den endete in der Regel die Pilgerfahrt damit. Mehr als hundert Huren waren bereits zu Beginn des Marsches verjagt worden – was dazu führte, dass an jedem Lagerplatz ein beträchtlicher Teil der Männer für eine Weile verschwand, um im nächsten Dorf käufliche Frauen aufzusuchen.

Die Aufnahme in den Ritterstand hatte Thomas' Leben in vielerlei Hinsicht verändert. Nun trank und aß er an einem Tisch mit den Rittern, wurde als vollwertiger Kämpfer betrachtet, und ebenso wie Roland bekam er von Dietrich einen Knappen zugewiesen, den er auszubilden hatte.

Dieser Knappe hieß Rupert, war nur ein Jahr jünger als er und offenbar der Meinung, von so einem Jungsporn wie seinem neuen Herrn könne er nichts mehr lernen.

Thomas hatte sich zunächst noch zurückgehalten, weil es ihm merkwürdig vorkam, jemanden anleiten zu sollen, der fast so alt war wie er selbst. Weshalb hatte Dietrich ihm nicht einen von den Jüngeren zugeteilt, wie Roland, dessen Knappe gerade erst vierzehn Jahre zählte? Doch der Graf wies Thomas' Einwände ohne Erklärung ab. Wollte er sehen, wie Christians Sohn zurechtkam?

Zudem war dieser Rupert tatsächlich nicht schlecht im Umgang

mit Schwert und Lanze. Doch seine Überheblichkeit sorgte dafür, dass Thomas schon am zweiten Tag die Geduld verlor und jegliche Zurückhaltung aufgab.
»Komm her, Bursche!«, rief er, als der andere mit verdrießlicher Miene den Befehl entgegennahm, das Zaumzeug zu putzen und zu fetten.
Gehorsam, aber einen deutlichen Moment zu langsam, stand Rupert auf.
»Meinst du, es ist unter deiner Würde, das zu tun? Und du müsstest längst selbst die Sporen tragen und einen Knappen herumscheuchen, wenn es gerecht zuginge?«, fragte Thomas ihn scharf.
Der Bursche antwortete nichts, sondern senkte nur den Blick und blies sich eine helle Haarsträhne aus dem mit Sommersprossen übersäten Gesicht.
»Ich habe deine Antwort nicht gehört!«, beharrte Thomas.
Der sich anbahnende Vorfall zog bereits Aufmerksamkeit auf sich. Ein paar der Weißenfelser Ritter traten näher, um mitzuerleben, wie wohl der Neue mit seinem aufmüpfigen Knappen fertig würde. Denn dass er dessen Gehorsam auf der Stelle erzwingen musste, stand außer Zweifel. Es war nicht nur eine Sache der Ehre, dass hier die Rangfrage ein für alle Mal geklärt wurde, sondern auch lebensnotwendig für beide in bevorstehenden gefährlichen Situationen.
»Wenn Ihr es wünscht, kümmere ich mich jetzt um das Zaumzeug, wie Ihr befohlen habt«, lenkte Rupert ein. Doch seine Miene drückte tiefsten Widerwillen aus.
»Das wirst du tun, wenn ich mit dir fertig bin«, sagte Thomas, und diese Ankündigung sorgte für erwartungsfrohes Grinsen unter den Rittern.
»Wenn du meinst, du seist besser als ich, dann beweise es. Hol dein Übungsschwert und den Schild.«
Wortlos gehorchte Rupert und kam mit den Waffen zurück.

»Und schließe gefälligst deinen Gambeson! Ich will dir nicht die Rippen brechen.«
Auch diesem Befehl kam Rupert nach, aber die Nachlässigkeit, mit der er das Kleidungsstück zuschnürte, zeigte deutlich, dass er es für sehr unwahrscheinlich hielt, Thomas könnte ihm gefährlich werden.
Christians Sohn stellte sich auf, die Beine leicht gespreizt, den Schild in der Linken, das Schwert nach unten gerichtet.
»Los, greif mich an, wenn du kannst!«
Rupert zögerte nur einen winzigen Moment, dann attackierte er mit einem wuchtigen Oberhau, den Thomas von seinem hochgerissenen Schild abgleiten ließ. Der Knappe schaffte es gerade noch, das Gleichgewicht zu halten, wich rasch zur Seite aus und hieb von dort zu.
Thomas band die Klinge an und drückte sie nach unten. Dann ließ er los und bot dem Jüngeren die Möglichkeit zu einem erneuten Angriff.
Diesmal zögerte Rupert nicht und legte erneut viel Schwung in seinen Hieb – in diesen und die nächsten. Doch ganz gleich, was er tat, er schaffte es nicht, Thomas auch nur ein einziges Mal zu treffen. Entweder band der junge Ritter die Klinge mit seiner an, oder er schlug sie mit dem Schild beiseite und holte dann seinerseits zum Hau aus.
Anfangs lachten die Zuschauer noch, aber bald verzogen einige von ihnen allein vom Hinsehen schmerzerfüllt die Gesichter, denn sie konnten gut beurteilen, welche harten Schläge der ungehorsame Knappe einsteckte und dass er gut daran getan hatte, den aus vielen Stofflagen bestehenden Gambeson zu schließen. Morgen würde sein Körper von blauen Flecken übersät sein.
Mal schlug Thomas ihn nieder, mal hebelte er ihm das Schwert aus der Hand und zwang ihn blitzschnell in die Knie, mal legte er ihm den Arm um den Hals und riss ihn rücklings zu Boden.
»Der Kerl spuckt nicht so bald wieder große Töne«, meinte ei-

ner der Zuschauer grinsend, ein älterer Ritter von Dietrichs Leibwache.

»Erst einmal spuckt er Blut«, witzelte ein anderer und erntete dafür Gelächter.

»Steh auf!«, schnauzte Thomas seinen Knappen an.

Der wischte sich mit dem Ärmel das rote Rinnsal vom Kinn, das ihm über die aufgeplatzte Lippe lief, und stemmte sich hoch, den Kopf stur zu Boden gesenkt wie ein Stier vor dem Angriff.

»Siehst du ein, was du alles noch lernen musst? Jeder Angreifer hätte dich zehn Mal töten können, in kürzerer Zeit, als du brauchst, um ein Ave-Maria aufzusagen!«

»Ja, Herr«, murmelte Rupert.

»Üben werden wir das morgen. Jetzt geh und kümmere dich um das Zaumzeug, wie ich es befohlen habe!«

»Ja, Herr«, wiederholte der Knappe und lief davon, hochrot im Gesicht vor Scham und Wut zugleich.

»Das hättet du schon gestern machen sollen«, meinte Roland vorwurfsvoll, nachdem sich die Zuschauerrunde unter belustigten Rufen verlaufen hatte.

»Ja, das hätte ich wohl«, räumte Thomas ein und ging mit dem Freund, um irgendwo einen Becher Bier in dieser Hitze aufzutreiben.

Solche und andere Zwischenfälle waren es, die Thomas immer wieder zu Zweifeln und Grübeleien trieben.

Nach außen hin machte das Heer den Eindruck einer disziplinierten, hervorragend ausgebildeten und eingeschworenen Gemeinschaft.

Doch Thomas betrachtete sie nicht mit der ungebrochenen Begeisterung, mit der zum Beispiel Roland sie sah – obwohl der ja noch in Meißen gelacht hatte über die einfältige Vorstellung, in einer solch großen Truppe könnte es keine Streitereien darüber geben, wer bedeutender sei und wer wohl die meisten Ungläu-

bigen erschlagen würde, wenn sie erst das Heilige Land erreichten ...
Vielleicht lag es daran, dass sich Roland schon ein Jahr lang an das Leben als Ritter gewöhnen konnte, weshalb er sich so vollkommen zugehörig zu den anderen fühlte. Oder daran, dass sein Leben viel geradliniger verlaufen war als das seines Freundes.
Thomas hingegen war misstrauisch geworden – durch die Dinge, die seinen Eltern widerfahren waren, und nun noch mehr durch den Zwischenfall mit dem Bischof. Auch wenn er sonst mit Roland jedes Geheimnis geteilt hatte, irgendetwas hielt ihn davon ab, mit ihm darüber zu sprechen, was während der Beichte geschehen war. Womöglich würde er es nicht verstehen.
Aber an der Frömmigkeit von Elisabeth hegte auch niemand Zweifel, während Thomas nun wusste, dass immer noch jemand seine Mutter auf den Scheiterhaufen bringen wollte.
Da waren dann noch das hochfahrende Getue des Auenweilers und einiger seiner Freunde, die ihm wohl dessen Niederlage am Tag der Schwertleite nicht verzeihen konnten, der Ärger mit seinem Knappen und die leicht durchschaubaren Fragen eines Mannes aus Martins Leibwache, der sich sehr um seine Freundschaft bemühte und ihn ganz sicher für den Bischof aushorchen sollte.
Doch abgesehen von kleineren Reibereien und Spötteleien, schienen zumindest die Weißenfelser eine zuverlässige Gemeinschaft. Die meisten von ihnen hatten aus Treue zu Dietrich ebenfalls das Kreuz genommen. Nur zwei gaben ganz offen zu, dass sie mit dieser Wallfahrt Aufschub bei den Gläubigern erwirken wollten und auf reichlich Beute hofften, um nach ihrer Rückkehr alle Schulden bezahlen zu können. Ein Dritter hatte sich ihnen angeschlossen zur Buße dafür, dass er betrunken seine Frau niedergeritten hatte. Nun war er hin- und hergerissen zwischen Trauer, Selbstvorwürfen und der Hoffnung auf Vergebung.
Unter den Männern waren solche, die nur wenig Worte mach-

ten, andere, die ständig mit ihren Liebesabenteuern oder Turniersiegen prahlten, und solche, die sich abends am Feuer den Kopf darüber zerbrachen, ob es Frau und Kindern gutging und wie wohl dieses Jahr die Ernte ausfallen würde.
Doch sie alle betrachteten es als ihre ritterliche Pflicht, Jerusalem zurückzuerobern.
Auch Thomas fragte sich oft, wie es seiner Familie und seinen Freunden wohl erging. Mit Roland sprach er nie darüber. Wozu auch? Sie konnten hier nur raten und sich den Kopf zermartern, was inzwischen alles zu Hause passiert sein mochte. Mehr als ihre Nächsten in die Gebete einzuschließen, blieb ihnen nicht zu tun. Außerdem wollte er auch nicht darüber reden, dass seine Schwester jetzt bestimmt Reinhards Frau war. Und Roland wollte das ganz sicher noch weniger.
Nur einmal ließ der Freund erkennen, dass ihn der Gedanke an Clara immer noch beschäftigte.
»Sie könnte jetzt schon schwanger sein«, sagte Roland unversehens eines Abends, als sie beide schon im Zelt lagen, aber jeder hörte, dass der andere noch nicht schlief.
Thomas begriff sofort, von wem die Rede war. »Das wissen wir nicht«, antwortete er und zwang sich, das Bild zu verdrängen, das ihm dabei vor Augen stand.
»Es ist aber ziemlich wahrscheinlich«, meinte Roland bedrückt. »Die Hochzeit ist nun schon über zwei Monate her.«
»Das wissen wir nicht!«, wiederholte Thomas stur. Genau deshalb hatte er es vermieden, die Rede auf die Heimat zu bringen. »Wir müssen einfach auf Gott vertrauen.«
»Ja, damit Er uns sicher nach Jerusalem führt und wieder zurück ... Und dass Er einen guten Plan hat, was dann wohl aus uns werden soll.« Rolands Stimme klang ungewohnt ratlos bei diesen Worten.
Eine Weile sagte niemand von beiden etwas; jeder hoffte, dass der andere glaubte, er sei eingeschlafen.

Womöglich traut Lukas diesem Kerl sogar zu Recht, und sie hat ihn inzwischen lieben gelernt, versuchte sich Thomas zu trösten. Aber das würde seinen Freund vielleicht noch mehr aufbringen als die Vorstellung, Clara sei in ihrer Ehe todunglücklich. Wie es aussah, bestand keinerlei Hoffnung für ihn.
Es ist eine dumme Sache mit der Liebe, dachte er. Wenn es nicht gut läuft, macht sie einen nur unglücklich, das sehe ich bei Roland. Welch ein Glück, dass mir das erspart geblieben ist! Ich habe so schon genug Sorgen am Hals.

Das Heer hatte die byzantinische Grenze kaum überschritten, als auch schon die Schwierigkeiten begannen. Der Gouverneur einer Grenzfestung mit dem unaussprechlichen Namen Branitschevo erklärte sich außerstande, die zugesicherte Geleitmannschaft bereitzustellen.
Vom Kaiser zur Rechenschaft gefordert, da dies doch von der byzantinischen Gesandtschaft bereits vor einem Jahr in Nürnberg fest versprochen worden war, wand er sich wie ein Aal in den Händen des Kochs. Nach vielen Ausflüchten gestand er schließlich ein, dass die Lage in Byzanz zurzeit recht schwierig sei. Die Bulgarenfürsten hätten bereits ihr eigenes Reich gegründet, die Serben, die man bis vor kurzem noch durch Zugeständnisse an das Fürstengeschlecht der Nemanja einigermaßen ruhig halten konnte, schon das Gebiet bis Nisch erobert. Und Konstantinopel sei eben sehr weit weg von diesem westlichsten Außenposten. Außerdem befinde sich Seine kaiserliche Majestät Isaak Angelos gerade mit dem Heer im entferntesten Teil des Landes jenseits des Hellesponts, um dort die Seldschuken aufzuhalten, die gleichfalls immer weiter vordringen würden.
Dietrich von Weißenfels brachte diese Neuigkeiten in sein Lager. Er gehörte dem Rat der Sechzig an, fünf Dutzend besonders im Kampf bewährten Männern, die mit dem Kaiser und seinem

Marschall Kriegsrat hielten und jeweils fünfzig Ritter befehligten.
»Glaubt Ihr, der Byzantiner spricht die Wahrheit?«, fragte Wiprecht von Starkau mit zweifelnder Miene.
»Das können wir nicht wissen«, antwortete Dietrich und nahm dankbar einen Becher Wein entgegen. »Jedes Dorf ist verlassen, durch das wir bisher gekommen sind, die Speicher sind leer, wir können uns nicht bevorraten wie versprochen. Aber ob das nun ein Wortbruch Isaaks ist oder hier tatsächlich Krieg herrscht, der mit uns gar nichts zu tun hat? Wir wissen ja nicht einmal, wer uns Nacht für Nacht angreift – ob Bulgaren, Griechen, Serben oder Walachen.«
Wenn ich ein einfacher Bauer wäre und ein solch gewaltiges Heer im Anmarsch, dann würde ich wahrscheinlich auch mein letztes bisschen Habe nehmen und mich in den Bergen verstecken, dachte Thomas. Sie können ja nicht wissen, dass wir nicht plündern, sondern kaufen wollen.
»Auf die Byzantiner war noch nie Verlass«, meinte der Auenweiler verächtlich. »Was für ein ehrloser Lump muss erst ihr Kaiser sein, wenn er sein Wort nicht hält.«
»Ich halte ihn eher für einen Schwächling, der sich in seinem eigenen Reich nicht durchsetzen kann angesichts dessen, was wir vorhin gehört haben«, meinte Dietrich bedacht.
Der Auenweiler schnaubte. »Das ist auch nicht besser!«

Wie sich bald herausstellte, hatte der Provinzgouverneur von Branitschevo das Heer von seinen Leuten auf den falschen Weg führen lassen: nicht entlang der alten Kaiserstraße, sondern über kaum passierbare, steinige Pfade und schmale Wege, die noch dazu immer wieder mit riesigen Felsbrocken und umgehauenen Bäumen versperrt waren.
Und sie hatten die alte Festung kaum hinter sich gelassen, als die Überfälle begannen. Von den Hängen des Hügellandes kamen

Pfeilhagel aus dem Gesträuch, ohne dass sie die Gegner sehen konnten. Tags, vor allem aber nachts gab es immer wieder blitzschnelle Angriffe auf die Trosskarren und die Koppeln, bei denen Knechte und Kärrner niedergemetzelt wurden und die Angreifer Augenblicke später mit ihrer Beute verschwunden waren.
Also wurden den Koppeln und Trosskarren verstärkte Wachen zugeteilt. Dazu hatten sich Roland und Thomas auch für diese Nacht gemeldet.
Die Dunkelheit bei schmaler Mondsichel musste geradezu eine Aufforderung an Diebe und Plünderer darstellen. Seit einer Weile goss es auch noch wie aus Kannen. Das Rauschen des Regens machte es unmöglich, zu hören, ob sich jemand heranschlich.
Bisher war alles ruhig gewesen. Doch das konnte sich jeden Augenblick ändern. Thomas spürte immer stärker, dass Gefahr sich näherte. Und ein Blick auf seinen Freund zeigte, dass auch der sich anspannte. Etwas, das sie nicht hätten benennen können, richtete ihre Nackenhaare auf.
Sie standen auf der Koppel, nahe der äußeren Umzäunung. Nebenan bei den Trosskarren hatten sich ein paar böhmische Ritter als Knechte verkleidet, um die Angreifer zum Losschlagen zu verleiten. Solch eine Täuschung hatten die Weißenfelser abgelehnt, also warteten Thomas und Roland voll gerüstet zwischen den Pferden, vor feindlichen Blicken halbwegs gedeckt durch die Tiere, aber bereit, sofort loszuschlagen.
Beruhigend legte Thomas seine linke Hand auf den Hals seines Rappen. Mit der Rechten hatte er das Schwert schon leise aus der Scheide gezogen. Roland stand ebenfalls mit blanker Klinge bereit.
Radomir schnaubte und stellte die Ohren auf.
Thomas packte den Griff seines Schwertes mit beiden Händen.
Plötzlich erschollen lautes Geschrei und Waffengeklirr von links, wo die Böhmen die Angreifer erwarteten.

Thomas' erste Regung war es, dorthin zu laufen und mitzukämpfen, doch sie hatten klare Befehle: die Koppel zu bewachen und ihre Pferde zu verteidigen.
Er hörte zuerst das platschende Geräusch von Füßen in den Pfützen auf dem lehmigen Boden, bevor er sie sah: zwei Dutzend zerlumpte Männer, die wortlos Richtung Koppel huschten.
Thomas jagte die Pferde mit ausgebreiteten Armen nach hinten, dann rannten er und die anderen Wachen mit gezogenen Schwertern auf die Diebe zu. Die wollten weglaufen, als sie sich kampfbereiten Männern statt nur ein paar verängstigten Futterknechten gegenübersahen. Doch da versperrte ihnen ein weiteres halbes Dutzend Ritter den Weg.
Schreiend wollten die Diebe fliehen; die ersten waren rasch niedergestreckt, die anderen versuchten, sich zu retten.
Roland wurden von zweien angegriffen, die lange Dolche trugen. Doch Thomas musste darauf vertrauen, dass der Freund allein mit ihnen fertig wurde. Er hatte gesehen, wie einer der Fremden mitten hinein in die Herde lief – wohl in der Absicht, aufzusitzen und seine Beute gleichzeitig zur Flucht zu nutzen.
Thomas rannte ihm nach und stieß einen lauten Pfiff aus. Die anderen Pferde galoppierten beiseite, nur Radomir lief auf ihn zu. Der Pferdedieb schien das als Gelegenheit zu betrachten und näherte sich dem Rappen. Doch der ließ ihn nicht an sich heran und stampfte drohend. Thomas hörte den Dieb in einer fremden Sprache fluchen.
Als der Freiberger auf zehn Schritte heran war, packte der Fremde einen derben Knüppel mit beiden Händen und grinste höhnisch. Auch ohne seine Worte zu verstehen, war klar, was gemeint war: Komm noch einen Schritt näher, und ich breche dem Gaul die Beine!
Thomas warf seinen Dolch auf den Angreifer und setzte sofort mit dem Schwert nach. Der Dieb ging zu Boden, doch aus dem

Augenwinkel sah Thomas, dass ein zweiter Gegner sich von der Seite näherte. Er köpfte den ersten mit einem wuchtigen Hieb und drehte sich sofort um.
Der Zweite trug eine fast mannslange, angespitzte Holzstange und griff schon an. Thomas schaffte es, dem ersten Stoß auszuweichen, dem zweiten ebenfalls, beim dritten prallte der Schaft so heftig an seine Hüfte, dass er stürzte. Triumphierend trat der Gegner zu ihm, um ihm den Todesstoß zu versetzen. Doch Thomas hatte sein Schwert trotz der Schmerzen nicht losgelassen. Während der andere den Spieß beidhändig umklammert hielt und ausholte, um mit aller Kraft zuzustoßen, richtete sich Thomas ein kleines Stück auf und hieb ihm mit dem Schwert aus dem Handgelenk gegen die Beine.
Von dem Schlag und seinem eigenen Schwung umgerissen, stürzte der Mann in den Schlamm und brüllte vor Schmerz.
Mit einem gut gezielten Kinnhaken schlug Thomas ihn bewusstlos. Er warf einen Blick auf die klaffende Wunde am Bein des Gegners, riss einen von dessen zerlumpten Ärmeln ab und knotete ihn um das blutende Bein. Dann packte er sich den Bewusstlosen über die Schulter. Sie hatten Anweisung, möglichst ein paar Gefangene zu machen, denn die Anführer wollten herausbekommen, wer hinter den Angriffen steckte.

## *Byzantinische Wirren*

Den verklungenen Geräuschen zufolge war der Kampf inzwischen vorbei. Den Schmerz an der Hüfte so gut wie möglich unterdrückend, ging Thomas zu den Wachen unter Wiprechts Kommando und lieferte seinen Gefangenen ab.
»Hatten wir Verluste?«, erkundigte er sich. »Hier nicht«, sagte

der Lanzenführer düster. »Aber im Lager. Sie haben unser Lager mit Pfeilen angegriffen. Euren Knappen hat's auch erwischt …«
»Lebt er noch?«, fragte Thomas sofort. »Kann ich zu ihm?«
»Ja, geht nur. Noch lebt er. Der Feldscher wird jetzt wohl bei ihm sein. Jedenfalls, wenn Gott ihm beisteht. Diese Pfeile sind vergiftet …«
Thomas hielt rasch Ausschau nach Roland, der ihn schon entdeckt hatte. Sein Kettenhemd war am linken Arm aufgesprengt, Blut sickerte durch den aufgeschlitzten Ärmel.
»Nur ein Kratzer«, wiegelte er ab.
»Dolch oder Pfeil?«, fragte Thomas beunruhigt.
»Dolch. Wenigstens nicht vergiftet …«

Thomas' Knappe lag mit zusammengebissenen Zähnen auf dem Boden und zitterte am ganzen Leib, obwohl auf seiner Stirn Schweißperlen standen.
Ein paar von den anderen jungen Burschen standen oder knieten wortlos um ihn herum. Der Pfeil ragte ihm aus der Schulter, und einer der Knappen war gerade dabei, vorsichtig etwas um die Wunde zu packen, das verdächtig nach einem Kuhfladen aussah.
»Was soll das hier werden? Und wo ist der Feldscher?«, brüllte Thomas.
Sofort sprangen die Jungen auf. »Er steckt bei den Männern, die es noch schwerer erwischt hat«, meldete derjenige, der versucht hatte, Ruperts Wunde zuzudecken.
»Und was ist das da?« Ungläubig wies Thomas auf den dunklen Klumpen.
»Kuhmist, ganz frisch, um die Wunde warm zu halten und das Gift rauszuziehen«, antwortete der Bursche eifrig, der etwas jünger war als Rupert. »Das beste Mittel dafür! Das macht der Feldscher auch immer. Aber an den Pfeil haben wir uns nicht getraut.«

Thomas verkniff sich mit Mühe eine abfällige Bemerkung über den Feldscher und dessen Methoden.

»Nimm das sofort weg, tritt beiseite und hol mir Wasser! Oder noch besser: Wein«, befahl er stattdessen.

Nun endlich schien Rupert ihn wahrzunehmen.

»Seid Ihr jetzt auch noch klüger als der Wundarzt?«, fragte er zähneklappernd mit einem matten Anflug von Ungläubigkeit.

»Du wirst dich wundern, was ich alles kann, wenn es sein muss«, sagte Thomas.

Er zog seinen Dolch und schlitzte den Stoff rund um die Wunde auf. Der Pfeil steckte fest, aber nicht sehr tief im Muskelfleisch, er konnte sogar die Enden der Spitze sehen. Vielleicht gelang es ihm, die Spitze mit herauszuziehen. Wenn sie wirklich vergiftet war, zählte jeder Augenblick.

»Du holst ein paar glühende Kohlen, aber rasch, und ihr zwei presst ihn zu Boden, damit er sich nicht rühren kann, wenn ich den Pfeil rausziehe.«

Die Knappen gehorchten, auch wenn ihnen das Unbehagen ins Gesicht geschrieben stand. Thomas sah sich schnell nach etwas Geeignetem um, dann zog er Ruperts Essmesser aus dessen Gürtel und klemmte ihm das Heft zwischen die Zähne.

»Sag schnell ein Gebet! Dann beiß darauf, aber fest! Und sprich in Gedanken drei Vaterunser.«

Rupert nickte und ließ Thomas nicht aus den Augen.

Der kniete sich neben den Verletzten, sprach selbst ein kurzes Gebet, umgriff den Pfeil mit beiden Händen und zog mit einem Ruck.

Er hielt den Schaft in Händen, aber ohne die Spitze. Ein Blutschwall spritzte aus der Wunde.

»Renne zum Feldscher und frag ihn nach dem Werkzeug, mit dem er Pfeilspitzen herauszieht«, befahl er Rolands Knappen Philipp, der der Jüngste in der Runde war und aussah, als würde er gleich in Ohnmacht fallen.

Er gab dem Verwundeten etwas kaltes Wasser zu trinken, dann drehte er ihn auf die unverletzte Seite und spülte allen Wein, der auf die Schnelle aufzutreiben war, über die blutende Wunde. Er wollte so viel wie möglich von dem Gift herausbekommen.
Atemlos kam Rolands Knappe zurück. »Der Feldscher braucht es selber. Es kann noch eine Weile dauern, bis er kommen kann. Und aus der Hand geben will er es nicht«, sagte er rasch, bevor ihn ein Hustenanfall packte.
»Pech für euren Freund«, sagte Thomas mit ehrlichem Bedauern. »Dann renn zum Schmied und hole seine schmalste Zange. Ich kann das Ding hier nicht stecken lassen.«
»Ich will auf den Wundarzt warten!«, begehrte Rupert auf, so heftig er noch konnte.
»Bevor der kommt, bist du tot«, erwiderte Thomas ungerührt. Er stand auf und erhitzte die Klinge seines Dolches an dem Talglicht, das auf dem Boden stand.
Dann schob er sie vorsichtig an der Pfeilspitze entlang und versuchte, diese durch winzige Bewegungen zu lockern.
»Glüh die Zange aus!«, befahl er dem jüngsten Knappen und gab ihm genaue Anweisungen. Dann nahm er das Heft seines Dolches vorsichtig in die Linke, drückte damit die Pfeilspitze, so gut es ging, nach oben und packte mit der Schmiedezange in der Rechten zu.
Ein Ruck, und die Pfeilspitze war heraus. Rupert schrie und verlor das Bewusstsein, die anderen Knappen stöhnten, einer von ihnen rannte weg, um seine letzte Mahlzeit herauszuwürgen.
Aus der Wunde sprudelte nun so viel Blut, dass Thomas klar war, er musste sie ausbrennen. Vielleicht tötete das ja auch das Gift ab, wenn welches in Ruperts Körper eingedrungen war.
Er befahl einem der Jungen, die Hand auf die blutende Wunde zu pressen, und erhitzte sein Messer am Kohlebecken.
»Los, ihr zwei haltet ihn noch einmal!«, befahl er. Bleich, aber widerspruchslos gehorchten die Jungen.

Als er das rotglühende Messer auf die Wunde drückte, kam Rupert wieder zu sich und brüllte vor Schmerz. Er wollte sich aufbäumen, aber seine Freunde hielten ihn auf den Boden gepresst.
»Noch einmal, dann hast du es überstanden«, sagte Thomas aufmunternd zu seinem unglücklichen Knappen. »Und du hast mein Wort – sollte es mich einmal erwischen, darfst du mir das hier vergelten.«
»Ich freue mich schon drauf«, ächzte Rupert.
Thomas sah, dass der Junge kurz davor stand, erneut das Bewusstsein zu verlieren. Er flößte ihm noch einmal kaltes Wasser ein, dann schob er ihm wieder den Messergriff zwischen die Zähne.
»Bereit?«
Rupert nickte. Er konnte seine Augen kaum von der glühenden Klinge lösen, aber diesmal nahm er alle Kraft zusammen, um nicht wieder zu schreien.
»Ihr könnt ihn loslassen«, befahl Thomas den Knappen, als er fertig war. Nun musterte er die Wunde näher. Es hatte aufgehört zu bluten – mehr ließ sich im Moment nicht sagen.
Seine Mutter hätte sicher gewusst, was noch zu tun war. Warm halten und viel zu trinken geben, waren ein paar ihrer Ratschläge, an die er sich noch erinnerte. Sollte er die Wunde verbinden? Aber dann würde das Leinen daran festkleben. Nur in einem war er sich sicher: einen Kuhfladen, der von vielen als Allheilmittel in solchen Situationen betrachtet wurde, sollte er nicht darauf packen.
»Du hast dich gut gehalten«, lobte er seinen Knappen. »Mit Gottes Hilfe verheilt es bald.«
Das brachte ihn auf einen Gedanken. »Im Lager von Bischof Martin ist ein junger Benediktiner, der mit der schiefen Tonsur. Bitte ihn hierher; vielleicht weiß er noch einen Rat«, befahl er Philipp.

Als ihn der Mönch in Pressburg zur Beichte geholt hatte, war Thomas aufgefallen, dass seine Finger nicht mit Tinte bekleckst waren wie bei einem Schreiber, sondern an den Nägeln grün gefärbt – so wie bei seiner Mutter, wenn sie gerade frische Kräuter schnitt. Viele Mönche waren heilkundig. Bestimmt konnte er helfen.

»Ich danke Euch, Herr«, stöhnte Rupert, und das klang ehrlich.

»Woher kommst du eigentlich? Und hast du eine hübsche Schwester?«, versuchte Thomas, ihn von den Schmerzen abzulenken.

»Drei, Herr«, meinte der Knappe und grinste matt. »Aber von denen solltet Ihr besser keine freien, wenn Ihr noch etwas Spaß im Leben haben wollt.«

»Ja, wenn die auch so ein Schandmaul haben wie du, dann sollte ich wohl einen großen Bogen um sie machen«, sagte Thomas, grinste zurück und ging hinaus.

Erst im Morgengrauen konnten sie sich einen genauen Überblick über die Ereignisse der Nacht verschaffen. Es hatte in der Dunkelheit an fünf Stellen Überfälle auf das Heerlager gegeben. Beim Tross waren mehr als zwei Dutzend Tote zu beklagen: Wagenknechte und etliche der armen Pilger, die sich ihnen unterwegs angeschlossen hatten. Diese bereiteten dem Heer beträchtliche Schwierigkeiten, denn eigentlich sollten nur Männer mitziehen, die kampferfahren waren und sich selbst verpflegen konnten. Aber man konnte sie nicht alle fortschicken – schließlich war das ganze Vorhaben dazu gedacht, die Pilger zu schützen, die nach Jerusalem wollten.

Sie waren mit Pfeilen beschossen worden, gegen die es in der Dunkelheit kaum Schutz gab. Doch als die Angreifer dann losstürmten und Beute machen wollten, hatten die Böhmen erfolgreich zurückgeschlagen und an die zwanzig der Wegelagerer getötet.

Zehn Pferde waren abgeschlachtet worden und zwölf geraubt, etliche Sack Korn ebenso.

Thomas' Gefangener war noch vor dem Morgengrauen verblutet. Die sechs anderen knieten gefesselt vor dem Marschall des Kaisers und wurden verhört, um in Erfahrung zu bringen, in wessen Auftrag sie gehandelt hatten. Was allerdings daran scheiterte, dass keiner die Sprache der anderen Seite kannte.

Also fragte Marschall Heinrich von Kalden nach dem anhaltenden Wehklagen der Diebe, mit dem sie offensichtlich um Gnade baten: »Isaak Angelos?«

Eifrig nickten die Gefangenen und wiederholten den Namen des byzantinischen Kaisers.

Das reichte dem Marschall als Schuldgeständnis dafür, dass der Kaiser von Byzanz diese Schurken gegen sie geschickt hatte.

»Hängt sie auf!«, befahl er, und seine Order wurde unverzüglich ausgeführt.

Wüste Beschimpfungen über die Unzuverlässigkeit Ostroms machten die Runde, während die Männer wieder zu ihren Lagerabschnitten gingen. Schließlich hatte Isaak Angelos schon vor einem Jahr Kaiser Friedrich friedlichen Durchzug, Geleitschutz und Märkte zu festen Preisen zugesichert, wie es auch der ungarische König getan und sich daran gehalten hatte. Er hatte sogar seinen Kanzler nach Nürnberg gesandt, also nicht nur irgendeinen niederen Bediensteten, sondern jemand, dessen Wort verbindlich galt. Und drei der höchstangesehenen Männer des Kaiserreichs – Friedrichs Sohn als Herzog von Schwaben, der Bischof von Würzburg und Herzog Leopold von Österreich – hatten die friedlichen Absichten des Heerzuges gegenüber Byzanz beeidet.

Aber nicht nur der oströmische und der weströmische Kaiser standen in Unfrieden zueinander, sondern auch die ost- und die weströmische Kirche.

Thomas machte sich seine eigenen Gedanken, als er nach der Hinrichtung der Gefangenen zurück ins wettinische Lager ging. Für ihn sahen die Gehenkten eher wie Räuber aus und nicht wie Männer, die ein Kaiser in den Kampf gegen einen anderen schickte. Sie waren zerlumpt, und ihre Waffen waren mit Sicherheit gerade erst erbeutet.

Vielleicht herrschte hier wirklich ein Krieg, der bereits vor ihrer Ankunft begonnen hatte. Doch wie sollten sie das herausfinden?

Jetzt musste er sich erst einmal vergewissern, wie es seinem Knappen ging, und dann unbedingt einen Priester suchen, um die Beichte abzulegen. Er hatte heute zum ersten Mal einen Menschen getötet – genau genommen sogar zwei, wenn er dazurechnete, dass einer an seiner Wunde verblutet war.

»Du hast zwei *Diebe* getötet«, berichtigte ihn Roland. »Ehrloses Gesindel, das aus dem Hinterhalt angegriffen und Giftpfeile geschickt hat. Einer dieser Pfeile hätte beinahe deinen Knappen umgebracht. Und es ist ungewiss, ob der Junge nicht noch daran verreckt.«

Als Thomas schwieg, meinte Roland ungeduldig: »Ich verstehe nicht, worüber du noch grübelst. Du bist ein Ritter, und das Töten ist dein Handwerk. Sind wir nicht ausgezogen, um gegen die Ungläubigen zu kämpfen?«

Das waren keine Ungläubigen, wollte Thomas entgegnen. Doch sein Freund hatte recht: Fromme Christenmenschen waren das wohl auch nicht, sondern genau die Sorte Gesindel, vor denen sie, die Ritter, die Schutzlosen zu verteidigen hatten. Und unter ihren Opfern waren Menschen, die gar nicht zum Schwert gegriffen hatten: die Trossknechte und sein Knappe.

»Noch vor ein paar Wochen konntest du es kaum erwarten, Rutger zu töten. Schon vergessen?«, erinnerte ihn Roland.

»Ja, aber den kenne ich und weiß, dass er den Tod verdient hat!«, entgegnete Thomas sofort. Er hatte die Worte kaum ausgesprochen, als ihm Zweifel kamen. Nun, da er getötet hatte, schien ihm das Töten keine so selbstverständliche Sache mehr. Es war etwas anderes, über das Töten zu reden, als das Blut eines Menschen an den Händen zu haben.

»*Sein Vater* hatte den Tod verdient«, berichtigte ihn Roland. »Du kannst Rutger nicht für die Missetaten seines Vaters bestrafen, selbst wenn er ein hinterhältiger Mistkerl ist. Wollte man die alle erschlagen, wäre es ziemlich leer auf Gottes schöner Erde.«

Bei der Vorstellung musste Thomas nun doch lachen und gab dem Freund recht.

»Weißt du, wann mein Vater zum ersten Mal getötet hat?«, fragte er in der Hoffnung, Roland könnte das einmal von Raimund erfahren haben.

»Ich weiß, wann und warum dein Stiefvater zum ersten Mal getötet hat«, sagte der Freund zu Thomas' Überraschung. »Da war er selbst noch Knappe. Und es ging gegen solches Gesindel wie das hier, das über deine Mutter herfallen wollte.«

Sofort fühlte sich Thomas besser, und seine Achtung vor Lukas wuchs in ungeahnte Höhen. Noch ein Grund, ihm dankbar zu sein und keine Schande zu bereiten. Sein Stiefvater würde sich bestimmt nicht in solchen Grübeleien verlieren.

Nachdem Thomas gebeichtet und Absolution erhalten hatte, sorgte er dafür, dass sein Knappe auf einen Karren gehievt wurde. Der wollte zwar unbedingt weiterreiten, bekam aber eine klare Abfuhr von seinem Ritter.

»Ich lass mich nicht von den Männern dafür auslachen, dass mein Knappe vom Pferd fällt«, raunzte Thomas ihn an. »Stell dir einmal in allen Einzelheiten vor, wie du mit dieser Wunde in den Sattel steigst, und gib zu, dass das ein sehr dummer Gedanke wäre.«

Er konnte geradezu sehen, was hinter Ruperts Stirn vor sich ging, und dass der Bursche letzten Endes ziemlich froh darüber war, jetzt *nicht* in den Sattel zu müssen.

»Ja, Herr«, gestand der schließlich ein.
Thomas vergewisserte sich, dass Rolands Knappe damit zurechtkam, ihr Zelt allein abzubrechen und alles zu verstauen. Philipp war eifrig bei der Sache, doch Roland machte sich ebenfalls Sorgen um den ihm zugewiesenen Burschen – nur andere, als Thomas um Rupert.
»Den hätten sie nie auf diese Reise schicken dürfen«, hatte er dem Freund unter vier Augen gestanden. »Er ist zu schwach dafür, er wird diese Hustenanfälle einfach nicht los, nicht einmal bei dem warmen Wetter. Und *das* kann ich ihm auch mit härteren Waffenübungen nicht austreiben wie du deinem Prahlhans seinen Hochmut. Offenbar haben wir die beiden Burschen abbekommen, die sonst keiner haben wollte. Du das Großmaul und ich den Kümmerling. Wobei« – nun konnte sich Roland ein Grinsen nicht verkneifen – »es mir wie ausgleichende Gerechtigkeit vorkommt, dass ausgerechnet du dich mit einem aufsässigen Knappen herumärgern musst. Das werde ich Hartmut erzählen, wenn wir nach Meißen zurückkehren, und er wird mich ganz gewiss zu einem großen Krug Wein einladen, um mehr darüber zu hören!«
»Wir werden nicht nach Meißen zurückkehren, hast du das vergessen?«, erinnerte ihn Thomas und brachte ihn damit zum Verstummen. »Selbst wenn wir diesen Kriegszug überleben – die Markgrafschaft steht dann unter der Herrschaft Albrechts von Wettin. Und wir sind verfemt.«

Das Lager war immer noch nicht zum Abmarsch bereit; die Hinrichtung der Räuber, das Begräbnis der eigenen Toten und die Versorgung der Verwundeten hatten den üblichen morgendlichen Ablauf in die Länge gezogen. Also hielt Thomas Ausschau nach dem jungen Benediktiner. Er wollte sich bei ihm bedanken dafür, dass er sich um die Verletzung seines Knappen gekümmert hatte.

Zu seiner Überraschung entdeckte er ihn bei dem Karren, auf den Rupert gehievt worden war. Er legte gerade ein Säckchen auf die Brandwunde des Knappen. »Das ist gekochter Leinsamen. Und lass dich von niemandem dazu überreden, irgendeine Salbe oder stinkende Umschläge darauf zu packen. Halt den Körper ruhig und bete zu Gott, damit er dir Heilung schenkt!«, ermahnte er den Verletzten und schien dabei seine übliche Verzagtheit vergessen zu haben.

»Ich werde beten, Bruder. Aber alles andere besprecht besser mit meinem Herrn!«, sagte Rupert rasch, als er Thomas kommen sah.

»Halte dich an die Anweisungen des Bruders«, entgegnete dieser zu Ruperts Beruhigung, der befürchtet hatte, sein Herr könnte auf noch absonderlichere Heilmittel als der Mönch kommen. Dabei wusste jeder, dass auf eine frische Wunde ein warmer Kuhfladen gehörte!

Dann wandte sich Thomas dem jungen Benediktiner zu. »Hab Dank, Bruder, dass du dich um meinen Knappen gekümmert hast.«

»Ich war erstaunt, dass Ihr ausgerechnet mich gerufen habt«, erwiderte dieser. »Woher wusstet Ihr, dass ich in meinem Kloster der Gehilfe des Infirmarius war?«

»Wegen der grünen Fingerspitzen«, verriet Thomas lächelnd. »Du suchst Kräuter, nicht wahr? Meine Mutter kennt sich auch damit aus und hat mir viele Ratschläge mit auf den Weg gegeben.«

»Dann sollte Euer Knappe für sie beten. Euer schnelles Handeln hat ihm vielleicht das Leben gerettet.«

»Wenn ich ehrlich sein soll – mir war nicht besonders wohl dabei«, gestand Thomas. »Aber der Feldscher war noch beschäftigt, und der Junge wäre sonst vielleicht gestorben.«

»Es gab zu viele Tote letzte Nacht, und wer weiß, wie viele von den Verwundeten ihnen noch folgen. Möge der Herr ihnen Heilung schenken!« Der kleine Mönch bekreuzigte sich.

»Ein Leben gerettet, zwei genommen«, murmelte Thomas.
»Seid Ihr nicht deshalb auf diesem Weg?«, fragte der Benediktiner, der sofort begriff, was der junge Ritter damit meinte. »Ich vermute, man hat Euch großzügig Absolution erteilt dafür, dass Ihr zwei Wegelagerer getötet habt.«
»Das schon …«
Thomas schluckte hinunter, was er hätte sagen wollen, und kam lieber auf etwas anderes zu sprechen. »Weshalb bist du eigentlich auf dieser Reise, Bruder, wenn du mir diese Frage erlaubst? Als ich dich zum ersten Mal sah, dachte ich: Du passt gut in ein Kloster, aber nicht in diese rauhe Kriegswelt.«
Der junge Mönch mit der schiefen Tonsur lächelte wehmütig. »Da wäre ich auch gern geblieben und hätte irgendwann mit Gottes Hilfe das Amt des Infirmarius oder des Klostergärtners übernommen. Aber mein Abt hat mich auf diesen Weg gesandt, damit ich selbst die Antwort auf eine Frage herausfinde, die er im Kapitelraum nicht hören wollte.«
»Und was war das für eine Frage?«
Vor der Antwort kam ein Seufzer aus tiefstem Herzen. »Es ging um die Schrift eines englischen Geistlichen, der besonders in den Fragen der Rechte bewandert ist. Der weise Radulf meint, Gott wolle kein Blutvergießen und auch nicht, dass Sarazenen getötet werden. Ebenso wenig könne Sündenablass für Kreuzfahrer im Sinne Gottes sein, denn erst müssten die Sünder ihre Sünden abgebüßt haben, bevor Gott ihnen vergeben kann.«
»Und das hat deinem Abt so missfallen, dass er dich auf diese lange und gefährliche Reise schickte?«, fragte Thomas mit gerunzelter Stirn.
Dann war der kleine Benediktiner also nicht aus freiem Willen hier, sondern zur Strafe für einen Zweifel! Ein Zweifel allerdings, mit dem er nicht weniger als den Kreuzzugsaufruf des Papstes in Frage stellte.
Dass das dem Abt wenig gefallen hat, glaube ich gern, dachte

Thomas. Aber war ihm denn nicht klar, welchen Gefahren er seinen jungen Bruder aussetzt, der noch viel weniger kräftig genug für das scheint, was noch auf uns zukommen mag, als Rolands kränklicher Knappe? Und der den Anschein erweckte, noch nie die Mauern des Klosters verlassen zu haben?
»Wir sind alle in Gottes Hand. Wie es Ihm gefällt, wird Er uns prüfen oder uns schützen«, sagte der Benediktiner schicksalsergeben und senkte den Kopf.
Ein Ritter und ein Mönch auf Kriegszug gegen die Ungläubigen – und beide haben wir Zweifel an dem, was wir tun, dachte Thomas halb verdrossen, halb belustigt. Da haben sich genau die Richtigen auf den Weg gemacht!
Er beschloss, ab sofort ein Auge auf den kleinen Benediktiner zu haben, sooft ihm das möglich war, damit ihm nichts zustieß.
»Sag mir deinen Namen, Bruder, damit ich dich in meine Gebete einschließen kann!«
»Notker. Und ich werde Euch in meine Gebete einschließen, Thomas von Christiansdorf.«

## Gesandtschaften

Ruperts Verletzung heilte schlecht; sie nässte und begann, an den Rändern zu eitern. Erst nachdem Thomas die Wunde aufgestochen, den Eiter herausgedrückt und Bruder Notker eine streng riechende Tinktur darüber geträufelt hatte, ging die Entzündung langsam zurück.
Das Heer der Kreuzfahrer zog weiter Richtung Süden und hatte jeden Tag mit neuen Schwierigkeiten zu kämpfen. Die Wege waren schmal, steil und mussten oft erst freigeräumt werden, die

Dörfer wie leergefegt. Ihre Vorräte wurden allmählich bedenklich knapp, da sie nirgendwo Nachschub besorgen konnten. Doch am schlimmsten waren die anhaltenden Überfälle, hauptsächlich auf den Tross.
Sie zogen nun durch Waldgebiet und mussten ständig damit rechnen, dass Pfeilhagel von den dichtbewachsenen Hügeln oder von den Bäumen links und rechts des Pfades auf die Kolonne niedergingen. Wenn es das Gelände erlaubte, unternahmen immer wieder ein paar Reiterabteilungen Gegenangriffe; die Gefangenen wurden am nächsten Baum aufgeknüpft und zur Abschreckung hängen gelassen.
Sie hatten mittlerweile schon an die hundert Leute verloren und noch mehr Pferde eingebüßt – verletzt, abgestochen oder geraubt.
Durch die vielen zusätzlichen Nachtwachen war mancher tags so müde, dass er beinahe im Sattel einschlief. Doch auch bei Tageslicht hieß es wachsam sein, denn in jedem Waldstück und hinter jedem Strauch konnten Angreifer verborgen sein.
Das alles zerrte an den Nerven der Männer und ließ sie immer lauter über die Hinterhältigkeit des Kaisers von Byzanz murren. Bald kamen Gerüchte auf, er habe sich mit Saladin verbündet.

Mittlerweile näherte sich der Juli seinem Ende. Thomas und Roland waren diese Nacht für die zweite Wache eingeteilt. Die karge Abendmahlzeit hatten sie zusammen mit den Rittern aus Weißenfels und Meißen eingenommen. Aber heute wollten sie nicht gleich danach zur Ruhe gehen, um wenigstens etwas Schlaf zu finden. Sie warteten auf Neuigkeiten. Graf Dietrich war zum Rat der Sechzig gerufen worden, und im ganzen Heerlager hatte längst die Runde gemacht, dass im Verlauf des Tages mehrere Gesandte eingetroffen waren.
Die Gespräche der Männer an den zwei langen Tischen unter dem Leinendach kreisten wieder einmal darum, was sie wohl im

Heiligen Land erwarten würde: mit Gold und Marmor gepflasterte Gassen, unheimliches Getier, Sarazenen mit merkwürdig krummen Schwertern und Pferden, klein wie eine Ziege und blitzschnell wie Katzen. Zumindest die beiden letzten Beschreibungen wurden stark bezweifelt oder sogar belacht, vor allem unter den jüngeren Rittern.
Thomas und Roland hielten sich aus dem Gerede heraus. Sie wussten von Rolands Vater, der Pferde züchtete, dass die Sarazenen tatsächlich erstaunlich kleine und flinke Pferde besaßen, doch gesehen hatten sie noch keines.
»Wer soll auf einer Ziege reiten?«, meinte ein junger Mann namens Bruno mit blondem Haar und spärlichem Bartwuchs; einer derjenigen, die mit dieser Reise den Gläubigern entkommen wollten. »Und warum sollte jemand mit einem krummen Schwert kämpfen? Haben die Ungläubigen keine gescheiten Schmiede?«
Energisch widersprach Gottfried, der älteste von Dietrichs Rittern, der vor etlichen Jahren nach Jerusalem gepilgert war, bevor es von Saladins gefürchteten Heerscharen eingenommen wurde. »Sarazenische Schmiede und Handwerker sind unseren weit überlegen! Ebenso ihre Ärzte und ihre Gelehrten.«
»Ihr werdet die Ungläubigen nicht über die Christenmenschen stellen, sonst versündigt Ihr Euch!«, wies ihn scharf einer der Männer aus dem Lager des Bischofs zurecht.
Der alte Pilgerfahrer zog seinen Dolch, dessen Klinge ein Muster aus feinen Wirbeln aufwies, und drehte ihn so, dass sich der flackernde Schein des Feuers darin spiegelte. »Ihr werdet doch zugeben, dass dieses Damaszenermesser besser ist als das, was Euer Dorfschmied zustande bringt.«
»Dann haben es armenische oder syrische Christen angefertigt!«, schnauzte der Mann beleidigt.
»Ja, gewiss«, meinte Gottfried abfällig und schüttelte den Kopf über so viel Uneinsichtigkeit.

Bevor darüber Streit ausbrechen konnte, rief Wiprecht: »Der Graf kommt!«
Sofort erhoben sich die Ritter, um ihrem Anführer die Ehre zu erweisen.
Der Graf ließ sich von ihm einen Becher reichen und stellte sich an das obere Ende der Tafel.
»Wir werden morgen eine Stadt namens Nisch erreichen, wo drei Tage lang ein Markt für uns abgehalten wird, damit wir uns mit allem Nötigen versorgen können«, gab er bekannt.
Diese Mitteilung wurde mit lautstarker Genugtuung aufgenommen.
»Hat sich der treulose Byzantiner endlich doch besonnen, sein Wort zu halten?«, rief der Auenweiler.
Auf Dietrichs Gesicht zeichnete sich ein ironisches Lächeln ab. »Nisch steht nicht mehr unter Herrschaft des Kaisers von Byzanz. Der Großfürst der Serben, Stefan Nemanja, hat die Stadt erobert, ebenso Teile Bulgariens und Mazedoniens. Der Fürst wird unseren Kaiser prachtvoll empfangen. Er bietet uns Waffenhilfe an und dem Kaiser die Lehnshoheit über die eroberten Gebiete.«
»Soll unser Herr Kaiser den Serbenfürsten zum Vasallen nehmen, und dann ziehen wir gemeinsam gegen Byzanz!«, rief der Auenweiler.
»Ihr seid ein Hitzkopf, Humfried«, ermahnte ihn der Graf. Dann wandte er sich wieder an die ganze Runde. »Ich will nicht verschweigen, dass dieser Vorschlag auch von einigen im Rat der Sechzig unterbreitet wurde. Aber Jerusalem ist unser Ziel, nicht Konstantinopel, eine christliche Stadt!«
»Konstantinopel würde ich gern mit eigenen Augen sehen«, sagte Thomas leise zu seinem Freund. »Es heißt, die Kirche dort, die Hagia Sophia, sei die größte der Welt und ein wahres Wunder!«
»Pass auf, was du dir wünschst!«, zischte Roland ebenso leise.

»Wenn das so weitergeht mit diesem byzantinischen Kaiser, macht Friedrich mit uns doch noch einen kleinen Umweg über Konstantinopel. Und das wird mit Sicherheit kein freundschaftlicher Besuch.«
Die meisten um sie herum schienen ähnlich zu denken, denn nun fragte jemand: »Ist es wahr, Graf, dass auch noch andere Gesandtschaften heute eingetroffen sind? Dass auch der Kaiser von Byzanz Nachricht geschickt hat? Wird er endlich sein Wort halten?«
»Es stimmt, heute sind gleich mehrere wichtige Botschaften eingetroffen«, erklärte Dietrich. »Ein Gesandter des ungarischen Königs hat bestätigt, dass sich der Kaiser von Byzanz wegen kriegerischer Angelegenheiten auf der anderen Seite des Meeres aufhält, in Kleinasien.«
»Was muss erst da los sein, wenn es ihm dringender schien, mit seinem Heer dorthin zu ziehen, während die Serben hier schon den ganzen Nordosten eingenommen haben?«, rief Gottfried, der alte Wallfahrer, und brachte damit die anderen zum Lachen.
»Ja, wie es aussieht, ist Kaiser Isaak Angelos derzeit ein sehr beschäftigter Mann«, meinte Dietrich sarkastisch. Er stellte einen Fuß auf die Bank und stützte sich leicht auf. »Und entweder hat er einen sehr merkwürdigen Humor oder ein sehr kurzes Gedächtnis. Denn sein Gesandter gab Befremdliches von sich: Sein Herr sei sehr verwundert über unseren Einmarsch in sein Land, hoffe aber, wir beabsichtigen friedlichen Durchzug. Hätte er davon gewusst, würde er doch ein prächtiges Geleit und einen zufriedenstellenden Markt vorbereitet haben.«
»Dieser verlogene Bastard von einem oströmischen Kaiser!«, brüllte der Auenweiler. »Es sind doch Gesandte nach Konstantinopel geschickt worden! Herren von höchstem Rang! Was hat er mit denen gemacht?«
»Beruhigt Euch!«, mahnte der Graf von Weißenfels. »Unsere Gesandten sind kurz vor Konstantinopel und bestätigen, dass

der Kaiser von Byzanz sich nicht dort aufhält. Er hat nun ausrichten lassen, dass er alles für unseren angemessenen Empfang in der Stadt Sofia vorbereiten wird, das ist fünfzehn Tagesmärsche von hier entfernt.«

»Noch fünfzehn Tagesmärsche?«, rief einer der Männer des Bischofs entgeistert. »Wie lange soll das noch so weitergehen? Wo bleiben Geleitschutz und Märkte?«

»Das alles bekommen wir morgen von den Serben in Nisch. Und ich erinnere daran: Lasst Euren Widerwillen über die unzuverlässigen Byzantiner nicht an den Verbündeten in Nisch aus! Ihr wisst, welche Strafe auf Plünderung steht. Und nun legt Euch zur Ruhe oder geht auf Eure Posten.«

Vier Tage rastete der Heerzug in Nisch, vier Tage, die nach dem wochenlangen zermürbenden Marsch durch das von Räubern besetzte Waldgebiet und verlassene Dörfer, nach ständigen Überfällen und ohne Nachschub eine mehr als willkommene Abwechslung boten.

Schon der Anblick der süßen Früchte auf dem Markt und der Duft frisch gebackenen Brotes ließ den Männern das Wasser im Munde zusammenlaufen. Und manche tauschten sich ganz ungehemmt darüber aus, hier wohl endlich ein paar tüchtige Huren auftreiben zu können – trotz des Wallfahrergelübdes.

Thomas kam zu der Meinung, dass es seinem Knappen mittlerweile gut genug ging, damit er zusammen mit den anderen die Besorgungen erledigen konnte, während er selbst mit den Rittern auf die Burg zog, wo der Großfürst Stefan Nemanja den Kaiser und seine Gefolgsleute willkommen heißen wollte.

Er gab Rupert Geld, genaue Anweisungen, was sie brauchten, und den ausdrücklichen Befehl, einen Teil der Früchte dem jungen Benediktiner zum Lohn für seine Hilfe zu bringen. Fleisch würde der Mönch wohl nicht wollen, aber vielleicht ließ sich für ihn etwas Käse auftreiben. »Und keinen Fisch in der Hitze, den du nicht noch lebend im Fass gesehen hast!«, wies er den Knappen an, dessen Benehmen sich seit seiner Verletzung und Rettung durch Thomas auffällig zum Guten verändert hatte.

Es war schon spät in der Nacht, als Thomas und Roland ins Lager zurückkehrten – immer noch überwältigt von dem glanzvollen Empfang, dem üppigen Mahl und den prachtvollen Geschenken des Serbenfürsten an den Kaiser.

Die Knappen hatten auf sie gewartet und sprangen bei ihrem Anblick sofort auf. »Wir haben alles erledigt, wie Ihr es angeordnet habt«, meldete Rupert, doch er trug wie auch der magere Philipp einen merkwürdigen Gesichtsausdruck – und unübersehbare Spuren einer deftigen Prügelei.

»Die Trauben sind wirklich süß, Ihr solltet sie probieren«, ergänzte Philipp eifrig.

»Habt ihr euch etwa auf dem Markt mit den Einheimischen geschlagen?«, fragte Thomas drohend.

Philipp senkte den Kopf und sah verstohlen zu Rupert, der begriff, dass er um eine klare Antwort nicht herumkam.

»Nein, Herr, mit den Unsrigen«, gestand er kleinlaut.

»Soll ich jetzt froh darüber sein, dass du nicht die ersten Menschen verprügelst, die uns hier willkommen heißen?«, donnerte Thomas. »Sondern *nur* die eigenen Leute! Weißt du nicht, welche Strafe darauf steht? Ich sollte dich sofort nach Hause jagen!«

»Mit wem seid ihr aneinandergeraten und weshalb?«, fragte Roland, und auch er klang alles andere als nachsichtig.

»Herr, ein paar der Männer haben auf dem Markt die Beherrschung verloren, als sie all die Köstlichkeiten sahen, und begannen zu plündern. Einer wollte Philipp das Brot wegnehmen, das er schon für Euch gekauft hatte, und ein anderer griff der Frau ins Kleid, die am Stand Hühner feilbot«, berichtete Rupert mit gesenktem Kopf. »Da musste ich schließlich dazwischenfahren …«

Thomas blickte zu Roland und erkannte, dass der Freund diesmal das Gleiche dachte wie er. So beschämend der Vorfall auch war – sich den wütenden Rupert inmitten der prügelnden Menge vorzustellen, hatte etwas Erheiterndes.
»Wie ist die Sache ausgegangen?«, erkundigte sich Thomas mit gespielter Strenge.
Sein Knappe atmete auf, dass er nicht sofort nach Hause geschickt wurde. Jetzt klang sogar Begeisterung aus seinen Worten: »Es wurde erst eine ziemlich unübersichtliche Rauferei, aber ein paar aus dem Lager des Herzogs von Meran haben sich auf unsere Seite gestellt und mit uns Ordnung geschaffen. Und dem Benediktiner habe ich gebracht, was Ihr wolltet«, fügte er noch eilig an.
»Zieh dein Hemd aus«, forderte Thomas.
Sofort verflog die Begeisterung aus Ruperts Gesicht. Er vermutete wohl, sein Herr wolle ihm zur Strafe ein paar Hiebe verpassen.
»Ich will nachsehen, wie deiner Wunde diese Sache bekommen ist«, sagte Thomas und verdrehte die Augen ungeduldig.
Mit Philipps Hilfe zog sich der Junge Bliaut und Unterkleid über den Kopf. Wie Thomas befürchtet hatte, war ein Teil des Schorfs aufgebrochen, das blutdurchtränkte Leinen klebte auf der Haut fest.
»Das heißt also, dass wir immer noch nicht mit den Waffenübungen fortfahren können«, sagte Thomas streng. »Philipp soll Leinen in Streifen reißen und die Wunde neu verbinden. Und dann legt euch schlafen, ihr Narren! Da ihr euch geprügelt habt, um zu verhindern, dass ein paar unwürdige Kerle Schande über das Heer bringen, will ich euch die Sache nicht weiter nachtragen.«
»Ja, Herr«, antworteten die Jungen wie aus einem Mund und trabten davon.
»Wer hätte das gedacht? Kann sein, dass aus den zwei Nichtsnutzen doch noch was wird«, meinte Thomas, als die beiden außer Hörweite waren.

»Inzwischen hast du dir ja richtig Achtung verschafft bei dem Burschen«, meinte Roland grinsend. »Man hätte eben fast meinen können, er fürchtet sich vor dir.«
Dann änderte er den Ton. »Das mit den Plünderern ist übel. Ich frage mich, was passiert, wenn der Groll der Männer über die eidbrüchigen Byzantiner weiter wächst. Und wie der Kaiser das wohl aufhalten will.«
»Vielleicht hat bisher nur keiner geplündert, weil es einfach nichts zu plündern gab in dem gottverlassenen Bulgarenwald«, überlegte Thomas, und diesen Gedanken fanden beide ziemlich beunruhigend.

## *Die Entfesselung des Heeres*

Das Pilgerheer erholte sich in Nisch von den Anstrengungen der zurückliegenden Wochen und frischte seine Vorräte an Futter, Korn, Gemüse und Honig auf. Natürlich hatte sich der Zwischenfall auf dem Markt im gesamten Heerlager herumgesprochen, und der ebenso waffengeübte wie wortgewaltige Bischof von Würzburg hielt eine eindringliche Predigt über die Verderbtheit solchen Tuns.
Von Nisch aus marschierte das Heer weiter, verstärkt durch Geleittruppen der Serben, und von nun an in gefechtsbereiten Verbänden: voran die Vorhut aus Ungarn und Böhmen, die immer wieder Hindernisse beiseiteräumen musste, mit denen die schmalen Gebirgspfade blockiert waren, danach zwei gewaltige Abteilungen schwerbewaffneter Reiter unter dem Kommando Friedrichs von Schwaben, zum Schluss der vom Kaiser angeführte Tross.
Alle Hoffnungen richteten sich auf die Ankunft in Sofia, wo

dem Heer durch den byzantinischen Kaiser ein würdiger Empfang und ein Markt versprochen worden waren.
Doch als die Kolonnen nach vierzehn Marschtagen an einem heißen und staubigen Tag Mitte August dort eintrafen, war die Stadt menschenleer. Nicht ein Korn ließ sich finden, von dem versprochenen Markt ganz zu schweigen. Die ohnehin schon aufgebrachte Stimmung unter den Männern war kurz vorm Sieden.
Nach fünf weiteren Tagen kamen sie bis kurz vor Philippopel, die nächste größere Stadt. Hier schlug das Heer sein Lager auf. Und hier sollte ein Brief des Kaisers von Byzanz die Stimmung zum Überkochen bringen.

Als sie sich Philippopel näherten, verlor Roland bei einem der urplötzlichen Angriffe aus dem Hinterhalt sein Pferd.
Thomas hörte den Pfeil nicht sirren. Er sah nur zu seinem Entsetzen, wie der Rappe seines Freundes sich überschlug und den Reiter halb unter sich begrub. Sofort brachte er Radomir zum Stehen und sprang ab, um nach Roland zu sehen. Da erst entdeckte er den Pfeil, der den Hals des Hengstes durchschlagen hatte. Und dass das Tier nicht mehr zu retten war, denn beim Sturz hatte es sich die Vorderhand gebrochen.
Während Roland anscheinend unverletzt aufkam, wurden rundum Befehle gebrüllt, zusammenzurücken und die Kolonne mit Schilden zu decken.
Nach den Angreifern suchend, schaute Thomas sich um. Sie befanden sich in einem lichten Waldgebiet mit wenig Unterholz. Da entdeckte er auch schon einen von ihnen auf einem Baum. Wiprecht ließ die Bogenschützen antreten; rasch waren mehrere Räuber von den Bäumen geschossen und stürzten schreiend in die Tiefe. Ihren Kumpanen wurde es anscheinend zu gefährlich, weiter im Geäst zu warten, bis auch sie getroffen wurden. Sie kletterten im Schutz der dicken Stämme herab und rannten so schnell wie möglich davon.

»Folgt ihnen und tötet sie!«, brüllte Wiprecht einem Dutzend Reisiger zu. Die Ritter sollten bleiben und den Zug schützen – gut möglich, dass der erste Angriff nur eine Falle war, um die Reiterei fortzulocken und dann die Trosskarren zu plündern.
Thomas erhielt den Befehl, auf die Knappen aufzupassen, damit sie sich nicht zu irgendeiner Dummheit hinreißen ließen. Rupert bat ihn, als ältester der Knappen ebenfalls mit Schild und Schwert die anderen schützen zu dürfen, und bekam die Erlaubnis dazu.
Als kein zweiter Angriff erfolgte, wagte Thomas einen besorgten Blick zu Roland. Der Freund hatte sich hinter sein Pferd gesetzt und sprach auf es ein. Dann zog er seinen Dolch und schnitt ihm mit einer kraftvollen Bewegung die Halsschlagader durch.
Schaudernd wandte Thomas den Blick von dem sich aufbäumenden Tier ab. Er konnte sich gut vorstellen, was in Roland vor sich ging. Für einen Ritter war sein bestes Pferd mehr als nur ein Reittier – es war sein Vertrauter, sein Gefährte, und von ihrem Zusammenspiel hing in der Schlacht beider Leben ab. Doch wer sein Pferd so gut beherrschen wollte, dass es auf jeden Befehl hörte und auch vor Schlachtlärm, Feuer und angreifenden Horden nicht zurückscheute, der musste viel Zeit mit ihm verbringen. Rolands Rappe war aus hervorragender Zucht. Raimund selbst hatte es ausgebildet und seinen Sohn bei jedem seiner Besuche zu Hause mit ihm üben lassen, und in den anderthalb Jahren seit seiner Schwertleite war Roland mit dem Tier vertraut geworden, wie es nur den wenigsten Reitern gelang.
Lärmend kamen die Reisigen durch das Unterholz zurück; einige von ihnen hielten abgeschlagene Köpfe als Trophäen in den Händen.
»Wir haben sie alle erwischt bis auf einen«, berichtete der draufgängerischste von ihnen, ein muskelbepackter Kerl mit einer Narbe auf der Wange, der auf Burg Weißenfels Dienst getan hat-

te, wie Thomas wusste, bevor er mit Dietrich zu dieser Reise aufgebrochen war. »Einer ist entwischt. Aber soll der ruhig seinen Kumpanen ausrichten, dass sie sich an uns die Zähne ausbeißen.«

Thomas ging hinüber zu Roland, der immer noch mit finsterer Miene neben seinem sterbenden Pferd saß.

»Nimm Radomir«, bot er ihm an. »Ein so wertvolles Geschenk von deinem Vater habe ich nicht verdient. Er würde das sicher auch wollen.«

»Unsinn«, sagte Roland schroff, wischte seinen blutigen Dolch im Moos ab und stand auf. »Er hat ihn *dir* gegeben.«

»Du kannst nicht auf einem Packpferd in den Kampf reiten!«, widersprach Thomas. Da sie als Flüchtlinge zum Heer gestoßen waren, hatten keiner von ihnen zusätzlich zu Marsch- und Packpferd auch noch ein Schlachtross für den eigentlichen Kampf dabei, wie es sich für einen Ritter gehörte, der in den Krieg zog.

Gespielt gleichgültig zuckte Roland mit den Schultern. »Ich bin ja nicht der Erste hier, der das muss. Und mein Packpferd ist immer noch besser als die meisten Schindmähren, die die anderen reiten.«

Nach den vielen Angriffen der vergangenen Wochen hatten schon etliche der Ritter Schlacht- und Marschross verloren und mussten nun auf ihr Packpferd steigen.

Roland befahl seinem bedrückt wirkenden Knappen, dem toten Rappen Sattel und Zaumzeug abzunehmen, das Packpferd zu entladen und zu satteln. Dann rief er ein paar Reitknechte heran, damit sie den Pferdekadaver auf einen Trosskarren hievten.

Heute Abend würde es statt des kärglichen Hirsebreis Pferdefleisch im Lager der Weißenfelser geben. Aber er und Thomas würden nichts davon essen.

Am nächsten Morgen erscholl ein selten genutztes Signal durch das Heerlager: nicht das erwartete Zeichen zum Aufbruch, auch kein Alarm, sondern ein Sammelruf an alle Ritter, sich auf der Fläche vor dem riesigen roten Prunkzelt einzufinden, das die ungarische Königin dem Kaiser in Gran geschenkt hatte.
Thomas sah zu Roland, der ebenfalls beunruhigt schien, dann zu Dietrich von Weißenfels, dessen Miene verschlossen und noch ernster als sonst wirkte. Er war gleich nach der Frühmesse zu einer Zusammenkunft des Rates gerufen worden und wenig später zurückgekehrt, ohne ein Wort darüber zu verlieren.
Bei dem Signal unterbrachen seine Ritter sofort das karge Frühmahl, griffen ihre Schwerter von den Waffenständern und folgten Dietrich. Der erteilte – schon im Gehen – den Befehl an die Knappen und Reisigen, mit dem Abbruch des Lagers fortzufahren und die Pferde zu satteln.
Was wird das werden?, überlegte Thomas. Welche Nachricht hat der Kaiser? Und welche Befehle?
Rasch hatte sich die gesamte Ritterschaft eingefunden und sich in Einheiten zu je fünfzig Mann vor dem Kaiser aufgestellt – in gebührendem Abstand, aber nah genug, um zu hören, was er zu sagen hatte. Es mussten wichtige Neuigkeiten sein, wenn der Kaiser selbst sie bekanntgab und das nicht seinem Kriegsrat überließ.
Friedrich von Staufen saß zu Pferd, neben ihm standen sein Marschall und die Bischöfe von Würzburg und Regensburg. Er blickte auf die Männer vor sich und lenkte seinen Schimmel zwei Schritte vor.
»Meine Getreuen!«, rief er, und es schien, als ob sogar der Wind aussetzte, damit seine Worte klar über den Platz getragen wurden. »Gemeinsam sind wir aufgebrochen für das große, heilige Ziel, Jerusalem und das Wahre Kreuz, an dem unser Erlöser gestorben ist, aus den Händen der Ungläubigen zu befreien. Doch seit wir die Grenze nach Byzanz überschritten haben, wird vor

unserem Wallfahrerheer ein Hindernis nach dem anderen aufgetürmt. Diese Prüfungen erlegt Uns nicht etwa Gott auf, um Unsere Entschlossenheit auf die Probe zu stellen. Es sind ebenso schmähliche wie nutzlose Versuche des oströmischen Kaisers, Uns aufzuhalten – obwohl er seinen Kanzler Johannes Dukas schwören ließ, Uns in Freundschaft zu empfangen und jegliche Hilfe zu gewähren, und obwohl drei der edelsten Männer des Reiches, darunter Unser Sohn, Unsere friedlichen Absichten beeidet haben.«

Was kommt jetzt?, dachte Thomas, und er konnte an den Gesichtern der Männer sehen, dass sie sich alle das Gleiche fragten, auch wenn noch niemand ein Wort sagte.

»Um den Frieden zwischen Ostrom und Westrom nicht zu stören, haben Wir in unendlicher Geduld seine Ausflüchte hingenommen, auch wenn jeder von Euch und Euern Männern dadurch harte Entbehrungen auf sich nehmen musste«, fuhr der Kaiser mit fester Stimme fort.

»Doch hört, was Isaak Angelos heute Ungeheuerliches mitteilen ließ. Er weigert sich, Uns die zugesicherten Schiffe für die Überfahrt nach Kleinasien zu stellen. Und nicht genug damit – er verbietet Uns die Weiterreise!«

Der Tumult, den diese Worte hervorriefen, war unbeschreiblich. Wochenlang angestauter Zorn unter den Rittern brach sich schlagartig Bahn, lautstarke Verwünschungen wie »Verräter!« oder »Wir lassen uns nichts verbieten!« wurden über den Platz gebrüllt.

Friedrich von Staufen ließ den Männern eine wohlüberlegte Pause lang Zeit, ihre Wut und Fassungslosigkeit herauszuschreien. Dann hob er den Arm zum Zeichen, dass er weiterreden wollte. Sofort kehrte Ruhe ein.

»Nein, Wir lassen uns nicht verbieten, was ausgehandelt und beschworen war!«, fuhr er fort. »Doch hört erst zu Ende, wie weit der Verrat des Byzantiners reicht. Wir haben sichere Nachricht, dass Isaak Angelos Unsere Gesandten, den ehrwürdigen Bischof Hermann von Münster, Graf Robert von Nassau und Unseren Kämmerer Markward von Neuenburg, gefangen hält. Er raubte ihnen Geld und Kleider und ließ sie ungeachtet ihres Standes nackt in den Kerker werfen.«

Dieser ungeheuerliche Verstoß gegen alle Gepflogenheiten erregte unter der versammelten Ritterschaft solch starken Aufruhr, dass sogar der hervorragend ausgebildete Schimmel des Kaisers scheute. Friedrich brachte sein Pferd zur Ruhe und hob erneut die Hand, doch diesmal verstummten die Rufe nicht so schnell.

»Pilger aus Soest und der Provence, die zu uns stoßen wollten, werden in Konstantinopel festgehalten. Und der Patriarch von Konstantinopel verkündet in der Hagia Sophia, wer hundert von uns tötet, dem würde vergeben, auch wenn er zehn von seinen Landsleuten umgebracht hätte!«

Ungläubig starrte Thomas den Kaiser und die beiden Bischöfe neben ihm an. Das war ... einfach unfassbar! Wie konnte ein geistlicher Führer der Christen – auch wenn er der oströmischen Kirche angehörte – zum Mord an christlichen Pilgern aufrufen? Er sah zu Dietrich von Weißenfels, auf dessen Gesicht der gleiche Abscheu stand wie auf denen der Bischöfe. Also war es wahr?

»Nach Konstantinopel!«, brüllte einer der Gefolgsleute des Grafen Heinrich von Saarbrücken und reckte sein Schwert empor. »Bestrafen wir die Verräter!«

Etliche der Männer zogen ebenfalls die Schwerter und riefen: »Nach Konstantinopel!« Immer mehr schlossen sich ihnen an und riefen: »Nach Konstantinopel! Nach Konstantinopel!«

Friedrich ließ sie gewähren, bis er sich mit einer Geste erneut Ruhe verschaffte.

»Wir werden nach Konstantinopel ziehen«, sagte er und erntete dafür tosenden Jubel aus Tausenden Männerkehlen. »Wir werden nach Konstantinopel ziehen – wenn Isaak nicht endlich freiwillig gibt, was er Uns zugesichert hat. Wir werden das Land Unserer Herrschaft unterwerfen, bis er einlenkt, Schiffe bereitstellt und hochedle Geiseln als Sicherheit schickt. Und sollte er *nicht* nachgeben, erobern Wir Konstantinopel!«

Mit unübersehbarer Genugtuung wartete der Kaiser, bis die begeisterten Rufe der Männer verhallt waren.

»Mein Sohn, der König, soll eine Flotte bereitstellen, die Uns von See unterstützt, während wir die Stadt von Land angreifen. Und er soll dem Papst schreiben, dass die Feinde des Kreuzes nun auch in Konstantinopel sitzen und ihr böses Werk verrichten.«

Der Papst soll zu einem Kreuzzug gegen Christen aufrufen?, dachte Thomas bis ins Mark erschüttert. Wir wollten Jerusalem von den Sarazenen zurückerobern!

»Wie es aussieht, geht dein unvorsichtiger Wunsch vielleicht schneller in Erfüllung, als du denkst«, raunte Roland ihm zu.

»Statt gegen die Sarazenen kämpfen wir gegen eine christliche Stadt!«, sagte Thomas bestürzt.

Sein Freund hingegen sah die Sache leidenschaftslos. »Wenn Isaak nicht einlenkt, bleibt uns nichts weiter übrig. Willst du nach Jerusalem? Dann brauchen wir Schiffe! Also müssen wir ihn in die Knie zwingen, damit er endlich sein Wort einlöst.«

»Sie werden Uns nicht aufhalten!«, rief der Kaiser. »Auf den Hügeln vor uns, meine Getreuen, liegt Philippopel. Dort werden wir heute noch Lager beziehen. Nehmt die Stadt – und nehmt euch, was euch zugesichert worden war und freiwillig nicht gegeben wird. Für Gott und Jerusalem!«

Nun zog Friedrich das Schwert, und die Ritter taten es ihm gleich und schrien: »Für Gott und Jerusalem!«

Die meisten schienen es kaum erwarten zu können, auf der Stelle loszustürmen.

»Wir reiten sofort; der Tross soll folgen«, verkündete der Marschall unter tosendem Jubel.

Augenblicke später war der Platz wie leergefegt, die Ritter rannten zu ihren Lagern, um die Pferde satteln zu lassen und Lanzen aufzunehmen.
Binnen kürzerer Zeit, als man für zehn Ave-Marias brauchte, stürmte die Panzerreiterei unter dem Kommando des Herzogs von Schwaben los: mehrere tausend schwer gerüstete Ritter, voller Wut im Bauch und fest entschlossen, alles niederzumachen, was sich ihnen in den Weg stellte.
Lasst uns beten, dass die Stadt ebenso verlassen ist wie die meisten anderen, durch die wir gezogen sind!, dachte Thomas, während er in den Sattel stieg.
Das Vorhaben des Kaisers, auf friedlichen Wegen ins Heilige Land zu gelangen, war gescheitert. Nun hatte Friedrich von Staufen, der monatelang mit eiserner Hand Disziplin in seinem viele tausend Mann mächtigen Heer gehalten hatte, diese furchterregende Streitmacht entfesselt.

## *Oktober 1189 in Merseburg*

Selten hatte ein Hoftag bereits vorher so sehr die Gemüter erhitzt wie jener, den König Heinrich nach Merseburg einberufen hatte.
Eine Kunde hatte sich wie ein Lauffeuer im Land verbreitet: Wortbrüchig war Heinrich der Löwe aus dem englischen Exil zurückgekehrt. Angeblich, um in Braunschweig am Grab seiner geliebten Frau Mathilde zu beten, die drei Monate nach seiner Abreise gestorben war. Doch niemand hielt das für den alleinigen Grund.
Insgeheim hatten die meisten Fürsten längst damit gerechnet, dass der einstige Herzog von Sachsen und Bayern die Abwesen-

heit des Kaisers für den Versuch nutzen würde, seine Titel und Ländereien zurückzuerobern.
Wie würde der König, der kaum vierundzwanzig Jahre zählte, gegen den kampferprobten Welfen vorgehen, gegen den sein Vater jahrelang hart Krieg geführt hatte?
An der Entschlossenheit des jungen Staufers bestand kein Zweifel. Ihn hemmte nicht – wie einst seinen Vater Friedrich – der Gedanke, dass der Löwe viele Jahre sein engster Verbündeter, Freund und Vetter gewesen war. Doch würde sich der junge Heinrich gegen den gleichnamigen alten Kämpen und dessen ebenfalls nach Macht hungernden Söhne behaupten können?
Wie gemunkelt wurde, zitterte der nunmehrige Herzog von Sachsen, Bernhard von Anhalt, bereits bei dem Gedanken an seinen zurückgekehrten Vorgänger. Der Askanier hatte etliche Schlachten geführt, aber kaum eine gewonnen. Der trotz Ächtung und Verbannung immer noch beträchtlichen welfischen Hausmacht hatte er nicht viel entgegenzusetzen. Ein erneuter Krieg gegen den Löwen schien unausweichlich.
Und noch etwas wurde unter den nach Merseburg angereisten Gästen lebhaft erörtert, wenn auch zumeist hinter vorgehaltener Hand: die haarsträubenden Streitigkeiten im Hause Wettin, die nun endlich geschlichtet werden sollten.
Im August, beim Hoftag in Würzburg, hatte es der König nicht geschafft, den alten Fürsten von Meißen mit dem jungen auszusöhnen, der seinen Vater doch tatsächlich gefangen gesetzt hatte, um endlich selbst die Markgrafschaft mit den reichen Silberbergwerken zu regieren.
Die Meinungen darüber gingen weit auseinander. Während die Älteren sich über das dreiste Vorgehen des undankbaren Sohnes entrüsteten, dachte manch Jüngerer bei sich, Albrecht habe wirklich lange genug darauf gewartet, dass sein Vater zurücktrat. Zumal auch noch gemunkelt wurde, seine Mutter wolle

ihm das Erbe vorenthalten und lieber seinem jüngeren Bruder zuschanzen. So sei es ihm nicht zu verdenken, dass er der Sache ein bisschen nachhelfen wollte.

Otto von Wettin war sich dessen bewusst, dass er bei diesem Hoftag keinen Schritt gehen konnte, ohne heimlich mit Neugier, Häme oder Spott beobachtet zu werden – ob nun in der prachtvoll ausgemalten Kaiserpfalz oder im Dom. Unter anderen Umständen hätte ihn das nicht gekümmert. Doch jetzt schlug ihm die Vorstellung aufs Gemüt, dass ihn nur noch ein Wunder davor bewahren konnte, vor den Augen des Königs und sämtlicher versammelter Reichsfürsten den verhassten Sohn zum Zeichen des Friedens zu umarmen. Und Wunder waren rar geworden in letzter Zeit.

Hedwig redete mit Engelszungen auf ihn ein, um ihm die Sache irgendwie erträglich zu machen. Doch Otto empfand bereits den bloßen Gedanken an die befohlene Aussöhnung als demütigend.

Wenn nur der alte Kaiser nicht auf Pilgerfahrt gegangen wäre! Friedrich von Staufen hätte den ungehorsamen Sohn mit Sicherheit streng bestraft – schon um zu verhindern, dass andere seinem Beispiel folgten. Doch Albrecht hatte nicht zufällig mit seinem Handstreich gewartet, bis der Kaiser die ungarische Grenze überschritten hatte. Und mit dem jungen König stand er sich gut. Jedenfalls, soweit man sich mit diesem König gut stehen konnte.

»Es ist nur zum Schein!«, raunte Hedwig ihrem Mann zu, die wohl seine Gedanken erraten haben musste. »Nur ein Augenblick! Er heuchelt ein paar schwülstige Worte der Reue, du schließt ihn kurz in die Arme, und der König wird sich zufriedengeben. Kein Mensch erwartet, dass zwischen euch plötzlich wieder Eintracht und Liebe herrschen. Albrecht wird sich vorerst ohnehin nicht in Meißen blicken lassen, sondern beim König bleiben. Soll er meinem verräterischen Bruder Bernhard helfen, sich gegen den Löwen zu behaupten! Und Bernhards gewaltige Furcht vor dem Welfen sollte dich dafür entschädigen, dass er Albrecht damals ermutigt hat, gegen dich vorzugehen. Von mir aus kann Bernhard Sachsen verlieren! Er ist es nicht wert, ein Herzogtum zu besitzen, wenn er es nicht halten kann.«

Verwundert hörte Otto dieses harte Urteil Hedwigs über ihren jüngsten Bruder, der nach der Entmachtung des Löwen zu aller Überraschung Herzog von Sachsen geworden war – vermutlich der schwächste und glückloseste Herzog, den das Land je gesehen hatte. Ihr Vater Albrecht der Bär, der einstige Markgraf von Brandenburg, und ihre älteren Brüder waren da von ganz anderem Schlag. Doch das lenkte ihn nur kurz von den finsteren Gedanken ab, die sich in ihm festgebissen hatten wie lästiges Ungeziefer.

»Es ist eine Demütigung, wie ich sie mein ganzes Leben noch nicht ertragen musste! Als mein Vater eine vergleichbare Schmach hinnehmen musste, blieb ihm nur der Rückzug ins Kloster. Und ihm wurde damals nur ein Burglehen aberkannt – er musste nicht vor dem versammelten Hofstaat einem Verräter den Friedenskuss geben und ihm Verzeihung gewähren!«

»Wenn du ins Kloster gingst, bekäme Albrecht sofort dein Land und deinen Besitz. Das wirst du doch nicht wollen?«, widersprach ihm Hedwig mit unerbittlichem Scharfblick. »Also überwinde dich, ertrage diesen einen kurzen Moment und bitte den Herrn darum, dir noch viele Lebensjahre zu schenken. *Das* wird dein wahrer Triumph über Albrecht!«

Otto erforschte das hintergründige Lächeln seiner Frau und fand ihren Gedanken auf einmal sehr aufregend. So konnte man es natürlich auch betrachten!

Zufrieden beobachtete Hedwig das Antlitz ihres Gemahls.

Otto hatte soeben mit ihrer Hilfe ein neues Ziel gefunden: sei-

nem Erstgeborenen so lange wie möglich das Erbe vorzuenthalten. Sie musste sich mit Marthe absprechen. Nun würde Otto wohl auch bereit sein, die Heiltränke anzunehmen, die sie ihm braute und die er ihrer Meinung nach dringend benötigte.
Sie rückte ihm mit eigener Hand den Tasselmantel zurecht und wies den Kämmerer an, eine größere, mit kostbaren Steinen geschmückte Fibel zu bringen, damit ihr Mann vor der Fürstenversammlung einen angemessenen Auftritt hatte.

»Wir warten mit äußerster Ungeduld!«
Missbilligend sah der König zu dem alten Markgrafen von Meißen, der sich nicht entschließen konnte, seinem Befehl nachzukommen und dem Sohn Verzeihung zu gewähren.
Die im Saal der Kaiserpfalz versammelten Fürsten waren höchst gespannt, welche Posse ihnen die beiden zerstrittenen Wettiner gleich bieten würden, die sich in der Mitte des Raumes gegenüberstanden: der künftige Erbe in betont schlichtem Bliaut und mit gequältem Lächeln, sein alter Vater überaus kostbar geschmückt und gekleidet, stolz und mit unnachgiebigem Blick.
»Euer Erstgeborener hat hier soeben vor uns allen Worte aufrichtiger Reue gefunden«, forderte der König den Markgrafen harsch zum Einlenken auf. »Wir haben heute noch wichtigere Dinge zu besprechen als Familienzwistigkeiten in den östlichen Marken!«
Die hochmütige Zurechtweisung des jungen Königs, der dem Alter nach sein Enkel hätte sein können, machte es für Otto noch schwerer. Er musste sich zwingen, nicht hilfesuchend zu Hedwig zu schauen, sondern seinem Sohn geradewegs in die kalten Augen.
Der Abstand von einer halben Schrittlänge zwischen ihnen schien auf einmal unüberwindbar – so, als hätte sich an dieser Stelle ein Riss in der Erde aufgetan, der bis in den tiefsten Schlund der Hölle reichte.

Herr im Himmel, so strafst du mich für meinen Hochmut, dachte er, während das Blut in seinen Adern zu kochen schien. Albrechts siegessicheres Lächeln war es, das ihn dazu brachte, diesen halben Schritt zu überwinden.
»Du wirst noch Jahre warten müssen, bis du bekommst, was du willst!«, zischte er, während er seinen Erstgeborenen so flüchtig wie nur irgend möglich umarmte.
»Aber bekommen werde ich es auf jeden Fall«, gab dieser leise zurück. Nur unaufmerksame Betrachter hätten sein Lächeln für herzlich halten können.
Otto ließ seinen Sohn los, als habe er glühendes Eisen berührt, und trat einen Schritt zurück, während er ein Schaudern unterdrückte.
»Ich danke Euch für Eure Großzügigkeit, erlauchter Vater«, sagte Albrecht laut, verneigte sich und wandte sich mit zuversichtlichem Lächeln dem König zu.
»Damit sei diese leidige Angelegenheit endlich aus der Welt!«, ordnete der König an.
Otto trat zurück in die Reihe der Fürsten, neben den Bruder des Landgrafen von Thüringen. Albrecht schritt zur anderen Seite und stellte sich zu seinem Vetter Konrad von Groitzsch, dessen selbstgefälliges Grinsen Otto den nächsten Stich versetzte. Sofort stand ihm wieder das Bild vor Augen, wie Konrad in Döben an Albrechts Seite aufgetaucht war, um ihn dazu zu bringen, die Abtretungsurkunde zu unterschreiben.
Der alte Markgraf bekam auf einmal kaum Luft. Ein eisernes Band schien seine Brust zu umklammern, Schweißperlen traten ihm auf die Stirn. Aber er würde seinen Feinden nicht den Triumph gönnen, jetzt irgendein Unwohlsein erkennen zu lassen.
Hedwig hatte recht: Nach außen hin war nun *er* der Gnädige, derjenige, der dem Übeltäter großzügig Verzeihung gewährt hatte. Mochte Albrecht nur warten, bis er die Geduld verlor! Es

sollte ja Menschen geben, die sogar älter als achtzig Jahre wurden. Das hatte er, Otto, nun auch vor.
Er zwang sich, ganz ruhig zu atmen. Aus purer Willenskraft und seinem Sohn zum Ärgernis würde er weiterleben.

»Es erreicht Uns der Hilferuf des Herzogs von Sachsen angesichts der widerrechtlichen Rückkehr des Welfen Heinrich«, eröffnete der König den wichtigsten Verhandlungspunkt des Merseburger Hoftages. »Wir sind in Kenntnis, dass dieser beabsichtigt, zunächst die reiche Handelsstadt Bardowick einzunehmen und dann ganz Sachsen an sich zu reißen. Mit Zustimmung der Fürstenversammlung rufen Wir zur Heerfahrt gegen Heinrich den Löwen auf. Bei Hornburg werden Wir Unsere Streitmacht mit der Herzog Bernhards vereinigen. Die Erzbischöfe von Mainz und Köln werden an Unserer Seite kämpfen.«
Mehrere der versammelten Edelleute erklärten umgehend ihre Zustimmung und Beteiligung an der Heerfahrt, darunter auch – wie längst abgesprochen – Albrecht von Wettin und sein Vetter Konrad von Groitzsch.
»Willkommen an Unserer Seite, Graf von Groitzsch«, sagte der König, um im nächsten Atemzug mit lauernder Stimme zu fragen: »Können Wir auch mit der Streitmacht Eures Vaters rechnen, des Markgrafen der Ostmark?«
»Majestät, mein Vater ist zu krank, um noch in den Krieg zu ziehen. Aber er wird mir ausreichend gut gerüstete Männer mitgeben«, erwiderte Konrad salbungsvoll.
Der König sah ihn kalt an. »Ihr meint, er ist zu *fett*, um noch Krieg zu führen«, berichtigte er scharf. Verhaltenes Lachen im Saal löste die Anspannung, die immer noch in der Luft lag.
König Heinrich dagegen zeigte nicht die Spur eines Lächelns, als er zu Konrad sagte: »Richtet Euerm Vater aus, dass er etwas unternehmen möge, um Uns beim nächsten Aufruf zu unterstützen. Fürst Dedo kann die Ostmark nicht als Lehen behalten,

wenn er nicht Heerfolge leistet. Es sei denn, er kauft sich frei. Wir brauchen kriegstüchtige Fürsten in Zeiten wie diesen!«
Konrad tauschte einen Blick mit Albrecht und musste nicht aussprechen, was er dachte: Sein Vater stand nun vor einer wirklich schwierigen Entscheidung.
Er hatte sicher nicht genug Geld, um sich von der Heerfahrt loszukaufen, denn den Preis würde der König mit Verweis auf die Gefährdung des Reiches hoch ansetzen. Aber wie sollte der feiste Dedo, der es kaum noch in den Sattel schaffte, einen Kriegszug überstehen?
Spannende Zeiten würden nun anbrechen. Vielleicht hatte sein fetter Vater ja ein Einsehen und übergab ihm die Ostmark. Sonst würde der Alte womöglich noch mehr gedemütigt werden als gerade sein närrischer Bruder Otto.
An dem genüsslichen Grinsen in Albrechts Gesicht erkannte Konrad, dass dieser gerade das Gleiche dachte wie er: Unter Heinrichs Regentschaft war die Zeit der alten Männer endgültig vorbei. Vielleicht würden sie schon in ein paar Wochen gemeinsam über die östlichen Marken herrschen.

Nur dank seiner lebenslangen Übung im höfischen Leben und der entsprechenden Erfahrung, Gefühle zu verbergen, wenn es nötig war, schaffte es Otto, auch noch das Festmahl zu überstehen, das den Beratungen auf der Merseburger Pfalz folgte. Zum Glück war Hedwig an seiner Seite und zog mit ihrem strahlendsten Lächeln und ihrem neuen, burgunderroten Kleid alle Blicke auf sich.
Erneut saßen sie an der Seite Hermanns von Thüringen, des Pfalzgrafen von Sachsen. Er war ein kluger und berechnender Mann Mitte dreißig, in kriegerischen Dingen sehr erfahren. Vor zehn Jahren bei dem Krieg gegen Heinrich den Löwen hatten er und sein Bruder dem erfolglosen Bernhard von Anhalt geholfen, Goslar zu verteidigen. Doch wenig später standen die beiden

Brüder bei einer Schlacht in Thüringen einer welfischen Übermacht gegenüber und gerieten in Gefangenschaft des Löwen, der sie als Geiseln festhielt, bis er einsehen musste, dass ihm kein anderer Ausweg blieb, als sich dem Kaiser zu Füßen zu werfen und um Gnade zu bitten. Dass Heinrichs Truppen während dieser Zeit halb Thüringen verwüstet hatten, dürfte auch Hermann nicht vergessen haben.

Umso erstaunlicher fand Hedwig, dass er bisher noch keine Bereitschaft erklärt hatte, sich an der erneuten Reichsheerfahrt gegen den aus der Verbannung zurückgekehrten Löwen zu beteiligen.

Den Grund dafür glaubte sie zu erahnen. Deshalb brachte sie das Gespräch scheinbar beiläufig darauf, dass Hermanns Bruder Ludwig, der Landgraf von Thüringen, ebenso wie ihr Sohn Dietrich das Kreuz genommen hatte und auf dem Weg ins Heilige Land war. Allerdings hatte Ludwig beschlossen, nicht mit dem Heer des Kaisers den Landweg über Ungarn, Byzanz und das Seldschukenreich zu nehmen, sondern von Brindisi aus mit dem Schiff zu reisen.

»Ist es wahr, dass der Kaiser es abgelehnt hat, Euch Thüringen zu übertragen, falls Euerm Bruder auf dem Kriegszug nach Jerusalem etwas zustößt?«, fragte sie leise, als das Mahl fortgeschritten und die Gäste in ihrer Nähe abgelenkt waren.

»Ihr seid für eine Frau sehr klug … und sprecht eine sehr deutliche Sprache, Markgräfin«, antwortete Hermann verstimmt und ließ seinen Becher sinken.

»Die Leute zerreißen sich die Mäuler darüber, dass Euer Bruder wegen dieser Zurückweisung einen anderen Weg ins Heilige Land wählte als sein Vetter, der Kaiser«, erwiderte Hedwig leichthin.

Hermann lächelte etwas bemüht. »Die gültige Erklärung lautet, dass mein Bruder genügend Geld hat, um seine Männer von den Pisanern oder Genuesen übersetzen zu lassen. Das wäre, wie Ihr wisst, eine zu kostspielige Angelegenheit für ein Heer von der Größe des kaiserlichen. So sind die thüringischen Truppen nur ein paar Wochen unterwegs, statt monatelang durch Wüsten und über gefährliche Gebirgspässe zu ziehen.«

»Dann versteht Ihr vielleicht meine Sorge um meinen jüngeren Sohn.«

»Ich verstehe Eure Sorge um Eure beiden Söhne«, meinte Hermann doppelbödig. Dann führte er das Gespräch sofort in eine andere Richtung, indem er nach vorn deutete, wo eine Gruppe Spielleute Lieder zum Besten gaben.

»Wirklich ausgezeichnete Sänger. Mein Kämmerer soll gleich morgen mit ihnen aushandeln, dass sie an meinen Hof kommen.«

»Ich weiß einen hervorragenden Sänger und Lautenspieler, der oft in Meißen für uns aufspielt. Soll ich ihn zu Euch schicken?«, bot Hedwig an.

Hermann, der wie sein Bruder am Hof des französischen Königs erzogen worden war, galt als jemand, der Musik und Gesang sehr schätzte und immer auf der Suche nach guten Spielleuten war. Auch wenn er sich gerade sehr abweisend gezeigt hatte, wollte sich Hedwig Hermanns Gewogenheit erhalten. Das Verhältnis zu Ludwig von Thüringen war angespannt, weil Otto über einigen wettinischen Besitz in der Landgrafschaft verfügte, um den es auch schon bewaffnete Streitigkeiten gegeben hatte. Vor ein paar Jahren hatte der Landgraf ihren Gemahl sogar auf der Wartburg gefangen gehalten. Vielleicht konnte sie die Verbindung etwas aufhellen, indem sie Ludmillus zu Hermann schickte. Ganz nebenbei würde der auch die Ohren spitzen und sie warnen, falls die Ludowinger etwas gegen ihren Gemahl planten. Seit der Beteiligung ihres Bruders und ihres Schwagers an Albrechts Handstreich gegen seinen Vater war ihr Misstrauen umfassend geworden.

Doch in Hermann erhoffte sich Hedwig einen möglichen Verbündeten für ihren Sohn Dietrich, sollte dieser aus dem Heiligen Land zurückkehren.

Unzählige Trinksprüche auf das Wohl des Königs und das Gelingen des Heerzuges gegen den Löwen wurden bei dem Festmahl ausgebracht. Mit Verweis auf den Waffengang und den dafür nötigen klaren Verstand erlaubte es Heinrich schließlich seinen Fürsten zeitiger als sonst, sich zurückzuziehen, wenn sie das wünschten.

Otto wollte niemandem den Triumph gönnen, ihn als Ersten gehen zu sehen. Solche Schwäche durfte er gerade heute nicht zeigen, auch wenn er am liebsten das Tafelgeschirr heruntergefegt hätte und wütend davongestapft wäre. Sein Kopf dröhnte, und in seinen Ohren schien etwas zu rauschen, so dass er kaum hörte, was die Leute um ihn herum redeten.

Hedwig brachte ihn wieder zu sich, indem sie leise sagte: »Ihr seht nicht wohl aus, mein Lieber. Es war ein anstrengender Tag. Ihr solltet nun ruhen.«

Sie gab einem der Schenken ein Zeichen, noch einmal Wasser in den Pokal zu gießen, den sie sich während des Mahles mit Otto teilte. Auf Marthes Rat hin hatte sie darauf geachtet, dass ihr Mann heute nur stark verdünnten Wein trank und bloß etwas weißes Fleisch und Fisch aß statt fettigen Braten.

Durstig trank Otto von dem kühlen Wasser, ohne seiner Gemahlin zu widersprechen. Dann stemmte er sich hoch, fing gerade noch ein Taumeln ab, reichte Hedwig seinen Arm und verabschiedete sich.

Er wusste die Blicke der versammelten Fürsten und der Dienerschaft auf seinem Rücken, als sie gemeinsam hinausschritten, er konnte sie beinahe spüren wie Dolchstiche. Aber das war ihm gleichgültig. Jetzt wollte er nichts wie fort von hier.

## Notfälle

Auch Sophia von Böhmen hatte sich mit Verweis auf weibliches Unwohlsein so früh wie möglich von der Tafel des Königs zurückgezogen. So wie ihr Mann sie angesichts dieser Bemerkung gemustert hatte, verkniff er sich wohl nur mit Mühe vor allen Anwesenden die Frage, ob sie endlich schwanger sei. Schließlich könnte es ihm von den anderen Männern auch als eigenes Versagen ausgelegt werden, noch keinen Erben gezeugt zu haben.
Albrecht war so im Hochgefühl angesichts des Sieges über seinen Vater und der bevorstehenden Kriegsabenteuer, dass er heute noch viele Becher gemeinsam mit den Männern des Königs leeren würde. Sie konnte nur hoffen, dass er zu betrunken war, um einen erneuten seiner widerwärtigen Versuche zu unternehmen, sie zu schwängern, wenn er endlich in die Kammer kam.
Doch bis dahin blieb noch Zeit – Zeit, die sie brauchte, um endlich eine Angelegenheit zu regeln, die sie schon lange beschäftigte.
»Geht alle hinaus. Nur die Gemahlin des Marschalls bleibt!«, befahl sie den Frauen in der ihr zugewiesenen Gästekammer.
Ihr Tonfall sorgte dafür, dass Hofdamen, Bedienstete und die jungen Mädchen, die sie zu erziehen hatte, sofort das Weite suchten, auch wenn den Jüngsten schon vor Müdigkeit die Augen zufielen. Lieber standen sie draußen auf dem eiskalten Gang, statt von der sichtlich schlechtgelaunten Herzogstochter für Säumigkeit bestraft zu werden. Vielleicht ließ sich sogar etwas Aufregendes erlauschen.
Sophia blieb stehen, bis die Tür von außen sorgfältig wieder geschlossen war. Doch auch dann setzte sie sich nicht hin, was Lucardis zwang, sich ebenfalls zu erheben und vor ihr in einen Knicks zu sinken.

Sophia ließ sie betont lange in dieser unbequemen Stellung verharren und sah reglos auf die Frau des Marschalls herab. Diese schien zu begreifen, worum es in dem bevorstehenden Gespräch gehen würde, und ihre Miene wandelte sich von höfischer Unterwerfung zu einem kaum verhohlenen Gefühl der Überlegenheit. Sophia trat einen Schritt näher, ohne Lucardis zu erlauben, aufzustehen.

»Du irrst dich, wenn du glaubst, es macht mir etwas aus, dass du dich von meinem Gemahl besteigen lässt«, sagte sie kalt. »Doch du wirst es bitter bereuen, wenn du meinst, dir deshalb mir gegenüber Dreistigkeiten herausnehmen zu dürfen.«

Unaufgefordert richtete sich Lucardis auf. Sie war größer als Sophia, und dass sie es wagte, jetzt auf sie herabzusehen, zeigte, wie sehr sie sich ihrer Sache sicher glaubte.

»Euer Gemahl wird nicht zulassen, dass mir etwas geschieht. Ich trage seinen Sohn unter dem Herzen!«, gab Lucardis triumphierend zurück.

Sophia zog nur verächtlich die Augenbrauen hoch. »Du bist so schamlos *und* so dumm, auch noch zuzugeben, dass du mit einem Bastard schwanger gehst? Mein Gemahl wird deinen ganz gewiss nicht daran hindern, dich für deine Hurerei zu bestrafen. Wer weiß, von wem das Balg wirklich ist …«

Nun wich Lucardis ein winziges Stück zurück. »Seine Hoheit wird mich schützen! Und er wird mich noch mehr lieben und ehren, wenn ich ihm endlich den ersehnten Sohn geboren habe.«

»Ich glaube kaum, dass es dazu kommen wird«, entgegnete Sophia kalt. »Dein Mann ist nicht besonders zartfühlend, wenn es um unkeusche Frauen geht, stimmt es? Hat er nicht sogar seine eigene Schwester beinahe totgeprügelt, als er sie mit diesem Lukas erwischte, bevor der sich endlich herabließ, um ihre Hand anzuhalten? Du warst dabei, nicht wahr? Wart ihr damals nicht Freundinnen?«

Natürlich erinnerte sich Lucardis an diesen Zwischenfall, auch wenn der schon Jahre zurücklag. Sie hatte ihn selbst in die Wege geleitet, damit Adela Lukas bekam und sie Gerald heiraten konnte statt den Greis, den ihr Vater für sie ausgewählt hatte. Die Erinnerung an Adelas Bestrafung, die sie, so gut es ging, verdrängt hatte, rief erstmals Zweifel in ihr wach, ob es klug gewesen war, ihrem Mann untreu zu werden, auch wenn Gerald sie kaum noch beachtete und ihr Liebhaber von höherem Rang war. Sophia schien sich beängstigend sicher, dass Albrecht sie nicht wegschicken würde.

Die Fürstin kniff die Augen ein wenig zusammen, verschränkte die Arme vor der Brust und sah Lucardis abschätzend an. »Er wird dir vermutlich die Beine brechen, ehe er dich verstößt. Oder er schneidet dir die Missgeburt mit dem Dolch aus dem Leib und sieht zu, wie du verreckst.«

»Das wird er nicht!«, versuchte Lucardis, sich zu behaupten. Doch ihre Stimme zitterte bereits. »Er freut sich auf das Kind …«

»Wollen wir sofort herausfinden, was er tut, wenn er erfährt, dass es nicht seines ist?«

Schon ging Sophia zur Tür und legte die Hand an den Riegel.

»Wartet, bitte! Hoheit!«

Mit zwei Schritten war Lucardis bei Sophia und warf sich ihr zu Füßen.

»Verratet mich nicht an meinen Gemahl! Ich werde tun, was Ihr befehlt! Schickt mich weg vom Hof, auf mein Hochzeitsgut oder wohin Ihr wollt! Ich werde schweigen. Aber bitte, sagt meinem Mann nichts!«

Die Tränen und die Verzweiflung waren echt. Sophia wusste, dass sie gewonnen hatte. Sie genoss den gequälten Aufschrei der Rivalin, als sie die Tür öffnete, und sagte dann scheinbar gleichgültig zu den draußen wartenden Frauen: »Ihr könnt wieder hereinkommen und mich für die Nacht vorbereiten. Die Ge-

mahlin des Marschalls darf mir die Füße waschen und das Haar bürsten.«
Zufrieden vernahm sie das dankbare Gestammel der eben noch so hochfahrenden Lucardis. Doch während diese ihr das schöne rotblonde Haar entflocht und kämmte, fragte sich Sophia, ob die Gefahr schon vorbei war.

Albrecht gehörte zu den Letzten, die die Tafel des Königs verließen. Erst nachdem Heinrich gegangen war, ließ er sich von einem Diener zu seiner Gästekammer führen. Er war nicht mehr sicher, ob er nach so viel Wein noch das richtige Quartier finden würde.
Sophia schlief schon, als er kam, oder sie tat so.
»Sieg!«, rief er so laut, dass sie erschrocken hochfuhr. »Der alte Mann hat klein beigegeben. Und beim Krieg gegen den Löwen werde ich mich dem König unentbehrlich machen.«
»Ihr wollt allen Ernstes um diese Jahreszeit in den Krieg ziehen, im Oktober?«, fragte sie, immer noch halb benommen.
»Noch diesen Monat werden wir Braunschweig belagern, meine Teure! Ihr könnt es wohl kaum erwarten, mich loszuwerden, vermute ich.«
Albrecht befahl einer der ebenfalls aus dem Schlaf geschreckten Kammerfrauen, ihm die Stiefel auszuziehen, dann jagte er sie alle hinaus und ließ sich auf das Bett fallen. Er roch nach Wein und Schweiß, und seine Hände, mit denen er im Dunkeln nach ihrem Gesicht tastete, fühlten sich klebrig an. Sophia hatte Mühe, nicht zurückzuzucken. Dabei wurde ihr übel vor Widerwillen.
»Los, hilf mir«, lallte er, packte ihre Hand am Gelenk und schob sie unter den Bliaut auf seine Bruche.
Sophia wusste nicht, ob sie erleichtert oder besorgt darüber sein sollte, dass sich dort nichts regte, denn sicher würde er ihr die Schuld daran geben.

Sie hatte den Gedanken kaum zu Ende gebracht, als er es auch schon aussprach: »Vertrocknete alte Betschwester! Ich sollte dich wegen Unfruchtbarkeit verstoßen …«
Augenblicke später schnarchte er laut und röchelnd.
Verstoßen darf er mich nicht!, dachte Sophia verzweifelt. Schließlich habe ich ihm schon eine Tochter geboren …
Sie hatte wirklich getan, was sie konnte, um einen Sohn zu empfangen: gebetet, gefastet, der Jungfrau Maria viele Kerzen gestiftet und endlich auch die Ratschläge von Reinhards Frau befolgt. Sie hatte sich sogar bemüht, ihrem Gemahl gegenüber so etwas wie Gefallen an seinen ehelichen Gunstbezeugungen zu heucheln.
Vielleicht lag es ja an ihm? Vielleicht konnte er keine Söhne zeugen? Aber das würde niemand laut aussprechen.
So schrecklich die Ehe mit Albrecht auch war – was ihr drohte, wenn er sie fortjagte, war noch schlimmer. Und sie gab sich keinen Hoffnungen darüber hin, dass er eine Ehescheidung nicht ohne weiteres durchsetzen konnte. Zwar hatte sie ihre Fruchtbarkeit bereits unter Beweis gestellt, auch wenn Albrecht die kleine Christina keines Blickes würdigte und Sophia froh war, wenn der lebende Beweis ihres Versagens fern von ihr in Obhut der Amme blieb. Aber ein einflussreicher und skrupelloser Mann wie Albrecht würde schon Wege finden, damit er sich eine neue Frau nehmen konnte, die ihm einen Erben gebar. Das war alles nur eine Frage des Geldes.
Die Schande, verstoßen zu werden, wäre so groß, dass auch ihr Vater sie nicht mehr aufnehmen würde.
Bliebe nur das Kloster – doch sie wollte dieses eintönige Leben nicht, ohne schöne Kleider, edle Pferde, Festmahle und Spielleute, ohne funkelndes Geschmeide und lange Reisen, auf denen sie wie eine Königin behandelt wurde. Endlose Gebete, gefangen zu sein hinter dicken Mauern, die nichts von der aufregenden Welt da draußen durchdringen ließen, dünne Kleider aus rauhem Stoff und karges Essen – schon der Gedanke daran ließ sie frösteln.

In ihren finstersten Momenten hatte Sophia sogar darüber nachgedacht, sich von einem der Männer am Hof schwängern zu lassen, die bereits viele Söhne gezeugt hatten. In Gedanken war sie schon durchgegangen, wer dafür in Frage kam. Doch von keinem hätte sie eine Berührung ertragen können – und vor allem traute sie keinem von ihnen zu, dass er über diese Angelegenheit auch Stillschweigen bewahren würde.
Vielleicht würde die Heilige Jungfrau Maria sie endlich erhören und ihr einen Sohn schenken. Doch wenn Lucardis einen Sohn gebar und Albrecht ihn als seinen Bastard anerkannte, dann war sie ernsthaft in Gefahr.
Sie musste handeln. Zum Glück war sie vorbereitet ... für alle Fälle.

Von unruhigen Gedanken und Ahnungen getrieben, wartete Marthe in Hedwigs und Ottos Kammer auf die Rückkehr des Markgrafenpaares.
Lukas und sie waren wie die meisten Edelleute aus dem Gefolge der angereisten Fürsten in einer riesigen Halle aufs beste beköstigt worden. Dass es eine erzwungene Aussöhnung zwischen dem alten und dem künftigen Markgrafen von Meißen gegeben und der König zu einer Heerfahrt gegen den gebannten Welfenfürsten gerufen hatte, wussten sie längst. Diese Neuigkeiten waren schnell zu ihnen gedrungen.
Vor dem Mahl hatte Marthe auch von weitem einen Blick auf Otto werfen können. Die Gelegenheit dazu war schon am Morgen mit Hedwig abgesprochen. Wenngleich sich der siebzigjährige Fürst vor den anderen gelassen und unberührt von den Geschehnissen gab, so erkannte Marthes geübter Blick die Anzeichen dafür, dass es ihm besorgniserregend schlecht ging.
Im Zorn hatte Otto schon immer dazu geneigt, sich rasch und heftig aufzuregen. Doch jetzt war er hochrot im Gesicht, und die Schweißperlen auf seiner Stirn trotz der Oktoberkälte in den

Mauern und die heftig pochende Zornesader an der Schläfe ließen sie Schlimmes befürchten.
»Er muss zur Ader gelassen werden, sonst trifft ihn der Schlagfluss«, sagte sie erschrocken zu Lukas.
Normalerweise hielt sie wenig davon, den Aderlass gegen jedes Leiden einzusetzen, wie es die Bader und auch viele Ärzte taten. Doch in diesem Fall schien ihr dies das beste Mittel, weil es schneller wirkte als die Beruhigungstränke, die sie brauen konnte und schon bereithielt.
Lukas hatte zwar vorgehabt, sich nach dem Mahl unter den Rittern umzuhören, ob jemand von ihnen Nachricht von den Pilgerfahrern hatte, die mit dem Kaiser ins Heilige Land unterwegs waren, oder etwas Zeit mit Daniel zu verbringen, der unter Hartmuts Obhut mit den Knappen zum Hoftag gereist war. Doch beides verschob er sofort auf später. »Ich suche jemanden, der so etwas kann. Vielleicht lässt man mich sogar mit dem Leibarzt des Königs sprechen!«
Wenn ein Ritter um Hilfe für seinen Fürsten bat, würde man ihn wohl kaum an einen der Scharlatane verweisen, die sich mit dem Ziehen von Zähnen als Jahrmarktsbelustigung ihr Brot verdienten.
Seitdem war schon so viel Zeit verstrichen, dass es Marthe wie ein halbe Ewigkeit vorkam. Warten und Nichtstun gehörten zu den Dingen, die sie nur schwer ertragen konnte.
Endlich ging die Tür auf, und Lukas trat in Begleitung eines hochgewachsenen Mannes in einem fremdartigen Gewand ein – aus nachtblauer Seide und mit verschlungenen Ornamenten an den Ärmelkanten und um den Halsausschnitt.
Verdutzt blickte er sich um, da es in dem Zimmer offenbar an jemandem fehlte, der dringend seine Dienste benötigte.
»Soll das ein Scherz sein?«, fragte er mit gerunzelter Stirn. »Dann lasst Euch sagen, dass dies ein schlechter Scherz ist. Anderswo werden meine Dienste dringend benötigt.«

»Bitte bleibt und wartet hier mit uns!«, hielt Lukas ihn auf. »Ihr werdet großzügig für Eure Dienste belohnt werden.«
In wenigen Worten schilderte Marthe, was sie zu der Entscheidung getrieben hatte, einen Baderchirurgen oder Medicus zu rufen.
»Das war sehr klug von Euch, Weib«, stellte der Fremde fest. »In dieser Lage mag ein Aderlass wirklich das geeignetste Mittel sein.«
Er rollte ein Bündel aus, das er unter dem Arm getragen hatte. Die in sauberem Leinen aufgereihten Messer und seine Forderung nach warmem Wasser nahmen Marthe für ihn ein.
Sie winkte einen Pagen heran, einen Jungen von vielleicht acht oder neun Jahren, der kostbare Kleidung trug und einen aufgeweckten Eindruck machte. »Du kannst dir jetzt große Verdienste erwerben und deine Klugheit unter Beweis stellen. Lass der Fürstin Hedwig Nachricht zukommen, dass hier ein Medicus bereitsteht, um sich des Fürsten anzunehmen.«
Der Junge nickte und verschwand. Er hatte Glück: Das Markgrafenpaar war bereits beim Aufbruch, und so konnte er der Fürstin die Botschaft zuflüstern, während sich Otto an der Tür sein Schwert zurückgeben ließ, das er wie alle vor dem Betreten der königlichen Runde abzugeben hatte.

Hedwig beschloss sofort, Otto nichts davon zu sagen, dass in seiner Kammer bereits ein Arzt auf ihn wartete. Ihr schien es besser, ihn ohne Vorwarnung schnellstmöglich dorthin zu bringen. Dass Marthe es für nötig hielt, einen Medicus zu rufen, beunruhigte sie sehr, denn sie hatte großes Vertrauen in die Heilkünste von Lukas' Frau.
Ottos Atem ging flach und stoßweise, als er die Unterkunft betrat. Doch sofort erfasste er die Anwesenheit des Fremden und dessen Tätigkeit anhand der ausgebreiteten Gerätschaften.
Bevor er etwas einwenden konnte, hob der Fremde beschwichtigend die Hand und sagte ebenso ruhig wie überzeugend: »Hoheit,

die kluge Frau Eures Ritters hat mich hergebeten, damit ich Euch helfe. Ich habe an der Medizinischen Schule von Salerno studiert und auch die Heilkunst der Ärzte aus dem Morgenland erlernt.«

»Eure Dienste werden nicht benötigt!«, fuhr Otto ihn an. »Sonst zerreißt sich morgen der ganze Hofstaat das Maul darüber, dass mich dieser Tag so aufgeregt hat, dass ich einen Medicus brauche.«

»Selbstverständlich bleibt mein Besuch bei Euch geheim, Durchlaucht«, antwortete der Arzt. »Erlaubt Ihr, dass ich Euern Pulsschlag fühle?«

»Und wenn nicht?«, knurrte Otto.

Der Medicus gestattete sich ein nachsichtiges Lächeln. »Ich sehe bereits so, was ich sehen muss und was auch die heilkundige Frau Eures Ritters gesehen hat. Vielleicht rettet es Euch das Leben, dass sie mich rief. Ich werde Euch jetzt zur Ader lassen und überlasse Euch dann wieder ihrem Können. Nach dem Schnitt hätte ich Euch auch nichts anderes empfohlen als die Tinktur, die sie bereits zubereitet hat. Ruht, soviel es geht, esst nur wenig und trinkt keinen Wein.«

Allen Befürchtungen entgegen überstand Otto die Nacht gut. Dank Marthes Trank schlief er ruhig ein, und am nächsten Morgen waren die gefährliche Röte aus seinem Gesicht und das Rauschen in seinen Ohren verschwunden.

Reges Treiben herrschte an diesem Morgen auf der Merseburger Kaiserpfalz und in den Gästequartieren in der Stadt, an der Saalebrücke und rund um die Neumarktkirche. Die meisten Teilnehmer des Hoftages trafen schon Vorbereitungen für ihre Abreise. Der kurz anberaumte Heerzug gegen den Löwen erforderte schnelles Handeln.

So fiel nicht auf, dass der alte Markgraf von Meißen auf ärztlichen Rat noch den halben Tag im Bett blieb, während seine Gefolgsleute sich um die Heimreise der markgräflichen Gesandtschaft kümmerten. Otto sollte den Weg auf Anraten des Medi-

cus besser nicht zu Pferd zurücklegen, sondern auf einem gut gepolsterten Wagen.
Das allerdings hatte der siebzigjährige Fürst rundweg abgelehnt. Solch eine Blöße würde er sich nicht geben. Besagte nicht außerdem die althergebrachte Regel, dass sein Lehen nicht länger regieren durfte, wer nicht mehr aus eigener Kraft von einem Stein aus in den Sattel kam?
Hedwig und Marthe hatten sich wortlos mit einem Blick darauf verständigt, vorerst nichts zu erwidern, was ihn erneut aufregen konnte. Sollte der Fürst so aufbrechen, wie es sein Gefühl für Würde verlangte. Fünf Meilen hinter Merseburg würde man weitersehen.

Nach dem Frühmahl ging Hedwig mit einigen ihrer Hofdamen zum Dom St. Johannes der Täufer und Laurentius, um eine große Kerze als Dank dafür zu stiften, dass der vorangegangene Tag glimpflich verlaufen war und ihr Gemahl sich offenkundig erholte.
Während Marthe den Markgrafen umsorgte, kümmerte sich Lukas darum, dass die Pferde für den Aufbruch vorbereitet wurden. Er war gerade dabei, den Pferdeknechten Anweisungen zu geben, als er eine bekannte Stimme nach sich rufen hörte.
Es war sein Schwager Gerald, der aufgeregt durch den Gang gestürzt kam. Etwas sehr Beunruhigendes musste ihn hierherführen, wenn er sich nicht daran störte, den ungeliebten Verwandten und Getreuen des alten Markgrafen um Hilfe zu bitten.
»Meine Frau … sie stirbt … oder sie verliert das Kind«, brachte er ohne jegliche Vorrede hervor. »Kannst du Marthe zu ihr schicken, damit sie hilft?«
Trotz der Verzweiflung seines Schwagers und der schlimmen Neuigkeit übersah Lukas nicht die Gefahr, die in diesem Hilfegesuch lauerte. »Du willst, dass ich meine Frau in Albrechts Quartier schicke?«, fragte er einigermaßen fassungslos.

»Ich stehe für ihre Sicherheit ein«, schwor Gerald sofort. »Ich weiß nicht, wer sonst noch helfen kann. Vergiss den Streit, hier geht es um ihr Leben und um meinen Erben!«
Dem konnte sich Lukas nicht verschließen. »Ich werde fragen, ob Marthe gehen darf und bereit dazu ist. Aber sie kommt nicht ohne meine Begleitung. Warte hier auf uns!«
Erleichtert stimmte Gerald zu, obwohl er seinem Schwager am liebsten gefolgt wäre. Aber er sah ein, dass er jetzt wohl kaum mit der Bitte in Ottos Quartier auftauchen konnte, Lukas' heilkundige Frau wegen eines Notfalls zu dem abtrünnigen Nachfolger zu schicken.
»Was ist geschehen?«, erkundigte sich Marthe bei Gerald, als sie in Lukas' Begleitung an der verabredeten Stelle auftauchte.
»Sie erwartet ein Kind«, berichtete er voller Unruhe und Sorge. »Nach dem Frühmahl ist sie plötzlich unter Krämpfen zusammengebrochen. Sie hat sehr viel Blut verloren und würgt sich die Seele aus dem Leib.«
Marthe erwiderte nichts. Sie kannte Lucardis noch aus deren Jungmädchenzeit an Ottos Hof und hatte schon von weitem gesehen, dass sie wieder schwanger war. Wenn Frauen ihr Kind verloren, bluteten sie meistens stark und litten Krämpfe. Doch andauerndes Erbrechen dazu – das sah nach etwas anderem aus.

Lucardis lag am Boden in einer beängstigend großen Blutlache und war von wortlos auf sie starrenden Hofdamen umgeben. Niemand wirkte überrascht, dass ausgerechnet Marthe jetzt hier auftauchte, noch dazu in Begleitung von Lukas. Die verwandtschaftlichen Bindungen und ihr Heilwissen wogen jetzt anscheinend schwerer als die Zugehörigkeit zu unterschiedlichen Lagern.
»Das Kind ist verloren«, sagte eine Magd, die eine Schüssel mit blutverschmierten Tüchern und Erbrochenem hinausschaffen

wollte – in der Hoffnung, dass die beiden Ritter wohl ein Einsehen hatten und ihr folgten, denn schließlich hatten Männer nichts an solch einem Ort zu suchen. Hatten die Kerle denn kein bisschen Anstand!

Marthe warf einen prüfenden Blick auf die Schüssel, dann hockte sie sich neben die zusammengekrümmte Frau und fühlte ihren Pulsschlag, der sich kaum noch erspüren ließ. Lucardis' Haut war fahl und eiskalt. Als Marthe sich über sie beugte, roch sie etwas, das ihre Vermutung bestätigte.

Ohne den Blick zu Sophia zu heben, fühlte Marthe solch tiefen Hass von ihr ausgehen, dass sie genau wusste, wer Lucardis das Pulver in den Becher gegeben hatte, das die Leibesfrucht abstieß. Aber sie durfte jetzt nicht das Geringste zu erkennen geben, sonst wäre vielleicht Clara die Nächste, die zusammengekrümmt auf dem Fußboden verblutete.

»Holt einen Priester«, sagte sie leise zu Gerald. »Es tut mir sehr leid; ich kann nichts mehr für sie tun.«

Lukas legte seinem Schwager bedauernd die Hand auf die Schulter. Der rührte sich nicht.

Eines der jüngsten Mädchen hastete los, offenkundig froh über den Vorwand, der schrecklichen Umgebung zu entkommen. Als sie mit einem Geistlichen zurückkehrte, gingen alle hinaus, damit die Sterbende unbelauscht ihre letzten Sünden beichten konnte.

Sophia warf einen scharfen Blick auf Marthe und klatschte in die Hände. »Steht hier nicht unnütz im Gang herum, es gibt viel zu tun!«, rief sie den Mädchen und Frauen ihres Gefolges zu.

Sie hatte nicht gewollt, dass ihre Hofdame starb, sie sollte nur die Frucht des Bösen verlieren. Doch Gott hatte entschieden, die Sünderin sterben zu lassen, und Sophia damit die Richtigkeit ihres Tuns bestätigt. Solche verderbten Frauen durften nicht ungestraft auf Erden wandeln.

Ob nun ihr eigenes Seelenheil in Gefahr war? Sie würde von

ihrem Wittum neun Hufen Land kaufen und dies und die Andreaskirche von Zadel dem Konvent in Marienzelle stiften, damit die Mönche für sie beteten. Das würde sie retten.

Lukas drückte dem Schwager sein Beileid aus und nahm Marthe mit sich.

Schließlich stand nur noch Gerald vor der Kammer, in der seine Frau vielleicht gerade ihre letzten Atemzüge tat. Und er konnte nicht zu ihr, solange der Pater nicht die Sterbesakramente gewährt hatte.

Sophia trat neben ihn; er erkannte es an dem Rascheln ihres Seidenkleides und dem schleifenden Geräusch, das ihr langer pelzverbrämter Umhang verursachte. »Ihr solltet nicht zu sehr um dieses Kind trauern«, sagte sie schmallippig und beobachtete ihn dabei genau. »Es war nicht Eures.«

Erst als auch die Fürstin gegangen war, holte Gerald mit aller Kraft aus und hieb mit der Faust gegen die Wand. Dabei schrie er vor Wut und Schmerz.

Er hatte es die ganze Zeit geahnt. Und das Schlimmste daran: Er war nicht der Einzige, der wusste, dass seine Frau in Wirklichkeit eine Hure gewesen war.

## *Heimkehr*

Auch hinter der Stadtgrenze Merseburgs lehnte es Otto ab, aus dem Sattel zu steigen und sich auf einem Karren nach Meißen bringen zu lassen.

»Ich bin ein Reichsfürst und kein Gaukler oder altes Weib!«, entschied er die Angelegenheit in einem Tonfall, der keinen Widerspruch duldete.

Also hatte sich Hedwig mit Hartmut, der die Geleitmannschaft anführte, und dem Küchenmeister verbündet und dafür gesorgt, dass die Strecke in kleine Tagesabschnitte eingeteilt und häufig Rast eingelegt wurde – zumeist angeblich, weil die Markgräfin eine Erfrischung benötige oder hungrig sei.

Marthe ließ kaum ein Auge von Otto und tat, was sie konnte, um seinen Zustand zu verbessern. Ohne Zweifel hatten ihn die Geschehnisse der letzten Monate angegriffen. Aber er schien nicht bereit, das zuzugeben. Da es allerdings schon spät im Oktober und das Wetter entsprechend kalt und regnerisch war, hatte Otto kaum etwas dagegen einzuwenden, alle paar Meilen bei einem Verbündeten einen Halt einzulegen und dort die Vorzüge eines warmen Bades und eines bequemen Bettes zu genießen.

So war es schon Anfang November, als sich die Reisenden endlich wieder Meißen näherten. Unterwegs hatten sie erste Neuigkeiten vom bisher wenig ermutigenden Verlauf der Heerfahrt gegen Heinrich den Löwen gehört. Dem Heer des Königs war es nicht gelungen, das wehrhafte Braunschweig einzunehmen, das ebenso wie Lüneburg immer noch zum welfischen Besitz gehörte. Dafür hatte der Löwe nach nur drei Tagen Belagerung die wichtige Handelsstadt Bardowick gestürmt und dem Erdboden gleichgemacht.

»Das wird die Lübecker sehr gefreut haben«, stellte Lukas sarkastisch fest, der zusammen mit Otto und einer Gruppe engerer Vertrauter zu einem Mahl bei ihrem Gastgeber eingeladen war. Künftig würde wohl die vom Löwen gegründete Stadt Lübeck der wichtigste Umschlagplatz für den Ostseehandel werden. Und die Lübecker würden dankbar und froh darüber dem Welfen erneut die Treue schwören.

»Gott fand wohl, es sei an der Zeit, dass der junge König in die Schranken gewiesen wird. Soll er sich die Zähne ausbeißen an dem Löwen!«, meinte Otto grimmig, obwohl er einst selbst gegen den Welfen zu Felde gezogen war. »Wir Alten haben den

Biss eben doch noch nicht verloren – auch wenn dieser Jungsporn von einem König das glaubt.«

»Sicher«, stimmte ihr Gastgeber taktvoll zu und gab seinem Schenken das Zeichen, die Becher nachzufüllen. »Doch man erzählt, es seien vor allem seine Söhne, die die Bardowicker das Fürchten gelehrt haben.«

»Nun, dann soll sich eben *mein* Sohn an den jungen Welfen die Zähne ausbeißen. Das wird ihn Demut lehren …«

Womöglich fällt Albrecht ja in diesem Krieg, überlegte Marthe, während sie sich müde zurücklehnte. Aber leider dauert es meistens sehr lange, bis den schlimmsten Schurken das Handwerk gelegt wird und sie die Strafe für ihre Missetaten hinnehmen müssen. Ich hoffe, es stimmt, was Pater Hilbert sagt: dass Gott uns nur so viele Prüfungen auferlegt, wie wir auch ertragen können. Genügt denn immer noch nicht, was wir schon erdulden mussten?

Trotz aller Mühe hatten sie keine neue Nachricht von der Pilgerfahrt des Kaisers in Erfahrung bringen können. Nur Lukas waren einige beunruhigende Gerüchte zu Ohren gekommen, die er Marthe lieber verschwieg. Niemand wusste, ob etwas daran war, aber wirklich überraschend käme es nicht: von feigen Angriffen auf das kaiserliche Heer war die Rede, von Überfällen aus dem Hinterhalt, seit die Truppen byzantinischen Boden betreten hatten, von vielen Toten und großen Verlusten an Pferden.

In einem jedoch war sich Lukas nach wie vor sicher: Wenn den beiden jungen Männern etwas zugestoßen wäre, die er auf diese gefährliche Reise geschickt hatte, würde Marthe das spüren. Also wollte er sie nicht mit Gerüchten beunruhigen.

Sie machte sich ohnehin schon zu viele Sorgen: um Ottos Gesundheit, um ihren kleinen Sohn, den sie in Freiberg hatte lassen müssen und vermisste, und um Clara, deren Schwangerschaft nun ein ganzes Stück fortgeschritten sein musste.

Es ist schon ein merkwürdiger Gedanke, einen Enkel zu bekommen, dachte Lukas. Auch wenn Clara nur seine Stieftochter war, stand sie ihm so nah wie eine leibliche Tochter – vielleicht deshalb, weil er sie von ihren ersten Lebenstagen an hatte aufwachsen sehen.

Manchmal ertappte er sich bei der Überlegung, ob und vor allem *wie* er sich angesichts des zu erwartenden Nachwuchses etwas großväterliche Würde zulegen sollte. Doch das führte stets nur dazu, dass er über sich selbst lachen musste. Wenn sein Enkel ein Junge würde, dann könnte er ihm das Reiten und den Umgang mit den Waffen beibringen, sobald er sich auf seinen Füßen halten konnte. Und wenn es ein Mädchen wird … nun, dann würde es sicher aussehen wie eine winzige Ausgabe von Clara und Marthe, und sein Herz würde ihm bei dem Anblick aufgehen.

Doch vorerst genossen er und Marthe auf dieser Reise das Zusammensein mit Christians jüngstem Sohn Daniel.

Wenn sie nicht unterwegs waren, hatten die Knappen unter Hartmuts gnadenloser Anleitung mit den Waffen zu üben, und Lukas ließ sich natürlich die Gelegenheit nicht entgehen, zu prüfen, wie sich Daniel inzwischen machte, der mit seinen vierzehn Jahren immer noch zu den jüngsten Knappen zählte.

»Überlasst mir meinen Stiefsohn für ein paar zusätzliche Lektionen«, bat er Hartmut während einer Rast, weil er selbst langsam das Gefühl hatte, einzurosten, wenn er sich bei diesem nasskalten Wetter nicht etwas Bewegung verschaffte.

Daniel wurde blass bei diesen Worten. Nach einem schon fast verzweifelten Blick zu seinem Freund Johannes folgte er seinem Stiefvater mit gesenktem Kopf und hängenden Schultern, nachdem Hartmut zugestimmt hatte.

»Was ist los?«, fragte Lukas aufmunternd, dem die niedergeschlagene Miene seines Ziehsohnes nicht entging.

»Ihr seid also nicht zufrieden mit mir«, murmelte Daniel. »Dabei gebe ich wirklich mein Bestes. Als Thomas noch da war, haben er und Roland heimlich mit mir geübt …«

»Das erwarte ich von dir, dass du dein Bestes gibst. Schließlich hast du einen großen Namen zu verteidigen – den deines Vaters. Und ich selbst möchte auch nicht beschämt werden.«
Lukas grinste und beugte sich zu dem Jungen vor, der in letzter Zeit ziemlich in die Höhe geschossen und mittlerweile nur noch einen halben Kopf kleiner war als er. »Ich bin da ein bisschen eitel, weißt du? Obwohl Eitelkeit eine Sünde ist und mir Pater Hilbert für dieses Eingeständnis sicher eine Woche Fasten auferlegen wird.«
Zaghaft erwiderte Daniel das Grinsen.
Dann wurde Lukas ernst. »Ich will, dass du überlebst, Junge, versteht du? Dafür musst du besser sein als die anderen, besser als jeder deiner Gegner. Und von denen wirst du vermutlich einmal mehr haben, als uns allen lieb sein kann.«
Daniel nickte. Das hatte er längst begriffen.
Sie sattelten ihre Pferde und ritten gemeinsam ein Stück fort – etwas, wofür Daniel sehr dankbar war. Wenn ihm der Stiefvater schon sein mangelndes Können im Schwertkampf vorführte, dann wenigstens nicht vor aller Augen.
Lukas beobachtete zufrieden, wie sicher der Junge im Sattel saß, und gab ihm eine halbe Meile abseits des Lagers das Zeichen, zu halten und abzusitzen.
Daniel sprang aus dem Sattel, band sein Pferd an und zog das Übungsschwert aus der Halterung. Doch statt in Kampf- oder Verteidigungsposition zu gehen, hielt er die Waffe gesenkt.
»Darf ich Euch etwas fragen?«
»Nur zu!«, ermutigte Lukas ihn.
»Es steht nun also unverrückbar fest, dass Albrecht der nächste Herrscher über die Mark Meißen wird, nicht wahr? Was werdet Ihr tun? Werdet Ihr ihm den Treueeid schwören? Oder werden wir alle die Mark verlassen?«
Lukas hatte das sichere Gefühl, dass Daniel diese Frage schon ausführlich mit seinem älteren Bruder Thomas besprochen hatte, bevor jener fliehen musste.

Er bedeutete seinem Stiefsohn, sich neben ihn auf einen umgestürzten Baumstamm zu setzen. Diese Unterredung war zu wichtig, um sie nebenbei im Stehen zu führen.

»Bis zum Hoftag in Merseburg hatten wir noch eine Wahl: Otto oder Albrecht. Und bis zur Entscheidung des Königs hatten wir noch eine Hoffnung: Dietrich von Weißenfels«, begann er. »Doch jetzt sind die Dinge entschieden. Nach Ottos Tod wird unwiderruflich Albrecht Markgraf. Das ist sein Anrecht von Geburt her und nun durch den Beschluss des Königs noch einmal bekräftigt. So sieht es Gottes Ordnung der Welt vor, und wir haben dem zu folgen, ob es uns gefällt oder nicht.«

»Aber Albrecht ist ein schlechter Herrscher!«, widersprach Daniel und biss sich auf die Lippe. Ihm war klar, dass er anderen gegenüber solche Worte nie würde äußern dürfen. Doch sein Stiefvater hatte ihm ein offenes Gespräch zugebilligt.

»Albrecht ist ein schlechter *Mensch*«, berichtigte ihn Lukas.

»Wie kann ein schlechter Mensch ein guter Herrscher sein?«, erwiderte Daniel sofort.

Insgeheim lächelte Lukas über die Schlagfertigkeit des Jungen. Aber eine Sache musste er ihm wirklich eindringlich klarmachen.

»Es gibt auch gute Menschen, die schlechte Herrscher waren«, entgegnete er in der Hoffnung, Daniel würde von ihm kein Beispiel dafür verlangen, denn ihm fiel bei näherer Betrachtung keines ein.

»Natürlich könnten wir die Mark Meißen verlassen, wenn Albrecht auf dem Burgberg einzieht. Deine Mutter hat diesen Vorschlag auch schon gemacht. Aber tu mir den Gefallen und sprich sie nicht darauf an«, bat er.

Daniel nickte sofort, froh darüber, dass sein Stiefvater ihn ernst nahm und dass seine Mutter ähnlich dachte wie er.

»Vielleicht müssen wir es sogar – wenn er uns aus dem Land verbannt«, fuhr Lukas nachdenklich fort. »Aber solange er das nicht tut, halte dir stets eines vor Augen: Wir dienen nicht nur treu dem Hause Wettin, wie es unsere Väter und Vorväter taten. Als Ritter haben dein Vater und ich geschworen – und du wirst es ebenfalls tun, wenn es so weit ist –, die Menschen zu schützen, die sich nicht verteidigen können. Die Bauern, die Stadtbewohner, die Mönche … Sie können nicht alle einfach weggehen, wie wir es vielleicht könnten, wenn jemand die Regentschaft übernimmt, der ihnen nicht gefällt. Wir bleiben hier, um ihnen zu helfen. Um es ihnen irgendwie erträglich zu machen.«

Daniel war anzusehen, dass er gründlich über diese Worte nachdachte.

»Albrecht hat meinen Vater töten lassen«, sagte er schließlich.

»Das ist etwas, das wir nicht beweisen können«, ermahnte ihn Lukas. »Es waren drei Bogenschützen, die auf ihn geschossen hatten, und Raimund und ich haben sie sofort getötet. Nach dem Gesetz ist damit der Tod deines Vaters gerächt. Für himmlische Gerechtigkeit wird der Allmächtige beim Tag des Jüngsten Gerichts sorgen. So lange müssen wir uns gedulden.«

Der Zweifel stand Daniel ins Gesicht geschrieben. Also forderte Lukas ihn auf, zu sagen, was ihm durch den Kopf ging.

»Gott bestimmt, wer herrscht. Und wir haben Seinen Willen zu erfüllen«, sagte der Junge langsam und schien nach Worten zu suchen, um auszudrücken, was er dachte, ohne dass es wie eine Gotteslästerung klang. »Aber kann nicht auch eine Lage eintreten, in der man dem von Gott gewählten Herrscher den Gehorsam verweigern darf und sogar muss?«

»Das Gesetz sagt, man muss einem Herrn nicht folgen, der sein eigenes Wort bricht und seinen Untertanen Unrecht zufügt, statt sie zu schützen«, erklärte Lukas. »Und ein Eid, den ein solcher Herrscher erzwungen hat, ist nicht bindend. Das nennt man Freiheit des Gewissens. Denn für seine eigenen Taten, ganz gleich, wer sie befohlen hat, ist jeder vor Gott am Ende immer noch selbst verantwortlich. Aber ich hoffe, dass wir auf solche Spitzfindigkeiten nicht zurückgreifen müssen.«

Er stand von dem Baumstamm auf, klopfte sich die morsche Rinde von den Händen und griff nach seinem Schwert.
»Zuallererst sollten wir dafür sorgen, dass du ein so furchteinflößender Kämpfer wie dein Vater wirst. Einverstanden?«

Als sollte Ottos Heimkehr nach Meißen von der Sonne vergoldet werden, herrschte am letzten Tag ihrer gemächlichen Rückreise von Merseburg ein für die Jahreszeit herrliches Spätherbstwetter. Es waren kaum noch Blätter an den Bäumen, die Wege waren mit buntem Laub bedeckt, auf dem sich früh am Morgen schon Rauhreif gebildet hatte. Doch im Verlauf des Tages entwickelte die niedrigstehende Sonne noch einmal überraschend viel Kraft.
Hartmut und Hedwig hatten schnelle Reiter vorausgeschickt, damit in Meißen alles für das Eintreffen des Markgrafen vorbereitet wurde. So konnten sie sich auf den letzten Meilen Zeit lassen und trotzdem sicher sein, dass bei ihrer Ankunft ein Bad und ein gutes Mahl vorbereitet waren.
Otto schien es jedoch eilig zu haben, wieder auf dem Burgberg Einzug zu halten. Er war sich der Bedeutung seiner unangefochtenen Heimkehr voll und ganz bewusst.
Burgmannschaft und Gesinde würden ihn jubelnd begrüßen, die geraubten Kostbarkeiten waren längst wieder an ihrem Platz in *seiner* Halle – das war eine seiner Bedingungen für die öffentliche Aussöhnung mit seinem treulosen Sohn gewesen. Der steckte nun vermutlich noch im Schlamm vor Braunschweig und belagerte ohne Aussicht auf Erfolg die stark befestigte Stadt, die dem Löwen auch diesmal die Treue hielt.
Es gab wohl niemanden in diesem Zug, der nicht erleichtert aufatmete, als Otto wohlbehalten den Burgberg hinaufgeritten war und nach dem Willkommenspokal griff, den ihm der kahle Haushofmeister reichte.
Doch dann geschah etwas, das allen Beobachtern den Eindruck

vermittelte, die Zeit stünde auf einmal still. Dabei waren es nur Ottos Bewegungen, die einfroren: statt den Pokal entgegenzunehmen, erstarrte seine Hand auf halber Höhe, dann fiel sie herab, er ächzte und sank im Sattel zusammen, vornüber auf den Hals seines Pferdes.

Geistesgegenwärtig versuchte der Stallmeister, der das Reittier des Fürsten hielt, ihn aufzufangen. Auf seinen Schreckensruf rannten mehrere Männer herbei, die dem reglosen Fürsten die Füße aus den Steigbügeln zogen, ihn vorsichtig vom Pferd hievten und ihn in die Halle trugen.

Hedwig, bleich vor Schreck, ließ sich aus dem Sattel helfen und befahl, sofort die Herrin von Christiansdorf zu rufen.

Doch Marthe hatte bereits mitbekommen, dass etwas nicht in Ordnung sein konnte, stieg hastig ab, wobei sich ihr Rocksaum im Steigbügel verfing und riss, und rannte los. Im Vorbeilaufen griff sie noch den Korb mit ihren Kräutern vom Trosskarren und lief die Treppen hinauf.

Die vier Männer, die den alten Fürsten hochgetragen hatten, standen wie gelähmt an der Tür, so dass Marthe sich erst den Weg zwischen ihnen hindurch bahnen musste. In der Kammer hasteten Diener kopflos hin und her, um das Bett zu richten und den Markgrafen, der offenkundig gar nicht sprechen konnte, nach seinen Wünschen zu fragen.

Das Durcheinander und die Aufregung konnten nicht gut für den Schwerkranken sein. Doch da Hedwig wie betäubt an Ottos Bett saß, statt die Unruhestifter hinauszuwerfen, beschloss Marthe, das selbst zu übernehmen.

»Geht alle!«, wies sie an. »Der Fürst braucht Ruhe. Nur die Fürstin und ihre Magd können bleiben.«

Sie wunderte sich selbst am meisten, dass ihr Befehl umgehend befolgt wurde.

Als die Diener hinaus waren, bat sie Hedwigs Magd Susanne,

die hölzernen Fensterläden weit zu öffnen. Sie brauchte jetzt Licht und frische Luft.
Dann wandte sie sich dem alten Fürsten zu. Otto war wach, atmete röchelnd und lallte etwas Unverständliches.
Hastig versuchte Marthe, die Schließe der Fibel an seinem Bliaut zu öffnen, und als ihr das nicht schnell genug gelang, griff sie kurzerhand nach dem Essmesser an ihrem Gürtel und zerschnitt den enganliegenden Halsbund. Sie dachte in diesem Augenblick nicht einmal daran, dass sie ein Gewand verdarb, das mehr wert war, als ein Krämer oder Schmied in seinem ganzen Leben verdienen konnte. Sie hatte nur einen Gedanken: Otto darf jetzt nicht sterben!
Die Hände und das Gesicht des alten Fürsten waren eiskalt, sein Blick flackerte hilflos und ängstlich umher.
»Bitte beruhigt Euch, mein Herr«, redete sie sanft auf ihn ein. »Versucht, gleichmäßig zu atmen! Dann wird es Euch gleich wieder bessergehen.«
Hedwig hatte es inzwischen selbst übernommen, ihrem Mann die Stiefel auszuziehen, damit er bequemer liegen konnte.
»Hilf mir, ihn aufzusetzen!«, bat Marthe Susanne. »Und der Küchenmeister soll eine kräftigende Brühe bereiten. Aber kein Fleisch darin und kein Brot!«
Sie tauchte ein Tuch in eine Schüssel mit Wasser und wischte Otto den kalten Schweiß von der Stirn. Danach träufelte sie ihm Wasser auf seine ausgetrockneten Lippen. Bis es ihm besserging, durfte er weder essen noch trinken, sonst könnte er ersticken.
Und dann beschloss sie, etwas zu tun, wofür jeder andere Augenzeuge am Hof als Hedwig oder Susanne sie in den Kerker oder auf den Scheiterhaufen bringen würde.
Sie riss Ottos Gewand und Untergewand noch weiter auf, bis seine Brust halbnackt war. Danach zerrieb sie einige kräftig riechende Kräuter auf seiner Haut, sprach ein Gebet und legte ihre

warmen Hände über Ottos altes, müdes Herz. Alle Gedanken richtete sie darauf, ihre Ruhe auf ihn überfließen zu lassen und mit ihrer Wärme und ihrem Lebenswillen dem alten Fürsten Kraft zu spenden.

Der gesamte markgräfliche Bezirk des Meißner Burgberges schien wie gelähmt von dem Geschehen. Gespräche wurden nur verstohlen geführt, die Diener liefen auf Zehenspitzen.
Die Ritter saßen in der Halle, aßen und tranken, sofern ihnen danach zumute war, aber auch hier wurde kaum gesprochen.
Lukas wusste, dass die Blicke der Männer immer wieder zu ihm wanderten – wohl in der Annahme, er wüsste, was jetzt in der Kammer des Markgrafenpaares vor sich ging, weil sich seine Frau dort aufhielt.
Dabei schien ihm eher wahrscheinlich, dass er Marthe nun tagelang kaum zu sehen bekam, bis es Otto wieder besserging. Über einen anderen Ausgang der Ereignisse wollte er gar nicht erst nachdenken.
»Sie haben noch keinen Priester rufen lassen«, sagte jemand in die Stille hinein – wohl um die Hoffnung auszudrücken, dass es demnach so schlimm noch nicht stehen konnte.
Schließlich hatte Lukas es satt, in der Halle herumzusitzen, und ging hinauf. Hartmut hatte erwartungsgemäß ein paar zuverlässige Leibwachen vor der Tür postiert, und so bot Lukas an, ebenfalls eine Wache zu übernehmen. Irgendwann würde sich Marthe schon blicken lassen. Vielleicht gab es etwas, das er tun konnte.
Nach einer ganzen Weile kam Susanne heraus und flüsterte einer der draußen wartenden Kammerfrauen Anweisungen für den Küchenmeister zu. Dann verschwand sie wieder in der Kammer, ohne dass Lukas einen Blick hinein erhaschen konnte.
Es schien ihm Stunden zu dauern, bis etwas geschah, abgesehen davon, dass etwas aus der Küche gebracht wurde.

Endlich trat Marthe aus der Kammer, die sicher von Susanne wusste, dass er hier wartete.
Er zog sie kurz beiseite. »Wie geht es ihm?«
»Wenn er diese Nacht übersteht, kann er noch einige Zeit leben«, sagte sie erschöpfter denn je und strich sich müde über die Augen. »Doch er wird aller Voraussicht nach nie wieder aufstehen und vielleicht auch nicht mehr sprechen können.«
»Ist deshalb noch kein Priester bei ihm gewesen?«, fragte Lukas beklommen.
Marthe schüttelte den Kopf. »Er schläft jetzt, das ist am besten so. Aber ich muss bei ihm bleiben.«
»Soll ich etwas für dich bringen lassen? Etwas von deinen Arzneivorräten?«
Sie schüttelte nur den Kopf.
Als Lukas sah, dass sie fröstelte, nahm er seinen Umhang ab und legte ihn ihr um die Schultern. »Wenn meine Wache vorbei ist, werde ich in die Kapelle gehen und für ihn beten«, sagte er leise.
»Das sollten wir alle.«

Es vergingen quälend lange Tage, bis der Markgraf wenigstens in dem Zustand war, dass er mit fremder Hilfe aufgesetzt werden konnte und Hedwig ihm etwas wässrigen Brei oder Brühe einflößen konnte.
Alles, woran er sich hätte verschlucken und ersticken können – Fleischfasern oder Brotstückchen –, hatte Marthe strengstens untersagt.
Der Markgraf war auf einer Seite vollständig gelähmt, was ihm das Sprechen unmöglich machte und sein Gesicht zu einer Grimasse verzerrte. Verständigen konnte er sich mit ein paar Lauten, um so seinen Willen oder Unwillen kundzutun.
Hedwig sorgte dafür, dass niemand außer Marthe und Susanne den alten Fürsten in diesem Zustand zu sehen bekam. Nach außen hin hieß es, er sei auf dem Wege der Besserung – was den

Tatsachen entsprach, allerdings nicht berücksichtigte, dass er wohl von seinem Krankenlager nicht wieder aufstehen würde.
Die Markgräfin hatte einen Boten mit einem Brief zu ihrem Schwager Dedo nach Rochlitz reiten lassen. Darin bat sie den Markgrafen der Ostmark, seinen Medicus nach Meißen zu schicken, den er in höchsten Tönen gelobt hatte. In Meißen war derzeit kein Arzt aufzutreiben – wohl auch deshalb, weil Otto einen nach dem anderen von der Burg gejagt hatte und sich mit Marthes Verordnungen gegen die Gicht zufriedengab. Doch jetzt wurde ein Arzt gebraucht, das war auch Marthe klar.
Dedo schickte seinen Medicus umgehend, einen rundlichen Mann in übertrieben verziertem Gewand. In Hedwigs und Marthes Beisein warf er einen kurzen Blick auf den Kranken und verkündete munter: »Er muss täglich zur Ader gelassen werden. Wenn morgen keine Besserung eintritt, werde ich ihm das Haar scheren und ein Kreuz in seine Kopfhaut schneiden, damit das Böse entweicht, das seinen Körper befallen hat.«
Schon dabei, seine Gerätschaften auszupacken, entging ihm der entsetzte Blick, den die beiden Frauen in der Kammer miteinander tauschten.
»Danke für Euer Kommen. Aber Eure Dienste werden hier nicht benötigt«, erklärte Hedwig mit Nachdruck.
Verwundert fuhr der Medicus herum, schon mit dem spitzen Messer in der Hand.
»Ihr versteht nicht, Fürstin! Wir müssen die Dämonen vertreiben, die seinen Körper schwächen! Dafür reichen nicht allein Gebete. Ich muss eine Öffnung in seinen Kopf schneiden, damit sie herauskönnen.«
»*Ihr* versteht nicht!«, erwiderte die Markgräfin ungehalten. »Packt Eure Sachen auf der Stelle wieder ein und verlasst diese Burg! Ein Diener wird Euch für die Reise entlohnen. Aber nähert Ihr Euch meinem Gemahl noch einen einzigen Schritt, lasse ich Euch von den Wachen hinauswerfen!«

Hedwig rang nun selbst nach Atem vor Aufregung. Im Gesicht ihres Mannes glaubte sie so etwas wie Dankbarkeit zu erkennen. Die ohnehin schon verzerrten Züge Ottos waren angesichts des angekündigten Eingriffs, gegen den er sich in seinem Zustand nicht einmal hätte wehren können, geradezu furchteinflößend geworden.
»Ihr verspielt das Seelenheil Eures Gemahls!«, zischte der Medicus erbost, während er seine Messer wieder in ein blutbeflecktes Tuch rollte.
»Darum werden sich die Geistlichen kümmern«, hielt sie ihm kaltblütig entgegen. Der Medicus begriff, dass man ihn hier nicht gewähren lassen würde und er besser schleunigst das Weite suchte.
Närrische Weiber, allesamt mit Blindheit geschlagen! Hoffentlich würde man ihm wenigstens die beschwerliche Reise anständig vergelten!

Auf Hedwigs Bitte besuchte der grauhaarige, füllige und mit kostbaren Ringen geschmückte Dompropst Dittrich von Kittlitz den Kranken. Er war in Abwesenheit des Bischofs der ranghöchste Geistliche in der Diözese. Es wurde eine lange Unterredung unter vier Augen – obgleich Otto kaum reden konnte.
»Ihm bleibt nicht mehr viel Zeit, der Herr wird ihn bald zu sich berufen. Euer Gemahl soll seinen Bruder und seine Kinder ans Sterbelager rufen, um sich von ihnen zu verabschieden«, wiederholte der Propst vor Hedwig, was er soeben dem Todkranken ans Herz gelegt hatte.
»Auch Albrecht?«, fragte die Fürstin beunruhigt. Sie selbst hatte es nicht gewagt, vor Otto die Rede auf seinen Erstgeborenen zu bringen, um ihn nicht erneut aufzuregen. So groß war ihre Sorge, allein die Frage könnte den Zustand ihres Mannes verschlechtern. »Und Ihr wisst, Ehrwürdiger, dass unser jüngster Sohn mit dem Kaiser und dem Bischof auf Pilgerfahrt nach Jerusalem gegangen ist?«

Der Geistliche hob missbilligend die eisgrauen Brauen.
»Über den Pilgerfahrer wird der Herr Seine schützende Hand halten«, erklärte er ungeduldig. »Aber wenn der Fürst nicht seinen Frieden mit seinem erstgeborenen Erben schließt, kann er nicht in Güte vom himmlischen Vater empfangen werden.«
Mit schweren Schritten und strenger Miene ging er hinaus.
Hedwig wartete, bis Otto wieder ruhig schlief, und suchte Rat bei Lukas und Raimund, der nach einer Nachricht von Lukas sofort von seinem Gut im Muldental bis nach Meißen durchgeritten war. Von allen Rittern bei Hofe vertraute sie diesen beiden am meisten.
»Sollen wir wirklich Albrecht hierherkommen lassen? Wahrscheinlich steckt er ohnehin noch mitten in irgendeiner Belagerung und kann nicht fort«, sagte Hedwig, um vor sich selbst zu rechtfertigen, dass sie diese Entscheidung einfach nicht zu treffen wagte.
»Er erfährt es sowieso. Vielleicht weiß er es schon«, hielt Lukas dagegen. »Es wird hier mehr als genug Leute geben, die sich mit diesen Neuigkeiten bei ihm beliebt machen wollen.«
»Deshalb sollten wir Reinhard schicken, und zwar so schnell es geht«, schlug Raimund vor. »Wir hätten es längst tun sollen! Albrecht würde sich sehr wundern, wenn er das nicht von ihm zuerst erfährt.«
Lukas überlegte und wog die Möglichkeiten ab.
»Sendet Boten zu Euren Töchtern und zu Albrecht«, meinte er nachdenklich zu Hedwig. »Dann werden wir sehen, ob, wann und wie er kommt. Ihr habt mein Wort: Ich werde ihn mit allen Mitteln daran hindern, das Gemach seines Vaters zu betreten, wenn Ihr auch nur den geringsten Verdacht habt, es könnte Euerm Gemahl schaden. Ganz gleich, welche Folgen das für mich hat. Das bin ich ihm und Euch schuldig.«

## *Vorsichtsmaßnahmen*

Clara wusste nichts von den schlimmen Geschehnissen auf dem Burgberg. Sie war glücklich darüber, endlich wieder in Freiberg zu sein. Sie lebte nun mit Reinhard in dessen Haus im Burglehen, konnte ihrer Arbeit nachgehen und freute sich über das heranwachsende Leben in ihrem Leib.

Am Anfang ihrer Ehe hatte sie sich davor gefürchtet, schwanger zu werden. Dies schien ihr etwas noch viel Einschneidenderes als die Heirat. Wenn sie erst ein Kind bekäme, wäre sie wohl vollkommen gefangen in diesem neuen Leben, das sie nicht gewollt hatte, und noch verwundbarer als ohnehin schon. Doch in den Wochen der Einsamkeit auf dem Meißner Burgberg begann sie mehr und mehr, sich nach einem Kind zu sehnen.

Auch wenn Reinhards Haus neu für sie war, fühlte sie sich geborgen darin. Es war, als könnte ihr in Freiberg nichts geschehen, als sei sie hier geschützt vor allem, was sie auf dem Meißner Burgberg an Bedrohungen umgeben hatte.

Hier trafen sie keine verächtlichen Blicke, hier musste sie nicht ständig in Angst leben, dass Elmar oder sein von Hass zerfressener Ziehsohn ihr irgendwo auflauern könnten.

Das Gesinde schien froh, dass endlich wieder eine Frau im Haus Einzug gehalten hatte, noch dazu eine, die nicht nur den lieben langen Tag Befehle erteilte und die Dienerschaft scheuchte, sondern eine, die sich auskannte mit den Nöten der kleinen Leute. Also unterstützten sie die neue Hausherrin.

Auch um Reinhard eine Freude zu machen, sorgte Clara dafür, dass sein Haus wohnlicher und behaglicher wurde, indem sie wohlriechende Kräuter zwischen die Binsen streute, die den Boden bedeckten, zusammen mit der Großmagd Vorräte für den Winter anlegte und Lavendel in die Kleidertruhen legte.

Sie wusste, dass die Stadtbewohner genau verfolgten, was sie tat, und an den Brotbänken ausgiebig darüber geredet wurde, dass es dieser gefürchtete Ritter Reinhard anscheinend schnell geschafft hatte, Christians eigensinnige Tochter zur Vernunft zu bringen. Ein paar Wochen im Ehebett und die Gesellschaft hoher Herrschaften auf dem Meißner Burgberg hätten das bewirkt, und da zeige sich einmal wieder, dass mit Geduld und Strenge auch aus einer ungewollten Vereinigung etwas Rechtes werden könne. Und als die geschwätzige Bäckersfrau auch noch jedem Käufer an den Brotbänken von dem zu erwartenden Nachwuchs berichtete, war die Erleichterung gewaltig, dass bald etwas Kleines die für Freiberg so wichtige Verbindung besiegeln würde.

Reinhard, der sich nach außen unverändert hart und streng gab, war voller Vorfreude auf das Kind und zugleich voller Sorge, Clara könnte wie seine erste Frau bei der Niederkunft sterben.

Niemand von ihnen beiden erwähnte noch einmal die harten Worte, die er nach ihrer leidenschaftlichen Liebesnacht in Meißen gesagt hatte. Und jeder von ihnen bemühte sich, ganz den Eindruck zu erwecken, das Gesagte schwebe nicht mehr unsichtbar zwischen ihnen.

Nachts hielt sich Reinhard seitdem fern von ihr. Es dauerte einige Zeit, bis Clara begriff, dass er dies nicht aus Zorn oder Eifersucht tat, sondern aus Sorge, er könnte dem Ungeborenen schaden.

Deshalb nahm sie an einem kalten Spätherbstabend, als sie bereits zu Bett gegangen waren, seine Hand und legte sie auf ihren gewölbten Bauch.

»Könnt Ihr es spüren? Es bewegt sich schon«, flüsterte sie.

Reinhard schien zu überhören, dass sie wieder die höfische Anrede benutzte – wie stets seit seinen vorwurfsvollen Worten in Meißen.

Behutsam bewegte er seine warme Hand auf ihrer Haut, ohne etwas zu sagen. Clara fragte sich schon, ob das sanfte Gluckern,

das sie in ihrem Leib verspürte, wenn sich das Kind rührte, vielleicht noch zu schwach war, damit er es fühlen konnte.
Doch dann schien sich das Ungeborene entschlossen zu haben, seinen Vater zu begrüßen, denn nun ging eine kräftige Bewegung durch ihren Bauch.
Reinhard zog seine Hand ruckartig weg und stand auf – nicht verärgert oder erschrocken, wie sie im ersten Moment befürchtete, sondern um die Kerze vom Tisch zu nehmen und am noch glimmenden Feuer neu zu entzünden.
Vorsichtig wölbte er die Hand um das flackernde Licht, als er zurück zum Bett kam, schlug die Decke beiseite und leuchtete mit der Kerze über den Leib seiner Frau, durch den immer noch kleine Wellenbewegungen gingen.
Marthes Tochter konnte sehen, wie sich Fältchen um seine dunklen Augen bildeten und sein Gesicht vor Freude leuchtete.
»Es ist wirklich ein Gotteswunder«, meinte er andächtig.
»Deine Brüste sind größer geworden«, stellte er dann fest und strich sanft mit dem Daumen darüber.
Clara bekam Gänsehaut vor Kälte und Verlangen.
Im Kerzenlicht konnte sie sehen, dass sich sein Glied aufgerichtet hatte. Doch er schien es nicht zu wagen, sie anders zu berühren als nur mit den Fingerspitzen.
»Ich glaube nicht, dass wir ihm schaden, wenn wir vorsichtig sind«, ermutigte sie ihn leise.
Reinhard sah sie überrascht an. Dann stellte er die Kerze samt dem tönernen Halter wieder auf den Tisch, legte beide Hände um ihren gewölbten Bauch und küsste ihn.
Clara umfasste seine Schultern, zog ihn über sich und öffnete die Beine. Diesmal hob Reinhard ihre Hüften leicht an und kniete die ganze Zeit über ihr, um nicht das Gewicht seines Körpers auf ihren Leib zu legen. Er liebte sie so sanft, wie sie es nie für möglich gehalten hätte angesichts seines Begehrens und der wochenlangen Enthaltsamkeit.

Als er seinen Höhepunkt erreichte, stieß er aus tiefster Kehle einen so fassungslosen Laut aus, dass es ihr beinahe das Herz zerriss.
»Alles wird gutgehen«, sagte sie leise und strich über sein nun vertrautes Gesicht. Sie schaffte es sogar, ihn dabei anzulächeln. »Ich kenne mich aus in diesen Dingen, wisst Ihr noch? Ich habe schon mehr Kinder auf die Welt geholt, als Ihr Euch vorstellen könnt.«
Niemand wusste besser als sie und ihre Mutter, was bei einer Niederkunft alles passieren konnte. Aber davon würde sie vor ihm nicht reden.
»Es wird ein starkes, gesundes Kind. Ich weiß es«, behauptete sie felsenfest.
Reinhard erwiderte nichts, sondern zog die Decke über sie beide und strich sanft über ihre Wange. Clara schloss die Augen und gab sich ganz ihren Gefühlen hin.
Jäh wurde die Stille unterbrochen, als unten jemand an der Tür hämmerte und eine ungeduldige Männerstimme Einlass forderte.
»Wer kann das sein?«, fragte Clara erschrocken. Elmars Drohung saß ihr immer noch tief in den Knochen.
Er stand auf, zog sich rasch den Bliaut über und griff nach seinem Schwert, das neben der Tür stand. Kaum war er aus der Kammer, kleidete sich auch Clara an, flocht und bedeckte ihr Haar. Doch sie ging nicht nach unten – aus Furcht und Vorsicht. Reinhard würde sie schon holen, wenn sich der Besuch als harmlos herausstellte. Vielleicht wurde sie zu einer Kreißenden gerufen oder bei einem Kranken gebraucht.
Augenblicke später kam ihr Mann zurück und bat sie nach unten.
»Es ist Raimund«, erklärte er. »Und du solltest anhören, was er zu berichten hat.«
Dass der Freund ihres Vaters noch zu dieser späten Stunde auftauchte, obwohl die Stadttore längst geschlossen sein mussten, konnte in Claras Augen nichts Gutes bedeuten. Sie gab sich alle Mühe, sich nichts von ihren Befürchtungen anmerken zu lassen,

während sie den unerwarteten Gast begrüßte. Stattdessen sorgte sie dafür, dass er etwas zu essen und zu trinken bekam und einer der Knechte sich um sein Pferd kümmerte. Dann setzte sie sich zu ihrem Mann, Raimund gegenüber, und hörte zu.
»Also reite ich gleich morgen los und suche Albrecht«, entschied Reinhard sofort, nachdem der Freund die schlechten Neuigkeiten vom Meißner Burgberg losgeworden war. »Ich nehme Kuno und Bertram mit. Wenn es schlecht läuft, können die zwei sich hierher durchschlagen und euch warnen. Versprichst du mir, dass du in diesem Fall meine Frau in Sicherheit bringst?«
Clara wollte etwas einwenden. Aber die Entschlossenheit in der Miene ihres Mannes brachte sie zum Verstummen. Auch Raimund widersprach nicht. Sein Gesichtsausdruck zeigte, dass auch er wusste, in welche Gefahr sich der Freund begab. Es war ungewiss, ob Albrecht noch an Reinhards Treue glaubte.
»Du hast mein Wort«, schwor er. »Wir lassen sie hier nicht ohne Schutz.«

Nachdem eine Schlafgelegenheit für Raimund hergerichtet war, gingen Clara und ihr Mann wieder nach oben. Es war schon spät, und beim ersten Hahnenschrei mussten sie aufstehen und Reisevorbereitungen treffen.
»Werdet Ihr dem Vogt sagen, wohin Ihr reitet?«, fragte Clara, während sie vor Kälte schlotternd wieder unter die Decke schlüpfte.
»Natürlich. Otto hat mir das Kommando über die Wachmannschaft übertragen, und ich kann nicht einfach für ein paar Wochen verschwinden und noch dazu zwei Mann mitnehmen«, antwortete er und verzog das Gesicht. »Außerdem bin ich mir sicher, dass der Vogt größten Wert darauf legt, sich schleunigst erneut Albrechts Wohlwollen zu sichern. Wahrscheinlich wird er mir sogar seine ergebensten Empfehlungen an ihn mitgeben.«
Reinhard saß immer noch auf der Bettkante und schien die Käl-

te nicht zu spüren. Im Kerzenlicht sah sie, dass etwas in ihm arbeitete, und fühlte sich zunehmend beunruhigt.
Er nahm ihre Hände, zögerte einen Augenblick und sagte dann sehr beherrscht: »Clara, ich weiß, dass du mich nicht zum Mann haben wolltest. Und ich weiß nicht, wann und ob ich wiederkomme. Würdest du … während meiner Abwesenheit … dann und wann eine Kerze aufstellen und ein Gebet für mich sprechen? So, wie ich für dich und unser Kind beten werde?«
Einen Augenblick lang wusste sie nicht, was sie sagen sollte. Worte schienen jetzt nur zu stören, also schmiegte sie sich einfach an ihn.
Er starrte geradeaus und strich über ihr Haar. »Bitte gib ihm meinen Namen, wenn es ein Junge wird. Und wenn es ein Mädchen wird, soll es nach meiner Mutter heißen.«
»Du kommst wieder. Ich weiß es. Aber ich werde jeden Tag für deine Rückkehr beten«, flüsterte Clara. »Denn … du wirst mir fehlen, solange du fern von mir bist …«
Sie konnte sein Lächeln nicht sehen in der Dunkelheit. Aber sie konnte es spüren.

## *November 1189, Byzantinisches Reich*

Dichter schwarzer Rauch stieg über Philippopel auf, dazwischen wirbelte die Hitze des Feuers Funken in erstaunliche Höhen. Die ganze Stadt brannte. Doch niemand kam schreiend aus dem Flammenmeer gerannt.
Philippopel war längst verlassen, und nun beobachteten die Kämpfer Friedrichs von Staufen in einer halben Meile Abstand von der Stadtgrenze, wie die Häuser, in denen einst Tausende von Menschen wohnten, zu Schutt und Asche wurden.

Der Wind trieb beißenden Rauch zu ihnen hinüber; ein paar der Männer mussten husten, andere pressten sich einen Arm vor die Nase, um nicht den feinen Ruß einzuatmen.
Die Stadt war zu Thomas' Erleichterung schon verlassen gewesen, als das Heer Friedrichs von Staufen sie nach Kaiser Isaaks Verrat gestürmt hatte – so wie die meisten Ortschaften zuvor, durch die sie gezogen waren.
Sie hatten dort Quartier bezogen und sich aus den Vorratskellern geholt, was zu finden und zu gebrauchen war. Doch diese Beute und auch die Ernte von den Weinbergen reichten nicht lange, um ein Heer solcher Größenordnung für längere Zeit zu versorgen. Also unternahmen einzelne Abteilungen immer größere Streifzüge in das umliegende Land: um feindliche Truppen niederzuzwingen, die sich in ihrer Nähe sammelten, um Burgen und Städte zu erobern und Essensvorräte und Futter für die Pferde zu erbeuten.
Währenddessen zogen sich die Verhandlungen mit dem byzantinischen Kaiser ergebnislos dahin. Die Zusagen von Isaak Angelos waren zu fragwürdig, als dass Friedrich von Staufen ihnen Glauben schenkte. Woche um Woche verstrich, und bald stand fest: Das Heer würde in diesem Teil des Byzantinischen Reiches überwintern müssen. Sie konnten um diese Jahreszeit nicht mehr über das Meer nach Kleinasien übersetzen und schon gar nicht im Winter durch die unwirtlichen Steppen marschieren, die sie dort erwarteten.
Also wählte der Kaiser die Stadt Adrianopel zum Winterquartier für seine Männer, die auf halbem Weg zwischen Philippopel und Konstantinopel lag, kaum mehr als hundert Meilen von Konstantinopel entfernt. Und zur Mahnung für Isaak Angelos, der das gewaltige Heer des Staufers nun nur noch ein paar Tagesmärsche von sich entfernt wusste, ließ er Philippopel niederbrennen.

Auch Adrianopel war menschenleer, als das Heer die Stadt erreichte. Viele der Kämpfer wurden ungeduldig. Sie wollten längst im Heiligen Land sein; stattdessen saßen sie hier fest, wo sie wie Feinde behandelt wurden statt als Verbündete und für jedes bisschen Proviant meilenweit die Gegend durchstreifen mussten. Statt Jerusalem zu sehen, hockten sie in dieser Einöde und konnten nichts tun als warten, bis das Frühjahr kam – und bis sich der byzantinische Kaiser endlich an sein Versprechen erinnerte, ihnen Schiffe für die Überfahrt zu stellen.
Doch ein ungeduldiges Heer war auch ein besonders gefährliches Heer.
Um Isaak Angelos zum Nachgeben zu zwingen, ordnete Friedrich von Staufen an, das Land bis vor die Tore Konstantinopels zu verwüsten. Aufgebracht vor Wut über die Berichte der endlich freigelassenen Gesandten, die mit deutlichen Spuren der Misshandlung ins Lager zurückgekehrt waren und bestätigten, dass der byzantinische Kaiser auf Saladins Seite übergewechselt war, ritten seine Männer los. Bald zog sich die Spur aus Blut und Asche über das ganze Gebiet.

Dietrich von Weißenfels achtete darauf, dass seine Mannschaft beschäftigt war, damit sich im Winterlager kein Überdruss breitmachte. Er ordnete jeden Tag Waffenübungen an und ließ die Berittenen immer wieder Angriffe in verschiedenen Formationen proben. Auch die Bogen- und Armbrustschützen und die Schleuderer ließ er Tag für Tag zu Wettkämpfen untereinander antreten. Seine Ritter legten einen gewissen Ehrgeiz an den Tag, die Knappen bis zum Umfallen zu scheuchen und ihnen die schwierigsten Manöver beizubringen, die ihnen vielleicht im Kampf Mann gegen Mann das Leben retten konnten. Selbst Philipp machte bemerkenswerte Fortschritte. Er würde zwar nie die Stärke haben, die Rupert auszeichnete, doch dafür war er flink und mittlerweile beeindruckend ge-

schickt, wenn ihn nicht gerade wieder ein Hustenkrampf schüttelte.
Thomas und Roland hatten in wortloser Übereinkunft Graf Dietrich darum gebeten, zu denjenigen Aufgaben eingeteilt zu werden, bei denen es gegen bewaffnete Feinde ging.
Ottos Sohn hatte sie eine Weile prüfend angesehen, ohne etwas zu sagen, so dass Thomas schon mulmig zumute wurde. Dann erklärte Dietrich zur Überraschung der beiden jungen Ritter, die bereits zu fürchten begannen, er würde sie mit den Trossknechten auf Futtersuche schicken: »Ich denke auch, Ihr seid besser aufgehoben, wenn Ihr Seite an Seite mit unseren Männern kämpft, als wenn Ihr Euch mit übereifrigen Plünderern schlagt, zusammen mit Euren Knappen.«
Ein Lächeln spielte dabei um seinen Mund.
Also war ihm der Zwischenfall in Nisch mit Rupert und Philipp nicht entgangen. Wie auch? Der Herzog von Meran, dessen Leute eingegriffen hatten, um die Knappen herauszuhauen, war mit den Wettinern verwandt und ebenfalls im Rat der Sechzig.
»Aber seid unbesorgt; wir werden genug zu kämpfen haben«, fügte er an.
Seine Worte sollten sich schon am nächsten Tag bewahrheiten, als er und seine Männer den Befehl erhielten, Richtung Süden zu reiten, wo sich mehrere Dutzend Bewaffnete in einem von den Bewohnern verlassenen Dorf versammelt haben sollten. Ein Erkundungstrupp hatte diese Nachricht mitgebracht.
Sie überwältigten die Gegner rasch, doch dabei hatten sie den ersten eigenen Toten: jenen Weißenfelser, der zur Buße für den Tod seiner Frau auf Wallfahrt gegangen war.
»Nun kann er sie im Himmel um Vergebung bitten«, sagte der Auenweiler ungerührt, nachdem sie ein Gebet gesprochen hatten, und stellte damit in Thomas' Augen wieder einmal seine bemerkenswerte Grobschlächtigkeit unter Beweis.
Sie waren auf dem Heimritt noch keine zwei Meilen weit ge-

kommen, als ihnen ein Reiter entgegengeprescht kam und Dietrich eine vertrauliche Botschaft überbrachte.
Der Graf von Weißenfels runzelte kurz die Stirn, dann verkündete er, dass der Hauptteil seiner Männer ihm Richtung Osten folgen sollte, wo bei einem Zusammenstoß mit einem byzantinischen Trupp Verstärkung benötigt wurde.
Eine kleine Gruppe unter dem Kommando des Auenweilers, zu der auch Thomas, Roland und ihre Knappen gehörten, sollte inzwischen den Toten ins Lager bringen.
Jeder mit eigenen Gedanken beschäftigt, mancher auch noch mit dem Schmerz der im Kampf zugezogenen Verletzungen, ritten sie Richtung Adrianopel, während Dietrich und die übrigen Männer rasch aus ihrem Blickfeld verschwanden.
Nach ein paar Meilen näherten sie sich einem Dorf, das verlassen war, als sie es auf dem Hinweg durchquert hatten. Doch nun stiegen Rauchsäulen von dort auf.
Mit angespannten Sinnen, immer auf einen Angriff gefasst, ritten sie näher. Zwei Gehöfte standen in Flammen, ein anderes war bereits fast völlig niedergebrannt.
Langsam und dicht nebeneinander ritten sie durch das Dorf, doch kein Mensch war zu sehen. Am Ende der Siedlung machte der Pfad eine Biegung und führte in ein Wäldchen. Von dort hörten sie drohende Stimmen und einen gellenden Schrei. Durch die kahlen Bäume konnten die Reiter erkennen, dass dort vielleicht ein Dutzend Menschen waren, reichlich die Hälfte davon zu Pferde.
Humfried von Auenweiler entschied, dass sie genug Kämpfer waren, um die Sache ohne größere Vorsichtsmaßnahmen aus der Nähe zu betrachten.
»Zieht Eure Schwerter!«, rief er und galoppierte los, dicht gefolgt von den anderen.
Gleich hinter der Biegung, als die Bäume nicht mehr die Sicht versperrten, offenbarte sich ihnen auf einen Blick, was vor sich

ging. Zwei Ritter und ein halbes Dutzend Reisige hatten mit ihren Pferden ein paar Einheimische umkreist, die in einer fremden Sprache um Gnade flehten und die leeren Hände ausgestreckt hielten. Vielleicht hatten sich die zu Tode Verängstigten in den Wäldern versteckt und wollten nur kurz ins Dorf zurückkehren, um ihre letzte Habe vor dem Feuer zu retten.
Mit einer beiläufigen Bewegung zog einer der Ritter sein Schwert und schlug dem hagersten der Dörfler den Kopf ab. Dann blaffte er einen Befehl; die Reisigen saßen ab, stießen die Frauen zu Boden und hielten sie fest. Es war unverkennbar, dass sie am liebsten sofort über sie hergefallen wären, aber ihre Herren, die gemächlich aus den Sätteln stiegen, hatten das Vorrecht.
Thomas schloss zu Humfried von Auenweiler auf, der sein Pferd nun etwas langsamer traben ließ.
»Das können wir nicht zulassen!«, sagte er fordernd, selbst zweifelnd, ob der Auenweiler das wohl genauso sah. Auch wenn es nach einem Machtwort Dietrichs keine offenen Feindseligkeiten mehr zwischen ihnen gab, so waren sie doch alles andere als Freunde.
Der Auenweiler starrte ihn an, dann verdrehte er die Augen und knurrte: »Meinetwegen! Aber irgendwann wird auffallen, dass Ihr immer nur Ärger macht.« Er befahl den Knappen, sich hinter ihnen zu halten, grinste und gab seinem Pferd die Sporen.
»Auseinander!«, brüllte er die Reisigen an, die nun mit lauten Rufen die Ritter anfeuerten, die über den schreienden Frauen knieten und ihnen die Beine auseinanderzwängten.
»Lasst die Weiber gehen!«, brüllte Humfried aus dem Sattel.
»Erst, wenn wir alle dran waren, Alter«, antwortete einer der Reisigen, der bereits sein Glied aus den Kleidern geholt hatte und es dem Auenweiler protzend zeigte. »Oder wollt Ihr sie auch noch haben?«
Der Auenweiler zog sein Schwert und schlug dem unflätigen Burschen mit einem Hieb den Kopf ab.

Das lenkte die Aufmerksamkeit der beiden Ritter auf ihn.
»Ihr stecht meine Leute ab?«, schrie der jüngere von ihnen, der gerade seine Gewalttat vollendet hatte. »Die eigenen Leute? Was gibt Euch das Recht dazu?«
»Ihr seid nicht meine Leute. Und ich bin heute nicht in der Stimmung für so etwas«, schnauzte der Auenweiler. »Lasst die Weiber gehen und verschwindet, ehe ich Euch vors Kriegsgericht bringe!«
Schluchzend starrten die Frauen auf die Neuankömmlinge und versuchten, die zerrissenen Kleider über den entblößten Leibern zusammenzuraffen. Wie Thomas jetzt erst erkannte, waren es Mädchen, kaum älter als zehn oder zwölf.
Die fremden Ritter hatten inzwischen ihre Kleider halbwegs geordnet und nach den Schwertern gegriffen.
»Wollt Ihr Euch wirklich mit uns anlegen – wegen ein paar Bauernhuren?«, fragte der Jüngere, und in seinen Augen flackerte etwas, das allen klarmachte, gleich würde noch mehr Blut fließen. Als der Auenweiler nur verächtlich ausspuckte und sein Schwert fester packte, rief der Fremde seinen Männern zu: »Lasst keinen von ihnen am Leben!«
Jäh drehte er sich um und holte mit der Klinge aus, um Radomir den Kopf abzuschlagen. Thomas konterte mit einem blitzschnellen Unterhau; Hand und Schwert des Angreifers flogen durch die Luft und fielen zu Boden.
Im nächsten Augenblick waren alle in einen kurzen, aber mit äußerster Gewalt geführten Kampf verwickelt. Sie hieben so wuchtig aufeinander ein, als könnten sie damit all ihre Wut über den Verlauf der letzten Wochen loswerden.
Wenig später lagen drei der fremden Reisigen tot am Boden, die anderen wurden gefesselt und auf ihre Pferde gehievt, ebenso der ältere Ritter, der wüste Verwünschungen ausstieß gegen die Ehrlosen, die ihre eigenen Leute angegriffen hätten. Wütend brachte ihn der Auenweiler mit einem Fausthieb zum Schwei-

gen. Die Dörfler hatten sich längst davongemacht und waren im Wald verschwunden.
Thomas ging zu dem Verletzten, der stöhnend auf dem Boden kniete und seinen blutenden Armstumpf hochhielt, und band die Wunde mit einem Gurt ab. Die Verwünschungen hallten noch in ihm nach. Jetzt habe ich nicht nur Christen, sondern sogar Christen aus dem eigenen Lager getötet, dachte er. Was kommt als Nächstes?
Suchend drehte er sich um und wollte Rupert befehlen, die Waffen der Gefangenen einzusammeln. Als er ihn entdeckte, glaubte er, das Herz würde ihm stehenbleiben: Rupert kniete heulend auf der Erde und wiegte Philipps blutüberströmten Körper in den Armen. Der junge Knappe war tot. Ein Schwerthieb hatte ihm die Kehle zerfetzt.
Das ist meine Schuld, dachte Thomas erschüttert. *Ich* wollte diesen Kampf ...

Schweigend ritten sie zurück und übergaben die Gefangenen sofort dem Grafen von Weißenfels, der wie alle im Rat der Sechzig richterliche Befugnisse hatte.
Dietrich sah auf den toten Knappen, ließ sich berichten, was geschehen war, und fragte die Gefangenen, ob sich der Vorfall so zugetragen hatte.
Als niemand widersprach, befahl er mit erstarrter Miene: »Hängt sie auf!«
Es fanden sich genug Freiwillige im Weißenfelser Lager, die bereit waren, diesen Befehl auszuführen. Die Verurteilten hatten ihre Leute angegriffen und einen von ihnen getötet. Auch wenn anfangs viel über ihn gespottet worden war, hatte sich Philipp in den letzten Wochen durch seinen verbissenen Fleiß Achtung erworben.
Dietrich wies Roland einen neuen Knappen zu, ebenfalls einen ganz jungen. Roland sträubte sich dagegen. »Ich habe auf mei-

nen ersten Knappen nicht aufpassen können, wie es meine Aufgabe war. Ihr könnt mir nicht noch einmal jemanden anvertrauen!«, redete er mit düsterer Miene auf Dietrich ein. Doch der ließ nicht mit sich handeln.

## *Im königlichen Feldlager vor Braunschweig*

Reinhard brauchte mit seinen beiden Begleitern Kuno und Bertram in scharfem Ritt eine Woche, bis er das königliche Heer erreichte und dort Albrecht von Wettin und dessen Mitstreiter fand.

Die Belagerung Braunschweigs stand – das war nicht zu übersehen – unmittelbar vor dem Abbruch. Während das königliche Heer nichts gegen die wehrhafte Stadt ausrichten konnte, hatten der Löwe und seine Söhne nach Bardowick auch Lübeck eingenommen.

Allerdings zerstörten sie das welfentreue Lübeck nicht, sondern hielten dort triumphalen Einzug. Solche Nachrichten und das eiskalte Wetter sorgten unter den Belagerern für denkbar schlechte Stimmung.

Winzige Schneeflocken wirbelten herab, als Reinhard sich den Weg zwischen den Zelten bahnte. Der Boden war schlammig, und an den Pfützen hatten sich bereits Eisränder gebildet, die unter seinen Schritten knirschend zersplitterten.

Er wies Kuno und Bertram an, in einigem Abstand zu warten und aus der Ferne zu beobachten, was geschah. Falls Albrecht ihm nicht traute und ihn hinrichten ließ, mussten sie sich sofort nach Freiberg durchschlagen und die anderen warnen.

Dann trat er zu dem Zelt, in dem Albrecht sich aufhalten sollte. Die Wachen kannten ihn und begrüßten ihn ehrfürchtig, ebenso ein paar Knappen, die bei ihnen standen und vor Kälte mit den Zähnen klapperten.

Im vorderen Teil der Unterkunft waren Elmar und Giselbert mit schweren Umhängen über den Schultern neben einem Kohlebecken in ein Schachspiel vertieft, während Gerald etwas abseits saß und mit dem Becher in der Hand vor sich hin starrte.

Elmar begrüßte ihn als Erster – mit prüfendem Blick.

»Ich nehme an, du bringst wichtige Neuigkeiten? Die, auf die wir warten?«

»Ja und nein«, antwortete Reinhard. »Der alte Markgraf liegt im Sterben. Und er will seinen Sohn sehen.«

»Tatsächlich? *Das* will er?«, fragte Elmar mit hochgezogenen Augenbrauen. »Es muss in der Tat schlecht um ihn stehen bei solchem Sinneswandel.«

Er bewegte eine seiner Figuren und sagte »Schachmatt!« zu Giselbert.

Der Feiste starrte verwundert auf das Spielbrett, runzelte die Stirn und begriff erst nach einigem Überlegen, wieso er das Spiel verloren hatte. »Es ist wirklich aussichtslos, gegen dich anzutreten. Ich weiß nicht, warum ich es immer wieder versuche«, meinte er mürrisch und stand ebenso wie die anderen beiden auf, um Reinhard zu begrüßen.

»Alter Freund, bring uns etwas Abwechslung in dieses Elend!«, ächzte er. »Es war ein wirklich schlechter Einfall, bei solchem Wetter auf Kriegszug gehen zu wollen. Noch dazu gegen eine wehrhafte Stadt wie Braunschweig!«

Trotz des Kohlebeckens war es so kalt im Zelt, dass sein Atem beim Sprechen kleine Wolken bildete.

»Du musst noch etwas warten«, sagte Elmar zu dem Neuankömmling und wies mit dem Kopf auf den hinteren Teil des Zeltes, der durch einen Leinenvorhang abgetrennt war. »Gerald ist meilenweit geritten, um ein paar ansehnliche Huren für die beiden jungen Markgrafen aufzutreiben. Aber sie sollten bald fertig sein.«

Also war vermutlich der Graf von Groitzsch bei Albrecht. Und den Geräuschen nach zu urteilen, schienen beide mit den Huren sehr beschäftigt. Reinhard hörte Fleisch aufeinanderklatschen, Frauen stöhnen und seufzen, und eine helle Stimme jubelte: »Was für eine stattliche Lanze!«

Dann erklang von links das Aufstöhnen einer Männerstimme und fast im gleichen Augenblick von rechts Albrechts verärgertes: »Halt still, du Miststück!«

Er musste wohl der Frau eine Ohrfeige versetzt haben, denn es klatschte erneut, und sie schrie gellend auf.

»Nimm die hier, die kriegt gar nicht genug!«, empfahl Konrad von Groitzsch träge ungeachtet dessen, dass in nur drei Schritt Entfernung Zuhörer saßen.

Das nächste Geschehen ging in den lauten Stimmen der Frauen unter, die durcheinanderrufend ihre Tüchtigkeit beteuerten.

Elmar verdrehte die Augen und ging kurz vor das Zelt, um einen Bediensteten aufzuscheuchen und mehr heißen Würzwein bringen zu lassen. Als den Geräuschen nach endlich auch Albrecht fertig schien, grinste er nur und meinte: »Es geht doch nichts über das gemütliche Lagerleben.«

Wenig später trat Ottos Sohn durch den Vorhang und räkelte sich genüsslich.

»Die Blonde taugt nichts«, sagte er zu Gerald. »Aber die Dunkelhaarige ist ganz wild. Wollt Ihr sie haben? Ich hab sie schon für Euch vorgewärmt, damit Ihr Euch den Schwanz in der Kälte nicht erfriert …«

Gerald blieb stumm und hielt jede Regung aus seinen Zügen heraus. Du hast schon viel zu oft gewärmt, was nur mir gehören sollte!, dachte er voller Grimm. Manche Männer fühlten sich geschmeichelt, wenn ihre Frau das Bett des Fürsten teilte. Gerald gehörte nicht dazu. Manchmal stand er kurz davor, mit sei-

nem Dolch auf Albrecht loszugehen als Rache für die Schmach. Vielleicht würde er es irgendwann tun. Doch nicht während eines Kriegszuges, das wäre Hochverrat.
Albrecht entging im Siegestaumel, dass sein Marschall nicht antwortete. Während er nach einem Becher heißen Würzwein griff, den Giselbert ihm reichte, entdeckte er Reinhard. Überrascht zog er die Augenbrauen hoch. »Neuigkeiten aus der Heimat?«, fragte er, plötzlich hellwach, obwohl Reinhard den Eindruck gewann, dass Albrecht nicht nur von den Huren noch benommen war, sondern auch vom reichlich genossenen Wein.
Der Freiberger Ritter kniete nieder, um den künftigen Markgrafen zu begrüßen.
Doch Elmar übernahm an seiner Stelle das Reden. »Schickt die Weiber fort, wenn Ihr genug von Ihnen habt, Durchlaucht! Euer Vater liegt im Sterben und verlangt Euch zu sehen.«

Konrad von Groitzsch schien das im hinteren Teil der Unterkunft mitbekommen zu haben, denn sofort scheuchte er mit befehlsgewohnter Stimme die Huren hinaus. Vier Frauen, zwei ganz junge und zwei etwas ältere, kamen durch den Vorhang, immer noch nackt ihre Kleider zusammenklaubend.
»Verschwindet!«, fuhr Gerald sie an. »Anziehen könnt ihr euch draußen.«
»Bei der Kälte?«, wagte die Älteste von ihnen zu fragen, eine Braunhaarige Anfang zwanzig, deren üppige Brüste ungewöhnlich dunkle Höfe hatten. »Und für die Schläge gibt es einen halben Pfennig mehr. Ihr habt nicht gesagt, dass Euer Herr erst kommt, wenn er …«
Gerald holte aus und schlug sie so heftig ins Gesicht, dass sie taumelte und ihre Lippe aufplatzte.
»Verschwindet! Oder ich lasse euch hinausprügeln!«, brüllte er.
Ohne weiteren Widerspruch zu wagen, hasteten die Frauen nach draußen, um sich eiligst die Kleider überzuwerfen. Sie konnten

froh sein, den üblichen Lohn schon im Voraus empfangen zu haben. Jetzt kam es darauf an, das Lager zu durchqueren, ohne einen hilflosen Eindruck zu machen, sonst wären sie in der Meute verloren. Wenn es gutging, würden sie heute noch mehr als genug Lohn von anderen Männern erhalten.

Auch Konrad von Groitzsch kam nun nach vorn, um die Neuigkeiten aus der Mark Meißen zu hören. Albrecht erhob keinen Einspruch dagegen.
Also berichtete Reinhard von Ottos Zustand, und als dessen Erstgeborener nichts erwiderte, sagte er zu Konrad: »Ihr solltet Euch ebenfalls Sorgen um Euern Vater machen, Graf. Der Medicus, dem er vertraut, scheint ein Scharlatan der schlimmsten Sorte zu sein, wenn Ihr mir diese Bemerkung erlauben wollt. Ich hörte ihn erzählen, dass er vorhabe, Euerm Vater das Fett mit dem Messer aus dem Leib zu schneiden, damit dieser dem König Heerfolge leisten kann.«
Verblüfft starrte Konrad ihn an, dann lachte er auf. »Das ist das Widersinnigste, das mir je zu Ohren gekommen ist«, meinte er. »Nein, so dumm kann niemand sein, nicht einmal mein Vater!«
»Es hörte sich nicht an wie ein Scherz«, gab Reinhard zu bedenken. »Er hat damit vor meiner heilkundigen Schwiegermutter geprahlt.«
Bevor jemand etwas dazu sagen konnte, schien der bis eben noch wortlose Albrecht auf einmal aus seiner Erstarrung zu erwachen.
»Hinaus! Alle!«, brüllte er zur Verwunderung der Anwesenden und streckte den Arm zum Zelteingang.
Sein Ausbruch kam dermaßen unerwartet, dass sogar Konrad von Groitzsch beschloss, das Weite zu suchen, obwohl ihm sein missgestimmter Vetter eigentlich keinen Befehl erteilen konnte. Elmar warf einen prüfenden Blick auf Albrecht und wog ab, ob er bleiben und auf ihn einwirken sollte. Doch dann entschied er,

dass es im Moment wohl klüger wäre, der Aufforderung Folge zu leisten. Sollte sich der junge Herr erst einmal beruhigen. Er würde später mit ihm reden, wenn die Wirkung des Weines nachgelassen hatte und Albrecht nicht mehr ganz so unberechenbar war. Also gab er den anderen Männern das Zeichen, ihm zu folgen, und trat mit ihnen hinaus ins Freie. Um den beschämenden Zwischenfall zu überspielen, geleiteten sie den Grafen von Groitzsch zu seinem Lager. Dann kehrten sie zurück und warteten vor dem Zelt, bis sie erneut gerufen würden.

Als Albrecht allein war, stürzte er zu dem zinnernen Krug mit dem lauwarmen Würzwein und goss sich den Becher voll. Er trank mit gierigen Zügen, dann schleuderte er den Becher zu Boden, ließ sich auf den Stuhl sinken und vergrub sein Gesicht in den Händen.

Reinhards Bericht ließ keinen Zweifel daran, dass es die Aufregung um die Gefangennahme und die befohlene Aussöhnung war, die dem alten Markgrafen so zugesetzt hatten, dass ihn der Schlagfluss traf.

Ich habe meinen Vater getötet!

Bei dieser Vorstellung erfasste ihn tiefes Grauen. Ja, er hatte sich gegen seinen Vater erhoben, sich schwer an ihm versündigt, ihn verhöhnt und ihn gedemütigt. Er hatte sogar mit dem Gedanken gespielt, ihn zu töten. Aber das waren nur Gedanken! Viel lieber wäre es ihm gewesen, wenn es diesen Streit nicht gegeben hätte, wenn sein Vater ihn in den letzten Jahren so geschätzt hätte wie früher!

Er wollte seine Anerkennung, sein Lob. Das wurde ihm erst jetzt richtig bewusst, da sein Vater dem Tode nah war. Insgeheim hatte er sich immer gewünscht, von seinem Vater geliebt zu werden. Ganz besonders, seit seine Mutter auch noch ihrem Gemahl einflüsterte, den jüngeren Bruder vorzuziehen.

Er muss mir vergeben!, dachte Albrecht verzweifelt. Ich muss nach Meißen, bevor er stirbt, sonst bin ich verdammt.
Und ich kann nicht ohne seinen Segen herrschen. Ich brauche seine Vergebung, wenn ich von nun an nicht Tag für Tag argwöhnen muss, dass jeder, der mir gegenübertritt, mich an dem alten Markgrafen misst und für weniger befindet …
Er verschränkte die Hände und ließ die Stirn darauf sinken. Allmächtiger Herrscher im Himmel, vergib mir meine Schuld und sorge dafür, dass auch mein Vater sie mir vergeben kann, bevor Du ihn zu Dir rufst!, betete er stumm.
So saß er eine schier endlose Zeit.
Bis er sich schließlich erhob, zum Eingang wankte und lauthals befahl, alles für den schnellen Aufbruch vorzubereiten.
Er musste sofort zum König, ihn um Erlaubnis bitten, dass er das Feldlager verlassen durfte, um ans Sterbebett seines Vaters zu reisen. Sonst würde er vielleicht zu spät kommen. Zu spät, um noch Vergebung zu finden.

König Heinrich war bei schlechter Laune, und das lag nicht – wie zu vermuten wäre – an der gescheiterten Belagerung, während der Löwe einen Sieg nach dem anderen davontrug.
Der junge und ehrgeizige König war nur noch mit halber Sache bei dem Kriegszug gegen den Welfen. Sollte sich der Herzog von Sachsen mit seinem Widersacher herumschlagen!
Er hatte viel dringlichere Nachricht aus Sizilien erhalten. Ohne einen unmittelbaren Nachkommen war überraschend der normannische König Wilhelm gestorben. Heinrichs Frau Konstanze war dessen Tante und hatte berechtigte Erbansprüche auf den Thron. Doch Gerüchten zufolge wollten die Barone stattdessen diesen Winzling von einem Bastard zum König machen, diesen Tankred von Lecce. Das war eine ungeheure Beleidigung; das konnte er einfach nicht hinnehmen. Und Sizilien – das reichste Land Europas – war etwas, für das sich ein Kriegszug allemal lohnte.

In Gedanken bereits auf dem Weg dorthin, erteilte er deshalb dem jungen Wettiner großzügig die Erlaubnis, ans Sterbebett seines alten Vaters zu reisen.
»Ich erwarte Euch bald zurück«, gab er Albrecht mit auf den Weg. Dabei verwunderte ihn, dass dieser einen so aufgewühlten, ja bestürzten Eindruck machte. Schließlich hatte er doch seinen Vater erst vor einem halben Jahr gefangen gesetzt, um den Markgrafentitel für sich zu erzwingen. Doch die Bestürzung war nicht gespielt. Irgendetwas musste ihn um die Fassung gebracht haben.
Nachdem der künftige Fürst von Meißen gegangen war, wandte sich Heinrich zu seinem Kanzler Diether von Katzenelnbogen.
»Ist die Mark Meißen eigentlich ein Erblehen des Hauses Wettin?«, fragte er nachdenklich, obwohl er die Antwort darauf wissen musste.
»Das ist sie«, gab dieser Auskunft. Weil er sofort begriff, worauf diese Frage des Königs zielte, fügte er hinzu: »Aber Albrecht hat noch keinen männlichen Erben.«
Heinrich beschloss, diese Sache im Auge zu behalten. Wenn Ludwig von Thüringen auf seiner Wallfahrt starb, fiel die Landgrafschaft zurück an die Krone. Das Pleißenland war ohnehin Königsland, und die reiche Mark Meißen würde sich vortrefflich daran angliedern lassen, falls Albrecht jung starb.
Doch erst einmal musste er sich um Sizilien kümmern.

## *Sühne*

Die Tage verstrichen zäh auf dem Meißner Burgberg, ohne dass das erhoffte Wunder eintrat und der alte Markgraf sich von seinem Krankenlager erholte.
Marthe und Hedwig achteten sorgfältig darauf, dass nichts den

Kranken aufregen konnte, und dank Marthes aufopfernder Pflege ging es Otto etwas besser. Er schien nun seine Umgebung wahrzunehmen und verzweifelt nach einem Weg zu suchen, sich mitzuteilen. Denn er konnte weder sprechen noch schreiben und hatte keine Gewalt über seinen Körper. Eine Gesichtshälfte war gelähmt und schlaff, die andere verzerrt, was den hilflosen Eindruck noch verstärkte, den der Kranke bot. Doch es ließ sich nicht länger leugnen, dass seine Tage gezählt waren.

Nacheinander trafen seine Töchter auf dem Burgberg ein: Adela in Begleitung ihres Mannes, des böhmischen Herzogs Otaker Premysl, der sofort wieder abreiste, nachdem er seine Frau wohlbehalten auf dem Burgberg abgeliefert hatte, und Sophie mit ihrem Gemahl Ulrich von Böhmen und großem Gefolge.

Auch Dedo von Groitzsch entschloss sich nach einigem Zögern, die für ihn beträchtlichen Anstrengungen einer Reise auf sich zu nehmen, um seinem Bruder in der Sterbestunde beizustehen – wenngleich mit schlechtem Gewissen, denn er hatte Albrecht zugeredet, seinen Vater zu entmachten. Doch schließlich war der feiste Markgraf der Ostmark der letzte noch lebende von Ottos vier jüngeren Brüdern.

Dass Dietrich nicht kommen konnte, um sich von seinem Vater zu verabschieden, war jedem bewusst. Er war nun wahrscheinlich schon tausend Meilen von hier entfernt, und es bestand nicht einmal die Möglichkeit, ihm eine Nachricht zu schicken.

Nun wartete jedermann auf dem Burgberg mehr oder weniger bange, ob und wie Albrecht erscheinen würde, um seinen Vater sterben zu sehen, bevor der dessen Erbe übernahm.

Albrecht traf drei Tage nach seinem Oheim Dedo in Begleitung etlicher seiner Ritter ein. Auch sein schon vorzeitig ernannter Truchsess, sein Marschall und sein Mundschenk kamen mit ihm, ebenso – zu Lukas' und Raimunds Erleichterung – ihr Freund Reinhard.

Doch wer erwartet hatte, dass Albrecht seine Ankunft mit großem Gepränge gestalten würde, erlebte eine Überraschung. Ohne sich um Begrüßungszeremonien zu kümmern, stieg Ottos Erstgeborener hastig aus dem Sattel und ließ sich ungewohnt höflich bei seiner Mutter melden.

Hedwig, von Sorgen und fehlendem Schlaf zermürbt, sammelte ihre letzte verbliebene Kraft, um sich auf ein Wortgefecht mit ihrem Sohn vorzubereiten. Hilfesuchend richtete sie den Blick auf Lukas, der sich sofort erhob und hinausging, um Albrecht bereits auf dem Hof entgegenzutreten.

»Willkommen in Meißen«, begrüßte er ihn. »Seid Ihr gekommen, um die Regentschaft zu übernehmen?«

»Ich bin gekommen, um mich in Frieden von meinem Vater zu verabschieden«, entgegnete Albrecht streng. Dann jedoch brach wieder etwas von seiner alten Hochfahrenheit durch.

»Und Ihr, seid Ihr gekommen, um mir die Treue zu schwören?«

»Wenn Euer Vater von uns gegangen ist, seid Ihr der rechtmäßige Herr der Mark Meißen«, antwortete Lukas ruhig. »Sofern Ihr dann meine Dienste wünscht, werde ich Euch den Treueeid leisten.«

Albrecht erwiderte nichts, sondern ging hinauf in die Kammer seiner Eltern.

»Mutter, Schwestern, Oheim!«, begrüßte er die dort beieinandersitzenden Familienmitglieder, als habe es nie Streit gegeben. »Wie geht es ihm?«

»Der Dompropst sagt, er solle seinen Frieden mit der Welt machen«, erklärte Adela, seine älteste Schwester, die allem Anschein nach hochschwanger war oder erheblich zugenommen hatte, seit er sie das letzte Mal gesehen hatte.

»Und ich will meinen Frieden mit *ihm* machen«, verkündete Albrecht zu aller Erstaunen.

Als Hedwig die Augenbrauen hochzog, entgegnete er mit einem Anflug der üblichen Schroffheit: »Es hätte nie diesen Streit gegeben, hättet Ihr nicht dauernd versucht, mir mein Erbe vorzuenthalten, Mutter! Doch der König hat entschieden. Es ist nicht nur mein Recht, sondern auch meine Pflicht, das weiterzuführen, was er geschaffen hat, die Macht des Hauses Wettin aufrechtzuerhalten und auszubauen. Und ich will ihm sagen, dass ich dazu entschlossen bin. Dass er beruhigt die müden Augen schließen und endlich Frieden finden kann. Ihr könnt mir nicht verwehren, dass ich mich von ihm verabschiede. So hartherzig könnt nicht einmal Ihr sein!«

»Er schläft«, sagte Hedwig und hob abwehrend die Hände.

»Ihr müsst nicht fürchten, dass ich ihm den Hals umdrehe!«, erwiderte Albrecht harsch. »So etwas Verabscheuungswürdiges bringe nicht einmal ich fertig! Es trifft mich tief, dass Ihr so von mir denkt.«

»Der Propst möchte dich sprechen, bevor du zu deinem Vater gehst«, erklärte seine Mutter.

Ohne ein weiteres Wort drehte sich Albrecht um und ging hinaus, zum Palas des Bischofs.

Lukas sah ihm erleichtert nach. Dittrich von Kittlitz war ein sehr überzeugender Mann.

Der füllige Dompropst erwartete den weit angereisten Besucher bereits. Natürlich hatten ihn seine Bediensteten sofort von Albrechts Ankunft auf dem Burgberg unterrichtet.

Gespannt lehnte sich Dittrich von Kittlitz in seinem reichverzierten Stuhl zurück und legte die Fingerspitzen beider Hände aneinander, als ihm ein Diener meldete, der junge Fürst von Meißen bitte um eine Audienz.

Was nun gleich geschehen würde, entbehrte nicht einer gewissen Ironie: Sie beide, Albrecht und er, hatten viele Jahre gewartet, um den Platz einnehmen zu können, der ihnen zustand – Albrecht als Markgraf, er als Bischof.

Schon vor beinahe zwanzig Jahren, als der alte Bischof Gerung endlich das Zeitliche segnete, hätte ihm dessen Platz zugestanden. Immerhin hatte er jahrelang im Domkapitel die Gruppe der Gegner des Hochbetagten angeführt. Doch die Anhänger Martins waren stärker und machten diesen zum Nachfolger Gerungs. Also blieb er, Dittrich, Dompropst, und musste weitere zwanzig Jahre warten. Über all dieser Zeit war er ein alter Mann geworden.

Aber er hatte immer gewusst, dass Gott ihm seine Geduld lohnen würde. Und heute war es so weit.

Denn nun war Martin mit dem kaiserlichen Heer auf einer Pilgerfahrt, die nach den spärlichen Nachrichten, die bis hierher durchdrangen, nicht so verlief wie erhofft. Und der alte Markgraf lag im Sterben.

Heute würden die Figuren neu aufgestellt. Dies war seine Stunde – seine Gelegenheit, den künftigen Markgrafen in die Schranken zu weisen, noch bevor er die Regentschaft antrat.

Albrecht war ein Hitzkopf, eitel und dumm. Sicher, er hatte kluge Berater, allen voran der durchtriebene Truchsess, aber die würden bei dieser Unterredung nicht dabei sein. Durch sein voreiliges Handeln hatte der übermütige Fürstensohn ihm selbst die Mittel in die Hand gegeben, ihn in die Knie zu zwingen.

Dittrich von Kittlitz ließ Albrecht noch eine kleine Weile vor der Tür warten, bis er ihn hereinrief. Dann zwang er sich, eine gelassene Miene aufzusetzen und seine Genugtuung zu verbergen. Jetzt würde er dem Jungen zeigen, wer das Sagen auf dem Burgberg hatte und auch in Zukunft haben würde.

Mit langen Schritten durchquerte Albrecht den Saal und kniete vor dem Geistlichen nieder. Er wirkte ungeduldig, aber für einen genauen Beobachter auch verunsichert im Vergleich zu seiner sonstigen hochmütigen Art.

»Eminenz!«

»Also seid Ihr ans Totenbett Eures Vaters geeilt«, stellte Dittrich fest, ohne dass jemand einen seiner Gedanken am Gesicht hätte ablesen können.

»Ja, Ehrwürdiger.«
»Ihr habt Euch schwer versündigt an Eurem Vater.«
Abwehrend hob der Geistliche die mit kostbaren Ringen geschmückte Hand, als Albrecht etwas erwidern wollte. »Ich weiß, der König befahl die Versöhnung. Aber habt Ihr Euer gottloses Verhalten auch aus ehrlichem Herzen bereut, so dass der Allmächtige Vater im Himmel Euch vergeben kann?«
Albrecht antwortete nicht, und Dittrich von Kittlitz – ein guter Menschenkenner, erfahren darin, selbst aus dem geringsten Zucken die Schwachstellen seines Gegenübers zu erkennen – ließ ihn für eine Weile so verharren.
»Wenn Ihr der ewigen Verdammnis entgehen wollt, dann schließt wirklichen Frieden mit Euerm Vater.«
Dittrich brauchte keine Strenge mehr in seine Worte zu legen, er hatte auch so Albrechts empfindlichste Stelle getroffen: die Furcht des jungen Fürsten vor dem Höllenfeuer.
»Ich werde Euch jetzt die Beichte abnehmen, dann könnt Ihr geläutert vor Euern Vater treten und ihn um Vergebung bitten.«
Er streckte Albrecht die Hand entgegen, der sie zögernd ergriff und den Saphirring küsste. Dann erhob er sich und folgte dem Geistlichen, in Gedanken bereits voller Sorge, welche Buße ihm auferlegt würde.

Als Albrecht in Begleitung des Dompropstes zurückkehrte, ging Hedwig zunächst allein in die hintere Kammer, in der der Sterbende lag. Kurz darauf kam sie wieder heraus, gefolgt von Marthe.
»Er erwartet Euch. Aber er darf sich nicht aufregen.«
Otto saß in seinem Bett, mit dicken Kissen im Rücken, gegen die er gelehnt war. Er trug ein prachtvoll besticktes Gewand, sein schlohweißes Haar war gekämmt, der Bart sorgfältig gestutzt. Alles an seiner äußeren Erscheinung war darauf gerich-

tet, ihm von seiner Würde zurückzugeben, was er durch den entstellten Gesichtsausdruck und die Unfähigkeit, zu sprechen, eingebüßt hatte.
»Der Herr in Seiner unendlichen Güte bietet Euch jetzt die Gelegenheit, miteinander Frieden zu schließen«, sagte Dittrich von Kittlitz mild und doch auffordernd zugleich.
Nach einem Moment des Schweigens zog er sich zum Fenster zurück. Er würde auch dort jedes Wort verstehen, das in diesem Raum gesprochen wurde.

Albrecht verharrte reglos beim Anblick seines todkranken Vaters. Dann trat er zögernd an das Bett, kniete nieder und senkte den Kopf.
»Ich weiß, dass Ihr mir beim Hoftag nicht wirklich vergeben habt, Vater. Aber vielleicht tut Ihr es jetzt …«
Nun hob er den Kopf und sah seinem Vater in die Augen.
»War ich Euch nicht all die Jahre ein guter Sohn? Wart Ihr nicht stolz auf mich, auf meine Kühnheit, meine Entschlossenheit? Habt Ihr nicht immer darauf vertraut, dass ich Euer Werk fortführen werde, wie Ihr es Euch wünscht?«
Ottos Gesicht blieb ohne erkennbare Regung. Nur seine Augen waren fest auf den Sohn gerichtet.
Albrecht atmete tief durch, bevor er weitersprach. »Habt Ihr Euch nicht auch gegen Euern Vater versündigt, weil er Euch kränkte? Ihr seid sogar seinem Begräbnis ferngeblieben. Seht, *ich* bin *hier!* Ich habe mir vom König Erlaubnis geben lassen, sein Heerlager zu verlassen, um jetzt bei Euch zu sein. Was hättet Ihr denn getan, wenn Euer Vater Euch das Erbe verwehrt hätte? *Ihr* musstet nicht so eine große Sünde auf Euch laden wie ich. Ihr hattet das Glück, dass Eure Mutter sich nie in die Geschäfte Eures Vaters einmischte. Deshalb vergebt mir und gebt mir Euern Segen als Euer Nachfolger, der Euer Erbe würdig weiterführt!«

Albrecht griff nach einer Hand seines Vaters, die kraftlos auf dem Laken lag, umklammerte sie mit beiden Händen und legte seine Stirn darauf.
Hatte er auf ein Wunder gehofft? Auf ein einziges nachsichtiges Wort? Unsicher sah er hinüber zu dem Propst. Doch Dittrich von Kittlitz schwieg.
Albrecht hielt die Hand seines Vaters, bis er merkte, dass seine Fingerknöchel weiß wurden. Er ließ los, und der Arm des Sterbenden fiel schlaff zurück.
Kein Wort, nicht einmal einen zustimmenden Laut hatte der Alte von sich gegeben! Er starrte ihn nur an wie ein fremdartiges Wesen, unerbittlich, und beschwor damit erneut die Schreckensbilder herauf, die seinem Sohn vor Jahren das Leben zur Hölle gemacht hatten.
»Euren Segen, Vater!«, flehte Albrecht verzweifelt.
Nun räusperte sich Dittrich von Kittlitz. »Dafür müsst Ihr Zwiesprache mit Gott halten. Euer Vater vermag Euch nicht mehr zu antworten.«
Schlimmeres hätte er nicht sagen können.
Mit einem Ruck stand Albrecht auf. Ohne ein weiteres Wort stürmte er aus der Kammer, vorbei an seiner Mutter und seinen Schwestern. Hastig lief er durch die Gänge des Palas, die Blicke derer nicht beachtend, die ihn ängstlich anstarrten, auf der Suche nach einem Ort, wo er ganz für sich allein sein konnte. Doch es gab hier keinen Ort, an dem jemand wie er allein sein konnte.
Also stürzte er zu den Ställen und ließ sich seinen Hengst satteln. Sein Truchsess folgte ihm und wollte eine Leibwache mitschicken, doch Albrecht brüllte nur: »Fort!«
Dann ritt er los, in mörderischem Galopp den Burgberg hinab und hinaus aus der Stadt – auf der Flucht vor dem verzerrten Gesicht seines Vaters, der ihm den Segen verwehrte, und auf der Flucht vor sich selbst.
Er wusste, dass ihm in einiger Entfernung mindestens ein Dutzend

seiner Leibwachen folgen würden; Elmar würde ihn nie schutzlos irgendwohin schicken. Doch er wollte jetzt niemanden sehen.
Er trieb seinem Hengst die Sporen in die Seiten, und als er auf seinem ziellosen Ritt ein Waldstück nahe der Stadt erreicht hatte und das Dickicht für das Tier zu eng wurde, stieg er ab und hieb mit der Faust auf den nächsten Baum ein – wieder und wieder, dass die Borke absplitterte und er erst durch den Schmerz wieder zu sich kam.
Er hatte jedes Wort ernst gemeint, das er seinem Vater am Totenbett gesagt hatte.
Der unnachgiebige Blick des Sterbenden würde ihn von nun an verfolgen – wie ein Fluch, den keiner von ihm nehmen konnte außer Otto selbst. Und der würde es nicht tun, wenn nicht ein Wunder geschah.

Am 18. Februar im Jahr des Herrn 1190 tat Otto von Wettin, Markgraf von Meißen, nach vierunddreißig Jahren der Regentschaft seinen letzten Atemzug.
Drei Tage und Nächte lang lag er aufgebahrt, mit dem Kopf nach Osten, Richtung Jerusalem, während Boten die Nachricht vom Tod des Herrschers im Land verbreiteten und die Totenglocken läuteten. Die Ritter seines engsten Gefolges, darunter Lukas und Raimund, Hartmut und Reinhard, lösten sich mit der Totenwache ab. Eine Nacht wachten sein Sohn, seine Frau, sein Bruder und seine Töchter an Ottos aufgebahrtem Körper. Im Dom zu Meißen wurden eine Totenmesse gefeiert und viele Gebete für das Seelenheil des alten Markgrafen gesprochen.
Dann wurde sein Leichnam mit einer feierlichen Prozession zum Kloster Marienzelle gebracht. Dort, dies war Ottos ausdrücklicher Wunsch gewesen, als er das Kloster vor fast dreißig Jahren gestiftet hatte, sollten seine Begräbnisstätte und die seiner Familie sein. Abt Peter las eine feierliche Messe für das Seelenheil des Toten.

Jedermann erwartete, dass Albrecht sofort nach seiner Rückkehr auf den Burgberg mit einem triumphalen Akt die Übernahme der Macht verkünden würde, wie er es voreilig schon einmal getan hatte.
Doch nichts dergleichen geschah.
Das führte eher zu Besorgnis als zu einem Aufatmen. Denn niemand glaubte daran, dass der Tod seines Vaters und der hohe Titel den jähzornigen jungen Markgrafen geläutert haben könnten.

## Alpträume

»Hoheit …«
Vorsichtig näherte sich Elmar dem nunmehrigen Fürsten von Meißen, der seit der Rückkehr von Marienzelle keinerlei Anstalten unternahm, sich als neuen Herrscher feiern zu lassen und die Ritter seiner Markgrafschaft in die Pflicht zu nehmen. Stattdessen brütete Albrecht stumpf vor sich hin und wollte niemanden sehen, nicht einmal seinen wichtigsten Ratgeber und Vertrauten.
»Ihr habt der Welt Eure Trauer um Euern Vater gezeigt«, sprach Elmar behutsam auf ihn ein. »Nun ist es Zeit, Eure Herrschaft zu sichern. Soll ich Vorbereitungen treffen lassen für glanzvolle Feiern anlässlich Eures Herrschaftsantritts, hier und in Freiberg? Dies wäre eine angemessene Gelegenheit, den Lehnseid Eurer Vasallen und die Huldigung Eurer Untertanen entgegenzunehmen.«
Ganz langsam hob Albrecht den Kopf und starrte den Truchsess an. Sein Gesicht war verquollen von fehlendem Schlaf, seine Augen waren blutunterlaufen, und sein Blick flackerte unstet hin und her.
Ich muss ihn dazu bringen, dass er weniger trinkt und endlich

etwas unternimmt, dachte Elmar besorgt. Sonst gleitet ihm das Land aus den Händen, noch bevor er es richtig in Besitz genommen hat.

Nur schleppend schienen Elmars Mahnungen zu Albrecht durchzudringen. Er schüttelte träge den Kopf, als wolle er eine Fliege vertreiben, hob die Hände, ließ sie wieder sinken und öffnete den Mund leicht, ohne etwas zu sagen.

Elmar erkannte, dass dies der Moment war, in dem sein Schützling und Dienstherr sprechen würde – oder er würde es nie tun. Mit einer knappen Handbewegung scheuchte er alle hinaus, die noch in der Kammer waren, und befahl seinem Ziehsohn Rutger, hinter der Tür zu wachen und dafür zu sorgen, dass sich dort keine Lauscher herumtrieben.

Als die Tür wieder geschlossen war, wog Elmar einen Moment lang das Für und Wider ab. Dann nahm er entschlossen Albrechts Becher fort und schob ihm stattdessen eine nicht angerührte Platte mit verschiedenen Sorten Braten zu.

»So lange habt Ihr auf diesen Tag gewartet. Wollt Ihr nun Euer Erbe durch Nichtstun verspielen?«, mahnte er in ungebührlich strengem Ton. »Noch vor ein paar Wochen hat Euch jedermann gefürchtet oder bejubelt. Und nun? Ihr müsst handeln, sonst wird man über Euch spotten. Schickt Eure Mutter umgehend auf ihren Witwensitz, damit sie hier keine Ränke gegen Euch schmiedet, und lasst Euch von Euren Vasallen Treue schwören, bevor sie sich gegen Euch verschwören! Dann geht auf einen Umritt und zeigt jedermann, dass nun ein neuer, tatkräftiger Mann das Geschick der Mark lenkt!«

Elmar sprach nicht wie ein Truchsess zu seinem Fürsten, sondern wie ein unzufriedener Vater mit seinem missratenen Sohn. Er kannte Albrecht gut genug, um zu wissen, dass dieser genau das im Moment brauchte. Irgendetwas hatte dem Burschen das Mark aus den Knochen gesogen, und den wahren Grund dafür hatte er noch nicht gefunden.

Sicher, der Tod des Vaters war ein schlimmes Ereignis, und Elmar konnte sich ebenfalls denken, dass der Dompropst seine Stellung ausgenutzt hatte, um den neuen Fürsten zu maßregeln. Das zur Buße auferlegte strenge Fasten sagte genug.
Aber das nun wirklich nicht überraschend gekommene Ende des alten Markgrafen und ein durchtriebener Pfaffe reichten seiner Meinung nach nicht aus, um einen Kerl wie Albrecht dermaßen saft- und kraftlos werden zu lassen.
Fordernd streckte der Fürst die Hand nach dem Becher aus, aber Elmar zog ihn entschlossen an sich und schob dafür die Bratenplatte noch näher zu ihm, die der Küchenmeister nach einigen zaghaften Einwänden gefüllt hatte – schließlich war Fastenzeit.
»Ihr solltet endlich etwas essen, und zwar edles Wild, üppig gewürzt, statt nur trockenes Brot. Ihr müsst bei Kräften sein für die Aufgaben, die vor Euch liegen. Und was soll das Volk von Euch denken, wenn Ihr nur esst wie ein Bauer, statt zu tafeln wie ein Fürst?«
»Ihr wisst, dass ich vierzig Tage strenges Fasten auferlegt bekommen habe!«, fauchte Albrecht zurück.
»Ja, das weiß ich. Und ich denke, dieser Pfaffe treibt ein übles Spiel mit Euch. Ihr habt Euch nun schon vier Tage mit Brot und Bier begnügt, sogar beim Leichenschmaus, und der Pöbel hat sich mehr als genug darüber die Mäuler zerrissen. Wenn sich die Leute fragen, welch schlimme Sünde Ihr wohl begangen habt, könnte das Zweifel an der Rechtmäßigkeit Eurer Herrschaft schüren. Zeigt allen, dass *Ihr* der neue Herr auf dem Burgberg seid, nicht dieser Kittlitz!«
»Ich habe mich schon einmal als Herrscher feiern lassen, und das war eine einzige Niederlage«, widersprach Albrecht unwirsch. »Die Anhänger meines Vaters haben bei seiner Rückkehr Spottlieder über mich gesungen! Bevor ich es diesmal tue, will ich erst durch den König belehnt sein.«

»Gut«, lenkte Elmar sofort ein. »Reiten wir zum Hoftag nach Frankfurt und erledigen das, wie es der Brauch will. Aber zuvor müsst Ihr Eure Mutter fortschicken und die Ritter an Euch binden. Sonst könnt Ihr nicht fort, ohne alles zu gefährden. Eure Gegner lauern überall!«
Albrecht machte eine abwehrende Handbewegung, schloss die Augen und lehnte den Kopf an die Wand. Elmar beobachtete ihn genau. Der Jüngere schlief nicht etwa, sondern schien mit einem Entschluss zu ringen.
Beunruhigt sah der Truchsess, wie ein Schaudern durch Albrechts Körper ging. Endlich schlug der Fürst die Augen wieder auf, sein Blick war verstört.
»Erinnert Ihr Euch … vor zehn Jahren, als mich diese Höllenfratzen verfolgten?«, fragte er mit brüchiger Stimme. »Sie sind … wieder da! Sie folgen mir Tag und Nacht … und sagen mir, dass ich verdammt bin … verdammt bis in alle Ewigkeit!«
Elmar begriff sofort, wovon Albrecht redete.
»Habt Ihr etwa wieder von dem Pulver genommen?«, fragte er höchst beunruhigt. Das Letzte, was er jetzt brauchen konnte, war ein Erbe, der sich mit giftigem Kraut den Verstand zerstörte und unter Wahnvorstellungen litt.
Er war damals der Einzige gewesen, der wusste, warum Ottos Sohn immer wieder von Alpträumen geplagt aus dem Schlaf fuhr – er und diese lästige Marthe, die erklärt hatte, das käme vom Bilsenkraut, das der junge Herr überreichlich zu sich genommen habe. Es machte einen schneller bei der Jagd und stärkte die Manneskraft. Aber es hatte ihm auch diese Wahnvorstellungen beschert. Auf Elmars Befehl hatte Marthe Schlaftränke gemischt, um die Alpträume zu vertreiben.
»Nein …«, sagte Albrecht zur unendlichen Erleichterung seines engsten Beraters. Doch die nächsten Worte ließen dessen Erleichterung zerstieben.
»Jetzt weiß ich, es war nicht das Kraut … Ich bin verflucht –

weil ich meinen Vater getötet habe! Die Dämonenfratzen – das ist *er*, weil er mir nicht vergeben hat!«
»Das hat Euch dieser durchtriebene Pfaffe eingeredet«, widersprach Elmar, so forsch er konnte. »Gott hat Euern Vater zu sich berufen und *Euch* zum Herrn der Mark gemacht. Es ist *Gottes* Wille, dass Ihr über das Land herrscht. Und sollte Euch noch ein letzter Zweifel daran schwächen, dann reitet zum König. Hat er Euch erst die Mark als Fahnenlehen übertragen, kann niemand mehr Eure Herrschaft in Frage stellen.«
Unnachgiebig schob er die Bratenplatte noch näher zu Albrecht und zückte selbst sein Essmesser. »Und nun esst! Wir werden mit klingender Münze Buße dafür tun, dass wir das Fasten brechen. Das Seelenheil ist käuflich, wie fast alles auf der Welt. Dieser Propst wird sicher nichts gegen ein neues Altarkreuz einzuwenden haben. Und wenn Ihr immer noch Zweifel habt, schickt jemanden an Euer statt auf eine Wallfahrt. Vielleicht trifft er unterwegs auf die zerfallenden Knochen Eures Bruders und erzählt ihnen von Euerm Triumph.«
Um seinen Schützling zum Essen zu verlocken, schnitt er sich ein üppiges Stück vom Hirschbraten ab und biss hinein.
»Ich habe jedes einzelne Gericht vorkosten lassen«, beruhigte er Albrecht.
Dem schien beim Anblick des kauenden Ratgebers doch die Esslust zu kommen, und nach einigem Zögern tat er es ihm nach.
»So ist es richtig«, lobte dieser. »Ihr müsst bei Kräften sein und dürft Euch nicht von einem machthungrigen Ränkeschmied wie diesem Kittlitz Vorschriften machen lassen. Der glaubt, Euch in die Schranken weisen zu können. Aber er ist nur Propst, nicht Bischof – und Ihr seid Markgraf!«
»Noch nicht ganz«, wandte Albrecht ein.
»Pah! Wenn es Euch beruhigt, erledigen wir das umgehend. Doch Ihr müsst Euch den Burgberg sichern, wenn Ihr für zwei oder drei Wochen fort seid.«

»Ich werde Euch die Befehlsgewalt erteilen. Ihr bleibt in Meißen«, meinte Albrecht nachdenklich. »Gerald soll unterwegs die Leibwache anführen. Ich brauche Euch hier dringender. Ihr seid der Einzige, dem ich ganz und gar vertraue.«

»Ich weiche nur ungern von Eurer Seite, aber in diesem Fall gebe ich Euch recht«, erwiderte der durchtriebene Ratgeber. »Ich sorge dafür, dass zuverlässige Leibwachen Euch auf der Reise begleiten. Und wenn Euch der König erst belehnt hat, dann seht dies als Bestätigung: Es ist Gottes Wille, dass Ihr über dieses Land herrscht!«

Doch Albrecht schien immer noch nicht vollkommen überzeugt.

»Wenn er das will, warum schenkt Gott mir keinen Erben? Zeigt er mir so, dass er mit mir nicht zufrieden ist? Dass ich verdammt bin?«, gestand er seinen letzten Zweifel.

Elmar seufzte innerlich; er hatte sich wohl zu früh gefreut. Und wusste er auch sonst den zwanzig Jahre jüngeren Fürsten klug und unauffällig zu lenken – in der unangenehmen Angelegenheit, die er jetzt zur Sprache bringen musste, war dessen Reaktion nicht abzusehen.

»Habt Geduld!«, wagte er sich beschwichtigend vor. »Und sollte sich erweisen, dass Eure Gemahlin unfähig ist, Euch einen Sohn zu gebären – nun, da gibt es … verschiedene Möglichkeiten …«

»Aber Lucardis trug meinen Sohn – und es ging fehl!«, fauchte Albrecht, stieß das Essmesser in die Tischplatte und stützte den Kopf in beide Hände.

Elmar musterte ihn genau. Dass den Jüngeren der Verlust des Ungeborenen mehr traf als der seiner Gespielin, war wichtig zu wissen. Wie weit durfte er gehen mit seinen Andeutungen?

»Ich habe mich gründlich umgehört nach dem Zwischenfall«, sagte er zögernd. »Und wie es aussieht, könnte dabei eher … Gift im Spiel gewesen sein als Gottes Hand. Vielleicht solltet Ihr

Lukas' Weib herkommen lassen und sie befragen. Sie war dabei, als Lucardis starb.«

Mit jäh aufflammendem Zorn beugte sich Albrecht vor und ließ die Fäuste auf die Tischplatte krachen. »Hat die Hexe meinen Sohn getötet? Sie soll gevierteilt und verbrannt werden, auf der Stelle!«

Er wollte schon zur Tür stürzen, um den Befehl dazu zu geben, aber Elmar rief ihn zurück.

»Nein, beruhigt Euch! Die würde nie jemanden töten, dazu hat sie nicht den Mumm. Aber eine der Mägde hat mir zugeflüstert, dass sie sehr erschrocken gewirkt haben soll beim Anblick der Sterbenden ... *und* über die Art, wie Eure Gemahlin sie dabei angeschaut hat.«

Genüsslich rief sich Elmar in Erinnerung, wie er der zu Tode verängstigten Magd das dunkle Geheimnis entrissen hatte.

Albrecht erstarrte mitten in der Bewegung, über sein Gesicht zog ein Wetterleuchten. »*Mein Weib?!* Ihr denkt, *mein Weib* hat sie vergiftet? Diese Hure!«

Nun lief er zur Tür, riss sie auf und brüllte Rutger an: »Meine Gemahlin soll hierherkommen, sofort!«

»Wollt Ihr nicht erst diese Marthe nach Einzelheiten befragen?«, schlug der Truchsess vor.

»Wozu? Um die Sache vor aller Augen und Ohren breitzutreten? Wir werden auch ohne sie gleich erfahren, ob Euer Verdacht berechtigt ist!«

Beide warteten schweigend, bis es an der Tür klopfte und die junge Markgräfin um Einlass bat.

»Ihr wolltet mich sehen, Hoheit?«, fragte sie leicht beunruhigt und sank vor ihrem Gemahl in einen Knicks.

Der war mit zwei Schritten bei ihr, riss ihr den Schleier vom Kopf und packte sie bei den Haaren.

»Du hast mich um meinen Erben gebracht, du Hexe!«, brüllte er und zwang sie in die Knie.

Sophia schrie vor Schmerz. Tränen schossen ihr in die Augen, und sie wimmerte, doch sie sagte kein Wort des Widerspruchs. Das genügte Albrecht als Beweis – und Elmar ebenfalls, der das Ganze mit verschränkten Armen genau beobachtete.
Albrecht stieß seine Frau so grob zu Boden, dass sie sich krümmte. Dann packte er sie wieder an den Haaren und zerrte sie halb hoch.
»Hör mir genau zu!«, brüllte er so nah an ihrem Gesicht, dass sie zusammenzuckte. Er griff hart nach ihrem Kinn und zwang sie, ihm in die Augen zu sehen. »Du hast Glück, dass ich keine Zeit habe, mit den Böhmen Krieg zu führen, sonst würde ich dich abstechen wie räudiges Vieh. Morgen reite ich zum König, und du wirst hierbleiben und die neue Regentin spielen. Unter Elmars Befehl und Aufsicht. Er hat von mir jede Vollmacht, mit dir zu tun, was ihm beliebt, sollte er nicht zufrieden sein. Und du wirst Tag für Tag meinen Untertanen in Erinnerung bringen, dass *ich* jetzt Herr der Mark Meißen bin. Ist das klar?«
Wimmernd bejahte Sophia.
»Dann danke Gott und *mir,* dass ich dich nicht auf der Stelle totschlage! Vielleicht sollte ich es tun. Und das werde ich, wenn ich wiederkomme und Elmars Bericht nicht zufriedenstellend ausfällt.«
Vor Wut keuchend ließ er sie los und drehte sich zu seinem Truchsess um.
»Ihr habt es gehört. Ihr könnt mit ihr tun, was Ihr wollt. Aber wenn Ihr sie durchprügelt, verschont vorerst ihr hübsches Gesicht, damit meine Untertanen weiter ihre Schönheit bewundern können. Das Volk hat gern zu gaffen. Wenn Ihr sie besteigen wollt – nur zu. Ihr werdet allerdings wenig Freude an ihr finden.«
»Das wird sich zeigen«, erwiderte Elmar vieldeutig. Er verspürte wenig Neigung, das Bett ausgerechnet mit der Fürstin zu teilen, das brachte nur Schwierigkeiten. Mit Huren oder ein paar

der Hofdamen konnte er viel mehr Spaß haben. Für seine Zwecke reichte es vollkommen, wenn sich Sophia vor ihm fürchtete – und sie fürchtete sich *sehr* vor ihm.
Endlich war Albrecht wieder er selbst!
Besser hätte es nicht verlaufen können.
»Kommt, mein Freund. Gehen wir hinunter und geben wir die Neuigkeiten bekannt«, meinte Albrecht und öffnete die Tür. Elmar folgte ihm zufrieden.
Schreckensstarr blieb Sophia in der Kammer zurück, bis sie zitternd und schluchzend zusammenbrach.

Lukas und Marthe saßen mit Raimund und einigen anderen Rittern beieinander in der Halle und tauschten einmal mehr leise Vermutungen aus, wie wohl Albrechts unerwartet zurückhaltendes Verhalten zu erklären sei.
Reinhard hielt bewusst Abstand von ihnen und tafelte zusammen mit Giselbert und Gerald. Sie wussten, dass er am liebsten längst nach Freiberg aufgebrochen wäre, denn Claras Niederkunft würde nicht mehr lange auf sich warten lassen. Das Kind hatte sich bereits gesenkt. Doch nie war es wichtiger als jetzt, den Anschein aufrechtzuerhalten, dass Reinhard Albrecht treu ergeben war. Allerdings hatte nicht einmal er etwas herausfinden können, was das merkwürdige Verhalten von Ottos Erben erklärte.
Auch Marthe würde jetzt lieber bei ihrer Tochter sein und ihr beistehen. Doch solange Albrecht sich nicht zu seinen Zukunftsplänen geäußert hatte, durften Lukas und sie den Burgberg nicht verlassen.
»Will er uns in Sicherheit wiegen und dann aus dem Nichts zuschlagen?«, fragte Raimund gerade. »Will er uns glauben machen, er sei durch die neue Würde zu einem anderen Menschen geworden?«
»Er scheint nicht einmal auf Elmar zu hören, und *das* macht mich stutzig«, erwiderte Lukas.

Marthe wurde plötzlich durch ein ungutes Gefühl abgelenkt. Ihre Nackenhärchen stellten sich auf, ihr Blick richtete sich wie von selbst auf die Treppe. Einen Lidschlag später sah sie den jungen Fürsten und seinen Truchsess herunterkommen.

Lukas folgte ihrem Blick und sah an den Mienen der beiden, was seine Frau bereits gespürt hatte.

»Achtung …«, sagte er leise zu Raimund.

Auf Elmars Zeichen knieten alle nieder, um dem Fürsten die Ehre zu erweisen.

»Ich werde übermorgen abreisen, um dem König meinen Lehnseid zu schwören«, verkündete Albrecht der knienden Menge. Dann wandte er sich Hedwig zu, die an der hohen Tafel neben dem Kaplan saß. »Mutter, weist Eure Damen an, zu packen. Ihr werdet zusammen mit mir aufbrechen und Euch nach Burg Seußlitz zurückziehen. Für die Zeit meiner Abwesenheit übergebe ich alle Befehlsgewalt meinem Truchsess. Nach meiner Rückkehr wird mein Herrschaftsantritt mit einem großen Fest in Meißen gefeiert, bei dem mir alle Vasallen den Lehnseid schwören werden. Doch jetzt gleich wird mir jeder Ritter auf dem Burgberg seine Ergebenheit und Treue zusichern.«

Elmar gab das Zeichen, dass sie sich erheben durften, und erteilte Hartmut den Befehl, sämtliche Ritter zusammenzurufen, die nicht in der Halle waren.

Lukas und Raimund sahen einander an, ohne ein Wort zu sagen.

»Etwas ist vorhin geschehen«, flüsterte Marthe. »Er hat … seine Dämonen wieder losgelassen.«

»Das darf mich jetzt nicht kümmern«, raunte Lukas mit gerunzelter Stirn zurück. »Er hat uns in der Falle. Wenn unsere Kinder leben sollen, muss ich es tun.«

Vielleicht hätte er doch seine Familie nehmen und das Land verlassen sollen. Aber dazu war es zu spät. Denn gerade kam Gerald und übermittelte seinem Schwager den Befehl, Albrecht auf der Reise zum König zu begleiten. Wie es aussah, wollte der neue Markgraf Lukas nicht aus den Augen lassen. Oder ihn unterwegs bei der ersten Gelegenheit unauffällig aus dem Weg räumen lassen.

## *Hedwigs Pläne*

Am Morgen ihrer Abreise ließ Hedwig Sophia ausrichten, sie bitte um ihren Besuch, um sich von ihrer Schwiegertochter verabschieden zu dürfen.

»Nun, da bin ich. Was habt Ihr mir zu sagen?«, fragte Sophia, so herablassend sie konnte, kaum dass sie die Kemenate betreten hatte. Was in dieser Nacht geschehen war, ging niemanden etwas an – und schon gar nicht ihre Schwiegermutter.

»Ich danke Euch für Euer Kommen«, entgegnete Hedwig ruhig und schickte alle Frauen und Mädchen aus der Kammer hinaus.

»Wollt Ihr mich um einen Gefallen bitten? Dann seid Euch bewusst, dass ich wenig Einfluss auf meinen Gemahl – Euern Sohn! – habe.«

»Ich wollte Euch meine *Hilfe* anbieten«, erklärte Hedwig. Als Sophia erstaunt die Augenbrauen hochzog, fuhr sie fort: »Ich habe es immer bedauert, dass Ihr von Anfang an die freundliche Hand zurückgewiesen habt, die ich Euch reichen wollte …«

»*Ihr* mir helfen?«, platzte Sophia vorwurfsvoll heraus. »Wo *Ihr* es doch wart, die dieses Ungeheuer zur Welt gebracht hat?«

»Diesen Vorwurf muss ich auf mich nehmen«, antwortete die alte Markgräfin leise. »Und Ihr könnt mir glauben, dass ich vieles versucht habe, um sein gewalttätiges Gemüt zu zügeln. Doch erzogen wurde er – wie Ihr wisst – nicht an diesem Hof.«

»Mit Euren Einmischungen habt Ihr alles nur noch schlimmer

gemacht! *Ihr* habt ihn dazu getrieben, sich gegen seinen Vater zu erheben, weil er sonst sein Erbe verloren hätte!«

»Ich habe Euch nicht hergebeten, um Dinge gegeneinander aufzurechnen«, erwiderte Hedwig, nun mit leichter Schärfe in der Stimme, die sie aber sofort wieder unterdrückte.

»Da ich Eure Hochzeit mit angebahnt habe, fühle ich mich in gewisser Weise auch dafür verantwortlich, dass es Euch gutgeht. Ihr seid nicht glücklich, das ist nicht zu übersehen, auch wenn Ihr es mit bewundernswerter Haltung zu verbergen sucht. Aber heute sollten wir wenigstens einmal ganz offen miteinander sprechen. Ihr werdet von jetzt an Albrechts Launen in viel stärkerem Maße ausgesetzt sein – und seiner Verbitterung, noch keinen Sohn zu haben. Deshalb mein Angebot in aller Aufrichtigkeit und Sorge: Sollte die Lage für Euch unerträglich werden, lasst es mich wissen. Dann schreibe ich an Euren Vater. Mir wird der Herzog von Böhmen eher glauben als Euch und es nicht nur für Launen halten.«

»Nun schickt mein Gemahl Euch schon auf die abgelegenste Burg, und Ihr wollt Euch immer noch in die Angelegenheiten der Männer einmischen!«, entrüstete sich Sophia. »Das ist ... unglaublich! Schamlos und vermessen!«

Nun konnte Hedwig ein Lächeln nicht unterdrücken. »Nein, das ist klug, und es ist notwendig. Viel Leid ist dem Land und seinen Menschen dadurch erspart geblieben, dass ich auf meinen Gemahl – Gott sei seiner Seele gnädig! – einwirken konnte. Ihr habt offenbar nicht die Möglichkeit dazu. Doch langsam beginne ich, mir ernsthaft Sorgen um Euer Wohlergehen zu machen. Also behaltet meinen Vorschlag in Erinnerung. Und wenn Ihr meint, dass es für Euch und Eure Tochter besser wäre, würde ich gern meine Enkelin mit nach Seußlitz nehmen und für sie sorgen.«

Dieser Vorschlag kam völlig überraschend für Sophia. Sie begriff, dass sie sich schnell entscheiden musste. Albrecht würde

keine Einwände erheben – er interessierte sich nicht für seine Tochter, er wollte einen Sohn.
Und sie? Wenn sie ehrlich zu sich selbst war, schaffte sie es nicht, innige Gefühle für ihre Tochter zu entwickeln, weil deren Anblick sie ständig an ihre schlimmste Niederlage erinnerte: keinen Sohn geboren zu haben.
Früher oder später würde Albrecht seinen Zorn auch an der kleinen Christina auslassen. In Seußlitz war sie sicher vor den gewalttätigen Ausbrüchen ihres Vaters und gut behütet. Denn das musste sie ihrer Schwiegermutter lassen: Zu niemandem fühlte sich die Kleine so hingezogen wie zu ihrer Großmutter, nicht einmal zu ihrer Amme.

Gegen Mittag des gleichen Tages brach Hedwig mit ihrem Gefolge auf, um in Seußlitz ihren Witwensitz zu nehmen. Ihre vierjährige Enkeltochter begleitete sie, höchst verzückt darüber, mit der Großmutter reisen zu dürfen, die so spannende Geschichten von ihren Vorfahren zu berichten wusste.
Der feiste Giselbert war angewiesen, die Fürstinnenwitwe zu begleiten und dafür zu sorgen, dass sie in Seußlitz keine Mitverschwörer fand, um etwas gegen ihren Sohn zu unternehmen. Die halbe Burgmannschaft war ausgewechselt und durch Leute ersetzt, die sich auf keinen Fall Elmars Gunst verscherzen wollten, ebenso die Dienerschaft.
So fiel der Empfang für die Mutter des neuen Markgrafen überaus höflich, doch recht kühl aus.
Umso mehr war Hedwig überrascht, als sich der Burgkommandant bei ihr melden ließ, kaum dass die die Kemenate betreten hatte. Wahrscheinlich wollte er ihr die Vorschriften aufzählen, die ihr Sohn für ihren Aufenthalt übermittelt hatte, und sich im besten Fall dafür entschuldigen.
Sie hatte den Mann schon bei ihrer Ankunft mit einem Blick erfasst: etwa in ihrem Alter, mit dunklen Haaren, das an den

Schläfen grau zu werden begann, von schlanker Gestalt. Nur an seine Augenfarbe konnte sie sich nicht erinnern; es war zu viel Durcheinander auf dem Burghof gewesen, als dass sie mehr als einen kurzen Gruß wechseln konnten, und als er ihr den Willkommenspokal überreichte, war sie durch ihre Enkelin abgelenkt.
Auf ihr »Herein!« trat er ein und sank drei Schritte vor ihr auf ein Knie.
»Durchlaucht, ich wollte mich erkundigen, ob Ihr hier alles zu Eurer Zufriedenheit vorfindet oder ob ich noch etwas veranlassen kann, damit Ihr Euch wohl fühlt.«
Diese Worte klangen nicht wie die eines Kerkermeisters, aber auch nicht unterwürfig oder einschmeichelnd – so, als sei ihm wirklich an ihrem Wohlbefinden gelegen.
»Habt Ihr Euch diesbezüglich nicht nach den ... Wünschen meines Sohnes, des Markgrafen, zu richten?«, fragte sie leicht spöttisch mit hochgezogenen Augenbrauen.
»Ich frage nach *Euren* Wünschen«, beharrte er unerwartet freundlich, und er sah sie dabei auf eine Art und Weise an, wie lange kein Mann mehr sie angesehen hatte. Der letzte – und vielleicht einzige – war Dietrich von Landsberg gewesen, ihr Schwager. Er hatte sie aus ganzem Herzen begehrt; ihre heimliche, innige Liebschaft hatte sie in einen Abgrund von Verzweiflung, Begehren und verbotenem Glück gerissen. Und als er vor fünf Jahren starb, da starb mit ihm auch in Hedwig die Hoffnung, noch einmal solche Innigkeit zu erleben, um ihrer selbst willen so geliebt zu werden.
Seine Augen sind braun, dachte Hedwig beim Anblick des Burgkommandanten. Und er hatte sich unverkennbar in sie verliebt. Sie konnte nicht wissen, ob er es jemals wagen würde, auch nur mit einer Andeutung die unsichtbare Grenze zu überschreiten, die eine solche Annäherung zwischen einer Fürstin und einem ihrer Untergebenen verbot. Genauso wenig vermochte sie zu

sagen, ob sie bereit war, nach all den Jahren des Verzichts und der Trauer um ihren Geliebten alle Vorsicht aufzugeben und noch einmal ihr Herz für einen Mann zu öffnen.
Doch ob es nun geschehen würde oder nicht – um ihre Zukunft war ihr nun nicht mehr bange. Desto mehr um die Zukunft der Mark Meißen und all jener, die treu zu ihr und ihrem Gemahl gestanden hatten.

## *Februar 1190 in Konstantinopel*

Thomas' unbedachter Wunsch, Konstantinopel zu sehen, sollte sich tatsächlich erfüllen.
Kaiser Isaak war zu der Einsicht gekommen, der Staufer könnte Ernst machen und die Hauptstadt des Byzantinischen Reiches erobern. Als auch noch die Serben dem Wallfahrerheer sechzigtausend Mann an Hilfstruppen angeboten hatten und Friedrich über seinen Sohn schon eine Flotte von den italienischen Hafenstädten angefordert hatte, um von Seeseite aus anzugreifen, stimmte Isaak Angelos endlich den Bedingungen für einen Friedensschluss zu.
Nun stand Thomas in der Hagia Sophia, gemeinsam mit den ranghöchsten Gefolgsleuten Friedrichs von Staufen, und sollte als einer von fünfhundert Rittern den Friedensvertrag zwischen beiden Kaisern – dem weströmischen und dem oströmischen – bezeugen.
Genauer betrachtet war es weniger ein Friedensvertrag als die widerspruchslose Anerkennung sämtlicher Forderungen, die der erzürnte Friedrich von Staufen an Isaak Angelos stellte.
Doch noch hallten feierliche Gesänge durch das riesige Gotteshaus und läuteten ununterbrochen Glocken – eine Besonderheit

der oströmischen Gottesdienste, wie der junge Benediktiner Thomas auf dem Weg hierher erzählt hatte.
Bei der Morgenmesse hatte Bischof Martin die versammelten Meißner und Weißenfelser mit unübersehbarer Verachtung darauf hingewiesen, welchen Irrtümern die byzantinische Kirche anhing, und sich dabei immer mehr ereifert. »Sie glauben nicht an die Heilige Dreifaltigkeit, ihre Priester geloben nicht Keuschheit, sondern leben in Sünde mit Weibern, und sie feiern nicht die Messe mit der gebotenen Ehrfurcht. Den Heiligen Vater in Rom wollen sie nicht anerkennen, sondern nur ihre Patriarchen von Konstantinopel, Jerusalem und Antiochia. Und bei all solcher Gotteslästerung meinen sie noch, einzig *sie* seien vom rechten Glauben erfüllt. Lasst euch nicht blenden durch das, was ihr sehen werdet, denn der einzige wahre Glaube ist unser!«
Doch diese Warnung hatte bei Thomas nicht die gewünschte Wirkung hinterlassen.
Er *war* beeindruckt, sogar geblendet von der Größe und Pracht der Hagia Sophia. Wie konnte man das nicht sein angesichts der Erhabenheit dieser Kirche? Sie war größer als jedes Bauwerk, das er je gesehen hatte, sie schien sich bis zum Himmel zu erstrecken und nur von Gotteshand zusammengehalten zu werden. Denn das größte von all den Wundern der Hagia Sophia war die riesige Kuppel, die in unglaublicher Höhe über dem prachtvollen Raum schwebte und nur von einem Kranz aus gleißendem Licht gehalten schien.
Ein Teil seines Verstandes sagte ihm, dass dieser Lichtkranz aus dicht nebeneinanderstehenden Fenstern bestand, durch die die Sonnenstrahlen fluteten. Doch wie konnte solch eine gewaltige Kuppel so hoch oben Halt finden, wenn nicht durch Gottes Hilfe?
Es war, als schaute man ins Himmelsgewölbe, und Christus blickte auf die Staunenden herab. Das würde Philipp gefallen, dachte er.

Marmorne Säulen und Fußböden, mit goldenen und silbernen Mosaiksteinen geschaffene Verzierungen, die durch das Licht aus weiteren Fenstern zum Funkeln gebracht wurden – all diese Pracht ließ Thomas in einem Traum versinken. Das ganze Gotteshaus schien mit Licht erfüllt, ja von innen heraus zu leuchten.
Es kam ihm einfach unmöglich vor, dass solch ein Wunderwerk ohne göttliches Zutun und göttlichen Segen erschaffen worden sein könnte, noch dazu schon vor Hunderten von Jahren.
Wenn Gott dieses Wunderwerk zusammenhält, segnet er damit nicht auch die oströmische Kirche, den Glauben der Byzantiner?, fragte sich Thomas zweifelnd, während er den Blick nicht abwenden konnte von so viel Schönheit, von Heiligendarstellungen in den strahlendsten Farben und jenem geheimnisvollen Leuchten, das das Innere der Basilika durchfloss.
Obwohl der Bischof sagt, unser Glauben sei der einzig wahre?
Weshalb sollte Gott jemanden so eindeutig seiner Gnade würdigen, wie er es mit der Hagia Sophia tat, der dem falschen Glauben anhing?
Die Byzantiner hielten ihren Glauben für den einzig wahren, ebenso, wie die Juden es mit ihrem taten. Und irgendjemand hatte ihm erzählt, selbst die Ungläubigen, von denen sie Jerusalem zurückerobern wollten, würden Gott verehren und sich als die einzig Rechtgläubigen betrachten.
Je länger er darüber nachdachte, umso verworrener wurde die Angelegenheit.
Eines allerdings war Thomas klar: Seinen Zweifel, welcher Glaube nun der einzig wahre war, würde er nie aussprechen dürfen, wollte er nicht sich selbst und seine ganze Familie gefährden.
Er riss den Blick los von den flirrenden Lichtstrahlen, die das Gotteshaus erleuchteten und in denen winzige Staubkörner tanzten und funkelten, und versuchte, in den Gesichtern der Bischöfe zu lesen, die neben Friedrich von Staufen standen.

Überkam sie denn kein Zweifel? Dieses Wunderwerk übertraf jeden ihrer Dome, sei er noch so groß und prachtvoll.
Doch auf den Gesichtern sah er keine Ergriffenheit und schon gar keine Unsicherheit: nur Misstrauen und unverhüllte Ablehnung der Messe, wie der Patriarch sie gerade bei anhaltendem Glockengeläut feierte.
Roland – doppelt getroffen durch den Tod seines Knappen und den Verlust seines Pferdes und noch härter geworden seitdem – schien ebenfalls sprachlos angesichts der Pracht. Doch jetzt sah er zu seinem Freund hinüber und erriet wohl zumindest zum Teil, welche gefährlichen Fragen diesem durch den Kopf gingen.
»Mag sein, sie haben die besseren Baumeister. Doch wir haben den besseren Feldherrn«, sagte er leise zu ihm. »In dieser Kirche werden die byzantinischen Herrscher gekrönt. Aber heute wird hier ein byzantinischer Kaiser in die Knie gezwungen. Also steht Gott auf *unserer* Seite, auf der Seite der wahren Gläubigen! Denn er lässt unseren Kaiser über den Verräter siegen.«
Roland und Thomas kannten die vierzehn Punkte der Übereinkunft zwischen den Kaisern; sie waren am Tag zuvor der Ritterschaft unter großem Jubel bekanntgegeben worden, denn sie kamen einem vollkommenen Sieg gleich.
Doch nun, in der größten und prachtvollsten Kirche auf Erden, in der jedes laut gesprochene Wort von den steinernen Wänden widerhallte und gleichsam vor Gott und der Welt gegeben schien, klangen die feierlich vorgetragenen Friedensvereinbarungen beinahe unglaublich:
Der Kaiser von Byzanz verzichtete nicht nur auf jegliche Entschädigung für alle Verwüstungen, die das Kreuzfahrerheer angerichtet hatte, er würde Sühne für die Misshandlung der Gesandten leisten, Geiseln aus seiner eigenen Familie stellen, er sicherte Proviant, Geleitschutz und Schiffe zu, über die der römische Kaiser das Kommando haben würde, während seine

eigene Flotte nicht auslaufen durfte und sein Landheer vier Tagesmärsche Abstand zu halten hatte.
»Ich glaube, wenn er uns nur loswird, stellt sich Isaak Angelos noch höchstselbst ans Ufer und winkt uns zum Abschied«, raunte Roland mit finsterem Spott.
Diese Vorstellung vertrieb auch einen Teil von Thomas' ehrfurchtsvoller Stimmung. »Jetzt haben wir gesehen, wer von beiden Kaisern das Sagen hat – und es ist nicht der byzantinische«, antwortete er leise und konnte sich diese Häme nicht verkneifen. »Davon wird man vielleicht noch in hundert Jahren reden. Und wir waren dabei!«
Ihr Geflüster fiel kaum auf, denn auch die anderen Ritter kosteten diesen vollkommenen Triumph mit ein paar mehr oder weniger höflichen Anmerkungen aus.
Thomas warf einen Blick auf den Patriarchen Dositheos, der – wenn die Berichte zutrafen – hier an diesem heiligen Ort zum Mord an den Pilgerfahrern aufgerufen hatte. Jetzt trug er eine Miene, als hätte man ihm Essig eingeflößt, und sah immer wieder nach oben. Aber von dort kam keine Rettung. Auch er musste die demütigenden Vereinbarungen anerkennen.
Als die Zeremonie endlich vorüber und der Vertrag besiegelt und beeidet war, atmete Thomas tief durch.
Der Kaiser hatte gewonnen, auch wenn er viele Männer, Pferde und fast ein halbes Jahr Zeit verloren hatte.
Und Konstantinopel würde vom Krieg verschont bleiben.
In den letzten Monaten hatte Thomas so viele Orte in Flammen aufgehen oder in Blut versinken sehen, dass er manchmal dachte, diese Taten würden den Pilgerfahrern trotz aller Versprechen der Geistlichen nie und nimmer vergeben werden.
Die Vorstellung, dass ein Wunderwerk wie die Hagia Sophia bei der Belagerung und Einnahme der Stadt zerstört oder auch nur beschädigt werden könnte, war ihm unerträglich.
Das führte ihn zu Grübeleien, welchen Schaden sie wohl an

Heiligtümern anrichten würden, wenn sie um Jerusalem kämpften. Und wie viele Menschen dabei sterben würden. Es hieß, als die Christen vor fast hundert Jahren Jerusalem eingenommen hatten, seien sie bis zu den Knöcheln durch das Blut der von ihnen Erschlagenen gewatet.

Vielleicht sollte er sich besser wünschen, nie dorthin zu kommen?

Aber das war schon wieder solch ein unheilvoller, abgründiger Gedanke, vor dem ihn Roland zu Recht warnen würde. Denn aufhalten auf dem Weg dorthin würde sie nur ... der Tod.

Am 22. März des Jahres 1190 – am Gründonnerstag – begann das Heer mit der Überfahrt über die Dardanellen.

Unter wolkenbruchartigen Niederschlägen waren die Truppen zu einem Küstenort namens Gallipoli marschiert, wo die Flotte sie bereits erwartete.

Die Straßen waren durch den Regen so unwegsam geworden, dass die meisten Karren und Wagen aufgegeben und die Lasten auf Packpferde verteilt werden mussten.

Diesmal hatte der byzantinische Kaiser Wort gehalten: siebzig Lastschiffe, einhundertfünfzig Schiffe, mit denen Pferde befördert werden konnten, und fünfzehn Galeeren mit voller Besatzung lagen vor der Küste und warteten darauf, die Wallfahrer über die Dardanellen zu befördern.

Thomas nutzte die erstbeste Gelegenheit, sich vom Lager zu entfernen, denn er wollte das Meer sehen. So viel Wasser konnte er sich einfach nicht vorstellen.

Roland folgte ihm, wohl von ähnlichen Gedanken getrieben.

»Immerhin – man sieht das andere Ufer«, meinte er unbehaglich. »Wie weit wird es wohl bis dahin sein?«

»Schwer zu schätzen ... Ich bin mir nicht sicher, ob ich so weit schwimmen könnte.«

»Und schau dir diese Nussschalen an, wie sie schwanken. Mir

wird schon bei der Vorstellung schlecht, da mein Pferd hineinführen zu müssen.«
Missmutig schaute er zum Himmel, aus dem es immer noch schüttete. »Wasser von oben und unten ... Hieß es nicht, wir müssten durch Wüsten ziehen?«
»Die kommen noch, keine Sorge. Dann wirst du dich nach solchem Regenguss sehnen ...«
Am Ufer herrschte mittlerweile solch reges Treiben, dass sie das Gefühl hatten, nur im Weg zu stehen. Pferde wurden hin und her geführt, Kisten herangeschleppt, Feuerstellen entzündet. Also gingen sie zu ihrem Teil des Lagers, wo sich die Knappen zusammen mit den Reisigen damit abplagten, in dem Morast den Leinenbaldachin aufzuspannen, damit die Ritter wenigstens halbwegs im Trockenen essen konnten.
Roland winkte seinen und Thomas' Knappen heran.
»Kannst du eigentlich schwimmen?«, fragte er Gerwin, den Knappen, den er nun auszubilden hatte.
Der Vierzehnjährige nieste und schniefte, ehe er antwortete. »Nicht besonders gut, Herr.«
Thomas sah zu Rupert, der gleich von sich aus antwortete. »Ja, Herr!«
»Dann gehst du jetzt mit Gerwin und übst mit ihm, bis er es kann«, befahl Roland. Das Schwimmen gehörte zu den Fertigkeiten, die ein Ritter beherrschen sollte. Doch bisher hatte sich keine Möglichkeit ergeben, ihn darin zu unterweisen.
Missmutig starrte Roland den beiden Jungen nach. Mit zusammengekniffenen Augen legte er den Kopf in den Nacken, ließ sich den Regen über das Gesicht laufen, dann schüttelte er die Nässe ab und strich sich die Haare nach hinten.
»Mulmig ist mir schon angesichts der Vorstellung, mich nun den Schiffsplanken anvertrauen zu müssen, statt richtigen Boden unter den Füßen zu haben«, gestand Thomas, als der Freund immer noch schwieg. Sie hatten unterwegs mehrfach miterleben

müssen, wie bei Flussüberquerungen Menschen und sogar Pferde ertrunken waren – in tückische Strudel gerissen, manchmal nur ein paar Schritte vom Ufer entfernt.
Roland jedoch schien in Gedanken ganz woanders – und nicht bei Philipp, wie Thomas vermutet hatte.
»Weißt du ... sie könnte jetzt gerade ein Kind bekommen ...«
Das war eine Angelegenheit, über die Thomas nicht nachdenken wollte. »So viel könnte geschehen sein, von dem wir nichts wissen«, versuchte er, dem Freund die düsteren Gedanken zu vertreiben.
»Ich meine nur ... für den Fall, dass ich nicht lebend drüben ankomme ... Wirst du sie nach deiner Heimkehr bitten, ein Gebet für mich zu sprechen?«
Wider Willen musste Thomas lachen. »Vielleicht solltest *du* lieber mit Rupert schwimmen üben? Werden wir nicht beide im gleichen Schiff sein? Also kehren wir entweder beide nach Hause zurück, oder sie muss für uns beide ein Gebet sprechen!«

Noch am Gründonnerstag setzte der Herzog von Schwaben mit seinem Gefolge als Erster über den Hellespont. Am Karfreitag und Samstag folgten ihm seine Truppen aus Bayern und Schwaben.
Am Ostersonntag goss es dermaßen in Strömen, dass beschlossen wurde, an diesem Tag niemanden über die Meerenge zu schicken, sondern die Zeit lieber für Gebete zu nutzen.
Thomas und Roland war es nur recht, noch einen Tag Aufschub zu bekommen, bevor sie sich und ihre Pferde den schwankenden Schiffen auslieferten.
Am Montag und Dienstag schließlich setzten die restlichen Wallfahrer über – als Letzter der Kaiser mit einem Ehrengeleit von fünf Kriegsschiffen. Zu denen, die gemeinsam mit Friedrich von Staufen die Küste verließen, gehörte auch der Graf von Weißenfels mit seinen Männern.

Sie hatten kaum abgelegt, als unzählige Menschen zum Ufer rannten und angesichts der davonsegelnden Schiffe in Jubel ausbrachen – wohl kaum als Ehrenbezeugung für den römischen Kaiser, sondern aus Erleichterung darüber, dass dessen Heer nun endlich das Land verlassen hatte.

»Wisst ihr beiden Jungsporne, dass vorgestern ein paar Gesandte aus Pisa zum Kaiser kamen und ihm sehr nachdrücklich Kriegsschiffe angeboten haben, damit er doch noch Konstantinopel belagert?«, berichtete Wiprecht, der zu Thomas und Roland getreten war. »Wenn ich mir die Meute da am Ufer anschaue, wünschte ich mir, er würde es tun …«

Thomas konnte nicht antworten, sein Magen schien sich umzustülpen. Eigentlich hatte er im Frachtraum bleiben wollen, um seine Pferde zu beruhigen, aber da hatte er es nicht ausgehalten vor Übelkeit und gerade noch Rupert damit beauftragt, bevor er nach oben an die frische Luft stürzte. Er wollte nicht vor aller Augen sein Essen wieder herauswürgen, schon gar nicht vor seinem Knappen.

Zum ersten Mal seit neununddreißig Wochen – seit sie die Grenze nach Byzanz überschritten hatten – legten die Ritter Gambeson und Kettenhemd ab, um nicht von deren Gewicht unter Wasser gezogen zu werden, sollte das Schiff kentern.

Doch die gesamte Flotte erreichte wohlbehalten das Ufer.

Binnen sechs Tagen und ohne einen einzigen Verlust war das riesige Heer Friedrichs von Staufen über den Hellespont befördert worden.

Thomas hatte es sogar geschafft, sein Essen bei sich zu behalten – wenn auch nur mit Mühe.

»Jetzt sind wir in Asien, Kleiner! Hättest du dir das jemals erträumt?«, fragte Rupert, dem die Überfahrt nicht das Geringste ausgemacht zu haben schien, mit leuchtenden Augen. Er hieb Gerwin zwischen die Schulterblätter, dem gegenüber er so etwas wie Beschützergefühle entwickelt hatte – vielleicht auch aus

schlechtem Gewissen wegen der vielen üblen Streiche auf Kosten Philipps.
Der Jüngere sah sich neugierig um, aber außer Sandstrand und ein paar windzerzausten Gewächsen war nichts zu sehen. »Asien? Hier ist jetzt also alles anders, ja?«
»Nicht ganz«, berichtigte ihn Roland. »Das hier gehört immer noch zu Byzanz. Und vergiss nicht: Dies ist der Teil von Byzanz, der noch heftiger angegriffen wird als die Gebiete, die wir schon durchquert haben. Nur werden wir es hier bald mit kriegerischen Seldschuken und nicht nur mit ein paar Strauchdieben zu tun bekommen. Also wird ab sofort wieder in voller Rüstung marschiert!«
»Trotzdem – wir sind in Asien«, widersprach Thomas, der sich irgendwie verpflichtet fühlte, den Jungen aufzumuntern. »Jetzt haben wir Europa und den größten Teil des Marschweges hinter uns gelassen. Das ist schon eine große Sache!«
Mit einem Mal stand Dietrich von Weißenfels vor ihnen und lächelte dem staunenden Knappen zu. »Das heißt, Jerusalem ist nicht mehr weit. So Gott will, könnten wir in zwei, drei Monaten in Antiochia sein – im Heiligen Land!«

# DRITTER TEIL

## *Blutige Ernte*

## März 1190 in Freiberg

Elmar sollte recht behalten: Die glanzvolle Zeremonie, mit der der König vor den versammelten Fürsten des Reiches Albrecht die Mark Meißen als Fahnenlehen zusprach, gab seinem Schützling die alte Siegessicherheit zurück. In der Runde vornehmlich junger Edler, die König Heinrich um sich scharte, wurde er nicht vorwurfsvoll beäugt, sondern von einigen sogar vorbehaltlos für den Mut bewundert, mit dem er sich gegen seinen uneinsichtigen Vater gestellt hatte.

Für die Zeit des Hoftages hatte ihm Giselbert außerdem eine der schönsten und teuersten Frankfurter Huren zugeführt, und diese war ihr Geld wirklich wert. Mit ausgefallenen Liebesspielen sorgte sie nicht nur dafür, dass sich Albrecht in seiner männlichen Eitelkeit bestärkt fühlte. Sie trieb ihn zu solcher Erschöpfung, dass er nachts schlief, ohne auch nur an Dämonen und das Höllenfeuer denken zu können.

Für die ruhmreiche Heimkehr in die Mark Meißen hatte sich Elmar etwas Besonderes ausgedacht. Deshalb ritt Albrecht auf dem Rückweg vom Hoftag zunächst nach Freiberg, und die Reise war so geplant, dass sie am Palmsonntag zu Beginn der Karwoche dort eintrafen.

»Ist das nicht ein bisschen gotteslästerlich, so an den Einzug Jesu in Jerusalem zu erinnern?«, hatte Giselbert anfangs zu bedenken gegeben, noch vor dem Aufbruch Richtung Frankfurt.

Doch Elmar zeigte sich davon völlig unbeeindruckt. »Genau dieses Gleichnis sollen die Leute vor Augen haben, wenn Seine Durchlaucht in Freiberg einzieht. Und am Ostersonntag, gleichzeitig mit dem Fastenbrechen, feiern wir in Meißen seine Regentschaft!«
Albrecht hatte das alles wortlos hingenommen und die Vorbereitungen Elmar überlassen. Und wieder einmal sollte sich zeigen, dass sein durchtriebener Berater unübertroffen und unersetzlich war.

Als Albrecht sich mit seinem mehr als hundertköpfigen Geleit Freiberg auf ein paar Meilen genähert hatte, preschte ein halbes Dutzend Reiter voraus, um die Ankunft des Hofstaates anzukündigen. Vor dem Erlwinschen Tor erwartete ihn weisungsgemäß Sophia mit ihrem Gefolge in prachtvoller Aufmachung, die zusammen mit Elmar aus Meißen gekommen war.
Die Fürstin wagte es nicht, ihrem Mann in die Augen zu blicken, als er sie mit höflichen Worten, aber in eisigem Tonfall begrüßte. Sie zitterte vor Kälte. Der Märztag war kühl, und während sie vor dem Tor gewartet hatte, war ein kräftiger Regenschauer niedergegangen.
Doch wahrscheinlich zittert sie noch mehr aus Furcht, dachte Albrecht zufrieden. Und dazu hat sie allen Grund! Am liebsten würde er sie auf der Stelle vor aller Augen züchtigen. Schon ihr Anblick entfachte seinen Zorn von neuem. Aber das musste warten. Sicher fand er bis dahin ein anderes Opfer, an dem er seine Allmacht beweisen konnte.
Auf seine Geste hin ritt Sophia an seine Seite und setzte das befohlene strahlende Lächeln auf. Nur aus der Nähe war zu erkennen, dass sie dahinter Furcht und Abscheu verbarg.
Während der Abwesenheit ihres Gemahls hatte sie unter den unerbittlichen Augen Elmars auf dem Burgberg alles getan, was von ihr erwartet wurde. Aber sie wusste, dass Albrecht ihr ge-

genüber keine Gnade zeigen würde, ganz gleich, was Elmar ihm berichtete. Sein gewalttätiger Ausbruch vor der Abreise hatte sie in Todesängste versetzt. Seitdem überlegte sie ernsthaft, ob ein Leben im Kloster nicht doch die bessere Wahl sei – oder ob sie auf das Angebot ihrer Schwiegermutter zurückgreifen sollte. Doch wenn Albrecht davon erfuhr, würde er sie noch schlimmer büßen lassen. Auch ohne in seine Augen zu sehen, spürte sie, wie in ihm die Lust brodelte, zu quälen und zu töten.
Ein Schauer lief ihr über den Rücken. Sie legte die Hände übereinander, die die Zügel hielten, und verborgen unter dem weiten Ärmel streckte sie heimlich zwei Finger der rechten Hand als Zeichen gegen das Böse aus, das ihr Mann verkörperte.

Bereits beim Passieren des Erlwinschen Tores jubelten mehr als hundert Freiberger dem Fürstenpaar zu, herbeigerufen durch Hornsignale und die lauten Befehle der berittenen Vorhut.
Auf beiden Seiten der Gasse standen die Stadtbewohner dichtgedrängt, um den prachtvollen Zug zu bewundern und Segenswünsche zu rufen. Allein die Kleider des Fürstenpaares würden Gesprächsstoff für Wochen abgeben!
An der Kesselmachergasse schwenkte der beeindruckende Reiterzug nach links zum Oberen Markt.
In der Mitte des Platzes wartete bereits Elmar auf seinem Rappen, begleitet von einem Dutzend prächtig gekleideter und gerüsteter Ritter. Das Geviert vor ihm wurde durch bewaffnete Knechte frei gehalten, und die an den Seiten stehenden Menschen machten eiligst Platz für das Fürstenpaar und sein Gefolge.
»Hoheit! Ganz Freiberg heißt Euch als Markgrafen von Meißen willkommen und beglückwünscht Euch zu Eurer Belehnung durch den König!«, rief Elmar und verneigte sich, wobei er die Hand über das Herz legte.
Der dicke Ausrufer, der auch beim Turnier dabei gewesen war, forderte die Zuschauer auf, drei laute Hochrufe auf den Mark-

grafen und seine Gemahlin auszubringen. Aus Hunderten Kehlen erklang ein begeistertes »Vivat!«.
Lukas stand mit seinem Fuchshengst in der ersten Reihe von Albrechts berittener Wache und betrachtete die jubelnde Menge mit undurchdringlicher Miene. Das Turnier und die in die Menge geworfenen Pfennige haben wirklich bleibenden Eindruck hinterlassen, dachte er sarkastisch, um die Bitterkeit über seine derzeitige Lage zurückzudrängen.
Während der Reise zum Hoftag war ihm stets ein Platz in der Mitte der Ritter zugewiesen worden – so, dass er ständig unter Beobachtung war und keinen Schritt allein gehen konnte. Das störte ihn nicht weiter; im Gegenteil. Ihn vor aller Augen hinterrücks abstechen zu lassen, könnte doch für Unmut unter den Rittern sorgen, und sollten sie zu zehnt über ihn herfallen, würde er ihnen bis zum letzten Atemzug einen Kampf bereiten, von dem noch lange die Rede sein sollte.
Doch für den Auftritt auf dem Oberen Markt hatte ihn der neue Markgraf in die erste Reihe befohlen. Jeder Freiberger sollte sehen, dass der treueste Gefolgsmann des legendären Christians nun Albrecht Gehorsam leistete.
Zusätzlich beunruhigte Lukas, dass er Marthe in dem Gewimmel nicht entdecken konnte. War ihr etwas zugestoßen während seiner Abwesenheit? Oder stand sie gerade Clara in ihrer schweren Stunde bei? Die Zeit für die Niederkunft musste nun schon nah sein. Lukas wusste keinen anderen Grund, aus dem Marthe freiwillig versäumen würde, hierherzukommen, um sich davon zu überzeugen, dass er lebte und es ihm gutging.
Ein Pfiff lenkte seinen Blick nach links – und da sah er sie endlich. Der älteste Schmiedesohn und Christian, der Stallbursche, bahnten ihr mit breiten Schultern den Weg durch die Menge, bis sie sich nach vorn zwängen konnte.
Sie musste ihn sofort entdeckt haben; er war ja auch schlecht zu übersehen in der ersten Reihe der Berittenen.

Lukas lächelte ihr aufmunternd zu und versuchte, in ihrem Gesicht zu lesen, ob er schon einen Enkel hatte. Doch er sah nur Erleichterung über seine Rückkehr ... und dahinter tiefe Besorgnis.

Sie war noch nie gut darin gewesen, etwas vor ihm zu verbergen. Dafür kannte er sie einfach zu genau.

Hoffentlich macht Albrecht es kurz, dachte er ohne große Hoffnung, dieser Wunsch könnte in Erfüllung gehen. Er wollte jetzt seine Frau in die Arme schließen, die er drei Wochen lang nicht gesehen hatte. Und er wollte wissen, was um alles in der Welt hier geschehen war.

Zufrieden blickte Albrecht auf die Menge herab, die ihn ehrfürchtig anstarrte.

Die Ratsherren traten vor, angeführt von dem dürren Bürgermeister, und knieten nieder – wieder einmal auf einem von Pfützen übersäten Platz. Der Bürgermeister hielt mit beiden Händen ein weißes Bündel und streckte es ihm entgegen.

»Erlaubt, allergnädigster Fürst, dass wir Euch willkommen heißen und als Ausdruck unserer Freude über Eure Regentschaft ein Geschenk überreichen!«

Albrecht gestattete ihm mit einer knappen Geste, aufzustehen.

Ungelenk rappelte sich der Gewandschneider hoch und schlug das weiße Kaninchenfell auseinander, mit dem das Geschenk umhüllt war: zwei zinnerne Becher mit dem meißnischen Löwen und den Namen von Markgraf und Markgräfin, wie er eiligst erklärte.

»Die Arbeit unseres besten Zinngießers, eigens für diesen Anlass gefertigt, Hoheit!« Seine Stimme überschlug sich vor Aufregung.

Auf das Zeichen des Fürsten hastete der dicke Ausrufer zu dem Bürgermeister, nahm ihm das Geschenk ab und zeigte es Albrecht und Sophia.

Der Markgraf nickte herablassend und befahl dann seinem Mundschenk, die Trinkgefäße an sich zu nehmen. Er würde sie nicht berühren, bevor überprüft war, ob sie nicht mit einem dieser tückischen Gifte bestäubt waren, das jeden tötete, der damit in Berührung kam. Man konnte sich gar nicht genug in Acht nehmen.
Doch die Leute auf dem Marktplatz blickten so ehrfürchtig zu ihm auf, dass er sich wohl zu viele Sorgen machte. Vielleicht sollte er noch ein paar Worte sagen, dann würden sie ihm ganz aus der Hand fressen.
»Ich weiß die Treue und den Fleiß der braven Freiberger zu schätzen«, rief er der Menge zu. »Nun, da mich unser Herr König zum rechtmäßigen Herrscher der Mark Meißen ernannt hat, werden mir heute auf der Burg die Ritter und Wachen die Treue schwören. Die Ratsherren seien zu diesem Fest eingeladen – und wer von euch zuschauen will, kann dies tun, soweit der Platz auf dem Burghof reicht.«
Er unterdrückte mit einer Geste den aufkommenden Jubel, um gleich weitersprechen zu können. »Danach geht wieder an eure Arbeit, holt das Erz aus den Gruben und schmelzt Silber daraus. So bringen wir das Land zum Erblühen!«
Nun schien die Begeisterung kein Ende zu nehmen.
In Hochstimmung sah Albrecht auf die jubelnde Menge. Elmar, der selbst voller Genugtuung wirkte, hatte recht behalten. Alle Zweifel und Schuldgefühle waren ausgelöscht, die ihn noch vor vier Wochen geplagt hatten. Nun würde ihn nichts mehr aufhalten können. Diesmal war Freiberg endgültig sein, und so würde ihm in ein paar Tagen auch Meißen zu Füßen liegen.
»Einem Mann will ich jedoch schon hier vor euch allen eine besondere Ehre zuteilwerden lassen«, kündigte Albrecht an und erntete dafür erwartungsvolle Blicke.
»Vor der versammelten Einwohnerschaft dieser Stadt erteile ich Lukas von Freiberg das Kommando über die Wachmannschaft der Burg. Mit seinem Schwert soll er die Stadt und die Ausbeute

der Gruben schützen – auf meinen Befehl und in meinem Auftrag!«
Als die Menge auf dem Marktplatz erneut in Freudengeschrei ausbrach – schließlich war Lukas ein bewährter Kämpfer und hatte sich immer schützend vor die Bürger gestellt, manchmal sogar gegen den Vogt –, wechselten Albrecht und Elmar einen kurzen, zufriedenen Blick.
Lukas hingegen hatte Mühe, seine Überraschung und Wut über diese Demütigung zu verbergen. Ihm blieb nun nichts weiter, als aus dem Sattel zu steigen, niederzuknien und Albrecht vor allen Bewohnern der Stadt Gehorsam zu schwören.
Er hatte nicht einmal Zeit, nach Marthe zu sehen.
»Fürst Albrecht, ich schwöre Euch, diese Stadt und ihre Bewohner mit meinem Schwert und meinem Blut zu schützen. Gott sei mein Zeuge«, rief er.
Etwas ungehalten sah Albrecht auf ihn herab.
»Wollt Ihr mich nicht auch Eurer Ergebenheit versichern?«, fragte er, als Lukas nichts hinzufügte, und forderte ihn mit einer Handbewegung auf, weiterzusprechen.
»Ich diene dem Markgrafen von Meißen«, erklärte Lukas.
»Und da ich das bin, hätten wir diese Frage also geklärt«, gab sich Albrecht großzügig und erntete dafür ein paar erleichterte Lacher bei den Zuschauern.
Diesen Lukas hier vor sich knien zu sehen, vor all den Stadtbewohnern, war ihm eine solche Nachlässigkeit wert. In ihren einfältigen Gesichtern las er, dass sein Plan aufgegangen war: Da selbst Lukas sich ihm unterworfen hatte, würde nun niemand mehr auch nur den geringsten Zweifel an seiner Allmacht wagen.
Er verkündete, den Hauptmann der Wache und den Burgvogt in Meißen als Gäste der Feierlichkeiten sehen zu wollen, dann gab er seiner Leibwache das Zeichen zum Aufbruch. Unter laut schallenden Hornsignalen ritten das Fürstenpaar und sein Gefolge durch die Reihen jubelnder Menschen zur Burg.

Jonas, der Ratsherr und Schmied, klopfte sich den Staub von den Kleidern und half dem alten Friedrich auf, dem Fuhrmann, der neben ihm niedergekniet war.

»Gehen wir zusammen auf die Burg, mein Freund, um Lukas in dieser bitteren Stunde wenigstens durch unsere Gebete und guten Gedanken beizustehen?«, fragte er leise.

»Ja, das sollten wir wohl«, brummte Friedrich und streckte das schmerzende Kreuz durch. »Wenn ich mich erinnere, wie alles angefangen hat ... Wer hätte gedacht, was daraus werden würde.«

Jonas lächelte versonnen bei der Erinnerung. »Wir waren noch mit dem Siedlerzug unterwegs auf der alten Salzstraße Richtung Böhmen, als wir euch trafen ...«

»Ja, mein Bruder und ich hatten kostbares Salz als Fracht auf dem Karren, aber für Geleitschutz nicht genug Geld. Christian bot uns seinen Schutz an. Da war Lukas noch sein vorlauter Knappe und Marthe ein blutjunges Ding auf der Flucht vor einem grausamen Burgherrn. Aber sie hatte damals schon Hände aus Gold. Wie neu fühlte ich mich jedes Mal, wenn sie meinen steifen Rücken behandelt hatte. Herrje, das würde mir heute auch einmal guttun!«

»Sie lehnt bestimmt nicht ab, wenn wir sie fragen«, meinte Jonas.

»Nicht heute, Meister Schmied! Das kann bis morgen warten. Sie hat heute genug Sorgen.«

Friedrich zog sich den Umhang enger um die Schultern zum Schutz gegen den kalten Märzwind. Nun wurde er auch noch fröstelig auf seine alten Tage, obwohl er doch eigentlich Wind und Wetter gewohnt sein sollte! Lag das daran, dass bald der Tod an seine Tür klopfen würde? Während er neben dem Schmied langsam Richtung Burg lief, versank er immer tiefer in Erinnerungen.

»Mir ist, als wäre es gestern gewesen, als wir am Bach das erste Silbererz fanden. Niemand von euch erriet, was es mit dem

schweren Klumpen auf sich hatte, nur mein Bruder und ich, weil wir so etwas von den Goslarer Gruben kannten.«
»Also habt ihr es dort untersuchen lassen und kamt wieder, um Christian zu berichten, dass sein Dorf sozusagen auf purem Silber steht«, spann Jonas den Faden weiter. »Von dem Tag an war es mit der Ruhe im Ort vorbei.«
»Ja. Und ich frage mich manchmal, ob das Silber nun ein Segen oder ein Fluch ist, der über uns gekommen ist«, meinte Friedrich nachdenklich.
Ich fürchte, das wird sich bald zeigen, dachte Jonas. Doch er sprach es nicht aus.

Burgvogt Heinrich und seine Frau Ida hatten sich damit überschlagen, den Empfang für das markgräfliche Paar noch glanzvoller ausfallen zu lassen, als Elmar es befohlen hatte. Tagelang hatte das Gesinde die Ställe ausgemistet, neue Binsen in der Halle ausgestreut, den Burghof gefegt, gebacken, gebraut und ein ganzes Fass mit fetten Aalen gefüllt, denn Fleisch würde erst am Ostersonntag wieder auf den Tisch kommen. Fünf Meilen den Lauf der Bobritzsch hinauf war auch der letzte Biber gefangen, um die Tafel zu bereichern. Biberfleisch brach das Fasten nicht. Und eigens für die hohen Gäste hatten sie zwei große Fässer von dem würzigen Starkbier kommen lassen, das nur die Zisterzienserbrüder in Marienzelle so gut brauen konnten.
Nun stand die Burgmannschaft zum Einzug des Fürstenpaares bereit, Heinrich hielt den Willkommenspokal in den Händen, und Ida hatte ein paar junge hübsche Mägde ausgesucht, die der Fürstin getrocknete Lavendelblüten auf den Weg streuen sollten.
Der Anblick der Mädchen – so die vorausdenkende Vögtin – sollte außerdem die Herren Ritter in gute Laune versetzen, die sich so schon ihre Gesellschaft für die Nacht aussuchen konnten. Für besonders hohe und anspruchsvolle Gäste hatte sie au-

ßerdem ein halbes Dutzend Schönheiten aus dem Hurenhaus kommen lassen. Niemand sollte sich beklagen können.
Wie es aussah, schien das mit den Huren ein guter Einfall gewesen zu sein, denn während Albrecht den Gruß der Wachmannschaft und den Willkommenstrunk entgegennahm, ließ er seine Blicke bereits interessiert über die Reihe der Hübschlerinnen schweifen, die Ida gut sichtbar gleich neben die Ritter der Burgbesatzung gestellt hatte.
So waren der Vogt und seine Frau frohen Mutes, dass nach den Wirrungen der letzten Monate endlich bessere, ruhigere Zeiten anbrechen würden. Erleichtert geleiteten sie das Fürstenpaar in die Halle und gaben dem Küchenmeister das Zeichen, sofort mit dem Auftragen des Festmahls beginnen zu lassen.

In dem allgemeinen Durcheinander auf dem Burghof, als mehr als hundert Pferde untergebracht und versorgt werden mussten, war es für Lukas und Reinhard nicht schwer, eine Gelegenheit zum Sprechen zu finden.
»Wie geht es Clara? Kann man euch schon zum Nachwuchs beglückwünschen?«, war Lukas' erste Frage.
»Immer noch nicht. Dabei sollte es nun jeden Tag so weit sein«, meinte Reinhard besorgt.
»Ist meine Frau deshalb beunruhigt?«, wollte Lukas wissen. Als der Freund den Kopf schüttelte, atmete er erleichtert auf. »Nur Geduld! Die letzten Tage sind die längsten«, meinte er lächelnd, denn er wusste noch gut, wie ihm zumute war, als Marthe mit seinem jüngsten Sohn niedergekommen war. Von der Geburt seiner ersten beiden Söhne hatte er jedes Mal erst erfahren, nachdem er von Reisen zurückgekehrt war.
»Was steckt dahinter, dass ich zur Krönungsfeier nach Meißen soll?«, fragte er dann.
»Ich weiß es nicht. Aber ich werde mich umhören«, meinte Reinhard, nickte ihm kurz zu und ging.

Dass Lukas mit seinem Schwiegersohn ein paar Worte wechselte, noch dazu, da ein Kind erwartet wurde, dürfte keinen Verdacht erwecken. Aber es schien ihnen besser, wenn sie nicht im allzu vertrauten Gespräch miteinander gesehen wurden.

Albrecht hatte Sophia einen so demütigenden Befehl erteilt, dass sie vor Fassungslosigkeit ihre Teilnahme am Festmahl absagen ließ: Sie sollte ihn nackt vor dem Bett kniend erwarten, und dann würde er entscheiden, ob er sie heute schwängern wollte oder nicht.

Sie ließ sich von ihren Kammerfrauen entkleiden, schlüpfte unter die Decke und schickte alle hinaus. Ihrer ergebensten Dienerin befahl sie, auf dem Gang zu warten und ihr sofort Bescheid zu geben, wenn ihr Gemahl sich nähere.

Das kann er nicht tun, das kann er nicht allen Ernstes von mir erwarten, dachte sie, während sie die kalten Füße aneinander rieb. Doch sie wusste: Er *konnte* und er *würde* es tun.

Wohl zum hundertsten Male wog sie ab, ob ihr Vater ihr helfen würde, wenn sie oder Hedwig ihm ihre Not schilderte. Einen Krieg gegen Böhmen durfte Albrecht nicht wagen. Aber wie jedes Mal kam sie zu dem Ergebnis, dass ihr Vater zuerst von ihr fordern würde, ihre vornehmste Pflicht zu erfüllen und ihrem Gemahl einen Sohn zu gebären. Vermutlich würde er ihr nicht einmal gestatten, sich in ein Kloster zurückzuziehen. Und Albrecht würde ihr keine Klostermitgift geben, sofern es ihm nicht selbst in den Sinn kam, seine Frau auf diese Weise loszuwerden. Doch ihm wäre wohl eher daran gelegen, sich neu zu vermählen, und das konnte er nicht ohne Ehescheidung.

Wie sie es drehte und wendete – es schien für sie keinen Ausweg zu geben. Sie würde vor diesem Ungeheuer erst Ruhe finden, wenn sie ihm einen Erben zur Welt gebracht hatte. Ihr grauste schon bei dem Gedanken daran, was sie dafür erdulden musste.

Der leise Ruf ihrer Dienerin riss Sophia aus den düsteren Gedanken. Sie zuckte zusammen, schickte das Mädchen fort, und nach einigem Zögern schob sie die wärmende Decke beiseite und kniete sich nackt auf den Wolfspelz vor dem Bett. Noch bevor Albrecht die Tür aufriss, schlotterte sie vor Kälte. Doch als sie ihn kommen sah, erstarrte sie. Ihr Gemahl kam in Begleitung zweier Huren.
Mit leicht zusammengekniffenen Augen sah er sie an.
»Da bist du ja!«, sagte er, und seine Stimme schwankte vom Trinken. »Du wirst jetzt zusehen, wie man in einem Mann wirklich das Feuer entfacht. Und solche Hurendienste erwarte ich künftig von dir.«
Das ist das Abscheulichste, Widerwärtigste und Sündigste, was mir je unter die Augen gekommen ist!, dachte Sophia verstört, während sie zusah, wie die Mädchen ans Werk gingen. Das kann ich vor meinem Beichtvater nicht einmal in Worte fassen!
War das Gottes Strafe dafür, was sie Lucardis angetan hatte? Dass sie gemordet hatte?
Wenn sie sonst insgeheim erleichtert war, dass ihr eine andere Frau die Bürde abnahm, diesen Mann im Bett ertragen zu müssen, so empfand sie diese Nacht als Vorstufe zur Hölle. Doch das Schlimmste sollte erst noch kommen.
»Wartet!«, befahl Albrecht den Huren mit schwerer Zunge, als sein Glied hart und aufrecht stand. »Mein Samen wird für einen rechtmäßigen Erben gebraucht. Dann könnt ihr euch weiter um mich kümmern …«
Er packte Sophia am Arm, zog sie aufs Bett und stieß ein paar Mal in sie hinein.
Dann wandte er sich wieder den Huren zu und ließ sich von ihnen jeden seiner Wünsche erfüllen, bis ihm die Augen zufielen.
Zusammengekrümmt lag Sophia in der äußersten Ecke des Bettes und schluchzte vor Schmerz und Demütigung.

»Wir werden kein Wort verraten, Herrin«, versicherte ihr mitfühlend eines der Mädchen, bevor es ging.
So tief bin ich gesunken, dass schon Huren Mitleid mit mir haben!, dachte Sophia voller Bitternis.
Da begann sie zum ersten Mal zu überlegen, ob sie vielleicht ihren Mann durch Gift töten sollte.

Lukas war froh, als er nach dem Festmahl endlich mit Marthe allein sein und nach Hause gehen konnte. Wie es Clara und seinem jüngsten Sohn ging, hatte er schon von ihr erfahren. Nun ließ er die erleichterten Begrüßungsworte des Gesindes über sich ergehen und schob Marthe die Treppe hinauf.
»Auf dem Hoftag gab es Neuigkeiten vom Kriegszug des Kaisers«, berichtete er, kaum dass er die Tür hinter sich geschlossen hatte, denn Marthe würde wissen wollen, wie es Thomas und Roland erging. »Sie müssen im Byzantinischen Reich überwintern. Der oströmische Kaiser hat die Schiffe nicht rechtzeitig vor den Herbststürmen bereitgestellt. Wie der König berichtete, hätten wir um Haaresbreite Krieg gegen Konstantinopel geführt. Doch im letzten Augenblick haben die Kaiser Frieden miteinander geschlossen. Das Heer wird wohl bald übersetzen. Also erreichen sie das Heilige Land erst im Sommer.«
Er hatte die ganze Zeit kein Auge von Marthe gelassen, aber sie schien bei diesen Worten nicht mehr besorgt als jeder, der deren Tragweite begriff und einen Sohn im kaiserlichen Heer hatte. Das gab ihm Zuversicht, dass die beiden jungen Männer noch lebten, die er auf diese Reise geschickt hatte.
Ein beruhigender Gedanke. Sie hatten schon genug Anlass zur Sorge.
Marthe stand auf und wollte ihm etwas zu trinken einschenken, doch er zog sie an sich und legte ihren Kopf an seine Schulter.

»Ich fühle mich beschmutzt. Besudelt dadurch, dass ich diesem Kerl Gehorsam schwören musste, und das noch dazu vor der ganzen Stadt«, gestand er leise.
Niemand verstand ihn besser als Marthe. Albrecht war Christians Mörder. Wie konnte Gott zulassen, dass er über die Mark herrschte?
Müde lehnte sie sich an ihren Mann. Er brauchte jetzt ihren Trost. »Was auch kommen mag – ich werde zu dir stehen«, war alles, was sie sagte.
Ohne ein weiteres Wort trug Lukas sie zum Bett, und dann liebten sie sich. Innig, leidenschaftlich, zärtlich, verzweifelt.
Marthe verlor kein Wort darüber, dass es ihr schon wie ein Abschied auf lange Zeit vorkam.

## *Der Klosterschatz*

»Was für ein wunderbarer Tag gestern«, meinte Albrecht und lehnte sich selbstzufrieden zurück. Er saß beim Frühmahl auf der Freiberger Burg in kleinster Runde. Nur Elmar, Giselbert, Gerald und Reinhard leisteten ihm Gesellschaft und tafelten wahrhaft fürstlich – so üppig, wie es während der Fastenzeit möglich war. »Nun liegt mir Freiberg zu Füßen. Das habt Ihr Euch schlau ausgedacht!« Er wies auf Elmar, der sich für das Lob verneigte. »Jetzt fehlt mir nur noch ein Erbe.«
Dieser Gedanke nagte so sehr an Albrecht, dass er ihn vor den vier Männern aussprach.
Nur mit einem männlichen Erben konnte er die Markgrafschaft dem Haus Wettin sichern. Wenn ihm etwas zustieß, bevor er einen Sohn gezeugt hatte, würde sich der König die Mark Meißen zurückholen. Dass sein Bruder Dietrich ihm nachfolgen

könnte, sofern er überhaupt den Kriegszug überlebte, war äußerst unwahrscheinlich.
»Befehlt doch Lukas' Weib, dass sie dafür sorgt«, schlug Elmar beiläufig vor. »Sie hat gewiss mehr Erfahrung in diesen Dingen als ihre Tochter. Und Ihr könntet sie für den Erfolg verantwortlich machen.« Die sich daraus ergebenden Möglichkeiten entlockten ihm ein boshaftes Grinsen.
»Um nichts in der Welt!«, wies Albrecht diesen Vorschlag beinahe erschrocken zurück. »Diesem Weib traue ich nicht über den Weg. Sie würde die Markgräfin eher behexen, damit sie *nicht* schwanger wird …«
Mit einer jähen Bewegung schob er das Brett mit dem Aal von sich. Allein der Gedanke an Marthe hatte ihm die Lust aufs Essen verdorben.
»Ihr solltet ihren Mann ohnehin umgehend herbeordern«, fuhr Elmar ungerührt fort. »Denn was Euch wirklich fehlt, sind dreitausend Mark Silber!«
Albrecht erstarrte mitten in der Bewegung. »Dreitausend …? Wieso? Und durch Lukas' Schuld? Lasst ihm den Kopf abschlagen, sofort!«
Innerlich beglückwünschte sich Elmar zu der Entscheidung, dem neuen Markgrafen erst von dem klaffenden Loch in seinen Geldtruhen zu berichten, nachdem die Zeremonie in Freiberg vorbei war. Es war wichtig, dass Albrecht sich als würdiger Nachfolger Ottos feiern ließ. Ein Wutausbruch von biblischen Ausmaßen, wie er jetzt drohte, mit der unbesonnenen Hinrichtung eines angesehenen Ritters, würde der Prachtentfaltung wohl den Glanz genommen haben. Und Elmar wusste, dass Albrecht für seine Unbeherrschtheit nicht nur gefürchtet war, sondern von manchen – darunter auch Männer von Einfluss – deshalb sogar als untauglich angesehen wurde. Es hatte Jahre geduldigen Einwirkens gedauert, ihn als klugen und bedachten Mann zeigen zu können.

»Während Eurer Abwesenheit habe ich mich etwas genauer mit der Hinterlassenschaft Eures Vaters befasst«, erklärte er deshalb ruhig. »Da gibt es eine rätselhafte Lieferung von dreitausend Mark Silber nach Marienzelle, die dieser Lukas eskortiert hat. Der Kämmerer meint, für das Geld sollen die Mönche für das Seelenheil Eures Vaters beten. Aber es gibt kein Schriftstück darüber.«

»*Dreitausend* Mark Silber? Für das Seelenheil?«, brauste Albrecht auf. »Welche unglaublichen Sünden soll mein Vater begangen haben, dass er meint, so viel Geld vergeuden zu müssen? Die Mönche sind reich, sie bauen und bauen und treiben guten Handel mit Starkbier und illuminierten Büchern!«

»Wenn Ihr gestattet, Durchlaucht – ich kann diese Angelegenheit vielleicht erhellen«, meldete sich Reinhard zu Wort. »Mein Schwiegervater hatte tatsächlich Befehl, dreitausend Mark Silber aus der Freiberger Münze nach Marienzelle zu bringen. Ich war dabei, als Euer Vater den Befehl erteilte, und habe den Schatz unter Lukas' Kommando begleitet.«

Es hatte keinen Sinn, diese Sache verschweigen zu wollen. Es würde sowieso herauskommen, falls Elmar es nicht längst schon wusste. Und er musste Albrechts Zorn von Lukas ablenken.

»Wie lautete der Befehl genau?«, fragte Albrecht verärgert.

»Das Geld im Kloster zu hinterlegen, damit dort für sein Seelenheil gebetet wird«, erklärte Reinhard, wobei er diesmal Mühe hatte, sich nichts von seiner Unruhe anmerken zu lassen. Seine Gedanken drehten sich im Kreis auf der Suche nach einem Weg, Lukas und Marthe Nachricht zukommen zu lassen, damit sie sofort flohen, falls sich die Sache hier gleich übel zuspitzen würde. Aber so viele heimliche Helfer sie auf der Freiberger Burg auch hatten – in dieser Kammer war niemand außer Albrecht und seinen engsten Vertrauten, und er konnte den Raum nicht verlassen, ohne sofort Verdacht zu erregen. Im schlimmsten Fall musste er das in Kauf nehmen und mit Clara ebenfalls fliehen.

Nur – wie weit konnte er kommen mit einer Frau, die kurz vor der Niederkunft stand? Wie sollte er sie und das Ungeborene in Sicherheit bringen?

»Verlangt doch einfach vom Abt die Schenkungsurkunde zu sehen, wenn Ihr heute Nachmittag im Kloster eintrefft, um dort das Vogtamt zu übernehmen«, schlug Elmar vor. »Dann werden sich die Dinge schon klären. Und falls es keine Urkunde gibt, vermögt Ihr mit Fug und Recht Anspruch auf das Geld zu erheben.«

»Das werde ich!«, entschied Albrecht wütend. »Veranlasst alles für unseren sofortigen Aufbruch!«

Elmar verneigte sich und ging nach draußen, um die entsprechenden Befehle zu erteilen.

»Euch, Reinhard, sehe ich in zwei Tagen in Meißen. Bringt Euern Schwiegervater mit und behaltet ihn genau im Blick!«

»Natürlich, Durchlaucht. Erlaubt Ihr, dass mein Weib der Zeremonie fernbleibt? Die Niederkunft steht unmittelbar bevor …«

»Erspart mir ihren Anblick! Aber Euer Schwiegervater soll auf keinen Fall ohne sein Weib kommen.«

Elmar hatte Andeutungen gemacht, dieses lästige Paar endlich bald loswerden zu können – und noch einen Verräter dazu. Mehr hatte er nicht sagen wollen, sondern um ein paar Tage Geduld gebeten und versichert, die Fallstricke seien ausgelegt und die Beute diesmal sicher.

Er konnte es kaum erwarten.

Während auf dem Freiberger Burghof die Pferde für den Aufbruch des Markgrafenpaares und seines Gefolges gesattelt wurden, suchte Reinhard nach Lukas und berichtete ihm leise von der morgendlichen Unterredung. Sie waren sich schnell einig darin, dass ihnen nicht mehr zu tun blieb, als den Abt zu warnen. Entweder konnte er eine Schenkungsurkunde vorweisen, oder Albrecht musste sich mit einem Schwur auf das Altarkreuz

zufriedengeben. Das Silber in einem Kloster mit Waffen schützen zu wollen, war zwecklos. Außerdem hätten sie dafür gar nicht genug Kämpfer aufzubieten. Es würde zu schrecklichem Blutvergießen kommen, vielleicht sogar zum Krieg in der Mark, sollten sie sich bewaffnet gegen Albrecht stellen. Die Mönche mussten auf Gott vertrauen.
Um sie zu warnen, schickte Reinhard seinen Stallknecht auf einem schnellen Pferd nach Marienzelle, noch bevor die fürstliche Reisegesellschaft zum Aufbruch bereit war.

»Dieser Rutger schleicht hier herum und starrt mich auf eine Art an, dass ich am liebsten unsichtbar wäre«, gestand Clara ihrem Mann, während sie von einem Fenster aus zusah, wie sich Albrechts Gefolge zur Abreise nach Marienzelle und Meißen aufstellte. »Gestern bei dem Festmahl hatte ich das Gefühl, dass er mich nie aus den Augen lässt und irgendetwas ausheckt. So, als sei sein Triumph schon sicher …«
»Ihn musst du nicht fürchten«, versuchte Reinhard sie zu beruhigen. »Er ist ein eingebildetes Bürschlein, das glaubt, durch den Einfluss seines Ziehvaters schnell aufsteigen zu können. Soll ich ihn mir noch einmal vornehmen?«
»Unterschätze ihn nicht!«, meinte Clara düster. »Vergiss nie, wer sein Vater war. Er will sich rächen. Und er macht mir wirklich Angst. Schon lange.«
Ihr fröstelte, und ein Schauer lief ihr über den Rücken. Dabei hatte sie kaum noch andere Wahrnehmungen als ihren schweren Leib und die ungestümen Bewegungen des kleinen Wesens, das in ihr heranwuchs und bald ans Licht drängen würde. Auch wenn sie es ihrem Mann nie eingestehen würde – sie *hatte* Angst vor der Niederkunft, obwohl sie kaum erwarten konnte, das Kind endlich in den Armen zu halten.
Vielleicht war es auch diese Furcht, die sie schon überall Böses vermuten ließ.

Aber der hasserfüllte, triumphierende Blick Rutgers ... Sie sah seine verächtliche Miene immer noch vor sich.

»Ich behalte ihn im Auge, wenn ich in Meißen bin«, versprach Reinhard. »Und sollte er nur irgendeine herablassende Bemerkung über dich oder deine Mutter machen, nehme ich ihn mir vor. Das kann mir auch Elmar nicht verbieten.«

Mit beiden Händen strich er über ihren gewölbten Leib und küsste ihren Hals. »Viel mehr Sorge macht es mir, dich hier allein zu lassen, wenn es doch jeden Augenblick so weit sein könnte ...«

»Dabei kannst du mir nicht helfen«, meinte Clara lächelnd. Nun war sie es, die ihn zu beruhigen versuchte. »Und falls das Kind kommt, während Mutter noch mit euch in Meißen ist – Johanna ist sehr gut in diesen Dingen.«

»Guntram ist doch noch in Meißen auf dem Burgberg?«, fragte Reinhard. »Ich spreche mit ihm ein Zeichen ab. Falls sich Gefahr andeutet, soll er sofort hierherkommen und dich warnen.«

Abt Peter empfing die fürstliche Gesellschaft selbst am Tor und geleitete sie zum Gästehaus. Doch Albrecht war viel zu ungeduldig für Höflichkeiten.

»Nun, da wir uns begrüßt haben und Ihr mich als Vogt anerkannt habt, sollten wir sogleich zu dringenden Angelegenheiten kommen«, erklärte er, noch während Konversen die vielen Pferde in Empfang nahmen.

»Wie ich erfahren musste, sind unlängst im Auftrag meines Vaters dreitausend Mark Silber diesem Kloster zur Aufbewahrung gegeben worden. Ich wünsche, das Geld umgehend wieder nach Meißen mitzunehmen.«

Ein enttäuschter Zug legte sich über das faltige Gesicht des Abtes, und er verlangsamte seine Schritte über das Klostergelände.

»Gnädiger Fürst, es war der Wille Eures Vaters, dieses Geld dem Kloster zu schenken – für sein Seelenheil und für das Gedeihen

dieses Ortes, den er sich und seiner Familie als letzte Ruhestätte zugedacht hat«, sagte er würdevoll.
»Doch sollte man meinen, dass eine Schenkung von solchem Wert schriftlich bezeugt ist«, erwiderte Albrecht schroff.
Nun hielt der Abt mitten im Gehen inne, wartete, bis sich der Markgraf ungeduldig nach ihm umsah, und blickte ihm ins Gesicht.
»Euer Vater erachtete das nicht als nötig. Ich schwöre bei Gott, und wenn Ihr es wünscht, auch auf die Heilige Schrift, dass er dieses Geld dem Kloster geschenkt hat.«
»*Wo* ist das Geld?«, rief Albrecht drohend und legte die Hand warnend an den Griff seines Schwertes.
Abt Peter zuckte zusammen – nicht aus Angst um sein Leben, das lag in Gottes Hand, sondern angesichts dessen, dass jemand auf diesem friedlichen Gelände mit Waffengewalt drohte.
»Es ist sicher verwahrt unter dem Schutz des Herrn«, sagte er ruhig.
Breitbeinig stellte sich Albrecht vor dem Abt auf und schrie: »Wo ist das Geld? Gebt es heraus, oder ich erteile meinen Männern den Befehl, das gesamte Kloster danach zu durchsuchen!«
Peter sah, dass die Konversen verängstigt in die Ställe liefen und diejenigen seiner Brüder, die in der Nähe waren, voller Furcht erstarrten. Zur gleichen Zeit traten ein Dutzend bewaffnete Männer näher an den Fürsten und legten ebenfalls die Hand an die Waffen.
Würde der neue Markgraf es tatsächlich wagen, ihr Heiligstes zu entweihen?
Ja, das würde er, dachte er. Dem Allmächtigen sei Dank, dass wir gewarnt wurden und Vorkehrungen getroffen haben. Du weißt, himmlischer Vater, es ist nicht Gier, die mich treibt, sondern das Wissen, dass dieses Silber Dir zusteht.
»Es ist in Sicherheit. Und der sicherste Platz auf Erden ist auf dem Altar der Heiligen Mutter Gottes, unter dem Kreuz.«

Am liebsten wäre der Abt losgerannt, um sich schützend vor den Altar zu stellen. Doch hier ging es nicht nur darum, die Würde und den Frieden des Klosters zu wahren. Diese Männer mit Schwertern waren wie Raubtiere. Sobald ihre Beute fortlief, konnten sie nicht anders, als hinterherzujagen und zu reißen. Sie würden ein Blutbad unter den Brüdern anrichten, auch wenn es ein unsägliches Verbrechen war, Hand an einen Geistlichen zu legen.

»In die Kirche, folgt mir!«, befahl Albrecht seinen Bewaffneten, und mit großen Schritten lief er voran.

Der Abt hastete hinterher, so schnell es ging, ohne dass ihm das Skapulier um die Beine flatterte.

Kraftvoll öffnete Albrecht die Kirchentür und betrat das Gotteshaus. Tatsächlich – da lagen die Barren auf dem steinernen Altar und funkelten im Licht der brennenden Kerzen. Sein Silber!

Abt Peter hatte sich inzwischen an den Bewaffneten vorbeigezwängt und stellte sich wortlos vor den Schatz. Seine Miene ließ keinen Zweifel daran, dass er nicht freiwillig zur Seite gehen würde.

»Aus dem Weg!«, brüllte Albrecht.

Er gab seinen Männern das Zeichen, vorzurücken, doch die zögerten.

Gerald, der Marschall, trat neben den Markgrafen.

»Wollt Ihr wirklich Hand an einen Gottesmann legen, Hoheit?«, mahnte er leise. »Ich kann meinen Männern nicht befehlen, eine solche Sünde auf sich zu laden.«

»Lasst es gut sein, mein Sohn«, sagte der Abt zu ihm, der die Worte wohl verstanden hatte. »Vor solcher Roheit kann uns jetzt nur Gott schützen.«

Er faltete die Hände und sank auf die Knie.

»Allmächtiger Vater, …«

Mit gebieterischen Schritten ging Albrecht an seinem Marschall und dem betenden alten Zisterzienser vorbei und packte so viele

Silberbarren, wie er mit beiden Händen fassen konnte. Dann drehte er sich zu seinen Männern um und hielt das Silber hoch.
»Seht her! Ich habe es vom Altar genommen, und kein Blitzstrahl streckt mich nieder! Die Erde reißt nicht auf und verschlingt mich. Das Silber gehört *mir*!«
Nun wandte er sich zu dem knienden Abt um und hielt ihm die Barren vors Gesicht. »Sieh her, alter Mann! Seht! Ich kann es berühren, und es verbrennt mir nicht die Haut! Ich kann es vom Altar nehmen, und Gott hat nichts dagegen einzuwenden. Es ist *mein!*«
Berauscht von seinem Triumph, befahl er den Männern, alles Silber zu nehmen und in die Truhen zu packen, mit denen er vorsorglich zwei Ochsengespanne beladen hatte.
Zögernd gehorchten sie. Gerald überwachte die Ausführung des Befehls, ohne selbst einen Barren anzurühren.
Draußen gab Elmar Anweisung, dass die Reisegesellschaft sofort aufbrechen würde. Verwundert starrte Sophia ihn einen Augenblick lang an, doch dann senkte sie wieder die Lider und wagte es nicht, nach den Gründen dafür zu fragen. Sie scheuchte ihre Hofdamen auf, die sich gerade im Gästehaus niedergesetzt hatten und auf eine Erfrischung hofften, und ließ sich ihren Schimmel bringen.

Zufrieden sah Albrecht, wie die letzten Barren in den Truhen auf den Trosskarren verstaut wurden.
Dann wandte er sich zu Elmar und sagte: »Sie waren gewarnt. Findet heraus, woher die frommen Brüder wussten, dass ich mein Silber zurückverlangen werde!«
»Es gibt nur einen, der Eure Pläne verraten haben kann«, sagte Elmar und blickte fragend zu Gerald: »Oder muss ich deine Treue auch in Frage stellen?«
»Natürlich nicht«, antwortete der Marschall eilig.
»Ich hatte ihn übrigens schon lange im Verdacht«, verriet Elmar. »Und womöglich ist sein Verrat viel größer, als wir glauben wol-

len. Wie mir mein Ziehsohn berichtete, gehen er und sein Weib insgeheim überaus vertraut miteinander um. Vielleicht war sogar diese Hochzeit eine List und ihr Abscheu nur gespielt.«
Albrecht hieb seinen Reitstock wütend durch die Luft.
»Dafür schlag ich ihm den Kopf ab!«, zischte er.
»Trotzdem sollten wir vorerst noch für uns behalten, was wir wissen«, schlug Elmar vor. »Morgen ist der Tag der Abrechnung, vor aller Augen, damit jeder sieht, was denen geschieht, die sich Euch widersetzen. Ich habe es genau vorbereitet. Und dann feiern wir das Osterfest in aller Pracht, befreit von Verrätern und lästigem Ungeziefer.«

Als die letzten Reiter durch das Rundportal des Klosters verschwunden waren, sank Abt Peter auf die Knie und richtete die Arme zum Himmel. »Warum, Herr, hast Du das zugelassen? Und warum schickst Du diesen gottlosen Menschen über uns?«
In dieser Nacht würde wohl keiner der Brüder Schlaf finden. Solch eine ruchlose Tat hatten die meisten von ihnen zeit ihres Lebens noch nicht erlebt. Am besten, sie beteten gemeinsam. Und morgen würde er nach Meißen gehen müssen, um dem Dompropst von dem Unglaublichen zu berichten. Was würde wohl Dittrich von Kittlitz dazu sagen?

Der höchste geistliche Würdenträger auf dem Meißner Burgberg hatte Mühe, seinen Zorn zu bändigen, als er durch den Zisterzienserabt von dem dreisten Raub im Kloster erfuhr. Doch er war klug genug, sofort zu begreifen, dass er derzeit keinerlei Handhabe gegen Albrecht hatte. Da Gott den Räuber nicht mit einem Blitzstrahl niedergestreckt oder anderweitig an seinem schändlichen Tun gehindert hatte, schien der neue Markgraf vor aller Welt im Recht zu sein. Und der Abt konnte nun einmal kein Schriftstück vorweisen, das dem Kloster diese gewaltige Summe rechtmäßig zusprach.

Hätte der Bruder in seiner frommen Einfalt wenigstens früher gehandelt und sich vor Albrechts Auftauchen an ihn gewandt! Für den Dompropst wäre es keine Schwierigkeit gewesen, eine passende Urkunde täuschend echt nachfertigen zu lassen. Es gab wahre Meister, die sich auf derlei hervorragend verstanden, und gleich mehrere davon arbeiteten für ihn. Doch dazu war es nach dem Eingeständnis des Abtes zu spät; ein »zufälliger« Fund eines solchen Pergamentes wäre nicht mehr glaubwürdig.
Dadurch hatte der Dompropst mit einem Mal mehr Schwierigkeiten am Hals, als er aus der Welt schaffen konnte. Die frommen Brüder in Marienzelle waren aufgescheucht wie Hühner beim Auftauchen eines Fuchses angesichts des Raubes in ihrem Allerheiligsten, die Kirche hatte die gewaltige Summe von dreitausend Mark Silber eingebüßt. Und – was das Allerschlimmste war – vor den Augen der Welt hatte der neue Markgraf gezeigt, dass er mehr Macht besaß als der Abt eines Klosters und der Stellvertreter des Bischofs.
Wie verhängnisvoll! Ungehalten schickte Dittrich von Kittlitz den viel zu duldsamen Abt wieder nach Marienzelle, damit er seine Brüder beruhigte, und begann nachzugrübeln, wie er nun noch die Machtverhältnisse auf dem Burgberg zu seinen Gunsten wenden konnte.

## *Der Fluch*

Natürlich hatten sich die Geschehnisse im Kloster in Windeseile auf dem Meißner Burgberg herumgesprochen. Die schweren Truhen in die Silberkammer zu schaffen, war auch nicht gerade unauffällig. Allerdings wurde der Zwischenfall nur höchst vertraulich erörtert, doch er schürte die Angst vor dem neuen Herr-

scher, den offensichtlich nicht einmal Gott zur Verantwortung zu ziehen wagte.
Der Burgberg füllte sich allmählich mit angesehenen Gästen aus allen Teilen des Landes, die anreisten, um mit dem nunmehrigen Gebieter der Mark Meißen das Osterfest in großer Pracht zu feiern und sich dabei das Wohlwollen des neuen Fürsten zu sichern. Vögte, Herren über große Güter, Ritter aus alteingesessenen Familien trafen ein, um Albrecht ihre Treue und Ergebenheit zu schwören.
Noch war der große Tag nicht heran; das Fest sollte zusammen mit dem Fastenbrechen am Sonntag gefeiert werden. Doch Lukas, Marthe und auch Reinhard waren schon für Mittwoch nach Meißen befohlen worden und fragten sich, was das wohl zu bedeuten hatte.
»Wir hätten nicht hierherkommen sollen; er führt etwas Furchtbares im Schilde«, sagte Marthe leise.
»Wenn wir fliehen wollten, hätten wir es gleich nach Ottos Tod tun müssen«, raunte Lukas zurück und drückte ihr unter dem Tisch die Hand, um ihr Mut zu machen.
Die Halle war an diesem Tag schon dicht gefüllt mit angesehenen Gästen. Auch Lukas und Marthe trugen ihre besten Gewänder und unterhielten sich nur leise, denn neben ihnen hatten die Herren der Nachbardörfer von Freiberg einen Platz zugewiesen bekommen. Berthold trug Lukas immer noch nach, dass dieser ihm nach dem Brand des Kornfeldes die Silbermünzen weggenommen hatte, um damit den Bauern für die verlorene Ernte zu entschädigen. So saß nun der Herr von Bertholdsdorf zwischen seinen befreundeten Nachbarn Tuto und Conrad, verlor gelegentlich eine herablassende Bemerkung und sah dabei zu Lukas. Ihn zu einem offenen Kampf herauszufordern, hütete er sich allerdings, und so blieben seine Spitzen harmlos genug, damit Lukas sie überhören konnte. Heute beschäftigten ihn dringendere Dinge als die Sticheleien ein paar neidischer Dorfbesitzer, für

die er ein paar spöttische Erwiderungen hatte, die ihn eindeutig zum Sieger dieser Wortgefechte machten.

Es wurden bereits die letzten Gänge der Abendmahlzeit aufgetragen, in Honig eingelegte Früchte und Backwerk in Form des meißnischen Löwen und der markgräflichen Burg, das mit Fruchtsäften so farbenprächtig verziert worden war, dass es den Gästen begeisterte Rufe entlockte.

Der Spielmann Ludmillus trat vor und verneigte sich tief vor dem Fürsten und seinen Nachbarn an der hohen Tafel. Sowohl die Fürstin als auch der Dompropst fehlten. Es hieß, Sophia sei krank. Die Abwesenheit Dittrichs von Kittlitz wurde als klares Zeichen seines Grolls über den Klosterraub ausgelegt.

Alle Blicke richteten sich bereits auf den Spielmann. Doch Albrecht gebot ihm mit einer Handbewegung, zu warten.

»Bevor wir uns der Minne widmen oder anlässlich der bevorstehenden Feiertage einem Lobgesang auf Gott lauschen, ist noch eine Angelegenheit von großer Wichtigkeit zu klären«, kündigte er an. Jedermann starrte zu ihm, und mancher hielt den Atem an, ob nun wohl etwas besonders Erfreuliches oder besonders Schreckliches abgehandelt werden würde.

»Ihr alle seid gekommen, um mich Eurer Treue zu versichern. Und etliche von Euch leisteten mir diesen Schwur bereits«, rief Albrecht und ließ seinen Blick streng über die Versammelten schweifen. Die eben noch geräuschvolle Runde war verstummt, erst zur Hälfte geleerte Becher wurden möglichst leise auf den Tischplatten abgestellt, das kunstvolle Backwerk plötzlich keines Blickes mehr gewürdigt.

Die meisten der Anwesenden überkam ein äußerst ungutes Gefühl, und sie fragten sich besorgt, ob sie wohl unbeabsichtigt den Unwillen des Herrschers erregt hatten. Manch einer sprach sicherheitshalber schnell ein stilles Gebet, jetzt bloß nicht in den Mittelpunkt des fürstlichen Zorns zu geraten.

»Kaum zurückgekehrt vom Hoftag unseres Königs, der mich

mit höchster Gnade empfing, musste ich feststellen, dass Männer, die mir Ergebenheit geschworen hatten, mich um die gewaltige Summe von dreitausend Mark Silber prellen wollten: Lukas von Freiberg und Reinhard von Reinhardsberg.«

Für einen Moment flammte Lärm auf im Saal. Aber niemandem wäre es eingefallen, sich einzumischen. Jeder wartete ab, was nun geschehen würde, doch kein Mensch in dieser Runde rechnete damit, dass die Angeklagten ungeschoren davonkamen.

»Ergreift sie und führt sie in Fesseln vor!«, befahl Albrecht seinen Wachen.

Lukas erhob sich ruhig und schaffte es gerade noch, Marthe zuzuflüstern: »Bete für mich, aber weine nicht um mich!«

Für ihn war das schon ein endgültiger Abschied.

Er leistete keinen Widerstand, das hätte nichts genützt, sondern ließ zu, dass sein Schwager ihn an den Schultern packte, vor der hohen Tafel auf die Knie drückte und ihm die Hände auf den Rücken band, während Reinhard von dem unverkennbar triumphierenden Rutger in Fesseln gelegt und durch die Halle gestoßen wurde.

Während der kurzen Zeit, die es dauerte, bis die beiden Ritter nach vorn geführt und vor Albrecht auf die Knie gezwungen wurden, winkte Hartmut, der alte Waffenmeister, Marthes Sohn Daniel zu sich, den er mit Bedacht ganz in seiner Nähe postiert hatte.

»Schau mich jetzt an, als würde ich dir einen ganz normalen Befehl geben«, sagte er ungewohnt leise, und der Knappe begriff sofort und nickte mit gehorsamer, aber beherrschter Miene.

»Du gehst jetzt ganz unauffällig, als hättest du nichts Besonderes vor, Richtung Dom, schreitest durch die Kirche, als wolltest du beten, und legst die Hand auf den Altar, um Kirchenasyl zu erbitten. Oder du begibst dich zu den Ställen, sagst, du hättest einen Auftrag von mir, und reitest nach Freiberg, um deine Schwester in Sicherheit zu bringen. Dann aber seid ihr beide auf euch allein angewiesen.«

»Wie Ihr wünscht, Herr«, antwortete Daniel, verneigte sich und ging hinaus, ohne noch einmal einen Blick zurückzuwerfen. Nicht zu langsam, nicht zu schnell, obwohl ihm klar sein musste, dass es gleich für seinen Stiefvater um Leben oder Tod gehen würde und Albrechts Zorn auch vor dem Rest seiner Familie kaum haltmachen würde.

Tapferer Bursche, dachte Hartmut. Kommt ganz nach dem Vater. Ich bete zu Gott, dass es ein besseres Ende mit ihm nimmt. Und dass er nicht auch noch Stiefvater und Mutter verliert.

»Ihr behauptet, mein seliger Herr Vater habe Euch beauftragt, dieses Geld im Kloster zu verstecken, doch das ist eine Lüge, wie sich gezeigt hat«, eröffnete der Fürst unterdessen die Anklage.

»Ich habe Euch nicht betrogen, Hoheit! Ich schwöre jeden Eid …«, begann Lukas, aber Albrecht schnitt ihm das Wort mit einer herrischen Geste ab.

»Da Gott keinen Blitzstrahl auf mich niederschmetterte, als ich es vom Altar nahm, gehört dieses Silber rechtens mir!«, rief er in den Saal. »Und dass Ihr solche Mengen aus der Freiberger Münze nach Marienzelle schaffen konntet, zeigt mir, dass aus den Freiberger Gruben noch viel mehr Schätze herauszuholen sind, die mir gebühren. Betrachtet es als Zeichen meiner außerordentlichen Milde, dass ich Euch eine Gelegenheit biete, Euren Ruf wiederherzustellen. Als Entschädigung und Zeichen Eurer aufrichtigen Reue werdet Ihr mir binnen einer Woche weitere dreitausend Mark Silber aus Freiberg bringen – und wenn Ihr dafür die Truhen jedes Krämers und die Herdstellen jedes Häuers durchwühlen müsst.«

»Wenn du diesen Tag überleben willst, sag besser kein Wort mehr«, meinte Gerald leise zu seinem vor ihm knienden Schwager. »Es sei denn, du willst dich vor ihm zu Boden werfen und um Gnade bitten.« Seine Worte waren diesmal völlig ohne Hohn.

Doch Lukas konnte diesen ehrlich gemeinten Rat nicht befolgen. »Hoheit, eine solch gewaltige Summe werdet Ihr in einem ganzen Jahr in der Stadt nicht zusammenbringen können!«, versuchte er gegen alle Hoffnung, an Albrechts Vernunft zu mahnen.

»Das liegt ganz bei Euch, wie ernsthaft Ihr die Sache vorantreibt«, widersprach der Markgraf erbarmungslos. »Nehmt die Kinder der Bergleute als Geiseln, droht, das Judenviertel niederzubrennen, und im Nu werdet Ihr das Geld zusammenhaben. Ihr werdet dafür nicht einmal eine Woche benötigen, sondern könnt schon in drei Tagen damit hier sein. Und bringt die gesamte Geleitmannschaft mit, die den ersten Schatz im Kloster verbergen wollte, hätte Gott mir nicht mein Eigentum wieder zugebilligt. Jedem dieser Männer gebühren sechzig Peitschenhiebe für solchen Frevel, und dabei zeige ich mich noch gnädig. Ich sollte sie allesamt hängen lassen.«

Trotzig hob Lukas den Kopf. »Ihr wisst, Hoheit, dass ich diese Befehle nicht ausführen kann. Ich habe geschworen, die Freiberger und das Silber zu schützen, und ich tat nichts anderes, als Euer erlauchter Vater anordnete, für dessen Seelenheil wir alle beten.«

»Habt Ihr nicht auch geschworen, mir zu gehorchen?«, fragte Albrecht kalt. »Ist das Eure Vorstellung, wie ein Ritter seinen Treueeid hält? Doch bevor ich über Euch richte, gilt es eine noch üblere Verfehlung zu bestrafen.«

Er zeigte auf Reinhard. »Werft mir den Verräter vor die Füße!«

Diese Worte sorgten für aufgeregtes Raunen im Saal, während Rutger genüsslich den Mann zu Boden stieß und ihm seinen Stiefel ins Kreuz drückte, der es gewagt hatte, ihn zurechtzuweisen.

Albrecht erhob sich leicht, stemmte beide Fäuste auf die Tafel und beugte sich vor. »Habe ich nicht geschworen, jeden eigenhändig zu töten, der ein falsches Spiel spielt? Die ganze Zeit fragte ich mich, wer mich so hintergehen konnte. Elmar hatte Euch längst im Verdacht. Doch ich sagte: Nein, ich vertraue auf Reinhards Ehrenhaftigkeit. Aber Ihr habt mich getäuscht, die ganze Zeit getäuscht!«

Er verzog das Gesicht vor Abscheu, und für einen Augenblick sah es so aus, als würde er in Tränen ausbrechen.

Mit einem Wink gab er Rutger das Zeichen, zu sprechen, der sich eifrig in die Brust warf. »Dieser Mann, Hoheit, hat durch einen seiner Knechte den Mönchen geraten, das Silber vor Euch in Sicherheit zu bringen. Einer der Brüder hat es gestanden«, begann Randolfs Sohn seine Anklage, auf die er sich so sehr gefreut hatte und für die er den Verhassten so lange belauert hatte. »Auch seine Hochzeit war kein Dienst an Euch, wie er Euch weismachen wollte, um seinen durchtriebenen Schwiegervater, ein erwiesener Anhänger des Hochverräters Christian, im Auge zu behalten. In Wirklichkeit ist er selbst ein Anhänger Christians und hat die ganze Zeit ein doppeltes Spiel getrieben – um eines dummen Weibes willen. Er tat so, als würde er Euch statt Euerm Vater dienen, und hat Euch beide verraten. Wahrscheinlich war er es sogar, der letzten Mai den Dieben zur Flucht aus Döben verhalf.«

»Ist das so?«, brüllte Albrecht den Angeklagten an.

»Ich tat, was mein Gewissen mir befahl, um Schaden von der Mark Meißen und auch von Euch abzuhalten«, entgegnete Reinhard gefasst.

In unheimlich wirkender Gelassenheit sah er Albrecht in die Augen, obwohl er wusste, was nun geschehen würde. Er kannte ihn viel zu gut, um auf Gnade zu hoffen. Jetzt werde ich nie erfahren, ob ich einen Sohn oder eine Tochter bekomme, dachte er. Allmächtiger Vater im Himmel, nimm mich gnädig auf und halte Deine schützende Hand über Deine Tochter Clara. Und gnädige Jungfrau Maria, lass sie glücklich entkommen und steh ihr in ihrer schweren Stunde bei!

»Niemand täuscht mich ungestraft! Alle Welt soll sehen, wie ich

Verrat vergelte!«, brüllte Albrecht und ging um die Tafel herum, bis er vor Reinhard zum Stehen kam. Rutger riss den Gefangenen an den Fesseln auf die Knie.
Hochrot vor Zorn, winkte der Fürst seinen Marschall zu sich.
»Euer Schwert!«, fauchte er, als dieser neben ihm verharrte.
Mit ungläubiger Miene starrte Gerald auf seinen Herrscher, dann zog er sein Schwert aus der Scheide, reichte es ihm und trat drei Schritte zurück.
»Bereut und fleht um Gnade!«, brüllte Albrecht. »Gleich trefft Ihr Eure Hure mit ihrem Bastard in der Hölle!«
Nein, Clara ist nicht tot, befahl sich Reinhard und starrte auf das Kreuz an der hinteren Wand der Halle. Sie ist in Sicherheit, und unser Kind wird leben.
Statt einer Antwort begann er zu beten: »Herr, Du bist mein Hirte …«
Albrecht holte mit aller Macht aus.
Ein Aufschrei ging durch die Menge, als die scharfe Klinge mit einem Hieb Reinhards Hals durchtrennte. Polternd schlug sein Kopf auf und rollte ein kleines Stück, der enthauptete Rumpf sackte auf den Boden und färbte die Binsen blutrot.
Entsetzte Stille lag über dem Saal.
Bis Albrecht sich Lukas zuwandte, der nur drei Schritte neben dem Leichnam seines Freundes kniete.
»Und nun zu Euch! Werdet Ihr mir völlige Unterwerfung schwören und das Silber in Freiberg mit Blut und Feuer für mich zusammentreiben?«
Lukas warf einen letzten, bedauernden Blick auf Marthe. Er hatte immer gehofft, wenn er starb, dann wenigstens bei einer heldenhaften Tat, um die Bewohner Freibergs zu retten. Da es ihm unmöglich war, diesen grausamen und ungerechtfertigten Befehl auszuführen, würde Albrecht ihn sicher an ein paar Kerle weitergeben, die keinerlei Gewissensbisse hatten, Freiberg bis aufs Letzte auszuplündern, und vielleicht sogar noch froh waren, da-

bei Beute machen zu können. Aber seine Verweigerung und seine Hinrichtung ohne Aussprache vor dem Landding könnten auch ein Aufbegehren in der Ritterschaft zur Folge haben. Dann hätte sein Sterben doch einen Sinn.

»Ihr fordert von mir den Bruch des Landfriedens und meines ritterlichen Eides, die Stadt zu schützen. Das werde ich nicht tun«, erwiderte er.

»Dann soll jedermann gleich zu Beginn meiner Regentschaft sehen, dass ich weder Verrat noch Befehlsverweigerung hinnehmen werde«, entschied Albrecht. Er reichte das blutige Schwert seinem Marschall und forderte ihn mit einer Geste auf, das Todesurteil an seinem Schwager zu vollstrecken.

Gerald zögerte.

Doch plötzlich zog Marthe alle Aufmerksamkeit auf sich, die von ihrem Platz aufstand, in die Mitte des Ganges trat und mit dem Finger auf Albrecht zeigte.

»Ich verfluche dich, Albrecht von Wettin!«, rief sie, so laut sie konnte. »Dein Samen soll verdorren, Zorn und Verachtung sollen sich über dich senken. Deine Getreuen sollen sich von dir abwenden, und sterben sollst du von fremder Hand, verhasst von Gott und allen Menschen! Deine Seele ist verdammt in alle Ewigkeit und wird niemals Erlösung finden!«

Nach einem Augenblick fassungslosen Schweigens brach ein gewaltiger Lärm aus, etliche der Gäste knieten nieder und sprachen hastig Gebete.

Ein solcher Fluch war schon eine furchtbare Sache, aber hieß es nicht, Marthe verfüge über Zauberkräfte? Hatte sich bei ihren Worten nicht sogar der Himmel verdunkelt, der durch die Fenster zu sehen war?

Immer noch stand Marthe völlig allein in der Mitte der Halle, niemand wagte es, sich ihr zu nähern, sogar die befohlene Hinrichtung ihres Mannes schien – zumindest für den Moment – vergessen.

Albrecht war bei ihren Worten zusammengezuckt. Nun schüttelte er sich, als könne er so sein Entsetzen über den Fluch abwerfen, und schrie: »Packt sie und stopft ihr den Mund, damit sie nicht noch mehr Unheil säen kann! Sofort! Sonst lasse ich euch alle köpfen!«
Zögernd traten ein paar der Wachen näher.
Rutger handelte schneller. Mit ein paar Schritten war er bei Marthe, zog seinen Lederhandschuh aus dem Gürtel und zwängte ihn ihr in den Mund, dann warf er sie auf die Knie, zog ihre Arme nach hinten und drückte sie nach oben, dass Marthe sich zusammenkrümmte, bis ihr Kopf den Boden berührte.
Liebste, was hast du getan?, dachte Lukas verzweifelt. Jetzt werden sie dich auch noch töten! Hilfesuchend sah er sich im Saal um, doch niemand schien eingreifen zu wollen.
Jetzt zog Rutger seinen Dolch und setzte ihn Marthe an die Kehle. Es kostete ihn keine Mühe, die zierliche Frau mit nur einer Hand weiter zu Boden zu zwingen.
»Ihr könnt die Hexe nicht töten, bevor sie den Fluch zurückgenommen hat!«, hielt Albrecht ihn zurück, vollkommen außer sich wirkend. »Aber wir werden sie dazu bringen! Werft sie ins Verlies! Ihr Stand wird aberkannt, sie ist ab jetzt nicht mehr wert als eine Magd oder Bettlerin. Eine Mark Silber für denjenigen, der sie dazu zwingt, den Fluch aufzuheben – ganz gleich, wie!«
»Das haben wir sofort«, mischte sich Elmar ein. »Kannst du mit ansehen, Weib, wie dein Mann stirbt?«
Als Marthe in ihrer erzwungenen demütigenden Haltung zusammenzuckte, lächelte er triumphierend.
»Aber so leicht machen wir es euch beiden nicht. Dein Mann wird keinen schnellen Tod sterben. Ihr kommt beide auf die Folter. Jeder von euch wird die Schreie des anderen hören können: der Verräter, wie eine Horde ausgehungerter Kerle seine Hure besteigt, und das Weib, wie wir ihrem Geliebten die Haut in Streifen schneiden, ihm die Finger aus den Gelenken reißen

und ihn mit glühenden Eisen martern. Tag und Nacht sollst du es hören und nie vergessen, dass er deinetwegen leidet. Bis du nachgibst und bereust und den Fluch zurücknimmst!«

Nun wandte er sich Lukas zu. »Es liegt an Euch, Euer Weib zur Besinnung zu bringen! Befehlt ihr, den Fluch aufzuheben, oder meine Männer werden sie schänden, Tag für Tag. Und Ihr werdet Qualen erleiden, die Ihr Euch nicht einmal auszumalen wagt. Wollt Ihr das? Wollt Ihr das wirklich?«

»Ich nehme jede Strafe auf mich, wenn Ihr nur meine Frau verschont!«, brachte Lukas beinahe flehend hervor. Dabei wusste er, dass sie Marthe niemals gehen lassen würden.

Für einen Moment hatte sie ihm das Leben bewahrt – doch um welchen Preis? Er konnte den Gedanken nicht ertragen, was ihr jetzt bevorstand.

»Ihr wisst, was zu tun ist, wenn Ihr Gnade für sie wollt«, hielt ihm Elmar eiskalt vor.

Lukas sah Marthe an, und sie ihn, während der Knebel sie würgte. Mit ihrem Blick bat sie um Verzeihung dafür, was er nun würde erdulden müssen …

Lukas wollte sich in seinen Fesseln aufstemmen, aber unnachgiebige Arme drückten ihn nach unten. Als niemand von beiden antwortete, befahl Albrecht: »In das tiefste Verlies mit dem Kerl! Und holt sofort den Folterknecht. Hartmut, Ihr haftet mit Euerm Kopf dafür, dass der Gefangene nicht entkommt. Das Weib schafft ebenfalls in eines der Verliese. Ihr könnt mit ihr machen, was ihr wollt. Hauptsache, sie stirbt nicht, bevor sie den Fluch widerrufen hat. Und ich erhöhe die Belohnung auf zehn Mark Silber.«

Die Ankündigung einer solch enormen Summe löste bei den Wachen gewaltige Aufregung aus.

Während Lukas sich mit einem markdurchdringenden Wutschrei aufbäumte, folgten ein paar Dutzend Männer Rutger, der Marthe frohlockend vor sich herstieß.

Randolfs Sohn zerrte Marthe ins Verlies, begleitet von einer ganzen Horde Männer, die bereits auf den Treppenstufen voreinander prahlten, wie sie es der Hure besorgen würden.
Immer noch geknebelt, wurde Marthe zu Boden gestoßen, kam aber trotz der pochenden Schmerzen sofort wieder auf.
Die Schaulustigen an der Tür machten Platz, um Elmar einzulassen, der eine Fackel trug.
Mit halb zusammengekniffenen Augen leuchtete er ihr ins Gesicht. »Du ersparst dir viel Ärger, wenn du gleich widerrufst.«
Er zog ihr den würgenden Handschuh aus dem Mund und musterte sie. Als er in ihrem Gesicht kein Nachgeben erkennen konnte, riss er ihr Schleier und Schapel vom Kopf, trat zwei Schritte zurück und machte eine einladende Geste zu den ungeduldigen Männern hinter sich.
»Los, ihr könnt sie nehmen! Bringt ihr Demut vor unserem Fürsten bei. Und lasst euch nicht täuschen von ihrem Kleid – sie ist eine Hure, ich selbst hab sie wohl an die hundert Mal gehabt.«
Marthe straffte sich und sah demjenigen in die Augen, der den ersten Schritt in ihre Richtung machte. Sie hatte nur diese eine Möglichkeit, dem Grauen zu entkommen: Sie streckte ihm die Finger der rechten Hand entgegen und machte damit ein abwehrendes Zeichen – etwas, das der Mann für einen Zauberbann hielt, denn sofort wich er einen halben Schritt zurück. So stand Marthe und hielt allein mit ihrer Geste die Meute von sich fern.
Elmar erkannte, dass er soeben eine Niederlage erlitten hatte. Selbst er wagte es nun nicht mehr, über sie herzufallen wie vor vielen Jahren.
Er trat näher und sah ihr drohend in die Augen.
»Ein Mann von meinem Stand macht sich nicht die Hände dreckig an solchem Abschaum wie dir. Aber wir kriegen dich klein«, fauchte er. Dann ging er hinaus, und die Männer folgten ihm hastig.

Marthe hörte, wie der Riegel vorgeschoben wurde und ein Schlüssel im Schloss klirrte. Erst da ließ sie sich zu Boden sinken und kauerte sich zusammen.
Vor ihren Augen sah sie wieder und wieder Reinhard sterben. Sie meinte, Lukas' Schreie zu hören, sah seinen wütenden, fassungslosen Blick, glaubte, am eigenen Leib die Schmerzen zu spüren, die er erdulden musste, und sie suchte verzweifelt nach einer Antwort, ob ihre Tochter noch lebte. Alles schien verloren.

## *Daniels Entscheidung*

Daniel hatte nicht einen Augenblick gezögert, ob er im Dom um Kirchenasyl nachsuchen oder sich allein durch die Nacht bis nach Freiberg durchschlagen sollte. Natürlich musste er seine Schwester warnen. Hartmuts Verhalten erfüllte ihn mit tiefer Sorge. So, wie der knurrige Waffenmeister sich gegeben hatte, rechnete er wohl jeden Augenblick damit, dass Reinhard und Lukas furchtbar bestraft würden. Daniel versuchte zwanghaft, sich *nicht* vorzustellen, was gerade in hundert Schritt Entfernung vor sich ging. Er durfte jetzt nicht zurückschauen, sondern musste es schaffen, den Burgberg zu verlassen, ohne dass jemand misstrauisch wurde.
»Dringender Auftrag vom Waffenmeister«, erklärte er knapp, als er die Stallungen erreicht hatte, und erweckte dabei den Eindruck, nicht übermäßig begeistert von diesem Auftrag zu sein. Der Stallmeister nickte nur und wies einen der Knechte an, den Sattel zu holen. Daniel führte seinen Hengst selbst aus dem Stall und legte Hand an beim Satteln – nichts Ungewöhnliches für einen Knappen, noch dazu für einen so jungen.

Dann saß er auf und gelangte, ohne aufgehalten zu werden, zum Tor hinaus. Das Letzte, was er hörte, war ein Aufschrei der Menge im markgräflichen Palas. Schaudernd bekreuzigte er sich und betete, dass seinem Stiefvater und dem Mann seiner Schwester nichts Schlimmes zugestoßen war.

Oder seiner Mutter.

Während er die gewundenen Gassen den Burgberg hinabritt, überlegte er, wie er vorgehen sollte. Den Weg zu finden, war für ihn nicht schwierig – das wurde von einem fünfzehnjährigen Knappen erwartet, und er war ihn oft genug geritten. Doch sollte er geradewegs nach Freiberg galoppieren oder lieber ein paar Umwege über schmale Seitenpfade reiten für den Fall, dass er verfolgt wurde? Hartmut hätte ihn nicht fortgeschickt, wenn er ihn nicht in äußerster Gefahr glaubte.

Deshalb entschloss er sich, den schnellsten Weg zu nehmen. Er war ein guter Reiter, sein Pferd ausdauernd und er keine allzu große Last mit seinen fünfzehn Jahren, ohne Kettenpanzer und Waffen, abgesehen von seinem Dolch. Wenn Clara wirklich in Gefahr war, durfte er keine Zeit verlieren. Sie musste Freiberg verlassen haben, bevor jemand mit dem Befehl eintraf, dort nach ihr zu suchen.

Kaum hatte er die Stadt hinter sich, trieb er sein Pferd in gestrecktem Galopp voran. Das Tier hatte keine Mühe, so Meile um Meile zurückzulegen, sondern genoss den schnellen Lauf mit seiner leichten Last.

Kurz vor Freiberg brachte Daniel seinen Braunen dazu, in Trab zurückzufallen. Er wollte so wenig Aufsehen wie möglich erregen, wenn er das Stadttor passierte. Inzwischen war es Morgen, und vor dem Meißner Tor drängten sich Dutzende Menschen, um die Stadt zu betreten. Ohne jemanden auch nur eines Blicks zu würdigen, ritt Daniel an ihnen vorbei, erwiderte mit einem knappen Nicken den Gruß der Wachen und atmete erleichtert auf, als ihn niemand anhielt und fragte, wieso er allein unterwegs war. Ganz zu schweigen davon, dass hier vielleicht schon jemand auf ihn lauern konnte, der von Albrecht den Befehl dazu erhalten hatte.

Durch die Meißner Gasse, vorbei an den Häusern der Gerber und am Unteren Markt, ritt er zum Burglehen, zu Reinhards Haus. Dort angekommen, sprang er aus dem Sattel, drückte die Zügel einem verdutzten Knecht in die Hand und fragte: »Wo ist deine Herrin? Im Haus?«

»Ja, junger Herr«, antwortete der Knecht. »Aber Ihr könnt jetzt nicht zu ihr …«

Daniel überhörte diesen Einwand und stürzte hinein. Als er unten niemanden sah, rannte er mit großen Schritten die Treppe hinauf und riss die Tür zur Kammer auf. Dort sah er Clara mit schmerzverzerrtem Gesicht stehen, die Arme in den Rücken gestützt und den hochgewölbten Leib nach vorn gereckt. Johanna war bei ihr und goss dampfendes Wasser in eine große Schüssel, während auf der Bank neben ihr Leinentücher bereitgelegt waren. Zwei Mägde standen bei ihnen und starrten ihn vorwurfsvoll an.

»Wir müssen sofort die Stadt verlassen!«, platzte er heraus, bevor ihm aufging, was der Anblick zu bedeuten hatte: Die Geburt stand bevor.

»Junger Herr …«, wollte die ältere Magd einwenden, doch Clara schickte sie und die jüngere Magd sofort hinaus. Dann ließ sie sich auf die Bank sinken und fragte mit schreckensbleicher Miene: »Ist etwas mit meinem Mann? Und mit Stiefvater? Was ist mit Mutter?«

Sie muss es gespürt haben, dachte Daniel beklommen. Vielleicht weiß sie sogar mehr als ich. Hatte sie wieder einen dieser Träume?

»Ich kann dir nichts Genaues sagen, wir können nur für sie beten«, gab er kleinlaut zu. »Aber Hartmut hätte mich nicht fortgeschickt, wenn nicht unmittelbar Gefahr bestünde …«

Er zögerte. »Wie ist das mit dir … Kannst du …?«
Verunsichert wies er auf ihren schweren Leib.
»Die Wehen haben begonnen«, erklärte die besorgte Johanna. »Schon seit dem Morgengrauen. Sie wird nicht weit kommen. Genau genommen, kann sie jetzt unmöglich irgendwohin, außer auf den Gebärstuhl.«
»Nein«, entschied Clara. »Wenn die Dinge so stehen, müssen wir sofort aus der Stadt verschwinden. Sonst würden sie uns als Geiseln nehmen oder Schlimmeres.« Bevor Johanna Einspruch erheben konnte, fiel sie ihr ins Wort. »Ein paar Meilen werde ich schon durchhalten. Hauptsache, fort von hier. Es ist mein erstes Kind, da kann es noch einen ganzen Tag dauern, bis es kommt. Holst du Kuno und Bertram, damit sie uns Geleitschutz geben? Sie müssen sich irgendeinen Vorwand ausdenken, damit sie keinen Ärger mit dem Vogt bekommen.«
»Wollt Ihr etwa das Kind im Wald gebären oder auf der Landstraße?«, fragte Johanna fassungslos.
»Wenn wir alle überleben wollen, habe ich keine Wahl.«
Mit schweren, behäbigen Schritten ging sie zur Tür und wies die entgeisterte Magd an, ihr ein Bündel zu packen mit allem, was sie brauchen konnten: Wegzehrung, ein Kleid zum Wechseln und die Kindersachen, die sie genäht hatte.
Johanna huschte hinaus, um ihren Mann und ihren Schwager zu holen, und Daniel lief nach unten, um für seine Schwester und Johanna Pferde satteln zu lassen. Dann überlegte er kurz und ging zurück in die Kammer, wo Clara bereits die Leinentücher zusammenpackte.
»Ich habe keine Waffen außer meinem Dolch«, gestand er. »In Vaters Haus will ich mich nicht blicken lassen, um niemanden in Gefahr zu bringen. Irgendein Nachbar findet sich immer, der verrät, dass ich dort war. Glaubst du, dass dein Mann einverstanden wäre, wenn ich … einen seiner Jagdbögen mitnehme? Wir müssen vielleicht die Nacht im Wald verbringen.«

Wieder rieb sich Clara mit schmerzverzerrter Miene das Kreuz. »Die Truhe«, sagte sie und wies mit dem Kinn in die Richtung. »Darin sind Bogen, Sehnen und auch ein zweites Schwert. Nimm alles. Er würde es so wollen.«

Daniel wurde angst und bange, als er sah, wie mühevoll Clara die Treppe hinunterstieg. Und da sollte sie in den Sattel, meilenweit reiten? Er wusste ja nicht einmal, wohin. Zu Hedwig nach Seußlitz wäre ein Gedanke gewesen, doch das war zu weit von hier und vor allem zu nahe an Meißen vorbei. Da würden sie denen geradewegs in die Hände laufen, vor denen sie davonliefen.

Zu Raimund? Dort würde man ganz sicher nach ihnen suchen. Zu Lukas' Bruder Jakob? Er wusste nicht, ob er ihm vertrauen durfte. Womöglich würde Jakob sie ausliefern, um sich bei dem neuen Markgrafen anzudienen. Und falls nicht – sie brächten auch noch den kleinen Lukas in Gefahr, seinen Halbbruder, und seinen Neffen. Nein, das schied auch aus.

Darüber denken wir nach, wenn wir die Stadttore hinter uns gelassen haben und Clara das Kind nicht mitten auf dem Obermarkt zur Welt bringen musste, beschloss er.

Seine Schwester hatte sich inzwischen auf dem Hackklotz auf dem Hof niedergelassen und gab der Magd weitere Anweisungen, die sich kaum fassen konnte. »Und die Amme?«, fragte sie entsetzt.

»Wird nicht gebraucht«, antwortete Clara. Sie würde ihr Kind selbst stillen, auch wenn das für die Frau eines Ritters ungewöhnlich war.

Wenig später kam Johanna zurück, mit ihr Kuno und Bertram, beide voll gerüstet und in Waffen. Erleichtert atmete Daniel auf. Sie waren keine Ritter, aber gut ausgebildete Kämpfer und sicher mehr wert als er mit seinen fünfzehn Jahren, sollte es zu einem Gefecht kommen.

»Wir haben Euren kleinen Bruder bei Emma und Jonas untergebracht«, berichtete Kuno. »Damit er nicht auffällt, mussten wir ihm das Haar etwas stutzen und ihn in einen alten Kittel stecken. Aber das wird er überleben. In dieser Notlage können wir nicht noch einen Fünfjährigen mitnehmen.«
Besorgt wies Kuno mit dem Kinn auf Clara, die sich zusammengekrümmt hatte und der Schweißperlen auf der Stirn standen. Der Anblick veranlasste Daniel, zu seiner Schwester zu gehen und sie leise zu fragen: »Willst du das wirklich wagen?«
»Ich weiß, dass in Meißen etwas Schreckliches geschehen ist«, antwortete sie hart. Sie biss sich auf die Lippen, dann atmete sie tief durch und sagte: »Und ich werde nicht hier liegen und warten, bis sie mich aus dem Wochenbett zerren und mein Kind an der Wand zerschmettern.«
Diese Antwort nahm Daniel den letzten Zweifel. Die Männer halfen der Hochschwangeren in den Sattel, Daniel übernahm es, ihr Pferd am Zügel zu führen. Er warf einen prüfenden Blick auf die kleine Gruppe, die für einen flüchtigen Beobachter nichts Auffälliges an sich hatte: eine Dame mit Magd, einem Knappen und zwei Bewaffneten als Geleit auf Reisen. Dass die Dame kurz davor stand, im Sattel ein Kind zu gebären, konnte kein Uneingeweihter wissen; der Umhang verbarg den Zustand ihres Körpers.
»Ganz Christians Tochter«, meinte Kuno anerkennend angesichts von Claras Entschlossenheit.
»Anna und Peter wissen Bescheid«, ergänzte Bertram. »Sie sind darauf vorbereitet, dass wahrscheinlich bald ein ganzer Trupp ins Haus stürzt und nach Euch sucht.«
»Was könnten sie schon dagegen tun?«, fragte Daniel mit einem Anflug von Hoffnungslosigkeit.
»Erstaunte Gesichter ziehen und die Ahnungslosen spielen«, antwortete Kuno und brachte sogar ein Grinsen zustande. »Glaubt mir, die wissen sich schon zu helfen. Hauptsache, Ihr

und der kleine Konrad seid in Sicherheit. Und vor allem Clara.«
»Gut«, sagte Daniel, nur um überhaupt etwas zu sagen. Er war der Jüngste in dieser Gruppe, noch längst kein Ritter, aber alle erwarteten wohl, dass er jetzt entschied, wie es weiterging. »Zur Täuschung verlassen wir die Stadt durch das Meißner Tor, aber dann nehmen wir den Weg Richtung Westen. Wir sollten versuchen, uns zu Raimund durchzuschlagen«, verkündete er.
Niemand erhob Einwände.

Sie kamen nur langsam vorwärts, doch nach einiger Zeit hatten sie Stadt, Gruben und freies Gelände hinter sich gelassen und ritten auf einen Wald zu.
»Wir müssen halten, sonst fällt Clara gleich aus dem Sattel«, rief Johanna von hinten, die ihre Schutzbefohlene nicht aus den Augen gelassen hatte. Besorgt sah Daniel auf seine Schwester, die schweißüberströmt zusammengesackt war. Ratlos drehte er sich zu Kuno um. Der stieg sofort aus dem Sattel, warf seinem Freund Bertram die Zügel zu und setzte sich hinter Clara, um sie zu halten und zu stützen.
»Nur noch das kleine Stück, bis in den Wald«, sprach er ihr Mut zu. »Schafft Ihr das? Dort können wir uns verstecken. Oder wollt Ihr, dass wir Zuflucht im nächsten Dorf suchen?«
Der Ort konnte keine zwei Meilen mehr entfernt sein.
»Nein, in den Wald«, stöhnte Clara. »Im Dorf ... Sie würden uns verraten.«
Es war ein offenes Geheimnis, dass die Herren der meisten Ortschaften um Freiberg Christian und seinen Anhängern nicht gutgesinnt waren.
Mit Mühe erreichten sie den Wald und schafften es so tief hinein, dass sie weder zu sehen noch zu hören waren. Während Kuno immer noch Clara stützte, humpelte Bertram voraus, um einen geeigneten Lagerplatz zu suchen – eine kleine Lichtung

mit bemoostem Boden und einem Bächlein in der Nähe, wie Johanna gefordert hatte.
»Das Fruchtwasser ist schon abgegangen?«, fragte Johanna zur Bestätigung dessen, was sie beobachtet zu haben glaubte. Clara nickte nur und ließ sich von ihr auf den Boden helfen. »Die Wehen kommen jetzt schnell hintereinander«, flüsterte sie.
Inzwischen war die Sonne fast untergegangen, und durch die Zweige drang kaum noch Licht.
»Ich musste noch nie ein Kind bei völliger Finsternis entbinden«, murmelte Johanna verzweifelt. »Wenigstens einen Kienspan oder eine Kerze müsst Ihr mir erlauben. Es wird sich schon niemand bei Nacht in den Wald wagen.«
Abgesehen von denen, die nachts hier ihr Unwesen treiben, dachte Daniel beklommen. Raubzeug, Gesetzlose und wer weiß was für Ungeheuer.
»Es ist fast Vollmond. Das muss reichen, solange kein Notfall eintrifft. Sonst locken wir nur das Ungeziefer heran.«
Dass Kuno und Bertram zustimmend nickten, machte ihm Mut. Es war schwierig, mit fünfzehn Jahren Entscheidungen zu treffen, von denen so viel abhing.
Zu seiner Erleichterung übernahm Johanna es nun, Anweisungen zu erteilen. »Also dann: Ihr Männer dreht euch mit dem Rücken zu uns und haltet Wache«, meinte sie ungewohnt forsch. »Der Blutgeruch könnte Füchse anlocken.«
Oder Wölfe, dachte Daniel. Vorsichtshalber zog er das Schwert aus der Scheide, das wirklich ausgezeichnet in der Hand lag. Reinhard war ein wohlhabender Mann, der sich auch als Zweitschwert eine hervorragende Waffe leisten konnte. Ob er noch am Leben war? Angesichts der Vorstellung, womöglich das Schwert eines Toten zu halten, schauderte ihn. Er hatte seinen Vater sterben sehen und war in tiefer Sorge, dass nun auch Lukas und Reinhard auf Albrechts Befehl tot sein könnten.
Doch nach kurzem Abwägen ließ er die Klinge wieder in die

Scheide gleiten und griff nach Pfeil und Jagdbogen. Die zusammengerollte Sehne hatte er schon vor dem Aufbruch eingehängt. Am wahrscheinlichsten schien ihm, dass sich ein paar Raubtiere an sie heranwagten. Die würden normalerweise einen großen Bogen um eine Menschengruppe machen, aber sie hatten eine feine Witterung für kranke und hilflose Wesen. Wenngleich er nichts wusste über Geburten und dergleichen und darüber auch nichts wissen wollte, so war ihm doch klar, dass dies eine blutige Angelegenheit sein würde – geradezu eine Herausforderung für ein hungriges Rudel Wölfe.

In den Zweigen vor sich und im Unterholz sah er schon von allen Seiten Lichter aufglimmen; Augen von Tieren, die er im Dunkel nicht erkennen konnte.

Kuno schien seine Gedanken zu erraten. »Hier hat es seit Jahren keine Wölfe mehr gegeben«, sagte er, und tatsächlich fühlte sich Daniel von der tiefen Stimme und Gelassenheit des Älteren beruhigt.

Trotzdem war es unheimlich im dunklen Wald. Von allen Seiten raschelte es, funkelten winzige Lichter, der Wind rauschte, eine Eule schuhute. Die Männer standen im Dreieck um die beiden Frauen, die Rücken zu ihnen gewandt, und bemühten sich, zu überhören, wie Clara mit aller Kraft ihre Schmerzensschreie zu einem Wimmern und Stöhnen unterdrückte, während Johanna leise auf sie einsprach.

Je mehr Zeit verstrich, umso heftigere Vorwürfe machte sich Daniel, dass seine Schwester vielleicht durch seine Schuld sterben würde. Eine Geburt – das wusste jeder – war schon unter normalen Umständen eine Sache auf Leben und Tod. Nun musste sie ihr Kind nachts mitten im Wald zur Welt bringen, in Kälte und Finsternis, umgeben von wilden Tieren. Hatte er zu ängstlich gehandelt, indem er sie aus der Geborgenheit ihres Hauses riss? Doch im Grunde seines Herzens war ihm klar, dass ihnen viel Schlimmeres drohte, wären sie in Freiberg geblieben. Albrecht kannte kein Erbarmen, das wusste er seit seiner Kindheit, als er seinen Vater sterben sah. Jetzt konnte er nur beten, dass es Lukas und seiner Mutter gutging und Reinhard noch lebte.

Endlich – der Morgen graute schon – ein herzzerreißender Schrei, Johannas aufmunterndes »Gleich, nur noch einmal!« ... und wenig später hörten die Männer das Wimmern eines Neugeborenen.

»Rasch, hol noch mehr Wasser!«, wies Johanna ihren Mann an und strich sich mit dem Handgelenk eine lose Strähne zurück. Kuno gehorchte sofort – ebenso erleichtert über den Anlass, diesen unheimlichen Ort wenigstens für ein paar Schritte verlassen zu können, wie verlegen, dass er wohl gleich etwas zu sehen bekommen würde, das kein Anblick für einen Mann war.

Doch Johanna hatte vorgesorgt. Von einem warmen Umhang bedeckt, lag Clara auf dem Boden, mit einem Schaffell als Unterlage, damit sie in der eisigen Nacht nicht erfror. Johanna nahm ihrem Mann die Schüssel ab und drückte ihm etwas in die Hand, in blutiges Leinen gehüllt. »Verbrenn das, und die Tücher dazu. Jetzt *müssen* wir Feuer machen. Die Nachgeburt muss verbrannt werden, und ich brauche warmes Wasser.«

Dann reinigte sie das Neugeborene, so rasch es ging, bevor sie es in warme Tücher hüllte und die Worte für die Nottaufe sprach, die jede Wehmutter auswendig kennen musste.

»Ihr habt eine Tochter, und sie ist wunderschön«, sagte sie froh.

»Ja«, flüsterte Clara. »Doch ich fürchte, ihr Vater ist tot.« Tränen rannen ihr übers Gesicht, während sie ihr Kind an sich drückte.

Die Männer machten ein kleines, verdecktes Feuer und zerstreuten den Rauch, um niemandes Aufmerksamkeit zu erregen.

Kuno teilte Brot aus und schlug vor, dass die anderen ein wenig ruhten; er würde inzwischen Wache halten. Ohnehin konnten sie nicht sofort weiter. Deshalb sprach er sich mit seiner Frau ab. »Spätestens morgen müssen wir weg von hier.«

Johanna behielt ihre Bedenken für sich. Erst einmal musste sie Clara aus den blutigen Kleidern bekommen. Vorsichtig half sie ihr auf und ging mit ihr zum Bach. Zähneklappernd vor Kälte, stieg Clara in das eiskalte Wasser und ließ sich hineinsinken. Sie wusste, dass dies in ihrer Lage das beste Mittel war. Das klare Wasser würde die üblen Gifte wegspülen, die einer Mutter den Tod im Kindbett bringen konnten. Dann presste sie sich Moos zwischen die Schenkel, damit es das Blut aufsog, zog sich ein frisches Kleid über und wurde von Johanna auf ein zweites Schaffell gebettet. Das erste, das voller Blut war, tauchte Johanna so lange ins Wasser, bis es sauber war, schüttelte es aus und hängte es über einen Ast.
Doch zuvor hielt Johanna Daniel das winzige Bündel entgegen. »Hier, Eure kleine Nichte!«
Verdutzt und erschrocken wich er zurück. Ansehen wollte er das Neugeborene schon, obwohl er nie geglaubt hätte, dass ein Menschlein so klein sein konnte. Aber es halten? So etwas Zerbrechliches? Mit seinen schwieligen Händen, die viel eher daran gewöhnt waren, mit Schwert und Schild umzugehen?
»Keine Sorge. So, Ihr müsst das Köpfchen stützen …« Vorsichtig ließ Johanna das Neugeborene auf seinen Arm gleiten, und bevor Daniel etwas sagen konnte, war sie schon fort, und er stand allein mit dem Kind da.
Ein Mädchen, hatte Johanna gesagt. Seine Nichte. Du hast dich wirklich schwer auf diese Welt kämpfen müssen, dachte er. Und du hast eine tapfere Mutter. Ich bete, dass dir einmal mehr Glück beschieden sein wird. Und Gott uns an einen Ort führt, wo ihr in Sicherheit seid.

Als Clara vom Bächlein zurückkam und in frischen, trockenen Kleidern wieder einigermaßen durchgewärmt war, legte sie ihr Töchterchen zum ersten Mal an.
Dann schliefen beide, Mutter und Kind, unter dem Schutz eines dicken Umhangs und behütet von den anderen.

Es blieb still im Wald – so still es in einem Wald sein konnte. Keine Menschenseele verirrte sich hierher. Es war noch zu früh im Jahr, als dass jemand hier Pilze, Beeren oder Honig suchen könnte.

Clara war es, die nach kurzem, erschöpftem Schlaf das Unvermeidliche aussprach. »Wir müssen weiter.«

»Aber wohin willst du – so schwach?«, widersprach Daniel, immer noch bewegt von dem Moment, in dem er seine kleine Nichte auf dem Arm gehalten hatte, und voller Sorge um seine Schwester.

»Wir reiten Richtung Muldental, so schnell es unter diesen Umständen geht. Wir müssen eben öfter eine Pause einlegen. Aber wir brauchen einen Priester, der das Kind tauft. Raimund und Elisabeth haben ein Versteck, wo ich vorerst mit der Kleinen bleiben kann. Mutter hat mir davon erzählt. Einer von euch Männern muss vorreiten und nachsehen, ob uns dort niemand auflauert. Dann kehrt ihr drei zurück nach Freiberg.« Das galt Kuno, Bertram und Johanna. »Sagt, dass Johanna zu einer Geburt auswärts gerufen wurde. Das ist ja nicht einmal gelogen.«

»Du wirst nicht lange bei Raimund sicher sein«, gab Daniel zu bedenken.

»Ich weiß – und du auch nicht. Wir bleiben dort nur ein paar Tage. Dann reiten wir weiter nach Weißenfels.«

»Weißenfels?« Verblüfft starrte Daniel seine Schwester an.

»Ja. Graf Dietrich hat mir vor seinem Aufbruch ins Heilige Land angeboten, dort Zuflucht zu suchen, falls ich in Gefahr bin.«

Sie nestelte etwas aus ihrem Almosenbeutel, etwas Kleines, in Leinen eingewickelt. Als sie das Stoffstückchen auseinanderschlug, erkannte Daniel einen silbernen Ring mit dem meißnischen Löwen und einem verschlungenen »D«.

»Seine Männer, die in Weißenfels geblieben sind, haben Anweisung, mir jeden Schutz zukommen zu lassen, wenn ich das vorzeige. Dort sind wir sicher.«

Das Neugeborene wimmerte leise, und rasch nahm Clara es hoch und legte es an ihre Brust. Verblüfft sah Daniel zu, wie das kleine Wesen mit seinen Lippen suchte und dann mit schmatzenden Geräuschen zu saugen begann, während seine winzigen Fäuste durch die Luft zuckten.

»Wie soll meine Nichte eigentlich heißen?«, fragte er, nur um etwas zu sagen.

Claras Gesicht verdüsterte sich, ihr Blick verlor sich irgendwo in der Ferne.

»Es war Reinhards Wunsch, dass ich sie nach seiner Mutter nenne. Dieser Name wird in seiner Familie schon seit vielen Generationen weitergegeben. Sie soll Änne heißen.«

## Glühende Eisen

Gott steh mir bei, dachte Lukas, als er die Schritte nahen hörte und jemand vor der Tür befahl: »Zwei von euch kommen mit rein!«

Also stehen mindestens vier Wachen vor der Tür. Ich darf mich geschmeichelt fühlen über so viel Aufmerksamkeit. Dieser zynische Gedanke war lediglich ein zum Scheitern verurteilter Versuch, nicht daran zu denken, was ihm jetzt bevorstehen mochte.

Er fragte sich, wie lange er wohl noch durchhalten würde. Er hing an den Handgelenken von der Kerkerdecke, an seine gefesselten Füße war ein zwanzig Pfund schweres steinernes Gewicht gebunden. Ihm war zumute, als würde sein Leib gleich zerreißen, jeden Augenblick konnten ihm die Schultergelenke auseinanderspringen. Ganz zu schweigen von dem unsäglichen Schmerz in den Fingern und den brennenden Striemen auf Brust und Rücken.

Er wusste, dass Christian einst in Randolfs Verlies ähnliche Folter erleiden musste – es waren die üblichen Methoden. Und auch Randolf hatte es darauf angelegt, seinen Gefangenen nicht sterben zu lassen, damit er möglichst lange leiden musste. Lukas hatte noch genau vor Augen, in welch erbärmlichem Zustand Christian gewesen war, als er ihn mit Raimund und zwei inzwischen toten Gefährten befreit hatte. Die Gelegenheit dazu hatte ihnen Dietrich von Landsberg verschafft, Ottos jüngerer Bruder.

Es bestand nicht die geringste Aussicht, dass seine Freunde hier auf der Meißner Burg ihn befreien konnten. Sie würden sterben bei dem Versuch. Also hoffte er, dass sie vorsichtig genug waren, es gar nicht erst zu wagen.

Was hatte sich Marthe nur dabei gedacht, als sie vorgetreten war und Albrecht verflucht hatte? Zugegeben, ohne ihr Eingreifen würde jetzt sein Kopf zur Abschreckung über dem Burgtor hängen. Doch war das hier nun besser, als durch einen schnellen Schwerthieb zu sterben? Ihr musste doch klar gewesen sein, dass sie ihn nicht retten konnte und sich selbst in Todesgefahr brachte!

Was hatten die Kerle ihr inzwischen angetan? Allein der Gedanke daran machte ihn rasend.

Er konnte das Bild nicht aus seinem Kopf löschen, wie Randolf ihr einst Gewalt angetan hatte. Und wie er sie gefunden hatte, nachdem Ekkehart sie sich zu Willen gezwungen hatte. Wenn er sich jetzt vorstellte, dass sich vielleicht eine ganze Meute im Kerker auf sie gestürzt hatte oder es gerade tat – das schmerzte ihn mehr als die Striemen und Brandwunden.

Was konnte er tun, was würde Marthe jetzt helfen?

Nichts. Er hing hier in Ketten, und gleich würden sie wieder kommen und ihn martern, bis er verreckte oder den Verstand verlor.

Sollte er einen schnellen Tod für sich heraufbeschwören? Wäre es für Marthe leichter, ihn tot zu wissen als der Folter ausgesetzt? Oder würde Albrecht sie dann auch umbringen lassen?

Warum nur hatte sie das getan? Es gab nicht den geringsten Anlass zu glauben, dass sie ihn retten konnte. Doch bestimmt hatte sie einfach aus dem Herzen heraus gehandelt, wie sie es meistens tat, ungeachtet der möglichen Folgen, und sich dabei im tödlichen Netz verfangen.

Ich hätte auf dich hören sollen, Liebste!, dachte er. Damals, als du sagtest, wir sollten fortgehen. Jetzt habe ich nicht nur uns beiden den Tod gebracht, sondern vielleicht auch noch jenen, die unter Verdacht stehen, uns helfen zu wollen. Und Gott allein weiß, was aus den Kindern geworden ist – aus Clara und Daniel, von Thomas ganz zu schweigen …

Das Schloss rasselte, der Riegel wurde beiseitegeschoben und die Tür geöffnet. Vom jäh einfallenden Licht geblendet, sah Lukas als Erstes nur das Becken mit rot glimmenden Kohlen, das hereingetragen wurde.

Also würden sie ihn erneut mit glühenden Eisen quälen. Vergeblich versuchte er, seine Furcht niederzukämpfen. Wie lange würde er durchhalten, ohne um Gnade zu flehen? Jeder ließ sich durch Folter brechen; das war nur eine Frage der Zeit.

Bald hatten sich seine Augen so weit an das Fackellicht gewöhnt, dass er erkannte, wer das Folterkommando anführte: sein Schwager Gerald.

»Du musst dich natürlich besonders anstrengen, damit Albrecht dir dein Zögern im Kloster nachsieht?«, brachte er heraus. Es war mehr ein Keuchen als Sprechen, da er kaum Luft bekam. Aber irgendwie erfüllte es ihn mit grimmiger Freude, das gesagt zu haben.

»Maul halten!«, meinte Gerald gleichgültig und befahl dem Mann mit den glühenden Kohlen: »Stell das Becken hier ab und mach die Eisen heiß!«

Jetzt erst erkannte Lukas den Zweiten und glaubte für einen Moment, falsch zu sehen: Guntram, Jonas' Sohn!

Nun, es war naheliegend, sich Kohlen und Eisen beim Schmied zu besorgen. Doch was mochte in dem jungen Burschen vorge-

hen, wenn er die Folter mit ansehen oder ihm sogar eigenhändig die glühenden Eisen ins Fleisch drücken musste?
Bleib bloß ruhig und verrate dich nicht!, dachte Lukas. Es sollen nicht noch mehr Menschen meinetwegen sterben. Vielleicht vermochte er ihm eine verschlüsselte Botschaft mitzugeben, irgendeinen Satz, aus dem kein anderer einen Sinn herauslesen konnte. Möglicherweise hatte sich der junge Schmied sogar deshalb für diese grausame Arbeit gemeldet. Schon suchte Lukas in Gedanken nach Worten, die nichtssagend klangen, aber seine Freunde davon abhielten, ihr Leben für ihn fortzuwerfen.
Die beiden Wachen hinter Gerald und Guntram tauschten einen erwartungsfrohen Blick, voller Vorfreude darauf, was ihnen gleich geboten würde.
Mit einem Ziehen im Leib sah Lukas, wie Guntram drei verschieden geformte Eisen aus einem Lederbeutel holte und zwischen die Kohlen legte. Dann zog er das nächste heraus – doch diesmal war es ein Dolch. Hastig drehte er sich um und schnitt dem überraschten Wächter die Kehle durch. Noch während er beiseitetrat, um nicht vom Blutstrom getroffen zu werden, hatte Gerald der zweiten Wache seinen Dolch ins Herz gestoßen.
Das war blitzschnell und fast völlig lautlos vor sich gegangen. Die einzigen Geräusche waren ein kurzes Röcheln der ersten Wache und der dumpfe Aufprall der beiden Leichname auf dem Kerkerboden.
Sprachlos vor Staunen sah Lukas auf seinen Schwager und den Schmied – dieses sonderbare Bündnis – und die beiden toten Wachen.
Schon war Guntram bei ihm und sprengte mit einem Hammerschlag die Kette auf, mit der die schwere Steinkugel an seinen Füßen befestigt war. Dann schnitt er das Seil durch, das ihn an der Decke hielt. Gerald fing ihn auf, ließ ihn zu Boden gleiten und zog einen Schlüssel aus dem Almosenbeutel, um die Ketten an seinen Handgelenken aufzuschließen.

»Du könntest wenigstens ein bisschen schreien, damit die Kerle draußen sich nicht wundern«, knurrte er.
Immer noch völlig verblüfft darüber, dass ausgerechnet sein ungeliebter Schwager, Albrechts Marschall, sein Leben aufs Spiel setzte, um ihm zu helfen, fiel Lukas lediglich eine zynische Bemerkung ein: »Reicht nicht auch ein Stöhnen? Ich würde gern als Held in die Geschichte eingehen …«
»Angesichts deiner Großmäuligkeit bereue ich schon, dass ich deinetwegen meinen Kopf riskiere«, wies ihn Gerald schroff zurecht, während er seinen Dolch an den Kleidern eines der Toten abwischte und zurück in die Scheide steckte.
»Entschuldige«, gab Lukas klein bei. »Ich sollte dir wohl danken.«
»Ja, das solltest du!«, meinte Gerald und versuchte, ihm aufzuhelfen. Um dabei vor Schmerz aufzustöhnen, musste sich der Gefangene nicht sonderlich mühen.
»Ich bin etwas überrascht … von diesem merkwürdigen Bündnis … und deinem Gesinnungswechsel. Was hat dich dazu gebracht?« Das wollte er wirklich wissen.
»Ich stehe in deiner Schuld, weil du Marthe geholt hast, als meine Frau starb. Außerdem habe ich noch eine eigene Rechnung zu begleichen, die dich nichts angeht. Und was den jungen Schmied betrifft …« Er wies zu Guntram, der sich mit Mühe ein Lächeln ins Gesicht zwang angesichts der Folterspuren auf Lukas' Körper.
»Du unterschätzt mich. Glaubst du, ich bin so dumm, an einen Zufall zu glauben, dass ausgerechnet einer von deinen Freiberger Freunden in Meißen auftaucht, nachdem deine Stieftochter herbefohlen wurde? Allerdings hatte ich Mühe, deinen Mann von der Aufrichtigkeit meines Vorhabens zu überzeugen.«
»Ich hätte auf jeden Fall mitgemacht«, beteuerte Guntram hastig. »Ich hab mir doch selbst schon den Kopf zergrübelt, wie ich Euch und Marthe helfen kann …«

»Was ist mit ihr? Und mit Daniel?«
»Daniel ist fort; niemand weiß, wohin. Als sich die Lage zuspitzte, marschierte er seelenruhig zu den Ställen, behauptete, einen Auftrag des Waffenmeisters ausführen zu müssen, und wurde seitdem nicht mehr gesehen. Er wird sich in Sicherheit gebracht haben. Und deine Frau … Soweit ich weiß, hat vorerst niemand gewagt, ihr etwas anzutun. Jetzt bewacht Hartmut das Verlies und sorgt dafür, dass keiner zu ihr gelangt, den er nicht dort haben will. Aber um die zwei müssen wir uns später sorgen. Jetzt erst einmal … Hier, zieh das über!«
Er holte unter seinem Bliaut einen Kittel und eine Gugel hervor, außerdem ein Seil, das er beiseitelegte. Dann warf er einen Blick auf Lukas' angeschwollene, in unnatürlichem Winkel stehende Fingergelenke und meinte: »So wirst du nicht weit kommen.«
Er griff nach der Hand, holte mit einem Blick Lukas' Einverständnis ein und zog mit einem kräftigen Ruck.
Lukas sprühten Sterne vor Augen, ihm wurde speiübel, er beugte sich zur Seite und erbrach, was er noch im Magen hatte. Doch nach dem ersten jähen Schmerz wurde es besser.
»Endlich mal ein überzeugendes Geräusch für die da draußen«, bemerkte Gerald mit einer Spur Häme. »Und wenn wir sie hereinholen, sollte es hier wirklich nach verbranntem Fleisch riechen.«
Ungerührt griff er nach einem der Eisen und drückte die glühende Spitze einem der Toten in die Haut. Es zischte und knisterte, und sofort erfüllte beißender Gestank den Raum.
»Sie hereinrufen? Und dann? Wie geht dein Plan weiter? Und ist jetzt eigentlich Tag oder Nacht?«
»Es ist Nacht. Mir fällt auf die Schnelle nichts Besseres ein, als dass du dich kurz vor dem Tor über die Mauer herablässt. Ich halte dir so lange den Rücken frei. Du bist zu bekannt und außerdem im Moment in aller Munde, als dass du noch durchs Tor kommen könntest. Wir müssen Gott schon danken, wenn du es

lebend durch den Gang schaffst. Verschwinde von hier und halte dich irgendwo versteckt, wo dich niemand vermutet. Derweil sehen Hartmut und ich, was wir für Marthe tun können.«
»Du wagst sehr viel meinetwegen«, sagte Lukas, ehrlich erstaunt. »Ich weiß nicht, ob ich das annehmen kann.«
»Tu es einfach! Mit zwei Leichen im Verlies gibt es sowieso kein Zurück«, antwortete Gerald schroff.
»Hättest du mir wirklich den Kopf abgeschlagen, wenn Marthe nicht eingegriffen hätte?«
»Darüber will ich jetzt nicht nachdenken«, brummte Gerald, zog seinen Dolch erneut und drehte sich zu Guntram um. »Bereit?«
Auch der junge Schmied griff erneut nach der Waffe und nickte.
»Wartet!«, mischte sich Lukas ein. »Das sollte wohl ich übernehmen. Deine Sache ist das Schmieden, nicht das Töten.« Fordernd streckte er Guntram die Hand entgegen.
Jonas' Sohn zögerte. »Ihr seid verletzt.«
Lukas zwang sich ein müdes Grinsen ins Gesicht. »Du vergisst, dass ich mit der Linken genauso gut kämpfe wie mit der Rechten. Christians Schule!«
Der junge Schmied wirkte erleichtert, als er Lukas die Waffe übergab. Wahrscheinlich hatte er heute zum ersten Mal getötet und fühlte sich nicht wohl bei dem Gedanken. Lukas dagegen hatte dieses Handwerk nicht nur erlernt; er hatte auch keinerlei Bedenken, die Kerle niederzustechen, die mit so viel Begeisterung auf ihn eingeprügelt hatten.
Mit einem knappen Nicken gab er Gerald das Zeichen, dass er bereit war, und stellte sich neben der Tür auf.
Der Marschall öffnete die Tür ein Stück und rief nach draußen: »Wollt ihr zwei hereinkommen und dem Verräter den Rest geben?«
Sie wollten und betraten erwartungsfroh das dämmrige Verlies. Noch bevor sie die Lage erfassen konnten, sanken beide zu Boden, jeder von einem tödlichen Stich getroffen.

»Du bringst das Werkzeug wieder in die Schmiede und gehst schlafen. Sollte dich jemand fragen, war alles noch in Ordnung, als du gegangen bist. Das werde ich bestätigen«, wies Gerald den rothaarigen Burschen an, dann wandte er sich Lukas zu. »Und du verschwindest über die Mauer.«

Er wollte die Tür öffnen und sich vergewissern, dass der Gang wirklich leer war.

Doch Lukas hielt ihn zurück. »Guntram sollte besser mit mir kommen. Es ist zu gefährlich für ihn, zu bleiben. Es wird schon für dich schwierig genug, die Sache lebend zu überstehen.«

»Um mich mach dir keine Sorgen!«, meinte Gerald verächtlich und sah zu dem Schmied. »Wenn du mit ihm über die Mauer verschwinden willst – von mir aus ...«

»Sie würden sich an meinen Eltern rächen«, hielt Guntram dagegen. »Wenn Ihr mich erkannt habt, dann sicher auch der Truchsess. Ich stelle mich ahnungslos – und vielleicht bringe ich noch etwas in Erfahrung, das Euch nutzen kann. In die Schmiede kommen viele Männer und erzählen einander dies und das, während wir ihnen die Klingen schleifen oder ihren Pferden die Eisen wechseln.«

Lukas überlegte in aller Eile, wie er wohl Verbindung mit seinen Freunden und Getreuen aufnehmen konnte, ohne jemanden zu gefährden.

»Kannst du Kuno und Bertram eine Nachricht zukommen lassen?«, fragte er Guntram.

Der nickte. »Es wird sich schnell herumsprechen, was hier geschehen ist. Sicher wird der Fürst ganz Freiberg nach Euch durchsuchen lassen. Dann werden unsere Freunde jemanden herschicken, um Euch und Marthe zu helfen.«

»Richte ihnen aus: Ich warte am Ostersonntag in der kleinen Höhle auf sie, wo sie vor vielen Jahren Christian getroffen haben.«

Von diesem geheimen Versteck aus hatte Christian nach seiner

Befreiung aus dem Kerker die Rückeroberung seines Dorfes in Angriff genommen – mit Hilfe seines damaligen Knappen Lukas und der beiden wagemutigen Burschen Kuno und Bertram.

Guntram nickte zustimmend, Gerald öffnete die Tür und spähte hinaus. Wie verabredet, gingen er und der Schmied voran. Lukas zog sich die Gugel tief ins Gesicht und folgte ihnen ein paar Augenblicke später, als kein warnendes Zeichen kam.

Es musste wirklich tief in der Nacht sein. Der Gang war finster und leer; das einzige Licht kam von vorn, und tatsächlich gelangte er hinaus, ohne entdeckt zu werden.

Eine unsichtbare Kraft trieb ihn dazu, nach Marthe zu suchen. Doch er zwang sich, den Gedanken niederzukämpfen, auch wenn er sich dafür feige schalt. Er hatte keine Waffe außer Guntrams Dolch und wusste nicht einmal, wo seine Frau war. Außerdem sollte er Gott und Gerald dafür danken, dass er entgegen allen Erwartungen bis jetzt überlebt hatte, und sein Glück nicht noch mehr herausfordern.

In dieser Sache musste er auf Hartmut und Gerald vertrauen – und darauf, in ein paar Tagen mit Verstärkung und einem gut durchdachten Plan zurückzukommen.

Seine verletzte Hand brannte vor Schmerz, als er sich an dem Seil herabließ. Doch die Verzweiflung brannte noch tiefer in ihm. Ich lasse sie im Stich, dachte er. Ich trage die Schuld daran, dass sie überhaupt erst in diese furchtbare Lage gekommen ist. Und nun mache ich mich feige aus dem Staub.

Halte durch, Liebste, bis ich etwas für dich tun kann – außer für dich zu sterben!

Das war der einzige Gedanke, der ihn durch die Nacht trieb, Richtung Freiberg.

## Marthes Verhör

Zusammengekauert, die Arme um die Knie geschlungen, hockte Marthe in ihrem Verlies und zitterte vor Kälte. Als sie hineingestoßen wurde, hatte sie Eiskristalle an den Wänden glitzern sehen. Es war immer noch März, in den Nächten herrschte Frost, und sie hatte nichts weiter an als das Untergewand aus Leinen und den dünnen Bliaut.

Beinahe glaubte sie, dass sie hier eher erfrieren würde, als umgebracht oder gefoltert zu werden. Doch so lange würde Albrecht nicht warten.

Den ersten Angriff hatte sie noch abwehren können; vorerst hatte es keiner von den Kerlen gewagt, sie auf den Boden zu stoßen und zu schänden wie früher Randolf und seine Kumpane. Die Wachen waren zu sehr daran gewöhnt, in ihr die Frau eines geachteten Ritters zu sehen, und sie fürchteten sich vor dem Fluch.

Doch das würde nicht ewig anhalten. Albrecht und Elmar würden rasch einen Weg finden, sie schnell und endgültig zu brechen. Sie ließen sie jetzt nur allein, damit sie sich in der Dunkelheit und Kälte des Verlieses in düstersten Farben ausmalte, welche Qualen Lukas durchlitt.

Halte durch, Liebster!, versuchte sie, ihn in Gedanken zu beschwören. Tränen stiegen ihr auf, weil sie die Bilder einfach nicht zurückdrängen konnte: wie er getobt hatte, dass drei Männer ihn festhalten mussten, als sie fortgeführt worden war, wie er geschrien hatte, sie solle schweigen.

Ihr Entsetzen über Reinhards jähen Tod war zu groß gewesen. Dann zu sehen, wie schon die Klinge für Lukas' Hinrichtung gezogen wurde – sie hätte das nicht auch noch still ertragen können. Sie musste einfach vortreten und diese Sünde auf sich nehmen, auch wenn sie dafür verdammt würde.

Halte durch, Liebster!, betete sie wieder und wieder. Du kommst da lebend raus, ich weiß es. Auch wenn du mir nicht verzeihen kannst, weil du meinetwegen die Folter erleiden musst, und wütend darüber bist, dass ich einen Teil von Albrechts Zorn auf mich genommen habe.

Aber ich weiß, was du nicht glauben kannst: dass wir das hier nur überleben, wenn wir uns dieses Leid teilen, es gemeinsam ertragen.

Spätestens morgen früh würde man sie hier herauszerren und zusehen lassen, wie Lukas gefoltert wurde. Sie würde das nicht lange aushalten. Aber vielleicht zeigte Gott ja Erbarmen und ließ sie hier erfrieren.

Mittlerweile schlugen ihre Zähne so laut aufeinander, dass sie nichts mehr von dem hörte, was auf dem Gang geschah. Erst ein jäher, schmaler Lichtschein ließ sie den Kopf heben. Eine kleine Gestalt huschte für ein paar Augenblicke herein und drückte ihr eine Schüssel in die Hand. Suppe, lauwarm und dünn, aber sie kam ihr köstlich vor wie lange keine Mahlzeit. Gierig trank sie davon und versuchte, jedes bisschen Wärme der Schale mit ihren Händen aufzunehmen.

Doch es hielt nicht lange vor. Bald wurde sie erneut vor Kälte geschüttelt, und die immer schlimmer werdenden Schreckensbilder von Lukas' Qual raubten ihr das letzte bisschen Lebenswillen.

Noch einmal ging die Tür auf, die schmale Gestalt trat ein, stellte eine Kerze auf einem Mauervorsprung ab und holte die Schale zurück.

Wie unabsichtlich vergessen, blieb die Kerze im Verlies.

Zitternd vor Kälte stand Marthe auf, holte sich das Licht und setzte es auf den kalten Boden. Dann kauerte sie sich wieder hin und hielt die Hände darüber, als könnte diese kleine Flamme sie wirklich wärmen.

So saß sie, bis der Stummel niedergebrannt war und erneut völlige Finsternis sie umschloss.

Marthe hatte nicht die geringste Vorstellung davon, wie viel Zeit vergangen war, als die Tür abermals geöffnet wurde, diesmal nicht nur einen Spalt. Mit tränenverschmiertem Gesicht blickte sie hoch, gefasst darauf, dass man sie fortzerren würde, zur Folter ihres Mannes.
Ein Geistlicher stand vor ihr und blickte streng auf sie herab.
Also würde man sie nicht zu Lukas bringen, sondern erneut vor ein Kirchengericht – und dann auf den Scheiterhaufen. Diese Möglichkeit hatte sie blitzschnell abgewogen und in Kauf genommen, als sie vortrat und den Fluch aussprach. Hauptsache, Lukas blieb am Leben. Vielleicht würde Albrecht ihn nicht mehr martern lassen, wenn sie erst tot war; vielleicht fanden seine Freunde einen Weg, ihn zu befreien.
Sie hatte Lukas immer gemocht, zunächst mit der Bewunderung eines einfachen Mädchens für einen draufgängerischen Knappen, dann – nach ihrer Hochzeit mit Christian – wie einen Bruder. Ihre große Liebe war stets Christian gewesen.
Doch in dieser Nacht, in der sie vor Kälte schlotternd im Verlies hockte und nachträglich ihr Tun überdachte, während der Gedanke sie würgte, was er jetzt wohl erleiden mochte, wurde ihr eines zum ersten Mal in aller Deutlichkeit klar: Sie liebte Lukas. Nicht nur, weil er ein guter Mann war und einst Christians bester Freund, weil er ihr Schutz und Wärme gab. Er war nicht Christian. Und doch liebte sie ihn so sehr, dass sie um seinetwillen bereit war, in den Feuertod zu gehen.

Immer noch blickte der Geistliche streng auf sie. Sollte sie sich erheben? Oder sich vor ihm zu Boden werfen? Warum hatte er nicht zwei Wachen mitgebracht, die sie in Ketten legten? Aber die warteten vermutlich draußen. Vielleicht – ja, das war die Erklärung! – sollte er auf sie einwirken, damit sie den Fluch aufhob und als reuige Sünderin starb. Die Aussicht, vielleicht doch noch Erlösung im Jenseits zu finden, war verlockend.

»Zieht das über und folgt mir ohne ein Wort!«, sagte er und hielt ihr etwas entgegen. Nun breitete er sogar das Bündel aus: ein Umhang und eine Gugel, die tief ins Gesicht gezogen werden konnte.

Verwundert richtete sich Marthe auf, mit kälteklammen Gliedern, und hüllte sich in Umhang und Gugel. Dann folgte sie dem Geistlichen, von tausend Fragen zerrissen. Niemand stand Wache vor der Tür ihres Verlieses. Und die wenigen Männer, denen sie auf dem Weg zum Burghof begegnete, schienen in ihnen nichts Verdächtigeres zu sehen als irgendeine verhüllte Frau, die einem Geistlichen folgte – vielleicht zur Beichte, um Rat einzuholen, oder zu einem gemeinsamen Gebet.

Sie überquerten den Burghof und hielten geradewegs auf den Bischofspalas zu. Seit sie vor vielen Jahren in Ketten an diesen Ort gebracht worden war, um sich vor einem Kirchengericht zu verantworten, das sie dann der Probe auf dem kalten Wasser auslieferte, überkam sie jedes Mal ein Schauder, wenn sie an dem Prachtbau vorbeilief. Warteten die Richter schon auf sie?

Diesmal wurde sie nicht hinab in die Verliese geführt und auch nicht in den großen Saal, in dem sie damals verhört worden war, sondern zu einem schmalen Gang tief in den Palas hinein. Der Mann vor ihr drehte sich um und bedeutete ihr, vorauszulaufen, bis der Gang vor einer schmalen Tür endete. Er öffnete die Tür, ließ sie eintreten und entzündete mit seiner Fackel ein kleines Unschlittlicht. Die Kammer war klein, mit einem kaum mehr als handbreiten Fensterspalt, der nur den Blick auf den nächtlichen Himmel erlaubte, in einer Ecke lag ein Strohsack, in der anderen eine grob gearbeitete Truhe mit einem Krug darauf.

»Wascht Euch, bedeckt Euer Haar und wartet!«, wies er sie an.

Nun erkannte Marthe, dass auf dem Strohsack ein Stück Leinen lag.

Noch bevor sie etwas sagen oder fragen konnte, war sie wieder allein und die Tür verriegelt.

Weil sie nichts tun konnte, um das Rätsel zu lösen, hielt sie es für das Beste, den Anweisungen zu folgen. Zu ihrem Glück und ihrer Verwunderung hatte der Mann ihr den Umhang gelassen. Sie zog sich den wärmenden Stoff enger um den Körper, dann trank sie aus dem Krug und schüttete etwas Wasser in die hohle Hand, um sich die Spuren der Nacht und der Tränen aus dem Gesicht zu wischen. Sie streifte die Gugel ab, flocht ihr Haar neu und überlegte, wie sie den Schleier befestigen konnte. Schließlich nahm sie ein paar Halme Stroh und wand daraus einen dünnen Kranz. Als ihr Haar wieder bedeckt war, wie es sich für eine verheiratete Frau geziemte, blieb ihr nichts weiter, als zu warten, was als Nächstes geschehen würde.

Es konnte nicht viel Zeit vergangen sein, als sie Schritte hörte, die klappernden Holzpantinen eines Knechtes oder Mönches. Die Tür wurde aufgeschlossen, jemand befahl: »Lass uns allein!«, und eine unterwürfige Stimme sagte: »Wie Ihr wünscht, Euer Gnaden!«

Sprachlos vor Staunen und Angst zugleich sank Marthe auf die Knie, als sie erkannte, wer ihr Besucher war. Nun war sie nicht nur in Gottes Hand, sondern auch in der Hand seines Stellvertreters in Meißen, des Propstes Dittrich von Kittlitz.

Marthe konnte nicht am Gesicht des Dompropstes ablesen, was er vorhatte, denn sie musste den Blick streng gesenkt halten. Zu viel Schlimmes war in den letzten Stunden auf sie eingestürzt, als dass sie jetzt noch einen Gedanken fassen konnte. Aber warum kam er zu ihr, statt sie vor sich befehlen zu lassen?

Dittrich von Kittlitz war der Mann, der vor Jahren das Verhör geleitet hatte, um festzustellen, ob sie heidnische Bräuche und Schadenszauber betrieb. Damals kannte sie seinen Namen noch nicht. Zunächst hatte er wirklich den Willen zu einer ehrlichen Prüfung dieser Anklage gezeigt. Doch dann stimmte er zu, die Wahrheit durch die Probe auf dem kalten Wasser herauszufinden. Marthe hatte heute noch jenen Satz im Ohr, mit dem er sie dem sicheren Tod ausliefern wollte. Und eines stand fest: Diesen Tag hatte er gewiss ebenso wenig vergessen wie sein Opfer. Wollte er nun nachholen, was damals nicht gelungen war?

Nach einem Moment wirkungsvollen Schweigens sagte er: »Es ist eine grässliche Sünde, jemanden zu verfluchen, für die du büßen und aufrichtige Reue zeigen wirst, meine Tochter. Doch wir sind uns zweifellos darüber einig, dass du über keinerlei Fähigkeiten verfügst, jemanden zu verhexen. Das hat die Wasserprobe eindeutig erwiesen. Also: Weshalb fürchtet sich der neue Markgraf dermaßen vor deinen Worten, obwohl er doch keinerlei Furcht zeigte, einen Schatz vom Altar eines Klosters zu stehlen?«

Vorsichtig sah Marthe hoch zu dem Mann, der vor ihr stand und auf sie herabsah.

»Ihr habt recht«, gestand sie. »Ich kann niemanden verzaubern oder ihm mit Worten oder Flüchen Schaden zufügen.«

»Wie ich sagte. Also hilf mir, dieses merkwürdige Verhalten des jungen Fürsten zu verstehen, und du wirst bei mir vor ihm sicher sein. Als ... Gast. Ohne die Erlaubnis, zu gehen oder jemandem Nachricht zu geben, aber in Sicherheit. Und auch deutlich bequemer untergebracht als in dem Verlies, aus dem ich dich holen ließ.« Mit flüchtiger Geste wies er auf das aufgeschüttete Stroh und die Kerze.

Schlagartig begriff Marthe. Sie war sein Faustpfand gegen Albrecht. Natürlich würde sofort die Runde machen, dass sie ein zweites Mal auf unerklärliche Weise aus einem Kerker verschwunden war. Das würde Albrechts Furcht vor ihrem Fluch noch verstärken. Und solange sie Dittrich etwas bieten konnte, das er gegen Albrecht verwenden konnte, würde er sie am Leben lassen. *Nur* so lange. Früher oder später würde er sich ihrer entledigen. Aber vorerst war sie vor Albrechts Mordgesellen sicher.

Schon flogen ihre Gedanken wieder zu Lukas. Was würde aus ihm werden? Würde er wie damals Christian denken, sie sei tot und irgendwo heimlich begraben? Lebte er überhaupt noch? Auf einmal schossen ihr die Tränen in die Augen, und sie konnte nichts tun, um sie aufzuhalten, auch wenn sie sich diese Schwäche vor anderen nicht erlauben wollte.
»Ich tat es nur … um meinen Mann zu retten … Ich wusste mir keinen anderen Rat«, schluchzte sie. Es dauerte ein paar Augenblicke, bis sie wieder sprechen konnte.
»Das habe ich schon verstanden«, meinte der Propst ungeduldig. »Aber warum diese Wirkung? Was ist es, das Albrecht an dir fürchtet? Es geht das Gerücht, du hättest ihm vor Jahren gewisse Heiltränke gebraut. Wozu?«
Marthe wischte sich mit dem Ärmel des Unterkleides die Tränen ab und versuchte, sich zu sammeln. Dittrich wollte Antworten – und sie hatte keinen Grund, auf Albrecht irgendwelche Rücksichten zu nehmen.
»Alpträume … Er hatte Alpträume … von fürchterlichen Dämonen, die ihn verfolgten … Wände, die sich in schreckliche Gesichter verwandelten. Ich erkannte, das waren die Folgen von Bilsenkraut. Er hatte zu viel davon genommen. Also mischte ich ihm Schlaftränke, damit er wenigstens nachts von den Schreckensgespinsten befreit wurde. Er hatte es befohlen, aber er hat mir damals schon nicht getraut. Ich musste alles selbst vorkosten. Und er hat mir verboten, jemandem davon zu erzählen.«
Je länger Marthe sprach, umso ruhiger wurde sie. Auf Dittrichs Gesicht war die Neugier unverkennbar. Sie konnte schon sehen, wie er darüber nachdachte, aus diesem Wissen Gewinn zu ziehen.
»Das ist ein Anfang«, meinte er zufrieden. »Nun muss ich wissen, wie du damals aus den Verliesen gekommen bist!«
Marthe war klar, dass von einer glaubhaften Antwort abhing, ob der Propst sie vorerst am Leben lassen würde. Und da Ekkehart tot war, musste sie auch auf ihn keine Rücksicht mehr nehmen.

»Jemand befreite mich. Keiner der Freunde meines Gemahls, sondern eher ein Feind – Ekkehart, der einstige Anführer der Leibwache von Fürst Otto.« Sie zögerte, ehe sie anfügte: »Er glaubte, so Anspruch auf mich erheben zu können, obwohl ich vermählt war …«

»Und den dein jetziger Mann später getötet hat. Ich verstehe«, antwortete der Geistliche nachdenklich. »Morgen komme ich wieder. Bis dahin überlege, was mir noch nützen kann. Es ist zu deinem eigenen Wohl, mir in dieser Angelegenheit zu dienen. Ich könnte auch dafür sorgen, dass zumindest dein Schwiegersohn ein christliches Begräbnis bekommt.«

»Hoheit … danke für Eure Gnade!«

Der Propst war ein mächtiger Mann, er konnte das bewirken. Sie fragte sich, wie er wohl die Wachen dazu gebracht hatte, für eine Weile zu verschwinden, damit er die Gefangene zu sich führen lassen konnte. Wahrscheinlich mit Silber.

Selbstverständlich würde er sie aus dem Weg räumen lassen, wenn sie ihm nicht mehr nutzen konnte, daran gab es nicht den geringsten Zweifel. Aber schon der Gedanke, etwas für Reinhards Seelenheil tun zu können, war ein Trost. Sie konnte es sich nicht verzeihen, so lange gebraucht zu haben, bis sie ihm wirklich vertraute.

Der Dompropst hatte sich schon zur Tür umgedreht, als Marthe allen Mut zusammennahm und fragte: »Verzeiht, Hoheit … Wisst Ihr, wie es meinem Mann geht?«

Dittrich von Kittlitz wandte sich noch einmal zu ihr um, musterte sie mit leicht zusammengekniffenen Augen.

»Er ist tot. Er hat die Folter nicht überlebt. Bete für seine Seele.«

Nach einem mitleidlosen Blick auf sie drehte er sich erneut um und ging hinaus.

Er hatte keinerlei Bedenken wegen dieser Lüge. Das würde das Weib davon abhalten, über Fluchtwege oder Möglichkeiten

nachzusinnen, jemandem Nachricht zukommen zu lassen. Für seine Zwecke war es wichtig, dass jedermann – und vor allem Albrecht – glaubte, sie sei durch Zauberkraft oder Gottes Willen entkommen. Mit ihr hatte er ein Faustpfand gegen den machtbesessenen jungen Fürsten in der Hand, das er nach Belieben einsetzen konnte. Vielleicht hielt er sie vor ihm verborgen, vielleicht lieferte er sie ihm auch gegen gewisse Zugeständnisse aus.
Und so groß war die Lüge wirklich nicht. Spätestens in ein paar Tagen würde dieser Lukas tot sein.
Wie erstarrt sah Marthe zur Tür, hörte das Schloss rasseln, und dann sank sie zusammen und musste weinen, bis sie keine Tränen mehr hatte.
Es war alles vergebens gewesen.

## *Der neue Hauptmann für Freiberg*

Kein anderer als Rutger war es, der den Trupp anführte, der in Freiberg nach den Verschwundenen oder irgendwelchen Anhaltspunkten suchen sollte.
Sein Ziehvater hatte ihm zwanzig bewährte Ritter mitgegeben und ebenso viele Reisige, die alle darauf erpicht waren, sich die Belohnung zu verdienen, die der Fürst auf die Flüchtigen ausgesetzt hatte.
Seinen triumphalen Einzug auf der Freiberger Burg verschob Rutger auf etwas später. Dafür würde der Vogt – ein äußerst willfähriger Mann, der schon Schweißausbrüche bekam bei dem Gedanken, auf irgendeine Art das Missfallen des neuen Herrn zu erregen – inzwischen alle Vorbereitungen treffen.
Sein Ziehvater hatte ihm auch die Wahl gelassen, ob er als neuer Anführer der Freiberger Wachen in Reinhards oder in Lukas'

Haus seinen Wohnsitz nehmen wollte. Reinhards Haus im Burglehen war zwar größer und prächtiger, doch Rutger hatte sich für das Steinhaus entschieden, das Christian einst hatte bauen lassen. Sein Ziehvater beglückwünschte ihn zu dieser symbolträchtigen Wahl. »Ein weiterer Schritt, um deinen Vater zu rächen«, hatte er stolz gesagt.

Während Heinrich mit seinen Männern vom Untermarkt aus zur Burg ritt, preschte Rutger mit seiner Reiterschar sofort zu seinem künftigen Wohnsitz. So viele Jahre hatte er von diesem Moment geträumt und sich jede Einzelheit ausgemalt!

Er war noch ein bisschen hin- und hergerissen, ob er nicht zunächst zu Reinhards Haus reiten sollte, um dessen Hure aus dem Wochenbett zu zerren. Aber er wusste, dass die Stadt voller flinker Beobachter war, und Vorrang hatte es, Lukas' Haus zu durchsuchen und Hinweise nach seinem Fluchtort aus dem Gesinde herauszuprügeln. Clara würde er sich als Nächste vornehmen; die konnte nicht weit kommen in ihrem Zustand. Er freute sich schon jetzt auf den Moment, in dem er sie ganz nach seinen Launen beherrschen würde. Auf Knien sollte sie vor ihm kriechen und um Gnade winseln!

Doch zuerst die Pflicht – und die lang ersehnte Rache.

»Umstellt das Haus und die Ställe! Keiner darf entwischen«, befahl er seinen Rittern, die sofort gehorchten.

Den Reisigen gab er einen Wink, ihm auf den Hof zu folgen. Einer öffnete das Tor, er ritt hindurch und rief nach einem Knecht.

Ein kräftiger Bursche tauchte auf, verneigte sich tief und fragte überaus höflich: »Kann ich Euch zu Diensten sein, edler Herr? Muss Euer Pferd versorgt werden? Oder Eure Männer? Mein Herr ist unterwegs und wird frühestens morgen zurückerwartet, falls Ihr ihn zu sprechen wünscht.«

»Dein Herr, Bursche, bin jetzt *ich*. Aber ich würde gern wissen, wo der frühere Herr dieses Hauses ist.«

Der stämmige Knecht setzte eine erstaunte Miene auf. »Er ist tot, seit fünf Jahren schon. Gott sei seiner Seele gnädig!«
»Ich rede nicht von Christian, sondern von dem Verräter Lukas!«, brüllte Rutger, der sich selbst ärgerte, dass er sich so schnell aus der Fassung bringen ließ.
»Wo sind er und die Hure Marthe?«
»Ich weiß nicht, was Ihr meint, edler Herr«, stammelte der Knecht. »Der Herr Lukas und die Herrin Marthe sind in Meißen, um Fürst Albrecht zu huldigen ...«
Was plage ich mich hier mit einem Knecht ab?, dachte Rutger und hieb mit der Gerte nach dem Burschen, der auch noch die Frechheit besaß, sich wegzuducken.
»Durchsucht Haus und Stall!«, brüllte er seinen Männern zu und stieg aus dem Sattel. »Durchwühlt alles bis auf die kleinste Truhe! Aber zerschlagt nichts, das gehört jetzt alles mir!«
Dem Knecht befahl er: »Kümmere dich um mein Pferd. Und rufe die Magd, damit sie mir zu essen und zu trinken bringt.«
Mit großen Schritten stürmte er ins Haus in der unsinnigen Hoffnung, dort den Verhassten oder sein Weib zu finden. Doch die waren sicher schlau genug, nicht hier unterzukriechen. Immerhin erfüllte es ihn mit Genugtuung, zu sehen, wie gründlich seine Männer das Haus durchwühlten. Jede Lage Leinen wurde aus den Truhen gerissen und auf den Boden geworfen, jedes Kästchen mit Nähzeug oder Gewürzen ausgeschüttet, jedes Leinensäckchen mit getrockneten Kräutern zerfetzt. Das Gesinde würde alles wieder aufräumen müssen und dabei begreifen, dass mit dem neuen Herrn nicht zu spaßen war. Niemand legte sich mit ihm an!
Er setzte sich an den Tisch und packte die Beine mit den Stiefeln auf die hölzerne Platte. »Magd!«, brüllte er – und stutzte, als ein hutzliges Weib erschien und sich ängstlich verneigte. Dabei schwappte ihr beinahe das Bier aus dem Krug, den sie hielt.
»Ich will die andere!«, rief er. »Die junge! Ich weiß, dass es hier

eine hübsche Magd gibt, so ein zartes Ding. Sie soll mich bedienen!«

»Verzeiht, Herr«, nuschelte die Alte, die keinen einzigen Zahn mehr im Mund hatte. »Die junge Magd wurde auf die Burg gerufen, sie wird dort in der Küche gebraucht.«

Sie schenkte Rutger Bier in einen hölzernen Becher, dann humpelte sie los und kehrte wenig später mit einem Brett zurück, auf dem Brot und gesalzener Fisch lagen. Karge Fastenkost, aber darüber durfte er sich nicht beschweren vor dem Ostersonntag.

»Wir haben auch noch Kohlsuppe, wenn es Euch beliebt«, sagte sie und verneigte sich erneut, ihn ängstlich anstarrend.

»Behalte deinen Kohl und teile lieber Bier an meine Männer aus!«, fauchte er sie an. Unter vielen Verbeugungen verschwand sie.

Rutger ließ seinen Blick durch den Raum schweifen, in dem er es sich nun bequem machen würde. Zwei seiner Knechte kamen herein, mit betretenen Mienen.

»Kein Pfennig Silber im ganzen Haus zu finden, nicht einmal unter dem Herdfeuer«, berichteten sie, und Rutger fragte sich, ob sie das Geld nicht einfach für sich behalten hatten. »Und keine einzige Waffe.«

Im Grunde genommen hatte er nichts anderes erwartet. »Holt mir noch einmal diesen Knecht, sofort!«

Umgehend tauchte der Bursche wieder auf.

»Wo ist das Balg?«

Erneut spielte Peter den Begriffsstutzigen.

»Dieser Lukas hat doch einen Bastard, vier oder fünf Jahre alt. Ich will ihn sofort hier sehen!«

»Die Herrschaften haben ihn mit sich nach Meißen genommen.«

»Das ist eine Lüge!«, brüllte Rutger.

Er winkte die beiden Knechte heran. »Bringt dem Kerl Gehor-

sam bei und prügelt aus ihm heraus, was er weiß!«, befahl er. »Die anderen bewachen das Haus!«
Enttäuscht stapfte er hinaus und befahl den Rittern, ihm auf die Burg zu folgen, nachdem er sich vergewissert hatte, dass der Knecht eine tüchtige Tracht Prügel verpasst bekam.

Kaum war Randolfs Sohn außer Sichtweite, folgten die Reisigen bereitwillig der Einladung der hässlichen Magd, sich im Haus ein Bier zur Stärkung einschenken zu lassen; Brot und Suppe seien auch zu haben.
Nachdem so für Ablenkung gesorgt war, ging die alte Elfrieda zu Peter und brachte ihm ein nasses Tuch zum Kühlen; sein linkes Auge war fast zugeschwollen.
»Halb so schlimm!«, beruhigte sie der ehemalige Dieb. »Ich hab schon öfter und übler einstecken müssen.« Sein Grinsen fiel eher besorgt als gelassen aus. »Diesmal meinen sie es wirklich ernst. Ich weiß nicht, ob wir noch hoffen dürfen, dass Lukas lebt. Und was ist mit Marthe?«
»Der Herr steh ihnen bei!«, meinte die alte Häuerswitwe und bekreuzigte sich. »Gottlob sind wenigstens Clara und der junge Herr Daniel in Sicherheit vor diesen Rohlingen.«
»Dafür bete ich«, antwortete Peter düster. »Hab Dank, dass du hier ausgeholfen hast. Nicht auszudenken, wenn meine Schwester diesen Kerlen in die Hände gefallen wäre.«
Dies war einer seiner ersten Gedanken gewesen, und Christian, der zweite Stallmeister, hatte keine Schwierigkeiten, seine junge Frau Anna auf der Burg unterzubringen. In der rußgeschwärzten Burgküche war sie sicher vor jedem, der sich an einer jungen Magd vergreifen wollte.
Jetzt musste Elfrieda dafür sorgen, die Meißner Reisigen mit viel Bier bei Laune zu halten. Und er musste es heute irgendwie schaffen, unbeobachtet mit Christian und Johann zu beraten, was sie wohl tun könnten.

Zu Rutgers maßloser Enttäuschung fand er auch in Reinhards Haus nicht die vor, die er suchte, sondern nur ein vollkommen fassungsloses Gesinde.
»Die Herrin ist fortgegangen, obwohl sie doch gesegneten Leibes ist und das Kind jeden Augenblick kommen könnte«, barmte die Großmagd händeringend. »Sie wollte unbedingt nach ein paar ersten Schösslingen suchen. Ihr wisst doch sicher, welche sonderbaren Gelüste die Schwangeren haben. Wir fürchten allmählich, ihr könnte etwas zugestoßen sein.«
Rutger schob sie beiseite und befahl zweien seiner Ritter, auch dieses Haus zu durchsuchen. Kurz darauf kamen sie ergebnislos zurück.
»Mein Herr wird sich solche Sorgen machen, wenn er davon hört«, jammerte die Magd weiter.
Das stimmte Rutger fröhlicher. »*Der* macht sich keine Sorgen mehr!«, sagte er triumphierend. »Er ist ein Verräter und hat die Strafe dafür empfangen. Ihr alle könnt entweder warten, bis ein neuer Herr hier einzieht, oder ihr packt euer Bündel und trollt euch! Und meine Männer werden aufpassen, dass ihr nicht das Geringste mitnehmt, das euch nicht gehört.«
Die entsetzten Mienen der Diener sagten ihm, dass er diesmal wirklich eine Neuigkeit überbracht hatte.
Die passende Einstimmung für seinen Auftritt auf der Burg.

Vogt Heinrich, der mit Rutger und dessen Gefolgschaft vorzeitig nach Freiberg zurückgekehrt war, hatte inzwischen wie befohlen den Bürgermeister und die Ratsherren auf die Burg holen und die Wachmannschaft Aufstellung nehmen lassen.
Aufmerksam sah Rutger in die Gesichter vor sich, um daraus zu lesen, ob wohl einer dieser Männer etwas davon ahnte oder wusste, was er gleich zu verkünden hatte. Ein besonderes Auge hatte er dabei auf die Schmiede. Die solle er nie aus dem Blick verlieren, hatte ihm sein Ziehvater geraten.

Er zupfte sich die Handschuhe zurecht und hakte die Daumen in seinen Gürtel, ohne zu ahnen, dass auch sein Vater sich gern so aufgestellt hatte.
»Durch Erlass von Fürst Albrecht führe ab sofort *ich* den Befehl über die städtische Wachmannschaft. Der frühere Befehlshaber, Lukas von Freiberg, ist ein Eidbrüchiger und Dieb und hat sich seiner gerechten Strafe feige durch Flucht entzogen. Wer ihn aufnimmt, wird mit dem Tod bestraft. Wer ihn tötet, fängt oder uns zu seinem Versteck führt, erhält drei Mark Silber als Belohnung.«
Es war schwer festzustellen, was das nun aufkommende Raunen auslöste: die Nachricht, dass Lukas in Ungnade gefallen war, oder die unglaubliche Höhe der Belohnung.
»Ruhe!«, brüllte der Vogt, der nicht besonders glücklich über diese Veränderungen wirkte. »An der Schuld von Ritter Lukas besteht kein Zweifel. Er hat dem Fürsten den Gehorsam verweigert, obwohl er ihm hier vor aller Augen Treue geschworen hat. Jetzt geht gefälligst wieder an eure Arbeit und sorgt für Ruhe und Frieden in der Stadt!«
»Friedhofsruhe«, sagte der Jonas voller Bitterkeit leise zu Friedrich, dem Fuhrmann, und dem Bergschmied Karl, die etwas abseits von den übrigen Ratsherren standen. »Gott steh Lukas und Marthe bei! Und Clara und Daniel!«
Durch Daniel hatte er die schlimmen Neuigkeiten erfahren und sich sofort bereit erklärt, den kleinen Konrad bei sich aufzunehmen, Lukas' und Marthes Sohn. In der Schar seiner Kinder und Enkel fiel der Junge nicht weiter auf, und seinen Nachbarn konnte er vertrauen.
»Was meint Ihr, Meister Jonas, wird Lukas hier auftauchen?«, fragte der alte Friedrich leise.
»Nein, er wird niemanden in Gefahr bringen wollen. Ich habe vorhin schon meinen Ältesten nach Meißen geschickt, der sich bei seinem Bruder umhört. Vielleicht weiß Guntram mehr oder hat sogar eine Nachricht für uns.«

Nachdem sich die Menge auf dem Burghof aufgelöst hatte, verlangte Rutger, dass sich der Gehilfe des Stallmeisters bei ihm melden sollte. Er war gespannt, zu erfahren, ob der auch plötzlich verschwunden war. Das würde ihn nicht wundern angesichts dessen, dass es in der Stadt von Leuten nur so wimmelte, die Christian nachtrauerten und nun auch Lukas nachtrauern würden.

Doch wider Erwarten tauchte der strohblonde Mann bald vor ihm auf, verbeugte sich höflich und fragte nach seinen Wünschen. Rutger musterte ihn mit kaltem Blick.

»Ich weiß, wer du bist und was du bist«, sagte er und gab sich alle Mühe, so viel Drohung wie nur möglich in diese Worte zu legen. »Und ich werde dich nicht aus den Augen lassen.«

Als ob ich vergessen könnte, wer und was *du* bist, dachte Christian grimmig und hatte Not, den Zorn aus seinen Gesichtszügen herauszuhalten.

Durch Jonas wusste er von dem Geschehen in Meißen und hätte auf diesen aufgeblasenen Kerl einprügeln können vor Trauer und Wut. Doch das wäre sein Tod gewesen – und der seiner kleinen Familie, von Anna und dem kleinen Christian.

Also blieb er stehen und hielt sich mit Mühe davon ab, die Hände zu Fäusten zu ballen.

Es war ein stummer Zweikampf zwischen den beiden fast Gleichaltrigen: dem ersten in Christiansdorf geborenen Kind, das inzwischen zur rechten Hand des Stallmeisters geworden war, dennoch ein Mann, der jedem Ritter bedingungslos Gehorsam zu leisten hatte. Und dem Sohn von Christians Erzfeind Randolf, der sich seine vorzeitige Erhebung in den Ritterstand mit dem Verrat am alten Markgrafen erschlichen hatte und nun Befehlsgewalt über Freiberg besaß.

Es schien eine Ewigkeit zu dauern, bis Rutger seinem Gegenüber mit einer verächtlichen Handbewegung erlaubte, zu gehen.

Dann befahl er die Frau des Burgvogtes zu sich. Schnaufend

tauchte die dicke Ida vor ihm auf und erkundigte sich aufgeregt nach seinen Wünschen.
»Ich brauche ein, zwei Mägde für mein Haus. Aber junge und hübsche! Bring ein paar hierher, damit ich mir jemand Passendes aussuchen kann!«
Mit einer tiefen Verbeugung verschwand Ida und überlegte, wen sie dem jungen Ritter anbieten konnte. Der war wohl zu geizig, ins Hurenhaus zu gehen. Aber sein Ziehvater war der Truchsess und engster Vertrauter des neuen Fürsten, und deshalb sollte sie ihr Bestes geben, ihn zufriedenzustellen.
Wenig später reihten sich vier junge Mädchen aus den Spinn- und Nähstuben vor Rutger auf, die ihn ängstlich, verlegen oder neugierig musterten. Nur eine hielt den Blick streng auf den Boden gerichtet. Sie hatte kastanienbraunes Haar, und damit war seine Wahl bereits getroffen. An ihr würde er heute Nacht in aller Gründlichkeit seine Wut darüber auslassen, dass ihm Clara schon wieder entwischt war.
»Du da – und die Blonde! Ihr meldet euch sofort in meinem Haus und sorgt dafür, dass es mir an nichts fehlt.« Die Blonde war wirklich hübsch, die konnte er sich in sein Bett holen, wenn er mit der Rotbraunen fertig war und sie winselnd um Gnade bat.
Die Mädchen knicksten tief und wurden von Ida fortgescheucht.
Mit einem nachdenklichen Blick auf den neuen Befehlshaber sann sie darüber nach, ob sie ihm nicht doch noch eine der erfahrenen Huren schicken sollte, im schlimmsten Fall auf eigene Kosten. Sie würde das mit ihrem Mann besprechen müssen. Und zusehen, woher sie ein paar tüchtige neue Mägde bekam.

»Lasst uns beten, dass Lukas und Marthe noch leben!«, meinte Friedrich und schlug ein Kreuz, als er und die Schmiede das Burgtor verlassen hatten und auf dem Weg in ihre Häuser waren. »Jetzt kommen harte Zeiten auf uns zu.«

»Das wird sich erst zeigen«, wandte Jonas ein, obwohl auch ihn die Sorge beinahe zerriss. »Ihr überschätzt den Mut der Leute. Für die meisten Stadtbewohner ändert sich doch vorerst nichts. Manche werden heimlich trauern um Marthe und Lukas, die meisten aber lieber das Maul halten und sich sagen: Was geht's mich an? Was Lukas und Marthe für Freiberg getan haben, wird schnell vergessen sein. Albrecht hat es geschafft, ihn als Eidbrüchigen und sogar Dieb in Missrede zu bringen.«

»Sollen sie wirklich nicht wissen, dass dieser neue Hauptmann Rutger Randolfs Sohn ist?«, fragte der alte Fuhrmann zweifelnd.

»Viele haben doch Randolf gar nicht mehr erlebt. Sie sind begeistert von Albrecht und wissen, dass Rutger der Ziehsohn des neuen Truchsessen ist, des mächtigsten Mannes nach Fürst Albrecht«, sagte Jonas bitter.

»Die anderen schweigen aus Angst. Und Angst ist ein sehr eindringlicher Ratgeber«, meinte Karl.

»Da habt Ihr wohl recht, Meister Schmied«, meinte Friedrich und wischte sich die Tränen aus den Augenwinkeln. »Aber wenn ich mir das vorstelle: die ganze Familie tot oder in Lebensgefahr – Thomas, die Kinder … Keiner weiß, was aus Lukas und seiner Frau geworden ist, ob sie noch leben. Vielleicht ist es auch nur ein böswillig verbreitetes Gerücht, dass Lukas geflohen ist. Vielleicht ist er längst tot, und sie wollen es nicht eingestehen.«

»Ich gebe die Hoffnung nicht auf«, meinte Jonas. »Gehen wir, und trinken wir zusammen mit Euerm Bruder einen Becher auf ihr Wohlergehen?«

»Mir ist eher danach, in der Kirche eine Kerze für sie aufzustellen. Aber Eure Einladung schlage ich nicht aus. Und ich denke, ich werde in nächster Zeit noch einmal ein paar kleinere Fahrten in die Umgebung übernehmen und dabei die Augen und Ohren offen halten.«

Einen Tag später kam Jonas' ältester Sohn aus Meißen zurück und brachte Nachricht von seinem Bruder Guntram.
»In welcher Höhle?«, stöhnte sein Vater auf. »Kuno und Bertram haben nie ein Sterbenswörtchen darüber verloren! Und sie sind jetzt mit Clara und Daniel unterwegs. Gott steh uns bei – kein Mensch kann wissen, wann und ob sie jemals wiederkommen!«
Er ließ sich auf die Bank fallen und sah seine Frau ratlos an.
»Hoffentlich ist er nicht so leichtsinnig und traut sich in die Stadt!«, meinte Emma besorgt.
Christian, der wie Peter zu dieser kurzen abendlichen Zusammenkunft gerufen war, schüttelte den Kopf. »Er ist nicht dumm. Aber ziemlich wagemutig ... und wohl auch verzweifelt. Er braucht Hilfe, um seine Frau zu retten.« Fragend sah er zu Peter: »Wenn du er wärest – wie würdest du versuchen, in die Stadt zu gelangen? Wir müssen ihn unbedingt abfangen, damit er nicht geradewegs in die Falle läuft!«

## Unter Verbündeten

Lukas brauchte zu Fuß fast zwei Tage, um in die Nähe Freibergs zu gelangen. Er vermied es, im Hellen und auf offenem Weg zu gehen, und wenn er es sich auch nicht eingestehen wollte: Die Folter hatte ihm mehr zugesetzt, als er gefürchtet hatte. Jede Bewegung schmerzte ihn, der grob gewebte Stoff seines einfachen Kittels scheuerte auf den nässenden Striemen und Brandwunden und klebte immer wieder fest. Sooft sich Gelegenheit ergab und keine Menschen in der Nähe waren, zog er sich aus und kühlte die Wunden in einem Bach oder einer Quelle. Bei Tageslicht blieb er in den Wäldern, lief, so lange er konnte, nahm ein paar Vogelnester aus, um seinen Hunger zu stillen, und rollte sich dann zum Schlafen zusammen, um später im Schutz der Dunkelheit weitergehen zu können. Den Dolch – seine einzige Waffe, abgesehen von einem Spieß, den er sich zurechtgeschnitten und mit dem er ein paar Fische gefangen hatte – behielt er selbst im Schlaf in der Hand.

Doch trotz aller Erschöpfung musste er sich zwingen, auszuruhen. Seine Gedanken kreisten ununterbrochen um das Geschehen der letzten Tage. Wie erging es Marthe? Seine Angst um sie und das unauslöschliche Bild von der Hinrichtung Reinhards beherrschten ihn.

Er gab sich die Schuld am Tod seines Freundes und daran, dass die Frau, die er liebte, in einer Lage war, die er sich nicht ausmalen wollte. Und trotzdem drängte sich ihm immer wieder die Vorstellung auf, was ihr gerade geschehen mochte. Ihm war, als könnte er sie bis hierher schreien hören unter der Gewalttätigkeit der Männer, denen sie schutzlos ausgeliefert war.

Warum nur hatte er das Land nach Ottos Tod nicht verlassen, zusammen mit ihren Kindern? Es war sein eitler Glaube, etwas gegen den ausrichten zu können, dessen Macht und Jähzorn ohne Grenzen waren. Aber nicht umsonst ging die Redensart: Man muss einen langen Löffel haben, wenn man mit dem Teufel essen will. Wie hatte er glauben können, etwas gegen einen Fürsten ausrichten zu können?

Wenn ihr Opfer wenigstens etwas genützt hätte, Menschenleben gerettet wie damals Christians Entscheidung, entgegen dem Befehl das Burgtor den schutzsuchenden Stadtbewohnern zu öffnen! Aber wegen eines vorhersehbaren Zusammenstoßes musste sein Freund sterben und schwebte seine Frau in Lebensgefahr – sofern sie überhaupt noch am Leben war.

Ich werde dich rächen, Reinhard!, dachte er, während er mit zusammengebissenen Zähnen weiter in Richtung Freiberg marschierte. Ich werde mich bis an die Zähne mit Waffen rüsten und einen Trupp wagemutiger Leute zusammensuchen, um Marthe

aus dem Kerker zu holen. Jede Stunde zählte, also schritt er schneller aus, um zur verabredeten Zeit in der geheimen Höhle nahe Freiberg zu sein.
Sein einziger Trost war, dass es anscheinend zumindest Daniel geschafft hatte, den Meißner Burgberg rechtzeitig zu verlassen. Wie er den Jungen kannte, würde er sicher versuchen, seine Schwester zu warnen. Falls Albrecht es auch auf Clara abgesehen hatte, blieb das seine einzige Hoffnung. Ohne Pferd hatte er selbst keine Möglichkeit, schneller bei ihr zu sein. Aber Daniel würde es wagen und schaffen, er besaß das Zeug dazu.
Und seinen Jüngsten würden die Getreuen in Freiberg schon beim ersten Anzeichen für Gefahr in Sicherheit bringen, daran hegte er nicht den geringsten Zweifel.

Lukas hatte keine Mühe, die Höhle zu finden, auch wenn er Jahre nicht hier gewesen war. Zu tief hatten sich ihm die Ereignisse eingeprägt, die von hier aus ihren Lauf nahmen. Hier hatte er mit Marthe gewacht, die aus dem Dorf vertrieben worden war, um am nächsten Morgen aufzubrechen und Hilfe zu holen, damit sie Christian aus Randolfs Kerker befreien konnten. Und später war Christian von hier aus zu einem Kampf aufgebrochen, den er nach seiner eigenen Überzeugung nicht überleben konnte.
Doch damals hatte alles ein gutes Ende genommen. Damals. Dieses Mal durfte er nicht damit rechnen. Mindestens einen Toten hatte es schon gegeben. Und ob Hartmut, Gerald und Guntram sich vor Albrechts Zorn retten konnten, wenn erst seine Flucht entdeckt war, war ungewiss. Vielleicht waren sie schon tot. Und ihr Blut klebte an seinen Händen.

Beinahe glaubte er, das Läuten der Glocken zum Osterfest zu hören. Doch das musste eine Sinnestäuschung sein, dafür war er zu weit weg von der Stadt und hatte der Wald zu viele eigene

Geräusche. Zum Glück erstreckten sich die Gruben noch nicht in dieses Gebiet, vorerst folgten sie einem Erzgang in nordöstlicher Richtung durch die Stadt und darüber hinaus in Richtung Conradsdorf.

Wachsam hörte er auf jedes Geräusch, immer in der Hoffnung, Kuno und Bertram kämen, und immer in Bereitschaft, gegen Gegner antreten zu müssen, die nach ihm suchten. Doch nichts weiter als ein paar Igel und Eichhörnchen hatten bisher seine Aufmerksamkeit hervorgerufen.

Als die Dämmerung hereinbrach, sank seine Hoffnung ins Bodenlose. Nun würden die Stadttore geschlossen, und die beiden konnten nicht mehr kommen. So übermannten ihn düstere Gedanken. Wenn morgen nicht Feiertag wäre, könnte er in seiner Verkleidung bei den Gruben oder Scheidebänken Ausschau halten nach jemandem, der Jonas oder Peter eine Botschaft überbringen konnte. Die meisten Gruben und die Siedlung der Bergleute lagen außerhalb der Stadtbefestigung. Doch morgen würde niemand dort arbeiten. Und in die Kirche konnte er nicht gehen. Dort waren zu viele Menschen. Außerdem musste er damit rechnen, dass Pater Sebastian die Messe feierte, und der würde sich nur zu gern bei den neuen Herren andienen und ihnen den gesuchten Abtrünnigen verraten.

Sollte er sein Glück in der Judensiedlung versuchen, die ebenfalls vor der Stadt lag, wenn auch in südlicher Richtung? Doch die Juden feierten ebenfalls ein Fest, wie er wusste, und waren nicht in ihren Häusern. Wenn er den Rabbi oder einen der Fernhändler um Hilfe bat und das durch Zufall herauskam, würde vermutlich die ganze jüdische Gemeinde dafür büßen müssen. Das konnte er nicht wagen.

Den meisten Erfolg versprach es, zu warten, ob Kuno und Bertram am nächsten Tag kommen würden. Vielleicht hatten sie einfach nicht schnell genug Nachricht aus Meißen erhalten. Doch es fiel ihm unendlich schwer, hier im Versteck zu hocken und nichts zu tun, während Marthe gequält und seine Anhänger verfolgt wurden. Nur die Einsicht, dass er ohne Waffen und Pferd und vor allem allein nichts ausrichten konnte, hielt ihn davon ab, zurück nach Meißen zu stürzen und sich unbesonnen auf ein tödliches Unterfangen einzulassen. Damit wäre niemandem geholfen.

Auch der Montag verstrich, ohne dass sich jemand in der Nähe der winzigen Höhle blicken ließ.
Gleich am Dienstagmorgen brach Lukas auf. Sein Plan war gefasst, wenn auch nur in den Anfangszügen ausgearbeitet. Mit allem Übrigen musste er sich auf sein Glück und seine Geistesgegenwart verlassen.
Die Kleider, die ihm Gerald gegeben hatte, waren die eines einfachen Mannes. Also zog er sich die Gugel tief ins Gesicht und ging zu den Scheidebänken vor dem Donatstor. Schmutzig genug war er, um einigermaßen unkenntlich zu sein.
Die Bergleute waren schon in die Gruben eingefahren, nun standen die Frauen und Kinder dort, müde so zeitig am Morgen, und zertrümmerten die Erzbrocken, die in schweren Körben und ledernen Eimern aus den Gruben gefördert wurden. Es war eine mühsame, eintönige Arbeit. Er hielt Ausschau, ob er unter den älteren Frauen die Witwe Elfrieda entdeckte, doch sie war nirgendwo zu sehen. Die gewitzte Alte würde ihm vielleicht helfen. Marthe hatte viel aufs Spiel gesetzt, um ihrer Nichte Bertha beizustehen.
Etwas abseits, im Schutz einer dicken Eiche, wartete er, bis eines der Kinder zu den Büschen lief, um seine Notdurft zu verrichten. Kurz davor trat er ihm entgegen. Der Kleine erschrak.
»Hab keine Angst!«, versuchte er, den Jungen zu beruhigen, der sechs oder sieben Jahre zählen mochte. »Ich suche die alte Elfrieda, eine Witwe. Ich bin ein Verwandter von ihr und habe sie lange nicht gesehen. Kannst du sie herholen?«

Der Junge musterte ihn neugierig, schien ihm aber seine Geschichte zu glauben. »Du willst ihr doch nichts Böses tun?«, vergewisserte er sich trotzdem.
»Nein, wirklich nicht. Ich bin der Bruder ihres Mannes, nun selbst verwitwet und wollte ihr in ihrer Not mit ein paar Pfennigen beistehen.«
»Das ist gut!«, meinte der Kleine. »Sie ist ziemlich arm, weißt du. Aber seit ein paar Tagen hat sie eine neue Stellung. Sie ist jetzt Magd bei dem neuen Hauptmann der Burgwache.« Und schon beschrieb ihm der Junge den Weg zu seinem eigenen Haus.
Lukas verbarg seine Gedanken und ließ sich den Weg zweimal beschreiben, um keinen Argwohn zu erregen. Dann schlug er den Pfad Richtung Donatstor ein, bis er sicher war, dass der Junge nicht mehr Ausschau nach ihm hielt.
Am liebsten würde er sofort erfahren, welche Ratte sich jetzt in seinem und Marthes Haus eingenistet hatte – ein Haus, das eigentlich das rechtmäßige Erbe von Thomas war, wenn er volljährig war und lebend von seiner Pilgerfahrt zurückkam. Er hatte so einen Verdacht … Aber hinter der Tat, die hässliche Alte als Magd ins Haus zu holen, erkannte er sofort Peters Schläue, um Anna zu schützen. Gut gemacht, Junge!, dachte er.
Nur blieb ihm jetzt nichts anderes übrig, als einen weitaus gefährlicheren Versuch zu unternehmen, um zu seinen Getreuen zu finden.
Er konnte keines der Stadttore passieren. Dort würden bestimmt überall Wachen ein, die gar zu begierig darauf waren, den auf seinen Kopf ausgesetzten Lohn einzustreichen. Der Einzige, der außerhalb der Stadtmauer arbeitete, war Karl, der Ratsherr und Bergschmied. Er hatte seine Schmiede in der Nähe der größten Gruben, und jeden Tag kamen die Häuer zu ihm, um ihre am harten Gestein stumpf gewordenen Eisen nachschmieden zu lassen. Es war gefährlich; er musste damit rechnen, dass sämtliche sei-

ner Anhänger überwacht wurden. Deshalb beobachtete Lukas erst eine ganze Weile aus einer sicheren Deckung, ob sich jemand Verdächtiges in der Nähe der Bergschmiede herumtrieb. Doch da war nur ein Häuer, der sein Gezähe gegen ein anderes austauschte – vierundzwanzig an einem Bügel aufgefädelte Eisen, die einzeln auf den Stiel aufgesetzt wurden, bis sie von der Arbeit stumpf waren und ausgewechselt werden mussten. Wer weiß, warum er nicht schon längst in der Grube war.

Lukas wartete ab, bis der Häuer mit seinem Werkzeug wieder ging, schaute sich noch einmal prüfend um, ob er irgendetwas Verdächtiges sah, dann ging er auf die Schmiede zu – nicht zu schnell und nicht zu langsam, wie ein einfacher Mann, der ein Anliegen hat, vielleicht nach dem Weg fragen oder die Klinge seines Essmessers schärfen lassen will.

Karl stand so, dass er ihn kommen sehen musste, ließ aber durch nichts anmerken, ob er erkannte, wer da auf seine Schmiede zumarschierte. Als Lukas auf ein paar Schritte heran war, sagte er zu seinem Gehilfen, einem jungen Burschen mit rußverschmiertem Gesicht und schweißverklebtem Haar: »Lauf zum Köhler! Wir brauchen noch einen Sack Holzkohle.«

Der Bursche sah leicht verdutzt auf die Vorräte, die etwas abseits lagen, nickte aber gehorsam. Im Losgehen bekam er noch mit, wie Karl den Neuankömmling – eindeutig kein Bergmann, vielleicht irgendein Pilger oder Reisender – fragte: »Was kann ich für dich tun, Fremder?«

Lukas wartete mit der Antwort, bis der junge Bursche verschwunden war, doch da brauchte er gar nichts mehr zu sagen.

»Der Herr sei gepriesen, Ihr lebt!«, stieß Karl erleichtert hervor. »Es gehen die wildesten Gerüchte um in der Stadt. Und Randolfs Sohn hat sich jetzt in Euerm Haus breitgemacht und führt die Wachen an. Ihr könnt Euch nicht in die Stadt wagen, sie suchen überall nach Euch!«

»Abgesehen davon, dass ich lebe, dürften die meisten anderen

Gerüchte zutreffen«, sagte Lukas düster. »Wie viel Zeit haben wir, bis der Bursche vom Köhler wiederkommt?«
»Da ich ihm nicht ausdrücklich gesagt habe, er soll sich beeilen, wird er sicher wieder einen Haufen Zeit vertrödeln und sich damit herausreden, dass er den Köhler erst suchen musste«, meinte Karl grinsend und bot ihm Bier aus einer Kanne an, das Lukas gern annahm.
»Ich kann Euch beruhigen; Daniel ist gestern Morgen hier aufgetaucht und hat Clara mitgenommen«, berichtete der Schmied, während Lukas durstig trank. »Johanna ist bei ihnen, und zu ihrem Schutz auch Kuno und Bertram. Deshalb waren wir so in Sorge. Von Guntram wissen wir, dass sie Euch in einer Höhle treffen sollten, aber sie waren schon fort, und niemand von uns kannte diesen Ort.«
Lukas fiel ein Stein vom Herzen. Wenigstens diese Sorge war ihm von den Schultern genommen – vorerst.
»Jeder von uns hat in der Umgebung Ausschau nach Euch gehalten, sooft es ging, ohne Verdacht zu erregen«, fuhr Karl fort. »Aber das war nicht einfach. Sie sind sehr darauf erpicht, Euch in die Hände zu bekommen.«
Mit einer Zange legte Karl ein Stück Eisen in die Glut. Einem zufälligen Beobachter würde auffallen, dass er so lange mit einem Fremden sprach, ohne weiterzuarbeiten. Schaudernd dachte Lukas an die glühenden Eisen, die ihm der Folterknecht ins Fleisch gedrückt hatte.
Der Schmied warf einen prüfenden Blick um sich und fragte: »Was können wir tun, um Euch zu helfen? Und was ist mit Eurer Frau? Niemand weiß etwas Genaues, aber jeder fragt sich, warum sie nicht zurückgekommen ist.«
Lukas wusste, dass sich Karl große Sorgen um Marthe machte. Sie waren zusammen mit dem Siedlerzug hierhergekommen, und am liebsten hätte der junge Karl damals Marthe geheiratet. Stattdessen wurde sie seinem alten Vater zur Frau gegeben, was

Karl zu einem Wutausbruch unerhörten Ausmaßes getrieben hatte. Später, unter Randolfs Herrschaft, hatte er zusammen mit Jonas, dem älteren Schmied, eine grausame Strafe auf sich nehmen müssen, weil sie Christian unterstützten. Ohne Marthes und Johannas heimliche Hilfe hätten sie nicht überlebt.

Was sollte er ihm jetzt sagen über Marthes Schicksal? Dass sie seinetwegen im Verlies steckte, gefoltert und geschändet wurde? Er brachte es nicht über sich, das laut auszusprechen.

»Vor allem brauche ich meine Waffen, meine Rüstung und mein Pferd. Und ein paar entschlossene Männer, um Marthe zu befreien.«

Nun zog ein erleichtertes Lächeln über das Gesicht des Schmiedes. »Da haben wir vorgesorgt! Peter hat gleich nach Daniels Ankunft alle Eure Waffen zu mir gebracht, und auch Eure Kleider und den Gambeson. Euer altes Kettenhemd habe ich ausgebessert. Und Ihr könnt von Jonas ein wirklich gutes Schwert bekommen. Der Burgvogt hatte es in Auftrag gegeben, aber der muss sich nun noch etwas gedulden. Euer Fuchshengst ist vorerst bei Hans und Friedrich untergestellt, den Fuhrleuten. Das Tier wird sich freuen, wieder Auslauf zu bekommen. Sie konnten es nicht bewegen, es ist zu auffällig. Jeder hier kennt es. Vielleicht machen wir mit Ruß einen Rappen daraus, um es aus der Stadt zu bekommen. Wie gefällt Euch das?«

Lukas fühlte sich beinahe befreit von so viel Vorsorge, die seine Getreuen getroffen hatten.

»Wo kann ich mich mit den anderen treffen?«, fragte er. Es war klar, dass er hier nicht mehr lange bleiben konnte. Dann fiel ihm selbst etwas ein. »In der alten, auflässigen Grube, von der aus wir den Fluchttunnel zum Bergfried gegraben haben? Das Gerücht hat sich doch gehalten, dass dort Berggeister umgehen?«

Das Mundloch lag außerhalb der Stadt, und bei dem Gedanken, von dort aus sogar einen geheimen Zugang zur Burg zu haben, verlockte es ihn sehr, schnurstracks in den Bergfried hineinzu-

spazieren und dort irgendeinen aufsehenerregenden Racheakt zu unternehmen – vielleicht die Waffenkammer und die Silberkammer auszuräumen oder diesen Rutger durchzuprügeln.
Es fiel ihm wirklich schwer, den verführerischen Gedanken aufzugeben. Er war ein Ritter, kein Räuber, auch wenn er seinem jetzigen Lehnsherrn den Gehorsam verweigert hatte. Und was er gerade erwog, würde ein gewaltiges Strafgericht über die Stadtbewohner heraufbeschwören. War er nicht geblieben, um sie zu schützen?
Vorerst blieb der Fluchttunnel zum Bergfried vom Burgvogt besser unentdeckt. Jeden Tag konnte ein Umstand eintreten, in dem sie ihn brauchten. Wobei er nicht an sich dachte. Sollte er gefasst werden, würde man ihn nicht noch einmal ins Verlies bringen, sondern auf der Stelle töten.
Das Dringendste war jetzt, Marthe zu befreien, auch wenn er noch keine Vorstellung davon hatte, wie ihm das gelingen sollte. Er hoffte inständig, dass Hartmut es schaffte, ihr so lange die rohen Kerle vom Leib zu halten.
Mit Karl verabredete er, dass er und seine Verbündeten sich am Abend in der verlassenen Grube treffen würden. Von da aus gab es einen Durchlass unter den Stadtmauern hindurch, so dass die anderen wieder zurück in ihre Häuser konnten, wenn die Stadttore geschlossen waren. Niemand würde Verdacht erregen.
Erleichtert darüber, dass er nun bald wieder in der Lage sein würde, etwas zu unternehmen, ging Lukas zurück zur Höhle. Er konnte es kaum erwarten, dass der Abend anbrach.

Im Dunkel der aufgegebenen Grube hatte sich eine traute Runde zusammengefunden: die beiden Schmiede Jonas und Karl, Jonas' ältester Sohn Johann, Peter und Christian, die etwas später kamen, weil sie erst ein paar lästige Beobachter abschütteln mussten, und noch ein paar von ihrer Bande. Nun besaß Lukas wieder Waffen, Rüstung und Kleider, und Emma hatte ihnen

mit besten Grüßen einen Korb voll mit Brot, Käse, einem Krug Bier und einem Töpfchen Schmalz mitgegeben.
Mit Hochgefühl probierte Lukas aus, wie das neue Schwert in der Hand lag. Dann zögerte er. »Ich kann dich derzeit nicht dafür bezahlen. Und falls ich gefasst werde, wirst du das Geld wohl nie erhalten.«
»Das wird nicht passieren«, meinte Jonas voller Zuversicht. »Betrachtet es als geliehen, bis Ihr wieder für bessere Zeiten gesorgt habt! Wir sind hier hinreichend entschädigt mit dem Wissen, dass Ihr es denen heimzahlen werdet!«
Bevor Lukas etwas erwidern konnte, mischte sich Karl ein. »Jetzt geht es darum, Marthe zu retten, nicht um irgendwelche Racheakte!«, ermahnte er den Schwarzschmied.
»Wisst Ihr schon, wie wir vorgehen werden?«, fragte Christian gespannt.
»Ich kann nur Leute mitnehmen, die hier keine Familie haben. Wer jetzt mit mir zieht, kann wahrscheinlich nie wieder in die Stadt zurück, solange Albrecht herrscht. Wenn meine Frau gerettet ist, müssen wir die Mark Meißen verlassen.«
»Ich komme mit Euch«, sagte Peter sofort. »Soll dieser Dreckskerl Rutger seinem Pferd selbst den Arsch putzen!«
»Still!«, flüsterte Jonas und blies rasch das Unschlittlicht aus, das sie mitgenommen hatten. »Es kommt jemand!«
Lukas drehte sich um – und nun sah er es auch. Ein winziger Lichtschein von fern, der sich flackernd näherte. Er stand auf, zog das neue Schwert und schob die Männer im Dunkeln hinter sich.
»Ich bin es, Guntram«, wisperte eine Stimme, die durch die Stille des Stollens trotz der Entfernung klar zu hören war.
Doch Lukas blieb kampfbereit, bis er den zweitältesten Sohn des Schmiedes erkannte und sah, dass er allein kam.
»Junge, was machst du denn hier?«, fragte sein Vater erstaunt und besorgt zugleich. »Musstest du aus Meißen fliehen?«

Das war auch Lukas' erste Sorge gewesen – und die nächste, dass nun vielleicht die ganze Familie des Schmiedes sofort die Stadt verlassen musste, um außer Gefahr zu sein. Seinetwegen. Wie viele Menschen mussten noch leiden durch seine Fehlentscheidung?

»Nein. Ich bringe gute Neuigkeiten. Zumindest hoffe ich, dass es gute sind«, meinte der junge Schmied und duckte sich, um durch den schmalen Stollen zu kommen, ohne mit den Schultern oder dem Kopf anzustoßen.

»Nun rede schon!« Lukas konnte seine Ungeduld nicht verbergen.

»Eure Frau – sie ist aus dem Kerker verschwunden. Ohne eine Spur. Niemand hat eine Erklärung dafür, und Fürst Albrecht hat vor Wut bald der Schlagfluss getroffen.«

»Hast du Nachricht von dem Waffenmeister oder dem Marschall, wo sie ist?«, fragte Lukas mit jäh aufflackernder Hoffnung. Es gab keine andere Erklärung, als dass die beiden es geschafft hatten, Marthe in Sicherheit zu bringen.

»Nein, sie können es nicht gewesen sein«, sagte Guntram bedrückt.

»Wieso? Nun lass dir doch nicht jedes Wort aus der Nase ziehen!«, fuhr Lukas ihn voller Ungeduld an, obwohl er wusste, dass er dem jungen Mann eigentlich dankbar sein sollte für alles, was er gewagt hatte.

Guntram hockte sich auf den Boden, um nicht länger gekrümmt in dem niedrigen Stollen stehen zu müssen. »Ihr könnt Euch vorstellen, was für ein Tumult auf der Burg ausbrach, als sie feststellen mussten, dass Ihr aus dem Verlies verschwunden wart und stattdessen dort vier tote Wachen lagen. Seine Durchlaucht tobte und ließ alles durchsuchen – ohne eine Spur von Euch zu finden«, berichtete er. »Mir haben sie merkwürdigerweise geglaubt, dass in der Nacht noch alles in Ordnung war, als wir Euch foltern sollten. Aber da er den Waffenmeister mit seinem Kopf dafür haftbar gemacht hatte, dass keiner der Gefangenen

entkommt, ließ er ihn hinrichten. Und der Marschall ist zur Strafe für sein Versagen in Ungnade und bis auf weiteres in Gewahrsam. Doch Eure Frau ist erst danach verschwunden.«
Lukas war zumute, als hätte ihm jemand die Faust in den Magen gerammt. Seine aufflackernde Hoffnung erlosch so schnell, wie sie gekommen war.
Während die anderen ein Gebet für den Toten sprachen, rasten seine Gedanken auf der Suche nach einer Erklärung. Wenn nicht Hartmut – Gott sei seiner Seele gnädig! – und Gerald Marthe hatten befreien können, wer dann? Raimund oder sein Bruder Jakob hätten einen Weg gefunden, ihm Nachricht zu schicken, wenn ihnen dieser Handstreich geglückt wäre. Aber wie hätten sie das schaffen sollen, da seit seiner Flucht Marthes Verlies bestimmt doppelt bewacht wurde?
Als sie vor vielen Jahren aus dem Kerker des Bischofs verschwunden war, war Christian außer sich vor Verzweiflung gewesen, überzeugt davon, sie sei tot und jemand habe ihren Leichnam verscharrt. Damals hatte er, Lukas, fest daran geglaubt, dass Marthe noch lebte. Doch nun vermochte er das nicht mehr. Sie konnte nicht zweimal solch ein Glück haben. Sie musste tot sein. Es gab keine andere Erklärung.
»Der Waffenmeister ließ Euch vor seinem Tod etwas ausrichten – über einen der Knappen, Johannes, den Freund des jungen Herrn Daniel«, fuhr Guntram mit gesenkter Stimme fort. »Er sagte, Ihr sollt Euch keine Schuld an seinem Tod geben. Er hatte als Albrechts Gefolgsmann Christian an seinem letzten Tag im Verlies bewachen müssen und war dabei, als Marthe ihn überreden sollte, sich zu unterwerfen. Das hätte er nie vergessen können. Und er wolle lieber dem Tod ins Auge sehen, als den nächsten aufrechten Mann durch Albrechts Willkür sterben sehen.«
Noch einer, der meinetwegen in den Tod gegangen ist, dachte Lukas voller Bitterkeit. An meinen Händen klebt mehr Blut, als Gott mir je verzeihen kann. Als ich mir je verzeihen kann.

Einen Moment lang bedeckte er die Augen mit seiner rechten Hand, nicht auf den Schmerz in den misshandelten Gelenken achtend.

»Ich habe den Meister gefragt, ob ich über Ostern nach Hause darf. Ich kann also morgen in aller Ruhe zurückkehren und mich weiter umhören«, meinte Guntram, der nun wieder fast zuversichtlich klang.

Mit dumpfem Blick sah Lukas auf. Die anderen erwarteten von ihm, dass er Guntrams Zuversicht teilte und Entscheidungen traf.

»Wir dürfen die Hoffnung nicht aufgeben, dass Marthe lebt«, sagte er, obwohl die Verzweiflung ihn würgte. Er durfte sich vor diesen Männern nicht anmerken lassen, dass er glaubte, seine Frau sei ermordet und irgendwo verscharrt worden.

»Geh zurück nach Meißen. Vielleicht gibt dir irgendjemand heimlich Nachricht, wo sie sich versteckt«, sagte er zu Guntram. »Vielleicht schlägt sie sich auch allein nach Freiberg durch. Ich werde morgen losreiten und sie suchen. Die Fuhrleute sollen mein Pferd unauffällig aus der Stadt bringen. Ihr bleibt alle hier und wartet, ob sie vielleicht Verbindung zu euch aufnimmt. Falls jemand von ihr hört – sagt, sie soll zur Hütte des Wilden Mannes. Sie weiß dann schon, was gemeint ist.«

»Ich habe mit Pater Hilbert gesprochen«, sagte Peter zu seiner Überraschung. »Rutger will ihn nicht in Eurem Haus behalten. Er hat fast das ganze Gesinde entlassen, abgesehen von mir, weil er mich im Auge behalten will. Wenn Pater Hilbert sich in Meißen als Schreiber anstellen lässt, findet er vielleicht etwas heraus.«

»Ja, das wäre eine Möglichkeit«, meinte Lukas, ohne davon überzeugt zu sein.

Er dankte den Männern für ihre Hilfe und ihren Mut und wünschte ihnen Gottes Beistand dafür, dass sie ungefährdet wieder in ihre Häuser gelangten.

Dann blieb er allein zurück und haderte mit seinem Schicksal, hin- und hergerissen zwischen Hoffnung und Verzweiflung. Doch ab morgen war er wieder ein Mann zu Pferd und in Waffen. Er würde nichts unversucht lassen, um Marthe zu finden, falls sie noch lebte. Außerdem musste er in Erfahrung bringen, ob Clara und Daniel in Sicherheit waren und seine Söhne. Das war ziemlich viel zu tun für jemanden, der sich nirgendwo blicken lassen durfte, weil auf ihn ein gewaltiges Kopfgeld ausgesetzt war.

## *Mai 1190 im anatolischen Hochland*

Erbarmungslos sengte die Sonne auf die Männer herab, die sich durch die unendliche, unvorstellbar leere Steppenlandschaft schleppten: zu Fuß, denn inzwischen waren fast alle Pferde elendig verreckt, ohne Nahrung und Wasser, doch in voller Rüstung, mit den schweißdurchtränkten, dicken Gambesons und den eisernen Kettenpanzern, die sich in der glühend heißen Sonne aufheizten. Der weiße Burnus über dem Kettenhemd, der die Sonnenstrahlen abmildern sollte, schien eher zusätzliche Last als Hilfe.

Die Luft flirrte vor Hitze und gaukelte ihnen Trugbilder vor: eine weiße Stadt, in der man sie freundlich willkommen heißen würde, eine Reiterschar, die vom Himmel herabstieg, um ihnen Schutz und Geleit zu geben … und vor allem Wasser! Ein See … ein Fluss … ein Bach … ein Rinnsal … ein einziger Schluck!

Doch sie wussten, Wasser war hier noch weniger zu erwarten als eine himmlische Heerschar.

Seit Tagen schon quälte sich die Streitmacht Friedrichs von Staufen bei mörderischer Hitze durch dieses karge, unwirtliche

Land, in dem kaum mehr als ein paar Büschel dürres, hartes Gras wuchsen. Der einzige See, an dem sie gelagert hatten, war ein Salzsee gewesen; an seinem Ufer fand sich kein Halm, kein Blatt – nichts, was die Pferde und Zugochsen hätten fressen können. Am nächsten Morgen hatten sie die Hälfte der Tiere verloren. Das war nun beinahe zehn Tage her, zehn Tage unsäglicher Leiden.

Doch es war undenkbar, die Rüstung abzulegen. Immer wieder tauchten wie aus dem Nichts blitzschnelle Trupps berittener Bogenschützen auf, schossen ihre Pfeile ab und verschwanden so plötzlich wieder, wie sie gekommen waren.

Beim ersten Aufeinandertreffen hatten Thomas und auch Roland die Augen vor Verblüffung darüber aufgerissen, wie flink und wendig die feingliedrigen Pferde der Angreifer waren. Sicher, sie waren doch größer als Ziegen, wie der hellbärtige Bruno behauptet hatte, aber viel zierlicher als ihre eigenen Hengste und vor allem unglaublich schnell.

Deckung suchend hinter ihren großen Schilden – mehr konnten sie in diesem Moment nicht tun –, starrten die beiden jungen Ritter den Davonreitenden ungläubig nach. Die seldschukischen Bogenschützen waren nur leicht gerüstet und schossen ihre Pfeile zielsicher sogar aus dem Galopp heraus.

Anfangs hatten sich noch einzelne Reitereinheiten des Pilgerheeres dazu verleiten lassen, den Feinden nachzupreschen. Doch sie wurden in Fallen gelockt und niedergemacht. Inzwischen unterblieben solche Ausfälle nicht nur, weil die Männer begriffen hatten, dass sie aus dem Marsch heraus gegen die schnell ausschwärmenden Gegner nichts ausrichten konnten, sondern vor allem deshalb, weil sie kaum noch Pferde besaßen.

Und als sei dies alles nicht schon Unheil genug, mussten sie auch noch die alte Heeresstraße verlassen, weil Späher gemeldet hatten, dass ihnen weiter vorn dreißigtausend Feinde in einer Schlucht auflauerten. An dieser Stelle hatte Sultan Kilidsch Ars-

lan vor vierzehn Jahren die Streitmacht des byzantinischen Kaisers vernichtend geschlagen und hoffte wohl, der römische Kaiser würde in dieselbe Falle laufen.
Der Umweg über die steilen, schmalen Gebirgspfade machte das viele Meilen auseinandergezogene Heer noch anfälliger für Angriffe.
Keiner der Männer besaß mehr die Kraft, nach einer der lästigen Bremsen zu schlagen, die sie umschwirrten. Mancher richtete den Blick starr nach vorn in der Hoffnung, dort irgendetwas zu entdecken, was Rettung versprach. Andere ließen den Kopf hängen und richteten ihre ganze Aufmerksamkeit darauf, einen Schritt nach dem anderen zu setzen und dabei möglichst weder in lange, spitze Dornen noch auf ein giftiges Tier zu treten. Und diejenigen, die an den Flanken des schier endlosen Zuges marschierten, äugten misstrauisch nach links und rechts, ob nicht erneut feindliche Reiter auftauchten.
Ein paar Mal hatten sie in kleineren Gefechten mehrere Dutzend der Feinde niederstrecken können. Sie hatten ihnen morgens, nach Abmarsch der anderen, im Schutz von dichtem Rauch aufgelauert, als die Gegner das vermeintlich abgebrochene Lager plündern wollten. Denn bei jedem Aufbruch mussten die Kreuzfahrer mehr zurücklassen: Sättel, Karren, alles, was ohne Lasttiere nicht mehr mitgeführt werden konnte.
Doch sobald sich das Heer in Marsch befand, war es zu starr, um diese blitzschnellen Angriffe abwehren zu können, die schon wieder vorbei waren, noch ehe die eigenen Bogenschützen größeren Schaden unter den Feinden anrichten konnten.

Ich hätte nie gedacht, dass es solch ein leeres Land geben kann, dachte Thomas, während ihm die nassgeschwitzte Unterkleidung an der Haut klebte und scheuerte. Seine Lippen waren vor Durst ausgetrocknet und aufgerissen, seine Zunge lag wie ein taubes, geschwollenes fremdes Ding in seinem Mund, und

Schweiß brannte ihm in den Augen. Doch er hatte es aufgegeben, ihn abwischen zu wollen. Die Hand zu heben war Kraftverschwendung, und damit würde er nur noch mehr Schweiß und Staub in die Augen reiben.

Den Hunger, der Tag um Tag immer schmerzhafter in seinen Eingeweiden gewühlt hatte, schien er gar nicht mehr zu spüren; jetzt drängte der schreckliche Durst alle anderen Empfindungen beiseite.

Irgendetwas krabbelte über seine Wange. Träge hob er nun doch die Rechte, um es fortzuwischen. Zu spät; es hatte sich bereits festgebissen, wie er an dem Brennen merkte und an der Blutspur auf seinem Handrücken sah.

Was hatte Gott wohl im Sinn, als er dieses karge Land schuf?, überlegte er, während er fühlte, wie seine Wange allmählich anschwoll und taub wurde. Nur nackte Erde, kein Strauch, kein Baum. Nichts, das Schatten spendet. Und nicht das kleinste Rinnsal.

Für einen Becher kühlen Wassers hätte er wie mittlerweile jeder von ihnen ein Vermögen hingegeben. Doch nicht einmal für Silber war hier Wasser zu bekommen.

Mühselig versuchte er, sich das fruchtbare Tal in Erinnerung zu rufen, das sie bei Laodikeia durchquerten, als sie türkisches Gebiet erreicht hatten. Den munter sprudelnden Fluss und den Markt mit fremdartigen, saftigen Früchten und Säcken voll köstlich duftender Gewürze, deren betörende Düfte einem schon das Wasser im Munde zusammenlaufen ließen. Olivenhaine und Johannisbrotbäume, von denen in der Heiligen Schrift die Rede war und deren Anblick ihm erst so richtig bewusst machte, dass er bald das Land erreichen würde, in dem Gottes Sohn gepredigt hatte. Wie die Verheißung auf das Paradies war ihm dieser Anblick vorgekommen.

Das lag kaum zwei Wochen zurück. Und nun konnte er sich nicht mehr an den Geschmack der Früchte und den Duft der

Gewürze erinnern. Alle Empfindungen schienen von der gnadenlos sengenden Sonne ausgebrannt. Jetzt kannte er nur noch den salzigen Geschmack von Schweiß.
Eine Zeitlang hatte er versucht, sich die vielen Arten Grün vorzustellen, in denen zu Hause um diese Jahreszeit alles sprießte. Das helle Grün des Ahorns, wenn die Blätter frisch austrieben, und das satte Grün einer Wiese, auf die gerade ein Regenschauer niedergegangen war ... Das dunkle Grün der Tannenzweige und die hellen frischen Spitzen ...
Doch dann ließ er davon ab, solche Bilder beschwören zu wollen. Hier gab es nur das trostlose Braun der nackten Erde und das erbarmungslose Blau des Himmels ohne die Spur eines Wölkchens. Abgesehen von der gleißenden Sonne war die fahle Mondsichel, die merkwürdig auf dem Rücken zu liegen schien, die einzige Unterbrechung an diesem makellosen Blau.
Es gibt hier nicht einmal einen Singvogel, dachte Thomas, während er einen Fuß vor den anderen setzte, den steilen Berg hinab, und dabei Radomir am Zügel führte. Sein Rappe war eines der wenigen Tiere, die noch lebten. Doch er ritt ihn schon längst nicht mehr, um dessen Kräfte zu schonen. Auch der Hengst litt unter der glühenden Hitze und dem Wassermangel. Sein Fell war schweißverklebt, darunter zeichneten sich die Rippen ab, aus seinen Nüstern sickerte Blut, und nun fürchtete Thomas bei jedem Schritt, das Tier könnte auf dem steinigen, abschüssigen Pfad stürzen und sich die Beine brechen. Dann bliebe ihm nichts anderes übrig, als ihm den Gnadenstoß zu geben, wie es Roland und viele andere Ritter bei ihren Hengsten hatten tun müssen.
Und selbst wenn es einen Vogel gäbe, würde ich ihn nicht hören, brachte Thomas seinen Gedanken zu Ende. Unter der Kettenhaube und dem Polster hörte er nur sein eigenes Keuchen und den dumpfen Schlag seines Herzens. Es fühlte sich an, als rinne ihm statt Blut eine zähe, klebrige, immer heftiger pochende Masse durch die Adern.

Zehn Schritte vor ihm fing ein Mann zu schreien an und wie von Sinnen umherzuspringen, zog sein Schwert und hieb auf etwas Unsichtbares im Sand ein, während er sich weiter die Seele aus dem Leib brüllte.
Vielleicht hatte er eine Viper gesehen oder einen Skorpion, vielleicht auch nur ein Trugbild. Mit dem letzten Hieb sackte er in die Knie, verharrte und kippte zur Seite, um sich nicht mehr zu rühren.
Sein Nebenmann blieb stehen und murmelte ihm etwas zu, doch als der Gestürzte nicht aufstand, schüttelte er matt und mutlos den Kopf, bekreuzigte sich und ging weiter.
Anfangs hatten sie noch die Gefährten aufgehoben und gestützt, deren Kräfte erschöpft waren. Doch jetzt war jeder Einzelne von ihnen zu schwach dafür.
Wer nicht mehr weiterkonnte, legte sich einfach mit ausgebreiteten Armen auf den Rücken, um als Märtyrer zu sterben.
Was mit den Zurückgelassenen geschah, wurde den Weiterziehenden mit gnadenloser Deutlichkeit vor Augen geführt: In lächerlich geringem Abstand hinter dem entkräfteten Heer ritten die Feinde, schlugen den Sterbenden die Köpfe ab und schleuderten sie in die Reihen derer, die sich unter der brennenden Sonne durch das Ödland schleppten.
Und hoch über ihnen kreisten in rasch wachsender Zahl dunkle Punkte: große, unvorstellbar hässliche Raubvögel mit nackten Hälsen, die sich von Aas ernährten. Vom Fleisch der Toten, die unbestattet blieben.
Das Heer legte nur noch selten Rast ein. Es gab ohnehin kein Wasser, um Menschen und die letzten verbliebenen Pferde zu erfrischen. Und wer von den erschöpften Männern erst einmal lag oder saß, der kam nur schwer wieder auf. Jeden Morgen verabschiedeten sich vollkommen entkräftete Pilger von ihren Gefährten, um zum Sterben zurückzubleiben.
Am Vortag hatten ein paar Reiter der Nachhut aus ihrer Wut

und Verzweiflung heraus einen Angriff gegen die Seldschuken geführt, die dem Heer folgten, und bei diesem Angriff starb Friedrich von Hausen, der Minnesänger. Sein abgekämpftes Pferd hatte sich überschlagen, dabei war der Reiter aus dem Sattel gestürzt und hatte sich das Genick gebrochen.
Vergeblich versuchte Thomas, sich an eines seiner Lieder zu erinnern, an die Schönheit der Frauen, die er besungen hatte. Doch auch das wollte ihm nicht mehr einfallen.
Der abschüssige Pfad verlief nun so schmal und steil, dass sie nur einer hinter dem anderen marschieren konnten. Die Männer vor ihm wichen ein, zwei Schritte zur Seite aus, um nicht auf den Nächsten zu treten, der sich zum Sterben hingelegt hatte.
Gewohnheitsmäßig wollte Thomas ein stummes Gebet für ihn denken, als er erkannte, wer da lag.
O nein, du nicht!, dachte er mit einem Anflug von Bestürzung, Zorn und aufflackerndem Widerspruchsgeist. Nicht der kleine Mönch!
»Du wirst hier nicht sterben, Bruder«, ächzte er drohend zu seiner eigenen Verwunderung; er hätte nicht gedacht, aus seiner ausgedorrten Kehle überhaupt noch einen Ton herauszubringen. Seit Tagen schon sprach kaum jemand ein Wort. Jeder wollte Kraft und Atem sparen.
Er ließ sich neben dem Benediktiner nieder, um ihn sich über die Schulter zu hieven. Er, Roland und auch Rupert waren im Vergleich zu vielen anderen noch jung und kräftig. Rupert hatte schon seit Tagen immer wieder ein Stück der Wegstrecke Gerwin mit sich gezerrt, weil er sich weigerte, den Jüngeren zurückzulassen. Aber so schmächtig Bruder Notker auch war – er wog ein ganzes Stück mehr als ein abgemagerter, vierzehnjähriger Knappe.
»Lasst mich hier liegen«, ächzte der junge Mönch, der um Jahre gealtert schien: mit eingefallenen Wangen, verfilzten Haaren, die Augen gerötet und mit fiebrigem Glanz, die Lippen aufgesprungen vor Trockenheit. So sahen sie mehr oder weniger alle aus.

Thomas schüttelte nur den Kopf. Das lasse ich nicht zu, dachte er trotzig, dass sie deinen klugen Schädel auch noch auf uns schleudern.
Roland half ihm, den Benediktiner hochzuziehen, der mit einem matten Stöhnen ablehnen wollte. Sie verständigten sich mit einem Blick, nahmen wortlos das letzte Gepäck von Thomas' Pferd, ließen es auf die Erde fallen und legten den Mönch über den Sattel. Sie würden nichts mehr von diesen Dingen brauchen, wenn sie nicht bald Wasser fanden.
»Gott ruft mich zu sich«, flüsterte Notker.
»Das tut er nicht. Er hat noch etwas mit dir vor!«, widersprach Thomas.
Ein Blick nach vorn sagte ihm, dass sie die Ebene fast erreicht hatten. Von da an würde es besser werden.
Oder noch schlimmer, wenn sie nicht bald Wasser fanden.

Die Männer des Grafen von Weißenfels marschierten mit der Vorhut unter dem Kommando des Herzogs von Schwaben, weil sie noch vergleichsweise viele Pferde hatten. Sie erreichten die von hohen Bergen umschlossene Ebene am Nachmittag. Rast wurde befohlen. An diesem Tag würden sie nicht weitermarschieren. Bis der Rest des Heeres eintraf und sie sich wieder formieren konnten, würde noch viel Zeit vergehen. Nur nach und nach stiegen oder stolperten immer mehr Männer von den Bergen herab und ließen sich zu Boden sinken.
Zu Beginn ihres anstrengenden Marsches durch das Steppenland hatten diejenigen, die noch genug Kraft dazu besaßen, Holz gesammelt. In der ersten Woche aßen sie die verendeten Pferde und Ochsen, dann kochten sie Leder oder Brei aus dem zu Pulver zerstoßenen harten Gras. Doch dazu fehlte ihnen seit Tagen schon das Wasser. Stattdessen tranken sie Urin. Jeder Tropfen – ganz gleich, ob von Mann oder Pferd – wurde in Helmen oder gleich mit den Händen aufgefangen und gierig geschlürft.

Dennoch schleppten sich die Knechte los, um in der Ebene wenigstens etwas Brennbares zu finden. So glühend heiß die Tage waren, so eiskalt waren die Nächte unter dem sternenklaren Himmel.
Da Thomas als einer von wenigen noch über ein Pferd verfügte, fiel ihm eine bittere Pflicht zu. In Gedanken bat er Radomir um Verzeihung, als er seinen Dolch zog. Um zu überleben, blieb ihm keine Wahl: Wie die anderen Ritter auch, die noch ein Tier hatten retten können, öffnete er seinem Hengst eine Ader am Hals und ließ seine Freunde und den Mönch daraus trinken.
Den stillen Widerspruch des Benediktiners erstickte er mit einem harten Blick.
Zwar wusste jeder, dass Mönche angehalten waren, sich von Blut fernzuhalten – sowohl von blutigen Kämpfen als auch bei der Behandlung von Kranken. Doch Thomas bezweifelte, dass derjenige, der diese Regel erdacht hatte, sich je hätte vorstellen können, ein Mönch könne in eine Notlage wie diese geraten.
Es schmerzte ihn, seinem Hengst eine Wunde zuzufügen und ihm Lebenskraft zu nehmen, ohne ihm etwas zurückgeben zu können, aus dem er neue Kraft gewinnen konnte, weder Gras noch Hafer noch Wasser. Dieses Bild hatte Raimund wohl nicht vor Augen gehabt, als er sagte, ein gutes Pferd könnte ihnen einmal das Leben retten.
Wie lange hältst du noch durch, Freund?, fragte er sich stumm und strich Radomir über den schweißnassen Hals. Ein Pferd hatte viel Blut. Doch wenn es nicht getränkt werden konnte …
Sie waren, wie alle wussten, nicht mehr weit von einer Stadt namens Philomelion entfernt. Der Kaiser hatte die Hoffnung nicht aufgegeben, dort freundlich empfangen zu werden, und deshalb vorerst nicht befohlen, sie einzunehmen. Die Gesandten des Sultans hatten immer wieder beteuert, die Überfälle seien Räuberbanden zuzuschreiben, über die ihr Herrscher zu seinem eigenen Bedauern keine Gewalt habe, und Kilidsch Arslan stehe

zu seinem Wort, Frieden mit dem durchziehenden Heer zu halten.
Vielleicht haben wir morgen Wasser, dachte er. Wasser … und Früchte … und Brot … und Hafer für dich, mein Freund …
Entweder sie bekamen einen Markt, wie es der Sultan dem Kaiser versprochen hatte, oder sie waren gezwungen, die Stadt anzugreifen.
Doch wenn diese Stadt von starken Mauern geschützt war – wie lange konnte ein dermaßen entkräftetes und halb verdurstetes Heer eine Belagerung aufrechterhalten?

Ein Alarmsignal riss Thomas aus den Gedanken: das Zeichen zum Sammeln für die Panzerreiterei.
Verwirrt wischte er sich das Blut aus dem Mundwinkel und sah sich um. Die Reiterei war fast vernichtet, und der größte Teil des Heeres befand sich immer noch in den Bergen!
Doch diejenigen unter den Rittern und Sergenten, die noch Pferde hatten, saßen bereits auf. Ein paar Männer schwenkten farbige Lanzenwimpel als Signal, sich zum Kampf zu formieren. Dietrich von Weißenfels sammelte seine Männer und ritt an, nachdem er sich vergewissert hatte, dass Thomas sich ebenfalls in den Sattel schwang. Noch keiner von ihnen hatte die Waffen abgelegt.
So schnell es in dem Gedränge ging, lenkten sie ihre Pferde nach links, zum Banner des Herzogs von Meran. Rechter Hand stellten sich die Reiter unter dem Kommando des Herzogs von Schwaben auf.
Nun sah Thomas den Gegner. Diesmal war es keine kleine Einheit leicht gerüsteter Bogenschützen, die nur rasch vorstießen und wieder verschwanden. Jetzt stand ihnen eine Streitmacht von etlichen tausend Männern gegenüber, die offenbar nur gewartet hatte, bis die vorderste Heeresabteilung eintraf, um sofort anzugreifen.
Dies war eindeutig keine Räuberbande.

Die Männer in den vordersten Reihen trugen prachtvoll verzierte Rundschilde, glänzende Helme, mit Mustern versehene Lederpanzer und gekrümmte Schwerter, manche sogar golddurchwirkte Kleidung.
Wir sind verraten worden!, dachte Thomas. Der Sultan hat sein Wort gebrochen und uns ein Heer entgegengeschickt! Und sein nächster Gedanke: Es gibt kein Wasser, wenn wir uns nicht hier durchschlagen.
Sie waren zu Tode erschöpft, sollten aus dem Marsch heraus sofort in die Schlacht und hatten kaum noch sechshundert Pferde, während ihnen Tausende Reiter gegenüberstanden.
Doch die Feinde mussten gegen die untergehende Sonne und den Wind reiten, der scharfkörnigen Sand durch die Luft wirbelte – und würden nun zum ersten Mal die Schlagkraft einer geordneten abendländischen Panzerreiterei auf ebenem Feld zu spüren bekommen.
Dieser Gedanke erfüllte Thomas mit solch grimmiger Genugtuung, dass für Furcht in ihm kein Platz mehr war.
Dies würde seine erste und vielleicht auch letzte Schlacht sein. Links von ihm ritt Dietrich von Weißenfels, rechts Wiprecht von Starkau, und da das Gelingen ihres Angriffs einzig davon abhing, dass jeder furchtlos seinen Platz in der Formation beibehielt, konnte er sich keine besseren Gefährten an seiner Seite wünschen als den erfahrenen Lanzenführer und den Mann, den sein Vater zu einem herausragenden Kämpfer ausgebildet hatte.
»Rückt zusammen! In enger Linie bleiben!«, befahl der Herzog von Schwaben.
Die Seldschuken schleuderten aus sicherem Abstand Lanzen und Wurfspieße, ohne damit Schaden anzurichten. Ein paar von ihnen galoppierten vor, hoben drohend ihre Bögen und riefen lautstarke Beschimpfungen. Dann ritten sie noch näher heran und forderten die Gegner mit eindeutigen Gesten auf, sich zu ihnen zu wagen.

Thomas erkannte, dass es mehrere Männer in der Reihe drängte, dieser Aufforderung zu folgen und loszupreschen. Durst, Müdigkeit, alle Qualen schienen vergessen.
»In Linie bleiben!«, rief Dietrich von Weißenfels streng. »Humfried, haltet Euch zurück!«
Dem heißblütigen Auenweiler war anzusehen, wie schwer es ihm fiel, diesem Befehl zu folgen. Doch er beugte sich der Autorität Dietrichs – und der Vernunft.
Endlich konnte das Heer seine Stärke ausspielen: die einer in Eisen gerüsteten Panzerreiterei, die in Formation angriff und ihre Formation auch hielt.
Dass sich niemand dazu anstacheln ließ, die Reihe zu verlassen, und die Pfeile an den Schilden abprallten, sorgte für Unzufriedenheit und eine Spur Ratlosigkeit im feindlichen Lager.
Dies war der Moment, in dem Friedrich von Schwaben den Angriff befahl.
Thomas zog sein Schwert und spürte, wie mit einem Mal neue Kraft durch seinen Körper jagte, auch wenn er nicht wusste, woher sie noch kam.
Halte durch, raunte er Radomir zu. Diese Kerle da stehen zwischen uns und der Stadt mit dem Wasser! Wenn Gott uns beisteht, wenn wir sie besiegen, bekommst du das klarste, frischeste Wasser, das du je getrunken hast, und saftiges Gras!
Er merkte gar nicht, dass er schrie wie wild, als sie auf die feindlichen Reihen zuritten, mit dem erhobenen Schwert in der Hand, denn die Männer neben ihm taten es auch. Jeder brüllte die Wut und Verzweiflung der letzten Wochen und Monate aus sich heraus.
Knie an Knie in einer Linie galoppierten die gepanzerten Kämpfer und verlangten ihren Pferden das Letzte ab. Mit voller Wucht brachen sie in die feindlichen Reihen und ritten und hieben alles nieder, was sich ihnen in den Weg stellte.
Gott steh mir bei!, dachte Thomas, als er zwischen Dietrich und

Wiprecht auf die Gegner einschlug, ohne noch Gewalt über sein durchgehendes Pferd zu haben. Er sah Waffen blitzen, gekrümmte Klingen auf sich niederfahren und schlug kraftvoll zurück. Blut spritzte von allen Seiten, Menschen schrien.
Und dann wandten sich die Seldschuken zur Flucht.
Nach vielen kleinen, zermürbenden Niederlagen und endlosen Qualen hatte das Kreuzfahrerheer den ersten Sieg errungen.

## *Wasser und Blut*

Der größte Teil der staufischen Streitmacht erreichte die Ebene erst, als der Kampf schon vorbei war.
Da hätte Thomas kaum mehr erklären können, wie er seine erste Schlacht geschlagen und überlebt hatte. Erinnern konnte er sich nur an Schreie von allen Seiten: Männer brüllten, um sich Mut zu machen oder vor Schmerz, Pferde wieherten qualvoll, wenn sie sich verletzt aufbäumten, stürzten und sich überschlugen.
Vage Bilder blitzten in seinem Gehirn auf, viel zu kurz, um sie genau zu erfassen ... fremdartige Gesichter, von schwarzen Bärten umrahmt, der Antlitz eines Jungen, der kaum älter zu sein schien als sein Bruder Daniel, merkwürdig geformte Helme, gebogene Klingen ... und jede Menge Blut ... Blut, das von allen Seiten spritzte.
Sein Burnus war rot von Blut, und er begriff zunächst gar nicht, dass darunter auch sein eigenes war. Am linken Arm, eine Fingerlänge über dem Handgelenk, hatte er eine klaffende Wunde, doch merkwürdigerweise verspürte er keinen Schmerz. Jedenfalls zunächst nicht.
Rupert war es, der ihn aus diesem merkwürdig betäubten Zustand riss. Er hatte zusammen mit einem der anderen Knappen

jemanden gepackt, dem ein Bein über dem Knie abgehackt war, und schleifte ihn mehr, als dass er ihn trug, zu einem aufgepflanzten zweifarbigen Wimpel.

»Herr, kommt mit, zum Feldscher!«, brüllte er. »Euer Arm!«

Thomas schüttelte sich kurz, als könnte er das eben Durchlebte so abwerfen, und sah jetzt erst, dass sein Kettenpanzer am linken Ärmel aufgesprengt war und immer noch Blut an seinem Handgelenk herunterrann. Dann erkannte er am blonden, schütteren Bart den jungen Bruno in dem Verletzten und rief erschrocken zu Rupert: »Du musst ihm das Bein abbinden, sonst verblutet er!«

Rupert schüttelte den Kopf. »Wir sind gleich da.«

Tatsächlich, nur wenige Schritte vor ihnen war der Feldscher schon bei seiner blutigen Arbeit.

Er schlug ein Kreuz über einem Mann mit einer grässlich aussehenden Bauchwunde, die keinen Zweifel daran ließ, dass dieser Verletzte nicht überleben würde, und wandte sich auf Ruperts Schreien hin Bruno zu.

»Leg ihn hierhin. Und dann sprechen wir gemeinsam ein Gebet«, wies der Feldscher an.

»Wir müssen die Wunde abbinden, sofort!«, brüllte Thomas.

»Zuerst wird gebetet!«, erklärte der Feldscher ungehalten. »Dieser Mann wird ohne Gottes Beistand nicht durchkommen.«

Ohne Aderpresse auch nicht, dachte Thomas zornig und ließ sich neben Bruno auf die Knie fallen. »Rasch, gib mir deinen Gürtel!«, befahl er Rupert und streckte ihm ungeduldig fordernd die Hand entgegen.

Beleidigt rief der Feldscher ein paar seiner Helfer heran und befahl ihnen, den Mann fortzuschicken, der ihn bei der Arbeit behindere.

In Thomas stieg blinde Wut auf, als wäre er immer noch in der Schlacht. Jener merkwürdige Kampfrausch war noch nicht erloschen, er wollte trotz seiner Verletzung auf die Männer losgehen, als wären es Feinde.

Erneut war es Rupert, der ihn zur Besinnung brachte. Er warf sich ihm in den Weg und brüllte: »Er ist tot, Herr! Lasst uns gehen!«
Ein Blick auf Bruno machte Thomas klar, dass sein Knappe recht hatte.
Abrupt drehte er sich um und sagte zu Rupert: »Komm mit. Wir haben hier nichts verloren. Du wirst dich nachher um meine Wunde kümmern.«
Noch einmal sah er wütend auf den Feldscher und die Knechte, die überaus erleichtert wirkten, sich nicht mit einem Ritter anlegen zu müssen. Dann ging er mit Rupert und dem zweiten Knappen zum Lagerplatz der Weißenfelser.
Im Gehen hätte er beinahe jemanden umgerempelt; der Sprache nach ein Schwabe, der sich vor den Wartenden brüstete, mit einem einzigen Schwerthieb einen Gegner bis zum Sattel in zwei Hälften gespalten zu haben.

Die in die Flucht geschlagenen Angreifer hatten im Schutz der einbrechenden Dunkelheit die meisten ihrer Gefallenen mitgenommen. Wenig später kamen Unterhändler und baten, die restlichen Toten holen zu dürfen, was der Herzog von Schwaben gewährte. Bei dieser Gelegenheit erfuhr er auch, dass nicht der Sultan sie angegriffen hatte, der sich längst in einer Zitadelle in Ikonium versteckt hatte, sondern dessen ältester Sohn Rutbeddin.
»Also müssen wir Ikonium einnehmen«, erklärte Dietrich von Weißenfels seinen Männern, der bei den Verhandlungen dabei gewesen war. »Erst Philomelion, das wir morgen erreichen, und dann die Hauptstadt des Seldschukenreiches.«
Mittlerweile war es Nacht. Sie saßen unter dem von Sternen übersäten Himmel um ein Feuer und feierten den Sieg, so gut es eben ohne Siegesmahl ging. Wasser hatten sie immer noch keines, aber Fleisch. Die Knechte waren gleich nach der Schlacht

losgezogen, um vom Feld Pferdekadaver zu holen. Das Fleisch wurde nun über den Flammen geröstet.

Thomas hatte inzwischen seine Wunde begutachtet – ein klaffender Schnitt am linken Unterarm, den er mit Ruperts Hilfe straff verbunden hatte. Als Binde musste ein von seinem Burnus abgerissener Streifen genügen. Zuvor hatte er selbst mit zusammengebissenen Zähnen die Wunde mit drei Stichen genäht, nachdem Rupert ihm dafür ein Rosshaar eingefädelt hatte. Nun flickte der Knappe den Gambeson, während Thomas überlegte, ob er wohl morgen den Schmied dazu bringen konnte, ihm den Kettenpanzer auszubessern.

»Kilidschs Söhne – er hat neun, die alle mehr oder weniger im Streit miteinander liegen – haben sich mit Saladin verbündet und werden versuchen, uns aufzuhalten«, fuhr Dietrich fort. »Es heißt, sie hätten dreihunderttausend Mann unter Waffen.«

»Dreihunderttausend?!«, rief der alte Wiprecht verblüfft, dem die Mühsal des Weges und des Kampfes erstaunlich wenig ausgemacht hatten. »Sie übertreiben, um uns ein bisschen Angst zu machen.« Nun grinste er. »Zweihundertneunzigtausend wären annehmbar. Und wenn wir sie aus den Sätteln gehoben haben, holen wir uns ihre flinken Pferdchen und sind auch wieder mehr als nur sechshundert Berittene.«

Die Männer um ihn herum lachten und blickten zu Roland.

Der hatte sich – wie etliche andere auch – sofort nach dem Kampf eines der Pferde eingefangen, deren Reiter die Schlacht nicht überlebt hatten. Jetzt besaß er selbst eines dieser Seldschukenpferde, einen Schimmel, und versuchte, sich mit ihm vertraut zu machen.

»Wie heißt noch dieser Kerl von einem Sultan? Klitsch? Und er hat neun Söhne? Ich hoffe, sie greifen alle auf einmal an, dann müssen wir uns ihre Namen nicht einzeln merken«, brummte Humfried.

»Er heißt Kilidsch Arslan, das bedeutet Löwenschwert«, berichtigte ihn Dietrich geduldig.

»Wenn er jetzt in der Zitadelle von Ikonium hockt und hofft, dass ihm seine Söhne nicht die Eier abschneiden, dann sollte er besser seinen Namen ändern«, lästerte der Auenweiler. »Wie wäre es mit Rattenschwanz? So etwas kann man sich wenigstens merken!«

»Nun, es kann nicht jeder Humfried heißen«, räumte Dietrich spöttisch lächelnd ein. »Jasomirgott oder Katzenelnbogen würden die Sarazenen vermutlich auch kaum aussprechen können.«

Das waren hochangesehene Namen im Kaiserreich, aber angesichts der Vorstellung, sie einem Fremdländer erklären zu wollen, mussten die meisten erneut lachen.

»Man ehrt einen Gegner, indem man seinen Namen ausspricht«, fuhr Dietrich fort. »Der, den ihr Saladin nennt, heißt in seiner Sprache Salah ad-Din Yusuf ibn Ayyub, und er trägt den Titel al-Malik an-Nasir: der siegreiche Herrscher. Heute haben wir erfahren, dass er Truppen zusammenzieht, um sie uns entgegenzuschicken. Er betrachtet unseren Kaiser als ernstzunehmenden Gegner.«

Für einen Augenblick herrschte Stille unter den Männern, die nur durch das Knistern des Feuers unterbrochen wurde.

Jeder versuchte, sich auszumalen, was sich ihnen auf dem Weg bis Jerusalem noch entgegenstellen würde: die angeblich dreihunderttausend Mann der Söhne des Sultans, wenn es denn wirklich so viele waren, und der gefürchtete Saladin selbst, von dem es hieß, dass er mindestens zweihunderttausend entschlossene Kämpfer unter Waffen hatte.

»Dann sollten wir sehen, dass wir zu Kräften kommen«, verkündete Wiprecht gelassen und stand auf, um das halbgare Fleisch vom Spieß zu nehmen und an die ausgehungerten Männer zu verteilen.

»Wartet!«, rief Thomas zur allgemeinen Verblüffung. Die Männer hatten sich zwar daran gewöhnt, dass der junge Freiberger

im Kampf durchaus zu gebrauchen war, aber in ihrer Runde nahm er als Jüngster nur selten das Wort.
Doch Thomas fand, dies sei der Moment für einen von Marthes Ratschlägen.
»Meine Mutter ist heilkundig, und sie sagt, wenn der Körper lange Nahrung und Essen entbehren musste, dann muss er mit Bedacht wieder daran gewöhnt werden. So schwer es auch fällt: Esst vorerst nur kleine Bissen und sehr langsam!«
»Das *sind* nur kleine Bissen«, warf einer der jüngeren Ritter ein und wies auf die winzigen Stücke, die Wiprecht abschnitt. Doch Thomas ließ sich nicht beirren.
»Und morgen, wenn es kühles Wasser gibt – beherrscht euch und trinkt nur schluckweise, sonst bringt ihr alles wieder heraus und könnt sogar daran sterben!«
»Also, ich sterbe lieber beim Trinken als vor Durst«, sagte Gerwin leise und fing sich dafür eine derbe Kopfnuss von Rupert ein. Der schien wohl inzwischen zu der Meinung gelangt, dass Thomas so etwas wie allwissend in Sachen Heilkunst war, und sah den jüngeren Knappen so erbost an, dass Gerwin stumm blieb.
»Hört auf diesen Rat! Ich will keinen von euch wegen mangelnder Beherrschung verlieren«, ermahnte nun auch Dietrich seine Männer. »Maßhalten gilt schließlich als ritterliche Tugend. Und Thomas' Mutter ist sehr erfahren in diesen Dingen – die beste Heilerin, die ich kenne.«
Wenn es überhaupt noch möglich war, Ruperts Hochachtung vor dem Heilwissen seines Ritters zu steigern, dann hatte Dietrich das soeben bewirkt.

Am nächsten Tag marschierte die nun wieder vereinte Streitmacht unter Friedrich von Staufen in die Stadt Philomelion ein. Niemand wagte es jetzt, ihnen den Markt zu verweigern. Doch die Entbehrungen der letzten Wochen hatten tiefe Spuren hinterlassen. Der Hunger der Männer und die Menge, die benötigt wurde, um ein solch riesiges Heer mit Vorräten einzudecken, waren viel zu groß, gemessen an den Möglichkeiten der Stadtbewohner. Die Preise für Brot und Fleisch kletterten in irrwitzige Höhen: fünf Mark für eine Kuh, eine Mark für ein Brot, Mehl wurde mit Silber aufgewogen.

»Hauptsache, wir haben endlich Wasser«, meinte Thomas. Er und Roland hatten beschlossen, sich aus dem Geschacher um jedes einzelne Korn herauszuhalten. Sie konnten es sich schlichtweg nicht leisten, ihr ganzes Geld für ein winziges Brot auszugeben.

Stattdessen trugen sie ihren Knappen zu deren Verwunderung auf, Ausschau nach Essig zu halten. Nach Wein wagten sie gar nicht erst zu fragen, den hätte niemand von ihnen bezahlen können.

»Wollt ihr Essig trinken statt Wein?«, fragte Rupert erstaunt.

Thomas verzog das Gesicht. »So schlimm steht es noch nicht um uns. Aber verseuchtes Wasser kann man reinigen von den Dingen, die krank machen, indem man etwas Wein oder Essig dazugibt.«

»Wie scheußlich! Da lob ich mir klares, reines Quellwasser. Sagt nicht, ihr hättet je schon etwas Besseres getrunken!«, meinte sein Knappe.

Zu viert genossen sie das erfrischende, klare Nass und füllten ihre Schläuche, denn ab morgen würden sie wieder durch wasserloses Gebiet marschieren, hatten die Wegführer des Sultans gesagt.

Es war schwer, Marthes Rat zu befolgen und nur schluckweise zu trinken, wenn der Körper dermaßen ausgedörrt war. Doch bald sollte sich ihre Vorsicht als richtig erweisen. Im Lager fanden sie auf Schritt und Tritt Männer, die sich in Krämpfen wälzten oder qualvoll wieder erbrachen, wofür sie ihr letztes Geld ausgegeben hatten.

In Philomelion war das Heer für einen Tag der Hitze und Wassernot entronnen. Nun marschierte es auf Ikonium zu, die Hauptstadt des Seldschukenreichs, die noch rund hundert Meilen entfernt war. Die Gegner waren eingedenk der verlorenen Schlacht wieder zu ihrer früheren Kampfweise übergegangen: kleine, blitzschnelle Angriffe aus dem Hinterhalt.

Zu allen bisherigen Plagen raubte den Marschierenden nun auch noch ein Sandsturm die Sicht, und sie kamen vom Weg ab. Erneut mussten sie eine Nacht an einem Platz ohne Gras und Wasser zubringen. Danach durchquerten sie ein Sumpfgebiet. Hier gab es wenigstens Wasser. Auch wenn es brackig war, schmeckte es den Durstenden köstlich. In Ermanglung von Holz oder Gras machten sie Feuer aus Sätteln oder zerschlissenen Kleidern, um Pferdefleisch zu kochen.

Am 13. Mai des Jahres 1190 feierten die Wallfahrer die Pfingstmesse. Das Festmahl anlässlich des hohen Feiertages bestand für die meisten von ihnen aus stundenlang gekochten Ochsen- und Pferdehäuten. Wenige Glückliche hatten sich ein paar Nagetiere oder Eidechsen gefangen und brieten sie. Nur an die Ritter wurden winzige Rationen Pferdefleisch ausgeteilt – das Letzte, was noch an Vorräten geblieben war.

Und das Gerücht verbreitete sich, dass sich ihnen die Söhne des Sultans am nächsten Tag in einer gewaltigen Feldschlacht stellen wollten. Das verwunderte nicht wenige der erfahrenen Kämpfer. Hatten Kilidschs Söhne in der Ebene vor Philomelion nicht erlebt, dass eine abendländische Panzerreiterei auf offenem Feld ihre größte Durchschlagskraft besaß? Wenn Rutbeddin und seine aufrührerischen Brüder trotzdem angreifen wollten, statt sich hinter den starken Mauern Ikoniums zu verschanzen und einfach zu warten, bis der Feind verhungerte und verdurstete, dann waren sie entweder sehr dumm – doch man sollte die Klugheit des Feindes nie unterschätzen! – oder sehr ehrgeizig.

Oder aber es waren tatsächlich dreihunderttausend Mann.

Am Abend, nach den Gebeten, gingen Roland und Thomas noch einmal zu ihren Pferden. Ihnen knurrten die Mägen vor Hunger.
»Jetzt ist es genau ein Jahr«, sagte Roland zusammenhangslos.
Verwirrt starrte Thomas ihn an.
»Vor einem Jahr, genau am Pfingstfest, sind wir zum Heer des Kaisers gestoßen. In Pressburg. Erinnerst du dich noch, wie es damals war? Jetzt sind wir über ein Jahr unterwegs, wenn ich die Zeit einrechne, die wir von Döben nach Pressburg gebraucht haben.«
»Ein Jahr«, wiederholte Thomas und versuchte, sich ins Gedächtnis zu rufen, was sie in dieser Zeit alles erlebt hatten.
»Ich habe ihre Stimme vergessen …«, meinte Roland gedankenversunken.
Als Thomas ihn verständnislos ansah, sagte er ungeduldig: »Claras! Ihr Gesicht sehe ich noch genau vor mir, auch wenn ich manchmal nachts träume, ich könnte es vergessen … es könnte so einfach aus meiner Erinnerung verschwinden. Aber ich weiß nicht mehr, wie ihre Stimme klingt.«
Er liebt sie immer noch, dachte Thomas erschüttert. Er liebt sie so, wie mein Vater meine Mutter geliebt hat. Allmächtiger Vater im Himmel, bitte richte es irgendwie ein, dass er gesund zurückkehrt und meine Schwester zur Frau nehmen kann. Und solltest Du die Güte haben, auch mich gesund heimkehren zu lassen, dann erweise mir die Gnade und lass ein Mädchen meinen Weg kreuzen, das ich so lieben kann wie Roland meine Schwester und mein Vater meine Mutter!
»Ob der alte Markgraf noch lebt?«, fragte er, nachdem seine Gedanken wie von selbst diese Richtung eingeschlagen hatten. »Oder herrscht inzwischen Albrecht über das Land? Ich habe so ein ungutes Gefühl, was meine Mutter und Lukas angeht. Meine Brüder sind noch klein, die hat mein Stiefvater bestimmt in Sicherheit gebracht, um sie aus allem herauszuhalten. Aber er

selbst hat so eine Art, sich immer wieder in eine schwierige Lage zu bringen. Irgendwann könnten ihm die Listen einmal ausgehen. Und ich glaube, wenn es um meine Mutter geht, würde er alle Vorsicht vergessen und freiwillig den Kopf in die Schlinge legen, wenn er sie damit retten kann.«
Roland lachte auf. »Du machst dir Sorgen um Lukas? Den lockt keiner in die Falle, der ist mit allen Wassern gewaschen. Sind *wir* nicht eigentlich diejenigen, die sich auf eine gefährliche Reise begeben haben? Aber wir haben überlebt.«
»Jedenfalls bisher«, schränkte Thomas ein. »Das kann sich morgen ändern.«
Der Tod hatte reiche Ernte gehalten unter den Weißenfelsern, noch bevor sie das eigentliche Kampfgebiet erreicht hatten, obwohl Dietrich seine Männer streng zusammenhielt und in den bisherigen Kämpfen weniger Leute und Pferde verloren hatte als andere Anführer.
Drei Futterknechte und vier Reisige waren von Pfeilen getötet worden, nachdem sie byzantinisches Gebiet betreten hatten, der Ritter, der Buße tun wollte für den Tod seiner Frau, war nahe Adrianopel umgekommen, ein weiterer hatte das Abnehmen seines Armes nicht überlebt, als er nach einer anfangs harmlos scheinenden Verletzung Wundbrand bekam, Bruno war nach der Schlacht verblutet. Mehr als ein Dutzend Männer hatten den Gewaltmarsch durch das wasserlose Gebiet nicht überstanden. Einige waren einfach tot umgefallen, einer war wahnsinnig geworden und stürzte sich mit ausgebreiteten Armen vom Berg, die anderen ließen sich nicht mehr zum Aufstehen bewegen. Und mit ganz besonderem Grimm dachte Thomas an Philipp, den schmächtigen Knappen, den Plünderer aus den eigenen Reihen erschlagen hatten.
»Das glaub ich nicht, dass hier morgen dreihunderttausend Mann stehen«, meinte Roland nach einer Weile.
»Nein, ich auch nicht. Aber zur Beichte gehen sollten wir wohl besser – für alle Fälle.«

Anfangs klang es wie ein dumpfes Donnergrollen, obwohl auch am nächsten Morgen kein Wölkchen am Himmel stand.
Doch dann erkannten die Männer im Heerlager, dass es Trommeln waren.
Die Seldschuken – ob nun unter dem Kommando Rutbeddins oder seiner Brüder – hatten unzählige Trommler mitgebracht, die mit aufreizenden Schlägen den Feind zum Kampf herausforderten.
Die Frühmesse war in aller Eile gehalten worden, die meisten Männer hatten ohnehin die Nacht im Gebet verbracht oder in langen Reihen angestanden, um ihre Sünden zu beichten und Absolution erteilt zu bekommen.
Frühmahl gab es keines für das von jeglicher Versorgung abgeschnittene Heer, und so formierten sich die Kämpfer rasch unter dem Kommando des kaiserlichen Marschalls Heinrich von Kalden.
Die schwer gepanzerten Reiter bildeten die erste Reihe, die leichter gerüsteten Sergenten die zweite. Dicht dahinter standen Bogenschützen, Schleuderer und bewaffnetes Fußvolk.
»Von wegen dreihunderttausend! Das sind kaum mehr als zwanzigtausend. Das ist zu schaffen«, schätzte Wiprecht von Starkau gelassen ein, der an Thomas' Seite ritt. »Wenn sie so übermütig sind, sich uns in einer offenen Feldschlacht stellen zu wollen …«
Eben, dachte Thomas – sie haben doch vor ein paar Tagen gesehen, welche Schlagkraft unsere Reiterei hat. Denken sie, wir fallen vor Hunger oder Schreck bei ihrem Anblick aus dem Sattel? Oder steckt irgendeine List dahinter? Wahrscheinlich glauben sie, uns durch ihre gewaltige Überzahl schlagen zu können.
Ein Signal lenkte seinen Blick auf eine Anhöhe in einer halben Meile Abstand. Dort ritt eine weitere Einheit Seldschuken auf.
Plötzlich drehte sich Wiprecht zu den Armbrustschützen und brüllte: »Schießt doch endlich diese Trommler aus dem Sattel,

man wird ja selbst unter dem Helm schwerhörig bei diesem Lärm! Das gehört sich nicht bei einer ordentlichen Schlacht!«

Diesen Gedanken fand Thomas widersinnig. Jede Schlacht war voller Lärm: wiehernde Pferde, klirrende Waffen, die Schmerzensschreie von Getroffenen und Sterbenden … Aber dabei auch noch zu trommeln, gehörte sich vielleicht wirklich nicht.

Heinrich von Kalden lenkte seinen Hengst ein paar Schritte vor. Ein vorwitziger Bogenschütze aus dem feindlichen Lager schoss auf ihn, aber der Pfeil fiel in drei Pferdelängen Abstand zu Boden, ohne dass der kaltblütige Marschall diesen Angriff auch nur zur Kenntnis zu nehmen schien.

»Männer!«, schrie er mit erhobenem Schwert. »Ich weiß, ihr seid hungrig und durstig – und warum? Weil der Sultan ein Verräter ist! Er und seine Söhne haben sich mit Saladin verbündet, obwohl sie uns freien Durchmarsch zugesichert hatten! Da vorn stehen sie und wollen euch den Weg nach Jerusalem versperren. Sie halten uns für schwach, sie glauben, gegen *uns* eine offene Feldschlacht gewinnen zu können. Beweisen wir ihnen das Gegenteil! Wir werden uns durchkämpfen nach Ikonium, wo die größten Schätze auf uns warten, und dann nach Jerusalem. Für Gott und Jerusalem!«

»Für Gott und Jerusalem!« Aus Hunderten Kehlen wurde dieser Ruf wiederholt.

Auch die Gegner brüllten Schlachtrufe herüber und hoben drohend ihre Waffen.

Heinrich von Kalden ließ zunächst die Bogenschützen, Schleuderer und Armbrustschützen vortreten, die – von einer Reihe Männern mit großen Schilden gedeckt – mit Pfeilen, Steinen und Bolzen das feindliche Heer beschossen.

Dann zogen sich die Schützen zurück, und die Panzerreiterei stellte sich zum Angriff auf. Wieder ritten sie in dichter Formation, Knie an Knie, erst langsam, dann immer schneller werdend.

Noch bevor es zum Zusammenprall der beiden Schlachthaufen kam, wendeten die Seldschuken plötzlich ihre Pferde und galoppierten fort. Der Kaiser selbst führte eine Reiterei in vollem Galopp zu der Anhöhe, doch ohne sich erst auf einen Kampf einzulassen, drehten auch dort die Gegner um und preschten davon. Friedrich von Schwaben setzte ihnen mit seinen Männern nach und zerstreute sie, bis niemand mehr zu sehen war.
Wir haben gesiegt, dachte Thomas verwundert, gesiegt, ohne zu kämpfen.
Wie war das möglich? Hatte ihre Entschlossenheit gereicht, den Gegner in die Flucht zu schlagen? Oder hatte Gott ihnen Hilfe gegen die Übermacht gesandt?
Schon machte das Gerücht die Runde, jemand habe den heiligen Georg mit einem gewaltigen Heer weißer Reiter vom Himmel herabsteigen sehen, das den Wallfahrern zu Hilfe gekommen sei.
Ich habe keine weißen Reiter gesehen, dachte Thomas verwirrt.
»Hast du die Heiligen gesehen, von denen alle reden? Die vom Himmel gekommen und die Feinde verjagt haben sollen?«, fragte er Roland leise, als sie zurück ins Lager geritten waren, wo bereits Geistliche umhergingen, um von dem Wunder zu künden und Gott wortreich dafür zu danken.
Zu seiner Überraschung war Roland nicht weniger skeptisch als er. »Wir tun wohl besser daran, ihr Kommen nicht laut und vor aller Augen zu bestreiten«, meinte er mit argwöhnischem Blick auf das Lager des Bischofs von Meißen.
»Vielleicht sind wir nicht fest genug im Glauben, um sie zu sehen«, fragte sich Thomas eingedenk seiner vielen Zweifel.
Roland hingegen betrachtete den überraschenden Ausgang dieses Morgens wie gewohnt nüchtern.
»Wir haben sie nicht besiegt. Rutbeddin hat einfach entschieden, die Schlacht auf später zu verschieben und dann zu eigenen Bedingungen zu kämpfen. Vielleicht sind sie auch nur hierhergerit-

ten, um uns ihre Übermacht zu zeigen. Die Entscheidung wird in Ikonium fallen.«

Ikonium, so erzählten die Geistlichen, sei eine riesige Stadt, so groß wie Köln und unvorstellbar reich. Eine Stadt, in der der Apostel Paulus gewandelt sei und die Nahrung und Schätze im Überfluss versprach.

Doch wie viele Mann unter Waffen diese gewaltige, reiche Stadt schützten und verteidigten, wollte sich Thomas in diesem Moment lieber nicht vorstellen.

## *Kampf um Ikonium*

Nach drei weiteren Marschtagen erreichte das Heer Friedrichs von Staufen völlig entkräftet am 17. Mai die königlichen Gärten südlich von Ikonium.

Endlich gab es reichlich Wasser und Gras, schattenspendende Bäume und Blüten in leuchtenden Farben.

Nach dem wochenlangen Marsch durch die Wüste glaubten sich die Männer fast im Paradies – nur dass sie immer noch nichts zu essen hatten.

Am Abend setzte kräftiger Regen ein, wenig später begann es zu gewittern. Mit emporgereckten Gesichtern und ausgebreiteten Armen, lachend und taumelnd vor Freude und Hunger, empfingen die Durstenden das kühle Nass.

Thomas und Roland hatten – ebenso wie ihre Knappen – eiligst die Gambesons ausgezogen, als der Regen immer kräftiger wurde. Dass die Kettenhemden durch die Nässe Rost ansetzten, mussten sie in Kauf nehmen. Dem ließ sich später abhelfen, indem man sie mit Sand scheuerte. Aber wenn der Gambeson vor Nässe aufquoll, war es schwierig, noch herauszukommen.

Thomas nutzte die Gelegenheit, seine Wunde zu untersuchen, die pochte und sengende Hitze entwickelt hatte. Er hielt den verbundenen Arm in den Regen und wartete, bis das Wasser den blutigen Verband durchweicht hatte. Dann löste er die verklebten Binden und sah seine Befürchtung bestätigt: Der Arm war dick angeschwollen, die Wunde rot und entzündet.

»Ich denke, Herr, jetzt sollte ich auf Euer Angebot zurückkommen«, meinte Rupert eher mitleidig und zögernd. »Oder soll ich den Benediktiner holen, damit er es ausbrennt? Einen Feldscher wollt Ihr vermutlich nicht rufen ...«

»Ich glaube kaum, dass einer von denen hier auftauchen würde«, brachte Thomas zwischen zusammengebissenen Zähnen heraus, während er mit der Dolchspitze den Schorf anritzte und den Eiter ausdrückte, der sich darunter gesammelt hatte.

Im Lager wusste mittlerweile beinahe jeder, dass es Streit zwischen dem jungen Meißner und einem der Wundärzte gegeben hatte – ein sehr unkluges Verhalten für einen Ritter, wie die meisten fanden. Nicht nur das Können des Feldschers vermochte nach der Schlacht zu entscheiden, ob ein Verwundeter überlebte oder nicht; meistens entschied schon sein Erscheinen oder Fernbleiben darüber. Viele Verletzte verbluteten einfach auf dem Schlachtfeld, weil sich niemand ihrer annahm.

Zu Thomas würde nun wohl kaum einer der Wundärzte kommen, nachdem dieser einen der Ihren angebrüllt und seine Methoden vor aller Augen in Frage gestellt hatte.

»Hier, wasch das aus«, sagte er und drückte Rupert die blutverkrusteten Leinenstreifen in die Hand.

Während der Knappe widerspruchslos zu einer der Quellen ging, musterte Thomas seine Wunde, so gut es bei dem Regen und in der Dunkelheit ging. Der Regen spülte Blut und Eiter heraus, hellrote Fäden rannen seinen Arm hinab und tropften ins Gras.

»Rupert hat recht, das muss ausgebrannt werden. Wenn du willst, übernehme ich das«, bot Roland an.

Seine letzten Worte gingen im Krachen eines Donners unter, und als ein Blitz sein Gesicht für einen Moment erhellte, dachte Thomas: Jetzt sieht er aus wie sein Vater, nur magerer. Rolands regennasses Haar fiel nun wieder in Locken, und durch den Bart und die Entbehrungen der letzten Monate wirkte er viel älter als die einundzwanzig Jahre, die er zählte.

»Es gibt hier nirgendwo ein Kohlebecken, um das Messer auszuglühen«, antwortete Thomas, während er sich fragte, ob er wohl auch aussah wie ein ausgemergelter Fünfzigjähriger. Allmählich soff das Lager ab, und der Regen wurde immer heftiger statt schwächer.

»Deine Mutter würde es ausglühen!«, beharrte Roland. »Irgendwo werden wir schon ein Feuer finden, und wenn ich dafür durch die königlichen Gärten schwimmen muss!«

Thomas lächelte bei dem Gedanken an seine Mutter, ohne sich dessen bewusst zu sein. »Ja, das würde sie. Aber angesichts der Lage … kann das warten bis morgen, ja?«

Er sah den Freund an, der sofort begriff. Vermutlich würden sie beide den morgigen Tag nicht lebend überstehen. Diesmal würde der Feind nicht fliehen, sondern erwartete sie hinter starken Mauern. Also konnte sich Thomas die Qual des Ausbrennens ersparen. Und falls er überlebte, blieb dafür Zeit bis nach der Schlacht.

Rupert kam zurück, die ausgewaschenen Binden in einer Hand und einen Helm mit abgebrochenem Nasal in der anderen, den er zum Schutz vor den Regentropfen mit einem riesigen Blatt abgedeckt hatte. Voller Stolz zog er das Blatt beiseite und zeigte den Inhalt des ausgedienten Helms: glimmendes Holz. Wer weiß, wo er das aufgetrieben haben mochte.

Entschlossen zog er seinen Dolch. »Ich bin bereit, Herr! Seid Ihr es auch?«

Thomas war beinahe gerührt darüber, dass sein Knappe sich alle Mühe gab, zu verbergen, wie sehr es ihn vor dieser Aufgabe graute. Immerhin hatte Rupert im vergangenen Sommer am eigenen Leib spüren müssen, wie schmerzhaft das Ausbrennen war.

»Du kannst es wohl gar nicht erwarten, mir die Sache von damals heimzuzahlen, Bursche?«, brummte er.

Rupert grinste. »Ihr habt es mir schließlich versprochen …«

»Dann muss ich dich heute leider enttäuschen. Das muss bis morgen warten.«

»Aber, Herr …« Es war unverkennbar Sorge, nicht Ungehorsam, die ihn zu Widerspruch trieb.

»Man braucht gutes Licht dazu – sagt meine heilkundige Mutter«, schnitt Thomas jeden Einwand ab.

Rupert ließ durch nichts erkennen, ob ihn diese Erklärung überzeugte oder ob er den wirklichen Beweggrund seines Lehrherrn erriet.

»Hilf mir, die Wundränder zusammenzupressen und den Arm neu zu verbinden!«, wies Thomas ihn an, bevor der Junge gründlicher darüber nachdenken konnte.

Sorgsam strich Rupert die Leinenstreifen glatt und wickelte sie um den blutigen Unterarm.

»Straffer, sei nicht so zaghaft«, ermutigte Thomas ihn. »Es darf nicht verrutschen, wenn ich den Arm bewege.«

Das nasse Tuch kühlte die brennende Wunde – ein wohltuendes Gefühl.

Während der Knappe die Enden fest verknotete, fragte er mit gesenktem Kopf und ungewohnt ernst: »Herr, könntet Ihr in Erwägung ziehen … mich morgen als Ritter in die Schlacht mitzunehmen?«

Nun, da es raus war, atmete er tief durch.

Bestürzt sah Thomas zu Roland und bat ihn mit einem Blick, ihm jetzt beizustehen. Wenn schon sie beide morgen ganz vorn kämpfen mussten und starben, dann sollte nicht auch noch der Junge sein Leben einbüßen. Sie hatten bereits einen Knappen verloren, woran sie sich beide immer noch schuldig fühlten. Rupert und Gerwin sollten in den hinteren Reihen bleiben, bei den anderen Knappen. Dort waren ihre Aussichten zu überleben auch nicht groß, aber wenigstens etwas besser.

»Tut mir leid, daraus wird nichts«, entschied er in einem Ton, der keinen Widerspruch duldete. Als er die Enttäuschung auf den Gesicht seines Knappen sah, erklärte er: »Es ist nicht so, dass ich mit deiner Leistung unzufrieden wäre. Aber wie du siehst« – vorsichtig schwenkte er seinen frisch verbundenen Arm –, »bin ich morgen dringend darauf angewiesen, dass mich jemand heraushaut, wenn es brenzlig wird. Und dafür brauche ich dich, nicht irgendeinen ungeschickten jungen Knappen. Und du wirst auch ein Auge auf Gerwin und auf den kleinen Benediktiner haben, verstanden?«

Widerstrebend nickte Rupert.

»Sobald wir Ikonium eingenommen haben, reden wir über deine Schwertleite«, versprach Thomas.

Noch bevor der Junge etwas erwidern konnte, unterbrach sie einer von Dietrichs Reisigen.

»Ihr sollt Euch umgehend beim Grafen einfinden«, meldete er und wies auf eine Ansammlung von Männern zwanzig Schritt entfernt.

Wortlos erhoben sich Roland und Thomas und gingen durch den strömenden Regen. Ein zuckender Blitz, der sich auf halber Höhe verästelte, beleuchtete ihnen einen Augenblick lang den Weg.

Die Besprechung fand im Stehen statt. Tisch und Baldachin waren längst verloren oder verheizt, und niemand mochte sich in die Lachen setzen, die bei jedem Schritt und Tritt aus dem Gras schwappten.

»Unser Kaiser hat ein Ultimatum erhalten«, begann Dietrich von Weißenfels, als die Gruppe seiner Ritter vollzählig war.

»Wenn er dem Sultan dreihundert Zentner Gold und das Gebiet der Armenier übergibt, bekommen wir freien Durchmarsch und binnen drei Tagen einen Markt.«

Für einen Moment herrschte Stille unter den Männern angesichts der unglaublichen Höhe dieser Forderung und ihrer Dreistigkeit.

Der Auenweiler war erwartungsgemäß der Erste, der seiner Entrüstung Worte verlieh.

»Seit wann zahlt ein christliches Heer für die Benutzung der Straße?«, brüllte er, und vor lauter Zorn war bei ihm von Schwäche nichts anzumerken. »Dreihundert Zentner *Eisen* kann der Sultan haben – als Schwerter in die Leiber seiner Männer gehauen.«

Von allen Seiten schwirrten nun Rufe durcheinander.

»Das ist wider das Reichsrecht und wider die Absprachen!«

»In drei Tagen sind wir längst verhungert, und das weiß der Sultan genau!«

»Wir verschachern kein christliches Land an die Ungläubigen!«

»Erst der freche Wortbruch des Byzantiners, jetzt solch eine Forderung vom Sultan! Schöne Verbündete haben wir!«

»Jagen wir sie in die Flucht, wie wir es vor ein paar Tagen getan haben!«

Dietrich hob beschwichtigend die Hand, doch diesmal dauerte es länger als sonst, bis Ruhe unter den Männern einkehrte.

»Der Kaiser hat ähnlich wie Ihr geantwortet, Auenweiler. Nur in etwas höflicheren Worten, nehme ich an«, sagte Dietrich mit feinem Lächeln, das jedoch rasch erstarb.

»Also wird morgen in der dritten Stunde das gesamte Seldschukenheer zur entscheidenden Schlacht gegen uns antreten.«

Es war ungewöhnlich, dass an dieser Stelle keine anfeuernden und zustimmenden Rufe erklangen. Zwar begriff jeder der Männer in dieser Runde, dass die Schlacht unausweichlich war – ganz abgesehen von der Schmach, konnten sie nicht umkehren, konn-

ten sie nicht ohne Wegzehrung zurück in die Wüste. Doch ebenso wusste jeder von ihnen, wie gering ihre Aussichten waren. Das Heer hatte große Verluste erlitten und war völlig entkräftet, der Gegner um ein Vielfaches überlegen und hinter starken Mauern gut geschützt.
»Den ersten Angriff wird der Herzog von Schwaben gegen das Haupttor der Stadt führen«, klärte Dietrich sie über den Schlachtplan auf. »Wir gehören dem zweiten Kampfverband an, den der Kaiser selbst anführt und der die Geistlichkeit und den Tross schützt. Nun geht und bereitet euch vor.«
Das war alles, was er sagte. Und seine Männer verstanden: Bereitet euch vor, zu sterben.
»Ja, das Ausbrennen kannst du dir wirklich ersparen«, war alles, was Roland noch leise zu Thomas sagte.
Dann gingen sie, um einen Priester zu suchen, der ihnen die Beichte abnahm und Absolution für ihre Sünden erteilte.

## *18. Mai 1190, irgendwo zwischen den königlichen Gärten und den Mauern von Ikonium*

Jetzt also werde ich sterben, dachte Thomas. Jetzt und hier. Und er war viel zu müde und erschöpft, als dass ihn der Gedanke noch erschrecken konnte.
Niemand von ihnen wusste, ob es der Herzog von Schwaben inzwischen geschafft hatte, das Tor zur Stadt zu stürmen, oder ob er gefallen und seine Streitmacht vernichtet war. Sie waren abgeschnitten vom ersten Kampfverband, umzingelt von einer unüberschaubaren Zahl von Feinden, deren Trommeln dröhnten und deren Siegesrufe gellten.

Die Ritter – es waren nun nicht mehr viele, und die meisten hatten ungewohnterweise zu Fuß kämpfen müssen – stellten sich in einem Kreis um den Kaiser und die hohen Geistlichen auf. Die Bischöfe, unter ihnen auch Martin von Meißen, trugen ihre Messgewänder. Einige von ihnen waren auf die Knie gesunken und hatten die Hände zum Gebet gefaltet, andere reckten die Arme zum Himmel und flehten um Beistand. Lediglich Gottfried von Würzburg, der erfahrene Heerführer, saß in Rüstung im Sattel, doch auch er hatte die Stola umgelegt und betete inbrünstig.

Also jetzt und hier, dachte Thomas.

Ob ihn einer dieser Krummsäbel enthaupten oder zerstückeln würde? Ob man ihn gefangen nehmen und hinrichten würde? Oder würden ihn Pferdehufe zermalmen, nachdem ihn ein Pfeil aus dem Sattel geschossen hatte? Wenn er jetzt starb, sollten ihm nach den Worten des Bischofs Erlösung und ewiges Seelenheil sicher sein. Im Jenseits würde er seinen Vater treffen.

Ein tröstlicher Gedanke – und zugleich ein wenig beunruhigend. Ob sein Vater wohl damit zufrieden war, was er aus seinem Leben gemacht hatte? Wirkliche Heldentaten zu vollbringen, war ihm in der kurzen Zeit als Ritter nicht vergönnt gewesen.

Seine Mutter würde weinen. Und Lukas bestimmt ein schlechtes Gewissen haben. Vielleicht würden beide um seinetwillen streiten. Dieser Gedanke war es vielleicht, der ihn am meisten störte bei der Vorstellung, jetzt zu sterben. Vielleicht konnte er einen Engel dazu bringen, seiner Mutter und Lukas auszurichten, dass sie sich keine Vorwürfe machen sollten.

Mit der schmerzenden linken Hand griff er die Zügel, so fest es ging, und strich Radomir beruhigend über den Hals. So weit haben wir es geschafft, mein Freund! Noch ein paar Meilen, und wir wären wieder in christlichem Gebiet, erst bei den Armeniern und dann in Antiochia … Aber Gott hat wohl anders entschieden.

Er ließ den Blick über die Männer wandern, die links und rechts von ihm in den Sätteln saßen und die so lange seine Weggefährten gewesen waren: Dietrich von Weißenfels, Roland, der alte Gottfried, Wiprecht, der Auenweiler. Sie alle sahen zum Kaiser, als erwarteten sie ein Wunder.
Friedrich von Staufen, der glanzvolle Herrscher, der aufrecht allen Gegnern getrotzt hatte, sogar dem Alter, der mit eiserner Hand dieses Heer zusammengehalten und durch so viele Länder bis hierher geführt hatte, der den Kaiser von Byzanz bezwang und eben noch selbst im Kampf vorangeritten war – er erwartete nun kein Wunder mehr.
»Ich würde mein Leben geben, wenn dafür dieses Heer schon sicher in Antiochia wäre …«
War es wirklich der Kaiser, der das eben gesagt hatte?
Dass sie alle jetzt starben, schien unausweichlich. Aber doch nicht der von Gott gesalbte Kaiser! Das war undenkbar.
Nun schien ein Ruck durch die Gestalt des greisen Herrschers zu gehen. Seine eben noch offenen, von tiefer Rührung gezeichneten Gesichtszüge verhärteten sich. Dann zog er sein Schwert, reckte es in die Höhe und rief: »Christus!«
Er lenkte sein Pferd nach vorn, und auf sein Kommando stellten sich die gepanzerten Reiter erneut in einer Linie auf, um dem Feind entgegenzureiten, den Tod vor Augen.
Schon galoppierend, brüllte Thomas den Schlachtruf mit. Vor ihm flackerte für einen Augenblick das Gesicht seines Vaters auf, und er dachte: Ich komme, Vater!
Dann waren sie an den Feind heran und kämpften sich verbissen hindurch, dem Tod blutige Ernte einholend.

Schreie. Stöhnen. Und dazwischen Vogelgekreisch.
Thomas hätte nicht sagen können, welcher Teil seines Körpers ihn am meisten schmerzte, als er wieder zu sich kam. Sein Kopf dröhnte, als hätte ihn etwas mit voller Wucht getroffen, wahr-

scheinlich war es auch so. Sein linker Arm brannte wie Feuer. Eigentlich schien sein ganzer Körper zu brennen. Und irgendetwas bohrte sich schmerzhaft in seinen Rücken – ein Stein, der Knauf eines Schwertes, ein abgebrochenes Stück von einem Speer oder Schild?

Vorsichtig öffnete er die Augen einen Spalt, sah geradewegs in die gleißende Sonne und fühlte jäh Übelkeit in sich aufsteigen. Unter Schmerzen wälzte er sich zur Seite und erbrach sich; es war eigentlich mehr ein qualvolles Würgen. Nur noch gelbe Galle kam heraus, gegessen hatte er seit Tagen nichts mehr.

Dann ließ er sich wieder sinken. Die kleine Bewegung schien ihn die letzte Kraft gekostet zu haben.

Bin ich im Himmel?, fragte er sich.

Aber links und rechts von sich hörte er Männer in seiner und in einer fremden Sprache schreien, beten oder fluchen.

Also war er im Fegefeuer? Wieder öffnete er die Augen und sah das Blau des Himmels. Neben ihm lag eine abgeschlagene Hand. Erschrocken hob er den gefühllosen linken Arm – nein, seine Hand war noch am Körper.

Er versuchte, sich aufzusetzen, obwohl er wusste, dass das sehr unvorsichtig war, solange er nicht wusste, wer den Kampf gewonnen hatte. Üblicherweise gingen Knechte und Plünderer über das Schlachtfeld, töteten die überlebenden Feinde oder schleiften die mit sich, von denen sie ein Lösegeld erhoffen konnten.

Doch er schaffte es nicht, sich aufzurichten. Er erkannte gerade noch, dass das ganze Feld von Leichen, Pferdekadavern und abgetrennten Körperteilen übersät und der Boden blutgetränkt war. Dann fiel er zurück in tiefe Dunkelheit.

Wie aus großer Ferne hörte er noch jemanden seinen Namen rufen zwischen all den Schmerzensschreien der Männer, die hier zum Sterben liegen gelassen worden waren. Doch vielleicht hatte er das auch nur geträumt …

Als Thomas wieder zu sich kam, lag er nicht mehr auf dem blutgetränkten, harten Feld, sondern auf irgendetwas Weichem. Wie auf einer Wolke …
War *das* jetzt der Himmel? Aber sein Körper brannte immer noch wie im Fegefeuer, und sein Kopf schien fast zu zerspringen.
Es war ihm unmöglich, die Augen zu öffnen; wieder hörte er eine vertraut klingende Stimme, etwas Kühles wurde ihm auf die Stirn gedrückt, Wasser auf seine Lippen geträufelt, das er gierig mit der Zunge ableckte, und dann war er von dieser winzigen Bewegung schon wieder zum Sterben müde.

»Wach auf! Hörst du, wach auf!«
Die Stimme war unnachgiebig, nun rüttelte ihn auch noch jemand an der Schulter. Eine Hand schob sich in sein Kreuz und richtete ihn behutsam auf.
»Du musst trinken!«
Abermals wurden ihm ein paar Tropfen Wasser auf seine Lippen geträufelt, und dies, zusammen mit der Verheißung, zu trinken, brachte ihn dazu, die Augen zu öffnen.
Nur langsam formte sein Verstand aus den flirrenden Umrissen ein Bild. Roland war an seiner Seite und hielt ihm einen gefüllten Becher vor den Mund, daneben saß Rupert und starrte ihn mit einer Mischung aus Freude und Kummer an.
»Dem Herrn sei es gedankt! Das wurde aber auch Zeit!«, brachte Roland erleichtert aus. Der Freund sah verändert aus, beinahe fremd. Dann erst begriff Thomas, woran das lag: Er war nicht in Rüstung, sondern trug ein helles Übergewand, Staub und Schweiß waren aus seinem Gesicht gewaschen, das lockige braune Haar gekämmt.
Gierig wollte Thomas trinken, doch nach wenigen Schlucken zog ihm der Freund den Becher weg. »Nicht zu viel auf einmal! Deine Mutter würde mir sonst den Kopf abreißen …«

Dann muss ich also wach bleiben, um mehr Wasser zu bekommen, überlegte Thomas. Das war es wert …

»Was ist passiert?«, krächzte er. »Wieso haben wir … gesiegt?«

Denn das hatten sie offensichtlich. Sonst würde er nicht hier auf einem weichen Fell in einem großen, hellen Raum liegen, der reich mit Ornamenten und Seidenstoffen verziert war, sondern bestenfalls in Ketten in einem Kerker.

Er konnte sich gerade noch erinnern, dass er mit dem Schwert vier oder fünf Angreifer niedergeschlagen hatte.

»Wir haben sie in die Flucht gejagt. Du hättest den Kaiser sehen sollen – Gott selbst muss ihn geleitet und sein Schwert geführt haben! Inzwischen schaffte es Friedrich von Schwaben, die Stadt zu erobern und bis zur Zitadelle vorzudringen«, berichtete Roland so knapp wie möglich. »Am nächsten Tag hat sich Kilidsch Arslan ergeben. Dass du nicht tot bist, ist allerdings Ruperts Verdienst. Er hat nicht eher aufgegeben, bis er dich auf dem Schlachtfeld gefunden und hierhergeschleift hat. Seitdem haben wir dich nicht wach bekommen. Aber jetzt musst du trinken … und eine Entscheidung treffen.«

Wieder setzte ihm Roland den Becher an die Lippen und gewährte ihm nun etwas mehr von dem köstlichen Nass.

Erst nach und nach sickerten seine Worte zu Thomas durch. Was für eine Entscheidung?

Der Freund schien die stumme Frage zu verstehen.

»Du hast Fieber … und dein Arm … sieht sehr schlimm aus. Bald wird der Feldscher kommen.«

»Zu mir kommt kein Feldscher«, widersprach Thomas matt. Am liebsten hätte er wieder geschlafen.

»Wenn der Graf von Weißenfels es befiehlt, dann kommt sogar zu einem undankbaren Kerl wie dir ein Feldscher«, versicherte Roland grinsend. »Und ihm wurde eindringlich nahegelegt, sich große Mühe zu geben.«

Langsam begriff Thomas, dass sich eine Menge Leute Sorgen

um ihn gemacht hatten: Roland, Rupert, sogar Graf Dietrich …
Er sollte ihnen wohl danken. Stattdessen sagte er: »Zieh mir den Ärmel hoch. Ich will es sehen!«
Vorsichtig gehorchte Rupert, und Thomas erkannte sofort, wie es um ihn bestellt war. Der Arm war nicht nur zu einem unförmigen Klumpen angeschwollen, die Wunde war an den Rändern schwarz und stank. Also kam der Feldscher, um ihm den Arm abzunehmen.
»Es gibt da eine alte Familienschuld. Die würde ich heute gern einlösen«, sagte er zu Roland. Der begriff, was Thomas meinte, und blickte noch düsterer drein als ohnehin schon. »Bist du dir ganz sicher?«
»Ja«, sagte Thomas heiser. »Wozu noch leben, wenn ich nicht mit beiden Händen kämpfen oder ein Mädchen umarmen kann, das mich liebt?«
Rupert sah ihn fragend an, und Roland erklärte ihm: »Mein Vater hat seinem einmal den Schwur abgenommen, den Feldscher mit den Knochensägen fortzujagen, als sein Bein so aussah wie jetzt Thomas' Arm.«
»Und, ist Euer Vater gestorben?«, fragte der Knappe bedauernd.
»Nein, Thomas' Mutter hat das Bein gerettet. Mit Ausbrennen und Kräuterumschlägen. Und sofern es sich dein Meister nicht noch einmal anders überlegt, kannst du ihm nun das glühende Messer im byzantinischen Wald auf gleiche Art vergelten.«
»Jetzt gleich?«, fragte Rupert.
»Es nutzt nichts, es hinauszuzögern«, entschied Roland auf der Stelle. »Geh und hole, was wir dazu brauchen.«
Rupert nickte und stand auf.
»Wirklich erstaunlich, der Junge«, sagte Roland, als der Knappe hinaus war. »Statt wie die anderen Beute zu machen, hockte er die ganze Zeit hier und wartete, dass du ein Lebenszeichen von

dir gibst. Graf Dietrich wollte ihn zum Ritter ernennen, doch er bedankte sich in aller Höflichkeit für die Ehre und meinte, er würde lieber warten, bis *du* ihm die Sporen umbinden kannst.«

»So ein Dummkopf«, meinte Thomas und zwang sich zu einem Lächeln angesichts dessen, was ihm gleich bevorstand. Doch die Hartnäckigkeit des Jungen rührte ihn.

»Also habt ihr Beute gemacht?«, erkundigte er sich, um sich abzulenken.

Roland grinste. »Gold, Silber, Edelsteine ... Wohl an die hunderttausend Mark Silber. Vor allem aber Weizen und Gerste, Fleisch und Käse. Wir bekommen einen Markt, um Pferde zu kaufen, und zwanzig Emire und andere Fürsten als Geiseln zur Sicherheit, bis wir die kilikische Grenze erreichen.«

Müde und erleichtert lehnte sich Thomas zurück. Das waren gute Neuigkeiten.

»Wann marschieren wir ab?«, fragte er.

»Wir bleiben noch lange genug, bis du dich wieder im Sattel halten kannst.«

»Du warst schon immer ein schlechter Lügner«, sagte der Jüngere mit leisem Vorwurf. Wenn er nicht an Wundbrand sterben wollte, musste ihm jemand tief ins Fleisch schneiden, um alles Kranke herauszulösen. Und falls er dabei nicht verblutete und auch noch das Ausbrennen überlebte, würde es Wochen dauern, bis er die Zügel wieder aus eigener Kraft halten konnte. Geschweige denn sich in den Sattel ziehen.

»Trink das jetzt, und wenn du alles überstanden hast, werde ich etwas zu essen auftreiben. Vorher hat das wohl keinen Sinn«, sagte Raimunds Sohn statt einer Antwort.

»Weil es Verschwendung wäre, es an einen Toten zu verfüttern? Oder weil du befürchtest, ich bringe es auf der Stelle wieder heraus?«, versuchte Thomas einen müden Scherz. »Da wir jetzt bei den Ungläubigen sind, lässt sich hier vermutlich auch kein Wein auftreiben, um mir die Sache erträglich zu machen ...«

»Prahlhans!«, spottete Roland. »Als ob du jetzt Wein vertragen könntest!«
Rupert kam zurück, und beim Anblick seiner Begleiter verging Thomas das Scherzen. Der Knappe trug ein Becken mit glühenden Kohlen und kam zusammen mit einem der Feldscher und dem kleinen Mönch.
Thomas krampfte die gesunde Hand in das Fell und sah Roland beschwörend an. »Habe ich dein Wort? Ganz gleich, was er sagt?«
Roland zögerte, dann nickte er und wandte sich zu dem Feldscher um. Es war nicht jener, mit dem Thomas aneinandergeraten war, sondern ein vierschrötiger Mann mit höckerigem Schädel und Glatze.
»Die Knochensäge wird hier nicht gebraucht!«
»Das entscheidet nicht Ihr«, widersprach der Feldscher gelassen und näherte sich dem Kranken, um einen Blick auf die Wunde zu werfen. »Wenn Euer Freund überleben will, muss der Arm ab. Aber keine Sorge, ich bin schnell und der Beste hier auf meinem Gebiet. Fast jeder Dritte kommt durch, dem ich ein Bein oder einen Arm abnehmen muss.«
Roland stand auf und trat ihm in den Weg. »Das mag sein, und meinen Glückwunsch zu diesem Erfolg! Aber hier wird heute kein Arm abgenommen. Schneiden und ausbrennen müssen genügen. Falls nötig, übernehmen wir das selbst.«
Rupert nickte zustimmend, auch wenn er blass wurde.
»Wenn sich der Graf nicht so nachdrücklich für Euern Freund eingesetzt hätte und ich nicht Anweisung meines Fürsten hätte, seinen Wünschen zu folgen, würde ich auf der Stelle umkehren. Anderswo wird meine Arbeit ebenso gebraucht, aber wenigstens geschätzt!«, erklärte der Feldscher beleidigt.
Thomas erinnerte sich vage daran, ihn bei der Mannschaft Herzog Friedrichs gesehen zu haben. Hatte Graf Dietrich sogar beim Sohn des Kaisers um Hilfe für ihn gebeten?

Bei dem Feldscher siegte währenddessen die berufliche Neugier über seinen Stolz.
»Ich denke, ich habe das bessere Messer für diese Arbeit«, verkündete er, rollte ein Bündel aus und holte eine schmale, sehr feine Klinge hervor – Damaszenerstahl, wie die kleinen Wirbel verrieten.
Zwei weitere Eisen mit breiten, schaufelförmigen Klingen legte er in das Kohlebecken und befahl Rupert, sie tief in die Glut zu halten, damit sie ausreichend heiß wurden.
»Ihr habt vor der Schlacht gebeichtet?«, erkundigte er sich bei dem Kranken. Als Thomas nickte, fuhr er gelassen fort: »Seitdem werdet Ihr angesichts Eures Zustandes wohl kaum Gelegenheit gehabt haben, zu sündigen. Also beginnen wir auf der Stelle.«
Ich habe Menschen getötet in der Schlacht!, dachte Thomas beklommen. Sicher, es waren Ungläubige, und der Papst sagt, es sei eine gute Tat, sie zu töten. Aber ihr Blut war rot wie meines, und sie schrien vor Schmerz, wie ich geschrien habe. Verunsichert sah er zu dem kleinen Mönch, doch der erhob keinen Einwand. Also schien auch er keine Notwendigkeit zu sehen, dass Thomas noch einmal beichtete, obwohl er getötet hatte und gleich sterben könnte.
Nach einem prüfenden Blick auf den Ritter mit den braunen Locken, der hier offenkundig das Sagen hatte, legte der Feldscher Thomas eine Aderpresse an und bat Roland, den Arm des Verletzten mit aller Kraft festzuhalten.
»Dies ist der Moment für ein Gebet«, verkündete der Feldscher dann und sah zu dem Benediktiner. Notker, noch magerer und verzagter als sonst, kniete am Lager des Kranken nieder.
»Der Herr wird Euch beistehen«, sagte er, faltete die Hände und forderte Thomas auf, mit ihm das Vaterunser zu sprechen.
Der Feldscher bekreuzigte sich, und bevor Thomas damit rechnete, schnitt er schon in das Fleisch.

Er war wirklich schnell. Keuchend vor Schmerz, versuchte Thomas, das Vaterunser zu Ende zu bringen. Doch noch schlimmer war das Ausglühen. Wohlweislich hatte der Feldscher das Beten nun dem Mönch überlassen und Thomas einen Stock zwischen die Zähne geklemmt, damit er sich nicht die Zunge abbiss.
Zur Erleichterung aller verlor dieser bald das Bewusstsein.
»Ich danke Euch für Eure Arbeit, Meister«, sagte Roland, als der Wundarzt seine Arbeit getan hatte. Der ganze Raum stank nach verbranntem Fleisch, und ihm selbst stand der Schweiß auf der Stirn.
»Dankt Gott – und bittet ihn um Rettung für Euern Freund«, erwiderte der Feldscher, nachdem er seinen Lohn bekommen und die Klingen wieder eingepackt hatte.

Thomas wurde wach von dem Geräusch mehrerer Stimmen … und brennendem Durst. Erst dann fühlte er lodernden Schmerz, erinnerte er sich an das Geschehene und fuhr erschrocken auf, um zu sehen, ob er seinen Arm noch hatte.
Bevor er sich erleichtert wieder sinken lassen konnte, war Rupert schon zur Stelle und hielt ihm einen Becher Wasser an die Lippen. Thomas trank, und erst dann erkannte er die Stimmen der Männer in seiner Nähe.
Er unternahm einen zum Scheitern verurteilten Versuch, sich zu erheben, doch Graf Dietrich forderte ihn lächelnd auf, liegen zu bleiben.
Beklommen murmelte Thomas ein »Danke, dass Ihr mir den Wundarzt geschickt habt!«.
Immer noch lächelnd, meinte der Graf von Weißenfels: »Deine Mutter hätte mir die Hölle heißgemacht, wenn ich zugelassen hätte, dass dir einer dieser Metzger einfach den Arm abhackt.«
Und deine Schwester hätte mich so vorwurfsvoll angesehen, dass ich das nicht ertragen könnte, dachte er wehmütig, ohne es auszusprechen.

Stattdessen sagte er: »Wir sind alle froh, dass Ihr nicht auch zu den Toten gehört.«
»Wie viele Männer haben wir verloren?«, fragte Thomas beklommen.
»Zu viele«, antwortete Dietrich düster. »Aber jetzt müsst Ihr zu Kräften kommen. Morgen verlegen wir unser Lager wieder in die Gärten, und vorher solltet Ihr Euch wenigstens so lange auf den Beinen halten können, dass Ihr diesem tapferen jungen Mann das Schwert umgürten könnt. Er hat es verdient.«
Mit einer tiefen Verbeugung bedankte sich Rupert für das Lob, dann stapfte er los, um für Thomas etwas zu essen aufzutreiben.

Angesichts der vorangegangenen Entbehrungen, des hohen Fiebers und der tiefen Wunde ging es Thomas am nächsten Tag besser, als man erwarten durfte. Vielleicht war es auch der Gedanke, dass er ohnehin weiterziehen musste und vorher noch seine Dankesschuld an Rupert begleichen wollte.
Sein Knappe und sein Freund hatten dafür gesorgt, dass er eine Suppe aus gekochtem Huhn bekam, was ihn an seine Mutter erinnerte, die behauptete, dies sei die beste Kost für Kranke.
Stück für Stück entlockte er Roland Einzelheiten darüber, was geschehen war.
Sie hatten bei dem Angriff mehrere tausend Mann verloren; wie viele, wusste niemand genau. Unter ihnen waren Wiprecht von Starkau, Humfried von Auenweiler und der alte Gottfried. Der Gegner hatte noch mehr Kämpfer eingebüßt, und da niemand sie begrub und auch nicht die toten Stadtbewohner, war der Gestank von Verwesung mittlerweile so gewaltig, dass das Heer deshalb den Palast und die anderen reichverzierten Häuser verließ und wieder in die königlichen Gärten zog. Dort würde am nächsten Tag ein Markt stattfinden, und nach drei weiteren Tagen sollte das Heer weiterziehen – nach Kilikien, ans Meer. Vom

Reich der armenischen Christen aus war es dann nur noch ein Katzensprung nach Antiochia, wo Fürst Bohemund und Markgraf Konrad von Montferrat, der Vetter des Kaisers, sie fürstlich empfangen würden.
Ein Lichtblick, dachte Thomas. Aber er konnte sich nicht einmal vorstellen, wie er es bis zu den Gärten schaffen sollte, auch wenn er von Roland zu seiner großer Überraschung und Erleichterung erfahren hatte, dass sein Hengst noch lebte. Um an die Küste zu gelangen, mussten sie erneut eine Kette hoher Berge überqueren.
Ich weiß wirklich nicht, was schlimmer ist: das, was ich überstanden habe, oder das, was vor mir liegt, überlegte er ebenso grimmig wie hilflos. Aber vielleicht will ich es auch gar nicht wissen. Herr im Himmel, wenn Du noch irgendeinen Auftrag für mich hast – dann bitte, gib mir Kraft!

## *10. Juni 1190, nahe Seleukeia an der kilikischen Küste*

Eine Steinsalve stürzte prasselnd den Abhang hinab und zog eine rasch wachsende Staubwolke hinter sich her. Jemand schrie entsetzt auf, und etwas Rotes flog links an Thomas vorbei.
Im ersten Moment dachte er, einer der Männer sei gefallen und würde nun den steilen Berg hinunterstürzen, ohne Halt zu finden. Dann erkannte er, dass es ein Stoffballen war – etliche Ellen von den kostbaren Purpurstoffen, die viele der Ritter als Beute aus Ikonium mitgenommen hatten. Nun entrollte sich die Bahn im Fallen und segelte als purpurnes Band in die Tiefe, um sich im Tal in dornigen Sträuchern zu verfangen. Ob es ein Geschenk sein sollte für eine zu Hause gelassene Ehefrau oder Braut, ob sein Be-

sitzer es bei nächster Gelegenheit in Silber oder Nahrung umtauschen wollte – nun würde es niemandem mehr etwas nützen.
Der Hang war so steil, dass die Marschordnung längst aufgegeben war; jeder versuchte nur, irgendwie heil unten anzukommen, verzweifelt Halt suchend oder sogar auf allen vieren. Schwerkranke, von denen es immer mehr gab, wurden bis zum Kamm auf Rutschen von Pferden gezogen, doch bergab mussten sie sich von Helfern stützen lassen. Die Pferde hatten auch ohne Last schon Mühe, den Abhang hinunterzugelangen, der höchstens für Bergziegen geeignet schien.
Rechts von Thomas wieherte ein stämmiger Brauner in Todesangst auf und stürzte, sich mehrfach überschlagend, in die Tiefe. Schon mehr als ein Dutzend Pferde hatte er seit dem Morgen auf diese Art qualvoll sterben sehen, und er betete, dass Radomir klug und stark genug war, um sicher im Tal anzukommen. Statt den Rappen am Zügel zu führen, ließ er ihn den Weg frei wählen, während er sich selbst mit der Rechten, so gut es ging, auf sein Schwert stützte, um Halt zu finden und nach Möglichkeit den immer noch schmerzenden linken Arm zu schonen.
Dabei sollte jetzt alles besser werden!
Sie waren nun endlich wieder in christlichem Gebiet, im armenischen Königreich von Kilikien. Die Einwohner hatten sie freundlich empfangen und verpflegt, Fürst Leo ihnen Wegführer geschickt.
Von der Spitze des Berges aus konnte Thomas das Ziel schon sehen, die am Meer gelegene Stadt Seleukeia mit ihren hellen Bauten und Kirchtürmen. Und aus dieser Höhe schwindelte ihn angesichts dessen, wie groß und blau die See war.
Doch die Christen von Kleinarmenien waren arm und hatten bei aller Fürsorge nicht genug zu essen, um ein ganzes Heer ernähren zu können. Die Sonne brannte schlimmer als je zuvor, und der Gebirgszug, den sie zu überwinden hatten, um an die Küste zu gelangen, war halsbrecherisch steil.

Immerhin: Sie litten nicht mehr unter Wassermangel, es hatte saftiges Weideland gegeben, damit wenigstens die Pferde wieder zu Kräften gelangten. Sie wurden nicht mehr angegriffen, und Jerusalem war nun vielleicht nur noch fünfhundert Meilen entfernt.

Wenn ich heil unten ankomme, stifte ich von meinem letzten Geld in der nächsten Kirche eine Kerze, dachte Thomas und wischte sich mit dem Handrücken den Schweiß von der Stirn. Dann hätte er beinahe gelacht über seinen Gedanken.

Er *war* nicht heil. Selbst wenn die Verletzung sauber vernarbte, würde er den Arm vermutlich nie wieder so bewegen können wie früher – und schon gar nicht eine Waffe damit führen. Wahrscheinlicher war allerdings, dass er entweder doch die Knochensäge des Feldschers in Anspruch nehmen musste oder am Wundfieber starb. Oder einfach vor Hitze, Hunger und Entkräftung.

Abgesehen davon glaubte er, allmählich wahnsinnig zu werden. In seinen wirren, fiebrigen Träumen blitzten immer wieder die gleichen Bilder auf: spritzendes Blut, abgeschlagene Gliedmaßen, verwesende Leichen, das Feld voller Toter, denen Geier und merkwürdig gefleckte Wolfshunde das Fleisch von den Knochen rissen.

Die Gesichter der Männer, die er getötet hatte, verfolgten ihn im Traum. Und im Wachen verfolgte ihn die Erinnerung an die Gefährten, die auf dem Marsch umgekommen waren.

Ein erneuter Steinhagel umhüllte ihn mit Staub; jemand rutschte und schlitterte den Abhang hinab und kam etwas unterhalb von ihm zum Stehen.

»Zögert nicht, das schlimmste Stück ist schon geschafft!«, rief eine vertraute Stimme. Nachdem der Wind den Staub weggewirbelt hatte, erkannte Thomas den kleinen Mönch. Dem schien es erstaunlicherweise nicht viel auszumachen, den Steilhang bei dieser Hitze herunterzuklettern.

Jetzt hielt er Thomas sogar die Hand entgegen.

Was bin ich für ein jämmerlicher Ritter, wenn ich mich von einem Mönch stützen lassen soll, noch dazu von solch einem Hänfling, dachte Thomas beschämt.
Vor dem Aufbruch hatte er schon Ruperts Angebot abgelehnt, ihm zu helfen, und diesen Stolz mittlerweile ziemlich bereut.
Notker schien seine Gedanken erraten zu haben, nestelte etwas von dem Strick um seine arg mitgenommene Kutte und reichte ihm einen halbvollen Wasserschlauch.
»Ihr seid krank, Ihr müsst trinken!«, ermutigte er ihn. »Aber wir haben es gleich geschafft. Unten, im Fluss, könnt Ihr den wunden Arm kühlen, in der Stadt wird uns der Fürst willkommen heißen und ein Gotteshaus Stärke und Trost spenden.«
Diese Aussicht musste es wohl sein, die Notker Kraft gab. Er schien seine Verzagtheit vergessen zu haben und lächelte sogar.
Thomas unterdrückte seinen Stolz und trank dankbar von dem lauwarmen Wasser. Der verlockende Gedanke, den brennenden Schmerz in der Kühle des Flusses lindern zu können, trieb ihn dazu, dem kleinen Mönch ins Tal zu folgen.

Am Ufer wartete Graf Dietrich, bis sich seine Männer wieder vollzählig versammelt hatten. Es waren kaum noch halb so viele Ritter wie in Pressburg, auch wenn Rupert nun in diesen Stand erhoben war. Thomas hatte einen neuen Knappen zugewiesen bekommen – den Jungen, der mit dem Starkauer gereist war –, und Rupert hatte den Knappen des Auenweilers übernommen und musste nun damit zurechtkommen, plötzlich jemandem Befehle erteilen zu müssen, der noch vor ein paar Tagen mit ihm gleichgestellt war.
Zum Glück hatten auch Radomir und Rolands zierlicher Schimmel den Abstieg überstanden und soffen im Fluss.
»Das Wasser ist wirklich eiskalt«, berichtete Thomas, der seinen Arm in der Strömung gekühlt hatte, während sie auf die Nachzügler warteten.

So schmerzhaft es für ihn auch war, sich mit seiner Verletzung in den Sattel zu ziehen, beschloss er, den Fluss auf dem Rücken seines Rappen zu überqueren. Er fühlte sich zu schwach zum Schwimmen und zu erhitzt; vielleicht von der Sonne, vielleicht war auch das Fieber zurückgekehrt.

Erleichtert von dem Gedanken, bald ausruhen zu können – im besten Fall sogar in einem kühlen Haus und einem richtigen Bett statt auf dem Erdboden! –, überließ er es Radomir, Graf Dietrichs Schimmel zu folgen, und spürte, wie ihm die Augen langsam zufielen.

Schreckensrufe von hinten rissen ihn aus dem Dämmerzustand.

»Halt! Kehrt um!«, brüllten wild gestikulierend zwei ranghohe Männer aus dem Gefolge Bischof Martins, die als Letzte der Gruppe ritten.

Verwundert drehte sich Thomas um und sah, dass irgendetwas mit der Nachhut nicht stimmte. Statt weiterzuziehen, ballten sich dort die Männer zu einem Haufen und benahmen sich sonderbar.

Dietrich gab seinen Leuten das Zeichen, zu wenden. So schnell es ging, ritten sie zurück, auf die Menschenansammlung am Ufer zu.

Ein Satz scholl ihnen von allen Seiten entgegen, der einfach nicht in Thomas' Kopf wollte.

»Der Kaiser ist tot!«

Sie saßen ab, Graf Dietrich wies seine Männer an, zu warten, und bahnte sich den Weg durch die Menge, zum Zentrum des Aufruhrs.

»Der Kaiser ist tot!«

»Die Strömung riss ihn fort!«

»Der Schlag hat ihn getroffen!«

»Er ist im Fluss ertrunken!«

Niemand schien genau zu wissen, was passiert war – nur der Ausgang blieb gleich. Der Kaiser war tot.

Thomas' Verstand weigerte sich, das zu begreifen.
Friedrich von Staufen, der größte Herrscher der christlichen Welt, der Heerführer, der vor ein paar Tagen noch seine Streitmacht siegreich in eine aussichtslos scheinende Schlacht geführt hatte … der erhaben über die Mühsal des Weges allen Widernissen trotzte …
Die Männer um ihn herum schienen ähnlich zu denken. Der Kaiser konnte nicht tot sein! Undenkbar. Das würde Gott nicht zulassen!
Doch dann – wellenartig – wogte der Satz ein zweites Mal auf sie zu, wie zur Bestätigung des Unfassbaren.
»Der Kaiser ist tot!«
Einer nach dem anderen sanken sie auf die Knie, manche bekreuzigten sich, manche beteten, viele weinten, während Thomas dastand, wie zu Stein erstarrt, und wartete, dass endlich jemand das schreckliche Gerücht als unwahr zurückwies, den Irrtum aufklärte.
Ein halber Tag oder eine halbe Unendlichkeit musste vergangen sein, als Graf Dietrich wiederkam und den Männern, die voll verzweifelter Hoffnung zu ihm aufsahen, mit dumpfer Stimme das Unfassbare betätigte.
»Der Kaiser ist tot.«

Entsetztes Schweigen legte sich über die Wartenden.
»Das Kommando übernimmt ab sofort der Herzog von Schwaben«, rief Dietrich von Weißenfels, dessen Stimme ungewohnt heiser klang. »Wir halten vier Tage Trauer, dann führen wir den Leichnam seines Vaters nach Antiochia, um die fleischliche Hülle feierlich beizusetzen. Die Gebeine bringen wir nach Jerusalem.«
Waren es diese Einzelheiten, die den Fassungslosen endlich bewusst machten, dass die Schreckensnachricht kein Irrtum, keine Lüge war?

»Gott hat uns verlassen!«, schrie von hinten jemand mit sich überschlagender Stimme. »Er hat uns verlassen! Unsere Sünden sind zu furchtbar, und deshalb will Gott nicht, dass wir nach Jerusalem ziehen!«

»Wir sind verloren. Gott hat uns verlassen!«

Bald erklang dieser Ruf vielfach: wehklagend, anklagend, verzweifelt, jeder Hoffnung beraubt.

Dicht neben dem ersten Rufer erhob sich ein Ritter von hünenhafter Gestalt.

»Der Kriegszug ist zu Ende. Wir reiten nach Hause«, sagte er mit tiefer Stimme über die Menge hinweg.

Ein paar Männer in seiner Nähe nickten zustimmend und standen ebenfalls auf.

»Ihr habt einen Eid geschworen!«, rief ihnen Dietrich zornig entgegen. »Einen heiligen Eid, Jerusalem und das Kreuz, an dem unser Erlöser gestorben ist, für die Christenheit zurückzuerobern!«

»Wir haben dem Kaiser einen Eid geschworen, ihn auf einem Kriegszug zu begleiten. Als seine Lehnsmänner. Nun ist der Kaiser tot. Und der Eid hinfällig«, erklärte der Hüne.

»Er hat recht. Die Sache ist verloren ohne Heerführer«, stimmte ein Mann mit grauem Bart und weißem Haupthaar zu, der neben dem Recken stand.

»Wir haben einen Heerführer – Friedrich von Schwaben!«, beharrte Dietrich ungewohnt schroff.

»Ein Jüngling von dreiundzwanzig Jahren, ohne die Erfahrung, die man braucht, um ein Heer siegreich in die Schlacht zu führen!«, widersprach der Graubärtige, und seine Worte klangen eher verbittert als abfällig.

»Er ist der Sohn seines Vaters, des Kaisers, und er hat in den letzten Monaten mehr als einmal seinen Mut und sein Kampfgeschick bewiesen!«

Dietrich schrie diese Worte heraus. Noch nie hatte Thomas ihn so aufgebracht und fassungslos gesehen. Friedrich und Dietrich, beide im Rat der Sechzig, unterschieden sich im Alter nur durch wenige Jahre, sie waren beide nachgeborene Söhne und dachten in vielen Dingen ähnlich.

Aber alle, die hier standen, fühlten sich wie erschlagen von dieser jähen Schicksalswendung. Dabei hatten sie sich ihrem Ziel doch schon so nah geglaubt!

»Wir gehen«, entschied der Hüne und gab seinen Männern das Zeichen, ihm zu folgen. »Wir verneigen uns vor der sterblichen Hülle des Kaisers, dann reiten wir in die Stadt, zum Hafen, und nehmen das nächste Schiff, das uns nach Italien bringt.«

Mit geballten Fäusten stand Dietrich da, ohne etwas zu erwidern. In seinem Gesicht mischten sich Trauer und Abscheu.

Er konnte diese Fremden, die nicht unter seinem Kommando standen, nicht daran hindern, zu gehen. Und er wusste – auch Thomas wusste es –, dass viele ihnen folgen würden.

War nun alles vorbei?

»Ich stehe zu meinem Wort. Und ich vertraue Friedrich von Schwaben. Wer von meinen Gefolgsleuten dem toten Kaiser zu Ehren weiter nach Jerusalem ziehen will, der warte hier.« Auffordernd sah der Graf von Weißenfels seine Männer an, Ritter wie Knappen. »Will einer von euch gehen – dann jetzt! Auf der Stelle. Ich kann nur vollkommen entschlossene Männer brauchen.«

Ratlos sah Thomas zu Roland. Zu gehen kam für ihn nicht in Frage, auf keinen Fall. Dafür fühlte er sich Graf Dietrich viel zu sehr verbunden und verpflichtet.

Aber gab es für sie überhaupt noch Aussicht auf Erfolg? In diesem Zustand, krank, schwach, ohne den großen Kaiser Friedrich?

Vielleicht stimmte es. Vielleicht hatte Gott sie verlassen. Doch was sollten sie tun ohne Gottes Gnade?

Es schien Thomas, als ob mit dem Tod des Kaisers auf der Welt kein Platz mehr für ein freundliches Gefühl war.

Um sich nicht ganz von Hoffnungslosigkeit übermannen zu lassen, stand er auf und führte seinen Hengst ein Stück abseits, zu einem Flecken mit frischem Gras. »Du kannst ja nichts dafür, mein Freund«, murmelte er und vergrub sein Gesicht in der Mähne des Rappen.

»Natürlich ziehen wir weiter«, hatte Roland sofort gesagt. »Was sonst? Wir haben das Wallfahrergelübde abgelegt, da können wir nicht einfach kurz vor dem Ziel umkehren!«

Natürlich, wie immer vollkommen ritterlich geantwortet!, dachte Thomas bitter und richtete den Blick starr geradeaus, um den Freund nicht sehen zu müssen. Aber du bist ja auch kein Krüppel geworden, du läufst ja nicht Gefahr, dein Seelenheil zu verlieren, weil du in der Beichte einen Bischof belogen hast und weil dich immer wieder Zweifel überkommen, ob es richtig ist, was wir hier tun!

Er wusste, dass er dem Freund unrecht tat. Roland hatte die gleichen Entbehrungen durchlitten wie er. Er hatte auf das Mädchen verzichten müssen, das er liebte, er hatte seinen Knappen verloren, an dessen Tod er sich die Schuld gab, und sein Pferd. Er hatte in der Schlacht sein Leben aufs Spiel gesetzt und ihn gepflegt, als er sterbenskrank war.

Weshalb bin ich nicht frei von Zweifeln wie die anderen? Weil sie viel Zeit hatten, den Entschluss zu fassen, auf diesen Kriegszug zu gehen, während uns zwei das Schicksal hierhergetrieben hat wie loses Laub im Herbstwind?

Wieso schaffe ich es nicht, so auf Gott zu vertrauen, wie es die anderen tun, die sich sogar noch mit einem Lächeln auf den Lippen zum Sterben niederlegen? Weshalb bin ich voll wühlender Fragen und würgender Zweifel, die Roland niemals kämen?

Durch den so sinnlos erscheinenden Tod des Kaisers fühlte sich Thomas verraten und alleingelassen – von Friedrich dem Staufer, von Gott und der Welt.

Er hörte, dass sich jemand näherte, doch er drehte sich nicht um. Er wollte niemanden sehen und mit niemandem sprechen; er konnte nicht mehr in die Gesichter der trauernden, weinenden, ratlosen Männer blicken.
Selbst wenn es ein Feind wäre, der ihn töten wollte, würde ihn das heute nicht im Geringsten kümmern.
»Ihr hadert mit Gott. Das solltet Ihr nicht!«, sagte der kleine Mönch vorwurfsvoll. »Gott ist bei Euch.«
Gereizt drehte sich Thomas um und wischte sich die Tränen aus den Augen. »Meinst du? Weshalb dann das« – er hielt dem Benediktiner seinen verletzten Arm unter die Nase – »und vor allem das?!« Mit dem Kinn wies er zu der Stelle, wo man den Kaiser aus dem Fluss gezogen hatte. »Gott hat uns verlassen.«
Müde lehnte er sich gegen seinen Rappen und starrte auf einen unbestimmten Punkt in der Ferne.
»Ihr seid wirklich ein ungläubiger Thomas«, sagte Notker. Trotz der Trauer auf seinem Gesicht zeigte er ein winziges Lächeln, nur einen Moment lang.
»Der Kaiser ist nun in das ewige Heil eingegangen und darf bei Unserem Herrn Jesus weilen. Das ist doch ein tröstlicher Gedanke, oder? Und was uns betrifft … Welcher Ratschluss Gottes dahintersteckt, der uns noch verborgen ist, das finden wir nur heraus, wenn wir weitergehen.«

## *Sommer 1190 in der Mark Meißen*

Seit mehr als drei Monaten schon führte Lukas ein Leben im Verborgenen, und er hätte allen Ernstes nicht sagen können, wie er es geschafft hatte, dabei nicht entdeckt zu werden. Fast die ganze Zeit war er unterwegs, um einen Anhaltspunkt für Marthes Verbleib zu finden. Obwohl ihm der Verstand sagte, dass es kaum noch Hoffnung gab, sie lebend zu finden, wollte er einfach nicht aufgeben. Denn wenn sie tot war, dann durch seine Schuld, durch seine Fehlentscheidung.

Sein erster Weg von Freiberg aus hatte ihn ins Muldental geführt. Nicht geradewegs zu Raimund, das wäre für alle Beteiligten zu gefährlich gewesen. Aber für Notfälle hatte er mit dem Freund ein Zeichen verabredet, ein mit Kreide gemaltes Kreuz auf einem großen Stein an der Grenze seines Dorfes. Dann zog er sich in die Hütte des Wilden Mannes zurück.

Er musste keinen halben Tag warten, bis Raimund sich den Weg durch das Dickicht bahnte und ihn erleichtert in die Arme schloss. Elisabeth war mit ihm gekommen.

»Du hast eine Enkeltochter«, berichtete ihm Elisabeth freudestrahlend, und Lukas fiel vor Erleichterung ein Stein vom Herzen.

Als Nächstes erfuhr er von seinen Freunden, dass Clara und Daniel von hier aus nach Weißenfels geritten waren, wo Graf Dietrich ihnen vor seinem Aufbruch ins Heilige Land Zuflucht in Notlagen versprochen hatte.

»Wir waren zu Tode erschrocken, als sie und ihr Bruder hier mit der Kleinen ankamen«, erzählte Elisabeth. »Sie hatte es erst vor zwei Tagen zur Welt gebracht, auf der Flucht, mitten im Wald. Ich musste darauf bestehen, dass sie wenigstens ein paar Tage bleiben, damit Clara sich erholt. So kurz nach der Niederkunft konnte sie unmöglich noch weiter, ohne Fieber zu bekommen. Ich habe sie ein wenig aufgepäppelt. Es ist auch so anstrengend genug für sie gewesen, wieder für solch eine Reise in den Sattel zu steigen.«

»Hat niemand hier nach ihnen gesucht?«, wollte Lukas wissen, den der Gedanke zutiefst berührte, dass er nun eine Enkeltochter hatte – genau genommen eine Stiefenkelin. Das machte für ihn keinen Unterschied.

»Elmars Leute haben alles nach dir durchstöbert und waren schwer enttäuscht, dich nicht hier zu finden«, meinte Raimund, während Elisabeth Essen aus einem Korb auspackte. Sie hat wie Marthe diesen Sinn fürs Zweckmäßige, schoss es Lukas dabei durch den Kopf. Er selbst hätte einem Mann in seiner Lage Waffen gebracht und vielleicht etwas, um sich zu verkleiden. Aber die Frauen dachten eben an das Lebensnotwendigste. Dankbar brach er etwas von dem frischen, duftenden Brot ab. Er hatte lange keines mehr gegessen, weil er Siedlungen mied. Unterwegs hatte er von dem Kleinwild gelebt, das er mit seinem Jagdbogen erlegt hatte.

»Daniel hat sich hier in der Hütte verborgen, und Clara habe ich als meine Nichte ausgegeben und ein riesiges Gezeter angefangen, als sie an das Wochenbett wollten«, erzählte Elisabeth lächelnd. »Und da alles, was mit Geburt und anderen Frauendingen zusammenhängt, den Männern unheimlich ist, haben sie sich aus der Wöchnerinnenstube verzogen und lieber weiter nach dir gesucht.«

Wenigstens diese Last war von seinen Schultern genommen!

»Wann sind Clara und Daniel aufgebrochen?«, fragte er.

»Gestern«, berichtete Raimund. »Sei unbesorgt, wir haben ihnen ein paar zuverlässige Männer als Geleitschutz mitgegeben – und Paul, deinen Ältesten. Mir schien die Gefahr zu groß, dass sich Albrecht doch noch an ihn erinnert und ihn an deiner statt umbringen lässt. In ein paar Tagen müssten meine Leute zurück sein. So erfahren wir, ob deine Kinder und deine Enkeltochter heil und gesund auf Dietrichs Burg angekommen sind.«

»Ich sollte ihnen nachreiten. Aber zuerst muss ich Marthe finden. Weißt du, wo sie sein könnte?«, fragte Lukas und schloss für einen Moment die Augen, um sich für eine schlimme Nachricht zu wappnen.

Jäh verdüsterte sich Raimunds Gesicht. »Es gibt keine Spur, nicht den geringsten Anhaltspunkt, gar nichts. Albrecht war zwar rasend vor Zorn über dein Verschwinden. Aber als Marthe sich in Luft aufgelöst zu haben schien, erweckte er den Eindruck, als sei ihm das wirklich unheimlich – noch dazu nach dem Fluch. Zumal er ihr Verschwinden weder Hartmut noch Gerald anlasten konnte. Und mir auch nicht, obwohl er es versucht hat. Sie haben mich einen halben Tag lang ziemlich gründlich vorgenommen. Aber in den kurzen Pausen zwischen den Schlägen konnte ich ihnen klarmachen, dass ich keinen Schritt unbeobachtet auf dem Burgberg zurückgelegt hatte und immer in achtbarer Gesellschaft war – oder dem, was sie darunter verstehen. Hartmut hatte mir ein Zeichen gegeben, mich aus der Sache rauszuhalten, weil ich zu genau beobachtet würde. Obwohl ich mir wirklich den Kopf zerbrochen hatte, wie ich euch da raushauen kann. Er hat mich überrascht, ich hatte ihn für einen treuen Anhänger Albrechts gehalten. Gott erbarme sich seiner Seele!«

Raimund bekreuzigte sich, und beklommen sah Lukas in der Dunkelheit der halb verfallenen Hütte zu seinem Freund. Also hatte auch Raimund seinetwegen Folter erleiden müssen.

»Haben sie dir sehr übel mitgespielt?«, fragte er schuldbewusst.

Der Freund antwortete mit einem halbherzigen Lächeln. »Dank Elisabeths Fürsorge kann ich mich wieder halbwegs bewegen wie ein richtiger Mann. Ich denke, in ein paar Wochen führe ich auch wieder das Schwert wie früher.«

Er schob seinen Ärmel ein Stück zurück, und jetzt erst sah Lukas, dass sein Arm verbunden war.

»Elmar war dabei, und als er einsehen musste, dass er mir nichts anhängen kann, ließ er die Sache beenden. Ihm ist klar, dass er nicht alle seine Ritter hinrichten oder totprügeln kann. Das würde auch seine treuesten Anhänger darüber nachdenken lassen, ob sie nicht lieber das Weite suchen. Jedenfalls scheint Albrecht überzeugt davon, dass deine Frau tatsächlich über Zauberkräfte verfügt, und das macht ihm heftig zu schaffen.«

Nun mischte sich Elisabeth in ihr Gespräch ein. »Kommt heraus aus dieser dunklen Hütte. Ich will mir Lukas' Verletzungen ansehen, solange noch Tageslicht herrscht.«
Widerspruchslos erhoben sich die Männer und folgten ihr nach draußen auf die kleine Lichtung. Lukas biss die Zähne zusammen, während sie ihm das festgeklebte Untergewand behutsam von den Wunden zupfte. Elisabeth zog scharf die Luft ein, als sie die Verletzungen begutachtete. »Bei allen Heiligen ... Höchste Zeit, dass sich jemand darum kümmert«, sagte sie und musste die Tränen zurückhalten.
Lukas wollte ihr Mitleid nicht, er verdiente es seiner Meinung nach nicht. Er hätte es als angemessener empfunden, wenn sie ihm Vorwürfe gemacht hätte, dass auch ihr Mann seinetwegen hatte leiden müssen.
»Was ist mit Gerald?«, fragte er, um das Gespräch von sich abzulenken.
»Er bleibt Marschall. Aber er wird wohl in nächster Zeit ein paar sehr unangenehme Aufträge übernehmen müssen, um Albrecht seine vollständige Ergebenheit zu beweisen. Und ich denke, die wird er ausführen, ohne mit der Wimper zu zucken. Doch was hast du nun vor? Wirst du auch nach Weißenfels gehen?«
»Er bleibt hier, bis seine Wunden verheilt sind«, antwortete Elisabeth streng an Lukas' Stelle. Ihr Tonfall erinnerte ihn schmerzlich an Marthe, wenn sie einen ungeduldigen Kranken zu versorgen hatte.
»Mittlerweile haben wir hier nach und nach schon deine ganze Familie versteckt: Erst Thomas, dann Clara und Daniel, und jetzt dich. Das ist der sicherste Ort für dich.«
Lukas war ihr dankbar, dass sie nicht erwähnte, wie sie einst auch Christian hier verborgen hatten, als er nach seiner Befreiung aus Randolfs Kerker von Marthe gesund gepflegt worden war.

»Ich kann jetzt die Mark nicht verlassen«, sagte er in entschlossenem Tonfall. »Ich muss weiter, nach Marthe suchen – überall, wo sie auftauchen könnte. Vielleicht bei Hedwig in Seußlitz oder bei meinem Bruder. Und wenn sie euch keine Nachricht schickt, dann vielleicht den Freibergern. Guntram, der Sohn des Schmiedes, geht zurück auf den Burgberg und wird dort Augen und Ohren aufsperren. Und Pater Hilbert will in Meißen Anstellung als Schreiber suchen. Vielleicht bringen sie etwas in Erfahrung. Außerdem droht ja noch Albrechts Beutezug gegen Freiberg. Vielleicht kann ich etwas dagegen unternehmen.«

Er zuckte zusammen, weil die Salbe, die ihm Elisabeth auf die Wunden strich, wie Feuer brannte. Doch bald verspürte er Linderung und war froh, als er seine Kleider endlich wieder überstreifen konnte.

»Das kannst du nicht!«, mahnte Raimund ihn. »Es war außerdem auch nur ein Vorwand, um dich dazu zu bringen, einen Befehl zu verweigern. Du solltest vorerst hierbleiben. Wir können jemanden an alle diese Orte schicken, der unauffällig Erkundigungen einholt. Es ist einfach zu gefährlich, wenn du in der Gegend herumreist.«

»Nein!«, widersprach Lukas hart. »Ich muss sie suchen! Ich habe mich selbst in Sicherheit gebracht und sie im Stich gelassen. Jetzt kann ich mich nicht einfach hier ausruhen und warten, dass ein Wunder geschieht.«

»Das ist das Dümmste, was ich je von dir gehört habe!«, hielt Raimund ihm ebenso hart vor. »Du hilfst ihr nicht, indem du dich totschlagen lässt. Wenn sie überhaupt noch lebt – was Gott bewirken möge.«

Eine Weile sagte niemand von ihnen etwas. Das Kreischen eines Eichelhähers und das Hämmern eines Spechtes waren die einzigen Geräusche.

»Ich wage es ja kaum zu hoffen, dass sie noch lebt«, gab Lukas schließlich gequält zu. »Aber bevor ich nicht Gewissheit habe, werde ich das Land nicht verlassen. Und jetzt kann ich nicht nach Weißenfels gehen – damit bringe ich nur die Kinder in Gefahr. Wenn du mir wirklich helfen willst, dann nimm meinen Fuchshengst mit und bring mir dafür ein unauffälliges, zuverlässiges Pferd. Sachen zum Verkleiden habe ich bei mir, um mich unerkannt einer Siedlung zu nähern. Und ich sollte mir vielleicht den Bart abnehmen lassen.«

»Wir kommen übermorgen wieder, mit einem anderen Pferd und Rasierzeug«, versprach Raimund. »So lange bleibst du hier und siehst zu, dass du dich einigermaßen von den Verletzungen erholst.«

»Morgen, nicht übermorgen! Kommt morgen wieder!«, bat Lukas beinahe flehentlich. »Ich kann es nicht ertragen, hier herumzusitzen und nichts zu tun, während ich nicht weiß, was mit meiner Frau ist!«

Von der Hütte des Wilden Mannes aus ritt Lukas am nächsten Tag zu seinem jüngeren Bruder Jakob. Sie galten als verfeindet, seit der Jüngere an Lukas' Stelle das Erbe ihres Vaters zugesprochen bekam, nachdem Lukas das Mädchen zurückgewiesen hatte, das sein Vater ihm zugedacht hatte. Mit dieser Hochzeit hatte der Vater ein Bündnis mit dem mächtigen Nachbarn schließen wollen. Doch Lukas konnte der ungeliebten Braut nicht verzeihen, dass sie Marthe dem Kirchengericht ausgeliefert hatte, und verzichtete lieber auf das Erbe, als eine Verräterin zu heiraten.

In Wirklichkeit waren er und sein Bruder eher unsichere Verbündete. Ganz und gar wollte er seinem Bruder nicht trauen. In harten Zeiten, wie sie jetzt angebrochen waren, würde der Jüngere vermutlich versuchen, sich aus allem herauszuhalten.

Doch jetzt war nicht die Zeit für Bedenken. Lukas hatte nichts zu verlieren außer seinem Leben, an dem ihm momentan nicht übermäßig viel lag. Vielleicht hatte Marthe ja bei Jakob Zuflucht

gesucht, gerade weil niemand sie bei dem Schwager vermutete, der so betont Abstand von seinem Bruder hielt.
Dennoch ritt er nicht geradewegs auf das väterliche Anwesen zu, sondern näherte sich zunächst der entlegensten Koppel, wo früher die Hengste ihr Gnadenbrot fressen konnten, die zu alt geworden waren, um noch einen Ritter in voller Rüstung zu tragen.
Er hatte Glück: Bei den Pferden war der älteste Stallknecht, ein Mann, der ihn die ersten Male in den Sattel gehoben hatte, als er noch ein kleiner Junge war. Der Alte war der Familie treu ergeben und würde ihn sicher nicht verraten. Vermutlich wusste er nicht einmal, was in Meißen geschehen war.
Also gab Lukas seine Deckung auf und ritt zur Koppel. Der alte Frieder blinzelte ihm entgegen – wahrscheinlich sah er mit seinen Jahren nicht mehr besonders gut – und riss die Augen auf, als er ihn erkannte. »Der junge Herr Lukas!«, rief er gerührt. Dann fiel ihm ein, dass Lukas ja nicht mehr der junge Herr war, und so fing er an zu stammeln.
Mühsam brachte Lukas den Verwirrten dazu, sich zu beruhigen. »Bitte meinen Bruder hierher. Aber nur er, niemand sonst darf erfahren, dass ich hier bin. Ich sehe derweil nach den Pferden. Kann ich mich auf dich verlassen?«
»Natürlich, Herr«, versicherte der Knecht eifrig und blinzelte ein paar Tränen weg. Er neigte den Kopf und sah den Sohn seines alten Herrn fragend an. »Ihr seid wieder einmal in Schwierigkeiten, nicht wahr? Wenn Ihr doch nur hören und ein bisschen vorsichtiger sein würdet!«
»Jetzt ist nicht die Zeit für Ängstlichkeit«, sagte Lukas ohne weitere Erklärung.
Der Alte sah ihn bekümmert an und schlurfte davon, so schnell er konnte.
Lukas stieg ab und ging auf einen betagten Braunen zu, den er noch aus früheren Jahren kannte. Der Hengst lief ihm entgegen

und lehnte freundschaftlich seinen Kopf über Lukas' Schulter. Wir treiben nun beide ziellos durch die Welt, dachte dieser, und warten auf den Schlächter.

Jakob kam überraschend schnell, auf einem kostbaren Schimmel von ausgezeichnetem Körperbau.
Ganz der Gutsherr, dachte Lukas sarkastisch, dem bei dieser Gelegenheit wieder einmal bewusst wurde, wie reich sein Vater gewesen war und wie reich er jetzt sein könnte, hätte er nicht auf das Erbe verzichtet. Doch er trauerte dem Geld und dem Land nicht nach. Sein Leben mit Marthe in Freiberg war erfüllt gewesen – und an dieser Stelle ertappte er sich zu seinem Erschrecken dabei, dass er schon in der Vergangenheit von ihr dachte.
Das darf nicht sein!, riss er sich zusammen. Sonst könnte der Gedanke Wirklichkeit werden.
»Es ist unklug von dir, herzukommen«, begrüßte ihn Jakob, ohne aus dem Sattel zu steigen. Das zeigte Lukas, dass er hier nicht viel zu erwarten hatte.
»Keine Sorge, ich verschwinde sofort wieder«, beruhigte er seinen Bruder kühl. »Niemand außer dem alten Frieder hat mich gesehen. Ich will nur wissen, ob meine Frau dir vielleicht eine Nachricht geschickt hat – und wie es meinem Sohn geht und deinem Erstgeborenen.«
Der junge Jakob war immerhin sein Knappe gewesen, bis sein Bruder beschlossen hatte, ihn aus dem bei Albrecht wenig angesehenen Haushalt von Lukas zu holen.
»Den Jungen geht es gut. Und es ginge ihnen noch besser, wenn du sie nicht durch dein Erscheinen in Gefahr bringen würdest«, wies Jakob ihn ungehalten zurecht.
»Du scheißt dir ja gleich ein vor Angst!«, gab Lukas zurück, der nun richtig in Wut geriet. »Ich werde dich nicht länger behelligen als für diese eine Frage: Hast du etwas von meiner Frau gehört?«

»Das habe ich nicht«, sagte Jakob schroff und riss an der Trense seines Hengstes, der die Gereiztheit des Reiters spürte und ebenfalls unruhig wurde. »Und es tut mir wirklich leid um sie, ich werde für sie beten. Doch jetzt solltest du von hier verschwinden, ehe du meine Familie auch noch in Gefahr bringst. Du ahnst nicht, wie schwer es war, meinen Ältesten nun noch als Knappen irgendwo unterzubringen, nachdem ich ihn von dir weggeholt habe! Giselbert will ihn nehmen, der Mundschenk, aber dafür dürfen wir uns nicht das Geringste zuschulden kommen lassen. Und nur solange ich als unverdächtig gelte, ist auch dein Sohn bei mir sicher. Das solltest du nicht vergessen.«

»Wäre es dir lieber, wenn ich ihn mit mir nehme?«, fragte Lukas und wog das Für und Wider ab.

»Damit er auch das Leben eines Gesetzlosen führt?«, meinte sein Bruder und schnaubte. »Lass ihn lieber bei mir. Ich nehme ihn an Sohnes statt an, das ist das Beste für ihn.«

Wahrscheinlich – jedenfalls bis ich die Mark verlasse, überlegte Lukas. Ich sollte meinem Bruder dankbar sein, statt ihn mit Vorwürfen zu überhäufen. Und er hat sogar recht. Je mehr sich Jakob bei den neuen Herren andient, umso sicherer ist mein Sohn bei ihm. Ich kann es ihm nicht einmal verübeln, dass er seine Familie schützen will. Ich hätte es mit meiner auch tun sollen. Stattdessen habe ich mit meiner maßlosen Selbstüberschätzung erreicht, dass meine Frau wahrscheinlich tot ist, mein ältester Ziehsohn auf einem Kriegszug mit höchst ungewissem Ausgang, meine Stieftochter ihr erstes Kind unter freiem Himmel in einem finsteren Wald gebären musste und ich um das Leben meiner Söhne zittern muss.

»Sag dem Jungen nicht, dass ich hier war«, bat er seinen Bruder, schon beinahe versöhnlich. »Es war nur eine irrwitzige Hoffnung, die mich zu dir getrieben hat, verstehst du? Falls du etwas von Marthe hörst, würdest du Fürstin Hedwig eine Nachricht zukommen lassen? Dann siehst du mich nie wieder und kannst dich beruhigt um deine Ländereien kümmern.«

Seine Helfer in Freiberg würde er Jakob nicht nennen, dafür traute er ihm nicht genug. Gegen Hedwig würde niemand etwas zu unternehmen wagen. Und zu ihr würde er sowieso reiten müssen. Vielleicht war Marthe ja dort. Dies war fast seine letzte Hoffnung.

»Das mache ich«, versprach Jakob, nun beinahe verlegen. »Gott schütze dich, Bruder.«

»Dich auch!«, antwortete Lukas und wendete seinen Hengst.

Burg Seußlitz – Hedwigs von Albrecht bestimmter Witwensitz – war sein nächstes Ziel. Er ritt in weitem Bogen um Meißen herum und ließ sich ein ganzes Stück von der Stadt entfernt von einem Fährmann über die Elbe setzen. Dafür hatte er die Kleidung eines Ritters gegen die einfache ausgetauscht, die ihm Gerald mitgegeben hatte, und sein schulterlanges Haar, wie es die Ritter trugen, zusammengebunden und unter der Gugel verborgen. Den ganzen Weg lang hatte er überlegt, wie er unentdeckt Verbindung zur alten Markgräfin aufnehmen konnte. In seinem allumfassenden Misstrauen hatte ihr Sohn sie mit Leuten umgeben, die ihm über jeden ihrer Schritte berichteten.

Für Lukas war die Gefahr zu groß, dass jemand von der neuen Besatzung – überwiegend aus Meißnern zusammengestellt, die ihn oft genug gesehen hatten – in ihm den am meisten gesuchten Mann der Markgrafschaft erkannte.

Die Nacht hatte er erneut im Wald verbracht. In einem Wirtshaus um Quartier nachzusuchen, war zu gefährlich, denn sicher würde dort ein Teil der Wachmannschaft nach Dienstende einkehren, um zu trinken und zu würfeln.

Nach einiger Überlegung beschloss er, Schwert und Kettenhemd doch nicht im Wald zu verstecken, bevor er sich der Burg näher-

te. Die Wahrscheinlichkeit war zu groß, dass es zu einem Kampf kam, und er wollte sich nicht wehrlos abschlachten lassen.
Also ritt er in vollen Waffen Richtung Burg und suchte sich einen Platz, von dem aus er unbemerkt das Tor beobachten konnte. Bald geschah, worauf er gehofft hatte: Eine junge Magd, höchstens zehn Jahre alt, kam mit einem leeren Korb durch das Tor.
Er ritt auf sie zu und stellte sich ihr in den Weg. Erschrocken sah das Mädchen zu ihm auf.
»Ist bei euch auf der Burg eine Magd namens Susanne, mit blonden Haaren und Sommersprossen?«, fragte er sie streng.
»Die Kammermagd der Fürstin? Ja, hoher Herr«, antwortete die Kleine verwundert.
»Dann richte ihr aus, dass sie heute Mittag zum Fluss kommen soll. Sie wird deshalb keinen Ärger mit der Fürstin bekommen, und du auch nicht. Sag, ich habe eine wichtige Nachricht von einer heilkundigen Freundin für sie.«
Das Mädchen war noch zu klein und zu verängstigt, um darüber nachzudenken, wieso ein Ritter Nachrichten für eine Magd überbrachte. Und Susanne würde sich zusammenreimen, dass es um Marthe ging, und kommen.
»Ja, Herr, ich werde es ihr ausrichten«, antwortete die Kleine und knickste tief. Dann sah sie ihn noch einmal fragend an, und als der fremde Ritter sie nicht länger aufhielt, huschte sie davon.
Sofort zog sich Lukas aus Sichtweite der Burgbesatzung zurück. Nun hieß es wieder einmal warten, und nichts verdross ihn mehr.

Susanne kam tatsächlich in der Mittagsstunde zum Fluss – mit einem Korb voll Wäsche als Vorwand. Lukas vergewisserte sich, dass niemand ihr folgte, und trat aus seinem Versteck.
Susanne, die sich schon suchend umgeschaut hatte, jubelte bei seinem Anblick. »Ich wusste, dass Ihr noch lebt! Und die Fürstin war sich dessen auch ganz sicher! Was ist mit Eurer Gemahlin? Ist sie in Sicherheit?«

»Ich hoffte, dass sie sich vielleicht hier verbirgt oder Hedwig Kunde von ihr hat.«

Betrübt schüttelte Susanne den Kopf. »Nein, wir haben nichts von ihr gehört.« Doch gleich wurde ihr Mienenspiel wieder lebhafter. »Aber Ihr solltet zur Fürstin kommen. Ich bin sicher, Ihr wisst etwas, was wir noch nicht erfahren haben, und wir haben manche Neuigkeit für Euch.«

Lukas war nicht im Geringsten überrascht, dass Hedwig hier trotz ihrer Abgeschiedenheit und sicherlich strengen Bewachung nichts entging.

»Ich werde nicht unerkannt auf die Burg kommen können«, lehnte er ab. Er hätte es gewagt, wenn Marthe dort wäre oder wenigstens eine Nachricht von ihr. Doch so hatte es keinen Sinn, sein Leben aufs Spiel zu setzen. Dringender war ihm, seine Suche fortzusetzen.

Susanne blickte ihn keck an und lächelte. »Dem Burgkommandanten können wir vertrauen. Ich spreche mit der Fürstin, und dann wird er es so einrichten, dass zur Abenddämmerung nur Wachen am Tor stehen, die Euch nicht aus Meißen kennen. Ohne den Bart seht Ihr sowieso sehr verändert aus. Wenn ich heute Abend ans Tor komme und Ausschau halte, ist das das Zeichen für Euch, dass Ihr unbesorgt hereinkönnt. Ich bringe Euch dann auf sicherem Weg zur Fürstin. Sie wird sich freuen, Euch zu sehen!«

Susanne bückte sich, tauchte die Leinentücher aus ihrem Korb kurz ins Wasser, ohne sich die geringste Mühe zu machen, sie auch zu waschen, und ging mit dem Korb voll tropfnasser Wäsche zurück.

Hedwig empfing ihn mit großer Herzlichkeit. »Ich hoffe, Ihr habt Euch einigermaßen davon erholt, wie Euch mein schrecklicher Sohn mitgespielt hat. Die Berichte, die mich erreicht haben, waren grauenvoll. Ich habe jeden Tag für Euch und Eure

Gemahlin gebetet – und für das Seelenheil Eures Schwiegersohnes.«

»Danke, Hoheit. Mir geht es gut, meine Kinder sind in Sicherheit. Aber ich habe nicht den geringsten Hinweis darauf, was mit meiner Frau geschehen ist, nachdem man sie ins Verlies geworfen hat. Die Sorge um sie bringt mich fast um.«

»Ja, das kann ich mir vorstellen«, erwiderte Hedwig kummervoll. »Ich bedaure es zutiefst, Euch in dieser Sache nicht helfen zu können. Gleich, nachdem ich von diesem schrecklichen Zwischenfall hörte, habe ich einiges versucht, um sie zu retten. Ich hatte schon ein paar kampfentschlossene Männer zusammengerufen. Doch dann war sie plötzlich verschwunden …«

Verblüfft starrte Lukas die einstige Markgräfin an. Er wusste, dass sie eine überaus kluge Frau war und sicher auf dem Meißner Burgberg noch einige heimliche Verbündete hatte. Aber wie hatte sie so schnell davon erfahren – und auch etwas unternehmen können?

Hedwig beantwortete mit einem feinen Lächeln seine unausgesprochene Frage. »Der hiesige Burgkommandant ist mir aus Gründen, die ich nicht nennen will, treu ergeben. Er soll meinem Sohn regelmäßig berichten, dass ich hier keine Ränke schmiede, und nutzt jeden seiner Aufenthalte in Meißen, um für mich Erkundigungen einzuziehen.«

»Und Ihr seid sicher, dass Ihr ihm vertrauen könnt?«, platzte Lukas heraus.

»Vollkommen. Sonst würdet Ihr jetzt nicht mit mir plaudern, sondern wäret schon auf den Hof geschleift und hingerichtet worden.«

Das war ein überzeugender Beweis, auch wenn Lukas keine Erklärung dafür fand – abgesehen davon, dass Hedwig trotz ihrer fünfzig Jahre immer noch eine beeindruckende Frau mit besonderer Ausstrahlung war.

Der Burgkommandant hatte ihn in Hedwigs Gemächer geleitet,

ohne Fragen zu stellen. So saß er nun hier in der Kemenate, und nur Susanne leistete ihnen Gesellschaft, schenkte Wein nach und hatte einen silbernen Teller voller Leckerbissen gebracht.
»Außerdem habe ich noch einen weiteren Spion, der sich regelmäßig zwischen Meißen und Seußlitz bewegt – kein anderer als unser gemeinsamer Freund Ludmillus«, weihte ihn Hedwig lächelnd ein. »Er tauchte bald in Seußlitz auf, nachdem mein Sohn mich herbringen ließ, und außer mit seinen Liedern sorgt er auch mit allerlei Neuigkeiten dafür, dass mir die Zeit nicht lang wird. Er reist jetzt von Burg zu Burg und hört sich überall um, ob er etwas über das Schicksal Eurer Frau in Erfahrung bringen kann. Ihr seht also, Ihr seid nicht allein bei Eurer Suche nach ihr. Und solange wir nicht genau wissen, dass sie tot ist, werden wir nicht aufhören, nach ihr zu suchen.«
Tief bewegt lehnte sich Lukas zurück. »Ich kann nicht in Worten ausdrücken, wie dankbar ich Euch bin«, sagte er. »Auch dafür, dass Ihr die Hoffnung nicht aufgegeben habt ... Selbst wenn es kaum noch Hoffnung gibt.«
»Es gibt immer Hoffnung«, widersprach Hedwig. »Man darf sich nur nicht davon abhalten lassen, nach jeder Niederlage wieder aufzustehen und seinen Weg trotz aller Wunden weiterzugehen.«
Mit einer freundlichen Geste lud sie ihn ein, sich von dem köstlich gewürzten Braten oder den in Honig eingelegten Früchten zu nehmen.
»Was wollt Ihr nun tun?«, fragte sie, während er aß. »Das Beste wäre, Ihr bliebet hier und wartet, bis wir etwas in Erfahrung gebracht haben.«
Höflich bedankte sich Lukas für das Angebot. »Ich kann mich nicht verkriechen und einfach abwarten. Mit meinen Verbündeten in Freiberg habe ich abgesprochen, dass wir uns aller zwei Wochen in einem Versteck vor der Stadt treffen. Wenn Ihr also eine Nachricht für mich habt, schickt sie am besten an den

Schmied Jonas, den Ratsherrn. Oder an Raimund von Muldental. Das ist der unauffälligste Weg.«

Voller Mitgefühl sah Hedwig ihn an. »Wollt Ihr wirklich auf unabsehbare Zeit das Leben eines Gesetzlosen führen, immer auf der Flucht? Außerdem ist es viel zu gefährlich für Euch, so nah an Freiberg heranzukommen. Wie ich gehört habe, hat inzwischen Randolfs Sohn Eure Stellung auf der Burg übertragen bekommen und sich in Euerm Haus eingenistet. Zum Lohn dafür, dass er sich in Döben gegen meinen Gemahl gewandt hat.« Bei diesen Worten klang ihre Stimme verächtlich. »Seid auf der Hut vor ihm! Er ist hinterhältig, rachsüchtig und hat trotz seiner jungen Jahre ein sicheres Gespür für Zuträger und Leute, die zu einem Verrat bereit sind.«

»Ich weiß«, sagte Lukas voller Bitterkeit. »Schließlich kannte ich seinen Vater. Und seinen Ziehvater.«

Dann wagte er es, selbst eine Frage zu stellen. »Habt Ihr Nachricht vom Kriegszug des Kaisers? Lebt Graf Dietrich noch?«

»Es gab schon lange keine Neuigkeiten mehr dazu angesichts der großen Entfernung«, sagte Hedwig und strich sich über die Augen. »Wir können nur beten.«

Dann sah sie Lukas unvermittelt ins Gesicht. »Was werdet Ihr tun, wenn Ihr Eure Frau gefunden habt? In der Mark Meißen könnt Ihr nicht bleiben, solange Albrecht hier herrscht.«

»Zuerst werden wir nach Weißenfels reiten und unsere Enkeltochter kennenlernen«, sagte Lukas, und die Vorstellung erfüllte ihn mit Freude.

»Clara, Daniel und der kleinen Änne geht es gut, soweit ich weiß«, überraschte ihn Hedwig erneut lächelnd.

Sie hat wirklich ihre Verbündeten überall, dachte Lukas beeindruckt. Aber andererseits hätte es ihn auch gewundert, wenn sie nicht heimlich mit der Burgbesatzung ihres jüngeren Sohnes in Verbindung stand.

»Und dann werde ich mir einen anderen Dienstherrn suchen.

Vielleicht gehe ich nach Thüringen, zu Pfalzgraf Hermann, der dort regiert, während sein Bruder im Heiligen Land ist. Und er hat wenig Grund, sich mit Albrecht zu verbünden.«
Seit Jahren hatte es immer wieder Streitigkeiten zwischen den Wettinern und den Ludowingern gegeben – auch durch Ottos Erwerb von Gebieten in Thüringen.
»Thüringen wäre auch mein Vorschlag an Euch gewesen«, meinte Hedwig zufrieden. »Ich denke schon voraus für die Zeit nach Dietrichs Heimkehr. Wir müssen damit rechnen, dass Albrecht seinen Bruder angreift, sollte er lebend wiederkommen. Der Landgraf von Thüringen – oder sein Bruder Hermann, solange Ludwig in Outremer ist – wäre ein möglicher Verbündeter für Dietrich gegen Albrecht. Das ist eine folgerichtige Wahl, denn falls Albrecht angreift, würde er mit Sicherheit auch Teile Thüringens mit Krieg überziehen. Ich wäre Euch verbunden, wenn Ihr das vorsichtig in meinem Namen anbahnt. Ludmillus wird die Verbindung zu Euch halten. Pfalzgraf Hermann ist ein großer Förderer der Sänger und Dichter und wird ihn gern auf der Wartburg begrüßen.«
Einmal mehr beeindruckt davon, wie weit Hedwig vorausdachte, stimmte Lukas sofort zu. Doch zuerst müsse er seine Frau finden, beharrte er.
»Sie hat meinem machtbesessenen Sohn mit ihrem Fluch einen gewaltigen Schrecken eingejagt«, stellte Hedwig fest. »Seitdem, nach den ersten blutigen Tagen seiner Regentschaft, scheint er wirklich verstört, berichten meine Spione.«
Ich hoffe nur, Marthe musste dafür nicht mit ihrem Leben bezahlen, dachte Lukas voller Bitterkeit und schloss für einen Augenblick die Augen, weil er befürchtete, Hedwig könnte die Verzweiflung darin erkennen.
»Ihr seid vollkommen erschöpft«, stellte die Markgräfin fest. »Wollt Ihr wirklich morgen schon wieder aufbrechen? Hier wäret Ihr sicher, wenigstens für ein paar Tage, um wieder zu Kräften zu kommen.«

Lukas schüttelte den Kopf. »Ich muss morgen in aller Frühe los, um am Abend zum verabredeten Treff in Freiberg zu sein.«
Besorgt beugte sich Hedwig ihm entgegen. »Gibt es irgendetwas, womit ich Euch helfen kann? Benötigt Ihr etwas? Waffen? Pferde? Männer? Silber?«
»Danke«, erwiderte Lukas. »Ihr habt bereits genug für mich getan. Haltet weiter Ausschau nach meiner Frau, das ist die größte Hilfe, die Ihr mir geben könnt. Ich schwöre, ich werde in Thüringen für Euern Sohn tun, was ich kann.«
Hedwig gab Susanne ein Zeichen, Lukas zu einer der Gästekammern zu führen.
Als beide hinaus waren, klopfte der Burgkommandant an und trat ein. Natürlich wusste er, wer der geheimnisvolle Gast war.
»Glaubt Ihr wirklich, es besteht noch Hoffnung, dass seine Frau lebt?«, erlaubte er sich vorsichtig zu fragen.
Hedwig stand inzwischen am Fenster. Das Lächeln aus ihrem Gesicht war verschwunden, nun wirkte sie todunglücklich.
Sie hatte Christians Verzweiflung miterlebt, als Marthe schon einmal verschwunden war, Marthes Erstarrung nach Christians Tod, und jetzt musste sie mit ansehen, wie Lukas ähnlich im Elend versank. Sie selbst war nur von einem einzigen Mann so geliebt worden und hatte auch ihn leidenschaftlich geliebt. Doch mit dem Tod Dietrichs von Landsberg hatte sie jede Hoffnung auf Glück verloren.
»Es sind schlechte Zeiten für Liebende«, sagte sie voller Trauer. »Ihr habt recht mit Euerm Zweifel. Wenn Lukas' Frau noch leben würde, hätten wir von ihr gehört. Es zerreißt mir das Herz, ihren Ritter so leiden zu sehen. Er ist ein aufrechter, tapferer Mann. Doch ich befürchte, er wird das nächste Opfer meines rachsüchtigen Sohnes. Ewig kann er sich nicht verborgen halten.«
»Kann ich irgendetwas für Euch tun, Hoheit?«, erkundigte sich der Kommandant, und seine Frage war ernst gemeint, wie jedes Mal.

Hedwig zögerte, dann sah sie ihn an. Sollte sie wirklich so weit gehen? Alles gefährden, was ihr Leben hier auf Seußlitz erträglich machte?

»Ich fühle mich ... einsamer als je zuvor in meinem Leben ... nachdem ich diese traurige Liebesgeschichte mit ansehen muss«, gestand sie. »Hättet Ihr vielleicht die Freundlichkeit ... mich einmal kurz in die Arme zu schließen ... als treuer Freund?«

Nach dem ersten Moment freudiger Verblüffung trat der Mann auf sie zu. Vorsichtig, als könnte er sie zerbrechen oder sie bei seiner Berührung zurückscheuen, legte er seine Arme um ihre Schultern, und als sie keinen Einspruch erhob, zog er sie an sich.

Hedwig schloss die Augen und genoss die Halt und Trost spendende Umarmung. Sie hatte Mühe, dabei nicht in Tränen auszubrechen. Wie lange hatte sie so etwas vermisst! Sechs Jahre waren seit dem Tod ihres Geliebten vergangen, und ihre Ehe mit Otto war ohne jede zärtliche Berührung gewesen.

»Bitte sagt, ob ich Euch weiter halten darf oder ob Ihr mich fortschickt«, raunte der Burgkommandant mit heiserer Stimme.

»Bleibt!«, bat Hedwig fast flehentlich. »Haltet mich fest und lasst mich nie mehr los!«

»So lange Ihr wollt«, antwortete er leise. Er zog sie noch fester an sich, und als sie immer noch nichts unternahm, die zärtliche Umarmung zu beenden, fasste er sich ein Herz und tat, wovon er nächtelang geträumt hatte. Sanft küsste er ihre Halsbeuge, dann küsste er ihr die salzigen Tränen von den Wangen, und schließlich küsste er ihren Mund. Als sie seinen Kuss erwiderte, glaubte er, der glücklichste Mann auf Erden zu sein. Und dann nahm er ihren Kopf zwischen seine Hände und flüsterte ihr Liebesworte zu, bis sie in einer leidenschaftlichen Umarmung verschmolzen.

# Neuigkeiten aus Freiberg

Wieder einmal traf sich Lukas in der verlassenen Grube bei Freiberg mit einem seiner dortigen Vertrauten. Diesmal war Karl, der Bergschmied, gekommen, der gar nicht erst durch das Stadttor gegangen war, sondern sich bei Anbruch der Dämmerung gleich unbeobachtet in den Stollen geschlichen hatte.

Um keinen Verdacht zu erregen, kam jetzt zumeist nur einer seiner Verbündeten zu den heimlichen Treffs aller zwei Wochen und berichtete ihm, was es inzwischen an Neuigkeiten in der Stadt gab und ob jemand eine Spur zu Marthe gefunden hatte. Neuigkeiten gab es viele, und es waren kaum gute darunter, doch über Marthes Schicksal gab es immer noch nicht den geringsten Anhaltspunkt. Ihr Name durfte in der Stadt ebenso wenig genannt werden wie seiner.

Wie stets brachte Karl ein Päckchen Proviant mit. Und wohl zum hundertsten Male fragte sich Lukas, wie er diesen Leuten vergelten sollte, was sie für ihn wagten und dass sie so großzügig ihr bisschen Habe mit ihm teilten.

Hedwig hatte ihm beim Abschied eine beträchtliche Menge Silber überreicht. Er hatte das ablehnen wollen, aber Hedwig bestand darauf, dass er es annahm. »Damit kann man oft mehr erreichen als mit Waffen. Gut möglich, dass Ihr das Geld einmal als Bestechung braucht, um Eure Frau zu befreien oder Euch die Flucht zu erkaufen«, hatte sie gesagt. »Ich stehe so tief in Eurer Schuld und in der Eurer Frau, dass Ihr es ohne Bedenken annehmen könnt.«

Doch weder Karl noch sonst einer seiner Verbündeten würde derzeit auch nur einen Pfennig davon nehmen. Nicht einmal Jonas wollte das Geld für das Schwert, auch wenn er sehr lange daran gearbeitet hatte und sich nun sicher einschränken musste mit seiner großen Familie. Aber er wollte mit der Bezahlung auf den Tag warten, an dem endlich Marthes Schicksal geklärt war.

Karl brachte diesmal üble Nachrichten aus der Stadt.

»Albrecht hat den Freibergern höhere Abgaben auferlegt; auch die Bergleute müssen nun mehr von ihrer Ausbeute abliefern. Das bringt manche von ihnen fast an den Bettelstab, denn die Erzgänge sind derzeit nicht mehr so ergiebig wie in den ersten Jahren, wie Ihr wisst«, erzählte er, während er sich einen Schuh auszog und den Beinling auswrang. Ein Teil der Stollensohle stand unter Wasser, und er war im Dunkeln in eine dieser Lachen hineingetreten.

»Der Marschall, Euer Schwager, kam mit drei Dutzend bis an die Zähne bewaffneter Männer, um die Neuigkeit zu verkünden. Wer nicht gehorche, dessen Haus werde auf Befehl des Fürsten niedergebrannt. Ein paar Leute warfen sich ihm verzweifelt vor die Füße und baten um Nachsicht, weil sie die neuen Abgaben unmöglich bezahlen könnten. Sie hatten kaum zu Ende gesprochen, als Euer Schwager schon seine Männer ausschwärmen und ein halbes Dutzend Häuser in Brand setzen ließ. Seitdem herrscht hier Grabesstille. Jedermann fürchtet sich vor diesem Rutger und seinen Wachhunden. Deshalb können Peter und auch Christian nicht mehr kommen. Sie werden genauestens von seinen Leuten beobachtet. Aber Anna und ihr Sohn, der kleine Christian, sind in Sicherheit.«

Karl schien zu überlegen, ob er noch etwas erzählen sollte, und entschloss sich dann doch dazu.

»Eine der neuen Mägde, die sich Randolfs Sohn ins Haus geholt hat, die ganz junge mit den rötlichen Haaren, wollte ausreißen und wurde von seinen Reitknechten wieder eingefangen. Ihr wollt nicht wissen, was er mit ihr angestellt hat, wirklich, Herr. Die halbe Nacht lang hat das übrige Gesinde sie schreien und wimmern hören. Und diesmal konnten wir nichts tun! Am nächsten Tag, als Rutger auf die Burg geritten war, fand Peter sie ans Bett gefesselt, blutig geschunden und dem Wahn nah. Er hat ihr zur Flucht verholfen. Das brachte ihm vierzig Hiebe und einen Tag im Stock ein. Aber er meint, das sei es ihm wert gewesen. Und früher oder später würde er es diesem Mistkerl schon heimzahlen. Dieser Rutger ist wirklich ein Teufel – so, als wolle er seinen Vater an Boshaftigkeit und Grausamkeit noch übertreffen.« Schaudernd bekreuzigte sich Karl. »Es würgt uns zu sehen, wie er und seine Kumpane es sich in Euerm und Marthes Haus bequem machen.«

»Was sagen die anderen Ratsleute zu alldem?«, wollte Lukas wissen.

»Nichts«, lautete die knappe Antwort des Bergschmieds. »Der Bürgermeister zittert vor Angst und gibt jeden Befehl gehorsam an die Stadtbewohner weiter. Natürlich schmerzen ihn die höheren Steuern auch, aber er muss deshalb nicht hungern. Der alte Friedrich, Jonas und ich haben dafür gesorgt, dass die Leute untergebracht wurden, die ihre Häuser verloren haben. Aber es ist einfach noch nicht die Zeit, etwas zu unternehmen, so hart es uns auch ankommt.«

»Nein, noch können wir nichts tun«, meinte Lukas voller Bitterkeit. »Solange die Ratsherren nicht geschlossen handeln, am besten noch mit dem Bergmeister dazu! Aber das wird nicht passieren.«

»Eben!«, pflichtete Jonas ihm bei. »Ich sehe nicht, wie wir in dieser Stadt zwölf angesehene Männer zusammenbekommen sollen, die es wagen, gemeinsam vor den Vogt oder den Fürsten zu treten, um sich für die Bürger einzusetzen. Und der neue Bergmeister will sich aus allem heraushalten, was nicht mit den Gruben und der Erzförderung zu tun hat. Sein Vorgänger, der alte Hermann, hatte da mehr Mut; Gott sei seiner Seele gnädig!«

»Am liebsten würde ich ein paar der fürstlichen Steuereintreiber überfallen und das Geld den Geschundenen zukommen lassen«, gestand Lukas. »Doch dafür würden sie euch doppelt und dreifach bluten lassen. Außerdem bin ich ein Ritter, kein Dieb, auch wenn er mich zum Verfemten erklärt hat. Ich darf keinen Krieg führen gegen den Fürsten, dem der gottgewollte König Titel und Lehen verliehen hat. Alles, was ich tun kann, ist, das Diebesgesindel umzubringen, das die Wälder und Wege unsicher macht.«

Und das hatte er in den zurückliegenden Wochen gründlich getan. Er schüttelte aus seinem Almosenbeutel ein paar Hälflinge und kupferne Fibeln in Karls Hand. »Hier, das habe ich ihnen abgenommen. Verteilt das unter denen, die am meisten Not leiden.«

»Wir geben nicht auf, Herr! Und wir werden uns auch weiter nach Eurer Frau umhören«, versprach Karl, um diesem traurigen Gespräch ein halbwegs zuversichtliches Ende zu geben.

Als Lukas wieder seinen Unterschlupf in der Hütte des Wilden Mannes bezogen hatte und Raimund ihn das nächste Mal aufsuchte, entschloss sich der Freund, etwas anzusprechen, das er schon eine Weile vor sich hergeschoben hatte.

»Wie lange willst du eigentlich noch so leben, immer versteckt, immer auf der Flucht?«

»Glaubst du, mir gefällt es, hier zu hocken und nichts zu tun, außer ab und an ein paar Wegelagerer zu erschlagen?«, fuhr Lukas ihn gereizt an. »Aber wenn ich jetzt nach Thüringen ginge, dann hieße das, Marthe aufzugeben. Das kann ich nicht. Ich mache mir schon Vorwürfe genug, sie damals im Stich gelassen zu haben, als ich vom Burgberg floh. Am liebsten würde ich dorthin zurückkehren und jede einzelne Kammer nach ihr durchsuchen.«

»Deine Aussichten wären auch ungeheuer groß, dort hineinzuspazieren und in jeder Kammer nach ihr Ausschau zu halten«, fauchte Raimund zurück. »Du weißt ja nicht einmal, ob sie überhaupt noch in Meißen ist!«

»Wo sonst, wenn nicht irgendwo heimlich verscharrt?«, schrie Lukas. »Du meinst also auch, ich hätte damals gleich nach ihr suchen müssen, bevor ich floh?«
»Unsinn, das hätte für euch beide den Tod bedeutet«, redete ihm der Freund ins Gewissen. »Also hör endlich auf, dich zu bemitleiden und dir Selbstvorwürfe zu machen. Glaubst du etwa, Elisabeth und ich machen uns keine Sorgen um sie? Wir können dir auch Nachricht nach Eisenach schicken, wenn wir etwas erfahren. Du musst endlich aufhören, wie ein Gesetzloser zu leben. Du bist ein Ritter!«
»Ich verlasse die Mark nicht, bevor ich etwas weiß. Und wenn wir sie irgendwo raushauen müssen, will ich selbst das Kommando führen.« Lukas' Tonfall und Miene ließen keinen Zweifel daran, dass das Gespräch für ihn beendet war.
Raimund gab es auf, den verbitterten Freund umstimmen zu wollen. Also ging er früher als sonst und überließ Lukas seinen finsteren Grübeleien.

Es war noch kein halber Tag vergangen, als Raimund zurückkam, diesmal in Begleitung der freudestrahlenden Elisabeth. Sie ließen dem Freund erst gar keine Zeit, darüber nachzudenken, was dieser erneute Besuch wohl zu bedeuten hatte.
»Es gibt vielleicht eine Spur!«, jubelte Elisabeth. »Guntram hat von Pater Hilbert erfahren, dass im bischöflichen Palas darüber gewispert wird, der Dompropst habe eine neue Geliebte.«
Lukas konnte nicht erkennen, was das mit ihm oder seiner Frau zu tun haben könnte. Dass sich die hohen Geistlichen Geliebte hielten, war trotz ihres Standes nichts Außergewöhnliches. Allerdings war Dittrich von Kittlitz schon Mitte sechzig, aber auch das musste nichts zu sagen haben. Doch eingedenk des nur ein paar Stunden zurückliegenden Streites mit Raimund schwieg er vorsichtshalber und hörte sich erst einmal an, was die beiden zu sagen hatten. Es half ihm nicht weiter, wenn er die letzten paar

Getreuen, die noch zu ihm hielten und ihm helfen wollten, vor den Kopf stieß.

»Die Leute munkeln, dass sie entweder besonders hübsch oder besonders hässlich sein müsse, denn er halte sie vollkommen unter Verschluss«, erzählte Elisabeth aufgeregt weiter. »Niemand bekommt sie zu Gesicht. Nur einer seiner Leibdiener, der stumm und taub ist, darf ihr Essen und Trinken durch einen schmalen Spalt an der Tür abstellen, ohne sie zu sehen, und muss danach sofort wieder gehen und die Tür verriegeln. Doch der Propst gehe des Nachts öfter in ihre Kammer und verbringe viel Zeit dort. Vater Hilbert hat sich unter den Schreibern etwas genauer umgehört und kam zu dem Schluss, dass die geheimnisvolle Geliebte fast zur gleichen Zeit auftauchte, als Marthe verschwand. Er ist sicher, dass sie es ist, die in der Kammer gefangen gehalten wird.«

Nun leuchteten Elisabeths Augen, und die Art, wie sie Lukas anstrahlte, ließ keinen Zweifel daran, dass sie einen frohen oder zumindest erleichterten Ausruf von ihm erwartete.

Stattdessen starrte Lukas sie an, hieb mit der Faust gegen eines der morschen Bretter, dass es zerbarst, und brüllte fassungslos vor Wut: »Sie ist jetzt also die Hure dieses alten Bockes? Und darüber soll ich froh sein? Gibt es überhaupt noch irgendeinen Schurken in der Mark, der nicht auf ihr gelegen hat?«

Wütend sprang er auf und stürmte hinaus. Dabei warf er die windschiefe Tür so heftig hinter sich zu, dass eine der ledernen Angeln zerriss.

Kaum weniger wütend stand Elisabeth auf, um ihm nachzugehen. Raimund wollte sie aufhalten; der Freund war jetzt in sehr gefährlicher Stimmung und allmählich unberechenbar. Doch Elisabeth ließ sich nicht aufhalten, sondern stürmte ebenfalls nach draußen und baute sich vor Lukas auf, der absichtlich mit dem Rücken zur Hütte an einem Baum lehnte und mit verschränkten Armen finster ins Nichts starrte.

»Hast du vollkommen den Verstand verloren?«, fragte sie drohend und stemmte die Arme in die Hüften. »Wenn ich ein Mann wäre, würde ich mich auf der Stelle mit dir schlagen!«
Hilfesuchend warf sie einen Blick zu Raimund, ob er wohl an ihrer Stelle einspringen würde, aber der schien eher zu hoffen, dass seine Frau, die er selten so aufgebracht erlebt hatte, keinen bewaffneten Beistand brauchte. Also schimpfte Elisabeth ungehemmt los, wie ihr die Worte vom Herzen kamen.
»Zuallererst kannst du gar nicht wissen, ob dieser Kerl bei ihr liegt«, begann sie wütend. »Es klingt doch alles danach, als sei sie seine Gefangene – falls Marthe wirklich die geheimnisvolle Frau ist. Aber das ist unsere einzige Hoffnung. Und selbst wenn er sich an ihr vergreifen sollte – denkst du, sie tut das freiwillig?! Sie hat das alles auf sich genommen, um *dich* zu retten. Weil sie *dich* liebt und keinen anderen. Ohne ihr Opfer wärst du längst tot. So wie Reinhard.«
Nun sah sie ihn geradezu verächtlich an, und ihre Augen wurden mit einem Mal ganz schmal.
»Und sollte es tatsächlich so sein, dass dieser alte Bock sie besteigt – glaubst du etwa, sie empfindet etwas anderes dabei als Schmerz und Ekel und Demütigung? Hast du nicht die Würgemale gesehen, als du sie von Ekkehart befreit hast? Die Striemen und blauen Flecken? Statt ihr etwas vorzuwerfen, solltest du Mitleid für sie fühlen! Und mit uns überlegen, wie wir sie schnellstens da rausholen!«
Sogar Raimund starrte verdutzt auf seine ansonsten eher sanftmütige Frau. Dabei hätte er dem Freund so ziemlich die gleiche Ansprache gehalten, wäre Elisabeth ihm nicht zuvorgekommen.
Mit einem Ruck ließ sich Elisabeth auf einem umgestürzten Baumstamm nieder, stützte den Kopf auf beide Fäuste und starrte Lukas an, der wie versteinert wirkte. Trotz ihrer leidenschaftlichen Vorwürfe war ihr bewusst, dass der Freund etwas Zeit

brauchte, um die Dinge zu schlucken, die gerade auf ihn eingestürmt waren.
»Ihr müsst euch irren«, sagte Lukas schließlich kläglich und ließ die Schultern hängen. »Was sollte Kittlitz von meiner Frau wollen? Und wenn sie wirklich seine Gefangene wäre, hätte er sie längst vor Gericht gebracht wegen des Fluches ...«
»Mag sein«, meldete sich nun Raimund vorsichtig zu Wort. »Er hätte von Albrecht fordern können, dass er sie deshalb an ein Kirchengericht übergibt. Aber Albrecht scheint ja selbst nicht zu wissen, wo sie ist.«
Nun setzte er sich auch auf einen Baumstamm und versuchte, den Freund mit Vernunft zu überzeugen. »Dein Entkommen ist ein Schlag gegen seine Autorität und Allmacht, von der er bis dahin so überzeugt war. Doch Marthes Verschwinden traf ihn noch viel härter. Er fürchtet den Fluch und traut ihr nun wirklich Hexenkräfte zu. Er hat neuerdings einen Alchimisten und Astrologen in seine Dienste genommen, von dem er sich über jeden Schritt beraten lässt. Gerüchteweise lässt er sich von ihm sogar Elixiere brauen, um die Manneskraft zu stärken. Es heißt, dass er in jeder Nacht, die der Sterndeuter als geeignet dafür errechnet, das Bett seiner Frau aufsucht, um zu beweisen, dass der Fluch nur Gerede ist und er einen Sohn zeugen kann. In dieser Hinsicht steht er nun doppelt unter Druck. Wenn er nicht bald einen männlichen Erben vorweisen kann, macht er sich nicht nur zum Gespött seiner heimlichen Gegner und Neider, sondern wird die Markgrafschaft nach seinem Tod an den König fallen. Dann hätte er das Erbe des Hauses Wettin verspielt.«
»Und was hat das alles mit diesem Kittlitz zu tun?«, knurrte Lukas, nun schon etwas ruhiger gestimmt, aber immer noch voller Misstrauen.
»Wie gesagt: Vater Hilbert ist überzeugt, dass Marthe diese geheimnisvolle Gefangene ist, obwohl sie nicht im Verlies ist, sondern in einer der kleineren Gästekammern, aber ständig einge-

schlossen. Das sagt mir, sie ist *nicht* seine Geliebte. Sie ist sein Druckmittel gegen Albrecht. Es liegt nun ganz in Dittrichs Hand, ob sie den Fluch zurücknimmt und damit Albrechts größte Furcht.«

»Dann hätte er sie auch gleich umbringen lassen können und so Gewissheit haben, dass Albrecht nie von dieser Angst erlöst würde«, hielt Lukas dagegen, der die Hoffnung seines Freundes einfach nicht teilen wollte.

»Gut möglich«, räumte Reinhard ein. »Doch der Dompropst ist ein sehr berechnender Mann, der die Machtverhältnisse auf dem Burgberg dringend zu seinen Gunsten klären will. Noch ist er nicht Bischof, aber der Bischof ist weit fort, im Heiligen Land, und nur Gott allein weiß, ob er wiederkehrt. So lange unterstehen Dittrich hier sämtliche geistlichen Belange. Denk an die ewigen Streitereien zwischen Kaisern und Päpsten, zwischen Fürsten und Erzbischöfen. Kittlitz wird Ottos Nachfolger um jeden Preis klarmachen wollen, dass *er* das Sagen auf dem Burgberg hat. Mit Marthe hätte er ein Unterpfand, das er nach Belieben einsetzen kann. Er kann sie bei sich verborgen halten, um die Angst des Fürsten zu schüren, aber vielleicht übergibt er sie ihm auch, wenn er sich einen richtig guten Handel dafür verspricht. Deshalb glaube ich an Hilberts Vermutung.«

Je länger Raimund sprach, umso mehr legte sich Lukas' jäher Zorn, und er begann, den Überlegungen seines Freundes Glauben zu schenken.

»Also müssen wir sie da herausholen, so schnell es geht!«, brachte er hervor. »Sie hockt dort nun schon Monate, und jeden Tag kann es sich dieser Kerl überlegen, sie Albrecht auszuliefern! Abgesehen davon wird ihr die Kirche die Sache mit dem Fluch nicht einfach nachsehen. Sie werden alles versuchen, um sie zu brechen!«

Er ging zurück in die Hütte und kam gleich darauf mit dem Schwert in der Hand zurück. »Pater Hilbert weiß doch, wo genau sie steckt, in welcher Kammer, nicht wahr? Wie viele Leute können wir zusammenbringen, um sie im Handstreich herauszuholen?«

Diesmal war es Raimund, der den Freund zügeln musste.

»Du weißt so gut wie ich, dass es unmöglich ist, uns auf dem Burgberg durchzukämpfen – erst recht mit dir als Anführer. Nein, das müssen wir anders lösen. Hilbert meint, er könne die Sache am einfachsten und sichersten mit Bestechungsgeld regeln. Allerdings wird er dafür eine ziemliche Summe benötigen.«

»Hedwigs Silber!«, sagte Lukas sofort. »Aber ihr glaubt doch nicht allen Ernstes, dass ich hier untätig sitzen bleibe und abwarte, was passiert?«

»Nein, natürlich nicht«, antwortete Raimund und überlegte, wie er die folgenden Worte herausbringen konnte, ohne dass der Freund den nächsten Wutanfall bekam.

»Hilbert und die Schmiede wissen schon ziemlich genau, wie sie vorgehen werden. Der stumme Diener ist sehr empfänglich für Silber. Hilbert wird ihn nach dem Handel in die Kammer sperren und Marthe verkleidet aus dem Palas schaffen. Das dürfte vorerst keinen Verdacht erregen, auch nicht, wenn sie das Tor verlassen. Hans und Friedrich werden mit einem vollbeladenen Karren kurz vor Meißen stehen, darin kann sich Marthe verstecken. Jetzt müssen wir nur noch überlegen, wo ihr euch trefft und wohin ihr geht.«

»Ich soll also bei ihrer Befreiung nicht die geringste Rolle spielen?«, fragte Lukas aufgebracht. »Nachdem sie meinetwegen in Todesgefahr geraten ist, soll ich es auch noch anderen überlassen, ihretwegen das Leben zu wagen, und mich derweil hier verkriechen wie der letzte Feigling?«

Raimund suchte nach Worten, wobei er den Freund nicht aus den Augen ließ. Er konnte ihn zu gut verstehen. Aber wenn Lukas jetzt irgendwo in Meißen oder Freiberg gesehen würde, konnte das ganze Unterfangen scheitern.

»Wenn du in ihrer Nähe auftauchst, würde das ihren Tod bedeuten«, warf er ein.
»Ich bin ein Kämpfer, und wenn es hart auf hart kommt, werdet ihr jeden Kämpfer brauchen«, widersprach Lukas. Seine Miene ließ keinen Zweifel daran, dass er mitkommen würde.
»Wir können keine bewaffneten Männer in die Sache hineinziehen«, beharrte Raimund. »Kuno und Bertram hatten schon Not, ihre Abwesenheit für die Zeit zu erklären, als sie Clara begleitet hatten. Wir müssen uns darauf verlassen, dass es Pater Hilbert gelingt, Marthe unbemerkt vom Burgberg zu schaffen. Hans und Friedrich bringen sie dann fort.«
»Gut, also werde ich vor Meißen auf der Lauer liegen und die Sache beobachten. Sollte jemand Verdacht schöpfen, kämpfe ich sie frei.«
»Einverstanden«, stimmte Raimund zögernd zu. Er sah ein, dass es nichts gab, das den Freund davon abhalten könnte. »Ich werde zur Sicherheit mitgehen. Du lässt dich erst dort blicken, wenn ich dir ein Zeichen gebe. Habe ich dein Wort?«
»Du hast es.«
»Wohin wollt ihr, wenn alles wirklich so glückt, wie ihr es euch vorstellt?«, mischte sich Elisabeth wieder in die Unterhaltung ein. »Das Beste wäre, das Land so schnell wie möglich zu verlassen. Aber wir wissen nicht … in welchem Zustand Marthe ist. Vielleicht hat man sie gefoltert, vielleicht ist sie krank nach den Monaten der Haft. Besser wäre es, ihr verbringt erst einmal hier in der Hütte etwas Zeit, bis sie wieder bei Kräften ist.«
»Nein, irgendwann wird jemand Verdacht schöpfen oder sich Ruhm erwerben wollen, indem er den Wilden Mann erlegt, der hier neuerdings angeblich so oft umgeht«, widersprach Lukas. »Ihr seid in letzter Zeit viel zu häufig hier. Ich denke, Raimund sollte sich gleich nach Marthes Verschwinden auf dem Burgberg blicken lassen, damit niemand euch in Verdacht hat. Denk dir irgendeinen Vorwand aus. Lade Fürstin Sophia ein, ein paar

junge Stuten zu begutachten. Das ist etwas, das sie – abgesehen von schönen Kleidern – wirklich begeistert.«
»Wann brechen wir auf?«, fragte Raimund.
»Sofort. Jeder Tag zählt.«
Raimund nickte und verschwand mit seiner Frau. Er würde nun seine Rüstung anlegen und Lukas auch wieder seinen schnellen Fuchshengst mitbringen. Falls er es unerkannt bis kurz vor Meißen schaffte, war ein starkes, schnelles Reittier für ihn Gold wert, denn er würde Marthe vor sich auf den Sattel nehmen müssen.
Sofern alles so lief, wie sie es sich erhofften.

## Ohne Hoffnung

Marthe hatte es längst aufgegeben, zu zählen, wie lange ihre Gefangenschaft schon dauerte. Der schmale Spalt ganz oben in ihrer Zelle, der den Blick auf ein winziges Stück Himmel erlaubte, verriet ihr, ob es Tag oder Nacht war. Die Glocken des Domes zeigten ihr die Stunde an, sofern der Wind den Klang des Geläuts zu jenem hinteren Teil des bischöflichen Palas trug, in dem sie vor aller Welt verborgen gehalten wurde. Einmal am Tag brachte ihr jemand etwas zu essen und einen Krug Wasser. Sie sah ihn nie und hörte ihn nie ein Wort sprechen, denn er öffnete die Tür immer nur einen Spalt, schob Schüssel und Krug hinein und verschloss die Tür erneut sorgfältig von außen. Nur an den großen, klobigen Händen erkannte sie, dass es ein Mann sein musste. Und wenn es zum Brot statt Käse oder manchmal sogar kaltem Fleisch nur Stockfisch gab und in der Suppe kein einziger Fleischbrocken schwamm, dann musste es Freitag oder irgendein anderer Fastentag sein.

Doch sie wusste nicht mehr, wie viele Freitage vergangen waren, seit sie in diese Kammer gebracht worden war. Es kümmerte sie auch nicht. Die Nachricht von Lukas' Tod hatte ihr jeglichen Lebenswillen genommen.

Ihr lastete schon der Tod von Reinhard auf der Seele, sie konnte die Bilder von jenem blutigen Tag auf dem Burgberg einfach nicht aus ihrem Kopf vertreiben. Hinzu kam die zermürbende Ungewissheit, ob Clara die Niederkunft überstanden hatte und in Sicherheit war, ob Thomas noch lebte und ihre jüngeren Kinder außer Gefahr waren.

Zu anderen Zeiten hätte sie in sich hineinhören können, versuchen können, zu erspüren, wie es den Menschen ging, die ihr etwas bedeuteten. Doch in jenem Moment, als Dittrich von Kittlitz ihr so beiläufig im Gehen mitgeteilt hatte, dass Lukas unter der Folter gestorben war, da war ihr Innerstes zu Stein erstarrt.

Seitdem füllte völlige Finsternis sie aus.

Manchmal konnte sie sich kaum überwinden, aufzustehen und zur Tür zu gehen, um das Essen aufzuheben. Nur die Ratten waren es, die sie dazu trieben, denn sonst würde ihr Mahl von dem Ungeziefer aufgefressen und der Wasserkrug umgeworfen. Dann übernahm einfach ihr Heilwissen jede andere Regung des Verstandes.

Groß war die Versuchung, nichts mehr zu essen und zu trinken, sich einfach zum Sterben niederzulegen. Doch Gott verbot diese Art zu sterben, und sie hatte in ihrem Leben ohnehin mehr als genug Sünden auf sich geladen.

Was hatte sie denn bewirkt mit ihrem Fluch?

Reinhard war tot, ohne dass sie ihm je danken konnte für den Schutz, den er ihrer Tochter unter Einsatz seines Lebens gewährt hatte. Und Lukas, der Mann, den sie liebte und der alles getan hatte, um sie zu retten, musste ihretwegen die Folter erdulden, bis er qualvoll daran zugrunde ging.

Hätte sie seinen Tod verhindern können, wenn sie nicht vorgetreten wäre und Albrecht verflucht hätte?
Nein. In jenem Augenblick war sie überzeugt davon gewesen, dass Gott ihm durch ihr Eingreifen Aufschub gewähren und ihn auf wundersame Weise retten würde. Dazu hatte sie Albrechts geheimste Ängste ausgenutzt.
Aber sie hatte sich getäuscht. Und was sie nicht losließ, weder bei Tag noch bei Nacht, war Lukas' fassungsloses, ja zorniges Gesicht in jenem Moment, als sie vorgetreten war. Sie hatte ihre wortlose Übereinkunft gebrochen, dass sie sich zurückhielt und ihm den Kampf überließ.
Doch wie hätte sie zusehen können, dass auch ihn der tödliche Schwertstreich traf und sein Kopf als Trophäe über dem Burgtor aufgespießt wurde? Aber da stak er nun, und die Krähen hatten ihm längst die Augen ausgehackt und das Fleisch von den Knochen gerissen.
Sie wollte sterben und durfte es nicht. So fristete sie ihr nutzloses Dasein in ihrem Gefängnis. Immerhin, niemand kam, um sie zu foltern. Sie hatte den Umhang behalten dürfen und fror nicht mehr, sie bekam jeden Tag zu essen, manchmal sogar etwas Warmes, und sie konnte durch den schmalen Spalt die Wolken am Himmel sehen, mit etwas Glück sogar ein wenig Sonne oder den sternenübersäten Nachthimmel.
Doch wozu?
Nach dem ersten Besuch des Dompropstes waren mehrere Tage vergangen, bis er sich erneut bei ihr blicken ließ. Er musterte sie scharfäugig, ihre abgemagerte Gestalt, ihren dumpfen Blick, ihr verwahrlostes Äußeres mit Schmutz und Tränenspuren im Gesicht und Stroh im Haar und am Kleid.
»Es fehlt dir an Gottvertrauen«, urteilte er hart. »Dein Nutzen für mich ist fragwürdig, wenn ich deine Jammergestalt sehe. Und *du* willst einem Fürsten Angst eingejagt haben?«
Verächtlich drehte er sich um und ging zur Tür.

»Ich traure um meinen Gemahl«, sagte sie leise; es war eher ein Krächzen. Sie hatte schon seit Tagen kein Wort mehr gesprochen.

»Dann reiß dich zusammen, Weib, und bete für sein Seelenheil!«, erwiderte Dittrich von Kittlitz scharf und ging.

Seine Worte wühlten etwas in ihr auf. Keine Hoffnung, denn es gab keine Hoffnung mehr in ihr. Natürlich hatte sie für das Seelenheil von Lukas und Reinhard gebetet, für das Leben ihrer Kinder. Stumme Gebete waren es gewesen, immer wieder durchbrochen von der Erinnerung an das Blut, das an jenem Tag auf dem Meißner Burgberg geflossen war, von Schreckensvisionen, in denen Thomas dem Tode nah durch eine Wüste wankte und Clara ihr Kind schutzlos auf nacktem Boden gebären musste.

Doch nun stand sie auf und wusch sich mit einem Teil des für sie bestimmten Wassers das Gesicht, flocht ihren Zopf neu und zupfte die Strohhalme von Kleid und Schleier.

Dittrich von Kittlitz würde sie nur leben lassen, wenn sie ihm für seine Zwecke nützlich war. Und dieser Zweck war eindeutig, Macht über Albrecht zu erlangen. Wenn sie ihm auch nur durch die winzigste Kleinigkeit helfen konnte, Albrecht zu zügeln, würde sie es tun, obwohl sie keinen Zweifel daran hegte, dass die Absichten des Dompropstes alles andere als edel und von christlicher Nächstenliebe bestimmt waren.

Dazu waren sie und Lukas schließlich hiergeblieben, dazu hatten sie all diese Opfer auf sich genommen.

So regelmäßig der Unbekannte Marthe das Essen und den Krug mit Wasser – manchmal auch mit dünnem Bier – durch den Türspalt schob, so unregelmäßig waren die Besuche des Propstes.

Oft kam er sogar nachts, wenn sie schon schlief. Beim ersten seiner nächtlichen Besuche sprang sie auf, bedeckte ihren Leib mit dem Umhang und flüchtete sich an die hinterste Wand.

Der alte Mann lächelte selbstzufrieden über ihre Furcht, diese

ganz besondere Art Furcht vor Männern, die sie schon in jungen Jahren kennenlernen musste. Dann forderte er sie auf, vor ihm niederzuknien, und setzte sich selbst auf die grob gezimmerte Truhe, die vollkommen leer war. Ihr Inneres hatte Marthe gleich nach ihrer Ankunft vergeblich auf etwas Brauchbares für einen Fluchtversuch oder die Möglichkeit untersucht, jemandem eine Nachricht zukommen zu lassen.
Marthe begriff, er wollte sie überrumpeln, ihr Angst einjagen und ihr Geheimnisse entlocken. Also verbrachte sie die Zeit zwischen seinen Besuchen damit, nachzugrübeln, wie sie seine Neugier an dem aufrechterhalten konnte, was sie über Albrecht wusste.
Doch ihr war klar, ewig würde dieses Spiel nicht dauern. Dann würde der Geistliche sie entweder umbringen lassen, und sie könnte endlich mit Christian und Lukas vereint sein. Oder er würde sie kaltblütig an Albrecht ausliefern, und was dieser dann mit ihr anstellen würde, wollte sie sich lieber nicht ausmalen.
So verstrich Woche um Woche. Und mit jedem Tag schwand ihr Lebenswille. Es war, als würde er niederbrennen wie eine Kerze. Nun war nur noch ein winziger Stumpen davon übrig, und der nächste Lufthauch würde den Docht endgültig zum Erlöschen bringen.

## *Wiedersehen*

Erneut rasselte das Schloss, und da es nicht die Zeit war, zu der der Unbekannte ihr das Essen brachte, setzte sich Marthe rasch auf und zog den Schleier zurecht. Kittlitz sollte nicht glauben, er habe sie gebrochen. Und falls er sie jetzt Albrecht ausliefern wollte, dann wollte sie diesen letzten Gang bis zu ihrem Tod mit so viel Würde antreten, wie es ihr möglich war, bis man sie dem Folterknecht übergab oder auf den Scheiterhaufen brachte.

Doch es war nicht der Dompropst, der ihre Gefangenenkammer betrat, und auch niemand sonst, mit dem sie je gerechnet hatte.

»Pater Hilbert!«, brachte sie fassungslos hervor und schaffte es gerade noch, ihre Stimme zu dämpfen. »Der Herr sei gepriesen!«

»Vor allem, da Ihr wirklich noch lebt, meine Tochter«, sagte der Kaplan freudestrahlend. Er trug eine handliche Truhe, in deren Deckel Aussparungen für Tintenfass und Federkiel eingearbeitet waren, und noch ehe Marthe überlegen konnte, was das zu bedeuten hatte, zog er beides heraus und klappte die Truhe auf. Er entnahm ihr die Ordenskleidung eines Zisterziensers und reichte sie Marthe.

»Zieht das an, und dann spazieren wir beide ganz gemächlich hinaus«, sagte er frohgelaunt, obwohl sich Marthe darüber im Klaren war, dass diese Tat sein Leben und sein Seelenheil in beträchtliche Gefahr bringen würde. Aber er schien so zuversichtlich, dass sie erst gar keine Fragen stellte.

»Ähm ... Ihr müsst das Kleid und die Schuhe ausziehen«, sagte er verlegen und drehte sich mit dem Rücken zu ihr.

Rasch entledigte sich Marthe des Schleiers, des Bliauts, der Schuhe und Beinlinge und zog sich die Mönchskleidung über das Untergewand. Den Zopf drehte sie zu einem Knoten zusammen. Dass sie barfuß ging, würde bei einem Mönch nicht weiter auffallen.

»Ich bin fertig«, sagte sie, immer noch fassungslos vor Überraschung.

Gemeinsam stopften sie in aller Eile Kleid, Schuhe und Schleier in die Kiste und legten Tintenfässchen und Federkiel wieder in die Vertiefungen auf dem Deckel.

Hilbert gab ihr einen groben Strick als Gürtel, zog ihr die Kapuze noch tiefer ins Gesicht und drückte ihr ein schmales Buch mit

abgegriffenem Ledereinband und fein gearbeiteten Beschlägen in die Hand.
»Immer schön den Kopf gesenkt halten und einen halben Schritt hinter mir bleiben!«, ermahnte er sie. »Wenn uns jemand anspricht, überlasst mir das Reden, denn der junge Bruder neben mir hat gerade ein Schweigegelübde abgelegt.«
Das kam Marthe sehr entgegen; angesichts dieser überraschenden Wendung war sie ziemlich sprachlos, und außerdem durfte sie keinerlei Verdacht erwecken durch ihre helle Stimme.
Sie hielt den Kopf tief gesenkt und starrte auf ihre nackten Zehen, die bei jedem Schritt unter dem reichlich langen Skapulier hervorlugten. Das Gewand hatte sie mit dem Gürtel nach oben gebauscht, was nicht nur verhinderte, dass sie über den Saum stolperte, sondern auch ihre weiblichen Rundungen verbarg.
Nicht einen Blick wagte sie nach oben, als sie den Burghof überquerten, starrte nur auf den Boden und ihre Füße.
Als sie das Burgtor erreichten, glaubte sie, ihr Herz würde so laut hämmern, dass die Wachen schon deshalb misstrauisch werden müssten.
»Du hast wohl in der Stadt zu tun, Bruder?«, fragte einer der Männer am Tor. Marthe kannte seine Stimme und senkte den Kopf noch tiefer.
»Ja, es geht um ein paar Lieferungen, die wir bei den Juden bestellen müssen«, entgegnete Pater Hilbert gelassen. »Weihrauch und Ölbaumholz für einen neuen Seitenaltar. Dergleichen muss vertraglich aufgesetzt werden.«
»Gib mir deinen Segen, Bruder«, bat der andere. »Mein Weib ist in den Wochen, und letztes Mal kam das Kind tot zur Welt. Ich bete schon Tag für Tag, dass es diesmal glücklich für beide ausgeht.«
»Wenn du reinen Herzens betest, wird sich der Herr ihrer erbarmen«, erwiderte Pater Hilbert voll ehrlicher Überzeugung und schlug ein Kreuz über den gesenkten Kopf des Mannes, der sich dafür bedankte.

Das Unglaubliche geschah; sie schritten durch das Burgtor, ohne aufgehalten zu werden; sie liefen die schmalen Gassen Meißens hinab, ohne dass jemand von ihnen Kenntnis zu nehmen schien, und verließen die Stadt.

Marthe war immer noch so überrascht und zugleich voller Angst, sie könnte sie beide verraten, dass sie den ganzen Weg über kein Wort sprach, sondern nur weiter stumm und mit gesenktem Kopf einen Fuß vor den anderen setzte.

Nachdem sie durch den Unrat der Straßen gewatet waren, liefen sie über einen steinigen Weg, bis sie einen grünen Pfad erreichten, dessen Gras ihre Füße liebevoll streichelte.

Langsam, ganz langsam erwachte in ihr der Gedanke, dass sie vielleicht frei war. Aber wohin würden sie gehen, und was würde sie dort erwarten? Aus Angst vor schlechten Nachrichten wagte sie es immer noch nicht, zu fragen.

»Gott zum Gruß, ihr frommen Brüder!«, ertönte eine wohlbekannte tiefe Stimme mit unüberhörbarem Hang zum Spotten. »Können wir euch ein Stück des Weges mitnehmen?«

Nun hob Marthe doch den Kopf und riss die Augen auf vor Staunen. Friedrich und Hans standen da mit ihrem Karren, der mit duftendem Heu beladen war.

Am liebsten wäre sie den beiden jubelnd um den Hals gefallen. Aber das gehörte sich natürlich nicht für eine verheiratete Frau – und schon gar nicht für einen Zisterzienser, der gerade ein Schweigegelübde abgelegt hatte.

Friedrich lächelte ihr aufmunternd zu, lud sie beide ein, es sich auf der Ladung bequem zu machen, und brachte sein Gespann mit einiger Überredungskunst dazu, loszuzuckeln.

»Wir haben großes Glück!«, sagte er freudestrahlend zu Marthe. »Zum einen, weil wir Euch endlich gefunden haben und Ihr noch lebt. Und ausgerechnet jetzt ist der halbe Hofstaat Albrechts fort, zum Begräbnis seines Oheims Dedos von Groitzsch, und die Straßen sind deshalb sicherer für uns.«

»Ottos Bruder ist tot?«, fragte Marthe, als habe sie im Augenblick keine anderen Sorgen als das Ableben des fetten Markgrafen der Ostmark.
»Ja, und die Einzelheiten dazu werden Euch sicher in Erstaunen versetzen«, plauderte Friedrich munter weiter. »Da der König einen Italienzug plant und ihn dabeihaben wollte, hat sich der feiste Dedo entschlossen, auf seinen Medicus – den, den Ihr von Ottos Sterbelager vertrieben habt – zu hören, und sich wahrhaftig das Fett aus dem Leib schneiden lassen. Ich muss Euch wohl nicht erklären, dass er die Sache keinen Tag überlebt hat.«
Friedrichs Wortschwall und diese sonderbare Begebenheit lenkten Marthe von allem anderen ab, das sie eigentlich viel dringender wissen wollte. Sie hatte schon etliche merkwürdige Dinge bei Wund- und Leibärzten gesehen, aber diese Geschichte war mit Abstand die absonderlichste.
Nach einer halben Meile erreichte das Fuhrwerk ein Wäldchen.
»Ganz in der Nähe werdet Ihr erwartet. Aber vielleicht wollt Ihr Euch vorher wieder standesgemäß kleiden«, meinte Friedrich verschmitzt.
Hilbert öffnete die Kiste, Marthe griff sich Schuhe, Kleid und Schleier und lief ins nächste Gebüsch, um sich dort umzuziehen. Dann lugte sie vorsichtig hinter dem Gestrüpp hervor, ob sie sich nun ohne Verkleidung zeigen durfte, und ging zu ihren Rettern, um Pater Hilbert die Ordenskleidung zurückzugeben.
»Was wird nun aus Euch werden?«, fragte sie besorgt in die Runde.
»Wir zwei reisen ganz gemächlich nach Freiberg zurück«, meinte Friedrich gelassen grinsend, und sein Bruder nickte zustimmend.
»Ich werde auch auf Reisen gehen«, erklärte der Kaplan. »Randolfs Sohn, der jetzt in Euerm Haus lebt, will mich nicht bei sich haben. Und auf dem Burgberg, wo ich mich als Schreiber verdingt habe, könnte jemand herausfinden, was ich heute getan

habe. Ich hoffe, der Allmächtige verzeiht mir mein Tun. Vielleicht sollte ich mich auf eine Pilgerfahrt begeben. Doch jetzt …«

Er wies nach vorn, und Marthe erschrak, als sich jemand durch das Unterholz arbeitete.

Dann glaubte sie zu träumen.

»Du lebst?«, flüsterte sie und rannte mit offenen Armen auf Lukas zu. »Sie sagten mir, du seist tot«, rief sie, während sie gleichzeitig weinen und lachen musste.

»Und ich hatte Mühe, die Hoffnung nicht aufzugeben, dass *du* noch lebst«, gestand Lukas und presste sie an sich.

So standen sie umklammert, von ihren Gefühlen überwältigt, und niemand wagte es, sich zu rühren oder ein Wort zu sagen – als könnten sie damit den Zauber dieses Augenblicks zerstören und sich alles nur als ein trügerischer Traum erweisen.

»Wir rasten hier und lassen die Tiere etwas ausruhen«, rief Friedrich ihnen zu. »Wenn Ihr Euch erfrischen wollt – ein paar Dutzend Schritte weiter westlich, tiefer in den Wald hinein, müsste ein Bächlein fließen, wenn ich mich nicht irre.«

Ein freundlicher Vorwand, dem endlich wieder vereinten Paar ein paar Augenblicke der Zweisamkeit zu gönnen.

Ohne ein weiteres Wort nahm Lukas seine Frau bei der Hand und bahnte ihr mit der anderen den Weg durch das Gezweig.

Tatsächlich konnten sie bald den Bach rauschen hören. Als sie das Ufer erreicht hatten, verborgen vor allen fremden Blicken, wagte Marthe zum ersten Mal seit dem Wiedersehen, ihrem Mann offen in die Augen zu sehen.

»War es sehr schlimm, was sie dir angetan haben?«, fragte sie voller Mitgefühl und Schuld. »Lass mich nach deinen Wunden sehen. Komm, ich helfe dir aus der Rüstung …«

Ohne Knappen benötigte er jemanden, der ihm die Schnallen der Kettenkapuze löste und ihm aus dem schweren Kettenpanzer half. »Es ist alles schon wieder verheilt, dank Elisabeths Hilfe, und sie hatten auch nicht viel Zeit, mir alle Knochen zu brechen«, versuchte er, sie zu beruhigen. Über die Einzelheiten seiner Flucht würde er ihr später berichten, jetzt gab es Dringenderes.

»Und du? Wie ist es dir ergangen? Du bist furchtbar schmal geworden«, sagte er und nahm ihr Gesicht sanft zwischen beide Hände. »Was haben sie dir angetan, Liebste?«

Er fragte es, obwohl er Angst vor der Antwort hatte. Würde er noch mit ihr schlafen können, wenn sie ihm nun berichtete, dass die halbe Wachmannschaft über sie hergefallen war? Würde *sie* noch mit ihm schlafen können, wenn es so gewesen war? Elisabeths scharfe Worte hatten ihn sehr nachdenklich gestimmt.

»Sie haben nicht gewagt, mir etwas anzutun«, sagte Marthe leise. »Das Kleid hat mich geschützt – und der Fluch. Sie fürchteten sich vor mir. Und der Dompropst hat mich immer nur ausgefragt, um etwas in die Hand zu bekommen, mit dem er Albrecht beherrschen kann.«

»Ich hoffe, du hast ihm ein paar gute Ratschläge gegeben«, meinte Lukas erleichtert mit langsam wieder erwachender Spottlust.

»So gut ich es vermochte«, erwiderte Marthe und lächelte. »Nun lass mich endlich nach deinen Wunden sehen!«

Sie fühlte sich immer noch schuldig wegen der Qualen, die er ihretwegen erleiden musste, und sie wollte vor sich selbst nicht gelten lassen, dass er anderenfalls hingerichtet worden wäre wie Reinhard.

Wortlos streifte Lukas die Kettenkapuze ab und beugte sich vor, damit sie ihm das Kettenhemd vom Leib ziehen konnte. Er legte den Gambeson ab und zerrte sich den Bliaut über den Kopf.

»Du glaubst doch nicht im Ernst, dass ich mir von dir aus der Rüstung helfen lasse, damit du meine Schrammen zählst«, sagte er beinahe entrüstet, zog sie an sich und zupfte an den Verschnürungen ihres Kleides. Doch plötzlich war es ihm wichtiger, sie zu küssen. Und an der Art, wie sie seinen Kuss erwiderte, spürte er, wie ihre Lebenslust neu erwachte, wie sie das Durchlittene abstreifte.

»Warte«, flüsterte sie, löste die Knoten der Seitenschnüre, zog sich Kleid und Unterkleid aus und lief zum Bach. Sosehr sie Lukas begehrte in diesem Moment, sie musste erst im klaren, eiskalten Wasser der Quelle den Schmutz, die Ängste und Leiden der vergangenen Monate abspülen.

Splitterfasernackt, mit triefend nassen Haaren, zitternd vor Kälte und vor Begehren, stieg sie aus dem Wasser und ging Lukas entgegen.

»Halte mich. Wärme mich. Nimm mich«, bat sie. »Ich liebe dich von ganzem Herzen.«

Und Lukas, inzwischen selbst aller Kleider ledig, hob sie auf beide Arme und legte sie auf eine Stelle mit weichem Waldgras. Hastig bedeckte er ihre bloße Haut mit Küssen, und noch während seine Lippen ihre Brüste umspielten, glitt er in sie hinein.

Nicht nur das Wiedersehen erfüllte ihn mit unendlicher Freude, die Gewissheit, dass sie entgegen aller Hoffnungen noch lebte. Es waren vor allem ihre letzten Worte, die ihm ein solches Glücksgefühl bereiteten, dass er glaubte, keinen schöneren Moment in seinem Leben erlebt zu haben.

Er wollte ihr Freude bereiten, den Moment innigster Verbundenheit hinauszögern, bis sie ihn zusammen erleben konnten. Doch er konnte sich nicht zurückhalten und spürte sofort, dass sie es auch nicht wollte. Es wurde eine stürmische Vereinigung, die keiner Worte bedurfte. Ungeduldig wölbte sich Marthe Lukas entgegen, empfing ihn mit einem erleichterten Aufstöhnen, folgte leidenschaftlich dem Takt, mit dem er sich in ihr bewegte, zog mit ihren Fingernägeln Spuren über seinen Rücken, ohne dass sie beide es bemerkten, hielt sein Gesicht umklammert und bedeckte es über und über mit Küssen.

Danach verharrte er in ihr, und jeder berührte den anderen auf die innigste Weise, die ihm in den Sinn kam. Sie sahen sich in die Augen, und alle Fragen, Zweifel und Vorwürfe waren erloschen.

Gern hätte Lukas sie noch ein zweites Mal geliebt, diesmal langsam und voller Wonne. Doch sie durften nicht noch mehr Zeit verlieren, sondern mussten sich beeilen, um Meißen hinter sich zu lassen.

Also strich er stattdessen noch einmal zärtlich über ihre Wange und sagte: »Du bist mein Ein und Alles.« Dann setzte er sich auf und half ihr in die Kleider, bevor er sich selbst wieder mit ihrer Hilfe rüstete.

»Ich hätte nicht mehr weiterleben können ohne dich«, flüsterte sie. Und dann gingen sie, Hand in Hand, zurück zum Rastplatz der Fuhrleute.

»Du bist mir also nicht böse, weil ich mich eingemischt habe«, fragte sie nach einigen Schritten, und ein Stück der alten Beklommenheit kehrte zurück.

»Ich wäre tot, hättest du es nicht getan«, stellte er sachlich fest, während er ein paar Zweige festhielt, damit sie besser durch das Geäst kam. »Doch glaubst du nicht, ich wäre lieber gestorben, als dich im Kerker diesen Kerlen ausgeliefert zu sehen? Was hast du dir nur dabei gedacht?« Nun konnte er den Vorwurf nicht aus seiner Stimme heraushalten, die Bitterkeit, die ihn all die letzten Monate so beherrscht hatte. Aber sie mussten darüber reden, es ließ sich nicht länger hinausschieben.

»Irgendeine rasche Eingebung sagte mir, dass dies der Weg war, dein Leben zu retten«, erwiderte sie – und nach all dem, was er über sie wusste und schon mit ihr erlebt hatte, brachten ihn diese Worte zum Verstummen.

»Hat Reinhard wenigstens ein christliches Begräbnis bekommen?«, fragte sie betrübt.

»Ja. Ebenso Hartmut. Es hätte sonst zu viel Ärger unter der Ritterschaft gegeben. Vielleicht war es auch das Eingreifen des Dompropstes; eine Machtfrage zwischen beiden …«

»Er hat es mir angedeutet, ein vages Versprechen. Aber was werden wir jetzt tun?«

Sie hatten mittlerweile den Rastplatz erreicht, so dass Lukas seine Entschlüsse gleich den anderen mitteilen konnte. Zu Marthes Erstaunen war nun auch Raimund unter den Wartenden und begrüßte sie voller Freude.

»Ihr könnt alle eurer Wege ziehen«, verkündete Lukas. »Raimund lässt sich auf dem Burgberg sehen und unterbreitet Sophia seinen Vorschlag, Friedrich und Hans kehren zurück nach Freiberg, und Pater Hilbert kann Hedwig von den glücklichen Neuigkeiten berichten. Vielleicht bleibt Ihr auch bei ihr, Pater?«

»Wir reiten nicht zu Hedwig?«, erkundigte sich Marthe.

»Nein. Wir müssen die Mark Meißen verlassen.«

In ihrem Innersten war das auch Marthe klar gewesen, dennoch fühlte sie sich beklommen bei dem Gedanken. »Aber wohin sollen wir gehen?«

Lukas lächelte. »Zuerst reiten wir nach Weißenfels und begrüßen unsere Enkeltochter«, sagte er mit unverkennbarem Stolz.

Über Marthes Gesicht zog ein Strahlen. »Clara hat ein Mädchen geboren? Und geht es ihr gut?«

»Soweit ich weiß, ja. Obwohl die Umstände dieser Geburt wirklich schlimm waren. Aber das kann sie uns selbst erzählen. Sie ist entschlossen, mit der kleinen Änne in Weißenfels zu bleiben. Graf Dietrich hat Vorsorge getroffen, damit sie dort sicher ist.«

Einen kurzen Moment lang wog Marthe ab, was das wohl noch für Verwicklungen mit sich bringen könnte, wenn Dietrich aus dem Heiligen Land zurückkam. Sie hatte nicht vergessen, dass es eine zarte, wenn auch unerfüllte Liebe zwischen ihrer Tochter und Ottos jüngerem Sohn gegeben hatte. Doch sie glaubte auch, dass Clara Reinhard allen anfänglichen Zweifeln zum Trotz zu lieben gelernt hatte und nun um ihn trauerte. Als unbekannte, junge Witwe mit einem Neugeborenen – vielleicht sogar unter falschem Namen – war sie in Weißenfels vermutlich sicherer als in Begleitung ihrer Eltern.

»Danach reiten wir nach Eisenach«, fuhr Lukas voller Entschlusskraft fort. »Ich werde Pfalzgraf Hermann meine Dienste anbieten, der über Thüringen waltet, solange sein Bruder im Heiligen Land ist. Das ist der ausdrückliche Wunsch Hedwigs, die ihn als möglichen Verbündeten Dietrichs sieht. Daniel wird uns begleiten. Und Raimund wird auch meine Söhne nach Eisenach bringen. Dann ist fast die ganze Familie wieder vereint.«

Bis auf Thomas, dachte Marthe beklommen und sandte ein stilles Gebet zu ihrem ältesten Sohn. Und Reinhard. Gott sei seiner Seele gnädig.

»Also können wir nichts mehr für Freiberg tun, verlassen wir Freiberg für immer?«, fragte sie zweifelnd.

»Für immer – nein!«, sagte Lukas entschlossen und zog sie an sich. »Im Moment können wir dort nichts bewirken, wir würden jeden in Gefahr bringen, der auch nur in Verdacht gerät, Verbindung mit uns zu halten. Aber ich bin sicher, die Zeiten wandeln sich. Dann werden wir wieder an ihrer Seite stehen, mit Schild und Schwert. Ludmillus wird uns Nachricht geben, wenn es so weit ist.«

Er küsste ihre Stirn und lächelte. »Ich weiß, Vorahnungen sind in dieser Familie deine Angelegenheit. Aber irgendetwas führt mich zu der Überzeugung, dass wir zusammen mit Graf Dietrich und Pfalzgraf Hermann noch ein paar große Dinge in Bewegung bringen können.«

Sie verabschiedeten sich von den Gefährten, die ihr Leben gewagt hatten, um ihnen zu helfen. Dann belud Lukas sein Packpferd mit allem, was Peter von seinem und Marthes Besitz gerettet hatte, und nahm Marthe auf seinem ungestümen Fuchshengst vor sich in den Sattel. Sie würden jetzt einige Zeit unterwegs sein, verbor-

gen, nachts und immer bereit zur Flucht. Aber da er und Marthe nun endlich wieder vereint waren, war er voller Zuversicht.
Sie mussten Abschied nehmen von ihren Freunden und Vertrauten, von Freiberg und der Mark Meißen. Aber es würde kein Abschied auf ewig sein.

## *In Antiochia*

In deutlich verminderter Stärke zog das staufische Heer nach den Trauertagen für den toten Kaiser weiter. Zu Hunderten waren Männer fortgegangen, um nach Hause zurückzukehren. Manche ganz offen, andere verstohlen und voller Scham. Friedrich von Schwaben und Gottfried von Würzburg beschworen sie vergeblich, ihr Kreuzfahrergelübde zu halten.
Die blieben, taten dies voller Zorn, Trauer, Abscheu und Verzweiflung. Ihr Ziel war nun das Fürstentum Antiochia, einer der Kreuzfahrerstaaten.
Obwohl Thomas immer noch sehr krank war, begann er erst hier langsam zu begreifen, wie fremd und doch anmutig die Lebensweise der Menschen in diesem Teil der Welt war.
Die überwältigende Pracht der Hagia Sophia verdeckte seine sonstigen Erinnerungen an Konstantinopel; von der Sultansstadt Ikonium hatte er nach dem Schlachtenwahn und im Fieberrausch kaum mehr gesehen als die Wände seines Krankenquartiers.
Erst in Antiochia verstand er Tag für Tag ein bisschen mehr von der Schönheit dieser Welt, und sein Staunen nahm kein Ende. Hier lebte er nicht in einer kalten, verräucherten Burg, in Felle gehüllt und frierend. Alles war licht und hell, sogar sein Krankenzimmer.

Graf Dietrich hatte dafür gesorgt, dass Christians Sohn die beste Pflege bekam.
»Er ist einer meiner besten Ritter, und genau wie sein Vater kämpfte er mit der Linken ebenso gut wie mit der Rechten«, hatte er Bohemund von Antiochia berichtet, dem Fürsten des Kreuzfahrerstaates, der den Rest des deutschen Heerzuges bei sich aufgenommen hatte. »Ich weiß, Ihr habt sehr gute Ärzte. Sie sollen aus ihm wieder einen gefürchteten Kämpfer machen.«
Der herbeigerufene Heiler hatte nach einem Blick auf die Verletzung eine bedenkliche Miene gezogen, sich tief verbeugt und ein paar Diener herbeigerufen, die Thomas in eines der Krankenzimmer im oberen Stock des Palastes brachten, während der größte Teil des Heeres zwischen dem Herzogstor und dem Fluss Orontes lagerte.
Der Krankensaal war durchflutet von Licht und Luft, ohne dass die Sommerhitze lästig wurde. Thomas lag auf Laken aus glattem weißen Stoff, man hatte ihn in ein Bad geführt, rasiert und in ein leichtes Gewand gekleidet, das am Halsausschnitt und an den Ärmelkanten mit einem kunstfertig gewebten blauen Muster abgesetzt war.
Vor den großen Fenstern bauschten sich leichte Vorhänge im Wind, die den Sonneneinfall milderten, statt Türen gab es filigran gearbeitete hölzerne Gitter, deren Muster das Zimmer mit einem zarten Spiel von Licht und Schatten verzierten. Die Wände waren mit glänzenden farbigen Steinen geschmückt, die verschlungene Ornamente bildeten. Immer neue Muster aus Bogen und Linien zogen sich an den Wänden und Decken entlang, so dass er sich gar nicht daran sattsehen konnte.
Gegen die hauchdünnen, sich an den Körper schmiegenden Stoffe wirkte selbst das aus feinster Wolle gefertigte Prachtgewand eines reichen meißnischen oder thüringischen Grafen derb.

Alles war hier feiner: die Stoffe, die Muster, die bildhaften Redewendungen, vor allem die Methoden der Heiler, die nicht einfach Gliedmaße mit der Axt abschlugen, sondern über unzählige und zum Teil recht rätselhafte Instrumente verfügten und damit Wunder zu bewirken schienen.
Nun erstaunte es Thomas auch nicht zu erfahren, dass die Christen, die sich in den letzten hundert Jahren hier niedergelassen hatten, sehr schnell viele Angewohnheiten der Einheimischen übernahmen. An der Kleidung konnte man die einen von den anderen kaum mehr unterscheiden, höchstens an den Waffen.
Aber das Fürstentum Antiochia bewahrte Neutralität im Krieg zwischen Saladin und den Franken.
Umso deutlicher fielen auf den Straßen die Neuankömmlinge aus dem arg geprüften Heer des toten römischen Kaisers auf.
»Sie verstehen kein Wort von dem, was die Leute hier sagen, sie sehen aus wie lebende Leichen, und sie benehmen sich wie Abschaum: raufen, plündern und verhalten sich störrisch wie die Esel, wenn jemand sie auf die Gepflogenheiten des Landes aufmerksam machen will.«
So hatte ihm Roland die Lage auf den Straßen Antiochias bei seinem ersten Krankenbesuch beschrieben. Er selbst war vergleichsweise rasch wieder zu Kräften gekommen und berichtete von den Neuigkeiten, die sich seit ihrer Ankunft zugetragen hatten, während er Thomas eine hölzerne Schale mit einer fremdartigen Süßspeise hinüberschob, die er mitgebracht hatte.
»Das Heer wird mit jedem Tag kleiner, obwohl niemand wirklich mehr einen Überblick hat, wie viele wir noch sind. Nachdem die Leute das wunderbare Leben hier mit all seinen Köstlichkeiten, mit Essen und Trinken im Überfluss und schönen Frauen erleben, haben die meisten keine Lust mehr, in den Krieg zu ziehen. Und die bleiben, denen gehen Zucht und Ordnung

verloren, wenn sie nicht gerade einen Dienstherrn haben, der auf ihr Benehmen achtet. Sie saufen, sie stehlen – es ist eine Schande! Wenn ich nicht ein Auge auf Rupert hätte, würde der sich nur noch mit solchen Leuten schlagen. Aber zu deiner Beruhigung: Ich denke, genau dieses Pack, das sich so aufführt, wird heute oder morgen mit dem nächsten Schiff nach Hause segeln. Um die ist es nicht schade.«

Auffordernd hielt er dem kranken Freund die hölzerne Schale unter die Nase, in der ein paar zusammengeklebte, hellbraune Schichten in Stücke geschnitten waren.

Vorsichtig kostete Thomas davon und war sofort hingerissen. So süß ... und schmackhaft. Viel besser als Honig!

»Gib mir dein Schwert!«, forderte er Roland auf, der sofort begriff und ihm die Waffe reichte.

Vorsichtig umklammerte Thomas den Griff mit der Linken. Schon das schmerzte, noch mehr, die Waffe anzuheben.

»Vielleicht sollte ich erst einmal mit dem Dolch beginnen«, meinte er mutlos.

»Vielleicht solltest du erst einmal der Wunde Zeit lassen, richtig abzuheilen«, berichtigte ihn Roland, und sein Tonfall ließ keinen Widerspruch zu. »Wir bleiben ohnehin hier, bis alle wieder einigermaßen bei Kräften sind. Sogar den Herzog von Schwaben hat das Sumpffieber niedergestreckt.«

Als Thomas bestürzt aufsah, ergänzte er rasch: »Aber es geht ihm wieder gut, keine Sorge!«

Regelmäßig kam der Heilkundige zu Thomas, rieb streng riechende Salben auf seine Wunde und gab ihm verschiedene Elixiere zu trinken.

Marthes Sohn ließ das alles widerspruchslos und – je besser es ihm ging – mit zunehmender Neugier über sich ergehen. Zu seinem Bedauern kannte er die Sprache des Heilers nicht und auch nicht die der Diener, die ihm regelmäßig zu trinken und zu essen brachten, vor allem viel frisches Obst. Das hier hätte seine Mutter sicher sehr interessiert.

Die Wunde heilte nur langsam. Während die meisten anderen Kranken von Stand nach und nach geheilt gehen konnten, bekam Thomas immer wieder Fieberschübe. Er vermochte sich nicht vorzustellen, dass er mit der Linken noch einmal ein Schwert führen konnte. Nach dem niederschmetternden Misserfolg mit Rolands Waffe hatte er ein paar Mal versucht, wenigstens einen Becher mit der linken Hand zu halten, und jeden dieser Versuche mit erneut aufflammenden Schmerzen bezahlt.

An einem Morgen jedoch war er aufgestanden, und niemand hätte ihn daran hindern können, nicht einmal das Fieber. Gemeinsam mit Dietrich, Roland und den anderen hatte er in der erzbischöflichen Kathedrale Friedrich von Staufen die letzte Ehre erwiesen. Es war eine überaus festliche Zeremonie, auch wenn sie in aller Hast stattfinden musste, weil der Leichnam zu schnell verweste.

Beim Blick auf den weißen Marmorsarkophag erstand Thomas wieder das Bild des Kaisers vor Augen: wie er ihn in aller Pracht und Größe in Pressburg so nah vor sich sah, wie Friedrich seine Männer nach dem Verrat des byzantinischen Kaisers entfesselt hatte, wie er – den Tod vor Augen – noch den letztlich siegreichen Angriff auf Ikonium angeführt hatte …

Umso quälender war für Thomas die Erinnerung, was nach seinem Tod im Fluss mit dem Leichnam geschehen war, auch wenn dies den Bräuchen angesichts solcher Umstände entsprach. Den toten Friedrich in ein Essigfass zu stecken, damit er nicht verweste, bevor sie sein Fleisch an einer angemessenen Stätte beisetzen konnten! Wie sollte das zu der Würde passen, die dieser Herrscher verkörpert hatte?

Und als auch der Essig die Verwesung in der Hitze nicht länger aufhalten konnte und der Gestank unerträglich wurde, musste das Fleisch von den Knochen gekocht werden. Die Innereien wurden unterwegs in Tarsus und der Rest nun in Antiochia beigesetzt. Wenigstens die Gebeine des Kaisers würden sie mit nach Jerusalem nehmen. Das allein war schon Grund genug, sich dorthin durchzukämpfen.

Nun war Thomas mehr oder weniger freiwillig zu seinem Krankenlager zurückgekehrt. Roland hatte irgendwo einen Krug Wein aufgetrieben und vermutlich dafür sein letztes Geld ausgegeben.

»Auf die unsterbliche Seele Friedrichs von Staufen!«

Mit brüchiger Stimme wiederholte Thomas den Trinkspruch, und in winzigen Schlucken tranken sie von dem Wein, als könnten sie das Endgültige noch hinausschieben, bis die Becher leer waren.

»Was wird nun werden?«, fragte Thomas, und es war eher ein Stoßseufzer als eine Frage.

»Graf Dietrich sagt, der Papst habe zugestimmt, König Heinrich zum Kaiser zu krönen. Doch die welfentreuen Fürsten haben sich längst gegen den König verbündet. Also wird es Krieg geben. Und da Heinrich nicht die Größe und Ausstrahlungskraft seines Vaters hat, dafür aber einer der rachsüchtigsten Menschen ist, die mir je unter die Augen gekommen sind …«

Roland sprach den Satz nicht zu Ende. Stattdessen sagte er: »Und der Traum meines Vaters und vieler anderer – Friedrich als König von Jerusalem – ist nun auch begraben.«

»Wer ist jetzt König von Jerusalem? Doch nicht mehr Guido?«, fragte Thomas, verstummte aber sofort, als er hörte, wie jemand die Treppe heraufkam.

Zu seiner Überraschung war es Graf Dietrich. Beide Ritter wollten aufstehen und vor ihm niederknien, doch Dietrich erließ ihnen das mit einer Geste.

»Vergessen wir heute die Formalitäten, noch dazu im Krankensaal«, erklärte er.

Dann sah er zu seinen beiden jungen Rittern und griff ungefragt Thomas' Worte auf.

»Guido von Lusignan betrachtet sich immer noch als König von Jerusalem, auch wenn er mit seiner Gefangennahme durch Saladin den Titel verlor. Sein Königtum verdankt er ohnehin weder seiner Herkunft noch seinem Heldenmut, sondern lediglich dem Umstand, dass seine Gemahlin Sibylle die Schwester des früheren Königs Balduin ist. Der übrigens ausdrücklich verfügt hatte, nach seinem Tod sollte Guido *niemals* König werden. Er wusste um dessen Unfähigkeit. Und tatsächlich hat Guido Jerusalem und die Kreuzfahrerstaaten in das größte Unheil seit dem Fall von Edessa geführt. Nicht nur wir trauern um einen großen Herrscher. Seit dem Tod Balduins trauern in Outremer immer noch viele Menschen um ihren weisen und tapferen, jungen König und sehen sich durch Guido verraten. Balduin wollte Frieden mit Saladin, Saladin wollte das ebenso. Aber die Kriegstreiber setzten sich durch. Kommt mit!«

Er trat zur Brüstung, von der aus sie auf den Innenhof des palastartigen Gebäudes sehen konnten, und wartete, bis die beiden Ritter ihm gefolgt waren.

»Gleich wird Markgraf Konrad von Montferrat eintreffen, der eigens von Tyros kommt, um seinen staufischen Verwandten zu begrüßen. Da Friedrich nun tot ist, sollte Konrad König von Jerusalem werden.«

Neugierig darauf, den Mann zu sehen, der es als Einziger geschafft hatte, eine Stadt gegen Saladin zu verteidigen, traten die beiden jungen Männer an das ornamentreiche Geländer. Der Hof war mit verschiedenfarbigen Steinplatten gesäumt, hatte einen Brunnen, aus dem das Wasser sprudelte, an den Wänden prangten farbige Muster. Leuchtende Blüten hingen von den Mauern und Dächern. Eine fremde, unfassbar schöne Welt.

Schon aus der Entfernung konnten sie die Reiterkolonne Konrads am weißen Banner mit dem roten oberen Balken erkennen.

Der Markgraf von Montferrat sei auf Reisen gewesen, als Jerusalem und viele weitere Städte in Saladins Hand fielen, berichtete Dietrich. Ohne von den Geschehnissen zu wissen, wollte er in Akkon an Land gehen, doch etwas ließ ihn misstrauisch werden und sofort wieder Anker lichten. Er segelte nach Tyros, riegelte den Hafen ab, befestigte die Stadt gegen die Eroberer und hielt sie, allen Drohungen und Angriffen zum Trotz. Als wenig später Guido von Lusignan vor Tyros landete und Konrads Huldigung erwartete, weigerte sich dieser und verwehrte ihm den Zutritt zur Stadt.

»Also beschloss Guido: Wenn er König sein will, braucht er dazu eine Stadt, und schickte seine Männer ausgerechnet nach Akkon«, fuhr Dietrich fort. »Das ist der wichtigste Hafen in Outremer, aber so gut wie uneinnehmbar. Manche nennen sein Vorhaben tollkühn, doch es ist Wahnwitz. Ihr werdet es begreifen, wenn wir dort sind und die Mauern sehen. Saladin wird das sehr gefallen haben – Guido ist ihm erneut in die Falle gelaufen. Nun sitzen Guidos Männer dort seit einem Jahr, starren auf die Mauern, gegen die selbst die größten Belagerungsgeräte kaum etwas ausrichten können, und sind ihrerseits von Saladins Truppen umzingelt. Ludwig von Thüringen hat vermittelt und Konrad dazu gebracht, den Männern zu Hilfe zu kommen – natürlich nur unter der Bedingung, dass er Guido nicht als König huldigen muss. Deshalb werden wir von hier aus nach Akkon ziehen. Bevor wir diese Stadt nicht einnehmen, haben wir keine Möglichkeit, Jerusalem zurückzuerobern.«

Was können wir paar Mann dort noch ausrichten?, dachte Thomas. Unser einst großes, gefürchtetes Heer schwindet von Tag zu Tag, und jetzt sind wir kaum noch ein paar tausend Kämpfer.

Dietrich schien seine Gedanken zu erraten. »Verstärkung ist unterwegs: Leopold von Österreich und der englische und der französische König kommen mit ihren Rittern von Seeseite aus.

Vielleicht lässt sich so dieses hoffnungslose Vorhaben noch retten.«
Während Dietrichs letzter Worte hatte die Geleitmannschaft Konrads von Montferrat den Hof erreicht.
Der Markgraf stieg aus dem Sattel, ging auf Friedrich von Schwaben zu und umarmte ihn. »Dann ist es also wahr. Nehmt mein Beileid entgegen. Die Welt hat einen großen Herrscher verloren.«
Während Friedrich antwortete, betrachtete Thomas den Mann, der Saladin in einer Seeschlacht geschlagen hatte und ihm nun als Einziger noch erfolgreich Widerstand leistete. Konrad von Montferrat war sehr groß, dunkelhaarig, etwa Mitte vierzig und strahlte eine enorme Härte und Entschlossenheit aus. Die brauchte er wohl auch, wenn er so viele Gegner selbst im eigenen Lager hatte, allen voran den gestürzten König Guido von Lusignan.
»In dieser Stunde erleben wir, wie nun der Krieg unter den Christen des Abendlandes ins Heilige Land getragen wird – wie ich es vorausgesagt habe«, erklärte Graf Dietrich bitter. »Da der Markgraf von Montferrat als Anhänger der Staufer gilt und nun auch noch so offen Friedrich von Schwaben willkommen heißt, formieren sich die alten Lager in neuer Schärfe. Die Montferrats und Ibelins gegen die Lusignans und Courtenays. Als hätten die Barone von Outremer keine wichtigeren Sorgen, als sich untereinander zu bekriegen. Etliche gute Männer, wie Raimund von Tripolis und Balduin von Ibelin, haben sich nach der vernichtenden Niederlage von Hattin zurückgezogen. Bohemund von Antiochia wahrt Neutralität. Was bleibt ihm auch anderes, da er im Norden Saladins syrische Truppen und im Süden seine ägyptischen weiß. Im Übrigen wird gemunkelt, dass seine Frau heimlich für Saladin spioniert. Weil der englische König Richard zu den Welfen hält, steht er selbstverständlich auf der Seite Guidos. Und wir dürfen den französischen König Philipp zu unseren

Verbündeten zählen, der damit seinen englischen Widersacher ärgern möchte.«
Dietrichs Tonfall war immer sarkastischer geworden. »Es sollte mich nicht wundern, wenn bald Gerüchte gestreut würden, wir hätten uns mit Saladin verbündet, um Montferrat in Verruf zu bringen.«
»*Wir* mit *Saladin*?«, protestierte Roland ungläubig. »Wir sind zweitausend Meilen geritten, um gegen Saladin zu kämpfen, um den Leuten hier zu Hilfe zu kommen, die von Feinden bedrängt und umzingelt sind!«
»Das interessiert die wenigsten von ihnen. Statt einig gegen den Feind zu stehen, streiten die Barone, wer König wird: Guido oder Konrad. Es würde Konrads Aussichten auf die Krone verbessern, wenn er Sibylles Schwester Isabella ehelicht. Aber vorerst zerreißen sich alle höchst eifrig die Mäuler darüber, ob er das darf, denn noch sind beide anderweitig verheiratet …«
Dietrich strich sich die dunklen Haare zurück und sagte: »Genug davon. Es wird heute Abend ein Festmahl Fürst Konrads für uns geben. Ich möchte Euch beide dabeihaben. Es heißt, er bringt auch Nachricht aus dem Kaiserreich.«

Der Markgraf von Montferrat und Herrscher von Tyros besaß eine raumfüllende Ausstrahlung, das ließ sich schon auf den ersten Augenblick sagen. An seiner Art zu sprechen hörte man noch heraus, dass seine Mutter eine Babenbergerin war, auch wenn er manchmal nach Worten suchen musste, während Bohemund von Antiochia der Dienerschaft ausschließlich in einer fremden Sprache Anweisungen erteilte.
Nach einem Gebet für den verstorbenen Friedrich von Staufen berichtete Konrad, dass sich Saladin über jeden Marschabschnitt des Stauferkaisers von seinen Gesandten und Spionen genau ins Bild hatte setzen lassen.
»Er hat sich vor diesem Feind gefürchtet, er hat sich vor Euch

gefürchtet! Und als mein geschätzter Vetter auf so schicksalhafte Weise starb, ließ Saladin die Nachricht vom Tod des Kaisers von den Mauern Akkons ausrufen. Seine Leute tanzten und dankten Allah für die Rettung, unsere verfielen in tiefste Trauer. Sie warten nun auf Euch. Ihr seid ihre Hoffnung!«
Konrad ließ sich Wein nachschenken und trank einen großen Schluck.
»Frisch eingetroffene Schiffe bringen uns schlechte Nachrichten aus deutschen Landen«, erklärte er dann. »Der alte Welf Heinrich der Löwe ist wortbrüchig aus dem Exil zurückgekehrt und führt Krieg, um Sachsen zurückzuerobern. Der König scheiterte angesichts des einkehrenden Winters bei der Belagerung Braunschweigs, der Löwe zerstörte Bardowick und nahm Lübeck.«
Adolf von Schauenburg und Holstein wurde fahl im Gesicht, erhob sich und kniete vor Friedrich von Schwaben nieder. »Angesichts dieser Nachricht … Erlaubt Ihr, Hoheit, dass ich unverzüglich mit meinen Männern zurückreise, um mein Land gegen den Löwen zu verteidigen?«
»Tut das, mein Freund!«, antwortete der junge Herzog voller Düsternis in der Stimme. »Ich weiß, es ist nicht Feigheit, die Euch dazu treibt. Ihr werdet in Sachsen womöglich härter zu kämpfen haben als hier …«
Adolf von Holstein hatte einst zu den Gefolgsleuten des Löwen gehört, sich dann jedoch mit ihm überworfen und vor zehn Jahren gemeinsam mit dem Kaiser Krieg gegen den Welfen geführt.
»In Meißen ist Markgraf Otto in die Seligkeit eingegangen, nun herrscht sein Erstgeborener über das Land«, berichtete Konrad weiter.
Thomas sah zu Roland, der ebenfalls blass wurde. Nun also war es eingetreten: Albrecht war Markgraf. Am liebsten wäre er aufgesprungen und hinausgestürmt.
»Mein Bruder ist im März vom König belehnt worden. Weitere Nachrichten habe ich nicht«, sagte Dietrich leise, der genau be-

griff, was in den beiden jungen Männern vor sich ging. Gäbe es Krieg in der Mark Meißen, hätte einer der Reisenden davon berichtet. Doch wie es ihren Familien ergangen war, würden sie hier nie in Erfahrung bringen.
Der Rest des Abends rauschte an Thomas vorbei. Das Einzige, woran er sich später noch erinnern konnte, war der wirklich denkwürdige letzte Satz Konrads von Montferrat. Lag es am Wein, an seiner schlechten Laune oder der naturgegebenen Unverblümtheit des Herrn von Tyros? Jedenfalls sagte er: »Ausgerechnet Akkon belagern zu wollen, war das Dümmste, was diesem unfähigen, abgesetzten König je eingefallen ist.«

Der Kaiser tot. Otto tot. Das Heer löst sich auf. Die einen schleichen sich feige davon, die anderen plündern und raufen. Die Barone, denen wir zu Hilfe eilen wollen, sind mit ihrem eigenen Gezänk vollauf beschäftigt. Und diejenigen von uns, die sich ihre Ehre bewahren und an ihrem Ziel festhalten wollen, werden in einen aussichtslosen Kampf geschickt.
War er nicht mit dem Wallfahrerheer gezogen, um eine vollkommene Gemeinschaft entschlossener Männer zu finden? Genau das Gegenteil erlebte er hier.
Es war wohl weniger die Wunde, sondern einfach Thomas' schwindender Lebenswille, der das Fieber wieder hochschnellen ließ.
»Er hat sich überanstrengt«, murrte der Heiler, ließ neue Mixturen verabreichen, ordnete besonders leichte Kost an und unterwies die Diener, dass dieser barbarische Fremde, der ihre Sprache nicht verstand, keinesfalls aufstehen dürfe. Und vorerst auch keinen Besuch mehr empfangen solle. Er brauche Ruhe und viel zu trinken.
So vergingen Tage, an die Thomas kaum eine Erinnerung hatte. Er schlief oder lag in Wachträumen versunken, manchmal glaubte er zu brennen, manchmal schrie oder stöhnte er im Schlaf, ohne davon zu wissen.

Auch wenn er mit den Leuten nicht reden konnte, versuchte er, sich ihre Gesichter zu merken. Doch sie verschwammen im Fieberwahn. Nur an eines erinnerte er sich, aber vielleicht war es ihm auch nur im Traum erschienen. Ein Mädchengesicht, eine dunkelhaarige Dienerin oder Sklavin, schmalgliedrig und zart. Sklaven seien hier ganz billig zu bekommen, hatte ihm jemand erzählt. Zu viele, die sich nach dem Fall Jerusalems nicht hatten freikaufen können, waren in Gefangenschaft geraten.

Mit würgender Hand griff das Fieber nach ihm, und seine Umgebung versank in altvertrauten Alpträumen.

Die Toten … das Schlachtfeld … das Blut …

Und Albrecht als Fürst von Meißen. Dieser Gedanke brachte ihn fast um. Was war mit seiner Familie? Er konnte einfach nicht glauben, dass sie ungeschoren davonkamen. In Schreckensbildern malte er sich aus, wie Lukas geköpft wurde, seine Mutter und Clara brutalen Kerlen ausgeliefert waren, seine kleinen Brüder abgeschlachtet wurden.

Unruhig warf er sich im Schlaf hin und her.

Dann wieder hörte er eine freundliche Stimme, ohne die Worte verstehen zu können. Eine schmale Hand griff nach seiner, jemand legte ihm kühlende Tücher auf die Stirn. Als er nach der Raserei erwachte, sah er das zierliche, dunkelhaarige Mädchen an seinem Bett sitzen.

Es gab sie also wirklich. Vielleicht war sie gar keine Sklavin, sondern die Tochter des Heilkundigen, denn sie war es, die ihm nun Heiltränke einflößte und seine Wunde neu verband.

Lächelnd sah sie ihn an und sagte etwas. Auch wenn er die Worte nicht verstand, wusste er, was sie meinte: Wie erleichtert sie war, dass er das Fieber überstanden hatte.

Danke!, sagte er und schloss müde die Augen.

Sie war wirklich schön, und die Art, wie ihre Hände über seine Haut strichen, hatte etwas unglaublich Besänftigendes an sich, obwohl es ihn sehr verlegen machte. Er hatte ewig keine Frau

mehr berührt, und in den letzten Monaten, während der Entbehrungen auf dem Marsch, schien er vergessen zu haben, wie es war, ein Mädchen zu liebkosen.
Er glaubte auch nicht, dass er jetzt dazu in der Lage war. Er war zu krank, hatte zu viel Schlimmes erlebt, war zu sehr in Sorge um seine Mutter und seine Geschwister.
Wozu sollte er sich hier noch herumquälen? Nach Akkon reiten, dort irgendeinen sinnlosen Angriff mitmachen – Guido würde sicher bald wieder einen befehlen – und dann endlich ewige Ruhe finden!
Thomas wusste nicht, dass seine Augen erloschen waren.
Aber das Mädchen wusste es. Sie sah und erkannte die enttäuschten Hoffnungen, die Ratlosigkeit und Entwurzelung dieses jungen Mannes, der ungewohnt höflich war – im Gegensatz zu allen anderen, die sie entweder überhaupt nicht beachteten oder grobe Scherze mit ihr trieben und sogar Handgreiflichkeiten versuchten.
»Ihr müsst gesund werden. Nicht nur Euer Arm, sondern vor allem Euer Herz«, flüsterte sie und versuchte, mit Gesten zu zeigen, was sie meinte.
Als er sie ratlos ansah mit diesen erloschenen Augen, da stand sie auf und blies alle Kerzen im Raum aus bis auf eine. Bedauernd sah Thomas ihr nach. Nun würde sie wohl wieder gehen, und er blieb seinen Alpträumen ausgeliefert.
Zu seiner Überraschung und Freude kehrte sie zurück und setzte sich erneut auf seine Bettstatt. Sie sah ihn an, zwang ihn dazu, ihr in die Augen zu blicken, und er spürte, wie ein rätselhafter Sog ihn erfasste.
Sie griff nach seiner rechten Hand und legte sie vorsichtig auf ihre Brust. Er musste schlucken und hätte am liebsten fest zugedrückt, um die warme, weiche Rundung zu umschließen und das Gefühl ganz auszukosten. Sie erkannte seine Bedenken, legte lächelnd ihre Hand über seine und ermutigte ihn, zu tun, was

er wollte. Dann beugte sie sich über ihn und küsste ihn. Wie von selbst wanderte seine verletzte Hand zu ihrer anderen Brust, er streichelte und liebkoste sie, und der Schmerz schien wie weggezaubert. Längst vergessen geglaubte, verschüttete Gefühle stiegen in ihm auf und ließen alles andere bedeutungslos werden.
Sie zog das Laken beiseite, das ihn bedeckte, und ebenso sein dünnes Gewand. Dann kniete sie sich über ihn und sorgte mit einer geschickten Bewegung dafür, dass sie sofort zueinanderfanden. Vorsichtig ließ sie sich auf ihn sinken und bewegte sich langsam auf und ab.
Wie aus einem Traum erwachend, übernahm er es, das Tempo vorzugeben, und wurde dabei immer schneller. Er stöhnte, und als sein Höhepunkt kam, schrie er im Moment höchsten Glücks alle Qualen und Zweifel heraus. Es war für ihn wie ein Ausbruch, eine Reinigung, eine Neugeburt.
Er spürte erst, dass ihm Tränen rannen, als sie ihre schmale Hand an seine Wange legte. Obwohl ihre Augen dunkel waren und nicht graugrün wie die seiner Mutter, erkannte er darin die gleiche Güte und das gleiche Mitgefühl.
»Werde gesund, Fremder. Komm ins Leben zurück!«, sagte sie leise, auch wenn er sie nicht verstehen konnte, und küsste seine Stirn. Er nahm ihre Hand und presste seine Lippen auf die Innenfläche. Sie sollte nie wieder gehen.
Dankbar und bis ins Innerste aufgewühlt, schloss Thomas die Augen. Seine Gesichtszüge zuckten, und er wusste nicht, wie er es schaffen sollte, das letzte bisschen Fassung zu bewahren. Er wollte schreien, weinen, fluchen, mit der Faust auf die Wand einschlagen … und er wollte sie an sich ziehen und den Kopf an ihren weichen Körper lehnen, sich von ihr streicheln und trösten lassen. Ein Lufthauch strich über seinen Körper, und dann war sie mit leisen Schritten verschwunden.
Nun musste er sich nicht mehr beherrschen und konnte seinen Gefühlen freien Lauf lassen.

## *Die Seuche*

Zum ersten Mal seit Wochen schlief Thomas tief und fest. Diesmal schüttelte ihn nicht das Fieber und plagten ihn keine Alpträume, in denen er verzweifelt und vergeblich versuchte, seine Gefährten zu retten, die gestorben waren. Nacht für Nacht hatte er mit ausgebreiteten Armen diejenigen aufhalten wollen, die im nächsten Augenblick von einem Pfeil durchbohrt, von einem Schwerthieb getroffen worden oder einen Abgrund hinabgestürzt waren. Niemand hörte auf sein Rufen, sie alle starben in seinen Träumen zum hundertsten Mal.

Doch nicht in dieser Nacht. Traumlos lag er in so schwerem, erholsamem Schlaf, dass er bleiern und benommen aufwachte, als jemand ihn am Arm rüttelte.

»Steh auf, du musst hier raus!«, sagte Roland, der erschrocken wirkte.

»Was ist los? Ein Angriff?«, murmelte Thomas, während er sich umsah, ob vielleicht noch das Mädchen im Raum war, das ihn diese Nacht besucht hatte.

Doch stattdessen waren ein halbes Dutzend kräftige Männer dabei, Kranke in die bis eben noch leeren Betten zu legen, die an der anderen Seite des Saales standen.

»Nein, eine Seuche!«, antwortete Roland hastig. »Du musst weg von hier, sonst steckst du dich an. Das kann dir im Lager zwar auch passieren, aber dort ist die Gefahr geringer. Dein Heiler hat ausrichten lassen, ich soll dich fortschaffen, wenn du dich stark genug fühlst. Er braucht den Platz für die vielen, die noch kommen werden …«

Nun nahm Thomas es auch wahr: Der Krankensaal füllte sich nicht nur rasch, sondern jetzt roch es hier auch anders, nach Schweiß und Exkrementen.

»Die rote Ruhr?«, fragte er beklommen. Wen die erwischte, der hatte kaum Aussicht, zu überleben. Es war die meistverbreitete Seuche auf langen Kriegszügen und bei Belagerungen; vor allem, wenn ein Heer zu lange an einem Ort blieb und die Latrinengräben überquollen und das Wasser verseucht war.

Doch sie waren hier gut untergebracht und hatten klares, frisches Wasser!

Weshalb also jetzt eine Seuche? Als späte Folge der langen Entbehrungen?

»Noch scheißt keiner Blut«, meinte Roland und reichte ihm sein Kleiderbündel, das – sauber gewaschen und geflickt – am Fußende des Bettes lag. »Aber Fieber, Bauchgrimmen, Krämpfe, Erbrechen … und ihnen läuft der Dreck nur so aus den Gedärmen …«

Thomas schwindelte, als er aufstand. Doch Rolands Bericht trieb ihn zur Eile. Wankend und sich mit Mühe aufrecht haltend, folgte er dem Freund.

Mit jedem Schritt gewann er etwas von der alten Sicherheit zurück. Seine Wunde schmerzte kaum noch, allerdings hatte er alle Kraft im linken Arm verloren. Doch da sie vorerst wohl nicht ins Gefecht mussten, blieb ihm Zeit, so lange zu üben, bis er den Arm wieder im Kampf einsetzen konnte.

»Hat es jemanden von unseren Leuten erwischt?«

»Noch nicht. Aber unter den Männern des Burggrafen von Magdeburg soll es schlimm umgehen, und angeblich ist auch der Bischof von Würzburg erkrankt.«

Vorsichtig stieg Thomas die Treppe hinab. Unten angelangt, hielt er wieder Ausschau nach dem Mädchen, aber er konnte es nicht entdecken.

So beunruhigend die neue Lage auch war; auf dem Weg zum Lager konnte er sich nicht länger davon abhalten, Roland von seinem nächtlichen Erlebnis zu erzählen.

In dem Moment, als er es aussprach, kam es ihm allerdings ebenso unglaubwürdig wie prahlerisch vor, dass sich ihm ein hüb-

sches Mädchen geschenkt hatte und er in seinem Zustand auch noch in der Lage gewesen sein sollte, mehr zu tun, als nur ihre Hand zu halten.
Der Freund gab sich alle Mühe, nichts von seinen Zweifeln zu zeigen. »Ich habe hier nie ein Mädchen gesehen, wenn ich dich besuchen kam«, meinte er vorsichtig. »Du kannst dich ja in den nächsten Tagen nach ihr umschauen ... Aber wie willst du sie finden, wenn du nicht einmal ihren Namen kennst und niemand dort oben unsere Sprache versteht?«
Über diese Frage hatte sich Thomas auch schon ergebnislos den Kopf zerbrochen. Er musste einfach die Augen offen halten.
»Wenn es sie wirklich gibt und sie will, dass du sie findest, dann findet sie dich«, beendete Roland das Gespräch darüber, denn nun hatten sie das kaiserliche Heerlager erreicht.
Es war auf einer Wiese vor der Stadt errichtet, und Thomas war erschrocken darüber, wie viel kleiner es war als in Pressburg. Dabei hatten sich ihnen unterwegs noch Tausende von Männern angeschlossen: Ungarn, Serben, Nachzügler aus vielen Gebieten. Das hier konnten seiner Schätzung nach kaum mehr als ein paar tausend Mann sein. Unter denen nun auch noch eine tödliche Seuche wütete.

Im Lager der Weißenfelser wurde Thomas ein lautstarkes Willkommen bereitet.
Doch die Feierlaune hielt nur kurz an, dann erreichte sie die Schreckensnachricht vom Tod des Bischofs von Würzburg. Das war ein herber Schlag: Gottfried von Würzburg war nicht nur ein gottesfürchtiger Mann mit bemerkenswerter Überzeugungskraft, sondern auch ein erfahrener Heerführer.
Da er dem Kaiser und dem jungen Herzog von Schwaben auf dem Reichstag in Mainz die zwei roten Streifen an den Umhang geheftet hatte, machten nun erneute Zweifel an der Richtigkeit ihres Vorhabens die Runde – und die heimlich geflüsterte Frage,

ob womöglich Friedrich von Schwaben ebenfalls dem Tod geweiht sei. Schließlich hatte ihn vor ein paar Wochen das Sumpffieber schon einmal niedergestreckt.
»Dann wären wir es auch«, sagte Thomas zu seinem Freund. »Der Bischof hat uns in Pressburg das Kreuz gegeben.«
»Hör nicht auf solches Gerede!«, wehrte Roland diesen Einwand ab. »Viel mehr Sorgen mache ich mir, dass wir nun einen unserer besten Anführer verloren haben. Und sieh!«
Er hielt im Gehen inne und wies erschrocken auf die Zeltgruppe gegenüber, wo gerade ein Mann auf einer Trage weggeschafft wurde. Das starke Geleit ließ keinen Zweifel daran, wer der Kranke war. Wie zur Bekräftigung konnten die beiden jungen Männer sogar einen Blick auf den von Krämpfen Geschüttelten werfen: Bischof Martin von Meißen.

Die Seuche hatte das Heer im Würgegriff, und der Tod raffte wahllos alle dahin: Knechte, Knappen und Ritter, Alte wie Junge.
Doch noch nie waren so viele angesehene und bedeutende Männer unter den Opfern dieses Kriegszuges gewesen. Nach dem Bischof von Würzburg starben auch Markgraf Hermann von Baden, Burggraf Burghard von Magdeburg, die Grafen Florenz von Holland, Poppo von Henneberg, Wilbrand von Hallermund, Hoier zum Waldenberg und der Vogt der Passauer Kirche, Friedrich vom Berg, ein gefürchteter Haudegen, der während der gesamten Marschstrecke eine Reihe tollkühner Ausfälle angeführt hatte.

Einer der Ersten, die es unter den Männern aus Weißenfels und Meißen erwischte, war Rolands Knappe Gerwin. Der Junge wälzte sich in Krämpfen, und sein Körper konnte nichts von dem in sich behalten, was sie ihm zu essen und zu trinken gaben.

Rupert saß mit betretener Miene und feuchten Augen neben dem Jungen und murmelte: »Das wird schon wieder, Kleiner, hab keine Angst ...«

Doch Gerwin hatte Angst, riesige Angst sogar: vor dem nächsten Krampf, der ihm die Exkremente an den Beinen herunterlaufen ließ, und vor dem Sterben.

»Du musst ins Krankenlager«, entschied Roland.

»Nein, Herr, bitte lasst mich nicht allein verrecken ...«, bat Gerwin verzweifelt, obwohl er genau wusste, dass er nicht hierbleiben konnte. Die Heiler von Antiochia, auf deren Wissen große Stücke gehalten wurden, bestanden darauf, die Kranken von den Gesunden zu trennen, damit sich nicht noch mehr Leute ansteckten. Und sie schafften es sogar, einen Teil der Kranken wieder gesunden zu lassen.

»Ich gehe mit ihm«, verkündete Rupert.

»Das kann ich nicht zulassen«, widersprach Thomas sofort. An Ruperts trotziger Miene sah er sofort, was dieser antworten würde. »Ich bin jetzt nicht mehr Euer Knappe. Ihr könnt es mir nicht verbieten.«

»Doch, das kann ich. Wir brauchen hier jeden Kämpfer«, widersprach Thomas. »Soll ich erst einen Befehl des Markgrafen einholen?«

»Lasst wenigstens den Benediktiner zu mir!«, flehte Gerwin.

Roland gab Rupert mit den Augen ein Zeichen. Wenig später kam der Jungritter mit dem kleinen Mönch zurück.

»Ich habe solche Angst, Bruder ...«, flüsterte Gerwin und krümmte sich vor Schmerz zusammen.

»Ich gehe mit dir. Gott wird uns schützen«, antwortete Notker ruhig.

Ihm kann ich nicht befehlen, zu bleiben, dachte Thomas beklommen. Die Krankenpflege ist eine der Aufgaben seines Ordens. Aber wenn ihm auch etwas zustößt, dann weiß ich nicht, was ich von Gott noch erhoffen soll.

Er sah den flehenden Blick Gerwins, als dieser fortgetragen wurde, und Rupert wütend auf etwas einhauen.
Noch am gleichen Abend kam die Nachricht, dass Gerwin gestorben war. Bruder Notker würde im Krankenlager bleiben, die Verwundeten pflegen.

Am nächsten Morgen überbrachte ein Bediensteter Martins die Botschaft, der Bischof wünsche angesichts seines nahenden Todes den Sohn des Meißner Markgrafen zu sehen.
Thomas, der zusammen mit Roland nun zu Dietrichs Leibwache gehörte, hätte am liebsten aufgeschrien, um zu verhindern, dass sich Ottos Sohn in die Nähe des Schwerkranken begab. Doch es gab keinen Weg, einem Sterbenden – noch dazu einem Bischof – diese Bitte abzuschlagen. Und von Kranken umgeben war Graf Dietrich auch hier im Lager.
Nach seiner Rückkehr rief Dietrich seine Männer und die Meißner zusammen. »Der Bischof ist tot. Lasst uns ein Gebet für seine unsterbliche Seele sprechen.«
Die Männer senkten die Köpfe und beteten gemeinsam mit ihm.
»Vor seinem Tod trug er mir auf, euch seinen Wunsch und Befehl auszurichten: Führt diesen göttlichen Auftrag weiter. Erobert Akkon und Jerusalem!«

Zwei Tage später trat ein, was Thomas befürchtet hatte: Auch Dietrich von Weißenfels erkrankte.
Thomas bot an, den Heiler zu holen, aber Ottos Sohn entschied, dass Roland gehen solle.
»Ich will unter vier Augen mit Euch sprechen«, verkündete Dietrich zu Thomas' Erstaunen. Sofort verließen die Männer und Knappen das Zelt, die bis eben noch dem Grafen Gesellschaft geleistet und versucht hatten, ihm Linderung zu verschaffen.

Besorgt musterte Marthes Sohn den Kranken, soweit es ging, ohne die Regeln des Anstands zu verletzen.

Dietrich saß leicht zusammengekrümmt, den Umhang eng um sich gerafft, obwohl es ein sengend heißer Sommertag war. Seine Züge waren eingefallen und dadurch noch schärfer geschnitten, das dunkle Haar fiel ihm schweißnass ins Gesicht, und das Sprechen fiel ihm schwer, weil ihn immer wieder neue Anfälle von Schüttelfrost überkamen.

»Ich habe nicht vor, mich jetzt schon von der Welt zu verabschieden«, sagte er mit heiserer Stimme. »Aber dieses Gespräch will ich führen, solange ich es noch einigermaßen in Würde kann.«

Jeder von ihnen beiden wusste, was er damit meinte. Wenn sich die Krankheit richtig festgebissen hatte, verloren die Betroffenen jegliche Kontrolle über ihr Gedärm und konnten nicht aufhören, sich unter schmerzhaften Krämpfen zu entleeren.

Wortlos stand Thomas auf und schenkte Dietrich Wasser in den Becher – ganz frisch, von einer Quelle, er hatte es gerade erst geholt.

Der Kranke trank einen Schluck, aber er hatte Mühe, den Becher in der Hand zu halten, die vor Fieber zitterte.

»Du weißt, dass ich deiner Familie sehr nahestehe, aus vielerlei Gründen. Solltest du lebend wieder nach Hause kommen – wofür Gott sorgen möge – und ich nicht, dann richte bitte deiner Mutter und deinem Stiefvater meine Grüße und Segenswünsche aus. Sage ihnen, ich habe versucht, dich zu behüten, so gut es mir möglich war – und soweit du es mir möglich gemacht hast.«

Ein mattes Lächeln huschte über seine fahlen Züge, dann wurde er ernst, und seine Stimme bekam etwas Sehnsüchtiges, beinahe Flehendes. »Und deiner Schwester sage bitte« – hier stockte er und schien nach Worten zu suchen –, »dass ich an sie denke und auf sie warten werde.«

Thomas hatte Mühe, sich nichts von seiner Verblüffung anmerken zu lassen. Deshalb sagte er nur: »Das werde ich, mein Fürst!«

»Gut«, sagte Dietrich und zog den Umhang noch enger um sich. »Ich bin ebenso in Sorge um sie und deine Eltern wie du. Aber angesichts der Lage ... mein Bruder als Markgraf von Meißen ... war Lukas' Entscheidung wohl richtig, sie mit Reinhard zu vermählen. Das ist ein Schutz ... den ich ihr nicht bieten kann. Wenn wir das hier durchstehen und gemeinsam nach Hause kehren ... wenn die Dinge in Freiberg und Meißen so stehen, dass du und deine Familie nicht dort bleiben könnt ... In Weißenfels werdet ihr alle stets hochgeachtete Gäste sein ... Jedenfalls, solange ich lebe ... Und falls du allein heimkehren solltest und deine Familie in alle Winde zerstreut ist – dann suche zuerst in Weißenfels nach deiner Schwester! Ich habe ihr dort Zuflucht geboten.«

Entgegen allen Befürchtungen erholte sich Dietrich von Weißenfels wieder, wie auch einige der anderen Kranken. Doch das Sterben schien kein Ende nehmen zu wollen. Bald verbrachten die Überlebenden mehr Zeit damit, die Toten zu begraben, als mit allem anderen. Und die meisten Truppen, deren Anführer gestorben waren, nutzten dies als Anlass, nun ebenfalls nach Hause zu reisen.

Thomas hatte inzwischen jeden freien Augenblick damit verbracht, in der Stadt nach dem Mädchen zu suchen. Doch seine Suche blieb ohne Erfolg. Allmählich begann er zu glauben, dass es doch nur ein Traum gewesen war. Das blieb die einzige – und auch glaubwürdigste – Erklärung.

Ende August war die Seuche so weit abgeflaut, dass Friedrich von Schwaben den Aufbruch nach Akkon anordnete. Ein Hilferuf von dort hatte diese Entscheidung erzwungen. Ludwig von Thüringen, der gemeinsam mit Jakob von Avesnes das Kommando über das fränkische Heer führte, hatte die meisten seiner Leute verloren und wurde selbst von immer heftigeren Fieberanfällen niedergestreckt. Er würde nur noch abwarten, bis er den Sohn des Kaisers begrüßen und die Befehlsgewalt an Heinrich von Champagne übergeben konnte, der mit seinen Leuten schon unterwegs nach Akkon war, und dann über Zypern nach Hause reisen.

Die neu erwarteten Streitmächte sollten endlich das Schicksal herumreißen, nachdem die mittlerweile einjährige Belagerung ergebnislos geblieben war.

Um dem geschrumpften und geschwächten Heer einen weiteren kräftezehrenden Marsch durch von Feinden besetztes Gebiet zu ersparen, entschied der Herzog, seine Männer von Tripolis aus auf dem Seeweg nach Tyros zu schicken, von wo aus es nur noch etwa dreißig Meilen bis Akkon waren. Doch der Fluch, der über ihrem Unterfangen zu liegen schien, wirkte weiter. Drei der Schiffe sanken in einem Sturm.

So waren es kaum noch tausend Mann, die am 7. Oktober 1190 unter Führung Friedrichs von Schwaben Akkon erreichten.

## *Im Schlamm vor Akkon*

Das fränkische Heerlager war auf einem Hügel eine Meile östlich von Akkon errichtet – gut zu verteidigen, da der Hügel nach drei Seiten steil abfiel, und an einem Fluss, der Männer und Pferde mit Wasser versorgte. Das konnte Thomas schon auf den ersten Blick erkennen, als sie sich der Stadt näherten.

Doch genauso gut erkennen ließ sich, wie stark Akkon befestigt war: Die Seeseite der Hafenstadt war von Mauern aus gewaltigen Steinblöcken geschützt, gegen die die Wellen brandeten, die

Landseite von starken Mauern, doppelten Wällen und mächtigen Türmen. Vor über einem Jahr war der einstige König Guido hier angerückt, um die wichtigste und reichste Hafenstadt in Outremer einzunehmen und zum Zentrum seines neuen Königtums zu machen. Offensichtlich war er seitdem keinen einzigen Schritt näher an den Ort seiner Begierde herangekommen.
Wieso sind hier keine Belagerungstürme, kein mauerbrechendes Gerät – Trebuchets und Rammen?, fragte sich Thomas. Es ließ sich auch nirgendwo erkennen, dass etwa ein paar Einheiten damit beschäftigt wären, die starken Mauern Akkons zu unterminieren. Wie wollen sie die Stadt einnehmen?
Das schoss ihm durch den Kopf, während er sich mit dem Rest des staufischen Heeres den Weg durch Schlamm und Pfützen in Guidos Lager bahnte. Die Männer um sie herum reagierten auf höchst verschiedene Weise auf ihr Kommen; enttäuscht, mitleidig oder gleichgültig. Sie hatten eine viele tausend Mann starke Streitmacht unter dem römischen Kaiser Friedrich erwartet, einem Heerführer, den selbst Saladin fürchtete. Stattdessen schleppten sich nun ein paar hundert ausgemergelte Gestalten ins Lager, etliche der Ritter sogar zu Fuß statt zu Pferde.
Thomas, der noch zu den wenigen Reitern gehörte, verstand nichts von dem Sprachengewirr, das um ihn herum herrschte. Flämisch, Französisch, Okzitanisch, Dänisch, Italienisch wurde hier gesprochen, geflucht, gebrüllt, vielleicht auch Armenisch, Griechisch, Arabisch, Syrisch – die Sprachen, die in Outremer verbreitet waren. Er konnte es nicht zuordnen und war insgeheim froh darüber, denn viele der Bemerkungen, die offensichtlich ihnen galten, hätten Rupert womöglich schon wieder zu einer deftigen Prügelei veranlasst. Auch ohne die fremden Sprachen zu kennen, machte der Tonfall den Sinn der Rufe offensichtlich: »Seid ihr etwa alle? So wenige? Und warum kommt ihr erst jetzt? Wo ist denn euer großer Kaiser? Und wie sollen

wir euch auch noch durchfüttern, obwohl wir selbst nichts zu fressen haben?«

Konrad von Montferrat hatte ihnen einen Lagerplatz gleich neben der Stelle zugewiesen, wo die Thüringer bereits ihren Aufbruch vorbereiteten. Landgraf Ludwig von Thüringen war so krank, dass er nicht länger bleiben konnte, und er hatte beschlossen, den Rest seiner Truppen wieder mit nach Hause zu nehmen – die wenigen, die von seinen Männern nach einem Jahr vergeblicher Belagerung noch am Leben waren und von denen ebenfalls viele krank oder schlichtweg am Verhungern waren.

Er hatte nur noch gewartet, bis der Herzog von Schwaben das Heerlager erreichte, um ihm die Ehre zu erweisen, bevor er abzog. Das Kommando über das fränkische Heer hatte er bereits an Heinrich von Champagne übergeben.

Da Dietrich von Weißenfels nach dem Kahlschlag, den die Seuche in Antiochia auch unter den Adligen im Heer angerichtet hatte, nun einer der wenigen verbliebenen Fürsten war, forderte Friedrich von Schwaben ihn auf, ihn zum Zelt des Thüringer Landgrafen zu begleiten. Wie selbstverständlich schlossen sich Thomas und Roland dem Grafen als Leibwache an.

Ein halbes Dutzend thüringische Ritter war vor dem Zelt des Landgrafen versammelt, neben dem dessen Banner – der rotweiß gestreifte thüringische Löwe auf blauem Grund – aufgepflanzt war. Sie erkannten sofort, wer vor ihnen stand, und sanken vor dem Sohn des toten Kaisers auf die Knie.

»Ist Euer Fürst derzeit bei Kräften, um Besuch zu empfangen?«, erkundigte sich der Herzog von Schwaben. Seine Erkrankung lag erst ein paar Wochen zurück, und so wusste er aus eigener Erfahrung, dass es beim Sumpffieber Schübe von Schüttelfrost mit hohem Fieber und Erbrechen gab, auf die dann ein, zwei Tage ohne Fieber, aber großer Mattigkeit folgten, bis Schüttelfrost und brennende Hitze zurückkehrten.

»Geht zu ihm, Durchlaucht! Ich befürchte, ihn hält nur noch die

Hoffnung am Leben, Euch sprechen zu können«, sagte der älteste der Ritter, der selbst alles andere als gesund wirkte.
Der Herzog und Graf Dietrich betraten das Zelt.
Thomas und Roland stellten sich den thüringischen Rittern vor. Sie würden hier warten, bis das Gespräch unter den Fürsten vorbei war, und hofften, von den Thüringern Einzelheiten über die Lage und das bisherige Geschehen erfahren zu können.
Während die Knappen und Reisigen schon Vorkehrungen trafen, das Lager abzubrechen, erörterten die Ritter gerade – sicher nicht zum ersten Male –, was sie wohl tun würden, wenn sie erst wieder zu Hause wären. Doch als der Jüngste von ihnen begann, sich auszumalen, wie er seine Frau den ganzen Tag nicht mehr aus dem Bett lassen würde, unterbrachen ihn die anderen sofort.
»Willkommen im Schlamm vor Akkon«, begrüßte einer der Ritter die beiden jungen Meißner zynisch, ein Mann vielleicht um die dreißig mit einer mehrfach gebrochenen Nase, und als er sprach, konnte Thomas sehen, dass sein Zahnfleisch blutete und er mehrere Zähne verloren hatte.
»Ihr trefft genau zur richtigen Jahreszeit ein. Die Regenfälle beginnen, die Flüsse aus den Bergen ringsum werden anschwellen, die Ebene überschwemmen und die zu hastig begrabenen Toten frei spülen. Dann kommt die nächste Seuche, was allerdings wettmacht, dass es nicht genügend Vorräte gibt, um das Heer den Winter über zu ernähren. Insofern habt Ihr die Wahl, ob Ihr am Fieber oder am Hunger verreckt – so wie unsere Leute letzten Winter und nun auch noch Fürst Ludwig, wenn sich Gott nicht seiner erbarmt und ein Wunder geschehen lässt.«
Zu Thomas' Erstaunen wies keiner der älteren Ritter den Jüngeren für diese aussichtslose Beschreibung der Lage zurecht.
»Ihr wart unsere ganze Hoffnung«, sagte stattdessen ein anderer, der einen schwarzen, mit grauen Strähnen durchzogenen Bart trug. Er hob die Hände, als wollte er Vergangenes beschwören, und ließ sie kraftlos wieder sinken. »Bis eben noch hatte ich

gehofft, die Nachricht würde nicht stimmen und Friedrich von Staufen würde an Eurer Spitze ins Lager reiten. Aber Eure Gesichter sagen mir genug. Ich mag gar nicht fragen, wann und wie es geschehen ist. Gott wird ihm einen Ehrenplatz an Seiner Seite einräumen. Aber wir hätten ihn hier so dringend gebraucht!«
Fast verzweifelt schüttelte er den Kopf. »Ein starkes Heer unter einem starken Kaiser! Friedrich von Staufen hätte diesen Versager Guido mit einem einzigen Blick in die Flucht gejagt. Im siebten Kreis der Hölle soll Lusignan schmoren für seine Einfalt und seine Machtbesessenheit, die unzählige Männer das Leben gekostet hat!« Wütend spie er aus, als stünde Guido vor ihm.
»Erst in Hattin, als er das Heer gegen den Rat erfahrener Männer durch wasserloses Gebiet geradewegs in den Tod führte, und jetzt hier. Welcher Teufel hat ihm nur zugeflüstert, er könne aus einer Laune heraus einfach so hierherspazieren, ohne Vorbereitung, ohne mauerbrechendes Gerät diese Stadt einnehmen zu wollen! Allein Akkons Stadtwache hat schon doppelt so viele Männer wie Guido! Ganz zu schweigen von den Truppen, die Saladin inzwischen herbeordert hat. Womit nur straft Gott uns mit solch einem unfähigen Anführer?«
Keiner der Thüringer widersprach ihm; sie mussten sich wohl einig sein bei der Beurteilung von Guidos Fähigkeiten als Heerführer beziehungsweise dessen Mangel daran.
Um das verhängnisvolle Schweigen zu beenden, rief der älteste Ritter, ein dürrer Mann mit weißem Haar, dem drei Finger an der rechten Hand fehlten, zum Küchenmeister hinüber, wann er nun endlich mit dem Essen fertig sei. In etwa zehn Schritt Entfernung hing an einem Dreibein ein großer Kessel, in dem Fleischbrocken vor sich hin kochten – zweifellos Pferdefleisch, das gekocht eher zu kauen war als gebraten.
Es daure eben seine Zeit, rief der Koch zurück.
Der Dürre befahl einem der Knappen, den Gästen zwei Becher zu trinken zu bringen, und lud sie mit einer Geste ein, sich zu

ihnen zu setzen. Thomas ließ sich auf einem Hackklotz nieder, nachdem er das Beil herausgezogen hatte, Roland auf dem vermutlich letzten kleinen Stapel Brennholz. Dankbar nahmen sie die Becher entgegen, aus denen Fleischbrühe dampfte.

»Aber ihr habt doch gegen Saladins Leute gekämpft!«, hielt Roland dagegen. »Und wir hörten, der Landgraf habe nicht nur im Gefecht Großartiges geleistet, sondern auch bewirkt, dass sich der Markgraf von Montferrat an der Belagerung beteiligt.«

»Ja, das war eine wirklich erbitterte Schlacht«, begann der Älteste. Als er sprach, sahen die Meißner, dass auch sein Zahnfleisch blutete.

»Fast auf den Tag genau vor einem Jahr sind wir hier eingetroffen«, nahm der Alte seine Rede wieder auf. »Ich will nicht unbescheiden sein« – die Männer um ihn grinsten, und er grinste mit –, »aber wir boten schon einen beeindruckenden Anblick: Landgraf Ludwig, der Neffe des Kaisers, ein Mann von großem Ansehen und Schlachterfahrung, und dazu dreitausend bewährte Kämpfer. Ein paar Tage später führte das gesamte fränkische Heer den ersten Angriff. Den befehligten damals noch Guidos Bruder Gottfried und der Großmeister der Templer, Gerhard von Ridefort. Landgraf Ludwig nutzte eine Schwäche im feindlichen Lager aus und griff mit unseren und italienischen Gruppen das gegnerische Zentrum an. Wir schafften es sogar, sie vorübergehend in die Flucht zu jagen. Doch Saladin setzte zum Sturmangriff an; wir konnten nicht standhalten und erlitten schlimme Verluste. Die Templer ebenso; ihr Großmeister fiel – aber der hätte schon die Schlacht von Hattin nicht überleben dürfen.«

Die Mienen seiner Mitstreiter zeigten klar, dass sie auch in dieser Hinsicht nicht anders dachten.

»Bald kam Verstärkung aus etlichen Ländern, aber Saladin zog alles zusammen, was er an Kräften hatte, und umschloss uns. Nun waren wir die Belagerten. Und fünfzig sarazenische Galeeren durchbrachen die Hafensperre und lieferten Nahrung und Waffen in die Stadt. So konnten es sich die Leute dort wohl ergehen lassen, während wir hier im Schlamm lagen und hungerten.«

»Ihr konntet nichts tun, den ganzen Winter lang?«, fragte Thomas, der sich schon ausmalte, dass ihnen das in den nächsten Monaten auch bevorstand.

»Es wäre ein Leichtes gewesen für Saladin, uns völlig zu überrennen. Doch wahrscheinlich dachte er, er überlässt die Sache lieber der Jahreszeit, den Krankheiten und dem Hunger«, meinte der Alte. Er wies mit dem Kopf in die Richtung, wo ein riesiges Leinentuch wie ein Dach aufgespannt war. »Die Kaufleute aus Lübeck und Bremen dort meinen, am Ende würde er lieber mit uns handeln, statt uns zu töten. Aber das ist natürlich ein Gedanke, auf den auch nur ein Kaufmann kommen kann.«

»Kaufleute? Was haben Hanseleute hier zu suchen, die befahren doch die Nordrouten, während die Pisaner und Genuesen in diesen Gewässern segeln?«, wunderte sich Roland.

»Also, entweder sind sie besonders gottesfürchtig, um auf diese Pilgerfahrt zu gehen, oder sie haben ihre Käufer so oft übers Ohr gehauen, dass sie sich lieber ihr Seelenheil auf diese Art sichern«, meinte der Alte grinsend. »Jedenfalls wollten sie eine neue Art von Schiff auf dieser Reise ausprobieren. Und weil aus dem Handel mit dem reichen Akkon nichts wurde, sie aber das Elend der Männer mit eigenen Augen ansehen mussten, haben sie unter einem ihrer Segel ein Feldhospital eingerichtet. Geb's Gott, dass ihr zwei nie dahin müsst. Aber sollte es euch erwischen, dann lasst euch dorthin schaffen. Es haben sich mittlerweile allerhand Leute zusammengefunden, die sich dort um die Kranken kümmern. Vor allem um unsere Landsleute. Wie ihr sicher schon gemerkt habt, leben in Outremer jede Menge Normannen, Franzosen, Italiener, aber kaum welche von uns. Wir verstehen sie ja nicht einmal, wenn sie reden – abgesehen

von unserem Fürsten natürlich, der am Hof des französischen Königs aufgewachsen ist.«
»Es ist schon eine ziemlich merkwürdige Belagerung. Niemand hatte so richtig Lust zum Kämpfen, und am Ende haben wir gemeinsam Feste gefeiert«, warf der Ritter mit der gebrochenen Nase ein.
»Feste? Mit wem?«, fragte Roland, der sich beinahe an seiner Fleischbrühe verschluckte.
»Mit den Sarazenen!«, rief der Alte grinsend. »Das hättet ihr wohl nicht geglaubt, was? Erst ruft man sich etwas über die Mauern zu, dann werden Gesandtschaften ausgetauscht, dann Geschenke, freundschaftliche Wettkämpfe ausgetragen, um zu beweisen, wer die besseren Reiter und Bogenschützen hat ... Und schließlich haben wir gemeinsam am Feuer gesessen, jeder hat seine Lieder gesungen, auch wenn sie die anderen nicht verstanden haben, und Scherze getrieben.«
»Und dann kämpft ihr wieder gegeneinander? Was ist das für ein Gefühl, auf jemanden mit dem Schwert einzuhauen, mit dem man am Abend zuvor noch gefeiert und gesungen hat?«, fragte Thomas, der dazu erschreckend deutliche Bilder vor Augen hatte.
»Feiern ist eine Sache – zu kämpfen eine ganz andere«, meinte der Alte. »Ihr seid wohl noch zu jung, um zu wissen, dass man durchaus auch mal jemanden umbringen muss, der einem am Tag zuvor noch ganz annehmbar vorkam.«
»Nein, das ist er nicht«, widersprach Roland scharf.
Doch, das bin ich, hätte Thomas am liebsten herausgebrüllt, aber er wollte und konnte den Freund nicht bloßstellen. Denn ich habe gesehen und gehört, dass das Blut der Sarazenen rot ist wie meines und sie vor Schmerz genauso schreien und stöhnen wie wir, wenn sie getroffen werden – nur in einer anderen Sprache.
»Wenn gekämpft wird, erkennt man einander ja kaum unter den Helmen«, versuchte einer der Thüringer zu beschwichtigen.

»Da war schon mancher dabei, von dem ich dachte, um den Kerl ist es eigentlich schade … Doch sie stehen zwischen uns und Jerusalem, dem Heiligen Grab. So ist das nun einmal.«
Der Ritter mit dem schwarzen Bart rief abermals zum Küchenmeister hinüber, ob er denn immer noch nicht bald fertig sei mit den paar Bissen, dann legte sich Schweigen über die Runde.
Aus dem Zelt des Landgrafen klangen leise Stimmen, doch jeder hätte sich geschämt, das Gespräch zu belauschen, das nicht für seine Ohren bestimmt war.
»Wieso gibt es hier nirgendwo Belagerungsgerät?«, fragte Thomas schließlich – bemüht, nicht allzu besserwisserisch zu erscheinen, doch die Frage beschäftigte ihn schließlich seit ihrer Ankunft.
»Weil dieser Dummkopf von einem König in seiner unsäglichen Einfalt keines mitgebracht hat!«, rief der Krummnasige und spie erneut aus. »Er hat gedacht, er kommt hier angeritten, und die Stadt fällt ihm von allein in den Schoß. Und als er sie nach drei Tagen nicht im Sturm nehmen konnte, ließ er sich hier nieder. Erst nach dem schlimmen Winter, angesichts der Krankheiten und des Hungers, schlossen Guido und Konrad von Montferrat endlich so etwas wie Frieden miteinander – auch dank Vermittlung unseres Fürsten. Montferrat brachte von Tyros aus Schiffsladungen mit Waffen, Nahrung und Holz. Wir bauten wunderschöne Belagerungstürme – einen davon hat Landgraf Ludwig bezahlt, fünf Stockwerke hoch! – und rückten damit gegen die Stadtmauern vor.«
»Und?«
»Griechisches Feuer«, war die knappe Antwort. Bis sich der Schwarzbärtige doch noch zu einem ausführlicheren Bericht hinreißen ließ. »Beinahe hätte unser Fürst, der ganz oben stand, dabei sein Leben eingebüßt. Und ein paar Dutzend wirklich guter Männer haben wir verloren. Sie rannten als lodernde Flammen herum oder stürzten vom Turm.«

Schaudernd bekreuzigte er sich, und die anderen taten es ihm gleich. Doch verkohlte Überreste von den Türmen waren nicht zu sehen – sie mussten wohl inzwischen an den Kochstellen verfeuert worden sein.

Der Älteste stand auf, ließ sich vom Küchenmeister noch Brühe nachschenken und setzte sich dann wieder zu den Männern, um weiterzuerzählen.

»Seit Pfingsten wird wieder gekämpft. Acht Tage lang hintereinander hat Saladin unser Lager angreifen lassen. Beide Seiten erlitten hohe Verluste, aber niemandem gelang ein wirklicher Sieg. Wenn nicht laufend Nachschub an Kämpfern gekommen wäre, wären wir längst vernichtet. Doch nun hat die Krankheit unseren Fürsten niedergestreckt. Er war so angesehen unter den Franken, dass er lange zusammen mit Jakob von Avesnes den Oberbefehl über das Heer hatte. Zum Glück ist jetzt einer eingetroffen, der die Franken vielleicht vereinen kann, da unser Kaiser – Gott hab ihn selig – dazu nicht mehr in der Lage ist: Heinrich von Champagne. Seine Mutter war eine der Töchter Eleonores von Aquitanien aus ihrer Ehe mit dem französischen König. So ist er also mit dem englischen *und* dem französischen Königshaus verwandt. Und es heißt auch, bald käme noch der Erzbischof von Canterbury mit seinem Heer. Aber wir Thüringer ziehen ab.«

Der Alte wies auf die kleine Gruppe um sich: »Schaut euch um – wir paar Mann sind alle, die noch von stolzen dreitausend Kämpfern übrig sind. Und nicht nur unser Fürst ist auf den Tod krank. Gott geb, dass er die Heimat noch erreicht!«

Wieder bekreuzigte er sich.

»Wir können hier nichts mehr ausrichten. Das Fieber schüttelt uns, das Wasser läuft uns nur so aus den Därmen, die Zähne fallen uns aus. Es hat keinen Sinn zu bleiben. Wir tragen die Seuche nur weiter. Der Fürst bestand darauf, noch den Sohn des Kaisers begrüßen und mit ihm sprechen zu können. Aber sobald der Herzog von Schwaben dieses Zelt verlässt, brechen wir auf. Wir können es gerade noch schaffen, vor den Winterstürmen über Zypern nach Hause zu segeln.«

Wie aufs Stichwort traten Friedrich von Schwaben und Dietrich von Weißenfels aus der Unterkunft des thüringischen Landgrafen. Sofort standen die Männer auf und knieten nieder, auch Roland und Thomas.

»Gott schenke Landgraf Ludwig und Euch Seinen Segen für die glückliche Heimkehr!«, sagte Friedrich von Schwaben. »Es wird nicht vergessen werden, was Ihr hier Großes geleistet habt.«

Doch in seinem Gesicht und ebenso in Dietrichs konnte Thomas lesen, dass die beiden Fürsten keine Hoffnung hatten, Ludwig könnte noch lange genug leben, um seine Heimat zu erreichen.

Auf das Zeichen der beiden folgten sie ihnen ins staufische Lager, nachdem sie noch einmal einen bedauernden Blick auf die kleine Gruppe der Thüringer geworfen hatten, die ein Jahr vor Akkon überlebte.

Die Männer unter dem Kommando des jungen Herzogs von Schwaben hatten nicht vor, den Winter untätig wartend im Schlamm zu verbringen. Schon bald nach ihrer Ankunft führte Friedrich seine Kämpfer in einen Angriff, ebenso kurz darauf der Erzbischof von Besançon, der eine neue Art von Rammbock bauen ließ. Doch weder mit Sturmleitern noch der Ramme ließen sich die Wälle und Mauern bezwingen. Dafür gelang es ihnen, Saladins Truppen ein Stück weiter fort von der Stadt zu vertreiben und nach Haifa durchzubrechen, um Proviant für die christlichen Kämpfer zu beschaffen. Es war für den Anfang in dieser trostlosen Lage ein ermutigender Sieg, aber nur ein kleiner und von kurzer Dauer.

Saladin zog weitere Truppen heran. Sowohl in der Stadt als auch im Heerlager davor wurden Wasser und Nahrung knapp, Seuchen, Hunger und Krankheit griffen von neuem um sich.

Unter den Todesopfern waren diesmal die beiden kleinen Töchter von Königin Sibylle, der Gemahlin Guido von Lusignans. Und wenige Tage später starb Sibylle selbst.

Sofort beherrschte ein Gesprächsstoff alles andere und machte rasch auch im staufischen Lager die Runde: Guidos Thronanspruch war endgültig erloschen, da er sich nur aus der Stellung seiner Frau her ableitete.

Balian von Ibelin, der Mann, der die Verteidigung Jerusalems geleitet und den friedlichen Abzug für seine Bewohner ausgehandelt hatte, führte die Gruppe der Barone an, die den unfähigen Guido mit aller Macht loswerden wollten. Schließlich hatte Guido auch Balians Bruder Balduin vertrieben, einen der klügsten und mächtigsten Barone in Outremer. Balian und seine Anhänger setzten alle Hoffnung auf Konrad von Montferrat und drängten, dass dieser Sibylles Schwester Isabella heiratete, die nun die Erbin des Königreiches war.

Doch dazu musste die Ehescheidung beider Hochzeitsanwärter durchgesetzt werden, was sich als nicht einfach erwies.

Die Streitigkeiten zogen sich über Wochen hin und entzweiten das Heerlager noch mehr. Wer auf der Seite des englischen Königs stand, setzte sich ungestüm für Guido von Lusignan ein, wer zu den Staufern und zum französischen König hielt, sprach sich leidenschaftlich für Konrad von Montferrat aus. Obwohl die Entscheidung längst nicht im Heer getroffen wurde, sondern unter der Geistlichkeit, die über Ehescheidung und Eheschließung zu befinden hatte, sorgte die Angelegenheit für so boshaft geführte Streitigkeiten, dass sie Raufereien auslösten.

Bis schließlich im November Konrad mit Isabella vermählt wurde und sich mit seiner jungen Gemahlin nach Tyros zurückzog. Rechtmäßigerweise lehnte er es ab, sich König nennen zu lassen, solange er und seine Gemahlin nicht gekrönt seien. Aber da Guido auf seinen Titel nicht verzichten wollte, war Konrad nicht bereit, ins Feldlager nach Akkon zurückzukehren.

Wenig später traf aus Richtung Norden noch mehr Verstärkung für Saladins Männer ein, und nun war das fränkische Lager von allen Seiten von mächtigen gegnerischen Truppen umschlossen. Heerführer Heinrich von Champagne lag schon seit Wochen schwerkrank danieder. Ein paar verzweifelte Versuche, mit Sturmleitern in die Stadt zu gelangen, scheiterten. Saladin schaffte es sogar, die erschöpfte Wachmannschaft Akkons durch neue, kampfbereite Männer zu ersetzen.
Im fränkischen Heerlager wüteten unterdessen den ganzen Winter über Seuchen, Streit, Verzweiflung und Hunger. So großer Hunger, dass bald auch die besten Pferde geschlachtet wurden.

## *20. Januar 1191 vor Akkon*

Nun hatte die Krankheit auch Rupert und Roland erwischt. Beide lagen nebeneinander im Feldhospital unter dem Segel der Hansekaufleute. Thomas hatte den Grafen von Weißenfels um Erlaubnis gebeten, sich dort um sie und die anderen Kranken kümmern zu dürfen, und war von ihm sofort dorthin abkommandiert worden. Niemand wusste besser als Dietrich, dass Thomas von seiner Mutter mehr über Krankenpflege gelernt hatte als die meisten anderen hier, die solche Dienste versahen – abgesehen von den Johannitern, aber von denen kam keiner in das Krankenlager unter dem Hansesegel.
Angesichts der vielen Schwerkranken und Sterbenden fühlte sich Thomas beinahe schlecht bei dem Gedanken, dass es ihm noch gutging, auch wenn er hungerte. Sogar seinen verwundeten Arm konnte er wieder bewegen, nachdem er sich Woche um Woche gequält hatte, um damit die einstige Kraft und Geschicklichkeit wiederzuerlangen.

Der Heerführer Heinrich von Champagne lag weiterhin auf den Tod nieder, und auch der Herzog von Schwaben war erneut schwer erkrankt.

Was tun wir noch hier?, dachte Thomas. Einer nach dem anderen verreckt vor meinen Augen, unser Heer ist führerlos, und die anderen streiten um die Macht und die Krone.

Manchmal kam es Thomas eher wie eine Buße dafür vor, dass er noch lebte, während so viele andere gestorben waren, zuallererst wieder die Jüngsten, die Knappen.

Zwar versuchte er, den Kranken Erleichterung zu verschaffen. Notker, der kleine Benediktiner, nun beinahe zum Strich abgemagert, und noch ein paar Entschlossene halfen ihm dabei. Denn was konnte er schon tun, außer ihnen die Langeweile zu vertreiben? Es gab nichts zu essen. Die meisten Vorräte hatten ein paar geschäftstüchtige Pisaner gehortet und verlangten hundert Goldstücke für einen einzigen Sack Korn.

In den letzten Wochen waren ein paar hundert Mann schlichtweg verhungert. Und so fragte sich Thomas jeden Tag, wie lange er wohl noch zögern durfte, bis er auch seinem Pferd das Schlachtmesser an die Kehle setzte. Sein Rappe und Graf Dietrichs Schimmel waren fast noch die einzigen Hengste im klein gewordenen Lager der Weißenfelser. Auch Rolands flinkes Seldschukenpferd war längst geschlachtet und aufgegessen worden. Einem Grafen würde schon aus Standesgründen niemand das Pferd absprechen, aber Radomirs Tage waren gezählt, wenn nicht ein Wunder geschah. Thomas wusste sowieso kaum noch, wie er das Tier satt bekommen sollte.

Roland war gerade vor Erschöpfung eingeschlafen, und wieder musste Thomas die Furcht in sich niederringen, der Freund könnte aus dem Schlaf nie wieder aufwachen. Roland war vor allem vom Hunger geschwächt. Rupert dagegen sah aus wie ein mit grauer Haut überzogenes Skelett, und Thomas hatte schon zu viele Männer um sich herum sterben sehen, um sich noch

einzureden, sein einstiger Knappe könnte diesen Tag überleben.
Der Junge war von Fieberkrämpfen geschüttelt, doch der fast ununterbrochene Durchfall und das Erbrechen waren es, die ihn noch heute zu Gott berufen würden.
Rupert war klug genug zu erkennen, wie es um ihn stand.
»Da wollte ich Ruhmestaten zu Ehren Gottes vollbringen, und stattdessen scheiße ich mich hier zu Tode«, sagte er kläglich. »Ob mich der Allmächtige wohl freundlich aufnehmen wird für meine Wallfahrt, auch wenn ich keinen einzigen Ungläubigen getötet habe?« Diese Frage schien ihm ernsthaft zu schaffen zu machen.
Thomas unternahm einen mühseligen Versuch, den Sterbenden zum Lächeln zu bringen. »Du hast zwar mehr gerauft als alles andere – aber wenn ich das richtig zusammenzähle, hast du doch bei der Mehrzahl deiner Prügeleien die ritterliche Ehre gegen Plünderer und andere Übeltäter verteidigt. Das sollte Gott dir anrechnen.«
»Meint Ihr das ehrlich?«, fragte Rupert matt, aber erleichtert.
»Bei allem, was mir heilig ist«, versicherte Thomas ernst.
»Ich muss mich bei dem Kleinen entschuldigen, dass ich nicht besser auf ihn aufgepasst habe«, murmelte der einstige Knappe.
»Auf den wirst du dann dort oben aufpassen können. Er wird sich freuen, dich zu sehen. Soll ich dir jetzt Bruder Notker holen?«
Ein neuerlicher Krampf würgte Rupert, dann nickte er.
Was für eine fürchterliche Art zu sterben, noch dazu für so einen jungen Burschen, dachte Thomas, ohne zu bedenken, dass er selbst nur ein Jahr älter war und erst vor ein paar Wochen beinahe auf eine kaum weniger schlimme Weise gestorben wäre.
Er stand auf und legte seinem einstigen Knappen die Hand auf die Schulter, und es schien ihm, als komme der Krampfende dadurch etwas zur Ruhe. Mit einem Blick vergewisserte er sich, dass der Junge wohl noch durchhalten würde, bis der Benediktiner zu ihm kam, und hielt dann Ausschau nach dem Mönch.

Entgegen seinen Vermutungen war Bruder Notker nicht irgendwo zwischen den Schlafplätzen, um einem Sterbenden Linderung und Trost zu verschaffen. Er entdeckte ihn, wie er gerade das Hospital betrat, die Kutte von Regentropfen völlig durchgeweicht, Gesicht und Haarkranz triefend nass. Seine Tonsur saß immer noch schief, wie damals in Pressburg bei ihrer allerersten Begegnung.
Schon von weitem sah Thomas dem Benediktiner an, dass etwas Furchtbares geschehen sein musste. Er ging auf ihn zu und ließ ihm keine Möglichkeit, auszuweichen.
Seinem bohrenden, fragenden Blick konnte Notker nicht widerstehen. Vielleicht wollte er es auch gar nicht, weil er viel zu aufgewühlt war.
»Der Herzog von Schwaben ist gestorben«, flüsterte der Mönch, und nun war eindeutig, dass es nicht Regentropfen, sondern Tränen waren, die über sein schmales Gesicht rannen. »Was soll nun noch aus uns werden?«
Ja, was soll nun noch aus uns werden?, fragte sich Thomas, während er das Gefühl hatte, jemand hätte ihm einen Knüppel in die Kniekehlen gehauen. Es würde eine Messe geben, noch ein Begräbnis …
Dann riss er sich zusammen und besann sich auf sein ursprüngliches Anliegen. »Bruder, bitte geh zu unserem Freund Rupert. Er braucht dich jetzt beim Sterben. Für den Herzog von Schwaben können wir nur noch beten.«
Der Mönch nickte, rieb sich mit dem Ärmel seiner Kutte übers Gesicht, setzte eine gefasste Miene auf, so gut es ihm möglich war, und ging zu Ruperts Lager.
Dann warf Thomas einen letzten Blick auf Roland und war erleichtert, dass der Freund immer noch schlief. Sonst hätte dieser vielleicht an seinem Gesicht erkannt, was er jetzt vorhatte, und er konnte und wollte darüber jetzt nicht streiten. Der Sohn des Kaisers war tot, Rupert vermochte er nicht mehr zu retten.

Von all denen, mit denen er losgezogen war, waren kaum mehr als Graf Dietrich, Roland und zu aller Überraschung der kleine Mönch übrig, der hier seine wahre Bestimmung gefunden zu haben schien. Und Roland würde diesen Tag – noch dazu nach solcher Nachricht – nicht überleben, wenn er nicht etwas zu essen bekam.
Vielleicht konnte er wenigstens ihn retten.

Im staufischen Lager musste sich die Nachricht vom Tod des Herzogs schon herumgesprochen haben. Überall, wo Thomas auf seinem schnellen, entschlossenen Gang vorbeikam, knieten Männer in dem aufgeweichten, schlammigen Boden und beteten. Doch er ließ sich nicht aufhalten, um nicht doch im letzten Augenblick zu zaudern.
Er ging zur Koppel, wo kaum noch Pferde standen und mehrere Männer Wache hielten, damit nicht Hungernde aus einem anderen Lager die Tiere für ein paar eigene Mahlzeiten stahlen.
Die Wachen ließen ihn durch. Langsam kam Radomir näher, der alles andere als gut genährt aussah. Thomas verspürte große Lust, sich noch einmal auf den Rücken seines Hengstes zu setzen und mit ihm eine Runde über das Land zu galoppieren. Aber abgesehen davon, dass sie dabei vermutlich beide von feindlichen Pfeilen getötet würden: Er wusste genau, dann würde er nicht fertigbringen, was er jetzt zu tun hatte.
Trostlos legte er seinen Kopf an Radomirs, strich ihm über den Hals und redete auf ihn ein, als hätte er spannende Geschichten für ein Pferd zu erzählen. Von saftigen Weiden, von grünen Wiesen mit Butterblumen, von erfrischenden Wildbächen, Feldern mit reifem Hafer – und das alles hier im Schlamm auf dem Hügel Turon vor Akkon.
Mit einem freundlich gesprochenen Wort brachte er das Tier dazu, sich zusammen mit ihm niederzulassen, und redete weiter beruhigend auf es ein. Dann zog er den Dolch und schnitt ihm

die Halsschlagader auf. Es würgte in ihm, als er sah, wie das Tier sich aufbäumte, wie das Blut schäumend und gurgelnd aus ihm herausfloss, er weinte und flüsterte dabei immer wieder: »Es tut mir so leid, mein Freund … Aber das ist kein Ort für dich. Und ich kann nicht zusehen, dass Roland auch noch verhungert …«
Er winkte die Wachen heran, die aus höflicher Entfernung beobachtet hatten, was er tat, ohne wirklich davon überrascht zu sein. Die meisten anderen Ritter hatten ihre Hengste längst geschlachtet, und allmählich galt es als ehrlos, sein Pferd behalten zu wollen, während die Kampfgefährten aus Mangel an Nahrung starben.
Er befahl ihnen, den Kadaver zum Küchenmeister zu bringen. Doch er ging selbst mit. »Fleisch und Brühe sind für die Kranken bestimmt, ausnahmslos!«, wies er an. Der Küchenmeister warf einen kurzen, prüfenden Blick auf ihn, dann nickte er zustimmend. Thomas wusste, er konnte sich auf ihn verlassen.

Es dämmerte schon, als Graf Dietrich zurück zu seinen Männern kam. Vom Tod des Herzogs hatte er sie bereits unterrichtet, während Thomas im Feldhospital war. In der Zwischenzeit musste er wohl bei einer Trauerzeremonie im Gebetszelt, bei einem Gespräch mit den noch lebenden Anführern gewesen sein – oder er hatte wie Thomas allein versucht, seinen Schmerz niederzukämpfen.
Doch jemand vom Range eines Grafen würde nie irgendwo allein sein, sofern er es nicht befahl.
Dietrich warf einen Blick auf die erschreckend kleine Runde seiner verbliebenen Männer, dann sah er Thomas prüfend in die Augen, und nach einem kurzen Zögern forderte er ihn auf, ihn in sein Zelt zu begleiten.
Der Sohn des Meißner Markgrafen schickte alle anderen hinaus, die dort warteten, nur einen Diener wies er vorher noch an, ihm und seinem Gast einen Becher einzuschenken.

Schweigend und stehend tranken sie jeder einen Schluck, als sie allein waren – schlammiges, brackiges Wasser, nach Marthes Ratschlägen mit einem Schuss Essig versetzt. Es war eine außergewöhnliche und doch der Lage völlig angemessene Art, so des toten Kaisersohnes zu gedenken.

»Leopold von Österreich wird im März hier eintreffen und das deutsche Kontingent anführen, ein kampferfahrener Mann von bestem Ruf«, sagte Dietrich in das Schweigen hinein, um Thomas' ungestellte Frage zu beantworten. Dann setzte er sich und lud Thomas mit einer Geste ein, ebenfalls Platz zu nehmen.

»Roland, wenn er überlebt, wird dein Opfer zu schätzen wissen; ebenso die Kranken, die du nun für die nächsten Tage vor dem Verhungern bewahrst. Ich weiß, wie dir zumute sein muss. Aber dein Vater wäre stolz auf dich.«

»Wäre er das?«, platzte Thomas heraus. Vielleicht waren es die schrecklichen Ereignisse dieses Tages, vielleicht auch der Umstand, dass Dietrich ihn mit einem vertraulichen Du ansprach, als wollte er die Stelle des Vaters bei ihm übernehmen, obwohl er dafür noch zu jung war.

»Vielleicht sieht er auch aus dem Himmel auf uns herab und fragt uns, was wir hier zu suchen haben!«, fuhr Thomas fort, der sich nicht mehr zügeln konnte. »Es ist doch nicht zu leugnen, dass Gott nicht mehr bei uns ist. Fast alle sind gestorben, die damals vor anderthalb Jahren aufgebrochen sind … Ihre Seelen rufen mich im Schlaf und fragen, warum ich ihnen nicht geholfen habe … Und wir selbst können hier auch nur auf den Tod warten. Saladin muss nicht einmal seine Mamelucken auf uns losschicken. Er muss nur warten, bis der Hunger und die Seuchen ihr Werk getan haben. Haltet mich nicht für einen Feigling, wenn ich das sage. Sondern für jemanden, der gern mehr bewirkt hätte in seinem Leben.«

Jedes weitere Wort erstarb ihm in der Kehle.

Als ob ich mich nicht auch frage, ob ich am Tod jedes einzelnen

Mannes schuldig bin, den wir verloren haben, dachte Dietrich bitter. Ob ich sie nicht in den Tod geschickt habe. In den Tod mitgerissen, als ich mich entschied, das Kreuz zu nehmen, und sie mir folgten. Doch ein Anführer darf solche Gedanken nie aussprechen.

»Ja, es sieht ganz so aus, als habe Gott uns verlassen«, gestand er nach einigem Schweigen ein. »Dein Vater war es, der mich gelehrt hat, das Leben anderer nicht als bedeutungslos zu betrachten. Und ich sage dies nur zu dir, deinem Vater zu Gedenken: Auf meinen Schultern lastet jeder Tote, den wir beklagen müssen. Am Tag des Jüngsten Gerichts werde ich mich dafür zu verantworten haben.«

Dietrich schwieg erneut einen Moment lang, dann trank er noch einen Schluck von dem widerlich schmeckenden Wasser, bevor er fortfuhr: »Wir können nicht weg, wir sind von solch starken Truppen umzingelt, dass jeder Versuch zum Durchbruch nur gewaltiges Blutvergießen brächte. Doch wir müssen nur noch bis März ausharren. Dann kommen endlich wieder Schiffe mit Vorräten. Leopold von Österreich wird frische Truppen heranführen, gut ausgebildete Männer. Und dies sollte unsere größte Hoffnung sein: Der englische und der französische König sind auf dem Weg hierher – mit großen Flotten, die fähig sind, die Seesperre zu durchbrechen, mit gut gerüsteten Rittern und Belagerungsgerät. Dann können wir Akkon einnehmen. Und der Weg ist frei nach Jerusalem. War das nicht unser Ziel, den christlichen Pilgern wieder den Zutritt zur Heiligen Stadt zu ermöglichen? Dass sie ihr Seelenheil erlangen können, wenn sie am Grab des Erlösers beten? Dafür haben wir all das auf uns genommen, haben all diese tapferen Männer ihr Leben eingesetzt.«

Dietrich erhob sich, was auch Thomas zwang, aufzustehen.

»Nun geht zu Eurem Freund und schaut, ob das Essen auch gerecht an die Kranken verteilt wird. Ich will Euch beide an meiner Seite wissen, wenn wir in ein paar Wochen gegen die Mauern von Akkon stürmen.«

Damit beendete Dietrich das vertrauliche Gespräch. Doch Thomas war viel zu sehr mit seinen Gedanken und Zweifeln beschäftigt, um auf sein Benehmen zu achten.
Die Streitmächte des englischen und des französischen Königs seien bedeutungslos im Vergleich zu denen des Kaisers, hatte Raimund gesagt, als sie sich heimlich nach Freiberg geschlichen hatten, um die Nachricht von Albrechts Handstreich zu überbringen. Außerdem würden beide Könige einander nicht über den Weg trauen. Und die sollten nun ihre ganze Hoffnung sein?
»Glaubt Ihr wirklich daran, dass die Könige von England und Frankreich ihren Streit überwinden, damit wir hier als geeintes fränkisches Heer kämpfen können?«, platzte er heraus, statt das Zelt zu verlassen.
»Darauf müssen wir hoffen«, entgegnete Dietrich sehr ernst. »Sonst wäre unsere Sache wirklich verloren.«
Doch dann hielt er Thomas selbst davon ab, zu gehen. Sein altbekanntes ironisches Lächeln huschte nun trotz der Düsternis dieses Tages über seine Züge.
»Dann werdet Ihr Gelegenheit haben, die Legenden mit der Wirklichkeit zu vergleichen. König Richard umgibt sich mit Sängern, die ihn lobpreisen, wirft mit Geld nur so um sich, und jedermann rühmt seine Tapferkeit, seinen Mut, seine Tugendhaftigkeit. Aus der Nähe betrachtet ist er jedoch jemand, der vollkommen von seinen Launen beherrscht wird – oft zum Nachteil seiner Untertanen – und in seiner ganz eigenen Welt lebt. Sein alter Freund und Feind, Philipp von Frankreich, hält dagegen nichts von Lobgesängen und höfischen Schmeicheleien. Er ist ein Zyniker, aber mit messerscharfem Verstand. An der Festtafel ist er bei weitem nicht so unterhaltsam wie der vielgerühmte Löwenherz. Aber in der Schlacht würde ich tausendmal lieber ihm folgen als Richard. Und das werden wir tun.«

# *Der Fall Akkons*

Endlich! Jubelnd sahen die Wallfahrer von ihrem Hügel aus die Verstärkung nahen: den französischen König mit seiner Flotte, begleitet von Konrad von Montferrat, der nun ebenfalls mit seinen Männern ins Kampfgebiet zurückkehrte.
Sie bereiteten den Neuankömmlingen einen begeisterten Empfang.
Endlich Grund zur Hoffnung! Jetzt war eine Wende möglich, konnte die so aussichtslos begonnene Belagerung nach fast zwei Jahren zum Erfolg gebracht werden!
Noch im Verlauf des Februars waren Hunderte Kreuzfahrer an Krankheiten gestorben und noch mehr von ihnen verhungert. Wer kein Pferd mehr zu schlachten hatte, wie die einfachen Soldaten und Knechte, kochte Gras und längst abgenagte, kahle Knochen.
Doch wie Dietrich von Weißenfels es vorausgesagt hatte, landete im März das erste Schiff vor der Küste, vollbeladen mit Getreide, und seine Besatzung schaffte es, die Ladung ins Heerlager zu bringen. Bald folgten weitere Galeeren mit Proviant und der Kunde, die Könige von England und Frankreich seien auf dem Weg und schon in östlichen Gewässern.
Das wird auch Zeit!, dachte Thomas vorwurfsvoll, und viele seiner Gefährten teilten diese Meinung. Trotz aller Versprechen und Schwüre waren die beiden jungen Herrscher mit ihren Flotten erst aufgebrochen, nachdem der römische Kaiser schon mehr als ein Jahr unterwegs gewesen und schließlich im Fluss ertrunken war.
Und während Friedrich von Staufen von seinen Rittern gefordert hatte, dass sie sich und ihre Männer unterwegs von ihrem eigenen Geld verpflegen mussten, ließen sich Richard Löwenherz und auch Philipp von Frankreich ihren Kriegszug vollständig von ihren Untertanen bezahlen – sie hatten dafür eine Sondersteuer erhoben, den Saladinzehnten.

Doch jetzt, an diesem 20. April im Jahr des Herrn 1191, kam König Philipp, erst Mitte zwanzig, aber bereits seit acht Jahren König von Frankreich und dem Ruf nach in Kriegsdingen ein außerordentlich kluger Kopf.

Thomas und der langsam wieder zu Kräften gekommene Roland waren zusammen mit den anderen Wallfahrern angetreten, um den König von Frankreich und Konrad von Montferrat – künftiger König Jerusalems – zu begrüßen.

Philipp schien wenig Wert auf zeremonielle Empfänge zu legen. Seine Kleidung war für einen König eher schlicht, ebenso die seiner engsten Begleiter. Dafür nahm die Belagerung der Stadt unter seinem Kommando sofort einen völlig neuen Lauf.

Philipp hatte Belagerungsgerät mitgebracht, zum Teil von ihm selbst ersonnen oder verbessert. Dieses ließ er zusammen mit Türmen von den Männern aufstellen, und rasch zeigte sich, dass seine Wurfmaschinen beeindruckend schreckliche Durchschlagskraft erzielten.

Dietrich von Weißenfels bekam das Kommando über eine Gruppe deutscher Ritter, die unter dem unmittelbaren Befehl des französischen Königs kämpften. Der Herzog von Burgund, die Templer und die Johanniter konnten nun eigene Belagerungsgeräte zum Einsatz bringen, denen die Männer besondere Namen gegeben hatten: »böser Nachbar« beispielsweise oder – für die gewaltigste – »Gottes höchsteigene Stimme«.

Nun schossen die Belagerer Tag für Tag auf die starken Mauern Akkons ein, und es gelang ihnen, dort beträchtlichen Schaden anzurichten. Dann folgte jedes Mal umgehend ein heftiger Angriff von Saladins Mamelucken aus dem Hinterland. Das wiederum zwang die Kreuzfahrer, sich den Gegnern vor der Stadt zuzuwenden. So gewannen die Stadtbewohner Zeit, das beschädigte Mauerwerk auszubessern.

Dennoch wuchs endlich wieder Hoffnung unter den Männern, die viele Monate lang hier unsäglich gelitten hatten und viele ihrer Kameraden sterben sehen mussten. Früher oder später würden sie eine so große Bresche in die Mauern schlagen, dass sie in die Stadt eindringen konnten. Einen Großangriff wollte Philipp von Frankreich allerdings erst wagen, wenn auch das englische Heer unter seinem König eingetroffen war.

Deshalb wurde die Frage immer lauter gestellt: Wo blieb König Richard? Er hatte ein Schiff nach Akkon geschickt mit der Nachricht, seine Flotte sei bei rauher See auseinandergetrieben worden, und er werde sie vor Zypern sammeln. Philipp schickte einen Gesandten, der Richard mahnte, mit seinen Schiffen dringend nach Akkon zu kommen. Der Angriff auf die belagerte Stadt könne nur mit vereinten Kräften gelingen.

Doch der Gesandte kam nicht etwa mit der englischen Flotte, sondern mit beunruhigenden Nachrichten zurück. Zum einen wusste er zu berichten, dass Richard, dessen Truppen unterwegs schon in Messina hemmungslos geplündert hatten, im ernsthaften Streit mit dem selbsternannten Kaiser Zyperns liege, der die Schwester und die Verlobte Richards als Geiseln genommen hätte, wären die beiden Frauen nicht klug genug gewesen, auf ihrem Schiff zu bleiben, statt an Land zu gehen. Inzwischen habe Richard seine Verlobte Berengaria geheiratet und werde Zypern erst verlassen, nachdem er es gänzlich erobert habe, was schließlich auch für die Kämpfer im Heiligen Land von Vorteil sei.

Für noch größere Aufregung sorgte allerdings die Nachricht, dass sich bei Richard auf Zypern gerade sämtliche führenden Gegner Konrads von Montferrat trafen: der einstige König Guido mit seinem Bruder Gottfried von Lusignan, der unzuverlässige Bohemund von Antiochia, der von Konrads neuer Gemahlin Isabella geschiedene Humfried von Toron und etliche ranghohe Tempelritter.

Das Wissen, dass hier schon wieder Ränke gegen das französisch-staufische Lager geschmiedet wurden, verursachte vor allem zweierlei: einen hemmungslosen Wutausbruch des französi-

schen Königs und die Anweisung des Markgrafen von Montferrat, dem englischen König und seinen Begleitern den Zugang zu Tyros zu verweigern.
So vergingen die Wochen.
Die Kämpfer unter König Philipp beschossen die Stadt, unterminierten ihre Mauern und gruben den Eingeschlossenen das Wasser ab. Nun litt ganz Akkon unter Hunger und Seuchen, denn von Seeseite aus konnte die Stadt nicht mehr versorgt werden – dort riegelte die Flotte des französischen Königs die Zufuhr zum Hafen ab.
Doch jeder Versuch, durch die frisch geschlagenen Breschen in die Stadt einzudringen, zwang die Belagerer zu erbitterten Kämpfen mit Saladins Männern.
Das kostete beide Seiten viele Tote. Aber die Kreuzfahrer hatten die Wintermonate, in denen der Boden aufgeweicht war, dazu genutzt, ihr Lager mit Erdwällen und Gräben zu verschanzen, dass es beinahe uneinnehmbar wurde.
Und sosehr sich die Belagerten in Akkon auch mühten, die Schäden auszubessern, die die französischen Wurfmaschinen und Mineure anrichteten – es war nur noch eine Frage von Tagen, bis die Stadt sich ergeben musste.
Dies war die Lage, als am 8. Juni 1191 – sieben Wochen nach König Philipp – endlich der frisch vermählte englische König mit fünfundzwanzig Galeeren vor Akkon eintraf.

Durch das ganze Lager schallten Signalrufe und Freudenschreie, als die englische Flotte in Sicht kam und kurz vor der Stadt auch noch eine große sarazenische Galeere versenkte.
Sämtliche Ritter sammelten sich, um Richard Löwenherz mit allen Ehren zu begrüßen.
»In spätestens drei Tagen marschieren wir in die Stadt ein«, frohlockte Roland. »Mauern und Menschen sind mürbe, und König Richard wird nicht zögern, um seinem Ruf als sagenum-

wobener Kämpfer eine neue Ruhmestat anzufügen. Dann wird er zwar alles als seinen Erfolg ausgeben, aber das können die Hoheiten später unter sich aushandeln. Hauptsache, wir nehmen endlich diese gottverdammte Stadt ein!«

Mit hochgezogenen Augenbrauen sah Thomas zu seinem Freund. Fluchen war sonst keine seiner Angewohnheiten; nach wie vor war Roland bemüht, als Ritter mit untadeligem Benehmen aufzutreten.

»Bist du so wütend, weil du hier beinahe verreckt bist?«, fragte er.

»Ich bin so wütend, weil hier so viele andere verreckt sind!«, gab Roland ungewohnt schroff zurück und stieß mit der Stiefelspitze einen Stein fort. »Und es waren eine Menge gute Kerle dabei! Sollten wir nicht längst in Jerusalem sein und die Gebeine Kaiser Friedrichs würdevoll bestatten? Zwei Jahre Belagerung und Tausende Tote, sogar Friedrich von Schwaben, nur weil dieser Bastard Guido nicht auf die Krone verzichten wollte! Jetzt kriegt er sie am Ende vielleicht doch noch und kann sich auf die Brust klopfen, eine aussichtslose Schlacht gewonnen zu haben, was – falls wir die Stadt nehmen – ganz sicher nicht sein Verdienst ist.«

Thomas legte ihm wortlos einen Arm auf die Schulter und zog ihn mit sich, damit sie sich unter dem Banner Leopolds von Österreich aufstellen konnten, um den englischen König zu begrüßen.

In Gedanken gab er dem Freund vollkommen recht. Bei jedem Schritt, den Guido ging, watete er durch das Blut der Männer, die er bedenkenlos geopfert hatte.

»Schauen wir uns den großen König Löwenherz an. Und – wie Graf Dietrich vorschlug – vergleichen wir die Legende mit der Wirklichkeit!«, sagte er deshalb, um den berechtigten Zorn seines Freundes nicht noch weiter zu schüren.

Ein größerer Unterschied unter Königen wie zwischen Philipp und Richard ließ sich kaum vorstellen.

Richard war tatsächlich ein beeindruckender Mann: groß, erlesen

gekleidet, und jede seiner Gesten und jedes seiner Worte waren darauf gerichtet, Eindruck zu hinterlassen. Er musste jetzt Anfang dreißig sein, acht Jahre älter als Philipp, in der Blüte seiner Manneskraft, mit großem, herausgeputztem Gefolge, und genoss sichtlich den begeisterten Empfang, den ihm die Männer bereiteten. Unverkennbar sahen sie in ihm denjenigen, der ihnen endlich zum schwer erkämpften Sieg verhelfen würde – noch dazu vermutlich mühelos, denn er galt als großer Feldherr, brachte frische Truppen, und die Stadt war sturmreif. Seit Tagen schon warteten sie, dass der Stadtkommandant jemanden auf die Mauer schickte, der um Verhandlungen zu den Übergabebedingungen bat.
So richteten sich unzählige Augenpaare auf das Zelt, in dem beide Könige und Konrad von Montferrat verschwanden, um die Lage zu besprechen. Und die Gespräche an den Lagerfeuern an diesem Abend drehten sich nur um eines: Würden sie morgen oder übermorgen endlich in Akkon Einzug halten?

Die meisten Männer des fränkischen Heeres waren wie Roland überzeugt davon: Nach der Ankunft des englischen Königs würden sie die Stadt im Handumdrehen einnehmen oder zur Kapitulation zwingen.
Doch nichts dergleichen geschah. Der große Richard Löwenherz wünsche erst den berühmten Saladin höchstselbst kennenzulernen, und vielleicht ließe sich ja durch Verhandlungen Frieden schließen, hieß es. Saladin lehnte es ab, zu erscheinen, bevor nicht wenigstens ein vorübergehender Waffenfrieden abgeschlossen sei. Seinen Bruder könnte er schicken, bot er an.
Doch auch dieses Treffen fand nicht statt, denn nun wurden beide Könige von Fieber befallen, Richard wie auch Philipp.
Also beschossen die Franken weiter mit ihren Wurfmaschinen die Stadt, während Saladin noch mehr Verstärkung heranführte: das Heer von Sindschar, frische Truppen aus Ägypten und die gefürchtete Streitmacht des Herrn von Mossul.

Und im christlichen Lager wurde unverdrossen weitergestritten, wer das Anrecht auf die Krone habe: Guido oder Konrad. Die Pisaner schlossen sich Richard an, also bot die frisch eingetroffene genuesische Flotte Philipp ihre Dienste an.
Als Philipp Ende Juni – wieder genesen – einen Großangriff auf die Stadt führen wollte, lehnte Richard ab, dass sich seine Leute daran beteiligen würden.
Philipps Angriff schlug fehl. Nur mit Mühe konnte Saladins Gegenschlag auf das fränkische Lager abgewehrt werden, und bei diesem Kampf entkam Thomas nur knapp einem tödlichen mameluckischen Schwertstreich. Nur das Geschick eines erfahrenen Kämpfers ließ ihn die Ausrichtung des Hiebes erahnen, er trug lediglich eine leichte Schulterwunde davon, die ihm Bruder Notker unter dem Segel der Hansekaufleute säuberte und verband.
Die Kranken hier waren nun zumeist keine Seucheopfer mehr, sondern Männer, die bei Kämpfen so schwer verwundet worden waren, dass ihnen ein Bein oder ein Arm abgenommen werden musste oder sie unter Qualen an ihren Bauchverletzungen starben. Seit wieder gekämpft wurde, war Thomas aus dem Feldhospital abgezogen worden. Jetzt hatte er mit dem Schwert zu kämpfen, wenn auch zu Fuß wie fast alle anderen Ritter hier auch.

Mittlerweile konnte es jedermann im Lager sehen, riechen, fühlen: Die Entscheidung lag in der Luft, es konnte nur eine Frage von Tagen sein. Am 3. Juli schlugen Philipps Männer eine gewaltige Bresche in den Wall, mussten sich unter dem Druck der Sarazenen aber wieder zurückziehen.
Am nächsten Tag schickte der Befehlshaber von Akkon Abgesandte zu Friedensverhandlungen. Doch König Richard lehnte ihre Vorschläge ab.
So ging es ergebnislos hin und her, und Thomas' Groll wurde immer größer – wie auch der des Grafen von Weißenfels, der

allmählich Mühe hatte, angesichts der unablässigen Zänkereien unter den Heerführern Haltung zu bewahren.
Gerüchteweise sollte ein schwimmender Bote Saladin einen letzten Hilferuf aus der Stadt überbracht haben; die Besatzung könne Akkon nicht länger halten. Nun schien die Entscheidung unausweichlich.

Dietrich und seine Ritter saßen bei ihrer kargen Abendmahlzeit, als sie Kampfgetümmel aus Richtung der Stadt hörten. Der Graf befahl seinen Männern, sich für den Kampf zu rüsten, und ging mit eiligen Schritten zu den Zelten der Oberbefehlshaber, um zu erfahren, wer wo gegen wen kämpfe.
»Die Engländer und Pisaner wollten es im Alleingang versuchen«, rief er, als er wiederkam, und der Ärger war ihm anzusehen. »Aber sie werden zurückgeschlagen.«
»Diese Narren, diese gierigen, dummen Narren!«, brach es aus Roland heraus, und wütend ließ er seine Faust auf den Tisch krachen. »Nur um Beute zu machen, versuchen sie es allein im Dunkeln und lassen sich einzeln abschlachten! Verräterpack! Ist das etwa ein geeintes fränkisches Heer?«
So aufgebracht hatte Thomas seinen Freund bisher nur ein einziges Mal erlebt – bei ihrer Prügelei nach der Flucht aus Freiberg. Aber ein Blick auf die anderen Männer zeigte ihm, dass sie genauso dachten.
»Wenn Ihr erlaubt, Herr – holen wir sie da raus, damit sie nicht alle niedergemetzelt werden, wenn sie sich schon zurückziehen müssen?«
Roland zog das Schwert und war schon im Begriff, loszulaufen. Nur Graf Dietrichs Blick hielt ihn noch zurück.
»Einverstanden, stehen wir ihnen bei«, stimmte Dietrich zu. »Wenn morgen die Stadt nicht kapituliert, werden wir stürmen, und dann brauchen wir jeden einzelnen Mann. Gott schütze uns!«

Ritter und Bogenschützen rannten gemeinsam durch die Nacht in die Richtung, aus der Kampflärm tönte. Inzwischen loderten vor ihnen schon mehrere Brandherde hell auf, griechisches Feuer, das die Belagerer zu fürchten gelernt hatten. Unterwegs schlossen sich ihnen etliche Männer an, die vermutlich zu den gleichen Schlussfolgerungen gekommen waren.

Thomas und Roland hatten genug Zeit vor den einzelnen Mauerabschnitten zugebracht, um dort jedes Stück Weg, jeden losen Stein zu kennen.

Sie ahnten schon, wo die anderen den Durchbruch versuchen wollten: an jener Stelle, wo »Gottes höchsteigene Stimme« die bisher größte Bresche geschlagen hatte. Dort lagen riesige Steintrümmer zu einem Haufen aufgeschüttet, und den hatten die Angreifer erklimmen wollen. Doch die Stelle war durch Bogenschützen auf der Mauer und einen doppelten Schildwall gesichert, und von unten gegen einen Wall anstürmen zu wollen, war ebenso leichtsinnig wie aussichtslos, das wusste selbst der jüngste Knappe.

Die Verteidiger der Stadt ließen sich nicht hinauslocken, sondern hielten einfach die Stellung, während Bogenschützen auf die Angreifer zielten oder Feuertöpfe auf sie warfen.

Alles, was Dietrich und seine Kämpfer jetzt tun konnten, war, den Rückzug der leichtsinnigen Engländer und Pisaner zu sichern. Er ließ die Schützen auf die Männer auf der Mauer zielen, während die Ritter den Fliehenden halfen, den Außenwall hinaufzugelangen.

»Ihr Bastarde habt wohl vollends den Verstand verloren?«, brüllte Thomas wütend einen stämmigen Mann mit goldenen Zähnen an, dessen Haar im Feuerschein rot leuchtete, während er ihn den Hang hochzerrte. Dann wandte er sich einem Jungen zu, der ihn beklemmend an Rupert erinnerte, und half ihm, Deckung hinter dem Wall zu finden.

Wenigstens war der Beschuss jetzt eingestellt worden – entwe-

der hatten ihre eigenen Bogenschützen gute Arbeit geleistet, oder die Verteidiger wollten Pfeile sparen, da der Angriff nun abgewehrt war.
»Rückzug, sofort alle zurück!«, befahl Dietrich. »Nehmt die Verwundeten mit!«
Thomas blickte rasch um sich, aber die Männer in seiner Nähe schienen sich alle auf den eigenen Beinen halten zu können. Erleichtert wollte er sich zu Roland umdrehen.
Er fühlte das Unheil, noch bevor er einen Warnschrei ausstoßen konnte. So musste er hilflos ansehen, wie der Pfeil durch Rolands Kettenpanzer fuhr und den Rücken des Freundes durchbohrte.
Roland sackte in die Knie und schien nicht zu begreifen, was geschehen war. Mit zwei Schritten war Thomas bei ihm, hievte sich den Arm des Verletzten über die Schulter und schleppte ihn Richtung Krankenlager.
»Mach jetzt ja nicht schlapp!«, brüllte er den Freund an. »So kurz vor dem Ende … Der kleine Mönch flickt dich schon wieder zusammen … Ich will keinen Ärger mit deiner Mutter …«
Doch Roland antwortete nicht, sondern gab nur ein gurgelndes Geräusch von sich. Aus seinem Mundwinkel lief Blut.
»Halte durch … Wir sind gleich da … nur noch ein paar Schritte …«
Jemand half ihm, den Verwundeten von der anderen Seite zu stützen, und als Roland völlig zusammensackte, packten sie ihn vorsichtig unter den Armen und Knien und trugen ihn weiter.
Das kannst du nicht zulassen, Gott, haderte Thomas. Dass er nach alldem jetzt an einem Pfeil verreckt, an einem Pfeil in den Rücken! Dabei war ihm seine Ehre als Ritter doch immer so wichtig! Und er soll heimkehren und meine Schwester heiraten …
Er merkte nicht, dass ihm die Tränen über die Wangen liefen. Wenn sie nur erst beim kleinen Mönch waren … Sie würden Ro-

land auf den Bauch legen, das Ringelgeflecht auftrennen, den Gambeson aufschneiden und dann den Pfeil herausziehen. Aus Antiochia hatten sie ein Gerät mitgebracht, eine Art Hülse, die über den Schaft und die Enden der Pfeilspitze geschoben wurde, damit die Wunde nicht noch mehr aufriss, wenn der Pfeil entfernt wurde. Irgendetwas würde ihnen schon einfallen, und mit Geduld und Gebeten und Gottes Fürsorge würde es wieder heilen.

In einem Anfall von Verzweiflung brüllte Thomas den ersten Krankenpfleger an, der ihnen entgegenkam, er solle gefälligst Bruder Notker holen. Dann betteten sie Rolands Körper vorsichtig auf den Boden.

Notker kam sofort. Mit geschultem Blick schätzte er ab, wie tief der Pfeil eingedrungen sein mochte. Doch das helle, schaumige Blut im Gesicht des Verletzten sagte ihm, dass die Lunge durchbohrt sein musste.

»Betet für Euern Freund!«, sagte er zu Thomas, der widerspruchslos niederkniete und in aller Eile den Allmächtigen Vater im Himmel und den Schutzpatron der Ritter um Beistand bat. Doch dann ließ er sich eine Zange bringen, löste die Ringe um den Pfeilschaft und schnitt mit seinem Messer den Gambeson so weit auf, dass Rolands halber Rücken bloßlag.

»Ein Panzerbrecher«, sagte er leise – einer jener Pfeile mit besonders geschmiedeten Spitzen, die sich durch die Rüstung der fränkischen Ritter bohren konnten. Und obwohl er es nicht wahrhaben wollte, sah er, was auch Bruder Notker bereits gesehen hatte.

Er beugte sein Gesicht ganz tief herab zu dem Freund, in dem kaum noch eine Spur Leben steckte. Er legte ihm die Hand auf den Kopf und sagte: »Ich bin bei dir …«

Dann erstickten ihm die Worte im Hals vor Kummer.

»Sag Clara nichts …«, röchelte Roland, und es hatte den Anschein, als ob ihn diese Worte die letzte Lebenskraft kosteten. Dann wurde sein Blick starr und glanzlos.

Am nächsten Tag ergab sich Akkon.
Für eine große Summe Gold, die Freilassung von fünfzehnhundert christlichen Gefangenen und die Rückgabe des Wahren Kreuzes – das waren die Bedingungen, unter denen die Belagerten die Gefangenschaft, aber nicht der Tod erwarten sollte.
Mit stoischen Mienen, von Hunger und Müdigkeit gezeichnet, zogen die Verteidiger der Stadt an den Siegern vorbei, auf den Ort zu, an dem sie festgehalten würden, bis weitere Einzelheiten verhandelt waren.
Dann zog das fränkische Heer in die so lange umkämpfte Stadt, allen voran Konrad von Montferrat mit seinem Banner und den Bannern der beiden Könige: der blauen Standarte mit den goldenen Lilien Frankreichs und dem roten Löwen von Anjou auf weißem Grund, mit dem Richard in den Krieg gezogen war.
Die Könige bezogen getrennt Quartier – im früheren Königspalast im Norden der Stadt und in der einstigen Templerburg an der Spitze der Halbinsel.

Thomas bekam nichts von alldem mit, er hielt Totenwache am Leichnam seines Freundes. Mit Notkers Hilfe hatte er den Pfeil aus dem leblosen Körper gezogen, den Freund gewaschen und ihm wieder seine Rüstung angelegt. Roland hätte es so gewollt. Seine gefalteten Hände umklammerten den Griff des Schwertes.
Bruder Notker hatte versucht, ihm Trost spenden zu wollen, aber Thomas hatte ihn mit höflichen, aber entschiedenen Worten gebeten, ihn allein zu lassen.
Der Benediktiner wagte es nicht, zu widersprechen. Er hatte ohnehin genug zu tun angesichts der vielen Verletzten, und auch er brauchte jetzt dringend einen Moment des Alleinseins, um mit Gott Zwiesprache zu halten und ein gutes Wort für diesen mutigen jungen Mann einzulegen, der jetzt an die Himmelspforte klopfen würde.

Die Abenddämmerung brach herein; also musste Thomas wohl einen ganzen Tag so erstarrt dagehockt haben, als jemand neben ihn trat. Er wollte nicht aufblicken, aber an den fein gearbeiteten Stiefeln erkannte er den Besucher, was ihn verpflichtete, sich dem Grafen von Weißenfels zuzuwenden und vor ihm niederzuknien. Mit Sicherheit würde er jetzt zur Ordnung gerufen, weil er den ganzen Tag lang seinen Dienst versäumt hatte.

»Er war ein tapferer Mann, ein wahrer Ritter«, sagte Dietrich stattdessen, und seine Miene war aufgewühlt, voller Zorn, Trauer und maßloser Enttäuschung – so, wie Thomas ihn noch nie gesehen hatte. »Wir können noch Totenwache halten bis morgen früh und ihn auf geweihtem Boden begraben. Dann ziehen wir ab.«

»Nach Jerusalem?«

»Nein. Nach Hause.«

Vergeblich bemühte sich Thomas, den Sinn dieser Worte zu verstehen.

»Es gab Streit unter den Heerführern«, erklärte Dietrich mit verächtlicher Stimme. »Leopold von Österreich als Anführer des deutschen Kontingents hatte sein Banner neben das der beiden Könige gepflanzt. Aber Richard befand, ein herzogliches Banner habe neben seinem königlichen nichts zu suchen, und ohnehin hätten die paar deutschen Ritter hier keine Rolle gespielt. Also ließ er das Banner in den Graben werfen. Deshalb zieht Leopold morgen ab, mit allen seinen Männern – und wir auch.«

»Wir ziehen nach Hause?«, fragte Thomas ungläubig.

»Ja«, antwortete Graf Dietrich voller Bitterkeit. »Wir haben hier nichts verloren.«

# EPILOG

## *Herbst 1191 auf der Wartburg in Thüringen*

»Hast du gehört? Das Wallfahrerheer kehrt zurück! Und sie nehmen diesmal den Seeweg und müssten bald eintreffen!« Ganz aufgeregt kam Marthe mit dieser Nachricht über den Burghof zu Lukas gelaufen. Sie hatte bis eben noch die kleine Jutta behandelt, die Tochter von Markgraf Hermann, die ein schlimmer Husten plagte. Währenddessen hatte Lukas die Zeit genutzt, um seinem Sohn Konrad, der nun schon fast sieben Jahre zählte, ein paar Übungen mit einem kleinen Holzschwert beizubringen.

Lukas unterdrückte seine Enttäuschung und schickte den Jungen zu seinem Bruder. »Ich wollte es dir eigentlich zuerst sagen«, gab er zu. Doch angesichts der Freude und Hoffnung auf Marthes Gesicht war das auf einmal nicht mehr wichtig. Er zog sie an sich und hielt sie fest in seinen Armen.

Ob Thomas und Roland wiederkommen würden? In den letzten Monaten waren nur wenige, aber dafür schreckliche Nachrichten vom Verlauf dieses Kriegszuges eingetroffen. Die Nachricht vom Tod des Kaisers hatte das Land erschüttert. Kurz darauf erfuhr Hermann von Thüringen, dass auch sein Bruder gestorben war, in Zypern auf der Heimreise dem Fieber erlegen.

Der König verweigerte ihm Thüringen, weil Ludwig keinen männlichen Nachfahren hatte und das Land nur im direkten Mannesstamm vererbt werden könne. Allerdings musste König Heinrich bald nachgeben: Der Friede mit dem alten Welfen war zu brüchig, und er musste nach Sizilien, um sich das Land von dem Thronräuber Tankred zu holen.

Also wurde Hermann doch Landgraf von Thüringen.

Rückhalt gaben ihm auch die Fürsten, die sich durch das Beispiel Thüringens in der Notwendigkeit bestärkt sahen, vom König die Erblichkeit ihrer Lehen zu fordern.

Marthe und Lukas hatten in Eisenach ein neues Leben begonnen, wieder einmal ganz von vorn, mit nichts mehr als dem, was sie am Leibe trugen und was sie konnten.

Lukas stand nun in Diensten des Landgrafen von Thüringen und hatte sich als Kämpfer einen guten Ruf erworben, Marthe war als Heilerin und Wehmutter gefragt. Daniel, Paul und Konrad lebten bei ihnen, und von Clara wussten sie, dass es ihr und der kleinen Änne in Weißenfels gutging. Niemand hatte dort nach ihnen gesucht.

In Freiberg schien währenddessen so etwas wie Friedhofsruhe eingekehrt zu sein, denn Albrecht war mit dem König nach Rom gezogen und wollte ihn weiter nach Sizilien begleiten.

Hatte es gewollt.

Das war es, das Lukas Marthe gern verschwiegen hätte. Doch das würde es nicht ungeschehen machen, und sie musste es wissen. Deshalb zog er sie ohne ein weiteres Wort in ihre Kammer. Worum es nun gehen würde, wollte er nicht auf dem Burghof vor aller Ohren mit ihr besprechen.

»Da gibt es noch eine zweite Neuigkeit«, begann er vorsichtig, nachdem er die Tür hinter sich geschlossen hatte. Da Marthe ihn fragend ansah, kannte sie die mit Sicherheit noch nicht.

»Offensichtlich ist auch Graf Dietrich am Leben und auf der Heimreise – denn Albrecht hat das Gefolge des Königs verlassen, um sich hier seinem Bruder entgegenzustellen, sobald er zurückkehrt.«

Clara!, war Marthes erster Gedanke. Und es wird Krieg geben. Blutigen Bruderkrieg. Sie hatte es schon vor Augen: niedergebrannte Felder, erschlagene Bauern, abgestochenes Vieh … das halbe Land verwüstet oder in Flammen.

Einen Moment lang konnte sie nichts sagen. Sie legte sich die Hand über die Lider und versuchte, die Bilder zu unterdrücken, die in ihr aufstiegen …

Lukas schwieg. Er wusste auch so, was das zu bedeuten hatte, was sie erwartete. Und ob Landgraf Hermann Dietrich gegen seinen Bruder beistehen würde und zu welchen Bedingungen, war noch ungewiss.

Es schien eine Ewigkeit vergangen zu sein, als Marthe etwas sagte. Worte, von denen Lukas nie erwartet hätte, sie ausgerechnet von ihr zu hören.

»Wenn es Frieden geben soll in der Mark … wenn nicht Tausende Menschen geopfert werden sollen für die Willkür eines Mannes … dann wird früher oder später jemand Albrecht töten müssen.«

Nun sah sie auf, Lukas in die Augen. Der hielt dem Blick nicht lange stand. Er starrte zum Fenster hinaus und rang mit sich.

»Es ist nicht sehr ehrenhaft, einen Fürsten zu töten, noch dazu, wenn man ihm einmal einen Eid geschworen hat«, antwortete er schließlich. »Doch wenn es sein muss, um das Land zu retten, wenn es keinen anderen Ausweg gibt, werde ich es tun.«

# Nachbemerkungen

Das ist ja gar kein richtiges Ende!, mag mancher Leser jetzt protestieren.

Stimmt, wäre dies eine Fernsehserie, würde nun als letztes Bild »Fortsetzung folgt« eingeblendet.

Als ich vor fast zehn Jahren begann, diese Geschichte zu schreiben, war für mich von Anfang an klar, dass sich der Handlungsbogen über dreißig Jahre erstrecken würde: vom Aufbruch der Siedler über die Stadtwerdung Freibergs bis zum Kampf um die Mark Meißen Ende des 12. Jahrhunderts. Und ich wusste auch, dass mich die tatsächlichen Geschehnisse bis ins Heilige Land führen würden. Was ich damals nicht ahnte: dass ich fünf statt nur einen Band benötigen werde, um alles zu erzählen. Und ehrlich gesagt, sollte das Buch, das Sie nun in den Händen halten, mit der Ermordung Albrechts im Jahr 1195 enden. Doch dann entwickelten manche Handlungsstränge ein Eigenleben, und bei den Recherchen zum Dritten Keuzzug entdeckte ich so viel Dramatisches, das im Roman erzählt werden wollte, dass ich gerade einmal bis zum Herbst 1191 kam. Das heißt, zum Ärger vieler darf der Schurke Albrecht noch ein bisschen leben. Und die Leser können nun bis zum Erscheinen des fünften und letzten »Hebammen«-Bandes rätseln, wer ihn wohl vergiftet hat. Anwärter gibt es ja viele; er hat sich gründlich verhasst gemacht, was auch für das historische Vorbild dieser Figur gilt. Vielleicht werden in der Fangemeinde bald Wetten abgeschlossen. Wenn ich einen Hinweis geben soll: Er wurde vergiftet, und Gift ist ja eigentlich die klassische Waffe der Frauen ... Aber Sophia kommt wohl kaum in Frage, denn sie ereilte vier Wochen nach dem Tod ihres Mannes das gleiche Schicksal.

Es ist ein bisschen gemein, was ich hier mache, nicht wahr?

Jedenfalls wird es im letzten Band der Reihe um Marthe noch eine Menge zu erzählen geben.

Die meisten Leser historischer Romane möchten gern wissen, was von der erzählten Geschichte auf tatsächlichen Begebenheiten beruht und was sich der Verfasser ausgedacht hat. Darüber will ich nun Auskunft erteilen.

Für dieses Buch gilt wie auch für meine anderen Romane: Grundlage sind immer die wirklichen Ereignisse, alle anderen, frei erfundenen, müssen sich dem unterordnen. Die historischen Persönlichkeiten agierten so und waren an den Orten, wie ich es beschreibe – sofern sich das rekonstruieren lässt, denn nicht jedes Detail ist überliefert. Über die »kleinen Leute«, um deren Mut es ja hier geht, ist nichts aufgeschrieben, aber die erfundenen Figuren müssen so leben und handeln, wie es den damaligen Umständen entsprach.

Die Geschehnisse in der Mark Meißen sind relativ schnell abgehandelt, denn schriftlich überliefertes Wissen aus dieser Zeit ist sehr spärlich. Tatsächlich jedoch hat Albrecht seinen Vater auf Burg Döben bei Grimma gefangen gesetzt, um die Erbfolge zu erzwingen, weil er – wohl zu Recht – fürchtete, sein jüngerer Bruder könnte ihm auf Betreiben seiner Mutter vorgezogen werden. Dieser Handstreich war damals ein solcher Gesellschaftsskandal, dass Barbarossa persönlich eingriff, obwohl er bereits auf dem Dritten Kreuzzug war. Einer Chronik zufolge soll der Kaiser so erbost gewesen sein, dass er im ersten Zorn sogar Albrechts Tod verlangte. Er befahl dem Sohn, den Vater unverzüglich freizulassen, wobei sich Albrecht allerdings Zeit gelassen haben soll, und dem Vater, seinem Erstgeborenen die Mark Meißen zu übertragen. Widersprüchliche Angaben liegen zum Zeitpunkt der Gefangennahme vor. Manche Berichte nennen das Jahr 1188, andere Februar oder Mai 1189. Nicht nur aus dramaturgischen Gründen entschied ich mich für Mai, sondern auch deshalb, weil Otto sicher nicht monatelang in Gefangenschaft war.

Sein jüngerer Sohn Dietrich ist tatsächlich in Pressburg, dem heutigen Bratislava, das damals zu Ungarn zählte, zum Kreuzfahrerheer Barbarossas gestoßen. Auch wenn er nicht in der ausführlichen Aufzählung der Fürsten genannt wird, die der Chronist Ansbert hinterlassen hat, so war er doch dabei – bis zum bitteren Ende vor Akkon. Eine Urkunde von 1191 im Sächsischen Urkundenbuch, Abschrift eines Dokumentes aus der Französischen Nationalbibliothek, gibt Zeugnis davon, dass König Philipp August von Frankreich vor Akkon deutsche Ritter in seinen Sold nahm, deren Namen seinen Sachwaltern durch Dietrich von Meißen genannt wurden.

Die befohlene Versöhnung zwischen Vater und Sohn fand entweder auf dem Hoftag in Würzburg im August oder – wie von mir beschrieben – im Oktober in Merseburg statt. Ich entschied mich hauptsächlich deshalb für Merseburg, weil dort auch zum erneuten Krieg gegen Heinrich den Löwen gerufen wurde. Wie »herzlich« die Versöhnung wohl ausgefallen sein mag, kann sich jeder vorstellen. Deshalb ist nicht unwahrscheinlich, dass diese ganze Aufregung zu Ottos Tod geführt hat, auch wenn uns nur das Sterbedatum überliefert ist.

Ebenso wie die Umstände von Ottos Tod ist auch das Turnier in Freiberg von mir frei erfunden. Aber Albrecht wird sich mit Sicherheit in der für ihn so wichtigen Stadt auf eindrückliche Art Respekt verschafft haben.

Der Raub der dreitausend Mark Silber vom Altar des Klosters Altzella ist jedoch in der wettinischen Hauschronik vom Petersberg beschrieben.

Und so unglaublich es auch klingt: Ottos Bruder Dedo von Groitzsch, Markgraf der Ostmark, genannt Dedo der Fette oder Dedo der Feiste, starb tatsächlich an einem chirurgischen Eingriff, bei dem er sich das Fett aus dem Bauch schneiden ließ. Was ihn bewogen haben mag, sich im Jahr 1190 einer solch absurden und lebensgefährlichen Prozedur zu unterziehen, wird wohl ewig ein Geheimnis bleiben.

Was aus der klugen Hedwig nach dem Tod ihres Mannes wurde, darüber gibt es keinerlei Überlieferungen außer ein paar Hinweise darauf, dass sie weiterhin ihren Sohn Dietrich unterstützte. Üblicherweise hatten die Fürstinnenwitwen nach einem Generationswechsel den Herrschaftssitz zu verlassen und sich auf einen Witwensitz zurückzuziehen. Wohin Hedwig gezogen sein könnte, die noch bis 1203 lebte, darüber haben freundlicherweise mit mir Professor Dr. Gerhard Billig und Dr. André Thieme vom Institut für Sächsische Geschichte und Volkskunde der Universität Dresden für diesen Roman ein bisschen die Phantasie spielen lassen, und wir kamen dabei auf Burg Seußlitz als eine mögliche Variante. Die Burg existierte damals schon, war weit weg von Weißenfels – Albrecht hat ganz gewiss dafür gesorgt, dass sein Bruder und seine Mutter nicht so leicht in Verbindung treten konnten – und war wegen ihrer Lage am anderen Elbufer nicht so einfach zu verlassen. Wie gesagt: Es gibt keinen wissenschaftlichen Beleg dazu, aber als Romanautor muss man an dieser Stelle eben eine Entscheidung fällen.

Weit mehr zu sagen gibt es zu Einzelheiten des Dritten Kreuzzuges.

Ich muss zugeben, dass ich anfangs schwer Zugang zu diesem Thema fand. Zu befremdlich war für mich die Idee, mit einem Heer zu Fuß oder zu Ross über Tausende Meilen durch glühend heiße Steppen und über hohe Bergketten zu ziehen, um fremde Menschen totzuschlagen. Bei aller religiösen Motivation der Menschen damals, die wir uns heute kaum vorzustellen vermögen, waren sicher auch Abenteuerlust und Beutegier Antrieb.

Ich vermute, den meisten Lesern geht es da wie mir. Oder hätten Sie mir abgenommen, dass Marthe und Lukas, so wie wir sie kennen, Thomas frohen Herzens und voller Begeisterung auf diesen Kriegszug geschickt hätten? Sicher nicht. Deshalb lasse ich Christians Sohn auf die geschilderte Art in diese Sache rasseln.

Doch je mehr ich mich in die Quellen und Fachliteratur vertiefte, umso größer wurde mein Bedürfnis, davon so ausführlich zu erzählen. Erst war ich fasziniert von der Voraussicht, mit der Barbarossa diesen Kriegszug plante und diplomatisch vorbereitete. Dass ein Herrscher mit seinem Heer nicht plündernd durch die Lande zieht, sondern um die Bereitstellung von Märkten bittet, um sich zu verproviantieren, war ganz gewiss für die damalige Zeit etwas Außergewöhnliches. Dann war ich erschrocken darüber, wie dieser Plan infolge der Kriegswirren im Byzantinischen Reich scheiterte, und entsetzt über die Verwüstungen, die das Heer dort und in Ikonium, dem heutigen Konya, angerichtet hat. Obwohl es aus dem damaligen Zeitverständnis heraus für Barbarossa keine andere Art zu handeln gab, sollte bei der Betrachtung dieses Kaisers nicht vergessen werden, dass er wie jeder andere Herrscher auch dort, wo er auf Widerstand stieß, ob nun in Oberitalien oder in Byzanz, mit grausamer Härte reagierte.

Die ganz besondere Dramatik jenes Kriegszuges liegt in meinen Augen nicht im Tod des Kaisers oder in den strapaziösen Märschen durch wasserloses Gebiet, sondern darin, dass die wenigen, die die Schlachten, die Wüsten, die Seuchen überlebt haben und monatelang vor Akkon im Schlamm lagen, letztlich an den Streitereien der christlichen Heerführer und der Barone Outremers untereinander scheiterten.

Die meisten deutschen Kreuzzugsteilnehmer sind sinnlos gestorben, und die paar Überlebenden haben Jerusalem nie zu Gesicht bekommen – ebenso wenig wie der so gern zum Helden verklärte Richard Löwenherz, der im August 1191 vor Akkon 2700 muslimische Gefangene hinrichten ließ, weil Konrad von Montferrat sie für einen Separatfrieden mit Saladin einsetzen wollte, und auch nicht die Kreuzfahrer späterer Jahre. Barbarossas Gebeine wurden nie nach Jerusalem gebracht, sondern gingen vermutlich vor Akkon verloren. Erst Barbarossas Enkel Friedrich II. gelang es, den Pilgern wieder freien Zutritt nach Jerusalem zu verschaffen, und dies nicht durch Krieg, sondern durch Verhandlungen. Dafür wurde er von der Kirche gebannt und Jerusalem mit dem Interdikt belegt.

Mit der Belagerung Akkons ist der Legende nach auch die Entstehung der österreichischen Nationalflagge verbunden. Angeblich soll der Burnus Leopolds von Österreich so rot vom Blut seiner Feinde gewesen sein, dass nur dort ein Streifen weiß blieb, wo sein Gürtel saß. In den Kampf gezogen ist Herzog Leopold V. aber nicht mit rot-weiß-rotem Banner, sondern mit dem schwarzen Panther auf silbernem Grund als Wappen.

Für die Gestaltung der Romanteile, die den Dritten Kreuzzug zum Thema haben, hielt ich mich so genau wie möglich an überlieferte Augenzeugenberichte, wobei man natürlich berücksichtigen muss, dass diese stark verklärt sind, sofern es den Kaiser und seinen Sohn betrifft. Deshalb lasse ich Barbarossa vor Ikonium nicht die schriftlich hinterlassenen Sätze sprechen, sondern eine etwas schlichtere Version. Der Schlachtruf seiner Kreuzfahrer, die sich selbst nicht als Kreuzfahrer, sondern als Pilger oder Wallfahrer bezeichneten, war nicht das allseits bekannte »Gott will es!«, sondern: »Christus ist König, Christus siegt, Christus herrscht!«

Und um einem weiteren Einwand zuvorzukommen: »Königreich der Himmel« von Ridley Scott ist ein großartiger Film, der sich für ein Kunstwerk bemerkenswert genau an die Geschichte hält, sieht man von der Liebesbeziehung zwischen Balian von Ibelin und Sibylle ab. Aber – das ist keine Mäkelei von mir, sondern nur ein Hinweis für alle, die sich an dieser Stelle beim Lesen gewundert haben – die wahre Sibylle ist nicht mit Balian nach Europa gezogen. Sie starb mit ihren beiden Töchtern tatsächlich an der Seuche vor Akkon, während Balian von Ibelin zusammen mit anderen dafür sorgte, dass Konrad von Montferrat König von Jerusalem wurde – wenn auch nur für ein paar Tage. Dann wurde er ermordet, und bis heute gibt es Spekulationen, wer diesen Mord in Auftrag gegeben hatte. Vor ihrer Hochzeit mit Guido von Lusignan hätte Sibylle beinahe Balians älteren Bruder Balduin geheiratet, einen der mächtigsten Barone in Outremer. Vielleicht wäre die Geschichte dann anders verlaufen.

Vielleicht wäre auch Barbarossa König von Jerusalem geworden, wie es mancher seiner Bewunderer wohl erhofft hatte. Doch alternative Geschichtsverläufe sind Stoff für ein anderes Genre. Es bleibt als Fazit nur das ungeheure Leid und der vieltausendfache Tod, den dieser Kreuzzug gebracht hat – wie jeder andere auch.

Aus dem Feldhospital unter dem Segel der Kaufleute aus Bremen und Lübeck vor Akkon entwickelte sich der Deutschritterorden.

Für alle, die die Route der Kreuzfahrer auf der Landkarte nachvollziehen wollen, hier noch die heutigen Bezeichnungen der erwähnten Orte:

Pressburg ist – wie schon erwähnt – das heutige Bratislava, Philippopel heißt nun Plovdiv, Adrianopel ist Edirne, Konstantinopel Istanbul, Philomelion ist Aksehir, Ikonium das heutige Konya, Seleukia Silikfe und Akkon – auch Accre genannt – das heutige Akko in Israel.

Von den Folgen des gescheiterten Kreuzzuges wird noch im fünf-

ten Band meiner »Hebammen«-Reihe die Rede sein, hauptsächlich aber natürlich davon, wie es in Meißen und Thüringen weitergeht, wie Barbarossas Sohn Heinrich VI. regiert und stirbt, was aus Marthe, Lukas, ihren Kindern und Freunden wird.
Ich hoffe, Sie sind schon gespannt darauf. Und ich hoffe, dass dieses Buch, das Sie gerade in den Händen halten, nicht nur spannende Unterhaltung bietet, sondern auch in den Details vor historisch Kundigen standhält. Genau weiß heute niemand, was im Einzelnen vor mehr als achthundert Jahren geschah. Aber wenn selbst sachkundige Leser sagen: So könnte es gewesen sein, dann habe ich mein Ziel erreicht.

Auch bei der Arbeit an diesem Buch haben mir viele Menschen geholfen, meiner Geschichte so viel historische Korrektheit angedeihen zu lassen, wie es in einem Roman möglich ist.
Mein erster Dank geht an Dr. André Thieme vom Institut für Sächsische Geschichte und Volkskunde und an die Bibliotheksleiterin Dorothea Döhler für ihre Unterstützung, ebenso an Angela Kießling vom Wissenschaftlichen Altbestand der Universitätsbibliothek der TU Bergakademie Freiberg.
Ebenfalls danken möchte ich dem Freiberger Münzexperten Hans Friebe für seine ausführlichen Darlegungen zu Münzwesen und Münzprägung im 12. Jahrhundert, den Geowissenschaftlern Dr. Manfred Jäkel und Dr. Rainer Sennewald für viele bergbautechnische Details, Dr. Michael Düsing für sein Sachwissen zum jüdischen Leben in Freiberg und den Bergschmieden der Historischen Freiberger Berg- und Hüttenknappschaft für ein paar interessante Einzelheiten zum Gezähe.
Eine Wissensquelle, die ich nicht mehr missen möchte, sind für mich mehrere Gruppen geworden, die sich in ihrer Freizeit sehr eingehend mit dem Lebensalltag im Mittelalter auseinandersetzen. Aus diesen Verbindungen sind mittlerweile wirkliche Freundschaften gewachsen. Bei der Interessengemeinschaft

»Mark Meißen 1200« konnte ich viele Einzelheiten des höfischen Lebens mehrfach selbst miterleben, ebenso Angriffe auf Burgen und Lager. Die »Freien von der Karlshöhe« gaben mir gern und ausführlich Auskunft zu allem, was die mittelalterlichen Panzerreiter und Pferde im Kampf betrifft, die Gruppe »hochmuot« ist sehr sachkundig vor allem, was höfisches Zeremoniell anbelangt.
Wie auch bei den vorangegangenen Romanen haben mir Matthias Voigt, Karsten Scherner und Eric Mertens von der Schule für historische Fechtkunst »Pax et Codex« Landsberg bei Halle die Zweikämpfe choreographiert und mich viele packende Finessen der mittelalterlichen Kampftechniken gelehrt. Ihnen allen sei von Herzen gedankt!
Danken möchte ich außerdem Gudrun und Holger Bellman, die mit mir ins Heilige Land reisten, damit ich die Mauern von Akkon besichtigen konnte, und die dabei die besten Führer waren, die man sich denken kann,
sowie der Stadtführerin Renate Bremerstein, die nun schon über fünftausend Interessenten mit literarischen Stadtrundgängen durch Freiberg auf Marthes Spuren und zu »Blut und Silber« begleitet hat,
Jana Zschunke für die Gestaltung und Aktualisierung meiner website www.sabine-ebert.de,
meinem Agenten Roman Hocke und seinem Team von der AVA international
sowie meinen Testlesern Katja und Thomas Friedrich, Katharina Wegelt, Silke Heyn, Angela Kießling, Gabriele Meißner und Patrick Kuenzel für manch guten Hinweis.
Mein besonderer Dank geht an Kerstin von Dobschütz für ihr sorgfältiges Lektorat und an die Mitarbeiter des Verlages Droemer Knaur, die auf vielerlei Weise mit ihrer Arbeit dafür gesorgt haben, dass diese Geschichte in Buchform zu den Lesern kommt, an die Buchhändler und die treue Lesergemeinde.

# *Zeittafel*

**1155:** Der Staufer Friedrich I., genannt Barbarossa und bereits 1152 zum König gewählt, wird in Rom zum Kaiser gekrönt.

**1156:** Otto von Wettin wird Markgraf von Meißen, nachdem sich sein Vater Konrad der Große ins Kloster zurückgezogen und sein Land unter den fünf Söhnen aufgeteilt hat.

**1162:** Otto stiftet das Zisterzienserkloster Marienzell (heute Altzella) bei Nossen, das 1175 geweiht wird.

**um 1165:** Leipzig erhält von Markgraf Otto das Stadtrecht.

**1168:** erste Silberfunde in Christiansdorf, dem späteren Freiberg

**1169:** Barbarossas Sohn Heinrich VI. wird als Vierjähriger zum deutschen König gekrönt.

**1173:** In Christiansdorf lässt Markgraf Otto mit dem Bau einer Burg beginnen.

**1176:** Zwischen dem Kaiser und Heinrich dem Löwen kommt es zum Bruch. Bei der darauf folgenden Schlacht von Legnano erleidet Barbarossa ohne Heinrichs Unterstützung eine verheerende Niederlage.

**1177:** Kaiser Friedrich von Staufen und Papst Alexander III. söhnen sich nach zwanzigjährigem Streit in Venedig aus.

**1180:** Auf dem Reichstag in Würzburg wird Heinrich der Löwe geächtet. Im gleichen

Jahr, auf den Hoftagen in Gelnhausen und Regensburg, werden seine Herzogtümer aufgeteilt und neu vergeben. Der Askanier Bernhard von Aschersleben wird Herzog von Sachsen, nachdem der westliche Teil des Landes abgespalten wurde und als neues Herzogtum Westfalen an den Erzbischof von Köln geht. Otto von Wittelsbach wird Herzog von Bayern, nachdem die Steiermark abgetrennt wurde.

1180: Nach Ablauf eines Waffenstillstandes rückt Heinrichs Heer gegen Goslar vor, kann die Stadt aber nicht einnehmen und zerstört Gruben und Schmelzhütten am Rammelsberg. Das führt zu verstärktem Zuzug Harzer Bergleute nach Christiansdorf.

1180: Die Mehrzahl der Anhänger des Löwen folgt dem Ultimatum des Kaisers und übergibt Städte und Festungen.

1181: Auf dem Hoftag im November 1181 in Erfurt unterwirft sich der geschlagene Heinrich der Löwe dem Kaiser. Er darf Braunschweig und Lüneburg behalten, wird aber auf drei Jahre in die Verbannung geschickt und zieht zu seinem Schwiegervater, dem englischen König Heinrich Plantagenet.

**Pfingsten 1184:** Mit dem überaus prachtvollen Mainzer Hoffest feiert Barbarossa die Schwertleite seiner Söhne Heinrich und Friedrich.

1185 (?): Christiansdorf erhält Stadtrecht und wird bald »Freiberg« genannt.

**1185:** Im Heiligen Land stirbt König Balduin IV., kurz darauf auch sein als Thronfolger eingesetzter achtjähriger Neffe. Nach heftigen Machtkämpfen wird Balduins Schwester Sibylle gekrönt, was ihren Gemahl Guido von Lusignan zum König von Jerusalem erhebt.

**4. Juli 1187:** Bei den Hörnern von Hattin wird das christliche Heer im Heiligen Land durch Saladins Streitmacht vernichtend geschlagen und fast völlig aufgerieben. Alle Ordensritter werden hingerichtet, der König gerät in Gefangenschaft, ebenso die Großmeister der Templer und Johanniter. Bald darauf erobert Saladin eine Stadt nach der anderen – ausgenommen Tyros. Am 2. Oktober zieht Saladin in Jerusalem ein.

**29. Oktober 1187:** Papst Gregor VIII. ruft zum Dritten Kreuzzug auf.

**27. März 1188:** Kaiser Friedrich Barbarossa beruft einen »Hoftag Jesu Christi« nach Mainz und nimmt dort mit Zustimmung der Fürsten das Kreuz. Das reichliche Jahr bis zu seinem Aufbruch nutzt er zur Vorbereitung auf den Kriegszug – sowohl für diplomatische Absprachen mit den Herrschern der Länder, die sein Heer durchqueren wird, als auch zur Regelung möglicher Streitfragen im Kaiserreich.

**1189:** Albrecht, ältester Sohn des Meißner Markgrafen Otto von Wettin, nimmt seinen Vater gefangen, um durchzusetzen, dass er und nicht sein jüngerer Bruder die Mark Meißen erbt. Bereits auf dem Kreuzzug interveniert der Kaiser und befiehlt Ottos Freilassung.

**11. Mai 1189:** Von Regensburg aus bricht das Kreuzfahrerheer Barbarossas auf.

**25. bis 28. Mai 1189:** In Pressburg übergibt der Kaiser die Regentschaft offiziell an seinen Sohn Heinrich VI. Dietrich von Weißenfels, jüngerer Sohn des Meißner Markgrafen, schließt sich dem Kreuzfahrerheer an.

**28. August 1189:** Guido von Lusignan, ehemals König von Jerusalem, beginnt mit der Belagerung Akkons.

**18. Februar 1190:** Der Meißner Markgraf Otto von Wettin stirbt. Später erhält er den Namen »Otto der Reiche«. Die Mark Meißen geht an seinen ältesten Sohn Albrecht.

**10. Juni 1190:** Kaiser Friedrich von Staufen ertrinkt während des Dritten Kreuzzuges auf dem Gebiet der heutigen Türkei. Ein großer Teil der Heerfahrer kehrt daraufhin demoralisiert um.

**7. Oktober 1190:** Nachdem eine Seuche in Antiochia zahllose Opfer unter den Kreuzfahrern kostete, erreicht der verbliebene Rest des deutschen Kreuzfahrerheeres Akkon, das bereits seit mehr als einem Jahr durch Guido von Lusignan belagert wird.

**20. Januar 1191:** Barbarossas Sohn Friedrich, Herzog von Schwaben, stirbt an einer Seuche vor Akkon, die viele weitere Opfer kostet.

**15. April 1191:** Papst Coelestin III. krönt Heinrich VI.

zum Kaiser. Gleich danach zieht Heinrich weiter, um Sizilien zu erobern.

**20. April 1191:** Der französische König Philipp landet mit seiner Streitmacht vor Akkon und forciert die Belagerung.

**Mai 1191:** Kaiser Heinrich VI. belagert Neapel. Nach dem Ausbruch einer Seuche muss er die Belagerung im Sommer jedoch beenden.

**8. Juni 1191:** Der englische König Richard Löwenherz landet mit seinen Truppen vor Akkon, nachdem er unterwegs Zypern erobert hat.

**11. Juli 1191:** Akkon kapituliert. Nur wenige Tage später ziehen die deutschen Kreuzfahrer ab, da sich ihr Anführer Leopold von Österreich durch den englischen König beleidigt sieht.

**20. August 1191:** Richard Löwenherz lässt 2700 muslimische Bewohner Akkons hinrichten.

**7. September 1191:** Die Armee von Richard Löwenherz besiegt bei Arsuf ein 80 000 Mann starkes Heer Saladins.

**Herbst 1191:** Dietrich von Weißenfels kehrt vom Kreuzzug zurück und wird sofort von seinem älteren Bruder Albrecht angegriffen.

**April 1192:** Konrad von Montferrat wird König von Jerusalem, Guido von Lusignan mit Zypern abgefunden. Doch schon wenige Tage später (28.4.) wird Konrad von Assassinen erstochen.

**2. September 1192:** Richard Löwenherz und Saladin schließen einen dreijährigen Waffenstillstand. Kurz darauf verlässt König Richard das Heilige Land. Auf der Heimreise wird er Ende

Dezember 1192 durch Leopold von Österreich gefangen genommen, der ihn an Kaiser Heinrich VI. übergibt. Richard ist über ein Jahr Gefangener auf Burg Trifels und kommt erst am 4. Februar 1194 gegen ein gewaltiges Lösegeld frei.

**März 1193:** Saladin stirbt.

**1194:** In der Schlacht bei Röblingen erleidet Albrecht von Wettin eine vernichtende Niederlage gegen die vereinten Streitmächte seines Bruders Dietrich und des Thüringer Landgrafen Hermann.

**1195:** Albrecht, genannt »der Stolze«, wird nach grausamer Herrschaft in Freiberg vergiftet. Kaiser Heinrich VI. zieht die Mark Meißen als erledigtes Reichslehen ein.

**1197:** Heinrich VI. plant einen eigenen Kreuzzug, stirbt jedoch kurz vor dem Abmarsch in Messina (28.9.1197).

Im Jahr darauf kommt es zur Doppelwahl: Sowohl Philipp von Schwaben als auch Otto von Braunschweig, Sohn Heinrich des Löwen und späterer Kaiser, werden zum König gewählt, keiner jedoch aller Form gemäß.

**1197/98:** Nach dem Tod Heinrichs VI. erkämpft sich Ottos Sohn Dietrich die Mark Meißen auch mit Hilfe der Städte zurück.

**1198:** Dietrich von Weißenfels, später genannt »Dietrich der Bedrängte«, wird durch König Philipp von Schwaben mit der Mark Meißen belehnt und baut sein Herrschaftsgebiet geschickt aus.

# Glossar

*Aquamanile:* Gefäß für die Handwaschung, oft in Gestalt eines Tieres oder Reiters, von großer ritueller Bedeutung

*auflässig:* (im Bergbau) verlassen, aufgegeben (Grube)

*Bliaut:* Übergewand, vom 11. bis 13. Jahrhundert von adligen Männern und Frauen getragen

*Bruche:* eine Art Unterhose, an der die Beinlinge befestigt wurden

*Buckler:* kleiner, runder Metallschild

*Buhurt* (gelegentlich auch Buhurd geschrieben): Massenkampf bei einem Turnier, bei dem zwei »gegnerische« Parteien gegeneinander antreten

*Burnus:* leichtes, weißes Gewand, das die Kreuzfahrer über dem Kettenhemd trugen, damit es sich nicht zu sehr in der Sonne aufheizt

*Gambeson:* gepolstertes Kleidungsstück, das unter dem Kettenhemd getragen wurde

*Fibel:* Schmuckstück, Gewandschließe

*fränkisches Heer:* in Zusammenhang mit den Kreuzzügen Bezeichnung für die christlichen Kämpfer aus Europa

*Gezähe:* Werkzeug der Bergleute

*Grubenstock:* Gebälk zum Abstützen der Stollen

*Gugel:* kapuzenähnliches Kleidungsstück

*Hälfling:* halber Pfennig

*Haspel:* u.a. Hebevorrichtung im Bergbau

*Häuer* (auch: Hauer): Bergmann, der in der Grube Erz abbaut

*Hufe:* mittelalterliches Flächenmaß, beschrieb etwa so viel Land, wie eine Familie für den Lebensunterhalt brauchte; die Größe war von Region zu Region verschieden und umfasste in der Mark Meißen etwas mehr als zwanzig Hektar

*Huthaus:* Gebäude, in dem die Bergleute ihre Werkzeuge aufbewahrten und beteten, nicht selten direkt über dem Eingang des Schachtes

*Illumination* (hier): farbige Ausmalung von Handschriften, insbesondere der Initialen

*Konversen:* seit dem 11. Jahrhundert Laienmönche oder Tagelöhner, die ohne kirchliche Weihen in Klöstern für praktische Arbeiten eingesetzt wurden

*Kukulle:* Übergewand mit Kapuze, Teil des Habits einiger Mönchsorden

*Landding:* vom Markgrafen einberufene große Landesversammlung, bei denen Rechtsstreitigkeiten der Burggrafen, Edelfreien, reichs- und markgräflichen Ministerialen verhandelt und die landespolitischen Fragen behandelt wurden

*Mark Silber:* im Mittelalter keine Wert-, sondern eine Gewichtsangabe; in Meißen wog eine Mark Silber etwa 233 Gramm

*Mineure:* zum »Unterminieren« einer Burg eingesetzte Männer, bevorzugt Bergbaukundige, die einen Tunnel zur einzunehmenden Festung gruben

*Ministerialer:* unfreier Dienstmann eines edelfreien Herrn, als Ritter oder für Verwaltungsaufgaben eingesetzt, teilweise auch in bedeutenden Positionen

*Mundloch* (Bergbau): Stolleneingang

*Outremer:* Bezeichnung für die vier Kreuzfahrerstaaten (das Königreich Jerusalem, das Fürstentum Antiochia, die Grafschaft Edessa, die jedoch bald wieder verlorenging, und die Grafschaft Tripolis); stammt aus dem Französischen: »outre mer« bedeutet jenseits des Meeres oder Übersee

*Palas:* Wohn- und Saalbau einer Burg oder Pfalz

*Pfalz:* mittelalterliche Bezeichnung für die Burgen, in denen der reisende kaiserliche oder königliche Hofstaat zusammentrat, aber auch Regierungsstätte beispielsweise eines Grafen oder Herzogs

*Pfennigschale:* Behältnis zur Aufbewahrung von Münzen. Zu

der im Roman geschilderten Zeit waren sogenannte Hohlpfennige in Umlauf; verschiedene Motive wurden mit einem Stempel in kleine Silberscheiben geprägt. Diese Münzen waren so dünn, dass sie bei loser Aufbewahrung schnell zerbrochen wären. Später erhielten die Hohlpfennige den Namen »Brakteaten«; die Behältnisse aus Kupfer oder Messing heißen seitdem Brakteatenschalen.

*Reisige:* bewaffnete Reitknechte

*Schapel:* Reif, mit dem der Schleier befestigt wurde

*Scheidebank:* Ort, wo reichhaltiges Erz und taubes Gestein voneinander getrennt wurden. Diese Arbeit übernahmen in der Vergangenheit oft Frauen und Kinder.

*Sergent:* berittener Kämpfer, der nicht dem Ritterstand angehört

*Schwertleite:* feierliche Aufnahme in den Ritterstand, für lange Zeit die deutsche Form des Ritterschlags

*Skapulier:* Überwurf über der Kutte, Teil der Habits vieler Ordensgemeinschaften

*Tjost:* Zweikampf im Turnierkampf, zu Pferd oder zu Fuß mit Lanze und Schwert

*Trebuchet* (auch: Tribok): eine Art Katapult, wie es im Mittelalter bei Belagerungen verwendet wurde

*Truchsess:* oberster Hofbeamter

*Unschlittlicht:* Talglicht